中国语言文学
一流学科建设文库

现代中国电影文学大系

周晓明 周易 ● 主编

1931—1933

第三卷

华中师范大学出版社

新出图证(鄂)字 10 号

图书在版编目(CIP)数据

现代中国电影文学大系.第三卷,1931—1933/周晓明,周易主编.—武汉:华中师范大学出版社,2020.9

ISBN 978-7-5622-9062-9

Ⅰ.①现… Ⅱ.①周… ②周… Ⅲ.①电影文学剧本—作品集—中国—现代 Ⅳ.①I235.1

中国版本图书馆 CIP 数据核字(2020)第 101803 号

现代中国电影文学大系
第三卷(1931—1933)
ⓒ主编 周晓明 周 易

责任编辑:魏耀武	责任校对:罗 艺
封面设计:叶 玉	
编辑室:学术出版中心	电话:027-67867792
出版发行:华中师范大学出版社	
社址:湖北省武汉市洪山区珞喻路 152 号	邮编:430079
电话:027-67863426(发行部) 027-67861321(邮购)	
传真:027-67863291	
网址:http://press.ccnu.edu.cn	电子信箱:press@mail.ccnu.edu.cn
印刷:湖北恒泰印务有限公司	督印:刘 敏
开本:787mm×1092mm 1/16	印张:38
版次:2020 年 12 月第 1 版	印次:2020 年 12 月第 1 次印刷
字数:820 千字	定价:152.00 元

欢迎上网查询、购书

敬告读者:欢迎举报盗版,请打举报电话 027-67867353

编选说明

"电影文学"这一术语，在中国有其特定的、多方面的涵义。它通常指那些"为电影的"和"来自电影的"的文学性文本、体裁，如电影文学剧本、电影分镜头剧本、电影字幕本、电影小说、电影故事、电影本事等。它也经常扩展其外延，于文本、体裁之外，指涉其他与电影创作和表现相关的文学性元素和文学性话语，如影片中的对话、旁白、解说、字幕、甚至歌词等等。不仅如此，在更宽泛的意义上，"电影文学"还甚至可以包括一切与电影相关的文字性文本或著述，如电影批评、电影理论、电影文献资料等。

至于本大系所谓的"现代中国电影文学"，主要指中华人民共和国成立前的文本、文体意义上的现代中国电影文学创作；同时也兼及一切与电影相关的文字性的材料，如现代中国电影批评、电影理论、电影文献资料等。

现代中国电影文学，作为现代中国文学史上一种新的文学门类和样式，是电影艺术和文学结合的产物，是随着电影艺术的发展而发展起来的。它萌生形成于20世纪20年代，于20世纪30年代初、中期获得较大发展，并确立其在电影和文学两大领域中的应有地位。现代中国电影文学的出现，虽然是在"五四"以后；它存在的历史，也较之于五四新文学其它文学样式为短。但是，同现代话剧和报告文学一样，它是"五四"以后产生的为数不多的文学新品种之一，并在三十年代前后发展成为一个崭新的、独立的文学门类。

但是，由于各种原因，建国前发表和保留下来的电影文学资料，较之于其它门类中国现代文学资料（如小说、诗歌、散文、戏剧等）更为杂乱、分散与碎片化，且一再受到人为或自然的毁损。故抢救现代中国电影文学、文图史料，为现代中国这一新兴文艺样式、文学体裁门类留下可寻之迹尤其是精粹之作，为中国电影文学史和艺术史的教学、研究提供较尽可能全面、客观、完整的文本资料，便成为研究者和出版者的当务之急。

编者自20世纪80年代起，就从事现代中国电影、现代中国文学的研究与教学，并在出版《中国现代电影文学史》（上下册）的同时，于1984年编选了《中国现代电影文学作品选集》（10卷本，夏衍作序；因故未能出版）。几十年来，编者利用各种渠道与资源，广泛补充收集了大量第一手资料，对先前未出版稿进行了大幅度地增补与修订，并将其更名为《现代中国电影文学大系》。

在编选宗旨、原则方面，本大系秉承尊重历史、尊重科学的立场，持守开放多元、兼收并蓄的现代中国文学史观、电影史观，力求尽可能广泛、深入地发掘搜集现代中国电影文学第一手资料，并依据历史性、文献性、规范性、可读性兼顾并重的原则，对现代中国电影文学原始资料予以整理、编辑和集成。

在编选范围、篇目方面，本大系主要包含下列电影文学作品：

（1）现代中国电影史上思想性、艺术性较强，影响较大，且具有文学审美价值的优秀电影文学剧作、电影脚本、电影字幕本、电影小说、电影故事、电影本事等。

（2）现代中国电影史上倾向、流派、风格、成就不一，但具有代表性，基本上值得肯定或具有史料价值的电影文学作品。

（3）1949年以前文艺书刊和报纸上出版发表，但尚未拍摄成片的重要电影文学作品；或先前并未出版，但已拍摄成片的剧作手稿、整理稿等。

（4）1949年以前各电影公司摄制上映的故事片本事、剧情说明等。

（5）1949年以后根据建国前拍摄影片记录、整理或改写的电影文学剧本、电影小说等。

在底本和校本选择方面，为了保存历史的本来面目，为读者尤其是研究者提供尽可能客观、可信、易用的资料，辑录入选的作品，尽可能以本人掌握的民国时期第一手材料尤其是原始版本为主。但少数篇目，亦参考了或选录于建国后出版的电影艺术家的选集、文集，以及有关学者或机构主编的电影文学作品集、电影资料集、相关期刊。

在编选顺序、方式方面，本大系力图将文字作品写作、发表或出版时间与影片摄竣、试映或公映时间结合起来排序[1]，大致依据时间先后编年编目成卷，并对每篇作品编创基本情况尤其是底本、版本及其原始出处予以简要说明。

在文本的校勘方面，因为多种原因，现代中国电影文学资料在文字、文本、标点、标注、字体、版式、版本诸方面，情形较为复杂。如有些底本在格式、形式、版式等方面差异较大；不少原文时见讹误、错漏、模糊、残破、缺失或更改之处。此外，还有大量原文为句读或非现代标点。编者遵循存真、求实、慎改、标注的专业校勘要求，尽量搜求同一文本的不同版本予以对比、校勘，并对选本与底本间的重要的格式、形式、版式变动予以简单注释；对原文中讹、夺、衍、倒等文字错讹予以勘误点校；并根据现代出版规范要求，对原文中的句读、非现代标点，乃至现代标点中的明显错误，进行了重新标点或校正。至于原文中专有名物的异体字、非常规用词用语、既有分段或分节方式等，为保持原作面貌或文字风格计，选本尽量予以保留。

必须强调的是，数十年来，本人在资料搜集和编选的过程中，得到了不少电影界前辈的鼓励、支持，以及相关单位或网络平台的帮助。

20世纪80年代，本人在编选《中国现代电影文学作品选集》过程中，夏衍先生曾于百忙之中为该选集撰写了序言[2]；陈荒煤先生，以及程季华、鲁勒、王白石等先生，都曾为选集的编选予以宝贵的指导和具体的帮助。

---

[1] 由于不少作品之文本发表与影片公映存在或先或后、甚至跨年的时间差，加上部分影片准确公映日期现已无从考证，因此，编者在作品排序时，以文本发表时间为主，同时兼顾影片摄竣、试映或公映时间。

[2] 夏衍《〈中国现代电影文学作品选集〉序言》，《当代电影》，1985年第1期。

此外，中国电影资料馆、中国电影家协会，北京、上海、南京、重庆、成都、广东、武汉等地的图书馆，以及上述地区各高等院校图书馆及有关工作人员，都为本书资料查阅、复制提供了方便。

近年来，随着我国各类网络化大型数据库建设的加速，国内一些著名的网络数据平台或专业网站，如《全国报刊索引数据库》（社科类）、《晚清民国报刊全文数据库》、《申报数据库》、《晚清民国大报库》等，以及本人所在的华中师范大学校园网、图书馆系统，也为本书的资料搜集、补充乃至整理提供了极大的便利。

最后须强调的是，本大系能最终付梓，也得益于华中师范大学有关方面，尤其是文学院（包括其双一流学科建设基金）和出版社的大力支持。在此，谨向上述有关方一并致以最诚挚的感谢！

当然，由于本人学识、能力所限，该大系的辑录、编选、尤其是校勘，一定有不少漏缺、粗疏乃至错误之处，在此敬请学界和社会各方批评教正。

周晓明

1984 年 5 月初稿，2018 年 12 月修改

目　录

1931 年 1
　歌女红牡丹 3
　银幕艳史（前后集） 19
　虞美人 22
　恋爱与义务 26
　爱欲之争 31
　心痛 36
　雨过天青 40
　歌场春色 59
　红泪影（前后集） 61
　如此天堂（前后部） 64
　血花泪影 84
　自由魂 86
　生死夫妻 88
　最后之爱 91
　玉人永别 93
　铁骨兰心 95
　楔片 97
　女人与面包 103
　傀儡 141
　惨酷之鹰（炭画影片） 177
　钟馗与钟妹（钢笔画） 179

1932 年 183
　谁是英雄 185
　热血之花 187
　人道 202
　赖婚 204
　海外鹃魂 206
　火山情血 207
　南国之春 209

1933 年 211
　色 213
　三个摩登女性 242
　天明 263

还我山河	291
狂流	301
孤军	315
都会的早晨	317
女性的呐喊	339
脂粉市场	341
春水情波	369
前程	371
现代一女性	373
健美之路	375
姊姊的悲剧	378
母与子	380
春潮	382
东北二女子	383
残春	384
二对一	389
长城外	391
母性之光	411
压迫	431
歧路	433
春蚕	439
铁板红泪录	456
满江红	458
小玩意	462
挣扎	492
香草美人	495
为国争光	500
新生	506
吉地	512
黎明	517
恶邻	531
时代的儿女	533
青春之火	552
为谁牺牲	557
上海二十四小时	559
盐潮	567
展览会	569
姊妹花	572

1931年

歌女红牡丹

出品　明星影片公司，1931年

编剧　洪　深

字幕　洪　深

导演　张石川

助导　程步高

摄影　董克毅

演员　胡　蝶　夏佩珍　王献斋　龚稼农　王吉亭　汤　杰　谭志远　朱秀英　萧　英

《歌女红牡丹》系中国第一部有声电影，由洪深编剧。其电影本事为朱大可撰写，电影对白为洪深所作，原载《歌女红牡丹特刊》（1931年4月10日）。新中国成立后，《洪深文集》第3卷（中国戏剧出版社，1959年）亦收录该片本事、对白（文字、格式略有不同）。为保存史料计，本篇以前者为底本，亦酌情参照后者校勘。

本　　事[1]

朱大可

坤角花衫红牡丹，出演于哈尔滨民庆茶园，玉貌珠喉，色艺双绝，顾曲周郎，为之色授魂与者，大有人在。有姜禹丞者，江南人，业皮货，常往来北地，歌台一见，尤为倾心。因托友人王掌柜，婉转致意其母。其母亦器姜之为人，徒以其为南人拒之。姜闻之，不觉嗒然若丧。民庆园主陈大老板，有弟发祥，无赖子也；以能媚事红牡丹之母，兼以大老板作伐，母竟许其入赘。红牡丹幼年失怙，事母尽孝，虽知大错已成，然重以母命，弗敢违焉。无何，涓吉成婚，贺客满堂，人言啧啧，莫不艳羡。姜禹丞闻之，惟有大呼负负而已。

陈一薄幸儿，入赘以来，锦衣玉食，惟妻是赖。红牡丹事之尽礼，迄无怨言。忽忽数年，红牡丹声名益噪，隶天津天仙茶园，月入颇丰，犹不足供陈挥霍。陈又恋一鼓姬金姑娘，予取予求，唯命是听，驯至私窃红牡丹珍饰，借博其欢。一夕陈携金姑娘观剧，胸缀珠花，正红牡丹奁中物也。红牡丹登场见之，悲愤交集，呕血倒地。当经众人施救复苏，然自是缠绵床第，咯血不已。姜禹丞过津知之，急往省视。相见之下，神色惨悽，姜极意慰藉，红虽感之，亦无以报也。

已而天仙另聘名角，红牡丹生计顿绝。而陈迷恋金姬，置之弗顾。红牡丹偶尔规

[1]　原为句读。

谏，反遭毒手，甚至欲将女儿香姐携去以示决绝。红牡丹以香姐为母氏所钟爱，逆来顺受，委曲求全。幸得姜禹丞多方宽解，亦慰情聊胜于无也。

事越数年，红牡丹复出演于哈尔滨同乐园，以嗓音失润，沦为三四等配角；其尤能以故人之谊，善遇之者，唯一潦倒不堪之丑角马吉庆耳。陈发祥留连博场，无以下注，贫嘴兴二爷，乘机劝其鬻女。陈利令智昏，欣然从之。红牡丹失女，与其母号呼寻儿，迄无下落。及开演之时已届，匆匆赶往登场，又因心绪烦郁，而致举措乖谬，大为名角所呵斥。园主怒而撤除其牌。祸不单行，此之谓矣。

陈发祥闻红牡丹号呼香姐之声，心亦不忍，诘之兴二爷，知被卖入勾栏。一时气愤，失手杀之；遂以杀人论抵下狱。红牡丹探狱，始得其详，偕母亟赴翠凤班，索还香姐。正相持间，姜禹丞适在院中，闻声出视，乃以四百金代偿身价。未几，红牡丹应聘赴大连，尤往探视陈发祥，馈以包银所得，作狱中用度，并以营救事托之王掌柜。濒行姜、王送之，依依惜别，颇不胜情。而汽笛一声，红牡丹竟已登车而去。王掌柜目逆送之，不禁称异。姜亦摇头叹息曰："教育受得太少，老戏唱得太多，我亦未如之何也已矣。"

对　　白[1]

洪深

第一本

众　人：好……好……好！

红牡丹：（唱）穆柯寨，来了我，女将姣娃。呀！耳边厢，又听得，锣鸣鼓咋。辕门外，排刀枪，剑戟如麻。叫穆瓜，上前去，看个真假。或斩兵，或斩将，细问根芽。

小　丑：得令。（一个看戏的老者甲）好呀！扮相不坏。

老者乙：唱得也真不错。

老者甲：红牡丹，敢么才有十六七岁，从前没有听说过。

老者乙：从前也曾唱过，还不行呢。这一回，大家把她捧红了。

小　丑：（唱）辕门外，绑得是，我的姑爷。你的他……他……他……卖头发。

红牡丹：（唱）呀！听一言，不由我，翻鞍下马。走上前，问一句，恩爱冤家。将军，将军呀！我这里，问十声，久不回答。转面来，唤一声，大将穆瓜。

小　丑：三千担干粮草……

红牡丹：（唱）辕门堆下。

小　丑：五百名勇家丁……

红牡丹：（唱）四下安扎。

小　丑：降龙木……

---

[1]　原版对白无完整现代标点。

红牡丹：（唱）交与我。

小　　丑：我呢？

红牡丹：（唱）你且退下。

小　　丑：嗻。

红牡丹：（唱）他那里，问一声，再把话答。

焦　　赞：与她报门。

孟　　良：女将跪帐。

第二本

后台众人：快扮——快点——借光——别打了——快上了。

马吉庆：你瞧我，这《水帘洞》里的王八，扮得好不好？

扮龙王的说：好，真好！您不用扮就像。

马吉庆：我揍你。

（前台叫好声）

马吉庆：你听，这是红牡丹的彩，差不多是一句一个。人缘儿这么好，这小姑娘有饭。

扮龙王的：这才叫走运！她爸爸死鬼柴永福，玩意儿也不坏，可是一辈子也没唱红。

马吉庆：提起她爸爸，对啦，她爸爸死的时候，她才九岁。全亏着她妈，抚养到今年十七岁。跟她请求名师，说戏教戏，真是吃尽了千辛万苦。你瞧——

（前台叫好声）

马吉庆：红牡丹可真是红了。

（忽听后台楼上有人厉声诟骂）你这是什么话！我哪儿有这些闲钱，给你瞎化呢？

马吉庆：又是——又是大老板跟他兄弟呕气。

大老板：你瞧你那样儿，打扮得这么漂亮，你几时才学好，干点儿正经。

陈发祥：我的事，你不知道的。

大老板：初六拿了二十块钱去，今儿才几天，又要钱啦。别说我是你的哥呀，就是你的账房，也没那么便当呀！

陈发祥：哥，您不用嚷，动那么大火干么！我反正是你的兄弟不是？您总得管我的穿衣吃饭！您不管我，谁管我？

大老板：管你，管到几时？我不能够管你一辈子。

陈发祥：等我成了家，你就不用管了。

大老板：哼！

老　　生：哈哈哈。（唱）叫焦赞，把保状，后堂悬挂……

焦　　赞：得令。

姜禹丞：你怎么这个时候才来？

王掌柜：我到柜上去了一趟。

姜禹丞：《斩子》快下了。
案　目：您用什么？
王掌柜：不用。
看　客：过去。
姜禹丞：红牡丹唱得真不错。
王掌柜：我已经同她的妈谈过啦。
姜禹丞：怎么样，成不成？
三掌柜：等一下，回到柜上再谈罢。
老　生：哇（唱）恨不得一足将尔蹋。
红牡丹：（唱）你不爱他我爱他。
焦　赞：二哥，你这儿来。你瞧见没有？穆小姐与我们家公子，那个亲热劲儿，我学给你瞧瞧："你不爱他我爱他。"哈……哈……哈！
姜禹丞：我们也走罢，上后台去一趟。

第三本

后台众人：辛苦辛苦。
大老板：辛苦辛苦，现在上的什么？
管　事：前头《水帘洞》刚上。
大老板：马老板，辛苦辛苦。
马吉庆：大老板，您辛苦了。
大老板：红老板，辛苦辛苦。
红牡丹：大老板，辛苦您了。
大老板：红老板，今儿戏唱得真好。
红牡丹：不好，您多捧了。
大老板：那末，下礼拜您来一出《穆柯寨》，好么？
红牡丹：好的，这个戏我本来有的。
大老板：既然……我关照账房好了。
红牡丹：劳您驾了。
大老板：可好极了。您辛苦了，歇一会罢。
姜禹丞、王掌柜：辛苦辛苦。
众　人：辛苦辛苦。
大老板：姜掌柜的、王掌柜的，您今儿有空，连升，给二位沏茶。
姜禹丞：别客气。
大老板：再见。
王掌柜：辛苦辛苦。
红牡丹：辛苦您了——您来了。
姜禹丞：您辛苦了。

红牡丹：没有什么。

姜禹丞：今儿唱得真好。

红牡丹：唱得不好，我不会唱。

姜禹丞：可惜老王来迟了，没有听到你的戏。

红牡丹：是么？下回等我唱《穆柯寨》的时候，请他再来听罢。

姜禹丞：好罢。

王掌柜：好的。

陈发祥：后台的闲杂人太多啦，明儿写张字条，贴起来。

王掌柜：我们走罢。

红牡丹：这儿没地方给您坐，回头来么，上我家里去坐罢。

姜禹丞：好么？

王掌柜：好——好。

姜禹丞：等会儿见。

红牡丹：回头见。

陈发祥：我来我来——您茶。喝呐——也让我来——太热了——正合式——劳你驾了。——我来我来。

红牡丹：陈二爷，您别忙啦，让老妈子拾作罢。

陈发祥：不要紧，不要紧。

王掌柜：嘿，绕了好些弯儿，到后来红牡丹的妈才痛痛快快的说啦。

柴　母：王掌柜，真像你说的，姜掌柜的样样都好。——年纪轻。——精明，能干，有才学。——您贵庄一年一二十万的买卖，尽托付他一个人。上海北方，来回的跑——听说，姜掌柜家里，还很财主呢，那真是再好没有了。可惜一样，他是南方人。

王掌柜：怎么呢？

柴　母：姜掌柜的，不还有老太太住在南京本乡么？成了亲，准得把儿媳妇接回，跟着老太太一块儿过呀。

王掌柜：您也可以去呀。

柴　母：我可再也不上南方去了。她爸爸不是在上海搭班子，水土不服，死在南方的么？我可不去了。

柴　母：我就有那么一个女儿，想靠着她，招个半子女婿养老呢。

王掌柜：哦。

姜禹丞：看上去是不成啦。——其实，成了亲，不回南，也不要紧呀。

王掌柜：慢慢的再托人去说罢。

第四本

柴　母：大老板替兄弟说媒，来过两次啦。——他是给咱们饭的。——再这样不理不睬的，可把人家得罪了。

红牡丹：我不是不愿意陈二爷，可是姜掌柜的对我们真不错呀。

柴　　母：他是南方人，性情不晓得。谁保得住他，将来不改样儿呀。

柴　　母：再说，你嫁了姜掌柜的，跟他回南去了，妈怎么办呢？

红牡丹：我没有妈，到不了今天，我什么都是妈的，妈怎么说，就怎么好啦。

柴　　母：我也是为着大家好呀。

柴　　母：我们本来是唱戏的，学会了戏，干么不唱呢！——别看陈二爷穷，《汾河湾》里的薛仁贵，当初不也是穷么？后来还挂金印呢！

（赞礼）一鞠躬！二鞠躬！三鞠躬！

众　　客：五魁八马……七巧六顺——你输了……好拳头！

兴二爷：做人得学陈发祥，他一辈子不用自己挣饭吃。

马吉庆：什么？再说呀！

兴二爷：没有成家，吃他哥哥的；成了家，嘿！吃他媳妇儿的。

马吉庆：你的嘴怎么那么贫呀，真该揍！

兴二爷：这是老实话。

第五本

王掌柜：你喝得太多了，醉了。

小　　红：姜六爷，您留神。好生走，好过去躺下罢。

王掌柜：坐好。

姜禹丞：你说岂有此理不？我的心都冰冰冷啦。

王掌柜：别灰心，世界上有的是好女人，小红你跟姜六爷做个媒呀。

小　　红：我有个姊姊，翠凤，长得好，脾气更和气。你们俩，准合式，明儿我跟你们做媒。

姜禹丞：做媒？还提做媒呢，女人都是没有良心的。

柴　　母：好孩子，跟你妈小的时候一样。

香　　姐：姥姥。

柴　　母：将来大了，也得像你妈，一样的有出息，好好地唱戏，挣好些钱养家。

第六本

女　　仆：老爷，老爷！老爷起来吃参汤呐。

陈发祥：哼！

女　　仆：三点打过啦。

一位管事：红老板，您得赶紧点儿啦，前头《连环套》快下了。

红牡丹：今儿不知怎么回事，片子老贴不好。——等一等，行不行！您别催我了，让前台马后罢。

黄老板：喂，招呼前台马后。

红牡丹：黄老板。

黄老板：红老板，您不用忙，慢慢的扮好了。

红牡丹：他们愈催我，愈贴不好了。
红牡丹：（唱《玉堂春》）公子二次把院进。
藩　臬：（白）带来了多少银两？
红牡丹：大人哪！（唱）带来了三万六千银。
藩　臬：（白）在院中过了几载？
红牡丹：（唱）在院中未到一年整，三万六千银就化为灰尘。
大　家：好！

第七本

（一个姑娘唱《卖马》）但不知此马落在谁家？
一个胡子：把胡琴收起。
后　生：是呀。
胡　子：把弦子调起来。
后　生：调起来。
胡子喊：烦金三姑娘唱一段——《昭君出塞》。
陈发祥：好。
金姑娘：（唱）七星北斗参共辰，春夏秋冬四季分。北海连连添新水，西山层层起浮云。到如今绿水青山依然在，怎不见争名夺利二位古人——表的是，汉刘王，得天下，成为骏业。传到了，七代玄孙，软弱的人。软弱得，这位汉刘王，难把江山执掌。招惹得，塞北番邦，两国动争阵。
红牡丹：这才怪呢，别的都没少，怎么单拿我那朵大珠花呢？
柴　母：今天下午，就是陈妈，上这屋子来了一趟。
女　仆：我端参汤给老爷吃来着，老爷起床，我就出去了。
金姑娘：你别哄我啦！你买给你太太的那一个，准比这个大得多呢。
陈发祥：她带上这种东西，没有你好看。
金姑娘：不许你骂人，你太太长得多么漂亮，唱得多么好，在天津多么红呀，我们哪儿赶得上她呢——真的，你几时请我听你太太的戏去，好么？
陈发祥：她明儿唱《四郎探母》，你去听好么？
金姑娘：好，我明儿告了假，听你太太的戏去。
陈发祥：好，明儿我陪你去。

第八本

红牡丹：今晚许又是不回家啦。
跟包老妈：老板，你也得管管老爷。——听说现在跟一个说大鼓书，姓金的姑娘，闹得太不像话。
红牡丹：你听谁说的？
跟包老妈：后台好些人在那儿谈论着呢。

红牡丹：（唱《四郎探母》）莫不是，我母后，将你怠慢？

四　郎：公主你这头一猜。

红牡丹：猜着了。

四　郎：猜错了。

红牡丹：唷，怎么头一猜就猜错了！

四　郎：想本宫被擒，多蒙太后不斩，反将公主匹配，似这等天高地厚之恩，慢说无有怠慢，纵有怠慢，又有何妨！公主，你这头一猜，猜错了。

红牡丹：是呀，想我母后，乃是一国之主，慢说没有怠慢，纵有怠慢，能把她老人家怎么样呢？有道是，头难头难，听咱家再猜呀。

四　郎：请猜！

红牡丹：（唱）莫不是，夫妻们，鱼水少欢？

四　郎：你这第二猜——

红牡丹：猜着了。

四　郎：又猜错了。

看　客：怎么啦——吐血——怎么回事——快来人——怎么啦？

四　郎：不要紧——没有事，没有事——请坐请坐。——不要闹，闹什么呀。

众　人：哈——呵——进去！

黄老板：你是唱闪了气，静养两天就好了——静养两天就好了。——你好生养病，保重身体要紧。园子里告几天假不要紧的。——我们走罢。

第九本

姜禹丞：费心，你给我叫叫天仙大戏园，号数记不得了。费心，给我叫叫罢！

陈发祥：小宝贝，别哭了。

金姑娘：滚！

金姑娘：你还说是痛我呢，化两百块钱，给我买个翡翠戒指都不肯么？

陈发祥：小宝贝，别哭啦。你要罢，你要什么，就买什么，二爷没有不答应的。小宝贝，别哭啦，二爷给你买就是了。

柴　母：别人呢，这些话都不说啦。姜掌柜的，也不是外人。

姜禹丞：你放宽心，保养保养罢。气他干什么呢，自己的身体要紧。

红牡丹：别的倒没有什么，就打那回吐了几口血，嗓子没有了，一句也唱不出来啦。

姜禹丞：我跟你找一个好一点的大夫来瞧瞧罢。

柴　母：好呀！

第十本

陈发祥：我真是活该倒霉，好好的人，无缘无故的会吐起血来了。他妈的！嗓子又没啦。——两个月没有进钱，把生意又给吹了。——别人的媳妇儿，怎么不病？——我——他妈该是倒了八辈子的霉。

　　红牡丹：别说那些气人的话了，你自己做些什么事，你该明白。——唉！你看在孩子的份上，收收心罢。

　　红牡丹：喂，拿我的行头干什么？

　　陈发祥：没钱化，拿去当。

　　红牡丹：你把行头给我留下罢！我的钱，你也化得不少啦。

　　陈发祥：你赚的钱，不是该当我化的么？——不给我化，给谁化！

　　红牡丹：你要化，别当这几件行头了，就是把我们家里的东西全都卖了，我也愿意呀，可是你别拿去给别的女人化呀。

　　陈发祥：哦，……你这是跟我耍醋劲儿呀！——你不愿意把你赚的钱给我化在别的女人身上，这才装病，不赚钱，不养活我啦。——嘿，女人好狠的心呀！

　　小女孩：妈别哭，妈别哭！

　　红牡丹：你别拿走！

　　陈发祥：反正你是不唱了，我替你把衣服存在当铺里去。

　　陈发祥：你放！

　　红牡丹：不放——呀！你居然打起来了。

　　陈发祥：打你便怎么样？

　　柴　母：别打了，别打了！

　　小女孩：妈……妈！

　　红牡丹：你别欺人太甚呀，我到当官告你去，跟你打官司。

　　柴　母：好了，别闹了，起来罢。

　　女　仆：老板起来罢。

第十一本

　　红牡丹：这样真还不如离开的好。

　　陈发祥：离——离——你讲离啦！——谁告诉你的，谁教你说的？姓姜的来过几次啦？你还当我不知道呢！哼，要离啦？

　　柴　母：你这个样子，别人受不了呀。

　　陈发祥：我至少还得活二十年啦，你等不及了不是？你把养活我二十年的钱，都给我拿来，让你离。

　　柴　母：要钱？——难不倒人呀！

　　陈发祥：孩子，你将来大了，别学你妈那样没良心！——你可别学唱戏啦！——跟我走罢。

　　柴母、红牡丹：你抱孩子去干什么？

　　陈发祥：孩子姓陈，该是我的。官司打到那儿，也是我的，我要抱走。

　　红牡丹：别抱走！

　　陈发祥：我一个大钱也不要了！——我跟你离呀。我光要孩子，行不行？

红牡丹：不行！

陈发祥：离罢！——离罢！——你跟姓姜的去罢。我也不回来啦。

柴　母：没有这孩子，我也就没命了。好孩子，好香姐，好心肝，好儿子，我可舍不得你呀。

红牡丹：现在还商量什么办法呢，一提离婚，他就要孩子。

柴　母：别讲离婚的话啦。古人说，嫁鸡随鸡，嫁狗随狗。——苦尽甜自来。比如《三堂会审》的玉堂春罢，当初吃多大的苦头，受多大的冤枉，后来又是多么好呀。

红牡丹：姜掌柜，这次费你的神了，将来再报答你罢。

姜禹丞：我早就要回南去了。听说他打了你啦，所以多留几天，看有什么地方，能帮你一个忙。我明天就动身啦。

一个老婆子：陈二爷，外头有人找你呢。

跟包老妈：老爷——老爷，他们请您快回去呢，有了钱了。——把行头都当了，您快回去罢。

第十二本

马吉庆：今儿前台生意不错。

管　事：唯，九成座。

马吉庆：老是这样子，咱们园子行啦。

管　事：唔。

红牡丹：谢老板。

马吉庆：还早呢，刚打完闹台。

红牡丹：马老板，您早。

马吉庆：戏多，不能不早来。

红牡丹：今儿我可轻松，才有六个码儿。只有两个是多的，《朱砂痣》里的娘子，《闹学》的小姐。

马吉庆：唉。

柴　母：好了么？

香　姐：好了，给你加一点作料。

柴　母：好。

有人说：这个庄，可做得好，又是通吃。

兴二爷：我得歇一会儿，我也干了，他妈的……

兴二爷：陈二爷，你今天赢了多少？借几个行么？

陈发祥：兴二爷，人家说你贫嘴，你他妈的真贫！——你瞧着我输的嘛！

兴二爷：你跟我来。

陈发祥：干么？

兴二爷：跟我上楼，我有话跟你说。——正经话，来呀——走呀！

兴二爷：请坐——你输了钱，干么那么怨呢？

陈发祥：我是可赢不可输的。
兴二爷：怨得可以啦。你……
陈发祥：家里什么都没有了，净靠她唱戏，一个月才挣四十块钱，怎么得了呢。
兴二爷：红牡丹红过的。
陈发祥：嗓子没了，没有法子。
兴二爷：我给你出个主意，发财，好不好？
陈发祥：得了，你别贫了，你难道还劝我卖老婆么？
兴二爷：谁还能干那丧尽天良的事。——你们不是还有一个小闺女么？
陈发祥：有呀。
兴二爷：今年才几岁？
陈发祥：香姐有九岁了。
兴二爷：看上去倒有十二三岁。——卖了她不好么？
陈发祥：卖她去干什么呀？
兴二爷：不是的。有人要成一个坤班儿，上广东去，正找着聪明的女孩子呢……

第十三本

姜禹丞：真的，从前那个红牡丹，哪儿去了？
王掌柜：听说又回来，搭了班子了。——可是好久没有人提起了。
姜禹丞：我也不愿意知道。——她不是冤了我两次么。
王掌柜：请用点菜。
陈发祥：外婆呢？
香　姐：脑袋痛，在里头躺着呢。
陈发祥：香姐，你的妈在园子里唱戏，忽然吐起血来，晕倒了，咱们快去接她罢。
香　姐：那我去告诉姥姥去。
陈发祥：让她老人家着急干什么！你我快去罢，跟我走罢。
马吉庆：红老板，吃饭哪。
红牡丹：不啦，我回家吃了。
马吉庆：晚上早一点来。
红牡丹：对啦，晚上事可多，我有九个码儿呢，回头见。
兴二爷：昨天拿过一百，这又是一百五，前后二百五。讲好的一共三百块，这五十块，留下谢我罢。——可是人财两清。
红牡丹：妈——妈——瞧见香姐没有？
柴　母：不在院子里么？
红牡丹：没有。
柴　母：咦，刚才还在院子里洗袜子的。
红牡丹：香姐——香姐……
红牡丹：香姐——香姐……

柴　　母：这不是一盆袜子么，哪儿去啦？

红牡丹：外头没有啊。

柴　　母：里面也没有呀——香姐——香姐……

一个老者：什么事？

柴　　母：我们的香姐不见了！

红牡丹：哪一位看见香姐走出去没有？

一个妇女：没注意。

柴　　母：我的香姐儿，我的命，唉！

一个中年妇：大嫂子别哭，上街上去找去呀。

红牡丹：我的香姐上哪儿去了呢？

中年妇：你们那香姐真聪明呢，走可是走失不了。

第十四本

柴母、红牡丹：香姐——香姐……诸位仁人君子看见我们的小姑娘吗？——名字叫香姐——小姑娘名字叫香姐。今年九岁——穿的花布褂子，蓝布裤子。香姐——香姐……

谢管事：红牡丹还没来呢，《探母》已经上了，你赶一个四夫人罢，好么？

男　　角：这是哪儿的事，净拿包银，让别人唱戏，我也会呀。

麻子老板：怎么着，红牡丹又误啦？

管　　事：今儿误场可误多了。

麻　　子：误了几个码儿？

管　　事：依然误了四个啦。

麻　　子：哼！

红牡丹：妈，别着急，等她爹回来，叫他去找去。我得快上园子去，今天一准误场了，又该罚包银啦。

柴　　母：心肝宝贝呀！

管　　事：前台《钓金龟》怎么啦？

又一管事：《钓金龟》快下了。

管　　事：告诉前台马后呀。

又一管事：是，前台马后。

梳　　头：你误了几个了！快扮罢！

管　　事：你可来了，快扮！《拿高登》的小姐，这就上。

麻　　子：吃过饭啦？

红牡丹：还没呢！

麻　　子：他们等了你老半天了！我们园子小，人少，支使不开，没有打发人来请你。

红牡丹：您别生气，我家里那个九岁的孩子……

麻　　子：怎么，孩子病啦？又是那一套。——你爹病了，你妈病了，你叔叔病了，你大爷病了，你们一家子都病了。等这里夜戏唱完了，你再来，好不好？

麻　　子：该你九个码儿，你误了四个！我这园子开不开呢？

管　　事：忙着点儿，《拿高登》快上了。

麻　　子：这不是镜子么，干么不照照，自己个儿是什么东西。——老觉得是角儿呢！平常就是角儿的架子，大模大样的不睬人。嘿，不错，是红过，那是几年以前的事了，我看见你我就有气了。

第十五本

高　　登：（唱）赴罢蟠桃精神爽，观看此地好平阳。

四英雄：来在郊外。

高　　登：下马演拳。

马吉庆：赶着点儿，这就上。

红牡丹：别催我了，我赶不及呀，让前台马后。

男　　角：嘿，听见没有，招呼前台马后。

众花脸：笑。

马吉庆：打会上而来。

高　　登：可有绝色女子？

马吉庆：附耳上来。

高　　登：带马。

马吉庆：快点儿！来不及了。

梳　　头：别忙，让我来。

红牡丹：忙着点儿罢。

马吉庆：插插插。

马吉庆：上啦，上啦！

马吉庆：有请大爷。

高　　登：哈哈——哈哈——哈哈……

马吉庆：大爷请看。

高　　登：上前提亲。

马吉庆：老头儿你过来，你们做什么的？

院　　子：上坟插柳的。

马吉庆：你身后何人？

院　　子：乃是我家夫人。……

马吉庆：我们大爷有意与你家小姐提亲，你意下如何？

院　　子：呸，岂有此理，一派胡言！

马吉庆：你且等着，大爷，他们执意不允。

高　　登：小姐呢，小姐呢？

马吉庆：抢丫头，抢丫头！

高　登：抢！

丫　头：不是我，抢错了。

马吉庆：下去罢！

高　登：好不识抬举。

小　丑：别上了，来不及了！

高　登：我不干了，我不干了，这个饭我不吃了！前半截的戏多么好，这是开的什么玩笑？——你听那倒彩，一连串的倒彩！你们听见没有？

马吉庆：二哥，帮帮忙，先扮上罢。

管　事：回头再说罢，先快上。

麻　子：这是什么玩意儿？这是什么戏呀？是哪一个师父教给你的？此地用你不着，滚你妈的蛋！

马吉庆：红老板，你锣鼓没听真么？

红牡丹：不瞒你说，马老板，我的心乱得好像刀割一样。

马吉庆：别难受，此处不留人，自有留人处。再慢慢地找起来好了。

第十六本

柴　母：香姐，你回来！

红牡丹：哎，回来啦。

柴　母：香姐儿，你的婆，你的爹妈，都惦记着你呢，快回来罢。

红牡丹：就回来了，哎！

柴　母：香姐，你可要回来的。

红牡丹：哎，准回来的。

陈发祥：我找你，我要问问你——我们那香姐怎么样啦？

兴二爷：香姐啊，我不是替你交给人家了么！那孩子真惹人喜欢，一班子的人，没有一个不疼她的。

甲：刚才我看见陈二爷进来的，怎么没见坐下？

乙：他拉了兴二爷上楼上小屋子里说话去了。

甲：他这向是赢的是输的？

乙：前几天赢了好几百块，这几天许又干了。

甲：陈二爷，哪儿来那么些钱输的？

乙：这个我可不知道了，怎么啦？我们上去看看去。

甲：阿呀！兴二爷。

陈发祥：穷小子，装死，这够朋友么？

甲：不行啦……

丙：私了啦罢。

甲：哪能行呢——总得报告公安局的。

红牡丹：你怎么又……

陈发祥：我进来了好几天，头脑子里清楚得多了——我老实都告诉你罢。

第十七本

陈发祥：我想跟你商量商量，把孩子要回来，我不卖啦。

兴二爷：别打哈哈了。

陈发祥：正经话，她的婆，她的妈，成天成晚的哭，我实在受不了。

兴二爷：大丈夫说一是一，说二是二。咱们办事得够朋友，现在说不卖，不行啦。

陈发祥：也罢，你告诉我，戏班子在哪儿？让他们娘儿去看看孩子罢。

兴二爷：二爷，你想，哪儿有戏班子，肯化三百块钱，买个孩子教戏的？我把她卖在翠凤班啦。

陈发祥：翠凤班是窑子呀？

兴二爷：有吃有穿，不比学戏挨打好么？

陈发祥：好罢，我还要三百块钱。

兴二爷：怎么呢？

陈发祥：我是混蛋，我给你蒙了。好，浑蛋做到底罢！——卖在戏班子里，三百块行啦；卖在窑子里，非六百块不可！

兴二爷：你这几天是输急了，说话有点不要面子。

陈发祥：不用说别的，拿钱来！

兴二爷：你说就行啦？

陈发祥：你啊，糊弄朋友，把我的女孩子也偷卖啦。——你这没有良心的东西！

兴二爷：你就别说了，你一辈子吃你媳妇儿的，穿你媳妇儿的，化你媳妇儿的，偷你媳妇儿的。——你还讲什么良心！这一百五十块钱，是谁化的？——你讲打么？——穷鬼！

陈发祥：你们别指望我了。——我是不会活着出去了。你们赶快去救孩子罢。

大茶壶：一个钱不给，把人抱了就走，那不行！

红牡丹：你们买人口，是犯法的。

大茶壶：是买来的，不是抢来的，打官司也不要紧呀。拉进去，不准她走！

香　姐：妈呀妈呀！

柴　母：你们不给还我孩子，我这老命不要啦。孩子，香姐，宝贝，你姥姥不能活啦！

王掌柜：怎么的，你不是红牡丹么？

柴　母：王掌柜，我们现在很苦呢。

王掌柜：来呀，快上南屋请姜掌柜来！

第十八本

中年妇：这个孩子，掌班的化四百块钱买的。——年纪小，可懂人事，晓得她爹把她卖啦，一定不肯吃饭，要回去。说亦不行，哄亦不行，打亦不行，把自己磨成病得那个样子。

女　　仆：听说什么红牡丹的一个女孩儿……

姜禹丞：别忙，等我看了再说罢。

中年妓：孩子是掌班的化四百块钱买的。

姜禹丞：不用说，我都明白了。哎！想不到她现在会弄成这个样子。

王掌柜：真是想不到的。

姜禹丞：让她们把孩子抱去罢。——这四百块钱，包在王掌柜跟我的身上。

柴　　母：谢谢你们二位！

王掌柜：那你们可以回去罢。

红牡丹：我们明天上大连去了，来跟你说一声。——在这儿呢，也是没饭。——大连有人来邀，一个月有八十块钱。——你的官司，也是要化钱不是？——所以我们一定去了。

红牡丹：这儿的事，已经多多拜托王掌柜了。

陈发祥：白费事。

红牡丹：那总得跟你想法子，在里头，也得要化费。这二十块钱，是留给你化的。

红牡丹：王掌柜的，一切都拜托你啦。——姜掌柜的，这一次费你的心了。怎么样谢谢你？——将来再图报罢。

柴　　母：请你们二位回去罢。

王掌柜：一路平安。

王掌柜：我真不懂这个女人是怎么回事呢。她男的这样的待她，她还是这个样子。

姜禹丞：真是拿她没有办法。——只怪她没有受过教育，老戏唱得太多了！

银幕艳史（前后集）

出品　明星影片公司，1931 年
导演　程步高
说明　郑正秋
摄影　董克毅
演员　宣景琳　谭志远　王征信　萧　英　梁赛珍　严月娴　王意曼　王献斋　王吉亭

《银幕艳史》电影本事无署名，原载《阿房宫大戏院说明书》第 86～87 期；《电影本事全集》第 1 集（上海印书馆，1931 年 4 月）亦收录该片上集本事。

本　　事[1]

前　集

　　上海自开埠以来，梯航荟萃，工商勃兴。行其道路，则毂击肩摩；瞻其屋宇，则鳞次栉比；各地之人，云集于此；而电影事业，亦应运而起。有某大公司者，夏屋渠渠，明星济济，所摄之片，风行全球，尤为此中首翘一指也。
　　曜灵匿采，电炬齐明，酒地花天，金迷纸醉，诚销金之艳窟，而安乐之行窝也。名妓王凤珍，应狎客之召，姗姗来迟。客怒，飞一掌击之。凤珍大戚，珠泪汍澜，夺眶而出。客或嘲之曰："卿善哭，曷不献身银幕，当为东方之丽琳甘熙也。"凤珍然之，乃请某副导演介绍入电影界。初入剧场，见所未见，种种笑柄，引人捧腹。已而导演宣讲剧情，剧中人之身世，乃与己身酷肖，触绪兴悲，放声大恸。众咸笑之，而导演则深许其有感情之作用。是时摄影场中，正在纷纷表演，导演令凤珍饰一鸦环，凤珍忸怩不肯。后经导演多方解释，且谓美国诸明星，皆从本配角历练而来。凤珍聆之，果大歆动。自是导演有命，无不踊跃乐从。是日先饰鸦环，瞥见主人月下接吻，忍俊不禁，嫣然一笑。次饰一女仆，又饰一女盗，神情态度，各到好处。已而另一摄影场，饰模特儿者忽然晕绝，导演命凤珍庖代，凤珍亦从命无难色。最后摄一悲剧，丈夫病殁，而其妇欲哭无泪。导演又以命凤珍，凤珍嚎啕大哭，哀哀欲绝。凡连饰五角，喜怒哀乐，一一逼肖。导演嘉其有表演天才，俾于某片中饰女主角。凤珍益复努力从事，甫摄一场，而电影明星之号，倏已加于凤珍之身矣。
　　凤珍既负盛名，魔运随之而至。有方少梅者，纨绔子也，于摄影场中，邂逅凤珍，

---

[1] 原为句读。

震其盛名，极道钦慕。旋复设宴相招，殷勤备至。酒甫数巡，凤珍因摄影之时已届，起而告辞。少梅留之不可，亲自驾车送之。惟尔时凤珍声已名著，身价亦高，凡剧情之稍涉冒险者，辄不敢以身尝试，同辈或窃议之，而凤珍未之知也。少梅既得昵近凤珍，乃营金屋以贮阿娇，珠帘绣幔，务极华侈；且月给巨金，恣其挥霍。凤珍一念之误，果委身事之。自是耽于宴乐，起居无节，每值摄戏，辄告误场，多数演员怒不可遏。副导演奔走调停，尤费唇舌。及凤珍姗姗莅止，促之化装，反逢其怒。是日所摄者为一悲剧，演者宛转悲啼，始符剧情；而凤珍望见少梅，破啼为笑。导演不获已，宣告改期。凤珍闻之，翩然遽挟少梅而去。导演目击其状，乃揭布告，禁止参观。讵凤珍见之，益增其恚，向导演提议解约。导演初犹慰留之，嗣见凤珍态度坚决，始允其请。然临别之际，犹以它日重登银幕，必先赓续旧约为嘱。导演之于凤珍，可谓独垂青眼。惜乎凤珍之受人诱惑，甘入樊笼也。

后　集

电影明星王凤珍，既与方少梅合演同居之爱，在凤珍力谓此身有托，今后当勉为贤妇。然少梅乃一纨绔少年，既得凤珍，依然放浪，常携之出入各大舞场，挥金如土，一掷无算。凤珍正言相规，反以凤珍为小家气派，致败乃公豪兴，对之殊形不快。凤珍与少梅爱情之裂痕，盖以此为第一次也。

凤珍既以贤妇自勉，平日料理家务，克尽勤劳。且习闻妇主中馈之说，易服入厨下，洗手作羹汤，私冀少梅归来，获尝隽味，当有举案齐眉之乐。然初入庖厨，诸事未谙，或盐酢之不调，或七箸之误置。而少梅是时忽然归来，觅凤珍不得，后乃得之厨下。金屋之娇，一变而为蛙下之养，不禁勃然大怒，痛斥其不自爱惜，甘执贱役。凤珍闻之，虽不敢较，然未博其欢，反逢其怒，二人之裂痕，此为第二次矣。

少梅不特不谅凤珍，且反厌恶凤珍。同居未久，又与某舞女相昵，卿卿我我，不减于初识凤珍之时。舞女偶以凤珍相询，少梅辄摇首不欲齿及。但见新人笑，不闻旧人哭，浮薄少年之行事，往往如此。惟为日已久，凤珍亦微闻其事。一日，二人又以细故龃龉。凤珍诘以今昔待遇之不同，少梅负气出门而去。凤珍自维身世，自怨自艾。悲愤之余，忽焉入梦。梦中恍惚驱车某舞场，瞥见少梅挟舞女登车，疾驰而去。凤珍命揿机追之，穿衢越巷，止于一逆旅。少梅携舞女入室，凤珍方欲破扉而入，忽睹导演自他室出。询悉其事，导演亟劝止之曰："尔与少梅犹未决裂，破扉而入，则事偾矣。为尔计，不如仍献身于银幕。须知少梅之爱尔者，非爱尔貌，非爱尔才，实爱尔为明星也。尔弃明星而不为，奚怪彼之不尔爱矣。"凤珍聆导演之言大梦顿觉。翌日，少梅归，凤珍质之，不欢而散。凤珍思梦中导演之言，疑信参半，商诸女仆，女仆竟力赞其事。然凤珍犹欲与少梅作最后之谈判，以决定其进止也。

凤珍诣旅社觅少梅，时少梅正与舞女情话，突见凤珍，怒不可遏，立谈之间，大起诟谇。凤珍一怒几绝，于是重登银幕之志始决。及往见导演，商复业事，导演欣然许之。凤珍偶及梦中事，导演茫然不解。公司中人见凤珍复来，导之参观各处，始知公司近来益大扩充，设备之伟大，人才之增多，洵有一日千里之势。而最使凤珍感叹不置者，即前次怒掴凤珍之某狎客，今亦沦落而为配角，且以习于下流之故，屡被公司中人攒殴。始知好掴人者，其食报有如是也。旋入摄影场，是时方摄《钱魔》一剧，剧中情节寓庄于谐，足以发人猛省。而置景之新奇，演员之精神，尤属不可多得。凤珍虽旧地重游，亦觉惊服不已也。

  凤珍赴公司摄戏之日，少梅果恋恋不舍，舞女屡电速驾，皆严词拒绝。及凤珍摄戏将毕，又复驱车往接，其殷勤之状，无异曩时。尤奇者，某狎客与凤珍配戏，中有一幕，须为凤珍掌颊，回忆前情，各大骇愕。及凤珍下装，少梅拥之登车，而其所昵之舞女，忽寻踪而至，尼之不许行。少梅大怒，斥之曰："尔之姿首，安及吾爱之万一！"喋喋向人，徒增厌恶，推之仆地，疾驰而去。此舞女目击明星之矜贵，颇动银幕生涯之想，乃辗转托人介绍入公司。公司虽未允其请，然彼女芳心，因必得请而后已也。

虞 美 人

出品　友联影片公司，1931 年
编剧　徐碧波
导演　陈铿然
摄影　刘亮禅
美术　胡旭光
演员　徐琴芳　朱　飞　尚冠武　钱雪凡　华畹芳　姜又俏　贺志刚

《虞美人》电影由徐碧波编剧。其电影本事为徐碧波所作，原载《影戏生活》第 1 卷第 9 期（1931 年 3 月 13 日）。

本　事[1]

碧波

蕴灵班班主江一奇，管领艺员数十，尤以女主演沈孤萍之姿容婉娈，与表情细腻，为最能予观众以热烈之欢迎。

郑少华为才华飙发之英俊少年，凡班中所演剧本，皆为其所编撰。郑沈二人，郎才女貌，默契已久。一日郑特为萍耗尽心血，编成一剧曰《虞美人》，在花园中授以歌唱及表情。萍稍资研习，即能合拍。郑剧赏伊之颖慧，遂向之乞婚。萍芳心殊可可，惟须禀承母旨而后行，乃以实情白之。郑因询以何日可得回玉，伊即约于《虞美人》开演之日。

凡此情形，皆为同班女优柳絮所见。柳乃常致单恋于郑者，至此妒恨交并，因将所见，诉诸小班主江小奇。小奇固常致爱忱与沈，而从未得伊青睐者，知其事，亟谋有以中伤之。

公演之日，郑以连日排练戏剧，倦而假寐于沙发。适柳絮过其室，恐郑受寒，亟以厚氅覆之，且摩挲其发，以宣热爱。小奇睹状，立往报沈。沈潜往见厥态，不禁悲愤填膺。移时郑怀订婚约指，入沈室专待好音。讵甫入阈，则小奇方在女后作媚态，心殊狐疑。小奇见郑入，敛身退，而沈则愁眉作恚态。郑询其故，女益怒且痛哭。郑不知所以，以为若母不允所请而然。再询之，萍惟捧小奇所赠束花频亲以吻，故作昵态气少华；惟中心则苦楚万分，良久乃曰："世惟残废之人，斯有真情。今而后，当慎其所择，决不为甘言蜜语所绐。"郑受窘，郁郁而去。

郑回室，拟立以镪水自毁其容以固爱。忠仆力阻之，谓恐有离间者在，盍去书以

---
[1] 原为句读。

明心迹。主人且暂往山水清嘉处以遣闷怀。郑然之，乃遗书与女而东下。

郑去后，孤萍忽悔绝人太甚，亟出追之；为小奇所阻，谓登场时届，何能擅离？萍遂怏怏化装。

既登场，所演亦为悲剧，女哭至恸，竟晕去。有饰武生之朱志豪，抱之入室，召医急救而苏。问郑何在，众谓已赴车站。亟夺门追之至站，车已行，徒兴攀龙无及之憾。

小奇心怀叵测，潜入女室，见郑留书，发之系郑辨明心迹之函，乃易书缄，而竟以柳絮为受信之人，且故以郑书示朱等。众人果皆责郑之薄幸，将上项消息，报知孤萍，萍至是亦稍稍恝置。

于是小奇遂乘隙而入，时至女许献殷勤。萍以脆弱之心竟渐为所诱惑。

一夜孤萍方在床上观书，忽门启入一巨影。女细审之，则朱志豪已涎脸张臂立床次。女大惊，亟趋避之，则门已为朱下键。朱欲亲女吻，正撑持间，小奇闻声，由屋顶下，互殴，小奇不敌。女旋得门钥，户启，班主等皆入，缚朱去。

小奇被殴伤，女大不忍，奇更以投其心之言饵萍曰："苟小奇在一日，必不令姑娘受伧父之窘也。"孤萍感之，由是以往，竟被订得婚约。

郑乘车忽互撞，受重创，养疴近半载，但面上瘢痕累累，一足已跛。临行医谓以后切不可再受重大激刺。郑既重临孤萍室，满拟身已残废，必可固女爱。萍见状询其何至是，郑俱答之。萍极怜悯，但念己身已许小奇，悔恨交并，惟涕泣自艾。未几，小奇至，见郑，乃以婚期之吉帖予郑。郑知已绝望，荷荷而出。中途重创复裂，入医院。自知不起，亟以电话召萍至与诀别，并请伊重歌剧中之芳草美人曲，以志永诀。孤萍至此懊丧欲绝，且歌且泣，几至不能成声。一阕方毕，郑亦气绝。孤萍悲极，竟以身殉之。

越年小奇与柳絮成婚矣。而饶有傻气之朱志豪，则常凭吊于郑沈二人之墓前也。

附：芳草美人曲

（徐琴芳、尚冠武合唱）

第一段
四下里鸡鸣歌唱，
唱碎了我的雄心。
终不料力可扛鼎，
变成了泣下沾襟。
大王你切莫英雄气短，
大王你切莫儿女情深。
愿大王笨马遥征，
愿大王努力前程。
今日里蛾眉宛转，

甘在马前倾生。
便踹作蹄下的泥，
便辗为车下的尘。
这恋主芳魂，
也永远化作美人芳草，
芳草美人。

第二段
四下里鸡鸣歌唱，
唱断了我的心弦。
问谁人施此狡猾，
害得我军心不坚。
大王你理直全凭气壮，
大王你人定终可胜天。
愿大王一马当先，
愿大王努力加鞭。
今日里蛾眉宛转，
拼教殉身君前。
纵使妾形销黄土，
纵使妾骨化重泉。
这一缕情牵，
也随着大王坐则接席，
立则并肩。

第三段
听鸡鸣歌唱，
唱到东方欲晓。
是天外罡风，
吹折我相思草。
是无情碧浪，
淹没我同林鸟。
愿大王自珍，
贱妾的命运已告终了，
终了，终了。
但愿世世生生，
与大王偕老。
今日里不能偕老，

1931 年

生裁须早。
请大王拂拭青虹,
送贱妾早上黄泉道。
妾身虽死,
妾的魂灵儿,
依旧在大王驾前环绕环绕。

恋爱与义务

出品　联华影业公司，1931年

监制　罗明佑

编剧　朱石麟

导演　卜万苍

摄影　黄绍芬

制片　黎民伟

演员　阮玲玉　金　焰　黎　英　黄　克　陈燕燕　刘继群　徐莘园

《恋爱与义务》电影由朱石麟根据波兰女作家华罗琛同名中文小说[1]改编。其电影小说由朱石麟撰写，原载《影戏杂志》第1卷第11—12合期（1931年4月1日）。

电影小说

朱石麟

杨乃凡是一个弱者，她是屈伏在旧家庭束缚下的一只小绵羊。她虽在绮罗丛里长成，却是在荆棘堆中生活。她抑郁地度她的等闲岁月。她既不怨天，也不尤人，她只怪她的母亲死得太早了。

她的父亲杨刚福——一个红粉队里的俘虏——娶了四个姨太太，另外生了七个孩子。于是他的耳管里整天没有一刻的清静；同时他那丰满的钱包，常常会被人瓜分得涓滴无余。而乃凡偶然因为添买书籍，需要小数的金钱，也只好"过几天再说"了。

住在杨乃凡的对门，有一个青年的学子——李祖义。他虽然有严厉的父亲和守旧的母亲，但决不能遏止他天性的活泼和热情的奔放。有一天，李祖义床头的小钟停了，他上学的时间，比平日迟了半个钟头。巧得很，杨乃凡每天上学的时间，向例是比李祖义迟半个钟头的。有了这么一个耽搁，倒造成了他俩见面的机会。

"食色天性"这句古话是颠扑不破的。杨乃凡的情影，从这天起就深深嵌入了李祖义的心上。他为了要能天天一见美人之面，便不惜自欺欺人，将床头的小钟，故意拨慢了半句钟来适合他追逐芳踪的时间。学校里教师的责备，在他是"满不在乎"的。

这样地继续了有很久的时间，杨乃凡早已觉察了这个少年的追求，同时对于这个痴人也就未免有情。但是李祖义却没有勇气来先和她说话。直到有一天，一辆风驰电掣的汽车，将乃凡撞伤了踝骨，李祖义救护了她回家，才算彼此开了金口。

---

[1]　原载《民众文学》第1卷第6期（1923年）。

以后他俩的感情自然是更进一步了。然而，暑假到了，学校的报告书上，李祖义常常迟到，使得他父亲十分震怒。他父亲所望于他者很深，所以就决意送他到外国去求学；而同时那个弱者——没有抵抗力的杨乃凡，也由父命许嫁给黄大任了。

五年之后，在一处公园里，有两个孩子，在河边抛皮球玩耍。他们年龄很小，所以皮球不肯受他们的控制。有一次，竟从他们手里溜到河里去了。较大的一个男孩，伸手向河边去捞；较小的女孩，牵着他的衣裳，可是球和岸边的距离，不是这只小胳膊所能够及，于是男孩子因为急功躁进的原故，扑通掉入河中去了。

一片惊呼之声，惊动了对岸一个沉默遐思的少年。他脱去了外衣，一跃入水，毫不费力的将男孩救出了危险。

"妈妈在那边。"小女孩牵着少年的衣角那么说。少年依了她小手所指的方向，抱着男孩送到他们妈妈的面前。妈妈正在树林里一张游椅上坐着想心事出神哩。

妈妈接过了男孩，将他救醒之后，站起来向这位救子的恩人道谢。"啊呀……这不是多年不见的李祖义吗？"这个意外的惊奇，把双方都呆住了。原来妈妈不是别人，正是黄大任夫人杨乃凡女士啊。一别五年，已然是绿叶成荫子满枝了。

黄大任是一个学者，他也未尝不富于情感，但他和乃凡结婚了五年，夫妇之间，却只有义务没有恋爱。

"李先生是我家的恩人，又是内人从前的邻居，以后请常来坐坐。"当李祖义按杨乃凡给他的住址去拜望黄大任时，黄大任是这样坦率地对他讲的。黄大任并没有——丝毫也没有——想到他俩从前的关系和将来的危机。他只晓得现在他可以借此常常去会他的另一个情人了。这个法子他自己觉得是很聪明的。

杨乃凡和黄大任的落落寡合，当然是因为爱李祖义的缘故。在李祖义呢，倒也是一往情深，始终不变。现在他们有了聚首的机会，黄大任又这样的放任着，他们两颗已灰未死的心，在这个期间里大形活跃了。

浸在爱河里人们，有时懦弱得可怜，有时又勇敢得可怕。懦弱和勇敢，也许跟着环境走的罢。谁知道呢？这一对从前屈服在家庭束缚下的弱者，现在忽然抱着大无畏的精神，他们在一度计议之后，决定了他们的计划。

杨乃凡抛了丈夫弃了子女和李祖义私奔了。

黄大任在情人家里玉软珠香的陶醉归来，却不道凤空楼空，伊人已渺。这个打击，使黄大任觉悟了他做丈夫的责任已经亏损。他不能不想补救的办法，他只有极力去尽他的为父的责任。

他对于这件不幸的事，他很忏悔。他并不怪李祖义，更不肯责备杨乃凡，他预备把这件事隐瞒过去。但他家的仆人老狐，偏偏喜欢饶舌，他虽然一怒而把老狐革退，但是专以探寻人家隐私为业的新闻记者，凭着"有闻必录"四个大字，已经把他家的全部事迹，揭载报端了。

李祖义和杨乃凡逃出来之后，避居在一个小村里面，爱情别有天地。他们好像置身在伊甸乐园里一样，整个世界都是他们的了。

然而，他们可不能单望着苹果树而不吃饭，他们逃不出人间衣食住的范围，他们只能仍旧回到城市来谋生存。

李祖义改了名姓，在一家公司里找到了一个职业。第一个月薪水发了下来，欢欢喜喜的回家去。但是，饶舌的老狐，恰在公司门口遇着了他。饶舌的结果，李祖义明天就被公司以"来历不明"四个字的罪名将他开去了职务。同时他在报端看见他家老仆寻觅小主人的广告。原来他那严正的老父听说儿子做出这种不肖之事，已经气病在床。并且声明不认他做儿子了。

他回家向杨乃凡扯了一个谎，回家去看看他的父亲。但他的母亲说："你若去见你父亲，便是断送他的老命。这里你回来不得，还是另寻生路罢。"

祖义从前觉得全世界只有他和乃凡两个人，现在他又觉得世界虽大，却没有了他的立足之地。他发疯似的出了家门，经过一座小桥，他觉得桥下的一泓清泉，许还可以容纳他这个罪恶之躯。他爬到桥栏杆上去了；然而隐隐然乃凡的呼声，又使他猛然觉悟：他对于乃凡，在恋爱之外，还有相当的义务哩；他应该要奋斗来保护乃凡啊！于是他又回到他的世界来了。

半年之后，乃凡生了一个女儿，叫作平儿。乃凡的心上稍添了几分安慰，祖义的肩头却加了几层担负。虚伪的社会里没有了他的立足地，优美一点的职业轮不着他。他只能做一个写字匠，按字数来计算他的工资。他的担负愈重，他的工作就不能不拼命的增加。可怜他的一生，就是这样的葬送了。

"乃凡……我害了你，我对不起你……"祖义在临终挣扎的时候，吐出这几句哀音。乃凡的心碎了，泪枯了，肠断了；她不难一死以相从地下，然而这一块肉——平儿，去交给谁呢？再回到黄家去罢，黄大任未必能够相容；回到母家去罢，四位姨太太的嘴脸未必好看。她千回万转，不能不勉强收拾起已碎的心，已枯的泪，已断的肠，她要继续奋斗来抚养她们的平儿。她对于祖义，在恋爱之外，也是有相当的义务啊。

经过了十五个凄风惨雨的年头，从前花容月貌的杨乃凡，现在变成鸡皮鹤发的老太婆了。她替成衣铺做些工作，来维持生活，居然把平儿也抚养成人了。这时候，黄大任的文名也与日俱增，他办了一个《国强报》，常常有他的言论发表在上面。这个报，乃凡是天天必读的。有一天，报上登了一段新闻，是黄大任先生发起的救济贫民游艺会，黄公子冠雄和女公子冠英，都要登台奏艺。旁边还刊着他们的照片。

这份报，使得乃凡获到了极度的兴奋。她想不到一别十余年念念不忘的亲骨肉，居然今天在报上可以一见面目，并且在游艺会开会的那天，还可以到舞台前面去一亲色笑。她喜极而涕了。

1931 年

"老板叫你去做衣服。"一个成衣铺的学徒来招呼乃凡去工作。乃凡跟了他去,在铺子里遇见了一位大主顾。灰白的头发底下,衬着一个绅士式的脸。不是黄大任是谁?大主顾要带乃凡到他家去替他的少爷小姐量衣服,这真使乃凡又惊又喜又害怕了。幸而乃凡这几年的憔悴容颜,比从前大不相同,似乎没有人可以认得她,所以她就硬着头皮跟了大任回家去。

冠雄和冠英正在草地上拍完网球,听说成衣匠来做新衣服,活泼泼地跑了来。一对临风的玉树,显映在乃凡的前面。乃凡的心砰砰的跳着,茫茫然跟了他们进屋子去,似做梦一般的拿出皮带尺来和他俩量取身材。她想起来从前这两个娇弱渺小的身躯,现在竟长得和她一样高大了。她噙着一泡眼泪,在量他们后身时候,偷偷的各各吻了一下。

为骨肉而工作是人生最快乐而最情愿的事,乃凡在灯下缝她日间所量好的衣服。她得意极了。她看平儿已经睡着,她便开了十六年前的旧箱子,取出从前带出来的一件小孩衣服,和现在所做的比较一下。她那有过裂痕的一颗心,又碎了一片。

游艺会开幕了。乃凡用她十指换来的钱,买了两张票,带平儿一同去看。先头的一幕一幕,乃凡就和没有看见一样;只等到冠雄、冠英登场,她才把全神贯注在舞台上。她又恨自己的眼力不够,她哀求着邻座的少年,把望远镜借给她用一用。她这老朽的哀求,很使得那少年发生一种厌恶;幸而平儿一个青春的微笑,才从少年手中把望远镜借了过来。

这一幕跳舞完了。一群人拥到一个包厢里,向那斑白和颜的父亲——黄大任——握手致敬。但可怜这个母亲,竟没有权利再分享一点荣誉了。

平儿的同学关达华,有一个刚从巴黎毕业回来的哥哥,这天也来看游艺会,很倾心平儿。于是遂由妹妹的介绍,请平儿去赴他的夜宴。乃凡让平儿走后,便悄悄地到后台去等候冠雄、冠英出来,攀住车辕,再看娇儿。直等到汽车开行,把她在地上拖出几丈远她才放手。

平儿在关家很局促地参加宴会,直到深夜方散。她回家之后,把脸偎在她母亲的怀里,含羞地说:"达华的哥哥,他说很爱我呢。"

不错,达华的哥哥果然很爱平儿,他很相信"一见钟情"的这句老话。在第二天的上午,便有情书一封,鲜花一束,献给了平儿,约她下午到关家相会。平儿非常喜欢,可是她母亲乃凡,却是隐然的忧戚。因为关家派来送花的仆人,不幸就是黄家辞退的老狐。在这一刹那间,她不禁觉得她女儿唯一的一线光明,忽然的暗澹了下去。待平儿去后,她便默默祷告:"不要因为了我,把她的前程破坏!"

关家的仆人老狐,知道他们少爷的女朋友的母亲,便是那十六年前跟人私奔的黄夫人，他的悬河之口，又有了用武之地。于是平儿的命运——也可以说是乃凡的命运——便轻轻的断送在老狐的手里了。果然当平儿兴兴头头的跑到了关家，便只听到"少爷出了门；小姐不在家；老爷太太还没有回来"的三句话。一个满怀着热爱和希望的女孩子，遇见了这样的打击，她能忍受的得了么？她不禁的哭了，一直的哭了回家，扑在她母亲的怀里。

这天的晚上，乃凡一颗饱经创苦的心，碎得不可收拾了。她想到了女儿的命运，受了自己的牵累，便有牺牲了自己，成全了女儿的决心。然而大任已离，祖义已死，更有谁来抚育这无母的孤儿？想来想去，还只有托付大任的一条路。乃凡既然抱有决心，也就不容再顾一切，遂写了两封绝命书：一给平儿，嘱她不要伤心，从速奔就黄家；一封便托嘱大任，念在无母孤儿，请求收养。可怜乃凡这夜，便在平儿渺茫的酣睡中，投江自尽了。

在平儿寻觅母亲绝望之后，只好持着母亲的遗嘱，去见黄大任。大任老泪纵横，觉得这也是他应尽的义务，便把冠英、冠雄，叫到面前，对他们说："这就是你们的妹妹，你们要爱你们的妹妹如同爱你们的母亲一样。"

这时他三人看了墙壁上母亲的遗像，都凄然地跪下了。

爱 欲 之 争

出品　联华影业公司，1931年
监制　罗明佑
编剧　张碧梧
导演　王次龙
演员　高占非　周文珠　汤天绣　徐莘园　陈少辉

《爱欲之争》电影由张碧梧编剧。其电影小说为张碧梧所作，原载《影戏杂志》第1卷第11—12合刊号（1931年4月1日）。

电影小说

张碧梧

在熹微的晨光中，勤劳辛苦的农人们吃罢了早餐，牵牛的牵牛，负锄的负锄，都忙着到田亩中工作去了。

柳清扬蒙懂的睡醒，翻了个身，瞥见淡淡的阳光，刚上了半窗，以为时候还早，把被蒙上头，闭眼再睡。不多一会儿，他忽然听见桌上的闹钟叮当作响，这才晓得规定的时间已到，连忙一骨碌坐起身，睁开惺忪的睡眼，恍惚瞧见窗前正坐着一人，只因背朝着自己，瞧不见那人的面目；等到跳下床，走到窗前细看，方才瞧出正是他的妻子婉贞。桌上放着花绷，烛台上剩有一小截残烛，原来婉贞终夜刺绣，还不曾停息。

"婉贞，我们也不是无衣无食，你何必这样的自苦！"清扬拍着她的肩头微笑的说。

"不过姑老子幼，将来婚丧教育，不都是我们的责任吗？"婉贞停了工作，正色答复。

清扬忽的大笑了，说是他现在虽赚钱不多，但将来的希望无穷，用不着忧急；一壁又做出夸大的举动，惹得婉贞也笑了。这一阵笑声便惊醒了他们的儿子馨德，把他的小头从被窝中钻出，一迭连声的喊"姆妈"。婉贞忙走过去，替他穿好衣服，随即走下楼，帮助婆婆预备早餐，大家共桌而食。

清扬到了办公室，见许多同事正围拢着读一张布告：原来局长李铭文已调任外务速成学校校长；又说起职员们当中如有愿意研究学术的，可以随他同去。清扬又打听得已有好几个同事向局中辞职，跟随局长读书去了。

清扬本是一个怀有野心的青年，如今难得有这机会，怎肯错过？当即走到局长室中，向局长略述意见，并讨了一份学校的章程。

清扬回到家中，和家人们晚餐时，谈到局中的事，并说了他自己的志愿。又说他倘有了高深的学术，自然容易飞黄腾达，那末教育馨德，当然也比较的容易得多；但接着又深深的叹了口气,说道:"生活的担负已几乎把我压倒,哪有再去读书的力量。况且我去读书,家用又作何打算呢?"

多情的、慷慨的婉贞,为着实现她丈夫的愿望,自愿往后更努力工作,拿劳力的报酬,供给全家的费用;并自愿拿出她历年积下的工资,给她丈夫做学费。

清扬便辞退现有的微小职务,怀着对他妻子的热烈的谢忱,告别家人随着李铭文前去求学。

于是一个在勤勤恳恳的求学,开辟他的前程;一个在辛辛苦苦的工作,谋取生活的需要。

光阴真和白驹过隙一般,不过一转眼的工夫,已经几年过去。清扬已在速成学校毕业了。凑巧李铭文已升任外务部驻沪办公处处长,清扬得着他的提拔,便充任他的秘书。

清扬好不得意,忙写信给他妻子,接全家来沪居住。婉贞过惯了乡村生活,很不愿置身都市。但清扬的母亲恐怕儿子独身作客,诸多不便,主张动身前往。婉贞不能阻拦,便伴着婆婆携着馨德一齐来到了沪上。

李铭文有个爱女,名叫丽华,生得面貌美丽,性情活泼,更爱好繁华,是一个完全摩登化的女子。她和清扬本是速成学校的同学,两人很要好,如今又同在一起,自然踪迹更密,感情也格外进益。

李铭文因为清扬立下了特殊的功劳,又晓得他的夫人来了,便特地开个跳舞会庆贺他,欢迎她。发去的请柬,自然是请清扬夫妇同来。但是婉贞恐怕不识礼节,不肯前去。清扬说这是李处长专诚相请,万万不能回却的。婉贞没法,只得勉强同去。

一座陈设富丽、灯彩辉煌的广厅中,聚着许多衣履华灿的男女宾客,说的说,笑的笑,十分的热闹。他们因为清扬夫妇是今天的特客,各人都来和他们周旋。清扬原对付得过,婉贞却窘极了。后来她索性坐在一旁,一声不响。席散之后,主人便招呼宾客跳舞。于是在幽扬清越的乐声中,一对对,一双双的搂抱着跳舞起来。这一来,婉贞越发难受了。她本不会跳舞,只有呆坐在旁边,望着别人们往来翩翩,有如穿花的蚨蝶。

丽华是过惯这种生活的,越是在稠人广众之间,她的兴致越豪,所以她往来招呼,非常的活动;和清扬跳舞时,更使出她美妙灵活的舞术,越显出她的美秀灵慧,同时也越显出婉贞的呆滞。

清扬原很富于虚荣心,在这相形之下,他心中怎能没有异样的感触,回到家中,闷闷的不乐。婉贞因受了这场窘,心中也有说不出的苦闷。因此向来爱好的夫妇,险些儿发生第一次的冲突。

一天的早晨,清扬和婉贞正在进早餐,仆人送上一份请帖。婉贞接来瞧看,又是李铭文在家请客,便笑嘻嘻的对清扬说:"这一次我可以不怕了,跳舞我已学会了。"她说着,一壁便舞了起来。清扬瞧了,忍不住的大笑。

李铭文发出的请柬,丽华本不知道,等到她晓得连柳夫人也请在内,心中着实的不高兴,定要她父亲回绝柳夫人。铭文被她逼得没法,只得打电话给清扬,叫他一个人前来。清扬听了很是为难,当然不便实说,便对婉贞扯了个谎,说是李处长来电话,因有紧急会议,会宴已取消了。说罢,他便匆匆出去。

婉贞因为赴宴,正忙着梳妆,骤然听了清扬的话,一团高兴顿时消失;闷到百无聊赖时,便叫馨德坐在身旁把室中的无线电机开了,听音乐消遣。

钢琴,繁华铃,皮鼓,铜铙,一齐敲奏起来,清扬扶着丽华,随着一双双的舞伴登场跳舞。

"尊夫人不曾同来,你很觉得难受罢?"丽华在跳舞时低声问清扬说,并溜转秋波,观察他的脸色。

"不,"清扬不加思索的回答,"她不来,我反觉自由得多。"

乐声歇了,跳舞止了,舞客们又要求清扬丽华合歌一曲。有个好事的人,再要把他们的合唱从无线电机播放出去,他并首先凑近放送机,大声报告这个消息。

婉贞坐在无线电机旁,正听着所放的音乐,忽然听到"请清扬先生丽华小姐合唱",她不禁听得呆了,随即她便明了其中的原委。

李家的跳舞会散了,丽华余兴未阑,又挟着清扬坐汽车去兜风。在汽车驶行到静寂的所在时,她突的对清扬说:

"你可知道你的地位和前程,全握在我父亲的掌中吗?"清扬点头不答。

"你忍心为了你妻子一个人,就牺牲你的一生吗?"丽华接着说。

"无如她已生了一个儿子。"清扬无可奈何的回答。

"儿子算得什么,主权在你呀!"丽华现出气愤的神色了。她随即又用胁迫的手段,要清扬和婉贞离婚,好让她自己嫁给清扬。利令智昏的清扬,在这威势之下,竟然一口答应。

清扬和婉贞的感情从此破产了;接着他并公然提出离婚的要求。婉贞原是心高气傲的女子,她是宁愿玉碎,不愿瓦全,便答应离开家庭;但正式离婚,却誓死不肯,因她自信并无失德的地方。她并要把馨德携走,免受后母的苛待。清扬怎肯应允,双方着实费了一番口唇,后来清扬的母亲出来担保,馨德这才留在家里。婉贞便单身出走,打算乘船回往她母家去。

然而清扬禁不起馨德的哭闹,听他一声声的喊着要姆妈,也不由得颤动了心弦,良知发现,便抱着馨德,乘车奔往船埠,要把婉贞追回。但是等他父子奔到船埠时,船已开行。清扬只得望着越去越远的船身,洒了几滴伤心之泪。

两天后,清扬在报章上瞧见婉贞所乘的那只船遇险沉没的消息,又查看遇救的乘客们的姓名中,并没有婉贞的名字,心想婉贞定已溺毙,良心上更觉得痛楚万分。

清扬因大错已成,无可挽救,更禁不住丽华随时的催迫,和功名利禄的诱惑,过不多时,便实行和丽华结婚。

丽华生长富室,是吃惯的,嫁给清扬之后,一天到晚,仍只忙着交际,家中的事务,丝毫也不过问;对于她婆婆和丈夫,也不能稍尽为妇之道;对待馨德,更视同眼中钉,偶有不遂意的时候,或打或骂,要闹得全家不安。清扬见她这般蛮不讲礼,不由得很是后悔,他母亲更是苦忆着婉贞的贤惠。

丽华的生辰到了，为着要请客，定要清扬拿出五千元来。清扬哪敢不从，只得设法给她。

她婆婆帮助佣人们布置筵席，被丽华瞧见了，丽华猛力的推她出去，说像她这样老苦的状况，被客人们见着了，要被人家笑煞。凑巧馨德在慌忙中撞翻了一只花瓶，丽华更是怒不可遏，恨不得一拳把他打死。清扬接连的瞧见这种种情形，虽怒愤填膺，却也奈何她不得。

婉贞当真死了吗？实则不曾，她早被一只船救起，把她送回上海。但她因不愿被人晓得，便隐姓埋名的独自生活。

馨德是她心爱的儿子，她既得不死，自然想瞧瞧他，便常在黑夜里悄悄的从柳家的后门进去，到馨德的卧室中。柳家的老仆吴三，是个忠直的老人，他对于婉贞的出走，很觉愤愤不平；听说她遇险溺毙，更是非常伤心。如今见她安然无恙，这一喜非同小可。婉贞得他从中帮助，所以来了几趟，别人都一些不晓得。

一夜，婉贞又来到馨德的床前，见他衣衫单薄，恐他寒冷，答应他明夜送件绒衫来。母子正说话间，清扬来了，婉贞连忙匿身在床后。馨德告诉他父亲，说姆妈曾经来过。清扬不信，坐在床沿，抚摸馨德的头颈，露出钟爱的神情。婉贞瞧了暗想道："夫心虽变，但爱子之情，依然如故，既有他父亲维护，我也可稍稍放心了。"

第二天的夜间，婉贞果真带着绒衫来了。在刚走进后门时，吴三悄悄的告诉她，说丽华正在大发雷霆，打破了馨德的头，还不算，再要迫令老太太和主人们出走，房里物件也被她摔毁了许多。婉贞听了，觉得满腔的愤火立时燃烧起来，忙伏在馨德卧室的窗口，朝里张望，只见馨德躺在床上，头上扎着绷布，正在连声喊道："姆妈，姆妈，你怎么还不来呀！"清扬和他的母亲都站在床前，露着万分怨愤的神情。婉贞瞧到这里，再也忍不住了，失声喊道："馨儿，你的姆妈在这里呀！"

婉贞喊了一声后，斗的想起自己的隐秘将从此败露了，便连忙转身奔去。但是清扬母子和馨德等已经追出，把她拉住，清扬很惊诧的问道：

"你怎么还不曾死呀？"

"倘然我真个死了，"婉贞恨恨的回答，"我的儿怕早就被你们打死了！"

丽华在乱掷物件的狂怒中，误把在烧着的火酒炉也掷到地上。地毯首先烧着，一转眼的工夫，已是满室皆火。她见室门已被火封住，只得从窗口呼救，却正好瞧见婉贞清扬等人，她既是惊奇，又是愤恨。

清扬听见丽华呼救的声音，说不得奋身入室去救她；但是刚奔上楼，楼梯已被烧断。他无路可走，四下里都是可怖的火焰在迅速的逼拢来。

他悔悟了，他举起两臂，大喊道：

"这正是我的报应呀！……我不该贪财好色，只图自己的虚荣，不顾全家的幸福。"他旋即被浓烟窒闭了知觉。

勇敢的救火员终于把清扬和丽华从火窟中抢救出来。清扬并未受伤，丽华却受伤很重，送往医院。

丽华经了这次巨变，也觉悟了；她自愿和清扬离婚，好让他和婉贞言归于好。在当着律师在离婚据上签字时,她曾对清扬说道:"清扬,请你饶恕了我罢!我觉悟了!我不该拆散你们的好夫妻,破坏你们的好家庭。我如今和你离婚,正是忏悔我的罪愆。"

清扬也悔悟了,随即伴着老母,领着妻儿,仍回到乡间,重复过他从前安恬的生活。他曾这样的说:

"从今以后,我宁愿伏在慈母的膝下,偎在爱妻的怀中,逗着佳儿笑乐……乐呀……真乐呀!"

心　　痛

出品　联华影业公司，1931 年

监制　罗明佑

编导　杨小仲

演员　万籁天　丁子明　陈少辉　洪警铃　徐莘园　章志直

《心痛》电影由杨小仲编剧。其电影小说由张碧梧撰写，原载《影戏杂志》第 2 卷第 1 期（1931 年 7 月 1 日）。

电影小说

张碧梧

淡淡的晨光照上了半窗，枝头的小鸟相互的道着晨安。林树芳推开窗户，欣赏这恬静谐和的景色，觉得有一种无上的快感！

他在和他的母、妻、子女们进早餐时，斗的想到："奉养老母，赡养爱妻，和教育子女，不都是我的责任吗？"他便觉得他的肩头上负着一副沉重的担子。

他原是个个性很强的中年男子，然而在这一会儿工夫中，他的情感竟不免受了环境的支配。可怖的环境的力量！

树芳来到他的办事室，刚正坐定，便接到一封信。他拆开一看，立刻的，他的全身的静脉都紧张了，他的整个心在颤抖了，他的眼前似乎黑魆魆的一片，一切的物象都隐灭了。原来这信是他的经理写给他，辞歇他的职务的。他迅速的从这封信的背后，窥见失业后的恐怖状况，仿佛已身受着失业后的剧烈的痛苦。

他虽不明白他的职务被歇的原故，然而像他这样一个处在强力下的弱小的人，又哪有他伸诉冤抑的机会和所在。

树芳自认为绝大的机会来了，他想在他的经理过生辰的那一天，前去诉述一番，他想道："那时老寿星在兴高采烈，也许比较的有希望些接受我的要求罢？"

有钱有势的经理过生辰，自然有很多的人到来捧场。树芳去到经理的家时，已是宾客如云，十分的热闹。他在来的时候，本怀着很大的勇气，满心要见了经理的面，就得说个详细；但是见了经理的面后，反觉得心突突的跳，满肚皮的话说不出口，一直牵延到晚间盛筵既张，众宾客狼吞虎咽的时候。

在酒酣耳热百戏杂陈的当儿，那经理突然的站起身，高声说：

"我有一种奇技,能把一只水果放在人的额上,我站在百步外,把食叉抛过去,正掷中水果,却不伤着人面。谁愿来试一试?"

宾客们虽极愿奉承经理,但又都爱惜自己的皮肉,不敢去冒险。

"我愿给经理试一试!"在宾客们彼此观望中,独有一人这样的高叫。他正是林树芳。失业的苦痛,激动了他的徼倖心,促使他喊出这句话。

他很勇敢的走过去,拿了一只苹果,放在他的额上。他抬起头,挺起胸的站着。经理毫不经意的拿起食叉就掷,一回不中,再来一回。最后他虽然掷中了苹果,可是树芳的额皮破了,鲜血流了。

识趣的林树芳,恐怕他的鲜血染失了经理的兴趣,连忙拿手帕掩住伤处。果然,宾客们鼓掌如雷,经理笑容可掬。

"请你收回那封解职的信罢!"树芳怎肯错过拿他的皮肉和鲜血造成的机会,随即很恭敬、畏怯的向经理请求。

"什么解职的信?"经理迟疑的问;仿佛他早忘却写给树芳的那封信,又已忘却树芳刚才那一番的冒险和苦心。

"哦,我记起了。"经理随即淡淡的说,接着又厉声道:"这是什么时候?不该谈这种事!"他的两眼,似已失掉斜视的功能,不再瞧见树芳还站在他的身旁。

脆弱的林树芳,又被经理的威势所屈伏,不敢再说什么了。

得不到经理的怜悯,社会的同情,同时又无法维持家人们的衣食,林树芳只得抛弃了都市的生活,全家搬往乡村中去。

在乡村中,他偏有个好朋友,叫作吕富贵,很可怜他的贫困,常常拿钱来帮助他。他的一家人,才能免受饥寒的进袭。

然而,林树芳不愿常受人的资助。他最后的决定,撇下他最心爱的母、妻、子女们,独自来到上海。他晓得他的仆人牛大哥很是忠实,临行时,把全家的事务,都托给了牛大哥。

树芳到了上海,又尝着了异乡的孤零的苦味。他没法解决他的生活问题,便去到一家工厂中做工,拿他的血汗,换取他的衣食。

树芳的老母,因苦忆爱子而病倒在床上;树芳的幼女又病得很厉害,家庭中充满了愁云惨雾。

再有吕富贵常来说,上海很多因穷自杀的人,树芳久久没有信来,莫非已经自杀了罢?这几句话,越发使得树芳的母、妻们万分的忧急。

树芳的长子兴官,年纪虽小,却已有了成人的见识。他记念着他父亲的存亡,便独自来到上海,搜寻他父亲的下落。

"你不是我的爸爸吗?这可使我寻苦了!"一天,兴官在一家工厂门口,牵着一个破衣囚首的工人，哭着这样的说。

"是呀！你正是我的爱子兴官！"这工人也哭了，"你怎会来到这里？"

在患难中相遇的父子，自然越发显出天性上的至爱。

兴官想伴着父亲立刻回去，树芳因为再过几天，厂中便发工资，主张领了工资再回去。不料就在他们父子重遇的第二天，树芳就病了。

多么挚爱，又多么勇敢的兴官，竟和他的父亲同到工厂中代他的父亲工作。可是他年岁太小了，高高的爬到梯上，一不留心，连梯带人一齐翻倒下来。

"混账东西！你怎么叫这孩子代替你工作！"工头恶狠狠的责骂树芳，再伸手打他。树芳哪敢抵抗，被工头打倒在地上乱滚。

兴官忍不住了，忘却他还是个小孩子了，跳上去，就和工头扭做一团。

"为什么事这样的乱打？"经理凑巧来了，一手携着他的爱女婉贞，这样厉声的诘问。

"……斥革了这个捣乱的工人罢！"工头向经理说了树芳的许多不是，最后再提出这样的要求。

"你不正是林兴官吗？"这一句惊异的问话，从婉贞的嘴里迸发出来。"从前我们同学时，是天天见面，并且常在一起顽耍。你怎会来到这里？"

"这样说来，你正是林树芳了。"经理有所感触的对树芳说。"你怎么弄成了这个模样？"

"……"

"这都是我的不是！"经理听了树芳历述境况后，发出这句近似忏悔的话。"因我一念之差，害得你全家如此……"

"罢了！"经理接着说，"我准回复你原来的职位，你先安心回去罢。"

树芳领着兴官回往乡间了。

树芳回到乡间，在一家小茶店喝茶时，听得许多人在谈论他妻子和吕富贵的丑话。他原深信他的妻子，听了不很相信；但是回到家中，凑巧瞧见他的妻子和吕富贵从屋中走出，不由得疑心大起，于是对他的妻子，引起了怀疑和怨恨的心。

"算了罢！"树芳的妻子听够了她丈夫的冷嘲热骂，悲愤到了极点。"我受下吕富贵的金钱，为的是维持一家人的食用；却不料因此受这不白之冤。算了罢，我死了后，我的心总可表明了。"她便写下一封信，奔出去投水。

幸亏树芳察觉得早，把她从潭水中救了起来。

牛大哥恨极了，他以为主母自杀都是为了吕富贵，他便和勇武的战士赶往疆场似的，奔到吕富贵家，把所有的陈设完全打毁；又抓住他的两腿，把他从家中倒拖到林家的门前，把他捆在树上，重重地打；又说，倘使主母真个死了，定要剜出他的心祭祭主母。

幸而树芳的妻子得救，吕富贵才得保全了性命。

"不必再打他了。"树芳对牛大哥说。"这都是我穷困的不是，怪吕富贵干什么？"树芳深深地叹了口气。

林树芳既得复职，便把全家再搬到城里居住，重复过他从前的欢乐安闲的生活。然而，他的一颗心，已痛得尽够了！

雨 过 天 青

出品　光华影片公司，1931 年
编剧　谢世煌
导演　夏赤凤
摄影　K. Henry
演员　陈秋凤　林如心　黄耐霜　刘一新　章志直

《雨过天青》电影由谢世煌编剧。其电影本事、对白无署名，原载《雨过天青》特刊（1931 年 7 月）。

本　　事[1]

少年陈小英，风流倜傥，饶有侠气。一日郊游，见小窃刘杰，方盗物欲行，陈执而诫之，赠以金，使营正业。刘感激自悔焉。陈有外遇曰丽娜，妖娆善媚，颇钟情于陈，欲嫁之。陈本有妻，而娜亦别有狎客刁奇，久思据娜为己有。一日刁正于娜家闲坐，陈亦来，娜诈言夫妇，逐刁而留陈。刁固不知其无夫也。陈妻王爱莲，甚贤淑。知陈与娜相爱，虽怨恨而不欲明言，遂抑郁成病。陈颇自愧，莲亦婉转相劝，夫妻仍和好如初。陈偶于窗间见丽娜行过，忽忆怀中有娜之小照，欲还之以示断绝。娜不允，挽之同行。讵为莲所见，殊怨夫之欺己也。陈至娜家，正与娜争论，莲忽追至，与娜口角。陈居中劝解，不意误推莲于地。莲恨陈助娜，遂击陈颊。陈亦怒，反与娜亲昵，以辱莲。莲愤而走。于时，刁亦适于门外，具知情状，入与陈斗，为陈所伤。陈亦遂去追莲。莲愤极不愿见其夫，竟自投枯井中。陈失妻后，无从访察，终日踽踽独行，几如癫痫。幸遇丽娜救之归，遂暂居娜室焉。爱莲投井后，幸不至死。刁适过其地，识为陈妻，挟之返，将报陈一刁之仇，而莲不从。刁偶于游戏场遇催眠术士，乃嘱其施术于莲身，将以遂其欲。其时刘杰方执役于场中，具悉其事，乃潜入刁家，毙刁而救莲去。莲至此已无家可归，暂居刘所。刘有母，待之甚厚。刘亦不知莲即陈妻，渐生爱念。而莲于怨恨愁苦之中，犹怀想故夫不已也。刘本识丽娜，一日相遇郊外，娜正偕陈同行，执手寒暄，欢然道故，刘始知二人将结婚矣。刘喜，亦告以家有爱人。陈与娜亟请相见，刘即往唤莲。莲故不知来者为陈，自觉心怀闷闷，殊不愿无谓周旋，以此咫尺天涯，终未得相见也。陈小英与丽娜结婚之日，刘偕爱莲往贺。莲始知新郎即故夫，新娘即情敌，愈益愤恨。幸为刘讯悉实情，而陈亦痛自忏悔，此不幸的夫妻，竟幸得重温旧好。而失意之丽娜，惟有仍趋其旧来之路耳。

---

[1] 原为句读。

对　　白[1]

第一本

义贼刘杰：哎唷！

少年陈小英：你做甚么？跟我走。

失主：你找谁呀？有甚么事情呀？

少年陈小英：我们走此经过，因为嘴干了，请你给我们两杯茶喝喝。对不起，谢谢你！

失主：可以，可以。

少年陈小英：我看你年纪很轻。你要是一个男子汉，就不应当做这个事情。

少年陈小英：朋友，你争气一点儿。拿去罢。以后你争气一点儿呀。

义贼刘杰：哈！哈！哈！妈呀！

第二本

丽娜唱《荡妇曲》

　　风动帘栊，月落台阶，心事怎安排。彼竟心忍夺我所爱，把我离开。好事难谐，欢乐顿成悲哀。

恶人刁奇：恐怕你有心事吧。

娜：我没有呀。

刁：你没有心事？

娜：我是没有。

刁：你没有心事，为甚么唱那个歌咧？

娜：刚才亦不过开开顽笑。

刁：（笑声）恐怕你一定有旁的意思。

娜：你看天在我的头上，我实在没有。

刁：真没有心事？

娜：真没有。

刁：你不要骗我。

娜：我没有骗你。

刁：那我才喜欢你咧！（刁奇笑声）

娜：不要动手呀！

刁：怎么的？

恶人刁奇：唔——喔。——喔。

---

[1] 原对话者有括号；对白无完整标点。现去除对话者括号，后加冒号；对白加标点。

刁：你吃甚么？

娜：我吃糖。

刁：你一个人吃的？

娜：嗳！你要吃吗？

刁：要。

刁：（笑声，哈哈）这个糖又甜又香！谁要吃了你的糖，真是长生不老。（二人同笑声）

娜：（笑声）我这个糖呀……

娜：从来没有给过男人吃过。

刁：（啊）

娜：你是第一次咧。

刁：哎呀——哈——哈——哈！

刁：再来罢。

娜：是真的好吃吗？

刁：好吃！

娜：那再给你一点儿吃吧。

刁：好！可以。

刁：你骗我吗？可是我不答应。喔唷——哎呀！可是我不答应。

娜：不要这样——

刁：谁呀？

娜：谁呀？

陈：是我。

刁：谁来了？

娜：我的丈夫回来了。

刁：怎么办咧？

娜：请你等一等。

刁：那怎么办咧？

娜：快跳下去。

刁：那怎么办咧？

娜：你赶快跳下窗去罢。

娜：这一点都不会。你应该在家里练习练习呀。

刁：这么办咧？喔唷，喔唷！

刁：我害怕呀。

刁：喔唷，喔唷！

陈：快一点！

娜：嗳！来了。

娜：唷！你来了吗？

陈：我早就来了。
娜：你现在才来！
陈：我怕你难过我才来呀。
娜：我难过难道你不难过吗？
陈：为的是你难过我才来了呀。（妇笑）
陈：这帽子是谁的？
娜：我丈夫的。
陈：呵，两天没有看见你，倒有了丈夫了。
娜：那有甚么奇怪呀。
陈：奇怪极了！
笑：同笑。
娜：你来这里，你不怕你的夫人吗？
陈：我的夫人她很贤慧的。不过有的时候她的脾气是古怪一点，不要紧的。
娜：你的胆子真不小！把我的小照摆在你的表里；要是给你的夫人看见了，那还得了！
陈：不要紧的。
娜：好好！还了我吧，免得你们淘气了……
陈：不行。
娜：反正到了我手里就是我的了。
陈：那不行，你还我。
娜：到了我手里，就是我的了。
娜：喂，小照在这里哪，不还你了，不给你了，不还你了！
陈：不还我不行，我来了。
娜：哎……
陈：你还我不还我？
娜：不还你。
陈：不还我，我要打你了。
娜：哎……我不怕。
陈：还我不还我？
娜：不还你。哎……哎……
陈：不给我，我要打你。
娜：不给你，你怎么样咧？
娜：哎……
娜：哎……
陈：我打你，我真的打你。
娜：你打我我亦不给你。
娜：喂！在这里咧！不还你了……

陈：你这小孩子坏极了，我看见这个帽子就生气。

娜：小照在这里咧。

陈：你到底还我不还我？

陈：不还我，我要打你。

娜：哎……

陈：你好，你好！

娜：哎！

娜：你好，你好！

陈：你好，你好！

娜：哎……

娜：你这么利害。你好，你好！

陈：到底给我抢回来了吧。

娜：你抢去就抢去好了。嗳，我这里还有你一个咧。

陈：这个是我给你的，那个我不要。

陈：丽娜你这个小孩儿，又可爱，又可恨。

陈：你一个人吃甚么？吃糖一个人吃吗？

娜：你要吃吗？

陈：要吃。

娜：（嗳）

陈：你这个糖比别的糖又甜又香，谁要吃了你的糖，他一定长生不老。

娜：是真的吗？

陈：（喔）

娜：我这个糖还是第一次给男人吃，亦是第一次给你吃。

陈：（啊）

娜：从来没有给男人吃过。

陈：那我今天还要吃一块呀。

娜：那我再给你一点吃。

陈：（呒）

第三本

爱莲：春香，春香！

陈小英：春香不在这个地方呀。有甚么事，你对我说。甚么事？甚么事你对我说好了。

陈：我来拿。

爱：不要，不敢当！

陈：为甚么不要？

爱：当不起！

陈：我拿一样的，赶快喝吧。

陈：你还要喝吗？

爱莲：怎么你今天这个时候，你还不出去吗？

陈：你在这里生病，我要跑出去顽，那未免太说不过去了。

爱莲：啊！为了我生病，你才不出去？唉！我这个病生得真不好。

陈：啊啃！好了好了！你要骂就骂我两句，何必挖苦我。我晓得你又在那里生气了。

爱莲：你是我的丈夫，我怎么可以骂你咧。

陈：我晓得你不会骂我的。我跟你这许多年的夫妻，只看见你快乐，亦没有看见你生过气呀。

爱莲：本来嘛，夫妻们的快乐就在这年少青春的时代。可是这有限的光阴，好像水一般的流去了。到了年纪老了，还有甚么快乐咧。比方我十八岁的时候嫁给你的，现在已经有了十年了。再过十年我们两个人都快老了。在这个未来宝贵光阴里面，你用十分的爱情爱我，我用十分的爱情爱你。两个人爱都来不及，哪里还有功夫生气咧！

爱莲：你是知道的，我生病最怕吃药，因为我的身体我的生命是你所有的；我是你所爱的人，我要是不把它医好了吗，怎么对得起你这十年的恩爱咧。

爱莲：话是这么说，想我们今生今世做了夫妻，已经是很不容易了。这来生来世知道我们还能够做夫妻吗？

陈：爱莲！爱莲，我对你不起。我太对你不起了……

爱莲：小英你瘦了，你瘦得多了。小英你要保重你的身体呀！我因为你爱我，所以要保重我的身体。你可能够因为我爱你，你亦保重你自己的身体呀。

陈：唉，爱莲我明白了我忏悔了！爱莲我爱你，我永远的爱你了！

王爱莲唱主题歌《雨过天青》

　　窗外的雨下过了，风亦吹过了。光明的太阳出来了，云淡风轻青天高。从前的仇恨一齐消，夫妻还是夫妻好。野草闲花你休要，十年的恩爱你莫抛。如同那比翼鹣鹣鸟，如同凤鸾不离巢。但愿得地久更天长，你我白头同到老。

陈：爱莲，我现在的快乐，好像就是从前我们结婚那天一样。

爱莲：我亦是这样想。不知道别人家的夫妻，还有比我们恩爱的没有。

陈：我想起一桩事来狠有趣的，我告诉你，要听吗？

爱莲：要听的。

陈：你要听吗？

爱：要听的。

陈：就是我们两个人结婚那一天，我同你坐了一部汽车，走过那桃花园的地方，那桃花吹了你一身。我在旁边偷看你，你一动亦不动，一脸新娘子的架子。我在那里笑你，你亦不知道。现在想起来，好像就是昨天的事情一样。你看有趣不有趣！

爱莲：（笑）你看你简直像一个天真烂漫的小孩子一样。

陈：我是小孩子？

爱：是。

陈：我是小孩子吗？

爱莲：你怎么想起来说的？

陈：我就是小孩子吧。

爱莲：是呀，一个女人，她的快乐，她的命运，或者是悲伤，都在结婚那一天定下了。

陈：呵！那亦不一定，做丈夫的亦有一半的责任。

陈：你怎么又咳起来了。

爱莲：不要紧，不要紧。

陈：呵！我明白了，都是我吃烟的不好。我又忘记了，以后总不吃它了。我把它丢了它。

第四本

陈：我这个烟不吃了。

陈：我去去就来，一会儿就来。

爱莲：他骗了我了，他又骗了我了！

丽娜：你好你好。

陈：丽娜，我要请你原谅我，我实在不能同你在一块儿了。

丽娜：你现在既然不能同我在一块儿，你当初为甚么同我说情说义哩？

陈：原谅我，我实在没有办法了。

丽娜：原谅你？那天我在你的表里把我的小照拿了出来，亦不过同你开顽笑。看你好似拼了命的把它抢了回去；今天随随便便的说还给你吧。今天既然这么容易的还我，那天你何必要拼命的抢咧！

陈：你一定要原谅我，我的夫人她为我生了病了。要是我再同你在一块儿，她的病还要格外利害了。

丽娜：夫人——你同你的夫人，又不是今天结的婚。你既知道爱你的夫人，就不该再爱别人哪！当初你同我第一次讲爱情的时候，你就该想一想，应当爱的就爱，不应当爱的就不该爱！

陈：好了好了，不要说了！我决计不能够同你再胡涂下去。我走了。

丽娜：上哪里去呀？

丽娜：有人来了，你躲起来吧。

丽娜：你找谁呀？

爱莲：我来找我的丈夫。

丽娜：你来找你的丈夫？你的丈夫怎么会上我这里来？你的丈夫是谁呀？

爱莲：我的丈夫就是陈小英。

丽娜：啊！陈小英？大概你就是他的夫人了。

爱莲：唔唪！

丽娜：不错，刚才他来过的，现在走了。

爱莲：啊！他走了吗？

丽娜：对不住，要是你没有甚么事情，我还有一点儿事情咧，请你走吧。

爱莲：他要来了，费你的心，告诉他我有几句最后的话同他讲，请他同我做一次最后的见面吧。

丽娜：哟，夫人这个话我不便替你去说，还是等他回去你自己当面和他去说吧。

爱莲：等他回去吗？他不会回去。他受了那个魔鬼的引诱，他已经堕落了。

丽娜：（笑声）奇怪——你这些话用不着对我来说。就是你的丈夫爱上了别人，亦是你自己没有手段。回去把对待丈夫的法子研究研究吧，不要在此地哭了；哭死亦是没有用的，倒给人家看见当作笑话。

爱莲：你还我的丈夫呵！你还我的丈夫呵！

丽娜：你疯了吗！我马上叫警察送你到疯人院里去。

爱莲：你还我的丈夫呵！……你还我的丈夫呵！

陈：爱莲……爱莲……

爱莲：好！你好……你好……

第五本

丽娜：你看她走了哪。

陈：呀，你这个害人的魔鬼。

刁奇笑声：哈！哈！哈！哈！

刁奇：世上有你这样混账的男人，就有你这样不要脸的女人。

刁奇：这就是你的丈夫吗？你说呀。

陈：你做甚么。

刁奇：做甚么？打你！

陈：你吗？

刁奇：今天要你的狗命。

刁奇：唉。

丽娜：哎哟！

朋友甲：他这个病这样的古怪，你看我们有甚样法子可以想吗。

陈发疯之语：呵——嗳唷——爱莲你死了吗——呀！呀——这是甚么——这是甚么——爱莲你就这样死了——你就这样的死了吗？你们快去救救她呀，爱莲！你们快去救她呀！你们快去救她呀！你们快去救她呀！

陈：在这里来，她在这里！她在这里！她在这里！

陈：快去救她！

朋友甲：怎么办呢？谁下去呀？

朋友乙：我去救她，我去！

陈：请你们快去救她呀！

陈：怎么办法？不晓得她现在怎么样了，怎么办？快去救她！

朋友甲：你看见没有？当心一点！赶快把他绑起来。

朋友甲：怎么不是的。

朋友甲：呀，怎么是一个男人？奇怪不奇怪？

陈：唉，怎么不是的呀？哎呀！爱莲，你还是死了？还是没有死哩？爱莲，爱莲……

第六本

（音乐配奏）

（钟声）

陈小英唱《去年今日曲》

去年今日此门中，人面桃花相映红。人面不知何处去，桃花依旧笑春风。

丽娜：卖冰的……

丽娜：这里。

丽娜：你在这里做生意吗？

刘杰：好久不见了，我到这里来没有好久哩。

丽娜：你卖甚么东西？

刘杰：卖冰。

丽娜：给我一点好吗？

刘杰：这个时候还没有做好，回头送过来给你吧。

丽娜：好——你母亲好吗？

刘杰：她老人家很好。她很惦记你的，你几时有功夫上我家里去坐坐。

丽娜：好，我有功夫就去拜望她。

游客之声：卖冰的……

刘杰：来了，你坐一会儿。

刁奇笑声：哈！哈！哈！哈！

刁奇：你亦在这个地方吗？你很快乐呀。

刁奇：你怎么不答应我呀？

丽娜：我知道你行为不好，现在不要给你做朋友了。

刁奇：呀，你有了他，就忘记了我了吗？好，总有一天你看着我把他打死了。

第七本

催眠博士：这个催眠术，是近来医学界的一种新发明，医学界的一种新贡献，它能够把这个生病的人，把他的痛苦减少。它就是医学界的福星，人类的救星。诸君，我兄弟研究这个催眠术，已经有二十多年了。今天在这个地方，贡献诸君。可是给那个变戏法的不同，如其诸君要是不妨试验试验哩，就可以请上台来，我们可以当面的贡献贡献。

催眠博士：你们哪一位请到台上来？就是阁下吧，请上来，请上来。

催眠博士：阁下对于这个催眠术，还有点相信吗？

游客：一半相信，有一半不相信。

催眠博士：只要你有一半相信，那我们就可以试验试验，好不好？

游客：好。

催眠博士：请坐请坐。

催眠博士：谢谢你。

催眠博士：坐下来，请你把你的眼睛望着我的眼睛，——望着我——望着我呀——望着我——望我——

催眠博士：你们诸位看看，现在他已经受了我的催眠，睡着了。

催眠博士：你们诸位看看，是不是睡着了吗？不会醒了，催眠行了吧。

刘杰：生意不做，看甚么东西呀。

催眠博士：现在他已经受了催眠，马上就可以贡献你们诸君看看。

催眠博士：催眠术的功用很大，现在他睡着之后，他的精神就丧失了，就受别人指挥了。

刘杰：喂，这个人的脸熟得很，一时想不起来了。这个家伙一定不是好人。

催眠博士：是不是他果然听我的指使？这就是心理的作用，就是催眠术的成功。——还有一件……

催眠博士：我写一个字，这个字，诸位大概一定认识。现在我把它擦了，诸位，我教他写一个，一定同我这个一样——写……

游客：呵……

催眠博士：对不起，你辛苦了，辛苦了！对不起，对不起！请你歇息吧。对不起，对不起，对不起！

刁奇：哈——啰——

催眠博士：你会哪一位？

刁奇：我特地来望先生来的。

催眠博士：呵，还有甚么事情哪？

刁奇：先生的催眠术，真高明极了。

催眠博士：哈哈！见笑见笑。贵姓是？

刁奇：敝姓刁。

催眠博士：呵，贵姓刁。

刁奇：是是是。

催眠博士：刁先生，久仰得很。

刁奇：不敢，不敢。

催眠博士：一向少候得很。

刁奇：不敢，不敢。先生此番从哪里回来？

催眠博士：从南洋回来。

刁奇：呵，南洋回来。

催眠博士：今天还有甚么事情来见教？

刁奇：我有一桩事……

刁奇：我想给先生商议商议。

催眠博士：有甚么商议？

刁奇：因为我家里的人，她脾气太坏了，搅得家里乱七八糟的。我想请先生，想想法子，把他们的脾气改变改变。

催眠博士：这个事情，倒很容易办的，因为我们这个催眠术，是一种心理学的作用。比方这个人要是有不好的习惯，我可以把他改掉。这个，欢喜赌钱的人，可以叫他不赌；欢喜抽烟的人，教他不抽，一定可以办得到的事情。只要你阁下，相信我，我总可以尽我的力量。

刁奇：当然我相信你，才来请你，最好请你上我的家里去。

催眠博士：府上住在哪里？

刁奇：我片子上头有。

催眠博士：呵，府上就住在霞飞路，中和坊，二十四号？

刁奇：是，是，是。

催眠博士：今天没有功夫呀，改一天好吧？

刁奇：好好好好好，那么就这样子吧，明天吧。

催眠博士：可以可以。

刁奇：如此，明天下午，你有空，就上我家里去。

催眠博士：明天一定到，一定到。

刁奇：我在家里等你。

催眠博士：是——是——是。

刁奇：我们再见吧，——再见。

催眠博士：再见再见。

布景人甲：阿德哥，这两个家伙，在哪里偷了两块冰淇淋在那里吃。

布景人乙：不是的，小三子，恐怕是牛奶糖吧。

布景人甲：不对的，我看得清清爽爽的。

刘杰：那一个人，我想着了。有一天，我在一个地方，我想不着这个地方，总有一个地方；那个地方，有一口井。他亦走这个井边走过，我亦走这个井边走过，他把一个人……

赵和尚：喂，朋友，快来吧，快来吧！这个井里掉下一个人去了。

刁奇：呀！

赵和尚：这个井里掉下一个人去了，请你给我拉一下子吧。

二人救人声：哎唷！

赵和尚：好了。

爱莲：哎呀——哎呀——谢谢你呀！

刁奇：你怎么会掉下井里去了？上我的家里去吧。

赵和尚：你领她到哪里去呀？

刁奇：甚么？

赵和尚：你领她哪儿去呀？

刁奇：上我家里去。

赵和尚：你认识她吗？她上你家里去呀？

刁奇：你认识她吗？

赵和尚：我不认识她——我不认识她吗，把她救上来了——那不行，你不能带她走。

刁奇：要你管甚么，用不着要你管！

刁奇：谁要你多管闲事！

赵和尚：哎……

刘杰：那个时候，我本来跟他一起去的，实在他手上有一杆手枪，我害怕。你看他今天又到他们后台去了，一定想不好的主意。今天这个时候他走了，下一回我再要碰见了他，我真不让他过去。

第八本

刁奇：你现在怎么样呀？

哈——哈哈——哈——

刁奇：你要是没有我，你的性命早就没有了，你应当感激我呀。

爱莲：你这杀人的凶犯，你还不给我赶快的走！

爱莲：你怎么样呀　　怎么样呀——

刁奇：好，你今天这个样子，我总有方法对付你。

（窗外陈小英唱《去年今日曲》经过）去年今日此门中，人面桃花相映红……

爱莲：小英——小英……

陈唱：人面不知何处去……

爱莲：小英！

陈唱：桃花依旧笑春风。

爱莲：哎——小英呀——小英呀！

刁奇：你看甚么东西——你看甚么东西！

爱莲：呵！

刁奇：她那个人哪，有一点神经病。请你用催眠的法子教她听我的话。

催眠博士：你同她是甚么关系？我还不大明白。我可不能够冒昧用这个法子。

刁奇：你不能用吗？

催眠博士：对不住。

刁奇：能用不能用？

催眠博士：嗳嗳嗳嗳——能用能用。

刁奇：哈哈哈！

刁奇：劳驾。

刁奇：人家问你，你是我的谁，你就说我是你的老婆。知道吗？——你是我的谁？

爱莲：我是你的老婆。

刁奇：哈哈哈哈！

刁奇：拿去拿去，把这衣服换换。

刁奇：走吧。

爱莲：（哑）

第九本

爱莲：你好吗？

爱莲：你这个人真好，我看见你我心里头不知道怎么样，真的爱你。

爱莲：好。

爱莲：啊，你是一个哑吧，不会说话的吗？（莲笑声）

爱莲：叫我坐下来，坐下来。呵，我知道了。

刁奇：哈哈哈哈哈！

爱莲：你这个人真好，真可爱，我跟你回家好不好？

爱莲：好吗，今天晚上我就跟你回去。

爱莲：这里的女人很多。

爱莲：你看哪个长得好看呀？

爱莲：那一个女人长得好看吗？

爱莲：这个女人好吗？我说好就好。好吗？你又不会说话。

爱莲：你在这里坐一会儿，我有事，一会儿就来，对不起。

刁奇：你要是这个样子，我才欢喜你咧。

刁奇：怎么勒？

刁奇：唷！

刁奇：你怎么样了？嗳！

爱莲：呵唷——呵唷！

刁奇：你好一点没有？

爱莲：你这做甚么——你这做甚么——干甚么——你这干甚么呀？

刁奇：吹甚么东西——吹。

爱莲：干甚么——你干甚么呀！

刘杰：站起来，上里面去！你走好了，你走！

刁奇：（哎）

第十本

刘杰：哈哈哈哈！

（唱定军山）

夏侯渊，武艺果然好，可算将中一英豪。将身且坐莲花宝，营外因何闹嘈嘈？这一封书信来得好，助俺黄忠成功劳。站立在营门三军叫。……三通鼓——头通鼓，战饭造。二通鼓，紧战袍。三通鼓，刀出鞘。四通鼓，把兵交。上前个个俱有赏，退后项上吃一刀。三军与爷，归营号。到明天午时三刻，成功劳。

刘杰：妈——妈，请王小姐出来吃点心。

爱莲：哎哟，不要客气，这不麻烦你老家人了吗！

刘母：没有的话，这里乡下没有甚么好的。

爱莲：不要客气。

爱莲：真麻烦了。

爱莲：请坐。

爱莲：买了好多东西。害你花了钱。对不起得很。

刘母：不要客气，来到我们乡下地方，没有甚么好的，多少用一点。

爱莲：不客气，谢谢！

刘杰：王小姐你吃呀！这是上海饼干，这是福建橘子，这是广东香蕉，这是南京花生，你吃。

爱莲：谢谢。

刘：这是上海饼干，广东香蕉，吃呀吃呀！

莲：老太太请用。

刘：南京花生，福建橘子。

莲：呵，有了——有了。

刘：广东香蕉，上海饼干。

莲：不要客气，有了有了。

刘：福建橘子，上海饼干，广东香蕉，吃呀吃呀，王小姐吃呀，南京花生。

莲：不要客气，老太太吃呀。

刘：王小姐吃呀，不要客气。这东西都是好的。

莲：呵，谢谢！

刘：吃呀。

莲：呵，谢谢！

刘：妈，你吃吗？

刘母：我不吃。

刘：呵，你有胃病，不能吃。还是王小姐你吃吧。

刘：你吃呀，随便用一点好了。

莲：老太太你也用一点。

刘：妈，你不是常说，有了儿子，没有女儿亦是不好的。像王小姐这样的人，要是做了妈的女儿，你是睡梦里亦笑醒了。

莲：我是一个无家可归的人，承蒙你们的好意，这样的待我，我是感恩得很，那我就算你的女儿好了。

刘母：怎么？不敢当，哪能当得起。

莲：这是应当的——应当的——妈！

刘母：哪当得起！

刘母：好是好，我亦没有好的见面礼把你呀。

莲：不要的。不要客气了。

刘母：呵，我想起来了，我里边还有一点好的东西，我把你吧，一块儿去看看去。

莲：不要的不要的。

刘母：一块儿去看看吧。

刘：（唱）好一个美貌女娇娥。

娜：小英，你的身体要紧，你应当保重一点呀。

小英：唉——你的意思我全都明白了，不过我呢，是一个勉强活在世上的人。我只等哪一天我这一口气断了，我的事情亦完了，我的烦恼亦就没有了；我何必再将我这个要死的身体，再来连累你呢。

娜：你不要这样，你的年纪还很轻咧，把精神提起来，我们大家还可以组织一个快乐的家庭哪。

小英：一个人哪里会没有爱情哩，但是我的爱情，好像冬天的树木，他已经没有生气了。

娜：不要紧的，冬天的树木，到了春天，他又会开花结果的。你现在到了春天了，你还不知道吗？

小英：照这样说起来，我这一棵枯树，还要等你这个春天来哩。

娜：我亦是一个很可怜的人，人家都拿我当做一个下贱的女子；但是我呢，因为没有依靠，不得已才去过这种浪漫生活。我自从遇见了你，我就想把终身来依靠你，直到现在还是这么样子希望。难道你就不能够可怜我吗？

小英：你亦伤心，我亦是伤心的，同是天涯沦落人！丽娜，你叫我怎么办呢？

第十一本

刘杰：你为甚么哭呀，你做甚么哭呀，干甚么哭呀？

娜：这不是刘先生吗？

刘：王小姐呀，你怎么会到此地来的？

娜：我们刚才在这里顽的——呵！

刘：呵，你——你亦到此地来了。

小英：你想起来了吗？

刘：我很惦记你。

小英：你现在好吗？

刘：很好的，你们都请上我家里去坐坐。

小英：今天时候已经不早了，改天来看你。

刘：好好好。

刘：你们两个人都认识的？

娜：我们不但认识，还要结婚咧。

刘：要结婚了？好，那我一定过来道喜。

娜：好，我们正在没有介绍人咧，请你做介绍人，好不好？

刘：那我一定过来帮忙。

娜：你笑甚么？

刘：我亦想请你们做个介绍人。

小英：甚么介绍人？

刘：我的事情成功了，快要结婚了。

小英：呵，你要结婚了，那你的介绍人一定是我呀。

娜：那我一定去吃你的喜酒去。

娜：我想你的未婚妻，一定很漂亮的吧。

刘：还可以，你们要见见她吗？

小英：可以看看吗？

刘：老实对你们说吧，她已经住在我的家里。刚才还在此地晒衣服，你们等一会儿，我去叫她来。

刘：妈呀，王小姐哩？

刘母：她不在家，她出去了。

刘：呀。

刘母：她不在家，她出去了。

刘：王小姐，王小姐！

小英：人家都把离婚，当作时髦的事情；我们大家都喜欢结婚，这不是太不时髦了吗？

娜：还是不要时髦的好，那种时髦不是好的时髦。

刘：王小姐——王小姐！

刘：王小姐。

刘：哈哈！

刘：你好，我叫你，你不答应我。

刘：我叫你为甚么不答应我呀？

爱莲：请你原谅我，我因为这个时候头痛得很，心里又难过，你让我在这里歇息吧。

刘：不是的，我因为那边有两个朋友，他们要见见你，你过去可以吗？

莲：我不去。

刘：为甚么不去咧？我已经答应别人了。见见亦不要紧的。

莲：我是一个偷生在世上的人，最好找一个深山古庙的地方，让我躲起来。我还有甚么面目去见人哩。

娜：他们怎么还不来咧。

小英：再等一会儿，不来，我们走好了。

刘：去去亦不要紧的。何必不去咧。

莲：何必一定要我去见他们咧。

刘：不是的，我已经答应了别人了，不去我很难以为情的。

莲：我又不认识他们，为甚么要去见他们咧。

刘：去——去——去。

莲：你真害人。

莲：有甚么事情咧。

刘：怎么会走了？他们刚才还在此地的。哪哪哪，他们上汽车了。

第十二本

陈：今天我很抱歉的，诸位到这个地方来，没有好好的招待，请你们大家原谅原谅。

男宾众：好说好说。

陈：原谅原谅。

女宾甲：你这花很好看。

丽娜：好看吗？你看我这样打扮好吗？

女宾甲：这个亦很好看，在哪里买的？

丽娜：在大马路买的。

刘杰：人倒不少。

爱莲：人很多，这里都是男客很不方便的；我上里面女客那边去好不好？

刘杰：你上里面去好了。

爱莲：你在这里？

丽娜：今天你们来得真早，又劳动了你们众位。

陈：你来了吗？

刘杰：好极了。

爱莲：很奇怪，今天怎么是你结婚吗？

刘杰：你看，你今天多么快乐，精神又好，气色又好，你这个快乐是打心眼里发出来的。

陈：你不要开顽笑了，我亦是实在没有法子。

爱莲：啊——是陈小英吗？

刘杰：我的事不晓得怎么样呢。

陈：那你应当要赶快努力一点呀。

刘杰：你那一回要看看她，没有看见，她今天来了。

陈：她来了吗？

刘：喔。

陈：跟你一同来的吗？

刘：跟我一同来的。

陈：那我一定要去看看她。我还可以替你做媒人，更可以替你鼓吹鼓吹。

刘：是的吗？你要去看吗？

陈：走呀！

刘：那我带你一块儿去看。

陈：她在甚么地方？

刘：在此地呀。

刘：王小姐呢——王小姐她上哪里去了呀？

丽娜：你知道她是谁呀？

刘：不知道。

丽娜：她就是陈小英的夫人！

刘：呀——

陈：啊——就是她吗？

陈：真想不到——真想不到！

刘：这怎么办呢！我又不知道是你的夫人。这怎么办呢！现在又不晓得她到哪里去了。你放心好了，我去找她就是了。

刘：王小姐——王小姐！

刘：奇怪，真奇怪！笑话了。你们诸位今天欢天喜地来吃喜酒，这喜酒恐怕你们吃不成功了。

陈：我又做错了。

刘：他从前的那位夫人，刚才我已经陪她到这里来了。现在陈先生已经知道了。你们诸位看这个事情怎么办法呢？

刘：刚才还在此地的，一会儿不见了。请你们大家相帮找找好不好？

男宾众：好——好。

陈：慢点找。

陈：诸位慢一点去找她，就是把她找得来，我亦没有这个面目去见她。

陈：从前已经错了，哪里知道一误再误。现在又大错而特错了。这一次的结婚，实在是没有道理了。

陈：我假如实行结婚，我在法律上是一个重婚的刑事犯。就是在道德上，我亦问心自愧。

陈：我的夫人，她很贤慧的，不过她的气量小一点。唉——这本是女人家的天性，亦不能够怪她的。

陈：可是我实在对她不起。我屡次的骗了她；我又屡次的辜负了她；现在我亦没有这个脸再去见她了。我只好——我只好——我……

爱莲：小英——小英！

陈：爱莲——爱莲！

爱莲：你不要离开我，我要是没有你，是不能够生存在世上的呵！

陈：我永远爱你！我总不离开你了！

刘：好了好了，你们不要哭了，从今以后就是快乐的时候了。

陈：对呀，爱莲，他的话很不错，很对，很对呀！你不要伤心，不要难过呀！从今以后，你把从前的事情，通统忘记了。我们趁这个少年时候，要多快乐一点。爱莲——再过十年，我们大家都要老了……

陈：啊呀！我倒把你的事情忘记了。我一定替你做一个媒人。

刘：这个不用你费心。我不希望爱别人，亦不希望别人来爱我。我最亲爱的，只有一个母亲了。

歌场春色

出品　天一影片公司，1931 年
监制　邵醉翁
编剧　姚苏凤
导演　李萍倩
分幕　裘芑香
对白　张大悲
摄影　Bert Cann
收音　Leon Britton（主任）　Chas Hugo（主任）　Bam C. Guerin
音乐　Henry Nathan
置景　沈西苓
说明　高天栖
画幕　程绿章
演员　吴素馨　宣景琳　徐琴芳　浦惊鸿　陈玉梅　陆剑芬　紫罗兰　杨耐梅　蒋耐芳　秦哈哈　孙　敏　陈一棠　张振铎　萧正中

《歌场春色》电影由姚苏凤编剧。其电影本事署名天栖，原载《银幕周报》第 1 期（1931 年 9 月 20 日）、《白幔》第 8 期（1931 年 9 月），以及《银弹》第 28 期（1932 年）。

本　事

天栖

《歌场春色》为天一影片公司出品，全部有声对白。闻天一所购之机，为慕维通式，乃系真正片上发音。歌舞皇后浦惊鸿即为此片牺牲者。现已摄竣，不日公演。兹将剧情列下：

绮幕乍张，掌声雷动，歌女李蕙芳翩然登场，歌新曲《青春之乐》，珠喉玉貌，自是不凡，盈座佳宾，咸相击节，而陈厚斋与张小荣，尤倾倒欲狂。

厚斋，富家子也，与蕙芳固相稔。一夕，设筵宴蕙芳，将以炫示其友。讵蕙芳忽临时称疾不至，致主客皆不欢而散。盖厚斋虽爱蕙芳，蕙芳则意殊不属，故宁托辞以谢厚斋，而与小荣在家作促膝之谈。

小荣姑苏人，其在沪上也，流荡无恒业，惟与蕙芳相识，曲意逢迎，颇得蕙芳欢心。小荣见有机可乘，且进而言婚媾，蕙芳殊不峻拒。小荣窃喜，遂订翌日之约，谓将以信物相贻。

然小荣固无余资，乃匆匆返其故乡。其父荣生，驾马车为活；而其妻桂宝，则车站上之卖花女也。见小荣忽归，且衣服丽都，非复贫婆，咸大喜过望，慰问殷勤。

小荣得间，遽向桂宝索其奁中金镯，谓与友合资经商，尚短百余金，将以此足成之，他日不患无什倍之利也。桂宝虽不愿，然以体怜人故，终出镯与之。小荣得镯，竟托辞匆匆行，桂宝留之不可。殆其父母闻声出，则小荣去已远矣。

小荣至沪，以镯易一小钻戒，将以献蕙芳。适厚斋先至，蕙芳之侍女芳姑知蕙芳与小荣有约，固辞以主人不在。厚斋怏怏出，方踯躅门外，忽见小荣叩门而入。俄顷，又闻蕙芳歌声，乃知已实被欺，即挺身而入，则见蕙芳果与小荣并坐。厚斋大愤，责蕙芳，悻悻而去。

时各团体因赈救国中水灾，举行游艺大会，蕙芳亦被邀参加。在化装室休息时，其女友偶谈吴内胜迹，蕙芳心焉向往，乃约小荣。小荣虽有难色，然不能却也。

翌日，蕙芳偕小荣赴苏。车抵站，桂宝方在月台间，蕙芳向之买花，小荣大窘，幸未败露，匆匆而出，然桂宝已隐约见小荣背影，大疑。小荣已出站外，其父荣生方驾车候客，而令伙件小毛司招揽。小毛见小荣偕一少女出，径呼之，小荣惶然不顾，欲雇他人之车，而蕙芳已从小毛之请，登荣生车矣。小荣无奈，亦从之上，幸竭力设计，得未为老父所知。

车抵旅舍，小荣扶蕙芳下，适有旅客欲雇车，荣生遂复整辔而去。小毛始悉以所见告，荣生犹未深信。及回家，则桂宝方伏案啜泣，询之，则所见正与小毛同。荣生大患，立命小毛至旅社唤小荣回家。

小荣不得已，悒然归来。桂宝责其无情，小荣竟以恶言相向。荣生闻声出，申斥小荣，小荣怫然而去。桂宝无奈，复亲往旅舍中觅小荣，讵小荣已别易旅舍以居，致又相左。桂宝怅恨殊甚，幸探知偕小荣同来者，为海上著名歌女李莲芳，归家以后，因请于翁姑，欲摒挡赴沪，寻小荣归。

桂宝至沪，辗转访问，终得蕙芳居址。蕙芳询来意，桂宝以寻夫对，蕙芳惊且愤。时小荣亦来，固不知其妻在内室，犹伪言与友合资经商，尚缺资本，向蕙芳假贷。蕙芳已知其隐，心窃鄙之，然犹不动声色，期以次日，小荣遂欣然去。蕙芳复详询桂宝，桂宝悉吐其实，蕙芳更怨恨无限。及晚，小荣复来，即命桂宝出见。小荣大惊，惭且怒，蕙芳徐卸小荣所赠钻戒加桂宝，指谓小荣曰："一切我已尽知，自悔目不识人。请从此绝。"

小荣愤极，曳桂宝出，逐诸门外，复力曳之行。蕙芳出视，陡闻一声惨呼，盖桂宝已为马路中急驶之汽车所撞伤。小荣见已肇祸，急舍桂宝遁去。蕙芳怜桂宝遭遇，遂送之往医院，终以伤重而死，蕙芳为之泪下。

蕙芳见遭此变，悒悒寡欢，对于桂宝，尤有伯仁由我而死之憾。一日，方登台而歌，瞥见楼厢中，厚斋与其新婚妇并谈笑，不禁恨触前尘，柔肠为之寸断。歌声呜咽，盖不胜今昔之感矣！

红泪影（前后集）

出品　明星影片公司，1931年
编导　郑正秋
说明　郑正秋
助导　蔡楚生
摄影　董克毅
置景　董天涯
演员　胡　蝶　郑小秋　夏佩珍　龚稼农　高倩苹　黄君甫　赵静霞　王献斋　萧　英　王意曼　朱秀英　谢云卿　顾友敏　高梨痕

《红泪影》（前后集）电影由郑正秋编剧。其电影本事署名大可，原载《银幕周报》第2期（1931年9月27日）。

本　　事

大可

前　集

上海望族安浩伯，丧其父与妻儿，孑然一身，郁郁多感。一日其表弟奚崇德及子一立来访，谭及身世，浩伯告以二十年前，曾恋一女名笑红者，以不容于父，潜往香港结婚，育一女。未几，为父所知，迫之返沪。比再抵港，则笑红香消玉殒已久。其女寄育于邻妇戴氏家，屈指计之，十八岁矣。一立闻之，亟劝浩伯迎之归宗，俾得承欢膝下，慰情胜无。浩伯即以其事委一立，一立欣然奉命焉。

浩伯之女育于戴氏，戴即据以为己女。戴有一女，与安女年貌相若，见者谓是一双姊妹花，即二女亦自谓皆戴出也。及一立至，首晤美侬，接谭之下，深用倾倒。次晤爱莲，虽风姿昳丽，不减美侬，而性情和婉，殊觉逊之。旋由二女介见戴氏，一立出浩伯手书，欲迎其女归宗，并请戴氏母女，同作沪上之游。戴氏颇觉踌躇，盖安女寄育于此，年贴养育费二千金，一旦归去，款将无着。然又不能违其意，因召二女，告以爱莲为安女，美侬为己女；今当送爱莲赴沪，且爱莲宜呼奚公子为表哥也。爱莲闻之，喜不自胜，即美侬亦为之欢然也。

安宅亲戚，闻浩伯之女抵沪，争来道贺，或请之赴宴，或邀之观剧。而于美侬，则皆以乳媪之女视之，弗屑与之同伍。惟一立对之，殷勤备至。嗣美侬于佣女口中，获知上下鄙薄之状，愤然欲归，戴氏止之。已而美侬与一立周旋稍久，惺惺相惜，未免有情。戴氏察其意，戒之曰："奚公子，爱莲之禁脔也。若何人斯，乃敢夺爱莲之爱？今后慎勿复近奚公子。"美侬闻言，觍然避之。然与一立情愫既深，阿母即有言，亦弗能禁矣。一日，一立邀之为泛舟之戏，容与中流，不啻比目。一立见其服御俭素，询其胡不易华服，美侬力斥奢侈之害。一立深为感动，要以同赴演讲会，美侬诺之。比归，浩伯嘱一立伴爱莲赴宴，一立辞以已有他约。浩伯不悦，爱莲尤愤极而哭。一立不得已许之，然心益薄爱莲而重美侬。及自宴会归，亟过美侬，谢失约之歉。美侬叠遭戴氏呵责，意殊怏怏。一立询知之，愤然曰："婚姻大事，重情意不重门第。尔母愤愤，尔我不如先订婚也。"美侬心虽许之，然期期不能出诸口，盖犹不胜其羞也。

会一立之父崇德来访浩伯，浩伯欲以爱莲字一立。正谈论间，一立忽施施自外来，报告与人订婚事。浩伯与崇德以为爱莲也，及聆其言，乃是美侬，不禁大怒，强一立毁约。一立坚持不可，断断争辩。浩伯益怒，叱之去。一立遄返卧室，持衣帽昂然欲行，不图浩伯追踪至，动之以戚谊，冀其复留，盖恐一立去，则伤爱女心也。顾一立意志坚决，不为所动。浩伯无奈，悄然离室，老泪纵横，悲不自禁。一立见老人之凄凉情况，遂迟迟不忍遽去，而爱美侬与爱老人之念，亦交战于其方寸间矣。

后　　集

已而浩伯回首见壁间所悬笑红小影，怅触前事，不欲以己身所受之痛苦，复施之于一立，乃呼一立至，许以自由，不复干涉。一立之父崇德亦不复言，第曰："此事宜先白戴媪，征其同意。"一立往告戴氏，讵戴闻之，反对之态，更甚于浩伯。一立大讶。惟浩伯既已许之，戴氏亦不能坚持矣。

浩伯之甥陶如明，恋爱莲甚，而爱莲未尝假以词色。因访一立，询问其故，一立告以与美侬订婚事，如明益觉相形见绌。一立授以一函，曰："此爱莲约我游公园者，子曷先往，乘机乞婚，好事之谐，未可知也。"如明如约往，然爱莲之意，殊不属彼。如明失望之余，不禁仰天长叹曰："一立能婚美侬，余独不能婚爱莲乎？"爱莲闻之，大惊驰归，伏枕痛哭，管家婆劝之始止。乃访美侬，质问其事，美侬直认不讳。复过一立，佯为道贺，而忿怒之意，不能自制，忽笑忽泣，形如癫发。一立极意慰之，爱莲质以何以爱美侬不爱己。一立无词可对，乃诿云到港之日，首见美侬，一缕情丝，遂系于彼。设先见妹，亦以爱美侬者爱妹也。爱莲复询以设无美侬，则将谁爱？一立笑曰："是必爱妹，不待言矣。"爱莲闻之，若有所悟，遂告别而去。

一夕，美侬自外归，辗转衾席，尚未入睡，徒见一怪物，状貌狰狞，如俗所画夜叉状，破窗欲入。美侬不禁骇极大号，怪亦遁去。翌日，美侬以受惊卧病，一立急为延医诊治。然药石甫投，病乃益革，缠绵数日，气息奄奄。一立复延名医会诊，两医密商久之，断为服毒，以告一立。一立大讶，然不敢扬言于众。是夕往视美侬疾，美侬呜咽与之诀别。一立大悲，痛哭不已，爱莲殷勤送之归寝。一立悲怆之余，不复成寐。夜既深，忽廊下有微步声，一立潜起尾之，见一人直趋美侬牖下，出瓶中物，倾入美侬所服药中。一立知医师之言不谬，奋力擒之，大呼有贼。家人闻声出视，见所擒者乃爱莲，不禁大骇。浩伯亦踉跄至，不信其女有杀人事。而爱莲侃侃自陈，谓因一立爱美侬，不爱己，故欲杀美侬，以绝一立之望。管家婆行刺不成，遂变计来下毒物。为爱牺牲，死而无怨也。浩伯跌足长叹，顾见戴氏在侧，骂曰："汝教我女十八年，乃竟作此害理之事！"讵戴氏至此，忽投地自陈，谓爱莲实己女，美侬乃安女，曩以一念之贪，遂致铸此大错。如不信者，香港田媪，犹可为证也。一时闻者，更觉奇异。浩伯不忍累戴氏，乃斥五千金，麾其母女亟去。爱莲愤其母之好货，弃金不顾，恨恨而出。于是浩伯与美侬复获父女团聚，而一立与美侬，亦得夫妇永好也。

如此天堂（前后部）

出品　明星影片公司，1931 年
编剧　庄正平
导演　张石川
助导　程步高
摄影　董克毅
收音　段谷槐
置景　董天涯
美术　张聿光
演员　胡　蝶　王献斋　王吉亭　严月娴　王征信　龚稼农　夏佩珍　高倩苹　赵静霞　汤　杰

《如此天堂》电影由庄正平编剧。其电影本事为朱大可撰写，字幕为庄正平所作，原载《如此天堂特刊》（1931 年 10 月 10 日）。该片本事亦刊载于《白幔》第 8 期（1931 年 9 月）。

本　事[1]

朱大可

前　部

上海繁华甲中国。自跳舞之风盛行，青年男女趋之若鹜，每值银灯灿烂，音乐悠扬，或联臂而作旋风之舞，或折腰而为偃月之姿，见之者荡心，接之者堕魄，诚欲界之仙都，人间之天阙也。有裘振声者，翩翩浊世之佳公子，娶妇沈咏芳，尤擅美名，伉俪之间，极为相得。振声服务海上某报社，因携眷来沪。休沐之暇，时复涉足跳舞场，见猎心喜，强咏芳与之同舞。咏芳泥于男女之嫌，坚执不肯。正相持间，黎守义律师挟舞女秀英婆娑而来。黎律师为人佻达，舞时往往出以非礼。秀英呵之，黎律师意乃愈得。振声在旁观见之，益动染指之念。咏芳不忍过拂其意，嘱振声自觅舞侣。振声乃与秀英，作交际之舞焉。

天宫舞场舞兴正酣，忽人声鼎沸，一舞女号哭而来。经理询之，则此女顷与小唐共舞，忤小唐意，被其掌颊。一时众舞女激于义愤，环请经理出而问罪。旋由翁子清从中排解，小唐亦自认卤莽，出洋三十元了事。上海纨袴子之好闹事，往往如此！

---

[1] 原为句读。

裘振声既醉心于跳舞，与舞女秀英，耳鬓撕磨，浸成情侣。然振声服务报社所入有限，出入舞场既久，渐至家用不敷。咏芳正言规之，振声报以恶声；咏芳斥及舞女，振声尤为不平，盖彼夫妇之感情，早为跳舞所断送矣！

振声负气入舞场，秀英知其与咏芳反目，辗转谈论，遂为翁子清所闻。子清与黎律师朋比，因以离婚之说进。振声涉世未深，竟为所惑，招咏芳至黎律师处，迫之签字于离婚字据。咏芳大恸，涕泣陈情，而振声迄不之顾。黎律师睹咏芳貌美，阳为担保日后生活，劝其签字。咏芳实逼处此，贸然签之。自是振声与秀英，固属俨然夫妇，而黎律师亦向咏芳施其诱惑手段。咏芳一弱女子耳，日经大律师如簧之舌，安能不为所愚？于是赁屋同居，不啻外室。黎律师本好跳舞，咏芳浸与同化，日久练习，以博其欢。盖裘振声之所不能得者，黎律师居然得之，且常挟之出入舞场，人言啧啧，置诸不恤。此时之沈咏芳，与当日之沈咏芳，真已判若两人矣！

振声与咏芳虽已离婚，然日见其与黎律师同舞，不禁大愤。秀英知黎家中固有黄脸婆在，潜以电话招之。黎妻果率娘子军而来，骤见其夫与咏芳并坐，一时妒火中烧，大肆咆哮。黎律师虽勇于为人离婚，然于其妻之前，不敢复谈法律。黎妻责问咏芳何人？竟期期答以舞女。翁子清与舞场经理默会其意，从而和之，黎妻始敛手。然咏芳弄假成真，不得不沦为舞女矣。

后　　部

沈咏芳既堕落为舞女，以其姿色之艳丽，舞态之婀娜，竟得舞女明星之号，生张熟魏，应接不暇。此中生涯，良为不恶，惟振声见之，怩忸不安。一日，振声特往访之，告以舞女生活，非人所为，及此回头，犹为未晚，反复劝导，一如当日咏芳之劝振声者。讵意咏芳尔时，习于奢侈，非为舞女，不足赡其生活。振声虽言之谆谆，而咏芳实听之藐藐。振声无奈，长喟而去！

振声因恶舞女秀英，破其家又失其业。然自床头金尽之后，秀英视之如眼中钉，憎恶之心，形于词色。振声至是，始恍然于跳舞场者，一人间地狱也；醺郁之醇酒，迷魂汤也；铿锵之乐声，摄魄铃也；美丽之舞女，母夜叉活骷髅也。毅然欲绝迹于舞场。惟念昔日之爱妻咏芳，犹陷溺其中；我不入地狱，谁入地狱以援之耶？

一日，振声又于舞场中遇咏芳，振声厉声叱之使去。咏芳不从，振声捉其臂强曳之，一时场中喧嚷大作。经理斥振声扰乱秩序，振声不服，侃侃与辩。旋欲偕咏芳同舞，咏芳又不从，诟谇复起。黎律师欲召警察拘之，振声大怒，立飞一掌，中黎之颊。群意黎律师必将诉之法律，讵知黎以咏芳故，不敢与较，搭讪而去。翁子清、小唐辈大为不平，议于化装跳舞会之夜，强振声向黎律师道歉，为不敬律师者戒。

化装跳舞开幕，五光十色，众皆目眙。惟振声默坐一隅，其脑海中，方现种种之幻想。翁子清、小唐等，逼之向黎律师道歉，振声不屈，众益汹汹。忽砰然一声，响震屋瓦，众人视之，则黎律师已中枪踣地，而沈咏芳亦抛其手枪，晕不能兴矣。一时场中秩序大乱，男女舞侣，纷纷逃避，坠冠遗履，不可胜数。警察闻声入视，检视黎律师伤状，幸在皮肉，尚无大碍。及究手枪之由来，众人皆谓目睹在咏芳手中，咏芳无以自明。斯时振声忽挺身而出,自承为杀人者,警察乃拘振声及咏芳去。众人怂恿黎律师进行法律手续,黎律师不允。盖手枪何来,黎律师固早知之,恐一经查究,反于翁子清有不利也。然手枪何以忽在咏芳手中?振声又何以代人受过?此则咏芳之天良未泯,故能一刹那间,恢复其堕落之人格,与夫妇之感情也。方警察拘振声、咏芳赴局之时,咏芳欣然谓振声曰:"我俩自今其可脱离地狱之门乎?"不以狴犴为地狱,而以舞场为地狱,二人心中之隐痛亦可知矣!

对　　白

庄正平编

(二) 天宫跳舞场[1]

振声:咏芳,我也同你去跳舞去[2]。

咏芳:我不会。

振声:怕什么,混在大众一起,跳跳就会了。——不要管好看难看。这里决没有人来笑你的。

咏芳:在许多人的面前,一男一女搂抱着,算什么样子。——我不跳舞。

振声:阿呀!你还是中学毕业生,怎么说起这种——不开通——反动的话来了。

(三) 舞女修饰室

秀英:从九点半钟起跳到现在,一刻没有停过,我的两条腿真要断了。

搽粉的舞女甲:脚愈肿,赚的钱就愈多。我们的脚,惟恐怕它不肿呢——秀英姊对不对?

秀英:对啦。

舞女甲:来,我来替你搽点粉罢。

秀英:多谢你。

(四) 天宫跳舞场

振声:跳舞如果跳好了,真是有味道。——从前我做学生时代,就觉跳舞是有趣的。同学教会了我,可惜我没有伴侣。——你现在同我试两次,那就晓得了。

咏芳:无论你怎么说,我是一定不跳的。

秀英:阿唷!

秀英:嗯。

秀英:你两只手怎么老是不闲着,你怎么那么顽皮,不怕你太太看见么?

律师:今天晚上我的太太没有来。

---

[1] 原版场次从"(二)"开始,从之;原版场次有跳脱、重复,亦从之。

[2] 原对话者有括号,无冒号;除破折号、引号之外,对白均为句读,且未分行。

秀英：我可晓得你府上的电话，我打电话去请她来。

律师：今晚无论你有多大的本事，你也找不到她——她自己做主人请好几位太太吃饭，老早就出去了。

秀英：你再不放规矩些，我——我要不同你跳了。

律师：是。

秀英：唔。

（五）舞场经理室

天宫舞场经理：什么事？什么事？

跟来的五六个：有人打她啦——一个姓张的客人打她的——小唐动手打了她一下。

经理：到底是怎么回事？

舞女甲：一个客人跟我跳舞，老是喜欢打圈子，一连转了有二三十个圈子，把我的头都转晕了。我说，请你不要再转圈子，我受不了——他说，我最爱转圈子，我跳舞就只会转圈子——我说，我已经给你转得头昏啦——他说，咦！你们做舞女的不是应当跟着我们客人跳的么！客人爱怎么跳，你们就得跟着怎么跳，哪里有说话的余地。如果你要出主意的话，他说，你给我四毛钱，我就反过来跟着你跳。我说，你这人不讲理，我不同你跳了。——他——他动手就——打——起——我——来啦。哼……

舞女乙：他就打了她一个嘴巴。

经理：他是谁呀？

舞女丙：是小唐。

舞女丙：小唐太不对啦，我们做舞女的就不是人么！做了舞女，就可以给人家随便欺负么！——经理先生，你得出头说话呀，替我们对付一下小唐——要不然，他们不能答应，这个舞女的饭，我们就不要吃啦。

舞女丁：转得多，谁也要头昏的，我们大家不干了。

舞女乙：我们是到这里来做舞女的，不是来挨打的。

经理：今天晚上，客人这么多，再闹起来算什么呢——明天我托人去跟他开谈判。

翁子清：这件事，我倒是可以说句公道话。我都看见的——无论如何，小唐不应当动手打人呀——非得叫他当着大众，给王小姐赔了不是；还要非叫他赔偿损失不可，我来对他说去。

一个人：来了来了，小唐自己来了。

唐天禧：好了好了，王妹妹，别鼓动风潮啦！我才打了你一下，你就那样的大发雷霆么？这里有三十块钱的跳舞票子，赔偿你嘴巴的损失。

天禧：别忙，还有呢，这里我请你喝杯香槟，这是侮辱你的人格——跟你赔不是的。

天禧：你再要不答应的话，我就——我就……

经理：好了好了——唐先生已经跟你这样说啦——你还要怎么样呢——唐先生也是常来的，本来大家认识的。唐先生是跟你闹着玩儿呀——把这舞票快拿着罢——

大家上外头去跳舞去罢。

舞女丙：下回你还打人么？

子清：小唐你真有能耐——唱大花脸的也是你，唱小花脸的也是你。

经理：快着快着，要开始表演了。

（六）天宫跳舞场

众人：再来一个！

咏芳：你喜欢跳舞，可惜我不能够伴你，为什么不去找一个舞女同你跳呢？

咏芳：真的真的，快去找个舞女跟你跳去罢。

（七）振声家

咏芳：今晚你还出去么？

振声：跳舞去。

咏芳：又去跳舞么？

振声：我不是好几晚没有出去了么。

咏芳：哦！今天是二十五号，报馆里发了薪水啦。

振声：唔。

咏芳：我们的房钱快要付了。

振声：我已经给你留了钱在小抽屉里。

咏芳：才三十块钱，房钱先去了十六块，我哪里能够化呀！

振声：我过几天再给你。

咏芳：你今天领来的薪水，还有五十块钱呢。

振声：我还有别的账要还呐。

咏芳：人家劝了你多少回啦，怎么一句话也不肯听的。

咏芳：跳舞——跳舞——每天晚上跳舞——一跳就要跳到两三点钟——第二天的八九点钟就要上报馆去的——事情也不好生做了。身体也糟蹋了，钱也浪费掉了——这样的一连两个多月了——自己的前程远大，为什么往这堕落的路上走。

振声：堕落——跳舞是堕落么？

咏芳：跳舞总未必是个长进的事情。

振声：堕落——我要愿意堕落，在上海地方，我哪一件事不能堕落——什么堂子，什么私娼，我去么——旅馆里开了房间，打牌，抽鸦片烟，我去么——跑马场，跑狗场，轮盘赌，我去过么——在上海要堕落还不容易么——烟酒嫖赌我哪一样是来的？我堕落了没有？

咏芳：你为什么这样迷跳舞呢？

振声：因为跳舞是高尚的。

咏芳：高尚——一男一女，搂抱着，偎靠着，勾着颈脖，扭着身子，那样子就够肉麻够难看的了。

振声：喜欢跳舞的人，一心一意都在跳舞上，没有起邪心的。

咏芳：男女这样的接近，这样的搂抱，没有不起邪心的——要不然，为什么专找年轻美貌的女子做舞女！年纪大一点的，相貌丑一点的舞女，就没有生意呢。

振声：跳得不好的舞女，也是没有生意的。

咏芳：那些舞女，哪一个不在用手段诱惑男子，骗男子们的钱——我看得她们的行为，真是比娼妓婊子还不如——世界上最龌龊最下贱最狠毒的东西，就是上海的舞女！

振声：你完全在侮辱她们的人格。

咏芳：那每晚挤满跳舞场的男客，也没有一个不是存着邪心的——人人都是有作用的，有目的的——你为什么也是认定了一个姓桂的舞女，专同她跳舞呢？

振声：不错，我是常常同桂秀英跳舞的。可是我同她从来不曾有过什么——不正当的关系。

咏芳：谁知道呢——我又没有每天跟住了你，时时刻刻地看着你。

振声：本来是没有的事。你既是这样冤枉我，我就真要……我不愿意同你多讲了。

咏芳：振声，你听我说，我本来在无锡乡下，跟公婆在一起，过得好好的。你再三的叫我到上海来，同你组织小家庭——既然有到今天这样，为了跳舞时常吵闹，伤了夫妻感情，你当初干什么接我到上海来呢？

振声：当初我原希望着你，是我完全的伴侣，在生活的种种方面，可以合作的。我原以为我所喜欢的，也就是你所喜欢的东西——我年纪还轻呢，工作完了，也要找一点娱乐——我什么嗜好都没有，所好的就是跳舞——我原以为你一定可以陪伴着我的，哪里知道你是绝对不赞成跳舞。我再三的要求你，你始终不肯允许我。后来我才同舞女去跳舞——也是你叫我去的。

咏芳：以后我愿意陪伴你跳舞了，从今日起，我就学习着——今天晚上，我跟你一同到跳舞场去好不好？

振声：哪里来这些麻烦事？

咏芳：振声——你这种样子对我，难道我们两人间的爱情，一点点都没有得存在了？

振声：咦！我去跳舞去，这跟爱情有什么相干呐？

咏芳：振声——振声！

（七）振声家

咏芳：晚上早一点回来。

（八）天宫跳舞场

子清：裘振声为什么今天愁眉苦脸的独自坐在那里？

秀英：他的夫人管得太凶了，不许他跳舞。

子清：现在时代的夫妻，谁还能管得了谁。这有什么为难呢？

秀英：振声其实个忠厚人，就会自己发愁，一点办法也没有。

子清：干么不劝他同他的夫人离了婚呢？

秀英：你这人的良心倒好。

子清：我是黎守义大律师的跑街帮办，不能不替他拉生意呀。

秀英：你倒会说。

侍者：裘先生请你坐台子去。

振声：去开一瓶大的香槟来。

秀英：我今天不要喝香槟，给我拿杯热的咖啡来。

秀英：你也不是一个很有钱的人——何这样多花钱呢。

（九）振声家

小贩：火腿粽子！五香茶叶蛋！

（十）亭子间

桂：快上来呀，这个时候人家都睡了怕什么呢！

桂：这房子里头，每晚回来最迟的就是我了。

（十一）律师办公室

咏芳：不——不——不会的——振声，你决不会真要跟我离婚的。

振声：我已经再三的对你声明过了，既然是意见不投，不能合作的了，仍旧还受结婚的束缚，这于你我两个人都是无益的。

咏芳：现在要我怎么办呢？

律师：如果沈女士对于这张启事同意的话，请你签个字在上面，一切问题都解决了。

咏芳：振声，你今天是骗我来的，我不晓得你是同我到律师这里来签字。你早几天，为什么一点不对我提起呢？

振声：早点对你讲了，无非是多闹几场，把两个人的感情更加伤了——我的态度是很坚决的。

咏芳：我们虽然结婚了才半年多，认识也有六七年了，一向是很好的，从来没有什么恶感，不过是为了跳舞，争论了几次呀。

振声：跳舞是很小的问题，现在我们已经到了一个地步，你要走你的路，我要走我的路，两个人不能再同道走了。

咏芳：阿公同婆婆在无锡，知道你要同我离婚么？

振声：他们迟早总要知道的。

咏芳：阿公跟婆婆，也决不会答应你的。

振声：我今年已经二十四岁了，对于婚姻，我当然有自主权——就是父母也不能来强迫我的。

咏芳：这上头说"协议离婚"——我不同意怎么样呢？

振声：那——那只好是用诉讼来解决——事实上我决计同你脱离关系的了。

咏芳：我明天搬回无锡，跟着婆婆一处过去。

振声：那是你的事，我不管——不过从此以后，我不能再承认我和你的夫妻关系——我保留我行动的自由。

咏芳：振声不要——同——我——离婚——振声——振——声！

振声：不要哭——不要哭，光是哭有什么用处呢！

女书记：沈小姐不要哭了。

律师：密司脱裘，密司脱裘，请你到外面去商量商量。

律师：沈女士——你不用哭了，有话总好讲的。

咏芳：我怎么还有脸回家乡去呢！我这样孤孤单单一个女子，在上海无亲无眷，叫我怎么样得了呢——黎先生，你虽然是振声请的法律代表，你也得替我想想呀！

律师：是的，你以后的生活问题倒不能不好好的解决——振声同你精神上、感情上既然已经破裂了，勉强结合也是无益——我劝你倒不如痛痛快快的脱离关系的好。——至于你离婚以后的生活，振声应该负相当的责任，等我慢慢的对他说好了——你放心。如果振声方面发生困难，我自然有办法——你离婚了以后的生活问题，我可以完全负责担保。

（十二）小洋房

书记：你已经学得差不多，可以出去跳了，胆子放大些。

律师：你学会了没有？

咏芳：没有。

律师：等一等再学。

律师：你的新斗篷送来了没有？

咏芳：送来了。好看得了不得！

咏芳：你瞧好吗？

律师：我说这样子好看。

律师：谁呀！干什么？

（十三）桂秀家

振声：怎么又是两个浑蛋送东西给你吗？

秀英：呒。

秀英：我刚才要告诉你的新闻，就是你从前的夫人，现在跟黎律师同居啦——离婚还不到两个月呢！

振声：已经离了婚了，我才不管她的闲事呢。

秀英：我给糖你吃。

（十四）小洋房

咏芳：你瞧我这朵花插得好看不好看呀？

咏芳：你说，你要同你乡下的太太脱离关系，手续办好了没有？

律师：我还没有来得及呢。

咏芳：可是你已经答应我了，三个月之内，一定要同我结婚的。

律师：一定的，一定的。这一个月的账，怎么这样多呀？

咏芳：都是你不好呀，你要我住这样的好洋房，教我用这样的好东西，现在节省亦省不了啦。

律师：搁在一边再说罢。咏芳，预备好了没有？今晚天宫有裸体跳舞呢，要早一点去呀。

咏芳：我不早就预备好了。

（十五）天宫跳舞场

唐天禧：小裘不是请过黎守义律师，同他夫人离婚的么？现在他的夫人，反而嫁了黎律师，两个人时常来跳舞。小裘碰见了，响也不响。

舞女甲：上海地方，什么希奇古怪的事情没有？

律师：这里有一个很红的舞女桂秀英，本来是相熟的，如今怎么见了我，一点不理睬我？

咏芳：你要她理睬你干什么？做舞女的有什么好东西？

振声：我本来是不在乎的——不过他这样故意地，三天两天领她在这种大庭广众的地方来，实在使得我太难堪。

律师：你要吃什么？

咏芳：橘子水。

职员：拿两瓶橘子水。

秀英：你不要着急，黎律师是太不对了。我有个法子，也可以使他难堪——我本来认识他的太太的，我打电话去找他的太太来。

秀英：电话打过，快来了，还同着好几位女太太来呢。

夫人：你这不要脸的东西！还好意思坐着呢。

夫人：你倒好，还要欺骗家里，说这几天公事忙，应酬忙，连晚饭都没有工夫回来吃。叫你去听程艳秋你不去，叫你去看回力球你不去，原来是在外头弄了一个女人——怪不得三天两头的晚上不回家，推说在总会里打牌。你一定是到小房子里去的——现在居然跟她同出同进的，到跳舞场里来招摇啦。你胆子太大，太不把人放在眼里了。

律师：不是不是不是。

夫人：你这个不要脸的昏蛋！也不在外头打听打听，就同这个浑蛋勾搭上了。你！你——侵占——人家的丈夫，破坏人家的家庭。走，跟我到法院里去，我跟你打官司去！

咏芳：你放手，你放手！

咏芳：这是——哪儿的事？我——好好的——跟黎先生坐着，忽然打外头冲进——几个人来，像一群野兽似的也不问青黄皂白——也不知道是看错了人了，就是骂人打人——哪有这样蛮不讲理的呢。

子清：不要多响了，那一位就是黎先生的太太。

咏芳：太太？

律师：你误会了，你完全误会了。

夫人：还要说我是误会。

律师：这个女人跟我有什么关系呢？又不是我同来的。我也是今天才认识的——她是这里今天新来的一个舞女呀，是不是？

子清：是舞女，咳。

律师：叫个把舞女来坐坐台子，有什么关系呢！你也是向来不管的。

律师：你不信，请这里的经理先生来问好了。

子清：经理先生——经理先生！

咏芳：这位就是黎夫人么——向是住在上海的么？

律师：是的。

律师：我们内人，不相信她是这里的舞女，请你证明一声罢。

经理：是的，她是今天新来的舞女沈小姐。

律师：是不是？我不骗你吧。

咏芳：我们这种人，本来是不值得什么的。人家喜欢的时候，叫来身边陪陪；不要的时候，本是可以赶着走的。

唐天禧：沈小姐，同我跳这回舞好么？

胖舞客：怎么一回事？

舞女甲：在上海地方，什么希奇古怪的事情都有。

（十六）精致卧室

咏芳：阿宝，把这些东西都拿去放好了。

阿宝：唉。

（十七）天宫跳舞场

胖客人：大纶的衣料，送来没有？

咏芳：都送来了。谢谢你！

另一个侍者：老是叫拿孛兰地，一晚不知道要喝多少——可是他的签字纸，账房里真不欢迎，差不多不肯要啦。

另一侍者：像他这样做拖车的，喝杯不化钱的白开水，不省事得多么！

胖客人：我们做很要好的，非常非常要好的朋友——好不好？

咏芳：好呀！

天禧：有一盒鲜花，他们送来了没有？

咏芳：一盒康乃馨罢，送来了。谢谢你。

翁子清：听说，近来桂秀英跟小裘的感情不大好，是吗？

舞女甲：秀英姊要被小裘拖累死了——愈是做舞女的，愈得规规矩矩不好胡调——客人们一晓得舞女有了"拖车"，心里就不高兴——那生意自然就难做了。

天禧：我们做很要好的，非常非常要好的朋友——好不好？

咏芳：好呀！

老者：那个大的留声机器，换来了没有——还有两打新到的唱片。

咏芳：都送来了，谢谢你！

老者：我们做很要好的，非常非常要好的朋友——好不好？

咏芳：好呀！

(十八) 洋房门外

振声：有位沈小姐住在这里么？

女仆：这里是姓沈——先生尊姓？

振声：我姓裘。

女仆：请等一等。

(十九) 精致卧室

女仆：有人来看小姐。

阿宝：小姐在里面洗澡，不知道好了没有，让我去问问看。

阿宝：小姐，小姐！

内应：做什么？

阿宝：有位姓裘的先生，来拜望您。

内应：什么姓裘的，我门没有锁，你进来好了。

阿宝：怎么样的人？

女仆：穿着洋装，年纪很轻的。

阿宝：有一张名片在这里。

咏芳：拿来给我看看。

咏芳：咦！是他呀——他来干什么——请罢。

阿宝：去请他进来。

咏芳：就请到楼上外间里坐罢。

女仆：是呀！

咏芳：阿宝呀——这位裘先生——我们没有离婚之前，他是我的丈夫——你快拿衣服我穿罢。

阿宝：喊。

咏芳：阿宝，你把门带上。

(二十) 楼梯

女仆：先生，请上楼去。

女仆：请呀！

（二十一）起坐间

女仆：先生请坐。

咏芳：振声——今天难得光降——请坐呀——我搬来这里之后，你还没有来过呢。

振声：咏芳，你现在还恨我么？

咏芳：生活像现在这个样子，住的房子比从前好了，用的东西，穿的衣服比从前讲究了，饮食起居，比从前舒服了——我还恨你什么呢！

振声：你这样一说，使得我更加难过了。——咏芳，这种生活——赶快——不要再继续下去罢。

咏芳：为什么呢？

振声：你的这些好东西，你这种的舒服，不是白白的人家奉送给你的，都是有交换的条件，也要你出代价，很高的代价的。那男子拿金钱来诱惑女子，同时要求女子，欢迎女子，拿她们的肉感来诱惑男子。最明显的表现，就是在跳舞场里了。总而言之，舞女的生活，不是人过的。

咏芳：上海不单是我一个舞女——这也是社会所允许的一种女子职业。

振声：可是做舞女的决不能单只做一个舞女，靠着每张舞票两角钱的收入，决不能维持她们的生活。这半年的工夫，我看见得多了，知道得太多了。至少那大部分的舞女，环境逼着她们，不得不堕落的。没有一个男子肯无缘无故送钱送礼物给女人的——牺牲太大了。

咏芳：我这里许多东西，不见得是我对于每一个送礼给我的男子，都牺牲了我自己去换来的。

振声：啊——你还没有呢，你是新来的，你不过做了头两个月的舞女，他们也送东西给你，他们的希望是将来，所以你现在还能够轻描淡写的敷衍着他们。可是男子们决不肯让女子敷衍——哄骗得他们太久了的。迟早你会不能避免，就不得不牺牲了。起先也许你不过对于一个男子屈服，但是一个之后，都来了。做舞女比做姨太太还要痛苦，做了姨太太，只要对付一个男人；做舞女的，要被许多玩弄女性的男子所屈服呢。

咏芳：你今天跑来讲这许多话，我不明白你是什么用意？

振声：因为我觉得是抱歉的，我觉得是对不起你的，我觉得我的罪恶是很大的，所以决心来劝你，同我一起离开这环境罢。

咏芳：什么？

振声：我不能忘记掉，你到今天这个地步，我是不能不负责任的——我本来不要再过问你的事情，可是我——我——我——做不到。咏芳，你让我领着你到别处去，另外去找一个新生命罢。

咏芳：你的意思要把离了婚的我，重新收回去，把我拔出这个堕落的火坑？你今天是来救我的？

振声：我是来救你的，同时还要你救我——如果没有你，我还有什么希望，为什么还要奋斗，那我真可以堕落到不知什么田地呢。我们两个人，仍旧在一起共同着努力，一定可以战胜环境的。

咏芳：你现在来说这个话，已经太迟了。

振声：怎么呢？

咏芳：我已经过到这种生活，样样都享用惯了——我改不回去了。

振声：咏芳！

咏芳：结婚——小家庭——离婚——小房子——做舞女——人生的苦的滋味，我也尝得不少了。如今刚有点甜来，也应该是我享享福啦！

咏芳：你听过这几张新到的唱片没有？

振声：不——不——不——不要这样想。这种生活，不是你能过的。我告诉你，上海有一个蹩脚的舞场里——有一个姓黄的舞女，三年前也是很红的，如今变得完全没有心肝，不要脸，绝对的自私自利，一心一意想弄男子的钱。可是男人都不肯要她——这就是一个堕落女子的结局，我不能让你落到这种命运里去的。

咏芳：唔——人生也给了我点教训，我现在亦不像从前那样容易受人摆弄了。

振声：你这话是什么意思？

咏芳：我打定了主义寻快乐——老实告诉你罢，我一切都看穿了，什么都是假的，只有洋钱银子是真的。

振声：不——不——不！

咏芳：是的——那些男客到跳舞场，本是来化钱的，就多要他们几个钱，有什么要紧？他们本是来玩弄我们女人的，我们女人就是玩弄他们有什么要紧？

振声：啊！

振声：不过做了两个月舞女，人格已经改变到这样了。

咏芳：阿宝——阿宝——阿宝！来替我烫头发，我今晚还有人请我吃饭局呢。

振声：开门！

咏芳：我不开。

振声：快开门，我还有话同你说呢。

咏芳：快走——你是我的什么人，你配来管我的闲事。

振声：咏芳——我同你结婚的时间虽短，也曾有过幸福——难道我们两人间的爱情，一点点都没有得存在了么？

咏芳：我现在靠着跳舞养家活口，我告诉你，我不愿放弃我的职业——这与爱情有什么相干呢！

（二十三）精致卧室

咏芳：振声到底是个傻子，说来说去都是些傻话。

（二十四）桂秀英家

秀英：我的脸都给你丢尽了。

秀英：酒——酒——酒！我这样叫你不要喝酒了，你还是拼命的喝，把舞场里的字兰地，整瓶的往里头灌。

振声：喝酒是我做人惟一的快乐了。

秀英：以后我不许你再到天宫跳舞场去。

秀英：你那种样子，那种行为，迟早要把我的生计闹绝了，你真要把我拖累死了。

振声：你不必抱怨，是不是现在讨厌我啦，不要我啦？如果是的，请你明白说一句。——我虽则现在是穷了，没有职业，也没有家了，只要你一开口，我立刻可以走路的。

秀英：我没有叫你走呀。

秀英：你也用不着提穷不穷的话。当初我同你认识，我是贪图你什么钱财么？

秀英：可是你现在不要来打搅了我的事情，破坏了我的生路呀——男客们到跳舞场，哪一个不是来寻快乐的，哪一个愿意来找麻烦，闹乱子，弄些乌七八糟的事情出来——把一个"拖车"，整晚的坐在半边瞪眼睛，他们还肯来照顾那个舞女么？

秀英：况且舞票的收入能有多少？——老实说，只够买买鞋袜。——我们这样租着房子穿衣吃饭，到底靠着什么呢？——还不是要靠着舞客们特别的好感。

振声：好了，好了，不要说了，我都明白了——以后我走避得远远的，使得你容易做生意——是不是？

秀英：我恨你——我——恨——你！

振声：劝你省点气力罢，不必来恨我了——无论你怎样恨我，哪能有我恨我自己那么厉害呢！

（二十五）天宫跳舞场

咏芳：啊！

（二十七）天宫跳舞场

振声：咏芳——咏芳——咏芳！

振声：我上回对你说的，都是好话——快快离开此地罢——快走快走——不论到哪里去，不论到什么人的地方去，只要是离开此地。

振声：你不知道此地有多大的危险，这种好听的音乐，彩色的灯光，油滑的地板，美丽的服装，这种醉人的醇酒，迷人的歌唱，这些奢华，这些金钱，这些跳舞，这些欢笑，是吃人的野兽——吸尽吮干人类的生命的血的。

（二十八）舞场经理室

桂秀英：小裘这几天不知怎么回事，像个疯子似的，我见了都有点怕了。

经理：唔。

秀英：他现在拉住了沈咏芳不肯放手，不知道为些什么——你们哪一位去劝他，叫他走罢。

经理：哦。

（二十九）天宫跳舞场

振声：你是有根底的，你到底是有点天良的，总有一天你要受不了的，为什么不趁早……

咏芳：快走开——走开——走开！

一个侍者：裘先生，经理先生请你到房里去一趟。

振声：我不去！

侍者：经理有事请你去。

黎守义：密司沈，请你跳舞去。

黎守义：是为了什么事情？

（三十）舞场经理室

经理：你这是成心同我们捣乱。

振声：什么叫捣乱？

经理：你为什么缠住了沈咏芳——她是我们雇用的舞女，有职务的。

振声：她是我的妻子。

有人：离婚的了。

经理：这个我们管不着，可是你别搅乱我们的营业。你要同她讲话，等钟点过了，到外头去讲——我们这天宫舞场，以后请你少来几次。

振声：我怎么这里来不得的！

经理：我们这里是跳舞场，要做生意的。

振声：我为什么不可以来？

有人：你来喝白开水好了。

振声：就讲喝白开水好了——你们这里顶红的舞女沈咏芳，是我从前的老婆；你们这里的舞女桂秀英，是我现在的女人。就凭着这个资格我要来，每天来看她跳舞——你们能不让我来么！

秀英：不要多说了。

有人：你们听这种"拖车"讲的不要脸的话！

振声：不错，我是"拖车"，我是靠着舞女赚钱养活我的——这跟你们有什么两样——你们办跳舞场的，也是靠着舞女替你们赚钱的——大家一样都是吃的不要脸的饭。

秀英：好了，好了，你把我摆弄得够受的了。

振声：你们不要狗眼看人低——当初我也是做客人来的，我化的钱，你们也是要的。我现在做了"拖车"，也许明天我还来化钱呢！

秀英：你这种的态度，我这里也不能再做舞女了，我陪着你回去罢。

振声：我今天偏不回去，我还要她跳舞呢！

秀英：小裘，小裘！叫我怎么办呢？
经理：你们去好好的劝他走呀。

(三十一) 天宫跳舞场
振声：沈小姐！
咏芳：做什么？
振声：我要同你跳舞。
咏芳：我不跳。
振声：我买舞票同你跳。
咏芳：我不愿意同你跳。
振声：你怎么可以拒绝我呢！
咏芳：我拒绝你！
振声：你们做舞女的，谁有四毛钱买舞票，谁就可以同你跳舞，你怎么配拒绝我！
几个侍者：裘先生，请你到那边讲去。
振声：我化钱跳舞，为什么拉我？不出去！
七手八脚拉他走：走——走——快出去！
振声：我化钱跳舞，我不出去！
有人：不要拉他，有话让他好好的说。
账房里岔嘴的人：说些什么——赶他出去！
又有人：有话让他好好的说呀！
经理：你们放手，让他说好了。
振声：我化钱买票，要同这舞女跳舞——他们拉我出去，你想有这个理么！
经理：她不愿意同你跳，怎么办呢？
振声：跳舞场有跳舞场的规矩——跳舞场里的舞女，可以拣人跳舞的么？
经理：她是两样的——她是你从前的妻子。
振声：她做了职业的舞女了，我要同她跳，就得陪着我，随便讲到哪里去，我是没有错的。
律师：我看了好久啦，今天晚上我一直在留心这一件事情。你不但是在扰乱了公众的秩序，并且很严重的侮辱你已经离婚的妻子。这都是犯刑的事——现在你还是安安份份的走罢，要不然，受害人叫警察来拘禁你到局里去。
律师：你亦不用害怕，我可以负责护你。如果有人损害你的名誉和身体，我可以代表你进行法律手续的。
振声：哈哈——你今天想到保护她了，你居然会说要保护她的名誉和身体了！她是你的什么人？你有什么权利可以代表她来对我说话！
经理：奏乐——奏乐——请诸位还是跳舞，开始表演。
经理：小裘这一向酒喝多了，好似发神经病似的——大律师也不犯着同他计较。
翁子清：好在要对付他，慢慢地总有法寻的。

律师：我们且去看看沈咏芳去，她怎么样了？

（三十二）起坐间

律师：我要先走了，这种官司，我看没有什么打头——跳舞场里打架，很平常的一件事情，一天到晚不知道有多少起呢。我没有损失，没有伤害，告他什么呢？——而且为了这种事情去上公堂，明天大小报纸胡乱的一登报究竟有什么味道呢？你看我的话对不对？

律师：诸位改天见！

大家：明天见！

咏芳：我送送你，律师你看对不对？

翁子清：这件事我们总得想想法子，不能这样不明白的就完了。

唐天禧：对呀！当着许多人被小裘打嘴巴，多么塌台呀！

翁子清：这不只是大律师一个人丢脸，就是我们这般人常跟大律师在一处出出进进的，面子上也不好看——天宫跳舞场以后我们还去不去呢？

大家齐道：一些不错。

唐天禧：大律师许是为了她的原故，不大方便去打官司——可是我有一个法子。

唐天禧：下星期六，天宫跳舞场不是有一个很大的化装跳舞会么，我们几个人去找着小裘，叫他当着全体的舞客，对着黎律师同沈小姐道歉——好不好？

大家起劲：好——好！

唐天禧：如果他不肯的话呀，我们也打他的嘴巴。

翁子清：好极了——他要是再不领教的话，我们给你一样东西看看。

一人问道：如果小裘那一天不来，怎么办呢？

翁子清：小裘正同那天宫舞场赌气呢，准保每天必到。

大家附和：是的。

天禧：那末我们预备等了他好了。

（三十三）天宫跳舞场

同坐的一个舞女：你有什么心事么，为什么这样愁眉不展——你不听见那音乐跟歌唱，不是在叫你及时行乐么？

咏芳：没有什么。

（三十四）舞女修饰室

经理：秀英过来，有话对你说。

经理：小裘今天晚上又来了，你为什么不想想法子劝劝他，叫他不要来？

秀英：我们两个人，现在算是离开啦——自从那一晚在这里闹了事情之后，他就没有回去，从此没有到我那里来过——我同他现在算是完全断绝关系了。

(三十五）天宫跳舞场

舞女：你为什么不化妆？

秀英：我有些不高兴。

舞女：一定要化的。

报告：诸位来宾请注意，现在要表演天堂之舞。

秀英：这才难看呐。

舞女：不要紧的，这是西班牙装。

一个侍者：黎先生请你过去坐台子。

咏芳：多谢你。

律师：沈小姐，怎么样？

律师：我来替你戴帽子，真好看。

唐天禧：小裘，我们有件事要问问你。

振声：什么事？

天禧：那一天你为什么打黎守义大律师？

振声：那是他自己找的。

天禧：他是我们的朋友——没有别的，今天你当着大众，向他道个歉。

旁边跟来的两个人：对了，你快赔个不是罢。

振声：放屁！

(三十六）舞场经理室

一个侍者：经理先生，小裘又在那里打架了。

经理：谁呀？

侍者：是小裘。

经理：又是他！

(三十七）天宫跳舞场

守义：你坐着——我去看看去。

经理：诸位对不起，对不起，请赏我一个脸——请诸位到账房里去谈罢。

一个人道：也好，到账房里去讲去。

侍者：那就是大律师的桌子。

翁子清：糟糕，我来迟了——怎么他们已经去找小裘啦？

(三十八）舞场经理室

振声：你们都是什么东西——为什么要你们多管闲事！

律师：天下事总得讲情理的，你动手打人，总是错的。

振声：我打人，自然有可以打人的理由。

天禧：今天你如果还不认错，向着大众道歉，哈哈——我们自然有法子来对付你——你要放明白些！

振声：你们有什么手段，都使出来好了。

子清：你做什么——做什么？

咏芳：你放手——你放手了！

律师：啊呀！

咏芳：喔！

（三十九）天宫跳舞场

有人：不要紧——不要紧——不要乱！

（四十）舞场经理室

有人：独克脱杨来了——杨大夫来了！

有人：杨医生，病人在此地。

一个穿礼服有小胡子的漂亮少年：替她头上放块湿手巾——来来来，让我看一看。

（四十一）天宫跳舞场

众人：巡警来了——巡警来了——巡警来了……

巡官：出了什么事？

一个侍者：在里边账房里，跟我来。

（四十二）舞场经理室

巡官：经理先生，到底是怎么回事？

经理：王巡官，我正在这里——治事——有一个仆欧来喊我——说有几位客人——不知怎么——争论起来了——我们跳舞场里，最怕的是吵架，起风潮——一打一闹，好些客人下回就不肯来啦。——我自己出去，好容易把几个客人，都请到这里来——正在调解着呢——忽然听见，枪声一响——这位黎大律师——就跌躺下了。

天禧：那手枪在这个舞女沈小姐手里。

巡官：打伤了哪里？

医生：腿肚子打穿了，流了点血。

巡官：黎什么？

律师：黎守义。

医生：不过伤了一点皮肉，大约是不妨事的——可是现在最好让他不要多说话。

巡官：经理先生，这支手枪是谁的？

巡官：是谁的？

经理：不知道。

子清：不知道。

巡官：这支手枪是你的么？

咏芳：喔。快拿开——拿开——拿开——哼——不是我的。

振声：谎——谎——谎——他们说的都是谎——不是她——不是她——她是冤枉的。

振声：你们这种卑鄙无耻——没有天良，不是人类的东西！以为她是个弱者——女子，就可以容易冤枉她——容易冤枉她么！

振声：这件事与她是没有关系的，她这样一个柔弱的女子，哪里会开枪打人——她哪里来的手枪呢！

天禧：刚才大家都看见这支手枪是在她的手里的。

振声：放你的狗屁——刚才那手枪是在我的手里的——是我开枪打伤黎律师的——这支手枪是我的。

巡官：你既是这样说，请你也到局里走一趟。

振声：我去——我去——我去。可是请你把她放了。

巡官：先到局里侦查了再说，如果真没有关系，是可以放出来的。

（四十三）（甲）天宫跳舞场

天禧：哈哈！小裘吃官司去了，你们在这儿干吗？快去换衣服呀！

（四十三）（乙）跳舞场门前

巡官：你过去招呼把汽车开过来。

（四十四）舞场经理室

天禧：他们两个人全铐起来了，带到局里去了。

子清：这一下小裘活该倒霉了，他自己承认开枪打伤了你，你再去结结实实进一张状子，还怕他不坐两三年监牢么，对不对？

律师：这种官司有什么打头——我的腿上擦伤一点皮肉，几天就好了，说不到什么伤害。小裘他们有什么大不了的罪名，也不用几天就好放出来了——可是如果将来查究出来这支手枪是你的，你没有执照，私带军器，你想叫我怎么替你辩论呢！

（四十五）汽车内

咏芳：他们现在把我们送到监狱里去么？

振声：也许。

咏芳：这一下我们总算逃出了地狱的门！

血花泪影

出品　复旦影片公司，1931年

编导　吴　村

说明　陈　朴

摄影　姚士泉

演员　胡　姗　罗克朋　翁于光　王楚琴　魏光寿　高威廉　王慧娟　瞿一峰

《血花泪影》电影由吴村编剧。其电影本事由陈朴撰写，原载《银幕周报》第3期（1931年10月4日），以及《影戏生活》第1卷第43期（1931年11月7日）。

本　事

陈朴

军阀当国，民不聊生，有志之士，揭竿而起，于是战云弥布，炮火连天。江北之东溪，为一巨镇，守者魏显，乃一穷凶极恶之军阀。义军攻之甚急。有罗明者，少年英俊，惟思想较为落后。魏氏委之为先锋，使与义军对抗。

战机既启，双方戒备至严。某日，魏显得密报，谓镇中伏有敌探，乃大举搜查，虽妇女亦不能免。间有一少妇，艳装袅娜，姗姗而过。搜者疑系贵妇，未与为难，实则彼姝即义军间谍胡玲也。

罗明受命后，辞家前行。老母娇妻，俱不愿其远离。卒勒于命令，且为富贵所惑，只得望其早日凯还而已。

义军节节进迫，已达镇边。一夕，罗明巡行防地，见二醉兵拦戏一女子，涎其艳，谴醉兵，而亲护其回寓；讵女竟示爱慕意。于是罗遂为其所迷，绝不知彼为义军间谍胡玲也。

胡玲既有机可乘，亟欲使其反正。惟时罗已得动员令，急须离去，故胡尚难施其策划。

两军交锋，义军受挫退却，归罪胡玲。幸系同盟者，许其以功赎罪，未予严重处分；并加派翁平，为其辅助。翁平者，素醉心于胡玲也。

战事告一段落，罗明给假回家，举室欢欣。是夜，罗熟睡后，妻于衣袋中得胡玲照片，疑有外遇，愤不就寝；伏案而寐，梦胡玲来夺罗明去，惊醒时果不见罗明，只于案头见一遗书，谓奉命去赴军事紧急会议云。

罗明是夜走访胡玲，杯酒谈心，各叙别后萦思之苦。所谓军事会议者，实如是耳。

翁平见罗与胡亲昵，俨若夫妇，不甘于心。然绳于法，不敢暴动，遂决计暗伤之，以泄其愤。事为胡玲所悉，痛诋其非。正辩论间，罗明忽至，翁平乃避帘后。有顷，窥见罗胡互相拥抱,愤极,出手枪欲击之。幸胡玲以巧言制止,始告无事。亡何,罗得密令,谓战机复动,着其驰赴前方。

时义军仍不能支,防地屡被魏军克夺。血战正酣,魏显遽召罗明返部,面示机宜。罗抵部时,值魏方与一妇人周旋,令待于内室。不意胡玲亦在其中,责以朝秦暮楚。讵罗举动为魏所瞥见,疑系调戏,痛鞭之,并限日攻破义军大本营,否则,以首相见。又孰知彼二人固有其秘史在也。

罗明被鞭,妒火中烧,走与胡玲宣告绝交。胡计机已成熟,始出示徽章,据实以告,历数魏显罪恶,且以语激罗曰:"魏因欲夺前先锋队长之妻,无端加其夫以死罪。当时执刑之枪,且从君手中取出者,君何忘记耶?设彼仍以待前队长者待君,君又将奈何?吾为君计,为公为私,俱宜及时反正。若复徘徊歧路,将来身败名裂,为世人笑矣。"罗大感动,跃然而出。盖顷间司令部中之妇人,即前先锋队长之妻,而罗明之队长,则袭其遗缺者也。

义军残部,所余无几,势将覆灭。幸罗明振臂一呼,战士倒戈相向,翁平乘势率领义军进迫,魏军后方不及提防,损失甚巨。当是时也,魏部之参谋,始得急报,驰回部中,则见魏显醉倒床边,胡玲方启柜盗取要件,急鸣笛告警。胡挥枪击之。魏显闻声惊醒,胡又毙之。驻军闻警四集,胡自知不免,遂自戕焉。迨罗翁杀入军部,始知胡已香消玉碎,于是二人携手,共为义军努力。

义军既胜,万民欢腾,为谱血花泪影之歌,以颂胡玲之功烈焉。

自　由　魂

出品　联华影业公司，1931年

监制　罗明佑

编剧　孙　瑜

导演　王次龙

摄影　余省三

演员　周文珠　汤天绣　高占非　叶娟娟　刘继群　韩兰根　李君磐　徐莘园　苗祝三

《自由魂》（又名《碧血黄花》）电影由孙瑜编剧。其电影本事由张碧梧撰写，原载《银幕周报》第4期（1931年10月11日）。

本　事

碧梧

距今三十余年前，广州犹处专制铁蹄之下，时有童子罗超者，为卖解班班主绿娘之子。绿娘之夫，尝为贝勒德祥所陷杀，故绿娘恨德祥刺骨，而甚冀其子成人后有以复此深仇也。绿娘艺精貌美，方其卖艺时，德祥欲占为己有。顾屡为绿娘所拒，乃老羞成怒，决欲置之死地，于某日绿娘表演三上吊时飞镖杀之。班伙某，又立杀德祥，旋复自杀，此卖解班遂瓦解。时罗超年方十龄左右也。

先是，罗超有小友雪花，亦卖解班中之小主顾，两小无猜，情逾兄妹。嗣雪花随父宦于他乡，临行时，以锁片一赠与罗超。超则以玉牌报之，以作纪念，借为他年重见之标识焉。

十年后，罗超已成人矣，性情刚勇，武艺精通，一侠义少年也。日则与同伴肥肉瓜及瘦皮猴卖艺街头，夜则同宿于小酒店，颇得同道及邻人之爱戴。酒店主有女名香香，颇爱罗超之英勇；而超则苦念雪花，遇之落落。维时清廷朝政日非，暴敛横征，无微不至。一日，超聚酒客数十辈，痛论清廷之失政，闻者咸激愤。适有一旗装少女乘舆至，避雨酒店檐下。酒客欲借以泄愤也，曳至店中，欲加侮辱。不图衣襟碎裂，胸前突现一玉牌，超识为幼年赠与雪花之纪念物。细审其貌，果为雪花。时雪花之父母，均为尤俊所逼死，己身复为所占，方日在企图复仇中也，超遂释之。雪花归后，即托词扫墓，约罗超相会，互议复仇之策，卒决定由雪花荐引罗超，入尤府充当差弁。

尤俊者，为两广总督之心腹，性情残暴，绰号活阎王。屠杀党人，备极惨酷；更遣其爪牙，搜得党人之名册，将按址搜拿，作一网打尽之计。幸为雪花所知，约罗超为外援。己则以黑巾蒙头面，持枪威吓尤俊，攫得党人名册，越窗而逃。惜卒为尤俊枪伤要害，超挟之遁至酒店，旋即毕命。

　　时党人以风声日益紧迫，遂实行发难。数百革命健儿，各挟枪械，分道扑攻督署。粤督及尤俊等，均仓皇遁走，卫队死者无算。罗超率领肥肉瓜、瘦皮猴及同志百十人，亦加入扑杀。香香自告奋勇，亦执枪相从。惜出战未几，罗超、香香及肥肉瓜、瘦皮猴等，均先后中弹死，而党人亦以众寡不敌，不幸惨败。是役也，碧血横飞，浩气四塞，草木为之含悲，风云因而变色，在历史上永留不朽之纪念焉。

生 死 夫 妻

出品　明星影片公司，1931年
编剧　陶然康生
导演　张石川
摄影　董克毅
置景　董天涯
说明　郑宗燮
演员　宣景琳　王献斋　龚稼农　萧英　赵静霞　王吉亭　谭志远　王征信　高梨痕　顾友敏　汤杰

《生死夫妻》电影由陶然康生编剧。其电影本事署名大可，原载《银幕周报》第5期（1931年10月18日）。

本　　事

大可

周叟慕熹，饱学士也，且擅技击，设馆翠明村。其徒曰陈健生、赵国贤，授经之暇，兼习拳术。周女梅芬，周旋其间，善戏谑兮，不为虐矣，融融泄泄，固不知人间有忧患事也。

慕熹仅此女，欲于陈赵二生中，择一为婿。第不知女意谁属，乃设词以询之。讵意梅芬对此二人，爱无差等，竟茫然不知所对。慕熹谓国贤富家子，易于变心，不如健生门户相当，可以百年偕老也，遂以爱女字健生。婚约既定，国贤大失望，退学将归。健生梅芬挽之，国贤去志甚坚，且谓自此不娶，誓以鳏鱼终。梅芬心怜之，亦无奈何也。

国贤旋入法政大学，品学皆首列。校长欲以爱女相字，国贤拒之。甚至父母谆谆劝告，亦誓死弗从，其立志可谓坚矣。健生娶梅芬后，举二子，天伦之乐，殊可歆羡。惜人事沧桑，二老既逝，复遭匪劫，不获已挈其妻儿，复依丈人峰下。然慕熹家非富有，安能长此坐食？夫妻相对，牛衣饮泣。旋得友人何得功之介，赴粤从戎。梅芬闻之，极力劝阻。惟慕熹则谓立功万里，正在此时，力戒梅芬弗以儿女私情，致挫男儿壮志。梅芬不敢违，深夜为夫检行装，次晨复送之出门，瞻望弗及，涕泣如雨，盖其柔肠已寸寸断矣。

健生偕得功抵军，马营长立授排长之职。惟时局不宁，不久即赴前线。健生作书致梅芬，略云："奉命作战，生死莫测，苟三月无音信者，必为沙场之鬼，幸勿以我为念。钞洋十五元，聊充家用……"梅芬得书，亦惟悔教夫婿觅封侯而已。

国贤父母，不久并逝。有劝国贤成家者，国贤正色拒之，亟亟处置遗产，以十五万元赈济灾民，只身作汗漫游，且便道访师焉。

健生一去，已三年矣。梅芬望眼将穿，迄无消息。且家中所有，典质一空；两儿患病甚剧，竟至无力兑药。慕熹对之，亦彷徨无措。

正于是时，国贤忽翩止，慕熹亟与道别后事。已而梅芬返，抚视病儿，已濒危境，不禁大戚。国贤急送之入医院，且力任医药之费。两儿之得起死回生者，国贤力也。嗣后国贤常以金钱济梅芬，复时来作清谈，梅芬甚德之。顾以国贤中馈犹虚，时时致其不安之意，而国贤则殊坦然也。

一日，何得功返乡，梅芬亟叩健生消息。得功谓随马营长作战，不幸受创。闻健生督队冲锋，迄未生还，意则马革裹尸，效死疆场矣。梅芬闻之，痛哭不止。慕熹以亦健生之去，己实促之。我虽不杀伯仁，伯仁由我而死。遗此孤雏寡鹄，日夜悲啼，实觉无以对爱女，因之忧急成病，浸成不起，乃告梅芬曰："我死之后，尔更何依？健生已矣，国贤诚笃可恃，且于尔情谊不薄，不如改醮国贤，庶我能瞑目也。"梅芬初不肯，慕熹强之。始不敢违，慕熹遂含笑而逝。

国贤以子婿礼葬慕熹毕，梅芬更待健生一年，始行结婚，国贤允之。然岁不我与，忽忽一年，而健生消息，仍复杳然。梅芬因遵乃父遗嘱，嫔于国贤。国贤旋得部差，挈眷入京而去。

讹言战死之陈健生，居然仍在人间。惟其面目全非，不特他人望而不识，恐其引镜自照，亦不知己为谁也。跋涉归来，亟谒丈人，讵知室迩人遐，遍询不得，问一老邮卒，始知岳父已死。然其妻子何往，亦不能知其详。踯躅间，忽遇何得功，健生述其作战经过，始知当时为敌人炸弹所伤，入红会医院医治经年。又因思家抑郁，致成疯疾。幸得某医博士，悉心诊治，且赠以盘费，始得返家。得功告以梅芬已随国贤赴京事，健生亟欲入京寻觅。得功资以路费，且为介绍于其弟得名，为之在京谋一糊口地，然后徐徐寻访梅芬，健生诺之。

健生抵京□得名，得名果为荐至赵公馆当差。不意入门后，所谓主人者即国贤，而主妇者即梅芬。惟健生能识国贤梅芬，国贤梅芬则不能识健生矣。健生此时，神经大震；然一转念间，渠俩既已结为夫妇，我亦何忍夺人之爱，遂化名王成，退执贱役。入晚，私往窥之，见国贤与梅芬欢爱之状，中心益怅触无已也。

赵公馆之乳娘，每以小主付王成，而与另一仆人刘升幽会。王成随小主入密室，骤见室中供有己之灵位，始知国贤与梅芬，未尝一日忘怀于己。感怆之余，国贤忽至，斥其不应擅入此地。王成唯唯而退，初不知室中所供，正其人也。

刘升嗜博，得钱辄输，输则忿忿向乳娘告贷。一日，二人又起口角，小主失足堕水。幸王成见之，奋身入水，拯之以起。国贤知之，立斥退刘升，梅芬德王成，询其经历，王成诡词以对，梅芬终不知其为健生也。

刘升被革，心不甘服，乃纠集匪党，黉夜行劫。入门遇国贤，国贤跳而免。刘升执梅芬，图行非礼。王成闻声，急起与格，踣匪数人。然王成亦负重创，国贤夫妇送之入医院，医治多日，迄不能疗。死之日，作遗书置枕下。国贤梅芬读之，始知死者非王成，实陈健生也。梅芬伏尸大恸，见者皆为堕泪。国贤葬之于家园内，岁时率其遗孤展拜。且许梅芬视健生之子有如己出，令之肄业大学，受高等教育焉。

最后之爱

出品　天一影片公司，1931年
编剧　苏　怡
导演　邵醉翁
摄影　严秉衡
演员　杨耐梅　宣景琳　陈玉梅　紫罗兰　王慧娟　张振铎

《最后之爱》电影由苏怡编剧。其电影本事署名胜寒，原载《银幕周报》第9期（1931年11月15日）。

本　事

胜寒

农家子李耕莘，少年英俊，借田主人张守裕之资助，得就读于中学。耕莘好运动，尤称雄于足球队中，名震一时，人咸敬羡之。

嗣耕莘毕业中学，其父感张翁之栽培，率子往谢。张询耕莘志，以再求深造对，张慨然允为继续负担其学费，遂助耕莘入大学。

大学同学久知耕莘之盛名，举以为足球队队长，并推女同学王竞芳授以队旗。

竞芳性活泼，擅音乐。自识耕莘后，颇倾心相爱，友谊日深，日讲而订终身之约；虽无信物之互证，而事实已传遍遐迩矣。

张翁阅报，得耕莘订婚，竟大失望；即召李父责问，命耕莘绝竞芳。盖张翁无子，仅生一女而跛，其所以资助耕莘者，实为跛女赘婿计也。讵李父以业已允其子婚姻自由不便干涉对。张翁怒，迫李父偿还耕莘之学费，且收回其租耕之田。

李父虑生计告绝，乃往告耕莘。不得已，决辍学就业以自给。旋得其至友周济群之介，入赵律师事务所任书记。奉父以居，聊相安焉。

竞芳以耕莘已退学，初不知其何故。继知其服务于律师事务所，乃往访，适耕莘外出。复造其寓又不值。时李父方从事扫除，竞芳询之，自承为耕莘之父。于是竞芳大不悦，怫然径去。耕莘固未知，犹函约竞芳聚餐，并邀济群作陪。讵久候不至，乃亲往邀之。及门，见竞芳方与一肥硕少年并肩昵谈。窃听之，语多诮己，大愤而返。越数日，济群以报纸示耕莘，则竞芳与富家子金仲甫订婚之新闻，赫然入目。耕莘悲愤欲绝，济群百般慰藉，并邀往观剧，以遣愁怀。

事有奇巧者，则台上女伶，似曾相识。耕莘细审之，忆为中学中同学梁小芬，颇以为异。嗣询诸茶役，得小芬寓址，次日乃偕济群往访。始悉小芬遭父丧，家复失火，迫于宿债，致流为女伶，凤凰在笯，无复自由。耕莘雅爱怜之，愿以余力相助。

一日，小芬忽来，谓其师将携以赴关外。自维弱质，恐不胜跋涉之苦，恳耕莘为之设法：谓倘得八百金，则此身可复自由矣。耕莘诺之，然计无所出。适律师命耕莘送款至法院，遂移挪八百金以交小芬，一面托济群设法借贷，以谋弥补。

越两日，耕莘复往小芬处，讵人去楼空，小芬已不知所之。耕莘猝遇意外，悲恨无已。而东窗事发，律师又以侵占罪控耕莘于法院，遂被捕入狱，处三月之徒刑。李父亦以此致疾，竟不起。幸济群助之殓葬，并往告耕莘。耕莘尤悲痛欲绝。及三月期满，得释出，亟往父墓展拜，痛哭流涕，怅然莫知所适。信步入公园，闻假山旁有情侣谈话声，谛听之，则女者乃王竞芳，盖又别有所恋矣。耕莘大恚，拟出而申责，为警察逐去。

耕莘穷无所归，欲访济群，又因济群方赴津沽。踯躅街头，饥肠雷鸣，经一小饭铺，检囊中，尚余小银元二，铜元数枚，乃入铺进餐。忽见小芬来铺购菜，急尾随之，以至小芬之居，愤不可遏，以小芬骗取金钱，致己身败名裂也。然小芬殊坦然。乃追述其经过，以求耕莘之相谅。

初，有蒋振鸣者倾心小芬，欲以二千金纳为侍妾，与小芬之师已有成议矣，而小芬则未知也。当耕莘付小芬款之日，竟强小芬去。后小芬得间遁出，往访耕莘，始悉耕莘因亏款入狱，期满释出后，不知去向。不得已，投身工厂，冀徐访耕莘所在，而不图即相邂逅也。

小芬言毕，自枕中出纸裹一，郑重启示，以授耕莘，盖即耕莘曩日付小芬之钞币八百金也。耕莘大感动，知小芬不负己，遂订为夫妇。

玉人永别

出品　明星影片公司，1931年

编导　郑正秋

说明　郑正秋

布景　裘逸苇

摄影　王士珍　吴蔚云

置景　董天涯

副导　高梨痕

演员　宣景琳　郑小秋　王征信　龚稼农　萧英　魏秀宝　赵静霞　朱秀英　黄君甫　严月娴　谭志远　汤杰

《玉人永别》电影由郑正秋编剧。其电影本事署名大可，原载《银幕周报》第11期（1931年11月29日）。

本　事

大可

当军阀专政时代，某歌场中，聘一歌姬，名唤玉人。她的容貌，她的歌唱，极能博得观众的赞赏，尤其是林本寅、田友谅、丁一德三个少年。

三个少年谈论起来，本寅想编几支迎合潮流的曲文送她。友谅很是赞成，一德默然不语。本寅疑他使君有妇，一德却又极口否认。

本寅编成新曲，和友谅、一德送去，玉人果然殷勤招待。本寅自愿教她读书，不意玉人的假母，突然下了逐客之令。

三人扫兴回来，一德抱怨本寅，并劝众人绝迹不去。不意一德只身独往，不幸与流氓冲突，饱受老拳，负伤很重。本寅友谅都来省视，并替他延医。本寅无意中识破一德秘密，赶往歌场，约玉人往视。玉人果然冒雨而来。一德接见，喜心翻倒。未几，本寅亦来，玉人见了，很是惭感。

本寅与友谅游园，忽然遇着一德、玉人。玉人忍不住问本寅道："假使一个女子，有了两个男友，一个要娶她，那一个该怎样？"本寅知她问的，一个是一德，一个是自己，便答她道："那一个一定愿全友谊，不加破坏。"玉人点头领教。友谅也告本寅说："一德怕你破坏好事。"本寅至此，决意牺牲自己的幸福，成全一德的婚姻。

本寅等向玉人假母提出求婚，假母索价三千元。一德穷得一钱不名，幸得友谅成人之美，向他婶母借到巨款，假母方才"回嗔作喜"，许将玉人嫁给一德。

本寅因好友爱人，不能两全，决计赴粤投笔从戎。其兄初尚劝阻，后见本寅去志甚坚，乃赠盘费三百元，以壮行色。本寅又将半数，转送一德，作为结婚之费。玉人知本寅远出，特来送行，并将包裹一枚，寄存本寅嫂处。玉人惜别，依依不舍，本寅因玉人已属一德，不宜更惹瓜李之嫌，力促玉人回家。临歧握手，不胜黯然。

一日，一德之前妻忽来友谅家中，友谅大骇，请人招一德来会。不料一德公然否认。友谅大为不平，送之至一德家。一德更加咆哮殴打。玉人怜之，极力劝阻。从此玉人和一德前妻，甚为亲爱，反而鄙视一德了。

本寅至广东投身军校，仍和玉人时时通信。不意本寅之信，忽被一德偷去，痛恨本寅，设计陷害。未几，本寅之兄，果被警察拘去，说他兄弟是革命党。幸而友谅竭力疏通，方才许以二千元保出。但嗟咄之间，胡来巨款？适玉人来视，知道此事乃一德告发，不禁羞愤交集，立将寄存林嫂处首饰取出，交友谅变卖，保出林兄。自己回家向一德质问，一德恼羞成怒，痛殴玉人。玉人毕竟女子之身，不敌一德，受伤很重，当即送往医院医治。

本寅奉命宣传，秘密回家，其兄告以一德诬陷和行凶等事，本寅大怒，往慰玉人，并扑杀一德。复往医院省视玉人，玉人此时已奄奄一息。本寅告以杀一德事，玉人但能含笑示意。而警察已经追踪而至，立将本寅捕去。

铁 骨 兰 心

出品　联华影业公司第三制片厂，1931年
编剧　梁少坡
导演　关文清
摄影　罗永祥
演员　冯洁贞　石友宇　麦毅汉

《铁骨兰心》电影由梁少坡编剧。其电影本事署名文弈，原载《银幕周报》第12期（1931年12月6日）。

本　　事

文弈

　　女郎蔡丽兰，天生慧质，姿容艳绝，性活泼，好运动，为当地富绅蔡志善的掌珠。一般富家儿都很欣羡，争与周旋，而女独和纨绔子黄亨利爱好。时在网球场上，相与为戏；而香汗涔涔，正和场畔店里的铁匠张国强力挥铁锤，汗流夹背，互相对照。而苦乐悬殊，正不知相去几许了！

　　一天，丽兰和亨利携手同游，忽遇强徒截抢。亨利胆小如鼠，弃女逃遁。适铁匠工罢经过，奋臂援护，女才兔脱。而亨利却自裂己衣，夸言勇敢救助，女不觉鄙之。

　　又一次，丽兰偕友辈，放棹中流，载歌载乐，冷不防失足堕水，冲向下流。时铁匠国强，又适在河边挑水，闻呼救声，奋身拯溺。正将女紧抱，忽一巨木顺流而下，适撞国强额际。时自顾不暇，逼得弃女，凫水登岸。后一渔人，才将女救回。

　　蔡志善的收租人胡八，向一欠租住户催收，勒将家私搬出，傲气凌人。铁匠国强，任性武侠，出与争辩，不料却被胡八的随从痛殴。国强也非弱者，力敌数人。正打得落花流水之际，丽兰适坐车过，睹状，喝止胡八，而向国强道歉。不知国强虽身处贫贱，却憎厌富贵，痛斥其父为富不仁。女虽受骂，然只哑忍罢了。

　　丽兰念铁匠的刚直训言，不觉深为愧报，便向乃父讨取巨款，创设贫民幼稚园，聊尽富者的义务。讵料不久，突遭回禄，一时烈焰滔天。女还酣睡教务室里，比至醒来，已是走头无路了。幸国强闻讯，又奔来相救，费尽几许挣扎，卒由窗口抱女沿绳而下，才告生还。

　　国强因救女受伤，入医院治。丽兰深感救命大恩，常来探问，两情缱绻。述及前事，更知前两次相救，也是今日的恩人。由感恩而生爱，今更一颗芳心，全付国强了。

　　国强愈后，仍回店里工作。丽兰常到游逛，视若家人，更遣媒求婚。国强自念，

贫富哪能相配,阶级实太悬殊,乃面却之。不料丽兰情丝一缕,突遭打击,中心作痛而病了。群医束手,以为非得国强相慰藉,女便无望了。于是女父亲至铁店,陈述隐情;国强父母,也力相劝。这一位侠骨柔肠的铁匠,才得勉从。鱼水相谐,丽兰已不药而愈了。

楔　　片

出品　未摄
编剧　力　功
时间　1931 年

《楔片》电影剧本由力功编剧。原载力功"滑稽电影剧本集"《女人与面包》（单行本，北平第一习艺工厂印刷，1931 年）[1]。

剧　　本

力功

地　点：北平极乐寺——西山
时　代：现在
剧中人：阮　翩　新剧演员兼魔术家
　　　　赵古翁　古文家
　　　　周镂新　雕刻家
　　　　吴素苗　画家
　　　　队　长　一人
　　　　童子军　男女共四十人
布　景（内）：阮翩书室
借用背景（外）：山麓　瀑布
乐手及乐器：奏钢琴、提琴、笙、箫、笛、敲琴、云锣者各一人

分　　幕

乐手用箫、笛、敲琴、云锣，奏《梅花三弄》。

景一　阮翩的书室

（渐现·中）一面花纹绸幕慢慢启开。屋内悬美术画片及明星小照多幅。左边桌上陈雕刻品数件；正中桌上置图画几张、绘具数件；右边墙隅置旧乱字纸一大堆。右前方置有黑铁箱一只，箱上装甲乙圆盘二个（如下图）：

---

[1] 该剧本集收《楔片》、《女人与面包》、《傀儡》、《残忍之鹰》、《钟馗与钟妹》等 5 个电影剧本。书前有《影片制法摘要》。

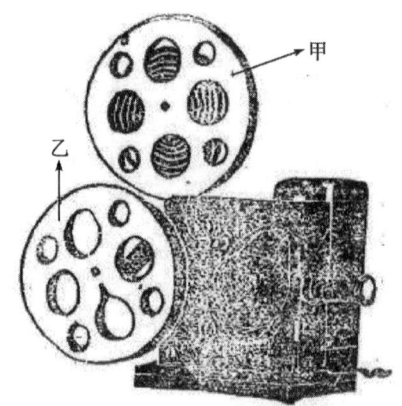

幕启后，一少年顶留分头，着方格玻璃纱长衫，曲卧甲盘上，作初醒状。少停，盘自转动，少年自上堕下，略整其纱衫，含笑向前鞠躬："我叫阮翩，今天是我的生日，我已邀妥赵古翁、周镂新君、吴素苗女士合演一幕短剧，以庆端始。"

周自左出现，着黑西服，留平头，坐左桌上，持刀作雕刻状[1]。

吴自右出现，短发，着大花旗袍，坐正中桌上，持笔作绘写状。

景二 同上

（近）阮走至周处，逐视其作品：一为戴瓜皮帽怒目呲牙的老头；一为辫发上耸、颦眉蹙额的工人；一为口衔短刀的军人；还有单独的手脚各一只。"你赠我的这些寿礼，全是鬼头鬼脑的东西。我既感谢你的盛意，又觉到你的艺术失败。"

周停其工作："老阮，我承认这话是对的。不过在现代社会上，我找不出适当标本来，只好照着妖魔刻魍魉了。"

景三 同上

（近）阮走近吴处："素苗，你为我画的四幅寿屏，已完了么？"

吴以画付阮，"正好画完，请拿去看，这是些胡涂的漫画，也算近代写生。"

阮接过画来，向前逐一细看。第一张是一座华丽舞台，带些摧毁的痕迹；第二张是一个裸体女人；第三张是几枝月季，上飞着两只蝴蝶；第四张是一株石榴，上栖鸟两只，空中一只。阮持画向吴鞠躬："礼物收下，谢谢！"

景四 同上

赵从乱纸堆中钻了出来，光头，鼻架玳瑁眼镜，两绺花白胡子，着宽袖马褂，走近铁箱，向阮拱手："今为台端悬弧吉期，谨具菲仪，聊表贺忱！"

自兜内取出字纸一张。

阮未接其纸："谢谢古翁盛意。——您常年睡在那里？"指乱纸堆，"可知清晨和夜

---

[1] 原行首人名为加大字号，且以□框之，现一并去除。

晚么?有甚舒服呢?"

赵:"不知道,我是毫没有时间观念的。——但是我之睡在那里,就如你之睡在这里(指铁箱圆盘)一样,不过找个寄托之处罢了。"

阮指乱纸堆:"您在那里掘着甚么珍宝了么?"赵以纸片纳阮手中。

景五
(特)纸片上仅有龟甲文"醶"一个字。

景六 同上
(中)赵指其片纸:"这就是我的发现,一个字抵千金矣!"

阮向赵:"谢谢吧!"打开铁箱,把刻品图画等礼物全放进去。从箱里取出热气腾腾的蒸饼及螺丝烧饼三盘,把箱闭上。饼作长方形,如书本然,上各有凸出花纹。"现在我预备一些食品,请诸位吃。吃完了,看我变把戏。"

景七 同上
(中)阮置食物于正中桌上,向客致词:"诸位请坐,尝尝这新出锅的寿饼和螺丝转。"

众各就坐。吴仍原位,周左,赵右,阮坐桌前。先以一盏予吴。

景八
(特)饼上凸纹为袁世凯半身小像。

景九 同上
(中)阮以一盘予赵,一盘予周。

景十
(特)左盘饼上凸纹为一时髦女郎,右盘饼纹为一柄宝刀。

景十一 同上
(中)阮向吴:"素苗,你尝着这饼怎样?"

吴持饼作咀嚼状:"味道也还不差,只是芥末,胡椒面搁多了一点。"阮向赵:"古翁,您吃着怎么样呢?"

赵持饼作嗅状:"似乎有些泥土气和臭汗气。"以饼纳口中作强咽状。"哎呀,酸得很!并且扎得难过,如同活吞了一只刺猬似底!你这些东西做得不熟吧?"

阮指饼作微笑状:"大概这是胃口的关系,等你吃过半叠以后,反觉好吃亦未可知哩。否则请仍还故乡,吃石头,牡丹一类东西去吧,那个有香汗气呢。"

赵作不快状,抚胸辞去:"敬谢不敏,回见吧。"仍钻往乱纸堆中。

景十二 铁箱

（特）铁箱忽有破裂，画幅从内飞出来，自行贴于墙上。

景十三 书室

（中）周吴作惊讶状。

吴："这许是我画人点睛的缘故吧？"

阮摇手："不是的，这是我的一点魔术，请您注意，好戏还在后头呢。"

景十四 铁箱

（特）从铁箱破处，走出两个雕刻品来，怒目呲牙的老头，和颦眉蹙额的工人，略事争斗，老头把工人吞吃了。次为三头六臂的怪物，从箱洞走出，（左为女人头，右为财神头，帽完全以金钱缀成；中为皇帝头，戴冕旒，前后悬数串勋章）以四手举着戏装的舞将，作掌上舞。舞毕，裂而食之。末了从箱里出来的是衔刀的军人，曳着一手一足置于箱前。他以刀砍碎了手脚，伏桌食净。三头六臂的怪物又把老头及军人撕而食之，如食鸡然。（以上用幻摄法）

景十五 书室

（中）阮指雕刻品："这叫做大鱼吞小鱼，罔两吃罔两，你看好玩么？"

景十六 同上

（中）忽起旋风一阵，（把图画上的舞台吹塌，把裸体人吹动，跳落地下。鸟及蝴蝶亦被吹落地上，往返飞翔，跑出门去。三头怪物亦被吹倒，肚腹破裂，老头、工人、军人等从肚里钻了出来，随风跑去。（幻摄法）

阮："想不到这些东西，竟自作起怪来。"众急起追之。

景十七 山顶

（远）图画，刻品的人物被旋风卷腾空中，超越一座险峻的山顶，蓦然不见。

景十八 山麓

（远）阮、周、吴等登荒坡上，屡跌屡起，追奔仰望。

景十九 山坡

（远）队长一人率男女童子军等，执锹、镐、斧、筐，开辟一条山路。阮、周、吴等走来，睹众作欣喜状。遂各取斧锹，助众操作。

队长作大喜状："谢谢这支生力军，为我们增加实力，唱个《开山曲》表示欢迎吧。"

男童子军作砍伐姿势，同唱：（钢琴，提琴，笙，箫合奏）

  努力努力，作工作工！

  砍平顽石，斩断了荆棘，

  辟条新路大家行。

  人们顺着此路，可以达到高峰。

  那里有瀑布泉源，那里有华丽之宫；

  那里有鲜花灿烂，那里有果实通红。

  努力努力，作工作工！

  此路打通，将得新生命。

队长指女童子军等："我们再唱《风来了》！"

女童子军扬手舞蹈，同唱：（乐手作乐）

  蔚蓝天空，来了和煦微风、

  她把江水吹绉，她送出船只旅行；

  她赠给昆虫美服，她唤草木速醒；

  她绣得鲜花灿烂，她染得果实通红。

  可爱的"风"呀，送来许多新生命！

童甲作回视状：（片制蓝色）"呀，天气晚了，我们休息吧？"

队长燃其电石灯："弟兄们不要气馁，我有办法。"置灯大石头上。

景二十 同上

（加圈·中）队长率众继续工作。

队长指前方："你看这一束灯光，照清了我们工作的方向，我们是不怕黑夜的了。"

众合唱：（乐手作乐）

  我们就是力，我们就是风；

  我们能凿通此路，我们能走上高峰，

  我们能寻着源头，我们能筑美丽之宫；

  我们能培植森林，我们能灌溉群英；

  我们把蓓蕾浇放，我们把果实浇红。

  可宝的"力"呀，给我们多少新生命！

景二一 同上

（远）众仰视天空。

景二二 天空

（特）桃杏花瓣，柳絮，蒲公英种子，在空中飘舞。

景二三 山坡

(远)众举手跳跃欢呼:"哈哈哈……这风果然吹来了!"许多花瓣,柳絮落在童子们的头上。

景二四 瀑布下

(中远)花瓣,柳絮,蒲公英种子,飘飘忽忽落在瀑布下的溪流里。

景二五 阮翾书室

阮重整长衫,向前鞠躬:"今天我这生日过得非常热闹。诸君少待,我还要演几套无声电影,以助余兴。这头一套是鲁迅先生的原著,而由我亲自导演的哩。"说完复卧铁箱之乙盘上。(参看前图)

幕渐闭。乐手以钢琴提琴,敲琴奏《新霓裳羽衣舞》(全谱见乐艺第一卷,第一号,十九,四·一)

女人与面包

出品　未　摄
作者　力　功
时间　1931 年

《女人与面包》电影剧本由力功根据鲁迅小说《阿 Q 正传》改编。原载力功"滑稽由影剧本集"《女人与面包》(单行本,北平第一习艺工厂印刷,1931 年)。

剧　　本

力功

地　点：大江流域之未县城内及未庄。
时　代：民国纪元前七年春至民国元年冬。
剧中人：阿　Q　　　三十岁,农工劳动者。
　　　　赵习达　　　二十余岁,秀才。
　　　　赵太爷　　　五十岁,习达之父,富翁。
　　　　赵太太　　　约五十岁,习达之母。
　　　　赵　妇　　　秀才之妻。
　　　　吴　妈　　　三十余岁,赵宅女仆,寡妇。
　　　　王　胡　　　略识几个字的老头。
　　　　钱　欧　　　青年留学生。
　　　　钱太爷　　　钱欧之父,村中老绅士。
　　　　钱太太　　　钱欧之母,五十余岁。
　　　　钱少奶奶　　钱欧之妻。
　　　　小　D　　　赵宅年工。
　　　　白阿狗　　　白家茶馆的掌柜。
　　　　黄阿猫　　　土谷祠看庙的老头子。
　　　　讲　师　　　武昌某学校的。
　　　　学　生　　　共五人,武昌某学校的。
　　　　茶馆坐客　　十余人。
　　　　农　夫　　　四五人。
　　　　赌　徒　　　八九人。
　　　　地　保　　　一人。

	少年学生	一人。
	癞头孩子	一人，放猪的。
	小尼姑	一人，静修庵的。
	老尼姑	一人，小尼之师。
	和　尚	一人，幻景中的。
	村　妇	四五人。
	医　生	一人，博济医院的大夫。
	女看护	二人，博济医院的。
	顽　童	二人，在关帝庙后争斗者。
	富宅塾师	一人，文武举人。
	富宅学生	四人。
	土　匪	八九人。
	革命青年	百余人。
	官员绅士	五十人。
	张天师	一人。
	丫环宫女	四人，戏装者。
	政　客	八人。
	杠夫及打执事者	四十人，兼做轿夫。
	童子军	十数人。
	兵警察	百人。
	皂　隶	十人。
	县　长	一人。
	观　众	百人。
	牢　头	一人。
	囚　犯	二十余人。
布　景：	赵　宅	客厅，仓房，厨房。
	白家茶馆	内室及棚下。
	赌　局	
	阿Q住室	
	钱　宅	客厅及少奶奶住室。
	富　宅	内室及内外院。
	宫　殿	土谷祠正殿。
借用背景：	学　校	教室一所。
	庙　宇	四处：土谷祠，静修庵，关帝庙，娘娘庙。（若改贴门匾，两处已足。）
	井	二处。
	当　铺	一处。

豆子地　　一处。
麦子地　　一处。
玉黍地　　一处。
食物摊　　三处。
医　院　　大门，养病室，割病室。
菜　园　　一处。
大　江　　江面须能航行轮船（景二三八）。
小　河　　一处，宽约三丈，水深五六寸者。
轿子铺　　一处。
衙　署　　大堂及监狱。
六十四杠棺罩　一抬。
军　队　　一连。
童子军　　一小队。

分　　幕

力功

第一本

（字一·说明）人生最大的隐痛，莫过于内心之菌，如吃人的礼教，吸人膏血的资产阶级及其保护者是也。故欲除此痛苦，当先杀其菌，若以按摩符咒而医痨瘵，讵能根本治疗耶？

（字二·说明）武昌有位文字学专家，常对学生讲解象形文字的变化。

景一　教室（内）

（渐现·中远）黑板前讲桌后面，立着一位讲师，讲桌前面坐着几个学生。讲师在黑板左方用粉笔写了一个"Q"字，笔画很粗。

景二　同上

（近）讲师用教鞭指着"Q"字讲解。
（字三·对话）你看这个"Q"字，多么像一种民族的脑袋呵！

景三　同上

（近）讲师在黑板中央又写了个"θ"字，一个学生立起问话。
（字四·对话）这个希腊字母又像个甚么呢？

景四　同上

（近）讲师用教鞭指着"θ"字讲解。

（字五·对话）它像一种民族过渡时期的脑袋，由"Q"而"θ"也可说是半革命吧。

景五 同上

（近）讲师在黑板右方另挂着的一块半圆小黑板上写了个"D"字；且自下隅拿起那块小黑板，以"D"字弧线之边，向"θ"中间之横，及"Q"字下方之撇一砍（因小黑板背面为板擦装置），把那一横一撇去掉。他继续讲话。

（字六·对话）这么一来，也就算是革命了。

景六 客厅

（渐现·中远）一老翁戴瓜皮帽，着马褂夹袍，右手打着算盘，左手执水烟袋作凝思状。

（字七·说明）赵太爷是未庄唯一的人物，因他财产极多，他儿子又是位文童。（饰者×××）

景七 同上

（近）赵太爷正视前方，抽了一口水烟，作骄傲状。

景八 赵宅院内

（中）赵太爷指挥四个小工，各持锄、镐、水罐、草帽出门去。

景九 江边

（远）江岸一男子（阿Q）独自走来，自抚其辫，作微笑状。他着白小褂，套黑背心，黑裤子，裤脚瘦长不扎腿，黑袜黑鞋。

（字八·说明）阿Q，是赵宅的短工之一。（饰者×××）

景十 田野（外）

（远）阿Q同三个农夫锄玉黍地。阿Q的锄把碰在后边农夫的头上。（化入）

景十一 麦地（外）

（远）风吹麦穗，如波涛荡漾。阿Q跟着五个农夫起始拔麦。阿Q蟠起辫子，用黑布蒙头，腰带上挂着烟袋荷包。阿Q拔起麦子，往脚上摔土，迷了同伴的眼。

景十二 河边

（远）阿Q等三四人往船上搬运麦束。运毕，阿Q撑船去。

景十三 同上

（特）阿 Q 汗出如雨，然不肯休息。

景十四 赵宅米仓（内）

（中）一间土坯房里有个笨重石臼，阿 Q 拿着丁字木柄的石球子，一下下的舂米。旁边放着两口袋半粮食，墙隅还有几个席囤。

景十五 同上

（中近）阿 Q 汗流浃背，忽听有人叫他，转头去看。

景十六 仓外（外）

（中远）一个约三十多岁的女仆走来。

（字九·说明）吴妈，赵宅的女仆。（饰者×××）

景十七 赵宅仓房（内）

（中）吴妈右手端着一大碗饭，左手托着一小碟咸菜，一双筷子，放在一张矮桌上，向前招手。

（字十·对话）阿 Q 吃饭啦！

景十八 同上

（中）阿 Q 用手擦去额上的汗，向吴妈一笑，来到桌前，端起饭碗吃饭。

（特）碗里小米干饭，间杂些绿豆。

（字十一·说明）同是一个时间，另是几位餐者。

景十九 赵宅客厅（内）

（远）客厅里，摆着楠木桌椅，正面靠垫上躺着赵太爷，端着酒杯同对面老太太吃饭，摆着许多好菜。一个青年男子（赵习达）坐在下手。吴妈立在旁。赵太爷向老太太说：

（字十二·对话）我们少奶奶眼看要生孩子了，七八十元的住院费，却是很大的一笔开销哩！

景二〇 同上

（近）赵太太侧身坐着。

（字十三·说明）赵太太。（饰者×××）

景二一 同上

（中景）赵太太作惊讶状，回答：

(字十四·对话)那就请个姥姥也可,何必住院呢?

景二二 同上
(特)赵习达。
(字十五·说明)赵习达——赵太爷之子,是位文童先生。(饰者×××)

景二三 同上
(中)赵习达向他父母说话:
(字十六·对话)还是住院比较省事而安全。过几天我要应试下场,没有功夫照料她呀。

景二四 同上
(中远)赵太爷和太太谈话。(渐隐)

景二五 土谷祠(外)
(渐现·近)阿Q新剃了头从庙里出来,以手摩抚头上一块癞疮的疤痕。几个闲人耍笑他。一个假装惊讶说:
(字一七·对话)哈,亮起来了!

景二六 同上
(中)第二、第三两个人笑着作揶揄状。
(字一八·对话)原来有保险灯在这里!

景二七 同上
(远)阿Q怒目看他们,口里嘟囔着骂。三个人过来抓着阿Q,两人把住胳膊,一人扭着辫子,在壁上碰了四五个头。旁观者皆大笑,打人者也得胜而去。阿Q垂头丧气,口里嘟囔着骂:
(字一九·对话)我总算被儿子打了,现在的世界真不像样……

景二八 同上
(远)那几个耍弄阿Q的人又转回来,推他坐在地下,揪住的辫子,向墙上作欲碰状,他们威吓阿Q。
(字二〇·对话)这不是儿子打老子,是人打畜生。你自己说:"人打畜生!"不说还碰你!

景二九 同上
(中)阿Q两只手捏住自己的辫根,歪头向上看着,向他哀求解放。

（字二一·对话）打哈叭狗，好不好？我是哈叭狗……还不放么？

景三〇 同上
（远）他们仍不放手，仍旧碰了五六头才走。阿 Q 看着他们走远，缓立起来，摩抚头皮，非常懊丧。待了一会，以青巾包上头慢慢转怒为喜，自己叨念：

（字二二·对话）哈叭狗……我是第一个能自轻自贱的人。凡第一个不是状元么？他们是什么东西！

景三一 白家茶馆（内）
（远）阿 Q 走在酒店喝几杯酒，和同坐的酒伴（旧识的农夫们）说笑甚乐。喝罢付钱而去。（化）

第二本

景三二 土谷祠（内）
（中）天气已晚，阿 Q 屋睡觉。一间土坯屋里，没有床炕，地上铺着一片稻草，两块青砖（枕头），砖旁有个大砂壶。墙上挂着一把镰刀。阿 Q 提起砂壶，对嘴喝了口水躺下。稍睡，忽又起来用手从腰袋里掏出几十个铜元，微笑，装入袋里，又躺下睡。手摸到袋上，颠了颠轻重，又爬起来，出门而去。（化入）

景三三 赌局（内）
（中远）小屋里，土炕上围坐着八九个人。

景三四 同上
（加圈·中近）阿 Q 在内，聚精会神的猜宝。

景三五
（特）（宝盒之形式）

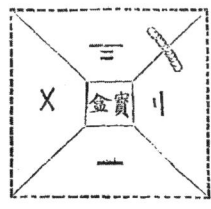

景三六（内）
（中近）阿 Q 以四十枚铜元斜摆在垂直于二、三的界线之方向（如上图），他指着钱说：

（字二三·对话）青龙四百！

景三七（内）

（中远）其余赌徒下了几小注，庄家揭开宝盒，一面喝唱：

（字二四·对话）咳——开——啦！——天门啦——角回啦——！

景三八（内）

（近）庄家仍伸着脖子吆喝：

（字二五·对话）人和穿堂空在那里啦！——阿Q的铜子拿过来！

景三九（内）

（中近）阿Q见自己的钱被人搂去，作失意状，退在旁边，望赌徒生气，稍停走出。**（化入）**

景四〇 土谷祠（内）

（近）阿Q到屋里，坐在稻草上，摸了一下空腰袋，自己骂自己。又左右开弓自己打了两个嘴巴。躺下睡着了。（渐露）

（字二六·说明）赵习达中了秀才。

景四一 赵宅（内）

（远）赵太爷立于厅前。百余人向他作揖。面带喜色。

景四二 未庄大街（外）

（远）仪仗执事人等经过大街，打着"肃静"、"回避"牌子和金瓜、钺铁、布伞等物（摄时要慢）。两个戴红毡帽的，敲锣喝道。赵习达坐在四人轿里。

景四三 同上

（中近）赵习达戴红缨凉帽，铜顶子，插两朵金花，穿青官罩，十字披红，得意洋洋坐在轿内。

景四四 同上

（远）合村大小男女参观。

景四五 同上

（远）阿Q从酒馆出来。遇着赵大少爷的仪仗，衔着烟袋指手画脚向大家说：

（字二七·对话）你们看，我的本家中秀才了。细排起来我还比他大三辈。

景四六 同上

(远)许多人拍阿Q的肩膀,向他笑致贺意。阿Q得意。大家拥起阿Q。(渐隐)
(字二八·说明)地保。(饰者×××)

景四七 赵宅(内)
(中)地保(戴着没顶的红缨帽)领阿Q来到院中。赵太爷一见,作大怒状。
(字二九·对话)你敢胡说!我怎么会有你这样的本家!

景四八 同上
(中)阿Q恐惧,低头不开口。赵太爷越发生气,抢进几步怒骂。阿Q益恐,想往后退。赵太爷给了他一个嘴巴。
(字三〇·对话)你怎么会姓赵!……你哪里配姓赵!

景四九 同上
(中)阿Q始终不开口,用手摸着左颊和地保退出来。地保训斥阿Q:
(字三一·对话)虽然你真姓赵,有赵太爷在这里,也不该如此胡说的。……

景五〇 土谷祠(内)
(中远)阿Q从兜里拿两串制钱给了地保,又向他作了两个揖。地保去。阿Q忽然躺下,自己向自己说话,说后又微笑。
(字三二·对话)现在的世界太不成话,儿子打老子……

景五一 白家茶馆(内)
(远)阿Q来到茶馆,大家敬谨欢迎。大家以手势问他在赵宅被打的事情,且作安慰阿Q状。
(字三三·对话)你多荣耀呀!我们求赵太爷贵手打两下,还摸不着呢!

景五二 同上
(化人,近)阿Q点头。(渐隐)

景五三 未庄(外)
(渐现,中)朝日光的墙根下,坐着一个黑胡子老头,一个年青学生下象棋,老头解开怀,拿大襟里面的虱子,学生直催他走棋。
(字三四·说明)王胡。(饰者×××)

景五四 墙根(外)
(中)阿Q走来,粗鲁的坐在王胡旁边一块大砖上。看着棋作不懂状。看着王胡拿虱子,拿一个又一个,放在手心里。

景五五

（显微镜头特写）手心上的三个虱子，蠕蠕爬动。

景五六

（近）阿Q把手心上的虱子，放进自己嘴里，呲牙一咬，又吐出来。伸手入衣内满身上乱搔一气。学生又催王胡走棋。阿Q也解开怀拿虱子。寻了半天只拿着一个，用手指塞到嘴里使劲一咬。王胡笑他：

（字三五·对话）好大本领，连个虱子都咬不响。

景五七 墙旁（外）

（中远）阿Q脱下上衣摔在地上，吐一口唾沫，向王胡说：

（字三六·对话）这毛虫！

景五八 同上

（中）王胡瞪起眼来，作蔑视状。

（字三七·对话）哈叭狗，你骂谁？

景五九 同上

（中远）阿Q怒目看他，站起来，两手叉着腰说：

（字三八·对话）谁认便骂谁！

景六〇 同上

（中）王胡也站起来，结上大襟纽子，向阿Q挥拳欲打状。

（字三九·对话）你的骨头痒了吗？

景六一 同上

（中）青年学生拉开王胡，仍旧坐下来下棋。阿Q也把衣服穿上，交叉着手看着王胡。王胡走了一步得意的棋，向学生笑。

景六二 棋盘

（特）王胡的手，把黑"车"推下去，放在学生这边的"象"脚上（参看下图1）。

（字四〇·对话）将！

景六三 棋盘

（特）学生落下"象"来，吃了王胡的"车"，微笑（参看下图2）。王胡以手脱下右脚的鞋袜，歉意对棋作惊讶状。

景六四 墙旁

(特)王胡以右脚的大拇趾及二拇趾夹住河边的"砲"。慢慢迭放于"將"上(如图3)。

景六五 同上

(近)王胡收回足来,右手拈胡作骄状,向学生说:

(字四一,对话)儿辈臭棋,何须尔翁手敌!

景六六 同上

(中远)学生诅骂王胡。王胡打了他一个嘴巴。阿Q看着不平,拾起地上的砖来,照王胡额上打去。砖粉碎,王胡双手蒙额,仰跌。学生逃去,阿Q要跑。王胡忽又起来(额上流血),揪住阿Q的辫子。阿Q自己用手把着辫根,向王胡说:

(字四二·对话)君子动口不动手!

景六七 同上

(远)王胡揪着阿Q的辫子向墙上碰头五六次,又用力一推,阿Q跌出六七尺远,正倒在一个卖鸡卵的挑子上。鸡卵全被压碎。(渐隐)

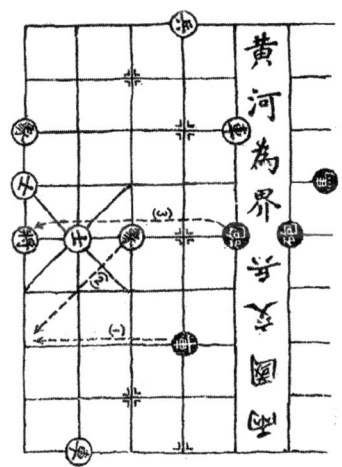

第三本

(字四三·说明)钱欧东洋留学毕业,荣归故里。(饰者×××)

景六八

(中近)钱欧戴学士方帽,剪发,眼镜,宽袖学士制服。左手执圆纸筒,右手提提包。

景六九 未庄（外）

（远）钱欧走在街上，众人向他注视，作窃笑状。

景七〇 钱宅（内）

（化入·中远）一所旧式客厅，右上座坐着一位老头着马褂，团花绸袍，抽旱烟。一老妇来手端一杯茶。

（字四四·说明）钱太爷，钱太太。——钱欧的双亲。（饰者×××及×××）

景七一 同上

（中）钱欧走到家里，放下提包向父母鞠躬。钱太爷问他话。钱太太走到儿子背后，摘去帽，一见短发，用手摩抚一下，坐地大哭起来。钱欧劝她。

景七二 钱少奶奶室（内）

（中近）一少妇在屋内做针线活，忽起，由门缝望外窥视。

景七三

（特）钱欧正视前方，向后转，露出短发。

景七四 少奶奶室（内）

（中）少妇放下活计，掩面而哭，忽从后门逃去。

景七五 客厅（内）

（中）钱氏父子正劝钱太太，一男子进来。

（字四五·对话）少奶奶跳井了！

景七六 同上

（中）钱太爷等大惊，赶紧出去。钱欧从提包里取出一条假辫子罩在头上也走出去。**（化出）**

景七七 井旁（内）

（远）阿Q等七八个人用绳自井内捞上钱少奶奶。她的衣服尽湿，贴在身上，坐井旁大哭。钱太爷拉着钱欧的假辫让少妇看。少妇仍哭。

（字四六·对话）别骗人啦！那是假的哟！我不跟和尚过哟！

景七八 田野（外）

（渐现·远）阿Q坐在野外一块大石头上抽烟。远处来了钱欧，戴假辫穿短服。

阿 Q 向路旁一个放猪的癞头孩子说：

（字四七·对话）秃驴……假洋鬼子……戴假辫子……没人格！他老婆不跳四回井，也不是好人。

景七九 同上
（中）钱欧大踏步走近阿 Q，举起手杖向阿 Q 头上一打。阿 Q 耸肩咧嘴，摸了头顶一下，指癞头孩子说：

（字四八·对话）我说他。

景八〇 同上
（中远）钱欧继续打了阿 Q 头顶几下。打罢，向前走去。阿 Q 走进酒店又高兴得意的喝酒。酒店前走来一个小尼姑，新剃的头皮，走路有些扭捏的样子。阿 Q 转脸看去。

景八一
（特）小尼姑。

景八二 白家茶馆前
（中）阿 Q 见尼姑，作生气状，迎上去，向她用力唾了一口唾沫。

（字四九·对话）呸！我说今天怎么晦气，原来因为见了你！

景八三 同上
（中）小尼姑不睬他，低头只是走。阿 Q 走近她身旁，突然伸手摩她的头皮。

景八四
（近）阿 Q 呆笑着扭小尼姑的头颅，左右扭动。

景八五 同上
（中远）小尼姑面现羞惭，一面诅咒，一面脱身要走。酒店的人大笑。阿 Q 更加高兴，左手按着尼姑头项，右手托着她的下颌。

（字五〇·对话）和尚动得，我动不得？

景八六 同上
（中远）酒店里人大笑。阿 Q 更得意，用力拧了一把才放手。尼姑跑远，哭着回头作切齿痛骂状。

（字五一·对话）这断子绝孙的阿 Q！

景八七 同上

（中）阿Q和酒店里人大笑。（渐隐）

景八八 土谷祠（内）

（渐现·中）阿Q坐在屋里稻草上非常苦闷无聊。自看自己的手指。又两手向空抓去，如抓小尼姑的头颅。双手捧回，就吻于口。他躺下，盖上破棉被，又起来回头看门。

景八九 同上

（幻景·中）门自开，小尼姑进来，她忽然全身祖裸（历时甚快又恢复原来衣装）。

（字五二·说明）尼姑……女人。

景九〇 同上

（幻景·中）一个和尚扭住尼姑的头左扭右扭。阿Q忽立起，打和尚。和尚倒地而灭。他站在尼姑旁边。忽然阿Q头带红缨凉帽，双插金花，穿官衣，十字披红。同时尼姑披云肩，满头珠花蒙洋纱。阿Q视之微笑。（化入）

景九一 祠内

（中近）阿Q仍然躺在稻草上，坐起来，拭目四视，一无所睹，作失望状。（渐隐）

（字五三·说明）十天后。

景九二 仓房（内）

（渐现·中）阿Q舂米，舂热了脱下布衫来挂在墙上。

景九三 厨房

（中）阿Q从水里取了点水喝，坐在凳上吸旱烟。桌上放着一盏无罩的小煤油灯。阿Q向外一看。

景九四

（中近）吴妈，青裙白背心，面白胖，态度和霭。

（字五四·说明）吴妈。

景九五 厨房

（中）吴妈走进厨房，洗完了碗，坐在长凳上和阿Q谈天。

（字五五·对话）太太两天没有吃饭哩，因为老爷要买一个小……

景九六 同上

（中）阿Q受宠若惊。偷偷睨视着吴妈坐得更接近一点。

景九七

（特）阿Q左额角忽发现"女人"二字，右额角忽发现"小寡妇"三字。

景九八 同上

（近）吴妈继续谈天。

（字五六·对话）我们少奶奶是八月里要生孩子了……

景九九

（近）阿Q向吴妈迷离正视，心有所思。

景一〇〇

（幻景·特）阿Q额上忽现吴妈全身裸体小影，一丝不挂，往来跳跃。（历时甚快）

景一〇一

（近）吴妈继续说话。

景一〇二 厨房

（中）吴妈仍唠叨不休。阿Q放下烟管站起来，忽然抢上去对吴妈跪下。吴妈闭口一愣。

（字五七·对话）我和你困觉，我和你困觉！

景一〇三 同上

（中）吴妈大惊，哭着望外跑。阿Q抓住吴妈的左脚，扒下一只鞋来。吴妈跛其一足逃去。

（字五八·对话）阿呀！

景一〇四 同上

（中）阿Q发半天愣，扶着空板凳慢慢站起来，态度颇不自安。慌张的将烟管插在裤带上，想出厨房。赵秀才迎面走来，用大竹杠向他头上打去。

（字五九·对话）你反了……忘八蛋！

景一〇五 厨房（内）

（中）赵秀才又向阿Q头上打去。阿Q两手抱头，竹杠打在他的指节上。阿Q咧嘴，又吹他的右手手指。以左手护着头，冲出厨房。脊梁背上，又挨了几竹杠。

景一〇六 赵宅米仓（内）

（中）阿Q舂米。春热了，脱了他的白褂，仅穿黑背心。他听外面有声，出外探听张望。

景一〇七 赵宅下屋（内）

（中）吴妈站在凳上，在房梁上拴好绳套，哭着作将缢状。赵太爷赵太太等六七人跑进来抱她出去。

景一〇八 赵宅内院（外）

（远）阿Q来在赵太爷内院。还有三个中年妇人，两个男人（阿Q的短工同伴）围着吴妈。她坐在那里哭，大家劝她。

（字六〇·对话）千万别寻短见，谁不知道你正经……

景一〇九 同上

（近）吴妈俯仰哀啼。

（字六一·对话）我的天哪……我活不得了！（"了"字须使辗转颤动）

景一一〇 同上

（近）阿Q看着他们微笑。

（字六二·对话）有趣，这小孤孀又闹什么玩意儿了？

景一一一 同上

（远）阿Q走近人群，细看。赵太爷捏大竹杠走来。阿Q掉头急走。赵太爷拿竹杠在后追，忽被门限绊倒。阿Q逃。（化入）

景一一二 土谷祠（内）

（近）阿Q回到屋里，坐了一会；注视自己的胳膊，抱臂若不胜寒。

（字六三·说明）地保。（饰者×××）

景一一三 土谷祠

（中）地保戴着红缨帽进屋，作申斥状，并掏出一张字据来让阿Q按指印。

景一一四 字据

（特）　一、明天用红烛一对，香一封，到赵府赔罪。

　　　二、赵府上禳除缢鬼的费用由阿Q负担。

　　　三、阿Q从此不准踏进赵府的门。

四、阿Q不准再去索取工钱和布衫。

立字人阿Q　　（阿Q手模）
　　　　　　（按印此处）

景一一五　未庄牟利当铺（外）
（中）阿Q赤背手持破绵被及背心随地保走进当铺。（行时频频托起衣被，作烦恼状。）
（字六四·说明）恋爱未成，典质已空！

景一一六　仓房
（中）吴妈走过臼旁，看见阿Q的布衫挂在那里，遂持之去。

景一一七　吴妈住室
（近）吴妈将布衫放置床上，从夹内鞋底样纸一张，向自己脚上一比，遂持剪刀在布衫上裁取底布。

景一一八　同上
（中）赵太太及大肚少归忽至，向吴妈作责问状，且将残余之布衫夺去。

第四本

景一一九　土谷祠（内）
（渐现·中）阿Q赤背卧土谷祠，坐起来看自己胳膊，抱胸蜷曲作冷状。屋内四处找寻，墙角存有黑布一条。取过来用镰刀在中间裁一圆孔，由头上套下去，两端塞在腰带里，权作背心。门开，进来一个老头（黄阿猫），同他说笑。
（字六五·说明）翌日。

景一二〇　未庄（外）
（远）阿Q来在街上，手拿镰刀和小锄。站在门口的女人，见他来到，都躲进门去。有个五十多岁的老太太见他来了，也急忙推着十岁的女孩进去。大门内出来一个男人，向他摆手，驱他走。

景一二一　农家
（中）阿Q来到另一个大门，又被轰出。

景一二二　百家酒店
（中）阿Q走到酒店，店伙张手向他要钱。他摸了摸腰袋，示其无有。伙计见状，摆手以示不赊。阿 Q 出来顿足诅咒：

（字六六·对话）他妈妈的！

景一二三 博济医院
（中远）医院门前来到两顶小轿，前者坐着赵太太，后者坐着秀才娘子，吴妈提着小包跟在后面。轿放下，吴妈搀赵太太下轿，二人又搀秀才娘下轿，慢慢走入医院。

景一二四 赵宅（外）
（渐现·中）阿 Q 走到门口，看见小 D。

景一二五
（近）小 D 面瘦体矮，揹着一把舂米的石球子。
（字六七·说明）小 D。（饰者×××）

景一二六 同上
（近）小 D 走进门去。阿 Q 望之作痛恨状；扬起右手，拳头向空一击，口里唱：
（字六八·对话）我手执钢鞭将你……打[1]。（各字应按先后次序，陆续现于幕上。"你"字须展转颤动，动毕，再现"打"字。）

景一二七 豆子地（外）
（中远）小 D 戴着草帽在豆子地边，拉着石墩子墩地。阿 Q 在旁边走过。小 D 在豆秧上捉了一只大花豆虫，放在阿 Q 脖子后。

景一二八
（特）豆虫在阿 Q 脖子上蠕动。

景一二九 同上
（近）阿 Q 急用手抓虫撇在地下。诅咒小 D：
（字六九·对话）畜生！

景一三〇 同上
（中）小 D 向阿 Q 说：
（字七〇·对话）我是哈叭狗好么？

---

[1] 原文唱词或念白旁平行注有工尺谱，整理时一并删除，下同。

景一三一 同上

（中）阿Q向前揪住小D的辫子，小D也一手揪住阿Q的辫子，一手护住自己辫根，挣扎好久。忽而小D一拳打倒阿Q。小D说：

（字七一·对话）我来干，打倒你，你不成！

景一三二 同上

（中远）小D拉起石墩子要走。阿Q揪住小D辫子又扯回来。阿Q说：

（字七二·对话）你怎么知道我不成？

景一三三 同上

（中）小D答阿Q：

（字七三·对话）你已经被我打倒了，你还算成么？

景一三四 同上

（中）阿Q伸手去抓小D的草帽。草帽圈子掉下来套在小D脖子上，像个圆枷。小D头上仅戴着个椭圆柱体的草帽头。两人揪着辫子在豆田内厮滚。（渐隐）

（字七四·说明）鏖战中之牺牲。

景一三五 同上

（近）豆地子内被踏状况。

景一三六

（显微镜头特写）千万蠕蠕蚂蚁，被一只大脚踏毙无数。**（化出）**

景一三七

（近）阿Q释手自抚其头，摸下一绺撕落的头发，屡看，作可惜状。

景一三八 黑板上

（化入·近）一个"Q"字和一个"D"字互相抵触，且重叠起来，俄而"D"字转到左边，忽自跃起以其弧线之边向下一砍，把"Q"字之撇砍去一个尖儿。

景一三九 土谷祠（内）

（中）阿Q坐在屋里稻草上，上身仍穿着一块黑布，下身穿着青裤，赤着脚。周视四壁，屋内仅有大砂壶一把，砖一块。阿Q提起砂壶喝一口水，双手抚着肚子发愁。

景一四〇 未庄大街（外）

（远）阿Q走到街上。街上卖馒头、烧饼、油炸桧的，见阿Q走近，把货都藏起来。阿Q舐嘴唇切齿作恨状。

景一四一 未县城门（外）

（渐现）阿Q走近城门，拾了一个梨核吃了。

景一四二 博济医院（外）

（中远）阿Q来到门口。里面出来衣服清洁的医士，看见阿Q，向他说：

（字七五·对话）你想挣几块钱吗？随我来！

景一四三 同上

（中近）阿Q摸着肚子说话，作哀求状。（化入）

景一四四 割病室（内）

（中）阿Q随医士，走到割病室，指一条凳让他坐下。医士出去把门带上。阿Q作后悔害怕状，想走又开不开门。

景一四五 养病室（内）

（中远）一间清洁屋里，铁床上仰卧少妇，面黄瘦。赵太爷，赵太太，吴妈和两个看护妇围视着她。医士进来，对赵太爷说：

（字七六·对话）大少奶奶危险得很！但我若为她注入二百克鲜血，十天以内保好。手术费一百元。

景一四六 同上

（中远）赵太爷等点头认可。医士令看护妇移床近壁，出去召阿Q来。阿Q见赵太爷等双手蒙头向外急跑。医生把他拉回来，他又脱手跑去。跑至大门口，又被仆人拉回来。医士掏出十块现洋让阿Q看，向他说：

（字七七·对话）不要怕，我们并不害你。不过要借你一点血，补助病人，这也是一种善举。现在给你十元钱，报酬不算少吧？

景一四七 养病室（内）

（中）医士以注血器取阿Q的血到病人身上。阿Q扶臂作痛状。看护送饭来，一盘鱼，一碗米饭，一双筷子。医生进让她放在桌上。阿Q看见——

景一四八 同上

（特）鱼及米饭。

景一四九 同上

（中近）阿Q见饭，忘其背之疼痛，屡咽唾液作饿状。事毕，阿Q持钱去。（化入）

景一五〇 同上

（中近）阿Q穿白布褂套黑背心，右手拿烧饼吃着，左手提小包，走到茶馆门口。伙计作蔑视状。阿Q把布包打开，伙计注目之。

景一五一

（特）包内现洋八元及零散铜子。

景一五二 同上

（中）伙计转惊为喜，鞠躬，请他去。让他坐在雅座，端上酒菜来。

（字七八·说明）这天晚上。

景一五三 赌局（内）

（中）小室内几个赌徒围坐炕上押宝。

景一五四 同上

（加圈·中）阿Q坐在庄家对面拿银元摆在那里乱嚷。阿Q手下尚堆有二三十元。忽有二人在炕下打架，全场大乱。阿Q下炕解劝。

景一五五

（特）阿Q的两堆银元被一大手拿去。

景一五六 同上

（中）两人愈打愈烈，滚在炕上，把宝盒宝盘也砸碎了。后经人劝开。阿Q寻钱不见，凝视空布包皮，作懊丧状，自己打了两个嘴巴。赌徒笑。阿Q去。（化入）

景一五七 土谷祠（内）

阿Q在室内愁眉不展的躺下，双手抚肚渐睡去。

景一五八 同上

（幻景·中）赵太爷及地保在阿Q左侧，赌头在阿Q右侧，各以玻璃管吸阿Q胸间之血。每深吸一次，阿Q之胸肚瘪进一次，因而撇嘴作痛状。阿Q奋怒，挥拳打倒赌头、地保。赌头及地保蓦然而灭。又打倒赵太爷。赵太爷躺在墙隅不动。阿Q拾起青砖,狠命向赵之胖头打去。赵忽不见。

景一五九 同上
(幻变·中)赵太爷之头,变为旧砂壶,已被砖击得粉碎。阿Q非常懊丧,抱着肚子出去。(渐隐)

第五本

景一六〇 白家茶馆(外)
(渐现·中)阿Q来到酒店门口,伙计又加拒绝。阿Q顿足去。

景一六一 场边菜园(外)
(中)阿Q走到辘轳架旁,跳下井去。

景一六二 井内
(中)井深仅及肩膀,井水深仅五寸。阿Q又爬上来。

景一六三 井上
(中)阿Q出井来,与地保走了个对面。地保指阿Q作申斥状。
(字七九·对话)他妈的,你敢臭我这口井,趁早滚的远远去死!

景一六四 关帝庙后(外)
(中)阿Q走到庙后,有两儿争斗,路上遗木刀一柄。阿Q持刀,双手自刎,用力过猛,将刀折作两截,弃之他去。

景一六五 静修庵(外)
(中远)一棵歪脖树,干上悬着细绳套,挂着一个鸟笼子。王胡持笼去。阿Q来到绳套下引颈自缢,绳断,倒于地下。阿Q起,顿足示其决心。解下自己腰带,勉强折上裤腰,爬上树去,忽见树上有物。

景一六六 树梢上
(特)鸟巢中有三个尚未睁眼的小雏鸟,嗷嗷待哺。忽自空落下两个小蚂蚱,雏鸟吃了。

景一六七 树上(外)
(特)阿Q仰视微笑,点头自语。
(字八〇·对话)老天爷饿不死瞎眼鸟,甭说七窍完全的人,五尺汉子寻短见,没出息。

景一六八 同上
（特）阿Q俯视，立现笑容。

景一六九 静修庵内（外）
（远）一片大菜园内，许多蔬菜，一片肥硕的萝卜。（置影机于高处俯摄之）

景一七〇 树上
（中）阿Q四面偷看一周，由树沿到墙上，由墙上扯着藤萝架下去，失手仰跌于地。走到畦边，拔了三个萝卜。忽回头一望。

景一七一 修静庵内（外）
（近）园门内伸出小尼姑的头来，向前注视，随又缩回去。

景一七二 同上
（中）阿Q赶紧又拔了一个萝卜。拧下叶子，兜在背心襟里往外走。老尼姑手持念珠走来。向阿Q说：
（字八一·对话）你怎么跳进园里偷萝卜……阿呀，罪过，阿唷，阿弥陀佛！

景一七三 同上
（中）阿Q向尼姑说：
（字八二·对话）谁偷你的萝卜啦？

景一七四 同上
（中）老尼姑指着他的衣兜质阿Q。他指着萝卜向老尼姑说：
（字八三·对话）这是你的？你能叫得他答应么？

景一七五 同上
（中）小尼姑在门内轰出一匹大黑狗，她跺着脚鼓舞狗去咬人。
（字八四·对话）啜！啜！啜！

景一七六 同上
（远）阿Q见狗来，急忙跑去。黑狗且吠且追，咬着阿Q的腿。阿Q兜里掉了一个萝卜。狗咬萝卜时，阿Q缘着桑树，爬上墙去，掀起砖块打狗。老尼姑左手打着问询。
（字八五·对话）阿弥陀佛！

景一七七 庵墙外

（远）阿Q偶一失神，滚跌墙外。萝卜散在地上。持起萝卜走到远处一棵树下坐地，吃完三个萝卜。他坐着远望。

景一七八 城门（外）

（远）一个高大城门。

景一七九[1]

（加圈幻景·远）城门右上方忽现一小部分阔人室内，满树五光十色的绸缎，仆人捐一口袋现洋倾在桌上，且溜在地下很多。

景一八〇 野外树下（外）

（近）阿Q出神微笑。（渐隐）

景一八一 土谷祠（内）

（化入·中）阿Q在屋躺着。起来向窗外一望。

景一八二 天空（外）

（远）天空一片残云，遮断半钩月芽。

景一八三 土谷祠（外）

（中远）阿Q持铁掘子出庙。

（字八六·说明）开始工作。

景一八四 城内富宅（外）

（化入·远）一所砖房院内，一棵槐树，两个大缸，几盆花。一个大柳条筐口朝下，放在那里。墙根处砖已被扒开一穴。穴渐大，以铁掘子挑毡帽，往穴里幌了两幌。阿Q头钻进来，左右偷看，一爬直入，逡巡四顾。

景一八五 书富宅书房

（中近）一中年胖男子偃卧床上，作盹睡状。右方置兵器一架，内有一根粗铁杠，旁置书一卷。

（字八七·说明）此宅塾师，为一文举而兼武举者也。

---

[1] 原文无该景名，整理时根据上下文添加。

1931年

景一八六 同上
（近）胖男子睁眼作注听状。他以洋火点着几上蜡烛，向上一看。

景一八七 房梁上
（近）阿Q蹲伏梁上，作惊恐状。

景一八八 书房
（中）胖男子披衣持烛曳杠来到方桌座次，取铜铃摇之。青年七八人，披衣挽袖而至。胖男子伸手让他们坐桌旁，开始讲话。
（字八八·对话）学生们注意：我们吃饱了穿暖了的人，当奉行古圣先贤之道，应知礼义廉耻，别学梁上那位先生，只会偷人的东西！

景一八九 同上
（中）胖男子向上一指，诸青年仰首注视。

景一九〇 梁上
（近）阿Q蹲梁上作极恐状，两腿发抖，失手而堕。

景一九一 书房
（中）阿Q堕落地上，为学生等所擒。胖男子摇手，令众释之。阿Q跪胖男子前求饶。胖男子说：
（字八九·对话）好个无耻之徒！你为么要来这里偷东西？

景一九二 同上
（近）阿Q跪着指其肚子答话：
（字九〇·对话）因为饿！

景一九三 同上
（中近）胖男子点头微笑，向学生说：
（字九一·对话）这也还可原谅，拿些剩饭馒头来给他！

景一九四 同上
（中）一学生出门，倏即取来剩饭一碗，馒头三个，置阿Q前。阿Q取馒头食之。胖男子又问阿Q：
（字九二·对话）你怎么不找点工作呢？

景一九五 同上
（中近）阿Q一面吃着，一面答话。
（字九三·对话）我原来有工作的……

景一九六 赵宅仓房
（闪景，中近）持石球舂米。

景一九七 赵宅厨房
（闪景·中）阿Q坐厨房凳上吸烟，吴妈在旁，阿Q忽向吴妈跪下。吴妈惊避。赵习达来，持竹杠打跑阿Q。
（字九四·对话）他们说爱寡妇是反叛，留下我的布衫，把我打出来，家家不要我！

景一九八 富宅书房
（中）阿Q说完。胖男子作切齿怒骂状。
（字九五·对话）你竟想破坏一个寡妇的贞操，好个罪大恶极的东西……

景一九九 同上
（中）学生等把阿Q手里的馒头及饭碗夺过去。胖男子随手取过那根粗铁杠，向阿Q打来。阿Q急逃，学生等赶来。

景二〇〇 富宅内院
（中）阿Q见学生等来，急由外院墙洞爬伏倒退而出。追者跑到墙下。

景二〇一 同上
（近）阿Q的辫子挂在砖缝声，一时摘不下来。一学生以手揪着阿Q的辫梢。

景二〇二 第二院（外）
（中）阿Q的头，虽然退出墙外，但因辫子被拉，挣扎不脱。阿Q以手护着辫根，痛极而叫。

景二〇三 第二院（外）
（中远）墙内五个人牵手成一字形，尽力拉阿Q的辫子。前数人向后一人说：
（字九六·对话）你快跳过墙去拿他！

景二〇四 墙上（外）
（远）最后一人乃上墙，掀起两块砖头向下砸去。

景二〇五 院外（外）
（近）阿Q左手护着辫根，右手以铁掘子铲断辫梢。头刚离地，上边两块大砖砸下来。阿Q拿着铁掘子跑去。

景二〇六 河边（外）
（远）阿Q跑到河边，回头一望。

景二〇七 同上
（中）追者五人，距离不远。

景二〇八 同上
（中）阿Q俯视其鞋，不忍下水。铁掘子先扔过河去。将袖子高高卷起，拿起大顶来。打着蝎子爬，爬向水里去。走到中流，一颗甜瓜漂到眼前。阿Q蹲起两臂，拟以口就食之，腿往旁边一扭，全身跌倒水中。

景二〇九 同上
（中远）追者已来到河岸，向阿Q笑，且即下水追来。

景二一〇 河内（外）
（中）阿Q在河底抓起两把黑滓泥，向头一个追者打来。

景二一一 河岸（外）
（特）头一个追者满面被滓泥糊满，急以手擦之，露出口鼻。

景二一二 河内（外）
（近）阿Q大笑。又以黑泥击第二追者。

景二一三 河岸（外）
（近）第二、第三追者又被黑泥涂满全面。

景二一四 河内（外）
（特）阿Q在水中大笑（渐隐）

景二一五 娘娘庙（内）
（渐现·中）破旧神殿上，几个土匪坐地喝酒，身旁各放兵器。正坐者指向窗前，众人均凝视静听。

景二一六 娘娘庙（外）

（中）大汉一名，领阿Q来到窗下，拍掌三次。

景二一七 庙内

（中）众匪回头注视窗外。正中坐者走在窗前，也拍掌三次。大汉领阿Q进来向大家介绍。正中坐者令大家同进，继续饮酒。（渐隐）

第六本

（字九七·说明）一个月后，阿Q衣锦还乡。

景二一八 白家茶馆（内）

（渐现·远）茶馆高朋满座。阿Q走来，戴瓜皮缎帽，穿银灰绸子夹袍，腰束丝带，挂着一个大搭连，满盛着现洋，口里衔着烟卷。酒店堂倌掌柜、坐客见了他，都作惊疑敬重状。

（字九八·说明）掌柜白阿狗。（饰者×××）

景二一九 白家茶馆（内）

（中）掌柜的先点头招待。阿Q走到一个干净座上，把现洋掏出几块望桌上一扔，说：

（字九九·对话）现钱！打酒来！

景二二〇 茶馆（内）

（中）掌柜亲手送上酒来，笑对阿Q说：

（字一〇〇·对话）嗄，阿Q，你在哪儿发财？

景二二一 同上

（中）阿Q点头答应他。随又指着外边说：

（字一〇一·对话）上城去了，在税关监督家帮忙。

景二二二 同上

（中远）大家向他作揖致敬。都凑来和他说话。阿Q继续向大家说。

（字一〇二·对话）城里人妈妈的，长凳叫"板凳"，坐车不套牲口。女人光着半截腿，大脚鸭穿高底鞋，扭得不好看。我们监督老爷常和铁路局长叉麻酱，洋钱垛得粪堆高。你们到过城里吗？怯八异！

景二二三 同上

（中）阿Q撇着嘴越说越高兴。听众忽而惊，忽而笑。阿Q回头看王胡，又向大家说：

（字一〇三·对话）你们见过杀头吗？真好看！就是这样："嚓！"

景二二四 同上

（中）阿Q扬起右手向王胡长脖上劈下去。王胡惊得一缩脖，跃起三尺高。座客又大笑。（渐隐）

（字一〇四·对话）这一件，吆喝来卖！你给两块五角钱！

景二二五 未庄大街（外）

（中）阿Q站在一堆旧绸缎衣服后边。许多妇人围着看且挑拣。一个小孩走在阿Q身后，猛向前一推。阿Q倒伏在一个女人身上。阿Q追小孩，小孩藏女人群中。妇女渐渐散去。一妇人招手叫他，阿Q持余物随去。

景二二六 未庄街头（外）

（中）路遇王胡，王胡退避十步。

景二二七 赵宅（外）

（中）阿Q随妇人进门。见赵太爷、赵太太、赵秀才及秀才太太，回头逃去。仆人把他追回来。赵太爷态度温和，接过阿Q手里的衣服。

景二二八 同上

（中）赵太爷把衣服递给赵太太。赵太太说：

（字一〇五·对话）你以后有什么便宜东西，可先送给我看，我还要一件皮背心哪。

景二二九

（中）阿Q恭敬答应，出门去。秀才眼睛钉着阿Q直到出门以后。

（字一〇六·对话）东西来得不地道，这忘八蛋须要提防。

景二三〇 同上

（近）赵太爷摇头对秀才说：

（字一〇七·对话）不要紧，不要紧，老鹰不吃窠下食，兔子不吃窠边草。

景二三一 土谷祠门（外）

（中远）阿Q来到大门，戴红缨帽的地保先在那里相候。见阿Q来，伸手把他的大襟抓住，怒目向他说话。阿Q向地保跪下。地保摇头。阿Q把钱袋全献与他，他才撒手。

景二三二（内）
（中）地保又在草上拿一件门帘子去。物品全空。地保出门，得意窃笑。（渐隐）
（字一〇八·说明）霹雳一声，革命军起义。

景二三三 未庄城门（外）
（渐现·远）城门楼被地雷轰毁一部。卫兵惊逃。城上忽然拥上数百青年，徒手奋夺卫兵枪械，卫兵逃去。城上插有龙旗一面，被青年撒下。

景二三四
（特）龙旗被撕粉碎，五色旗一面飘扬空中。（不必露人。化出）

景二三五 静修庵（外）
（远）赵习达将辫蟠在顶上，携钱欧等十数人进庵，各持木棒、铁锤等物。

景二三六
（特）一块"当今皇帝万万岁"的金字牌子被大锤打倒，击得粉碎。（渐隐）

景二三七 教室
（渐现）讲师把黑板上的"Q"字改为"θ"。
（字一〇九·说明）贵官富绅运资往租界纳福。

景二三八 河岸码头（外）
（远）轮船泊江岸上。百多个官员绅士带着许多箱箧包裹上船。

景二三九 村边（外）
（远）众人远望，张皇失措。独阿Q微笑。

景二四〇 同上
（加圈·中）阿Q蟠起辫子笑着对大家说：
（字一一〇·对话）革命也好吧！革这伙妈妈的命，太可恨！我就要投降革命党了。

景二四一 同上
（中远）大家群视阿Q，作害怕状。

1931 年

景二四二 白家茶馆

(中) 阿Q走到屋里喝酒。对许多座客指手画脚说话：

(字一一一·对话) 我就要造反！我要什么就是什么，我喜欢谁就是谁。得得，锵锵！太保传令……换大斗……得得，锵令锵！我手拿宝剑将你斩。(自"得得"以下各字须按前后次序，陆续现于幕上。"斗"字须颤动，颤毕再现第二"得得"；"你"字亦须辗转颤动。)

景二四三 白家茶馆

(中远) 阿Q从茶馆出来，遇着赵太爷，赵秀才和几个穿长衫的人。赵太爷向阿Q说：

(字一一二·对话) Q同志！——Q老！

景二四四 未庄大街

(中) 阿Q没听见，仍往前行，口里唱：

(字一一三·对话) 得，锵，锵令锵！

景二四五 同上

赵习达又抬手向阿Q说：

(字一一四·对话) 阿Q……现在……发财么？

景二四六 同上

(中) 阿Q微点头说：

(字一一五·对话) 发财？自然，要什么就是什么。你们有钱……好！

景二四七 同上

(中) 大家对阿Q作害怕状，阿Q走了。赵太爷赵秀才垂头回家。

景二四八 赵宅

(中) 父子对坐窃窃商议。把钱搭连扯下来，交赵太太藏在箱子里。衣橱全锁了。

景二四九 土谷祠

(中) 阿Q到屋。看庙的老头笑着送过一壶茶来。

(字一一六·说明) 看庙的老仆。(饰者×××)

景二五〇 同上

(中) 阿Q指其口，向老头要东西吃。老头出去。把神前的蜡烛两盏，端来点上。自己蟠腿坐两灯中间。阿猫送来两张饼，一碗菜，一双筷子。阿Q接过来。

（字一一七·对话）阿猫你好好孝敬我，等我抖起来，一定给你个大官做做。

景二五一 同上
（近）阿Q坐着吃完（吃得要快），卧草上睡去。

第七本

（字一一八·说明）阿Q之皇帝梦。

景二五二 土谷祠屋内
（幻景·中）阿Q躺着。门自开。张天师披发，着八卦衣（如旧剧中装束），腰扎弹囊皮带，挎盒子炮进来。招手叫阿Q。阿Q起，随天师走出门去。

景二五三 土谷祠门外
（远）门外三十多个戴盔披甲的将，老虎帽的兵，有的拿着板刀，有的拿着钢鞭、有的拿着炸弹、盒子炮、虎头钩、三截棍、钢叉、长枪……都一齐向阿Q跪下。
（字一一九·对话）恭请阿Q万万岁！领我们一同革命去！

景二五四 同上
（远）阿Q让他们起来，同进。

景二五五 正殿
（远）土谷祠正殿里遍扎丝绸花朵，悬流苏纱灯。阿Q着宽袖黄龙袍，戴冠冕，坐正中高座。兵将两旁侍立。张天师持蝇拂立在阿Q左近旁。阿Q摘下冕旒冠，交给张天师。
（字一二〇·对话）这顶帽子太旧了，给我换一换！

景二五六
（近）张天师接到手里，用口一吹，变为红缨顶翎凉帽。阿Q试戴又摘下来，让张天师再换。张天师向帽吹一口气，变为高插翎毛之军官大礼帽。阿Q戴上，身上黄龙袍仍旧穿着。
（远）十员兵将押着犯人进来。犯人是赵太爷，赵秀才，王胡，小D，钱欧，地保，俱各五花大绑，跪在地下，磕头求饶。阿Q切齿痛骂，扬起右手向下一劈。
（字一二一·对话）都拉出去，杀了！

景二五七 土谷祠正殿
（远）兵将押犯人出。看祠的黄阿猫，酒店白掌柜，进来向阿Q跪下。阿Q甚喜。指向阿猫向天师说：

1931 年

（字一二二·对话）兹委任阿猫为关税监督，此令！

…………[1]

（字一五五·对话）我不知他们哪里去，他们没有来叫我。

景三一八
（中远）县长命皂隶将阿Q推倒，拿尺子量了身长，县长命书记记在册子上。

景三一九 县署大堂
（中远）县长微笑向阿Q问：
（字一五六·对话）你还有什么话说么？

景三二〇 同上
（中近）阿Q摇摇头表示没有。两个皂隶拿过一张纸，一支笔来，送到阿Q面前。

景三二一 供状
（特）（纸上书云）供状：
　　阿Q勾结著名大盗范老五、飞腿张等十人于九月初八日夜间闯入未庄赵宅，抢去皮棉缎料衣服三百件，纹银五百两，现洋一千元。自行供认不讳，所具甘结是实。
　　按新刑律第二十三条第一款应处死刑。
　　　　　　　　　　　　　　　　　　　　　　　　阿Q画押

景三二二 县署大堂
（中近）皂隶将笔塞在阿Q手里。阿Q向纸憨笑，作惭愧状。
（字一五七·对话）我……我……不认得字。

景三二三 同上
（中）县长笑着拿手比样，让他画个"十"字。阿Q摇头表示不会。县长用手指比着，在空中画了个圆圈。
（字一五八·对话）那么便宜你，画一个圆圈罢！

景三二四 同上
（特）阿Q满把抓起笔来，手直发抖。旁人的另一个手指着位置让他画，阿Q下

---

[1] 原文缺第97～112页。

笔画成一个弯弯曲曲瓜子形的卵圆。

景三二五 县署会客厅
（化入·中）县长赵太爷对坐谈话，县长先说：
（字一五九·对话）惩一儆百，我才到任二十天，抢案就十几件，若不枪毙几个，面子何在？

景三二六 同上
（近）赵太爷说话，作不满意状。
（字一六〇·对话）我的东西就白丢了么？若不追赃，我就辞去帮办民政的职务！

景三二七 同上
（中）县长微笑点头，伸手让他走。赵太爷作游疑状。

第九本

（字一六一·说明）明日。

景三二八 县署大堂
（中远）大堂上坐着县长。卫兵皂隶仍旧。县长微笑。问阿Q：
（字一六二·对话）你还有什么话说么？

景三二九 同上
（中）阿Q摇头表示没有。县长向皂隶吩咐两句话。皂隶为阿Q卸去手镣脖锁。阿Q作欣喜状。又为阿Q穿上一个白背心，阿Q作烦闷状。皂隶又让阿Q躺下，量了身长。
卫兵忽拥上来，把阿Q背过手去，五花大绑，插上招子。

景三三〇 招子
（特）阿Q正面招子上写着："奉令枪决抢劫未庄赵宅盗犯一名阿Q。"

景三三一 大堂外
（特）燃放一挂鞭爆。

景三三二 大堂
（中远）众兵阿Q走出大门，抬上敞车。这时大雪纷纷。

景三三三

（特）阿Q的背面写着："大盗阿Q勾结范老五等抢劫未庄赵宅，除先游街半日外，应即依法枪决，以儆效尤。"

景三三四　城内大街

（远）大街上走来头一排号队，第二排步队，荷枪上刺刀。第三排大刀队，夹护着大车，县长（老翁）骑马后随。

（字一六三·说明）县知事之尊威。

景三三五

（中）县长着青马褂，戴瓜皮帽、黑眼镜，骑马上左右顾盼。

景三三六　大街两旁

（远）观众约三百人，冒雪参观，张口呆望。

景三三七　车上

（中近）阿Q坐车上，两人架着胳膊，瞪眼呆看。

景三三八

（幻景·特）大刀队后一个兵背着的刀，忽自出鞘一尺，又自插进去。

景三三九　大街

（近）小尼姑，戴着青毛线僧帽，夹在人丛中注视前方。

景三四〇　车上

（中）阿Q转脸注视小尼姑，作微笑状。

（字一六四·对话）哈哈！她的帽子也革命了！

景三四一　大街

（远）众人夹行注视。

景三四二　同上

（加圈·中）吴妈在人丛中（仍穿青褂，白背心，灰裤）距阿Q车略近。

景三四三　同上

（近）阿Q扭头看吴妈。

景三四四 同上

（近）吴妈眼向前看，作微恐状。（化出）

景三四五 土谷祠正殿

（闪景·中）吴妈戴凤冠霞帔，穿绣花衣裙。阿Q戴高缨大礼帽，穿宽袖衮龙袍，并肩而坐。

景三四六 大街

（化入·中）吴妈仍着旧衣，头上亦无凤冠。

景三四七 车上

（中近）阿Q作懊丧状，扶他的二人劝他两句话。阿Q唱：

（字一六五·对话）手执钢鞭将你打！（各字须按次序陆续现于幕上，"打"字须辗转颤动。）

景三四八 同上

（幻景·近）阿Q的右手恍惚扬起往下一劈，但真手仍被绑着。他又向大家嚷：

（字一六六·对话）二十年后，好汉又一条！

景三四九 大街

（远）观众蠕蠕狂呼。

（字一六七·对话）（如下图）

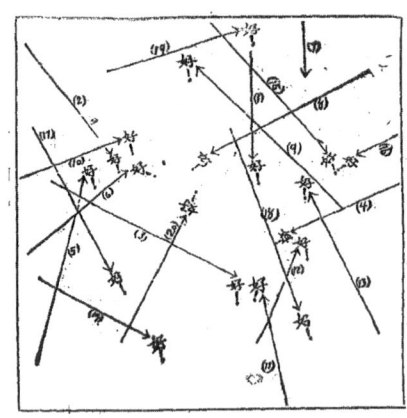

（以上各字须按1、2、3……所示次序，陆续现于幕上，倏现倏灭，以示音浪之庞杂。各矢线与各"好"同时现灭，数字不可照上。）

景三五〇 郊外

（远）兵警押着阿Q来到野外两棵大树下。兵队站住，围作半圆形。把阿Q从车上架下来，拔下纸招子。让他跪下，他不跪，兵拿枪把戳他的腿，阿Q跪下来。兵们往后退二十步。

景三五一 同上
（近）跪在半尺深的雪里，阿Q张着嘴回看，作恐怖状。

景三五二 同上
（中）观众前排二人笑着谈话：
（字一六八·对话）阿Q当然是个坏货，不坏何至于被枪毙呢？——然而枪毙没有杀头那么好哪！

景三五三 同上
（中近）兵托枪瞄准。枪放，烟出。

景三五四 同上
（近）阿Q跪在雪上。
（字一六九·对话）救命！

景三五五 同上
（远）观众作紧张状。

景三五八 同上
（近）阿Q倒伏地上，倏忽不见。

景三五七 黑板上
（中近）讲师笑着擦净"Q"及"θ"字，一点痕迹也没有了。（渐隐）
（字一七〇·说明）完。

附注一 声明
此剧由《呐喊》中之《阿Q正传》改编，业经原著者许可，特此志谢。

附注二 导演者注意
阿Q之化妆，除景二一八至二二四及二五五至二六三外，不宜变换，以重个性。
景五五须用显微镜头摄照。若无此种摄器，可以普通显微镜置摄器前，对准距离试摄之。景一三六虽无须用显微镜，然物与镜头距离须在一尺以内。
景八九及一〇〇两次幻景须令女演员裸露全身，以明念中女性。
景一四七阿Q在医院卖血，宜用真实器械。

景一六二阿Q所跳之井，须在峭立土崖处，挖一半边之井摄之，方可显其井深及水深也。

景一六五阿Q上树自缢时，宜洒落树叶，以示凋零悲哀之象。

景三二至四〇，又一八一至二〇五，又三〇一至三〇六，胶片宜制绿色，以示晚景。

景二二三阿Q谈话时宜择雨天演之，以示其畅快淋漓之象。

景二五三至二六三宜备旧剧行头若干身，花纹须新鲜别致者。

景二九〇阿Q在轿内，随轿子跑，撤去轿围一面摄演之。

重要部分宜试演二次以上，然后摄照。

此剧按本演来，带辫者太多，或引起观众不快之观念。然可令演员以青巾蒙顶，非至必要时不露辫发，则可补此短。因此剧注重背景，与事实符合与否，不关紧要也。

此剧摄制约须胶卷二千五百尺至三千尺（每十二秒按五尺计算）。在摄竣映演时，约历一百分钟至两小时。

附注三 摄影及剪接者注意

字五八，六六，一〇五，一六一等活动字幕，摄时须特别留意。

谈话之时间不可太长，俟口之动作似说到一半句时，即接入字幕，其动作冗长之部悉剪弃之，以节省影演之时间。

字一〇二对话之字幕稍长，可分为两次摄之。

动作片之剪接，宜换景灵活，然不可过于辐凑。

景二二三之降雨，景三三二至三五一之降雪，可加速摄照，以拖长其时间。景二〇四至二〇五以砖击人时，以半速度摄之，以缩短其时间，影演时方能精采。

片首宜插入主角之便装活动小影，以介绍于观众。

傀 儡

出品　未　摄
编剧　力　功
时间　1931 年

《傀儡》电影剧本由力功编剧。原载力功"滑稽电影剧本集"《女人与面包》（单行本，北平第一习艺工厂印刷，1931 年）。

剧　本

力功

地　点：北　京
时　代：民国十三年春——十九年春
剧中人：包丰玉　　二十四五岁，由票友下海的伶人。
　　　　包老太太　丰玉之母，五十岁。
　　　　毛太太　　丰玉之妻，二十五六岁。
　　　　老　郭　　包家仆人。
　　　　包莲卿　　二十岁，女伶。
　　　　赵云升　　三十余岁，伶人。
　　　　马正奎　　四十余岁，永和社老板。
　　　　女　仆　　二人。
　　　　陈妈妈　　五十岁，媒婆。
　　　　理发匠　　一人。
　　　　婢　女　　二人，各十六七岁（毛太太的）。
　　　　媒人媒婆　各一人（媒人男）。
　　　　青年学生　一人（新艺学院的）。
　　　　女招待　　一人。
　　　　火车司机生　二人。
　　　　警　察　　二人。
　　　　伶人配角　十数人（笼套及扫边）。
　　　　戏班学生　二十余人。
　　　　小女孩　　二人，三岁五岁各一。
　　　　摄影师　　二人。
　　　　飞机驾驶员　一人（用开首之青年学生扮演）。

· 141 ·

	飞机助手	三人。
	唱傀儡戏者	一人。
	观　众	三百人。
布　景：	包丰玉住房	北京一处：包含大门客厅，卧室。开封两处：包含客厅，卧室，包母卧室，厨房，复室，大门；简陋的小屋。
	包莲卿住宅	包含大门，中庭，内室。
	聚英楼饭庄	
	永和社下处	北京开封两处。
	毛太太住室	大门及庭院。
	富　宅	
借用背景：	戏园两处	
	电车一辆	
	车　站	
	火车一列	
	银行楼房	
	步兵一连	
	飞机一架	
	山　坡	
	墓　地	
	桃　林	

第一本

（字一·说明）北平有个新艺学院的学生和一个老伶工相好，他们常在一处谈天。

景一　伶工住室

（渐现·中）伶人（马正奎）着青绒宽袖马褂，面黑胖，态度和蔼，唇上花白胡子，抱着一只小狸花猫，坐在左边。那学生顶留背头，着洋服，精神焕发，坐在右边。老伶工指其小猫向学生说话。

（字二·对话）您看这只小猫，它这华丽的衣服，娇媚的眼睛，整齐的胡子，野鸡翎似的尾巴，我这宝贝，多么喜爱人哪！

景二　同上

（中近）学生对伶工说话。

（字三·对话）它的价值，正和您的艺术一样呵！皮簧戏所表现的，不就是华丽的衣服，娇媚的眼睛，长而整齐的胡子，和野鸡翎的尾巴么？除去这个还有甚么呢？它能给我们一种深刻伟大的印象么？

景三 同上

（中近）老伶工指着小猫向学生说：

（字四·对话）但是它的动作很好看，叫唤也很好听呢。

景四

（中近）学生向伶工答话：

（字五·对话）好看？好听？它那张牙舞爪的神气，活像个武净；尖锐的鸣声，恰像个青衣，有甚好看好听呢？

景五 同上

（中近）老伶工微笑对学生说：

（字六·对话）然而我们这行真能发财哩。

景六 同上

（近）学生作微笑状答话。

（字七·对话）只图发财，那是多么危险的事啊！当社会入了轨道，新旧艺术实行交战时，那就是小猫儿的厄运到了！

景七 包丰玉的住宅

（渐现·中）一间大客厅内正面挂着梅兰芳写的屏联；左边悬着王瑶卿画的兰草，王琴侬画的牡丹；右边挂着许多名伶照片及胡琴笛子等物。迎面八仙桌上摆着一架留声机。右边椅子上坐着一个二十多岁的男子，左手执小书看看，右手拍板，口中习唱。

（字八·说明）著名的票友。（饰者×××）

景八 同前

（中）包丰玉立在屋中练习"起霸"姿势；两手先在左边一推，口中念着锣鼓家伙眼。

（字九·对话）吧答——呛！

景九 同上

（中）丰玉两手在右边一耍，口中念着。

（字十·对话）吧答——呛！

景一〇 同上

（中）丰玉两手抬起作整冠状。又徐下两手作拱犟状。身转三百六十度，右手提起底襟，左手提起大襟，高抬左腿露出鞋底作金鸡独立状。口中念着。

（字一一·对话）锵，擦擦擦擦——擦——擦！

景一一 同上
（中）丰玉继续起霸。（化出）

景一二 同上
（化入·中）丰玉上好话匣子唱着。一个仆人（老郭）进来，请包出去。包不睬他。
（字一二·说明）老郭——包丰玉的仆人。（饰者×××）

景一三 同上
（近）老郭对丰玉指外面作催请状。

景一四 同上
（中）丰玉仍对留声机倾耳静听。口作唱状。
（字一三·对话）提起了……此……马……[1]（工尺等字须陆续现出，但时间要快）
（字一四·对话）*工尺谱符号*！

景一五 同上
（中）老郭催包快走，面露急状。
（字一五·对话）老太太请您赶快吃饭去哪！

景一六 同上
（中近）丰玉摇头作唱状。
（字一六·对话）提起了……此……马……

景一七 同上
（中）老郭连连催促，丰玉瞪他一眼，挥之使出。

景一八 包母住室
（中）分里外两屋：外屋摆着菜饭；里屋床边坐着一个老妇人。
（字一七·说明）包老太太——丰玉的母亲。（饰者×××）

---

[1] 原文唱词或念白旁平行注有工尺谱。一并删除，下同。

景一九 同上

（中）老郭进来，向包母说话。摇手微笑状。

（字一八·对话）让他过足戏瘾再来吧。你要知道他的名气很大啦，明天阳春戏院，邀他唱大轴哩。

景二〇 包母外室

（中）谓坐桌旁吃饭，老郭侍于旁。丰玉持大刀马鞭进来，见包母正自用饭，乃翻身抽腿作下马状，将刀及马鞭置椅上，为包母盛饭一碗，拱手作唱状。

（字一九·对话）劝萱亲……强……笑……加餐……好……把暮……年……颐养……（附注三）

景二一 同上

（中）包母作笑状。指丰玉说：

（字二〇·对话）好个周遇吉，你倒真孝顺啊！不过你的媳妇至今还没说妥，我还作不了周太夫人。

景二二 同上

（中）丰玉取过大刀来，指刀向其母谈话。

（字二一·对话）妈，那是不须顾虑的，我只凭这套家伙，将来就可获得金钱，女人，和名誉。

景二三 同上

（中）丰玉与其母食毕，检视一套绣花披靠。一中年妇人进来，丰玉收起戏衣，着马褂出门去。那妇人和包母谈话。

（字二二·对话）老太太您大喜啦，我提的这头亲事，女家已经认可了。请您赶快预备龙凤帖，和彩礼八十元，明天就教我当家的来取；——他是个留分头提皮包的人，请您认清他再付。

景二四 同上

（中）包母对中年妇人作欣谢状。（渐隐）

景二五 聚英楼饭庄门口

（渐现·远）一间高大门楼，门外车马陆续到来，客人皆着长衫，套以马褂或坎肩，头上多瓜皮小帽，帽前嵌宝石帽花。一男子（赵云升）出门左右张望，招待来客。包丰玉至，赵作欣喜状，携手同入。

（字二三·说明）赵云升，是阳春戏园的老板。（饰者×××）

景二六 同上

（特）赵云升顶留分头，着青缎马褂，精神十足。

景二七 聚英楼五号雅座

（特）女招待一位，胸前佩第三号铜牌，手执一带法条的洋铁秦吉了。

景二八 同上

（中）三号女招待整理杯碟、酒壶、勺箸等物，将铁蝉置于桌旁。赵云升独来。

景二九 同上

（近）赵云升作闪烁状，持小纸包交与女招待，作耳语状。

（字二四·对话）把这点东西浸在酒里，送在包丰玉前边，千万别弄错了，挨着我右边的那一位。

景三〇 同上

（近）女招待点头微笑，以纸包内的药末倾在杯里。

景三一 六号雅座

（中）包丰玉持表向墙上挂钟校对，忽转脸作惊疑状，走向木隔山墙之孔中窥之。

景三二 五号雅座

（闪景·近）三号女招待与赵云升耳语。女招待倾药杯中，旁置铁蝉一个。赵云升去。

景三三 六号雅座

（中）包丰玉作恐怖状，继作凝思状，微笑走出。（化出）

景三四 一号雅座

（化入·中）圆桌上碟碗，叉勺俱已摆好，赵云升与包丰玉并坐中间，赵左包右，余客分坐两旁。三号女招待送酒置诸客前，两手下垂。

景三五 同上

（特）桌下两只大手，左手持铁蝉，右手旋紧法条，置于地上，铁蝉摆动旋转。

景三六 同上

（中）赵云升等作惊疑状，俯视桌下。包丰玉以自己酒杯，与赵杯交换。赵拾起铁蝉置于他处。举杯向包致辞。

（字二五·对话）今天开锣蒙包先生允许帮忙，我非常感激。拿这杯酒，来祝包先生健康，并庆我们的事业发达。

景三七 同上
（远）包含笑饮下，诸客都喝干了一杯。继续划拳行令。（渐隐）

景三八 阳春戏院门首（外）
（远）大门外往来车马极多。门前扎彩牌楼，缀以电灯，旁悬戏目牌子数个。

景三九 同上
（特）第一戏码："今日，绅商特烦，赵云升，李涵芬，《武家坡》。"第二戏码："今日，绅商特请，清客串，包丰玉，《定军山》。"……

景四〇 同上
（远）门口众人，争着进院。有一穿和服木屐的日本人，也挤了进去。

景四一 阳春戏院后台（内）
（中远）后台面积极小，而人数极多，往来如织。

景四二 同上
（中）右方挂着各种假胡、帽子、玉带之类。

景四三 同上
（中近）左边立着许多刀枪锤棍之类。

景四四 同上
（中近）三个人守着颜色桌子，各持一把小镜子勾脸。一人勾的是青面虎脸，一人勾的奸臣脸，一人勾的小丑脸。

景四五 同上
（特）一个花衫对着一面大镜，插带珠饰，面貌颇美。

景四六 同上
（近）赵云升坐在桌旁看记载戏目的水牌。

景四七 同上
（中近）包丰玉扮作黄忠装束，带上髯口，躬身肃立，向前合手默祝。

景四八 同上

(特)佛龛内的老郎神。

景四九 戏台正面(内)

(远)扮演诸葛亮、刘备、兵将者各占适当位置。黄忠出场。

景五〇 戏台前方(内)

(远)观众二三千人,楼上下无一空位,大家拍掌喝采。

(字二六·对话)

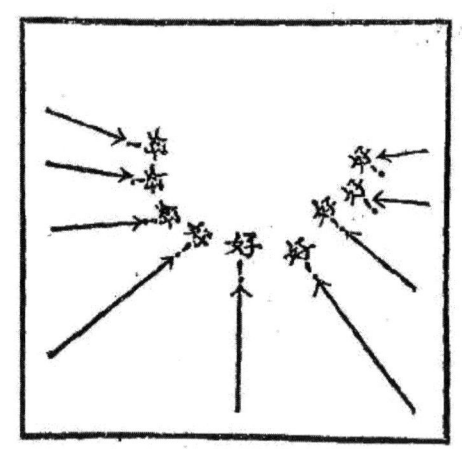

("好"字初现在近边地方,然后依矢线所示,很迅速的集于一处,变作大的"好!"字)

景五一 戏院后台(内)

(中近)赵云升已经描好眉毛,正箍头上的网子,听见前台叫好,因走到门帘后从缝里向前面看。自言自语的说话。

(字二七·对话)啊!他的喉咙,怎么还这么好呢?

景五二 同上

(中)赵云升叫过四个穿便衣的男子甲乙丙丁附耳说了几句。甲乙丙丁出了后台。赵又取过一把大刀来,看看刀刃。

景五三 同上

(特)木刀上端露出折毁的伤痕。

景五四 同上

（中）赵云升将大刀放在两个扮兵的人的肩上，向他们小声说了两句。赵又取一弓来。

景五五 同上

（特）弓是折损了的。

景五六 同上

（中近）赵将弓交给两个扮兵的人。

景五七 戏台正面（内）

（远）甲乙丙丁挤在池子里坐下。台上抬刀的二兵已经上场。包丰玉（黄忠）取刀将耍了两个花，刀头掉了，落在一个观客头上。甲乙丙丁大笑，起立高呼。

（字二八·对话）通！！！

景五八 戏台上（内）

（中）包丰玉以手遮住前面，向后台说话，随又持空刀把耍了两下，抛在一边。持弓的二兵上场。包取弓拉时，弓又折了。

景五九 池子内

（中）观众蠕蠕狂笑。

（字二九·对话）通！！！

景六〇 台上

（中）包丰玉抛了残弓，忿然走进去了。

景六一 后台

（中）包丰玉把髯口及帽子摘下向地上一摔，对赵云升作怒骂状。

（字三〇·对话）他妈的，我好意来这儿帮场，你为甚么下毒手砸我！？

景六二 同上

（中）赵指捡场的，对包作支吾状，随即走去。

景六三 后台跨院

（近）赵云升面墙而立，张口努力作吊嗓状。

（字三一·对话）啊啊——啊！啊，啊！哎唷！怎么一点也喊不出来？莫非说有人为我下上耳蚕了吗?

景六四 后台
(近)包丰玉正卸着妆作倾听状,合掌向老郎神龛作祷祝状。
(字三二·对话)阿弥陀佛!

景六五 同上
(中)丰玉卸完戏装,走去。(渐隐)

第二本

景六六 包丰玉住室
(化入·中)包丰玉坐床边整理其刀剑马鞭等物,包母持一封套进来,递给丰玉。

景六七
(特)龙凤帖一份,展开头页,上书包丰玉的姓名,年岁三代及八字。

景六八 同上
(中)丰玉作喜悦状,包母向丰玉说:
(字三三·对话)那媒婆说,今天有个留分头提皮包的人来取这帖及彩礼,为你去放定,那人是她的丈夫。

景六九 包宅大门
(特)框上门牌为东四大街,乙四十八号,旁钉"包寓"铜牌一个。

景七〇 同上
(中)一理发匠头留分头,身着白衣,提皮包一个,睹见门牌,停步叫门。老郭出应门。老郭入。丰玉出。理发匠向包问话。
(字三四·对话)您这儿是一四八号么?

景七一 同上
(中)丰玉向理发匠答话。
(字三五·对话)是乙四十八号呀,你是取那彩礼喜帖来了么?

景七二 同上
(中)理发匠略作游疑状,随即点头作承认状。丰玉自内取出龙凤帖及钞票一叠与之。理发匠接物含笑而去。

景七三 住室

（中）包母坐椅上缝一桌袱。丰玉入，与其母作快谈状。老郭率一中年男子进来，他顶留分头，着青布马褂，手提皮包。老郭指向丰玉解说。丰玉作惊疑状，随手取木刀一柄，跑出门去。

景七四 大街

（远）提皮包的理发匠得意独行，回首见丰玉持刀赶来，遂急跑去。

景七五 同上

（远）电车开来，那理发匠抓车而上。丰玉随后赶至，亦抓车而上，因持刀未得入内。理发匠由前车门跳下。丰玉又下车追去。

景七六 包莲卿寓门

（特）门前门牌为东四大街一四八号，旁有嵌花的磁牌一个题曰"包莲卿寓"。

（后退影机，由特而中）理发匠急趋入门。稍停，丰玉追至，一闯直入。

景七七 包莲卿室

（近）一女伶头披短发，着古装，足穿拖鞋，持拂子练习姿势。

（字三六·说明）包莲卿——著名的坤伶。（饰者×××）

景七八 同上

（中）理发匠汗流喘息而至。莲卿问其缘故，理发匠指外作解说状。莲卿微笑，向理发匠耳语。理发匠取出钞票喜帖交莲卿。莲卿藏兜内。包丰玉持刀赶到屋来。莲卿坐椅上理发，睹包故作惊讶状。

（字三七·对话）包老板为甚么事呀，您这样武装追赶？

景七九 同上

（中）丰玉指理发匠作怒目状。

（字三八·对话）我追他——我追那钞票和庚帖！

景八〇 同上

（中）莲卿向丰玉作笑语状。

（字三九·对话）包老板，你的目的不是求一个太太么？把这点理发费给我，我为你当太太好了，一礼拜，一个月，或者天天。

景八一 同上

（中）丰玉释其大刀，转怒为喜。

（字四〇·对话）你的意思是说：在这一礼拜，一个月，或者天天与我合演生旦戏么？

景八二 同上

（中）莲卿向丰玉点头笑语。丰玉和莲卿握手。（渐隐）

景八三 永合社下处

（远）一所大院子里，许多童伶，穿着便衣练习对打，及表情。

景八四 同上

（中）一五十岁老头（马正奎）右手抱一小狸猫，校正童伶们的动作。

（字四一·说明）——永合社老板。（饰者×××）

景八五 同上

（近）马正奎着青马褂，灰袍，貌和霭，手抚一只小狸猫。

景八六 同上

（中）马正奎和童伶们说话。

（字四二·对话）孩子们，收好了家伙，我们要吃河南的饭去啦。打得要稳，要狠，要省穿行头多卖力气，记住了么？

景八七 同上

（中）众童伶向马正奎一齐行了个举手礼，作答应状。

（字四三·对话）记住了！我们完全服从老板！

景八八 街上

（中远）包丰玉垂头在街上走着。马正奎由对面走来，手提一包糖果。笑着和他说话。

（字四四·对话）包老板，我正找您哪。

景八九 同上

（中）丰玉作喜状，向马正奎问话。马同包一面走一面谈。马从包里取出几块糖来给丰玉吃。

（字四五·对话）开封中州茶园和我定了四个月合同，我打算邀你帮忙！想你一定愿意；因现在能唱几句规矩老调的，只有我们二人了。

景九〇 同上
（中）丰玉作大喜状，向马握手狂跃，各自起去。

景九一 车站
（远）上车旅客及搬物脚夫，往来甚杂。永合社的戏箱，切末等件已堆在站上。永合社的学生穿着一色青花条布短衣，散坐在车站板椅上，有的往来散步。
（近）一小学生从切末堆上取一鬼脸面具带上。马正奎抱着小猫，由后面走来，拍了那小学生一下。小学生回头一看。

景九二
（特）狰狞的鬼脸，下巴微微颤动。

景九三 同上
（远）永合社学生哄然大笑。
（字四六·对话）老板见鬼了！

景九四 同上
（中）马正奎打了小学生一个嘴巴。小学生把鬼脸忙摘下来。

景九五 同上
（远）包丰玉肩挂暖壶携其母及老郭走来，后边跟扛行李的脚夫两三人。

景九六 同上
（远）马正奎走来和包握手谈话。
（字四七·对话）大妈也一同去么？

景九七 同上
（中）包指其母向马说。
（字四八·对话）是的，昨天我把家里清理了一遍，除去我妈和几打话片，什么都没有了！

景九八 同上
（特）火车头汽笛放汽。

景九九 同上

（远）搭客纷纷上车。学生们也都鱼贯行入一辆闷子车里。最后，马正奎抱着小猫上车。

第三本

景一〇〇 车内（内）

（近）包母已坐在凳上，见丰玉和老郭进来，向老郭说：
（字四九·对话）你赶紧到站外买一块钱的点心，快去快来！

景一〇一 站上

（中远）老郭持钱跑去。

景一〇二 闷子车内（内）

（中近）马正奎和学生们谈话，回头看见小猫，它正咪咪叫着。马正奎忽有所思，起身向车外一望。

景一〇三 站台上（外）

（中远）老郭从车旁跑过。

景一〇四 同上

（中）马正奎叫老郭站住。老郭手指站外又要跑去。马向老郭说：
（字五〇·对话）老郭，你就便给我带一角钱猪肝来吧！

景一〇五 同上

（中）马以钱付郭，老郭持钱跑去。

景一〇六 同上

（特）火车头上汽笛放汽。

景一〇七 车站门外

（远）老郭左提纸匣，右持大竹竿跑来。走到门口，站员向他验票，不防被竹竿戳了一个筋斗。老郭不等开栅栏，一跃而过。站员及路警在后追来。

景一〇八 站内

（远）火车开动，老郭拼命追来。跑到闷子车下，见马正奎立车门旁，乃以竹竿上端令马抓住,拟沿竹竿以上车。但竹竿甚滑,遂摔落轨旁,点心洒了一地。老郭拾起点心匣子又追上去。

景一〇九 火车外(外)
(中)老郭抓住竹竿下端,死也不放。这时车行甚速,把老郭拖得一起一落,颠簸甚苦。卒以最后努力,盘缘竹竿而上车。

景一一〇 闷子车内(内)
(近)老郭上车后衣裤褴褛已甚。马正奎问话:
(字五一·对话)替我买的东西呢?

景一一一 同上
(中)老郭指竹竿以对。马正奎作着急状,怒目对老郭说:
(字五二·对话)我的小猫都要饿坏了,不想遇着你这个混蛋。我叫你买"猪肝",谁叫你买"竹竿"呢?

景一一二 同上
(中)学生们哄然大笑。马正奎忿然把竹竿抛到车外去了。于是各自坐在行李上。中间留有一点空地,坐在那里。

景一一三 车内(内)
(化入·中)永合社学生半皆困眼朦胧,独马正奎危然正坐。俄立起向学生说话:
(字五三·对话)学生们,不要睡呀!我来给你们说两场身段吧!

景一一四 同上
(中)马老板叫过两个小学生来,各拿一根细棍让他们演习对打。

景一一五 同上
(中远)两学生打了两个回合,把棍交叉在前面对看着。马正奎过来改正一个小学生的姿态。对他说:
(字五四·对话)右手要捏着翎,是要这样子飞眼,不是瞪眼喽!

景一一六 同上
(特)马正奎作了一个飞眼的姿势教给他们。

景一一七 同上
(中)又叫过三个学生来,练习徒手对打。刚打了几手,马正奎过来,亲自和一个学生打着，一面打一面讲：

（字五五·对话）这几下要快，那和尚要这样翻个筋斗。

景一一八 同上

（中远·俯摄）马正奎向车门翻了一个筋斗，立刻跌滚车下。

景一一九 同上

（中）车上学生大惊，争着向车门外探望。这时车行甚速。

景一二〇 铁路上（外）

（远）马正奎仰卧轨旁，头破血出，两手乱抓，作痛状。

景一二一 车内（内）

（中近）学生等惊慌失措。

景一二二 同上

（特）小猫被人的脚践踏一下，作负痛哀鸣状，两目泪流如雨。

景一二三 客车内（内）

（近）学生甲来到客车上向包丰玉报告。包及包母作惊状，携学生甲走出车门。

景一二四 车顶上

（远）丰玉登车顶上，向前飞跑，跑尽客货各车，而达车头。（摄时以镜箱追随演者）

景一二五 机车内

（中）丰玉至，急搬压机柄。司机生阻之，推包使出，火夫亦以铁铲相向。包向司机生作恳求状。

（字五六·对话）我们老板因练习武剧，跌下去了，请你赶快倒车，好让我们找到他的尸体。

景一二六 同上

（中近）司机生作冷笑状。

（字五七·对话）作甚么消遣不好，单要在这块地方演武剧？摔死活该！我不能为他开倒车唷！

景一二七 同上

（中）丰玉作无耐状，退去。

（字五八・说明）包丰玉被举为代理老板，到了开封，于是开幕。

景一二八 中州茶园（内）
（远）剧场上方交悬着两串万国旗。台上正演着一出武剧。

景一二九 同上
（中）文场四五人，锣鼓大擂。

景一三〇 同上
（远）一个打手翻了一串筋斗，收脚不住，跌到台下去，砸在几个观客的身上。

景一三一 同上
（远）观众数百人，（男女分座）拍掌喝采。

景一三二 同上
（中）包母在女座中观剧。有半老妇人（陈妈妈）与之邻坐。（渐隐）

第四本

景一三三 毛宅门前
（化入・中远）一个半老妇人走来，着青裤褂，浅色背心，手提烟袋及荷包。
（字五九・说明）陈妈妈是个说媒拉纤的老手。（饰者×××）

景一三四 同上
（远）婢女甲出来开门让陈妈妈进去。

景一三五 毛太太寝室
（近）少妇姿容甚美鬓发蓬松，盖被偃卧床上，婢女乙为之搥腿。
（字六〇・说明）毛太太是位富有珠饰衣服的寡妇。（饰者×××）

景一三六 同上
（中）婢女甲领陈妈走来。毛太太醒了，微笑着让陈妈妈在旁坐下。婢女甲出去，婢女乙为太太搥腿。毛太太慢慢起来，穿着睡衣看了一下手表。婢女甲取来衣裤为她穿上。接着就是梳头，洗脸，扑粉，簪花。（以上动作需缩短其时间，以化入法摄之。）

景一三七 同上
（近）陈妈妈向毛太太问话。

（字六一·对话）昨天中州茶园的戏很好，全是新从北平来的名脚，您没听去吗？

景一三八 同上
（中近）婢女甲送过一碗莲子汤来。毛太太一面用小勺吃着，一面说话。
（字六二·对话）我嫌吵得头晕，没听去，有空还打牌呢！

景一三九 同上
（近）陈妈妈凑近一步，看毛太太的衣料，随即提起她的裙子角来。

景一四〇
（特）裙角上有豆大一块烧焦的痕迹。

景一四一 同上
（中近）陈妈妈向毛太太问话。
（字六三·对话）太太这么好的裙子，可惜烧了一点！

景一四二 同上
（近）毛太太自提裙角向陈妈妈说。

景一四三 富宅宴会厅上（内）
（闪景）一座大厅布置阔绰，上悬纱灯，案上点着高烛，摆着很多铜银器皿。前面两个方桌，各陈酒席，周围俱是女客。毛太太坐在左边桌上。

景一四四 同上
（中近）毛太太满头珠饰，婢女甲替她整理。她正端杯喝着酒。右边邻坐有一老太太吸水烟。女仆甲误把纸媒弄掉，落在裙角上。毛太太提起一看。

景一四五 同上
（特）裙角烧焦小块。

景一四六 同上
（中）毛太太怒状，打了女仆一个嘴巴。又随手取过一尺多长的蜡来要往身上剜，那女仆跪地连连叩头。（渐隐）
（字六四·对话）那时我还不开恩饶她哩！

景一四七 毛太太室（内）
（化入·中）毛太太作忿怒状谈着。陈妈妈微笑向她答话。

1931 年

（字六九·对话）您的裙子可惜有了缺点。如同您床上有了缺点一样。

景一四八 同上
（中）毛太太作不懂状。陈妈妈继续谈天。
（字六六·对话）缺少个丈夫，对不对？……这碗东瓜汤，将来还许我吃呢。

景一四九 同上
（中）毛太太俯首微笑作含羞状。陈妈妈作得意状。（渐隐）

景一五○ 包宅复室
（中）桌上置佛龛一个，龛内供老郎神像。包丰玉正拂拭佛龛，又整理两件彩衣。老郭持一账单走进。包接过略看一遍，乃持单走出。

景一五一 内室
（中）包母及陈妈妈等打牌。丰玉进来。陈妈妈向包谈话。
（字六七·对话）老板这样精明才干为啥没娶位太太呢？

景一五二 同上
（中）包母拿起一张牌来，送到陈妈妈目前。

景一五三
（特）手持白版一张。
（字六八·对话）因为我们要挑个长得这样子的。……

景一五四 同上
（中近）说着又拿起一张牌来，送到陈妈妈面前。

景一五五
（特）发财一张。
（字六九·对话）还要娘家这样情形的才肯娶呢。所以屡次没有说妥。

景一五六 同上
（中）包丰玉向其母说话。
（字七○·对话）妈，这个月我们赚了三千，这个地盘是稳固的了。过几天我要买几打话片，且真要讨个老婆。

景一五七 同上

（近）陈妈作注意状。

景一五八 同上

（中）陈妈放倒牌，向包丰玉说话。

（字七一·对话）老板，这事我可替您包办，只要你肯多赏酬资，我给您说那位女士……

景一五九 住室

（闪景·中）毛太太头带珠饰，身穿花印度绸衫，花缎子裙，携二婢在床侧，整理箱子里的金珠首饰。

（字七二·对话）总是那样富足，那样美丽，那样子排场……您若娶她过来，又可发个大财。

景一六〇 内室

（中）包老太太作欣喜状。走过来拍着陈妈妈肩膀，作恳求状。包丰玉笑走出。陈妈妈亦随同走出。

景一六一 包宅内室

（中）包丰玉抱着小猫向陈妈妈谈话。小猫不住吻包的手。陈妈妈参观包丰玉的像片。包丰玉取下几张来，令陈妈妈看。

景一六二

（特）像片四张：一戏装，一洋装，一便装，一军装。一手取去军装的一张。

景一六三 同上

（中）陈妈妈持照片辞去。（潮隐）

景一六四 毛太太室

（渐现·中）陈妈妈与毛太太坐在床头谈话。

（字七三·对话）今天特来为太太商量一门子亲事，好吃您的东瓜汤。

景一六五 同上

（近）陈妈妈将像片交给毛太太，很郑重的向毛太太说。

景一六六

（特）包丰玉的军装照片。（化出）

景一六七 郊野

（幻景·远）数百兵士持枪练操。包丰玉着上校军官制服走来，作检阅状。兵士及下级官长，均向他敬礼。（化出）

景一六八 富有银行大门

（幻景·远）包丰玉着西服带着四个马弁乘汽车至门前，下车径入，警察举枪致敬。

（字七四·对话）我说的这位，他是那们一位少年英俊的旅长，兼着富有银行总裁。家有汽车五辆，男女下人二十名，还有……

景一六九 毛太太室

（中）毛太太向陈妈妈问话：

（字七五·对话）他有父母、兄弟、儿女么？

景一七〇 同上

（近）陈妈妈作笑状，答话：

（字七六·对话）就是旅长自己，其余全没有呵——现在全没有呵！

景一七一 同上

（中近）毛太太向陈妈作半笑半瞋状。

（字七七·对话）你若有半句瞎话，可小心你的脑袋！

景一七二 同上

（中）陈妈妈作笑谈状。毛太太微笑作羡慕状，点头作允许状。（渐隐）

第五本

景一七三 中州茶园前场

（渐现）台上演着《杜十娘》，正在持箱投水之际。台右柱贴戏报一张，上书："今日准演的《杜十娘》。"

景一七四 同上

（中）两坐客看着戏谈话。包丰玉在旁边走过。

（字七八·对话）你瞧，他要借着老婆发财，这不是个大混蛋么？结果落个倒霉罢了。

景一七五 同上
（近）包丰玉回头一看，似有所感。（渐隐）
（字七九·说明）"今夜晚前后堂灯光明亮。"

景一七六 包宅内室（洞房）
（中远）顶上悬纱灯多盏，树、箱、盆、桶、床铺俱已摆好；床上锦帐悬流苏帐楣。包丰玉身着马褂长衫，毛太太满头珠饰，披长纱，身着大花衣裙；二人挽臂走进，婢女甲乙在后牵纱。毛太太坐在床上，把一束鲜花随手放在床头。

景一七七 床上
（特）小猫自枕后来，跳跃着，以爪弄其花朵，撕得零落破碎。

景一七八 洞房
（中）一女仆进来，向丰玉及毛太太说。
（字八〇·对话）请少爷少奶奶与老太太行礼。

景一七九 同上
（中近）毛太太作讶问状。
（字八一·对话）甚么？老太太？

景一八〇 同上
（中）陈妈妈急从门外进来，向毛太太耳语。
（字八二·对话）太太，您是新娘子，在这个时候说话，可让下人们笑话呀。

景一八一 同上
（中）毛太太撅着嘴随丰玉出屋去。

景一八二 包宅室外
（中）陈妈妈在门外向内招呼。丰玉出来。陈妈妈附耳向包说话。包微点头。
（字八三·对话）"新人上床，媒人靠墙。"我祝您洞房快乐，回见吧。

景一八三 天空（内）
（远）稀疏的几颗星星，围绕着半规月芽。那月慢慢完整，以至于正圆。

景一八四 同上
（幻景·近）月内忽现出包丰玉身着军装，与艳服的毛太太拥抱接吻。

景一八五 包宅床上（内）
（化入·近）月忽不见。包丰玉与毛太太同枕而眠。包醒，含笑起床。太太亦醒。包丰玉手持账本进去。

景一八六 包宅内室（内）
（中）毛太太卧枕旁，婢女甲送来糟糕一盘。毛太太随手取食。小猫以爪攫糕，误伤毛太太的手。太太痛击一下，小猫逃去。太太穿着睡衣赶下来。

景一八七 包宅复室（内）
（近）佛龛一座，悬花布帘，龛前置香炉一个。小猫逃避帘内。

景一八八 同上
（中近）毛太太赶来，直趋龛前。揭帘一看。

景一八九 佛龛内
（特）穿着黄袍的木制神像，横匾上写着"老郎神位"。小猫自像前逃出。

景一九〇 同上
（中）毛太太抓着小猫向窗外一扔。

景一九一 厨房
（近）小猫落在火炉上皮毛多半烧焦，作负痛哀鸣状。

景一九二 毛宅复室（内）
（近）毛太太揭帘细视佛龛作惊讶状。

景一九三 包宅内室
（中）毛太太坐在床边喝茶。婢女甲乙，分侍左右。包丰玉进来，太太向其问话。
（字八四·对话）旅长，我们屋里为甚么供老郎神呢？

景一九四 同上
（中）包丰玉作惭愧苦笑状，答话。
（字八五·对话）甚么驴长马长，我是中州茶园老板，我是个伶人呕！

景一九五 同上
（近）毛太太作悲哀失望状，向前凝视着，泪珠突涌出来。

景一九六
（近）丰玉穿着便衣直视前方。

景一九七
（幻景·近）丰玉身着军服，头带军帽。

景一九八
（幻景·近）丰玉身着蟒袍，头带纱帽，唇挂髯口。

景一九九
（近）丰玉仍着便衣。（化出）

景二〇〇 同上
（中近）毛太太眼睛向上一翻晕倒地上。

景二〇一 同上
（中远）包丰玉急抱之床上，包母及二婢均来施救。毛太太忽起，两目直瞪，逢人便打。两婢挽她不住，众皆逃避。她将屋内什物，尽行摔砸。包丰玉入内阻之，又被她以枕击倒。她又打开箱子，倒出珠饰。两婢阻之被她推出。她把珠饰以足踏碎。又开第二箱子，将绸缎衣服尽行撕毁。乃出。

景二〇二 包宅外屋
（中）包母正倚着门。毛太太将门撞坏，一冲而出，捣毁外屋物品如前。老郭来到，也被她打倒。打完，进屋里去。大家随她进去。

景二〇三 包宅内室
（中远）毛太太走到床边，向上一跃，跳到帐顶上去以手拊心，作唱歌状。
（字八六·对话）伤心的人儿唻……上……了……望……乡……台……喤……（各字按序陆续出现，"唻"、"喤"二字须颤动。）

景二〇四 同上
（中）丰玉等卸下帐杆，毛太太滚跌床上。她起来揪着丰玉的衣襟，向外走。
（字八七·对话）你们骗苦了我，走，咱们打官司去！

景二〇五 同上

（中）丰玉揪住太太的手，作苦笑状。

（字八八·对话）打官司？东西你全毁了，人也合了房，就让你打赢了，该怎么办？

景二〇六 同上

（中）毛太太伏床上大哭起来。老太太，两婢出，丰玉亦出。毛太太仍旧哭着。

（字八九·对话）我不活着了！

景二〇七 同上

（中近）丰玉走进连连拱手作微笑状，向太太说。

（字九〇·对话）闹到这个地步，你真自杀了，于我于你，都算一件功德事哩！

景二〇八 包宅厨房

（中近）丰玉在案上取过菜刀一把，在墙上解下绳子一条，走去。

景二〇九 包宅内室

（中）毛太太哭着。丰玉进来，以刀一把，绳一条，纸包一个，走来。两婢作惊讶状，急夺之，丰玉挥退她们。包母来夺，又被推出门去，且将门带上。丰玉将各物置桌子上，向太太说：

（字九一·对话）太太请您随便择用吧！

景二一〇 同上

（中）毛太太取过菜刀。蹙眉凝视。

景二一一 同上

（幻景·中）毛太太举刀未动，身旁忽另现一毛太太提刀自刎，血流满襟，晕倒地上，蓦然不见。

景二一二 同上

（中）毛太太掷刀于地，作怒骂状。

（字九二·对话）我偏不抹脖子死！

景二一三 同上

（中）丰玉取过绳子，亲手递给太太，太太持绳凝视，颦蹙如前。

景二一四 同上

（幻景·中远）持绳不动，身旁忽另现一毛太太持绳向上一掷，绳之两端，即自系梁上。太太伸颈套内，倏而睛努，舌垂，绳断身倒。蓦然不见。

景二一五 同上

（中）毛太太掷绳于地，作怒骂状。

（字九三·对话）我偏不上吊死！

景二一六 同上

（中）丰玉取纸包，递给太太。

景二一七

（特）手持纸包，包书"砒霜"二字。

景二一八 同上

（幻景·中）毛太太持包频视不动。忽另一毛太太，以包内之物倾入茶杯中，仰脖喝了。太太胸腹内心肺肠胃隐约可见，俄而各部伸缩颤动，至于崩裂。而作极苦之状，倏即七窍流血，倒地而没。

景二一九 同上

（中）持纸包之毛太太，掷包于地上，作怒骂状。

（字九四·对话）我偏不吃砒霜死。总之，到满天下炸弹的时候我才死哩！

第六本

景二二〇 永合社下处

（中）屋内陈戏箱、枪刀、切末等物，老郭和学生甲各持刀枪练习对打。学生甲口衔纸烟，把枪抛在地下作不耐状。

（字九五·对话）这种玩艺真无聊极了，我已然明白，我厌弃它了！我将另找吃饭的地方去了！

景二二一 同上

（中近）老郭指着刀对学生甲讲话。

（字九六·对话）你真不达时务！没看见我们老板凭着这套家伙享了名，发了财，且讨了个很美丽的妻子吗？

景二二二 同上
（近）学生甲衔着纸烟与老郭答话，右手向后方一指。

景二二三 同上
（近）架上挂着一排魁星、土地、财神、罗汉等等假面具。
（字九七·对话）老板的幸运，就和他们一样呵！当他被人戴在头上，上了台时，常得一般醉梦观众的崇拜，欣羡，与畏服。然而功夫不大就下了台，便把他从肩膀上弄下来，挂在那里，没有一个人再来崇拜，欣羡，和畏服它了！

景二二四 同上
（中）学生甲和老郭谈话，老郭摇头作不悦状，持起木枪置于架上。学生甲把烟卷头随手向旁一抛，出门去。

景二二五 同上
（特）烟卷头落在窗台上折叠的表心纸及松香末的中间，火遂燃烧起来，以及于窗。

景二二六 包宅门外
（中远）包老太太及二婢用力推门，陈妈携糕点一包走来，赌众作惊讶状。

景二二七 包宅内室
（中）内室之小门闩损折，二婢拥进，包老太太扑倒地上。陈妈妈持物走进。

景二二八 同上
（中）毛太太坐在床上向前怒视。

景二二九 同上
（加圈·近）陈妈妈作微笑状。
（字九八·对话）太太您好哇？……这是为甚么呢？夫妻没有隔夜之仇呀！

景二三〇 同上
（中）毛太太抢上几步，扭住陈妈妈，一手夺过糕点来，向外一扔。

景二三一 同上
（特）糕点撒了一地。

景二三二 同上

（特）毛太太揪住陈妈妈的头发，把她拖到床头，随手拉过马桶来，揭开桶盖，用力按住陈妈妈的头，往桶里塞。陈妈妈挣扎后退。毛太太举起马桶来，扣在陈妈妈的头上。

（字九九·说明）敬你一桶东瓜汤！

景二三三 同上

（特）陈妈妈头套马桶，屎浆流满肩胸。她急摘下马桶，屎块满粘脸上，眼、鼻、口俱被粪汁掩蔽。

景二三四 同上

（近）陈妈妈以手抓下脸上的屎向前一抛。

景二三五 同上

（近）屎块落在包母的脸上，包母急以手巾擦下且作怒詈状。

景二三六 同上

（中）老郭仓皇走进，向丰玉说：

（字一〇〇·对话）下处失火，老板快去！……

景二三七 同上

（中）丰玉急随老郭跑去。

景二三八 同上

（中）包母正在洗脸，作气急怒詈状。毛太太过来打了包母两个嘴巴。包母气急前追，被二婢及陈妈妈拉住。包母两眼上翻，晕倒。（渐隐）

景二三九 永合社下处（外）

（远）一排八间房子，完全被焚，火焰甚炽。学生群集门外，各持盆勺泼救。丰玉及老郭来到，众皆争着报告。包向学生丙询问。

景二四〇 同上

（中）学生丙报告起火原因。

景二四一 下处屋内（内）

（闪景·中）学生甲吸食纸烟将烟头掷出。

景二四二 同上

（特）烟头落窗台上，台上有扇面形折着的表心纸一迭，及松香末一包，烟头引着表心纸及松香末，遂沿烧窗上，以及于顶。

（字一〇一·对话）这火是那样烧起来的。

景二四三 下处房外（外）

（中远）丰玉作着急状，向火内张望。

景二四四 下处内（内）

（中）戏箱及木笼、切末俱被焚毁。

景二四五 下处房外

（中近）丰玉擦手作十分焦急状，陈妈妈及婢女甲跑来。向丰玉报告。

（字一〇二·对话）老太太气死了，老板赶快回去！

景二四六 同上

（远）丰玉等急速跑去。

景二四七 包宅内室（内）

（中）包母仰卧床上，闭目不动，一手垂于床边。丰玉跪泣床前。（渐隐）

景二四八 包宅门外（外）

（中远）永合社全体学生环立门外。丰玉满脸泪痕自内走出。学生争前问话。

（字一〇三·对话）我们午饭还没有吃，老板您倒想个办法呀！

景二四九 同上

（中近）丰玉分张两手，作焦急无策状。（渐隐）

第七本

景二五〇

（近）黑幕前，迭置木牌六个。最前一个，书"民国十三年"。六牌后以画代之，仿佛数千万牌蜿蜒至于无穷。用正圆（稍大）及月芽形（较小）木片两枚涂淡黄色，自右而左，循环莲行。首次令其经过木牌前边，碰倒首牌，露出第二木牌，上书"民国十四年"。以后依法莲行，碰倒数牌，直至"民国十九年"止。

（字一〇四·说明）六年之后，包丰玉的新纪录是：太太一位，女孩两个，话片半打。每日为赵宅说戏，月薪大洋十五元。

景二五一（外）
（渐现·中）一间旧房门外，两个小孩：一约五岁，坐小凳上，抱大狸猫一只，喂之以饭；一约三岁，立于前边，持小木刀玩耍。

景二五二 丰玉屋内（内）
（化入·中）包太太（即毛太太）着青布衣坐在炕边补袜。丰玉着旧灰布衫躺在床上看书，口中念念有词，右手在炕上拍着。

景二五三 同上
（特）丰玉的手，用食指、中指、无名指拍板眼的姿势。

景二五四 同上
（中）丰玉下炕，取胡琴一把，出门去。

景二五五 屋外（外）
（中）丰玉走至门外，一孩拥抱其腿部，不令前行。一孩正喂狸猫，忽失手摔碎其碗。丰玉略加申斥走去。

景二五六 大街（外）
（远）大队兵士，全副武装荷枪前行。丰玉在旁走过。

景二五七 赵宅（外）
（远）丰玉来至门口，向前一看。

景二五八 同上
（特）门旁贴启事一纸，上书云："诸位亲友均鉴：兹因时局关系，敝宅全体已赴大连，寓富士町二十五号。赵宅谨启。"

景二五九 同上
（中）丰玉失意而返。

景二六〇 屋内
（中）丰玉作恐惧状，与太太谈话。两孩在炕上蒙被游戏。丰玉取过被子叠夹腋下欲出。太太竭力夺之无效。
（字一〇五·对话）穷鬼，我们就剩这一床被窝了，还要当吗？

景二六一 同上

（中）丰玉作无耐状。向太太说：

（字一〇六·对话）我们现在的情形，面包比被窝更要紧哩！

景二六二 崖外（外）

（中）丰玉持被窝出屋门，忽仰视天空。

景二六三 天空

（远）一架飞机驶来。

景二六四 同上

（中）驾驶者四人，投下炸弹一枚，弹径一尺，长约四五尺。

景二六五 屋外（外）

（远）炸弹落在房顶上，炸毁房屋数间。

景二六六 同上

（中）丰玉急跑得免，抚脑回视作惊讶状。

景二六七 同上

（特）小猫被砖块压死。

景二六八 同上

（中远）丰玉走回院内。用手向乱砖堆中拨刨，寻出半圆黑片一块。

景二六九

（特）残破的留声话片半块。

景二七〇 同上

（中）丰玉继续向砖堆中刨去，自己叨念着：

（字一〇七·对话）太太，孩子，这可是你们该死的时候了！

景二七一 同上

（中）包太太忽自砖瓦堆中钻出头来。

（字一〇八·对话）不，我还要跟着你找条活路呢！

景二七二 同上

（中）二女孩也从砖瓦中钻出头来。

（字一〇九·对话）爸爸！我们也要活哩！

景二七三 同上

（中）丰玉救出妻子，以袖拂拭其面；又扯片衣襟，裹了她们伤痕，作惊喜状。（渐隐）

景二七四 郊野

（远）难民扶老负少，提着担着些什物。丰玉挑筐杂众人中：筐内坐女孩两个，包太太徒步随行。

（字一一〇·说明）战区逃命的人民，如同热锅上的蚂蚁。

景二七五 天空

（远）飞机驾驶员又投下两个炸弹。

景二七六 郊野

（远）炸弹落在一群难民中间，吓得他们四散奔逃。

景二七七 郊野

（远）一个唱傀儡戏的，面目奇丑，挑箱笼走过。

景二七八 山坡

（远）丰玉挑着筐子：前筐坐着两孩，后筐盛着包太太。他挑着爬上荆棘的山坡。面前落下炸弹一枚，包急后退；背后又落一枚，复左右转。又落下两枚，均未炸裂。

景二七九 同上

（远）丰玉忽失足跌倒，包太太及二孩从筐里滚跌下来。

景二八〇 飞机场

（远）场中站着几位军官和穿西服的人向空翘望。俄而一架飞机驶落下来。驾驶员走出飞机，把风镜推到额上，摘去手套，向迎者握手，作欣喜状。有两位摄影师，在旁拍照活动影片。一位军官向驾驶员说话：

（字一一一·对话）同志辛苦！这回的胜利是器械的胜利，也可说是艺术的胜利。他们拍得这卷活动影片，大可作你这次凯旋的纪念品了。

景二八一 山坡
（远）丰玉乘妻子盹睡，弃担逃去。忽有武装警察二人，来到筐前，作疑问状。包太太及两孩惊醒哭啼。

景二八二 同上
（中）包丰玉急回，向警察作恐惧状。警察又冷笑对丰玉说：
（字一一二·对话）是你的呀！还要请你挑着走！

景二八三 同上
（中）唱傀儡戏的挑担走来，进行极快，超过丰玉甚远。

景二八四 路口（外）
（化入·远）丰玉释担前望。

景二八五 同上
（远）两歧路口。（向下俯摄之）

景二八六 墓地
（远）从左路延展，以至远方。（渐渐仰抬镜头摄之）阴云暗淡，坟墓累累，榛莽丛生其间。

景二八七 路口
（近）丰玉摇头作恐怖状。

景二八八 桃林
（远）从右路延展，以至远方。（摄法同）光明中一片桃花林，开得极盛。

景二八九 路口
（中）丰玉作微笑状，挑起担振起精神走去。回头向太太说：
（字一一三·对话）太太，你看，前途有希望了。将来我若再能献身舞台，享大名，发大财不是难事哩！

景二九〇 歧路
（近）包太太在筐里和丰玉说话。
（字一一四·对话）不要作梦，我们这个营业在战区内是没有希望的了，只好受运命的魔鬼摆弄吧！

景二九一 同上

（中近）放下担子说话：

（字一一五·对话）甚么命运的魔鬼，屁话！我生平不信命运的。

景二九二 桃林

（远）桃林下边，一个唱傀儡戏的坐地休息。丰玉挑担走来，也坐树下休息。

景二九三 同上

（中）向唱傀儡戏的谈话，请求参观其布制戏台。唱戏者揭开小戏台的后面布帘。

景二九四

（特）小戏台内，满放傀儡及小刀枪之类。

景二九五 同上

（中）丰玉含笑向其妻等闲谈。包太太及两孩走出筐外，攀桃枝为戏。丰玉倚筐假寐。

（字一一六·说明）梦耶？真耶？

景二九六 同上

（幻中）丰玉立，挑筐走去。其前筐忽变为傀儡戏的小布戏楼，后筐变为圆笼。他仍继续前行。

景二九七 桃林村

（远）傀儡戏台已架起来，村人数十名围观。

景二九八 戏台中

（近）一布围中那个奇丑的老板，一手打扮两个小木人，一手敲着锣。

景二九九 前台

（化入·远）小台上出演《打渔杀家》，正演持刀入府一段。那个演萧恩的傀儡却是包丰玉的模样，唱萧桂英的却是包太太模样，唱太师的，却是赵云升（阳春戏院老板）模样。那萧恩及桂英持刀乱杀起来。

景三〇〇 后台

（近）后台老板，两手各持木人，大施其表演手段。（在布围内）

景三〇一 前台

（远）萧恩杀了太师及教师爷，把刀也折了。观众喝采，纷纷争向台上掷钱，全是银元，且有大如盘碟的，大如月饼的，堆满了戏台。

景三〇二 后台

（近）后台老板撤下木人，以锣接钱，作欣喜状。俄又替木人脱下的衣服，换上员外及青衣的装束，举上台来。

景三〇三 前台

（远）台上演《桑园寄子》。扮邓伯道的是包丰玉，扮伯俭夫人的是包太太，扮邓元、邓方的是丰玉的两个女孩。正在上山逃荒之际，忽来几个持手提机关枪的大兵（非古装之兵）把他们冲散。（化出）

景三〇四 同上

（化入·远）邓伯道正在树下捆绑邓元，哭唱之际，天上忽然落下一个炸弹，把布台炸毁，砸在他们头上，邓元惊极而哭。

（字一一七·对话）爸爸！爸爸！

景三〇五 桃树下

（化入·中）傀儡戏台俱不见，丰玉倚筐惊醒。两个女孩正为争半个烧饼拍着丰玉肩膀叫他。包太太捡食零落的桃花瓣。（渐隐）

（字一一八·说明）不幸的人们，你会觉到：有个怪物弄着你到社会的舞台上去。他让你歌唱、斗争、喜笑、悲哀的么？

一九·十二·十一

附注一 声明

此篇取材于《儒林外史》、《子不语》及《笑林》。

附注二 导演者注意

(1) 自景一〇七至一〇九宜用半速度摄之，盖令影演时进行甚快。景一一九亦然。

(2) 景一二〇宜置影箱于车上，退行摄之，以便影演时，如行动中观物也。

(3) 景一二三，一六一，一七七中之小猫动作，须预先加以训练。

(4) 景二三三桶中之物，可以豆腐渣等类代之。

(5) 景二〇一至二〇二所毁物品，可以泥制者代之；衣服可以人造丝等制品代之。景二四三中焚毁各物，可以纸制品代之。

(6) 景二一一，二一四，二一八可用重摄法，在影箱内装一暗门，拍左边事物，右边不感光；拍右，左不感光。令演员分两次表演，重复摄照之。

（7）景二七一，二七二，演员埋入瓦砾之内，时间须短。

（8）景二九九至三〇三戏台距影箱镜头须远；观众距镜头须近。戏台须极小，布景极简。演员均以袖里手，下肘常不伸直，且不露脚。以便影演时，真如傀儡戏一般。当老板撤下木人时，其木人面部宜酷肖演员之容貌。

（9）景二六五及二七六之炸弹落下时，宜燃黑色火药，以代爆裂。

（10）摄制此剧，约须胶卷二千二百尺。摄竣映演，约历八十余分钟。

附注三

唱词为《别母乱箭》之一句。

惨酷之鹰（炭画影片）

出品　未　摄
编剧　力　功
时间　1931 年

《惨酷之鹰》电影剧本由力功编剧。原载力功"滑稽电影剧本集"《女人与面包》（单行本，北平第一习艺工厂印刷，1931 年）。

剧本（炭画影片）

力功

炭画影片，系由剧本所示绘为漫画，再行摄制而成者也。欧美各国自象征画发达以来，此种影片常能予人以极大之兴趣，尤为儿童所欢迎。吾国影片产品虽多，尚无此种。兹试作两篇聊备一格。著者识

（一）几棵天麻下边，有七只小雏鸡分头觅食。一只大鹰飞来，张目舞爪作捕食状，雏鸡惊惧急奔。

（二）老母鸡跑来，张翼保护小鸡，小鸡趋避翼下。

（三）老鹰来，母鸡怒目拒之。鹰不得逞，飞去。

（四）小鸡从母鸡之翼下出来。母鸡对小鸡作愉快长鸣状。

（五·对话）孩子们小心哪，它是个阴险狠毒的东西呀！

（六）老鹰头戴一顶天麻子叶，飞落于野草丛中。左翼上画一方形，内书"爱鸡如子"四字；右翼上也有方形，书"散谷救生"四字；右爪持谷一穗，伸颈长鸣。

（七）小鸡群集，老鹰藏谷爪下，张口作将捕食状。小鸡逃去。老鹰高举谷穗摇转几下。

（八）小鸡又来，老鹰猛一抬头，把天麻叶碰掉，露出本像，小鸡又逃去。

（九）老鹰高飞空际，口衔小虫多个，随飞随掷。

（十）小虫陆续落于地上，直到一墙下沟眼的外边。

（十一）小鸡追奔啄食之。

（十二）老鹰立于墙内沟眼旁边，左爪持一巨囊，口衔小网兜一个。

（十三）小鸡一只走进沟眼，老鹰以网兜捕获，置入囊中。……七只均被捕去。

（十四）老鹰持囊翱翔空际。囊破，落掉小鸡一只。

（十五）一鳖卧于水滨。

（十六）鳖见小鸡落于其旁，张嘴大笑，爬往食之。

（十七）鳖离原位，遗下鳖卵三枚。

（十八）老鹰在空中俯视，作笑状。

（十九·对话）好一堆小王八蛋，待我拾来腌着吃吧！

（二〇）老鹰以网兜拾取鳖卵。那鳖转过头来，咬住老鹰的腿。老鹰啄它甲盖两下，鳖不撒嘴。老鹰张翼挣扎几次，那鳖依然不放。老鹰泪流如雨，转头对鳖哀鸣。

（二一·对话）你不知道鹬和蚌的故事么？——

（二二·化入）河岸，一蚌张开两壳。

（二三）一鹬飞来啄食蚌肉。蚌合壳而钳其口。鹬竭力挣扎，蚌仍不放。鹬颌下微动。

（二四·对话）今日不雨，明日不雨，必有死蚌！

（二五）蚌壳微有凸动。

（二六·对话）今日不出，明日不出，必有死鹬！

（二七）一渔翁来，用网兜把蚌、鹬全捕了去。

（二八）蚌及鹬在网中均已释口，涕泪交流。（化出）

（二九·化入）老鹰哭着述说故事。

（三〇·对话）我们同是一块土上的生物，你何必对我下此毒口，而蹈鹬蚌的覆辙呢？

（三一）老鹰眼泪涌出，如同喷壶一般。它已撒开了嘴，老鹰的右爪，与鳖的右前爪握手。

（三二·对话）鳖弟，我真没法感谢你的恩德，除非我带你到天上去玩一趟。

（三三）那鳖衔住老鹰的尾巴。老鹰高飞起来，俄转头向鳖说话。

（三四·对话）鳖弟！你瞧在天上比在地下豁亮多了吧？

（三五）鳖在鹰后张口说话，但已脱离鹰尾，势即落下。

（三六·对话）可不是吗，豁……

（三七）那鳖落在石头上，身子摔成八块。

十九，九·八

附注一 声明

本剧取材于《新世纪英文读本》及《国策》；而体裁则摩拟影片《报复之鼠》。

附注二 绘画及摄制者注意

此片每增一物或事物全变，则换一景。

摄时镜箱与画片距离恒有一定，故不另注远近等字。片中事之大小位置，绘者可斟酌剧情自画之。

此片约演五分钟。

钟馗与钟妹（钢笔画）

出品　未　摄
编剧　力　功
时间　1931 年

《钟馗与钟妹》电影剧本由力功编剧。原载力功"滑稽电影剧本集"《女人与面包》（单行本，北平第一习艺工厂印刷，1931 年）。

剧　　本

力功

地　点：书　房
剧中人：画　师
布　景：绘架一具，椅子一把，钢笔墨水列书案上。

分　　幕

（一·近）画师坐在椅上，持钢笔上对绘架作思索状。架上张着白布一块。他持笔向墨水瓶里蘸了一下。

（二）一巨手在白布面上画了一个钟馗，那模样类似旧历端阳节，北平住户门上所贴的判官：两眼圆睁，满颔髭须，张嘴大笑，且一溜歪斜的舞蹈起来。他张着两手向前说话。

（三·对话）画师，请你给我一柄宝剑吧，这年头儿，没有家伙是找不到饭吃呀！

（四）画师点头微笑，蘸笔再画。

（五）一手持笔在钟馗的手上添画了一把宝剑。

（六）钟馗持剑狂舞许久，汗流如雨，俄而按剑向前问话。

（七·对话）画师，你视我这套剑，比虞姬博士如何？

（八·近）画师持笔微笑着说。

（九·对话）好是好，只是你没有吃过纽约、芝加哥的面包，所以名声就差多啦。

（十）钟馗把剑插在鞘里，四下巡视一番，又向前说。

（十一·对话）画师，那么请你给我一头驴和一把伞。我也到欧美去游一趟，就便看看那里有妖精没有。

（十二）画师点头笑应，又蘸了一下笔。

（十三）一手持笔在钟馗身旁画了一匹没有笼头鞍辔的小驴，一把雨伞。钟馗向前作揖致谢，然后持伞上驴，张伞前行，意殊自得。驴忽跳跃，钟馗堕地，压在伞上。他起来后，驴已跑远，伞已破得不堪，只剩了一个空架了。他向前作烦恼状。

（十四·对话）好个滑稽画师，太恶作剧了！你怎么不给我加上鞍辔呢？——不多给我一些行李呢？

（十五·近）画师持笔作不耐烦状。

（十六·对话）也好，再赠你一点东西，以壮行踪吧。

（十七）一手在钟馗身旁画了古琴、书簏各一个。驴已回来，添画了辔头。钟馗持物上驴。书簏中忽飞出青蚨三只。

（十八）忽来小鬼一头跃追蝙蝠，捉而食之。钟馗拔剑迫击小鬼，刺获后，以剑送入口中大嚼。

（十九）钟馗骑驴路过小桥，桥旁一株梅花开得正盛，枝上栖喜鹊一只。他捻须摇头吟诗状。

（二○·对话）枝头鸟语呀，小桥夜霜呀，白雪红梅呀！……

（二一）画师摇头作鄙视状。

（二二·对话）得，够了够了，你快走吧，别卖弄文才啦！

（二三）钟馗停辔下驴，口鼻乱动作辩状。

（二四·对话）不行，我还有点回忆，还请您领我回去，看看我的妹妹。

（二五）一手在白布上画了一个圆窗，窗内又画了一个古装少女，绑缚桌旁。桌上画陶器灯一盏。少女双目落泪，如串珠然。画师的手，从左方画虚点线直至窗前，钟馗遵循点线来到窗前，既见其妹泪流如雨。

（二六）画师正容说话。

（二七·对话）老钟，你可以放了她，她没有罪过，不过需要一个丈夫罢了。

（二八）钟馗摇手作禁止状。钟妹胸部突然燃烧起来，把绳索烧断。

（二九）钟妹从屋里跑出，钟馗在后追赶。

（三○）大河一条水流甚急，岸上立一木牌，写着"潮流河"三字。钟妹跑来奋身跃入，没顶不见。

（三一）钟馗追至河边，张嘴作惊恐状。

（三二·对话）呜呼吾妹呀！葬身潮流呀！哀哉尚飨啊！

（三三）画师持笔作笑语状。

（三四·对话）那不是在中流了吗？

（三五）钟馗回头一看，钟妹从水里钻出来，头上披着短发如学生装；身上仍着古衣。钟馗向她一扑，钟妹又跳下河去。

（三六）钟馗顿足作焦急状。钟妹从水里钻出来，头上短发卷曲，身着女生服装，瘦衣，短裙，高袜，离岸他去。钟馗在后追赶。

（三七）钟妹在公园内，与一穿洋服的学生，握手接吻。

（三八）钟馗持剑追来，目眦尽裂。

（三九）画师持笔笑语。

（四〇·对话）何必多管闲事，且让她恋她的爱，你捉你的妖去得了。

（四一）钟馗持剑向前，作欲砍状。

（四二·对话）不，我看她就是活妖精，非把她们吃了不可！

（四三）钟馗追到了河边。钟妹又跳下去，倏又跳出水来，她完全裸体，披散着短发在岸上跳跃。她又嘴唇翕动向前方说。

（四四·对话）可爱的画师，只有我，才是真正的美；只有我，才人人欢迎，对不对？瞧我哥哥那副吃人的嘴脸，那条粗率的轮廓，令人作三日呕，还值一看么？

（四五）画师微点其首。

（四六）钟馗丢盔弃剑，伸手向前方说。

（四七·对话）嗳，可敬的画师！我是国粹，她是潮流内的飘来品哪！相鼠有皮，人而无耻，好不羞煞我也！请你快给我一个板擦，我把她擦掉了吧！

（四八）画师向前点头。

（四九）一手在钟馗、钟妹之间画了一个板擦。钟馗、钟妹因争板擦争斗许久。钟妹以足踢之，钟馗仰跌于地，板擦遂为钟妹得。她将钟馗擦去，拍手大笑。一巨手持钢笔以笔尖把钟妹的轮廓吸去。画板上一无所有。

（五〇·近）画师把钢笔头上的墨水注入墨水瓶中。

一九，十·二

附注一 声明

本剧取材于《天中记》及昆剧《嫁妹》。

附注二 绘画及摄制者注意

作画方法，同《残忍之鹰》。凡不注"近"字者，俱为特写。凡画师及其手之动作，须由演员表演，余均漫画。

描画钟馗须仿吴道子笔意。片制成后，衣帽再涂红色更佳。此片约演十分钟。

1932 年

谁 是 英 雄

出品　明星影片公司，1932 年

导演　徐欣夫

摄影　裘逸苇

演员　梁赛珍　王征信　黄君甫　汤　杰　谢云卿　赵静霞

《谁是英雄》电影本事无署名，原载《银幕周报》第 17 期（1932 年 1 月 10 日）。

本　　　事[1]

我国丛林的和尚，常常抱着非常技术。当智禅大师送他徒弟周飞雄下山的时候，谆谆嘱他此去须要见义勇为，不可贪恋财色。飞雄一一受教而去。

某地良医丁应堂，素有起死回生之术。生一女芸芳，尚未字人。又有土豪吴天瑞，仗着势力，无所不为。但他侍奉盲母很孝，无论何事，得他盲母的一言，无不从命。尚有一妹玉英，每以阿兄的行为，告诉母亲，所以天瑞见她，也很畏惧。

天瑞有二门客，一汤仁杰，一顾善德，常常唆使天瑞，干着坏事。他们知道丁医的女儿，很有姿色，便由汤仁杰硬下聘礼，率领打手，强娶而去。恰好飞雄经过那地，询得其情，大为愤怒，当下见了丁医，力以营救自任。黄昏人定，便只身潜入吴宅，侦察一切。

飞雄先到吴母房外，听得吴母正在关白帐席，说今年大荒，不用收租，并出白银二百两，施济贫民。飞雄听了，暗暗称奇。又到吴妻房外，听见夫妻正在大闹。恰好顾善德来请天瑞入席，飞雄入告吴妻，谓可阻止天瑞成婚，但请吴妻乔装新娘，吴妻允之。飞雄设计诓他人出，乘机将丁女易以吴妻。正欲携之外出，突见一黑衣人挈着丁女，一瞥而逝。飞雄追之，瞬息不见。

天瑞宴罢归房，汤顾等复来闹房，扰攘良久，始行起去。及天瑞发觉新娘即是其妻，不禁大怒，立命汤仁杰往捉丁医，并逼其妻说出原委。天瑞率同打手，追至花园，果与飞雄遇，于是大起格斗。飞雄正斗间，忽接黑衣人纸镖，上书丁女现在书房后园假山中，可速往救。然飞雄不能脱身，黑衣人助之，始得突围而出。时天瑞之妻，已将其事告知吴母，吴母令女玉英唤天瑞入，大加诃责。天瑞欺其母之盲目，不认有是事。母命其女守之，但不久仍行逸出。

飞雄寻至假山中，果得丁女。携之欲行，而汤仁杰牵丁医来，飞雄又复置女救父。追踪至土牢外，见汤顾正在拷问情形。旋汤顾出，飞雄即下牢施救。然一眨眼间，丁

---

[1] 原为句读。

医又被黑衣人挈去。飞雄欲出，而土牢之门已关。黑衣人领丁医至假山与女相会，并携至室中，嘱其少坐。旋玉英来云，得黑衣人报告，知名医在此，请为家母诊治目疾。丁医诊罢，即行配药。

顾善德率众至土牢，一见飞雄，复起格斗，然顾等皆非飞雄之敌。适大教师自他方来，天瑞央他往捉飞雄。大教师果将飞雄获住，正欲拷问，马安邦来云老太太来。众人闻之，一哄而散。黑衣人又救飞雄出牢，携至一室。见丁医父女，配药已成，遂同见吴母。敷治之下，双目顿明，吴母大喜。后经丁医说明前事，吴母立唤天端，痛责一场，并遣散众人，不许逗留。并以飞雄义勇，与丁女婉淑，堪为佳偶，欲与作伐。丁医已允可，而飞雄坚执遵守师言，非女救己者不婚。吴母无奈，听之而已。

汤顾等被遣，心不甘服，乃请天瑞共商挽回。天瑞初不肯；汤以丁女被夺激之，天瑞果为心动。适大教师来谓飞雄顷在园中，可以出其不意捕之。天瑞等如计而行，飞雄果又陷入土牢。不意事为黑衣人所见，急发纸镖嘱丁医父女报告吴母。汤仁杰持刀欲杀飞雄，被黑衣人一镖击死。顾善德亦被摔死，于是双方又起恶斗。飞雄不敌大教师，黑衣人亦为天瑞所擒。正危急间，而吴母及丁医父女赶至。丁女夺大教师刀，大教师立逃。天瑞亦释手。吴母愤甚，几欲自刎。天瑞跪地哀求，安邦亦为乞情。回顾黑衣人，正立于石级上。众人请求示以真面目，黑衣人云："此不难，但须飞雄允与丁女成婚。"飞雄犹不决，黑衣人大声曰："汝忘智禅师之言乎？"飞雄为其一言提醒，立即允诺。于是黑衣人亦揭去面布，示人真相。然黑衣人究竟是谁？观者至此，定可恍然哩。

热血之花

出品　未　摄
作者　张恨水
时间　1932 年

《热血之花》电影剧本为张恨水所作，原载其小说、电影剧本合集《弯弓集》[1]（远恒书社，1932 年 3 月初版）。

剧　　本

张恨水

第一幕

景：海边的某省郊外，有一座半中半西的楼房。窗户洞开，窗外有杨柳数株。树外是平原，有阳关大道，迤逦平原之中。窗外有平台，摆石榴花十余盆，红光灿烂。这是五月天气。

登场人物：华有光，是一个大学哲学教授。他口衔烟斗，在那里看报。

华太太高氏，有光之妻，一个慈祥的老妇，在一张藤摇椅上缝衣袜。

华国雄，华国威，两个大学生，有光之子。二人在下象棋。

剧情：一片军鼓军号声，由窗户外送了进来。

有光说：你们听，军队又开拔了。五月，真是中国不祥的月份，年年打仗。

国雄推棋而起说：父亲，你还是保持着非战主义吗？

有光说：当然！人生是求生活的，不是求死的。现在世界上拼命的研究杀人利器，利器造成功了，就去论千论万的杀人。造枪弹造兵舰的工程师科学家，以至于当兵的，都是魔鬼，都是疯子。（他口衔烟斗，站立起来，表示他非战的决心。）

国雄说：不！决不！研究杀人的，也有些是求生存的。譬如羊是最柔和的动物，它为什么有两只角？就是保护它自己，来刺杀谋害它的豺狼虎豹。人类里头有羊，也有豺狼虎豹。中国便是人类中的羊，不能不有军事去预防人类里头的豺狼虎豹。

有光说：然而我只看到羊和羊打，没有看到羊和豺狼虎豹打。

国雄说：可是不能为了羊自己打架，便废除了它两只角，要不然，有一天豺狼虎豹来了，怎样去抵抗？

---

[1]《弯弓集》，计收《凤檐爆竹》、《以一当百》、《最后的敬礼》、《无名英雄传》、《仇敌夫妻》、《九月十八》6 篇小说，及电影剧本《热血之花》。

有光说：你不知道羊有了角，也变成了豺狼虎豹吗？我愿意你们作酿蜜的蜂，吐丝的蚕，不愿你们作吃人的豺狼虎豹。

国威站起来说：我非作豺狼虎豹不可？我要吃尽欺侮我的仇敌。

华太太取下大框眼镜，笑着说：闲着没事，你爷儿三又抬杠。拿性命去拼人，是什么好事？那年我们这儿过兵，全村子闹个一扫精光，鸡犬不留，还主张打仗呢。

有光说：对了。那也正是五月的事。看到了这人血一样的石榴花，我就想起那一次的兵灾。这石榴花可以叫战争之花，也可以叫恶运之花。因为它一开了，国家人民，就大难临头了。"五三"，"五七"，"五九"，"五卅"，不都是国耻纪念吗？

国雄笑了。呵！父亲！你也知道国耻纪念？

门铃叮叮叮响。一个邮差送了两封信进来。有光老夫妇接着信，分别的看。有光所看的字幕映出来有如下一段：

　　月之十六日，盗匪侵入我乡，令弟全家遇难。事后调查，室中血肉狼藉……

有光持信，手抖战不已。回视高氏，则伏椅上拭泪，信亦执手中。有光看信，字幕映如下一段：

　　我村为匪盗目标，炮火乱发，全村都成灰烬，合村老少，均不知下落……

室中人互递信检阅，相向而泣。

第二幕

原来人物，晚餐已毕，坐灯下。

国雄说：父亲，我们的家都毁了，现在你不能持非战主义了吧？

有光点头。

国威站起来，举一手说：我明天去加入义勇军。

高氏说：孩子……

国雄亦举手说：当然是我去。

国威说：好极了！我们同去。

有光说：那不能！我只有两个儿子，应当留下一个。你们两个人可以拈阄来解决，拈着去的就去。

国雄说：好！（背转身在书桌上写两张纸块，各写"不去"两字。搓成纸团，抛在桌上。）他又说：阄是我做的，请国威抓。

国威抓出阄来一看，是"不去"两字。

国雄说：那个阄不必看，当然是我去了。

高氏说：我的孩子……

第三幕

景：城里一个中等人家，有百叶窗，窗里送出钢琴声来。

登场人物：华国雄，舒剑花。

剧情：国雄走到门外，驻足听琴。由窗子里看进来，一个美丽的女郎在按琴。

女郎舒剑花,是国雄的情人。

国雄笑着进来,剑花一回头,见他穿了军服,吃了一惊。定了一定神,站起来笑了,向他浑身打量。

剑花说:恭喜你!你投了军了。

国雄立正又掉转身躯,又行个举手礼。

笑说:我像一个军人吗?

剑花退后一步,又看了一看。她说:好极了。像!我替你快活!

国雄说:那末,我们来唱一段从军乐。

剑花说:好!

于是按琴唱歌。

铃铃铃,电话铃响。

剑花接电话说:哦!我知道,立刻就来。放下电话对国雄说:对不住,学校里有件要紧的事,我就得去。

国雄要走,剑花将窗户边的石榴花摘下一朵,插在他的纽扣眼里,笑说:这花红得很,代表我一腔热血,请你带着。

国雄含笑,搂住她。

第四幕

景:一条旧巷,来了一辆汽车。剑花从汽车上下来,进了一个庙的破后门。进门,庙中狼败不堪。古树参天,地上有青苔,青苔上有鸟粪。到了一个堆柴草的所在,由一个神龛下走入地道。由地道内走到一个大门边,剑花在门外报了一声二一四号。门开了一条缝,让她进去。门里站着有两个挂手枪的武装兵士。这是高大而坚固的房了,一点声息没有。剑花走着,得得皮鞋之声,随人而远。经过三重门,一个帐幔之外,有四个卫兵。

剑花到了门口说:二一四号。

屋子里面说:进来。

进门是一个大公事房,有电话,有地图,墙上挂有刀剑。一个公事案上,坐了一位虬髯军服的长官。

张司令,他是一个警策忠诚的情报部的主脑。他口衔烟斗,手上正捧着地图。他放下地图,向剑花点首。剑花一鞠躬,走到案前,张司令坐着。

张说:舒队长,我知道你是个忠勇聪明的人,我派你去作一件重要的工作,你能为国家牺牲一切吗?

剑说:能!

张说:甚至于牺牲你的身体,你的名誉……

剑说:能!

张低声说:我打听得铎声京戏班,是海盗的密探队。唱武生的佘鹤鸣就是首领。他有外国护照保护,我们没有拿着证据,不奈他何。你去把他的秘密找出来。能暗杀了他更好。

剑花挺胸说：司令，我尽我的力量去做。

张司令走近前，两手按了她的双肩，轻轻拍着，点着头说：我相信你有办法，千斤担子，都在你一担子挑起了。

第五幕

字幕：报上登载，舒剑花得了十万元遗产，并有律师证明。

景：大洋楼，剑花的新居。门口有汽车。

剧情：国雄来了，遇到剑花盛服出门。

国雄说：剑花，你哪里去？

剑花说：到大亚戏院听戏去。

国雄说：我劝了你好几回了。现时国难临头，不要这样只图舒服，只找娱乐。

剑花说：从前没钱的时候，想什么没有什么。现在有了钱，从前想不到的，现在都可以想到了，为什么不一样一样享受一下？

国雄说：你不怕社会上的人骂吗？

剑花说：我自己花我自己的钱，谁管得着？傻子！你要作守财奴不成！再会了。

她上汽车，呜呜一声，车子走了。

国雄望着洋楼，叹一口气说：金钱害了她！

第六幕

景：大亚戏院。

登场人物：舒剑花，佘鹤鸣，归有年，众观客，女茶房。

剧情：剑花在包厢里听戏。戏台上演《黄鹤楼》，佘饰周瑜，归饰鲁肃。

佘上场唱：水军冲破长江浪，东吴将士个个强，刘备过江命必丧，夺回荆州再取襄阳。

剑花鼓掌。

鲁肃白：启禀都督刘备过江来了。

周瑜白：带有多少人马？

鲁白：并无人马，只子龙一人。

瑜笑：哈哈哈。

以目视包厢中，剑花笑鼓掌。包厢中来一女茶房。

剑花说：这十块钱赏给你（给一张钞票）。

女茶房说：谢谢你。

剑花说：我有一张名片，请你带给佘老板。……可是别让人知道了。一笑。

女茶房笑着说：佘老板早知道你的。

剑花说：我家就只有一个老太太，朋友只管去，没关系。

女茶房笑说：我知道。

第七幕

景：后台，布景之旁。

登场人物：许多戏子。

归有年说：嘿！那个人儿又来了。连今天包了一个礼拜的厢了。

佘鹤鸣笑说：真漂亮。

归四顾，低声说：你别胡来，仔细惹下乱子。

佘鹤鸣说：她是个暴发横财的小姐，我早知道她了，玩玩有什么关系呢？

归有年说：可是总以小心为妙。

鹤鸣卸完了戏装，换了衣服，出后台门，遇到女茶房，她递上那张名片。

佘说：就是她，她说了什么？

女茶房说：她说家里只有一个老太太，朋友只管去，没关系。

佘说：你别对人说，我给你五块钱。（给予一张钞票）

第八幕

景：剑花之家，一个很华丽，中西合璧的客厅。

登场人物：舒剑花，佘鹤鸣，舒老太太，华国雄。

剧情：剑花躺在沙发上看书，一个听差，送进名片来。

剑花说：请！快请。

佘鹤鸣着西服来，鞠躬为礼。

剑花笑说：呵哟！佘老板，请坐请坐！微低了头，有点害羞的样子。

佘说：这一个礼拜，多蒙舒小姐捧场，我特意来谢谢的，不冒昧一点吗？

剑花说：呵哟！这话不敢当！你肯到舍下来坐坐，那就很是赏面子的事了。

彼此对面坐下，剑花由他的皮鞋上，一直看到他的胸襟上来。见他衣袋中有一把钥匙。佘也看剑花，见她的腿，见她的薄绸衫，见她半袒着胸，露着两臂。

国雄进来了，站在门边一愣。

剑花起身介绍说：这是佘老板。这是我敝亲华先生。请坐。

国雄说：我先去见伯母。

上楼来，老太太坐在一间屋子里听话匣子。

国雄行礼说：伯母好快乐呀！

舒老太太说：我这大年岁了，快活一天是一天。

国雄坐下说：剑花，她……她闹的太不成话了。天天听戏，吃馆子，跳舞……

舒老太太说：你为什么这样顽固？她以前很苦，让她快乐快乐也好。

国雄说：而且把戏子引到家里来。

舒老太太说：她很爱艺术的，让她交两个艺术界的好朋友，有什么关系？

国雄冷笑说：好！很好！再见了，伯母。

起身而去，由客厅外过，见剑与佘谈得很高兴。

第九幕

景：一个大操场。

剧情：第一队义勇军行誓师礼。唱爱国歌。

第十幕

景：华氏之家。

登场人物：华有光，高氏，国雄。

有光说：国威这孩子，太任性了。

高氏说：两个孩子都去从军了，两个孩子……

国雄进来说：爸爸，妈！

高氏说：我的孩子！

国雄说：我们今天下午开拔了。上前线去！

有光说：那……很好！为国家努力罢。你兄弟昨天留下一封信，也投军去了。

国雄说：他也走了？

亮氏说：可不是？孩子……

国雄上前一步，牵了一牵军衣，挺起胸。说：母亲，你的儿子，是个好男子，是个为国出力的少年。这样，您不足以自豪吗？

高氏含着泪，点头说：我……我……很自豪的。

桌上钟的短针指到一点。

国雄说：我的假期，只有两个钟头了，我得去和剑花告辞。作立正式，举手行个军礼。

昂然说：父亲，妈，二位老人家，多保重。

作向后转式与开步走式，一直出门。有光夫妇很快的追出大门来，国雄在大道上走，以至于不见。

第十一幕

景：剑花之家。精美的屋子。

登场人物：佘鹤鸣，舒剑花，华国雄。

剧情：剑花和佘说笑。

剑花说：你唱一段，我当配角。

佘说：好！我唱《乌龙院》的张文远罢。思情人，想情人，思想情人，常挂在心。一步儿，来至在乌龙院，叫声大姐快开门。大姐开门来。

剑唱：忽听得有人叫唤声，急忙移步下楼庭。用手儿，开开门两扇。谁呀？

佘白：大姐，是我。唱：有劳大姐来开门。

剑唱：端把椅子三郎坐。唱时，掷个软垫到佘坐的沙发上来。

佘站了起来，作一个揖唱：多谢大姐好恩情。

国雄在精室外，听到唱声，不愿进门，叫听差把剑花请了出来。

国雄说：我开拔了！特来告辞。

剑花说：恭祝你胜利回来。

国雄说：我不愿意胜利回来了，我不能作宋公明，你去陪你的张文远罢。手上脱下订婚指环，交给剑花。剑花楞住了，手托了指环。

她一笑说：那也好。

国雄一怒而去。

剑花回屋来，哈哈大笑，倒在佘身上说：他吃醋，把戒指交还我了。

将手指上的指环伸给他看。

佘说：我在门里听见了。可是我不愿做张文远，我要做花园赠金的薛平贵。

剑躺在他怀里，注视着钥匙。

佘说：我今晚散戏后，能到你这里来吗？

剑向佘作媚视说：作什么？

佘说：有话商量。

剑低声说：我母亲会干涉的。

佘说：你到我家里去，好吗？

剑微笑笑，点点头。

第十二幕

景：佘鹤鸣的寓所，有地毯。

登场人物：佘鹤鸣，舒剑花，归有年，厨子，警察。

剧情：舒剑花敲房门，佘鹤鸣正在屋子里对镜子，向头上洒香水。于是开门让剑花进去。

剑说：等久了吧？

佘说：来的正是时候。我刚把屋子收拾好。我叫厨房预备了酒菜，我们乐上一乐。

剑说：那样闹，会太夜深了，路上不好走。

佘说：夜深了要什么紧，可以明天上午回去。

按着铃，厨子送进酒菜来。

佘用玻璃杯子，满满倒上一杯酒，送到剑花面前说：喝！我们喝个不醉无休。说着，自己也倒了一玻璃杯酒，向她举了一举。

剑花说：我的酒量不行，你可以不要和我拼酒。

一面说，一面喝，剑花醉了。电话铃响。

佘接电话：喂，哦，我知道了。我……我就来罢。一面说着话，一面偷看剑花，她已倒在沙发上睡了。佘叫了几声，剑不应。佘踌躇了一会，披了一件长衫，匆匆而出，将房门倒锁，钥匙带走。剑花跳了起来，先把西服口袋里钥匙和一把手枪，拿到手上。开箱子翻书，用手按摩壁上。低头见地毯一处有皱纹，掀开地板，地板上有一钉头，用手一按便开。在地板下取出一个箱子，用钥匙打开，全是文件。坐在地上匆匆的看。冬冬门响,剑夹了箱子,一手拿枪,闪在门后。门开了,剑花放一枪。

她喊着说:佘鹤鸣,中国的仇人,打死你。

急忙推开门来,打死的不是佘,打死的是归有年。匆匆的跑出了寓门,看到一个警察,便将箱子交给他。于是警察一声警笛,来了好几个警察,陪着她走。

第十三幕

景:情报总部。

登场人物:张司令,剑花,情报部同事。

剧情:张司令检阅得来的文件,同事也忙碌着检查。剑花含笑坐在一边。

张司令说:呀!这一个电报太重要,我们要赶快呈报主席。敌人预定在三日之内,由夹石口小道出兵,进取定中县。定中县丢了,那就全省摇动了。

剑花突然立起来说:夹石口?

张说:对了。你为什么这样惊讶?(注视她的脸)

剑说:我……我的朋友驻防在那里。

张微笑说:哦!我明白了。我马上报告主席,主席当然要调兵去救援的。假使我们的援兵,赶得上去,第一件功劳,就是你的。要不是你寻到了这秘密文件,直到夹石口让人占领了,也许我们还不知道呢。我马上就去见主席。

说着话,张司令将秘密文件检齐,正待要走。电话铃响。

张接电话说:老号,你哪儿?

另一方面电话,一个探兵报告。

第十四幕

景:荒园中一个茅屋,外面乱草塞途。草中有军警散乱包围。室中有人开会。

登场人物:佘鹤鸣,匪党,军警。

剧情:一个人匆匆到会议室中报告,军警包围了。

佘在大餐桌主席起立说:吹灯!预备枪弹,冲出去。沉着气,别慌。

灯灭了,室内由外开枪。淡月黄昏中,军警在草地里开枪。佘由地穴中逃出,由一枯树根下溜走;匪党亦陆续由地穴中走。军警只捉到匪党数人,佘逃去。

第十五幕

景:夹石口,两山夹峙,左边稍平,有流泉,筑有城堡;右山峰稍高,极陡。大路由两山下穿过。堡之斥堠上,插中国国旗。

登场人物:华国雄,华国威,赵营长,义勇军。

剧情:堡中兵士休息中,斥堠上兵士报告,有一小队兵士来了。

赵营长在堡上用望远镜看,说:那是学生队。

补充队开到城堡外,开门欢迎。在操场上散队休息。

国雄抢上前,举着手大声说:国威!国威!

国威由人丛中跑出来，大叫哥哥！

兄弟二人。喜极而狂，两手拉着乱跳。

第十六幕

景：营房中。夜景。

登场人物：华氏兄弟，赵营长，匪党。

剧情：赵营长坐在案边，看译出的无线电，猛然一惊。对随从兵说：传华连长。

华国威进来，行举手礼。

赵营长说：华连长，我知道你是个精明强干的人。我接到命令，敌人要由这里去攻定中县。命令我们死守四十八小时，在四十八小时以内，援军准到。对面那个山头，是要紧的地方，你带一连人，赶快去布防。

国雄举手行礼退出。

营房外，一个号兵吹站队号。

空地中军队站队，学生军亦在场。

赵营长在学生队面前说：我要派十位学生随华连长去保护对面山头。愿去的走出队来。

国威与其他几人走出队来。

国雄呼口令：开步走。引一队军士出堡。

第十七幕

景：夹石口。

登场人物：军匪两方面。

剧情：斥堠上发现前面有匪党，军士下城报告。众号"呜呜"的响，兵士尽登堡。城外军队，开跑步抢上山头。山头上已有匪党，向山下开机关枪。军士伏地作战，向上仰攻。一部匪党，已攻至城堡附近，互相射击。国雄大声喊：同胞！抢上去！抢上去！

军队死亡相继。无法上山，都掩藏在土石下。

国雄伏在地上，对军士说：我们非把敌人两架机关枪抢来，上去不了。我要带十个人，由石壁爬上去，赏他一手溜弹，谁愿去？

国威说：我去！由地下爬过来，兄弟二握手。

一行十人，绕着高低山路蛇行。由一石壁上爬着上去。爬到半山，有八人落下山去。山头上的机关枪"卜卜"作响，正向另一方面，发挥威力。华氏兄弟，首先爬上山头，抛出两个手溜弹，将机关枪兵炸死。机关枪声一停，山下进攻的军队，就一拥而上。于是占领了山头。但是只剩有十八个人了。山下的匪党，正向城堡进攻，山头上四架机关枪，向匪党扫射，匪党退去。

第十八幕

景：山头上。大风，大雨。城堡。

登场人物：华氏弟兄，军队，匪党，赵营长，熊营副，旗手。

剧情：山头上十八人，在风雨中挣扎，不时的向路上开枪。匪党用枪炮，封锁了堡门。堡上沉寂，大雨哗哗作响。赵营长和熊营副站在堡堞雨下谈话。

赵说：怎么办？敌人火力厉害，弟兄们不能出去。山上那些弟兄，有一天多没吃东西，天气又是这样坏，恐怕支持不住了。

熊说：那个山头失了，这里就不好守，可放松不得！

赵说：和他打旗语罢，叫他们死守罢。总部约我们死守四十八个钟头，现在已经有三十六个钟头了。还有十二个钟头，我们还不能挣扎过去吗？

熊说：叫人打旗语罢！

一个旗手，在堡堞后，一只手拿了一面小旗，在空中左右招展。山头上的国雄看见，自拿了两面旗作答。字幕映着字：决……死……守。士气甚旺。

赵说：我知道华连长是个好样的。

山下匪党又进攻，冲上山沟，被机枪打下去。然而十八个人，又死了十个了。国威脸上流着血，蹲在石后，倒了下去。

国雄喊说：站起来。四十八小时的限期以内，有一口气也不许倒下去。开枪！

国威伏着，向山下开枪。同人中，又是两个中弹而倒的。

国雄管住一架机关枪，对准山下，"卜卜卜"乱放。最后只剩弟兄两人了。两人共守机关枪下，紧紧对着敌人的来路。大雨如注，将两人身上的衣服，淋得直流直滴，所伏的草里，山水潺潺流下。国威头垂了下来，手扶了机关枪，不能动了。

国雄看手表，摇撼着他说：你必得打起精神来，总部给我们的限期，只有五分了。在五分钟内，援军一定到的。这最后的五分钟，我们一定要忍耐着的。

国威说：好！我打起精神来！干！

在十分钟之内，果然有一大批援军赶到，冲上前线，匪党就退走了。

第十九幕

景：营房中。

登场人物：国威，国雄，赵营长。

剧情：国威、国雄立公事案前，胸上挂有新奖章。

赵营长说：你两个人，这次功太大，我给你两个人两个星期的假。你们回去看看父母或者二位的情人。说着一笑。

二人举手退出。

第二十幕

景：情报总部。

出场人物：舒剑花，张司令。

剧情：张展地图，舒立案前。

张说：我们急于要知道敌人内幕，要派人到敌人内地去侦探。这一件事，非舒女士去不可，望你努力，今日就走。

舒皱着眉，不作声。

张说：舒女士，你是一个巾帼英雄，难道还有什么为难之处吗？

舒低声说：司令可不可以展限一天呢？

张说：为什么？

舒踌躇着，手扶了桌沿，低目下视。

张说：有什么为难的事，你只管说。

舒说：因为……（微笑）因为华国雄今天要回来，我应当前去欢迎他。

张笑说：国家事大，爱情事小，你忘了为国家可以牺牲一切吗？

舒说：是的。但是他对我误会太深，我不能不见着他，先解释一番。

张笑说：这事你和我提过，我明白。我代表你去欢迎他，替你解释。有我作证，他还有不能谅解的吗？这件事很有时间性，你非立刻就去不可！

舒说：既然如此，我就去了。

张说：舒女士现在是什么时候？还能让我们儿女情长，英雄气短吗？走罢，不要顾虑了。

舒答了一声是，举手走了。

第二十一幕

景：华氏之家。

登场人物：华有光，华国威，华国雄，高氏，张司令，邻居。

剧情：华氏夫妇在客厅中招待各位邻居，大家议论纷纭，都带着一分欢喜之色。一个骑脚踏车的老人，由屋子外跑了进来。

他说：来了！来了！大家欢迎啦。

邻居全拥出门外来。华氏兄弟并肩开步走，走回家门，大家一致鼓掌。华氏兄弟举手走了上前。高氏首先奔上前，一只手拉了一个儿子。

她叫道：我的孩子。

二人同笑着应了一声妈！

大家一拥而进，有光取下眼镜，擦了一擦，才迎上前。华氏弟兄鞠着躬。

有光说：好！你两个人，很替父母挣面子。邻居在家里设有酒席，欢迎你们啦。

大家一齐走入大厅中入席。一个听差进来报告，说：有一位张司令要来见大先生。

国雄起立说：哪个张司令？（听差递上名片）怪呀！我和他并不相识呢。请到小客厅里坐罢。

宾主在客室里相见。

张说：华连长，我欢迎你，同时我还代表一个人欢迎你。

华说：不敢当！代表的是哪一位呢？

张说：舒剑花女士。

华冷淡说着：哦——她。

张笑说：你果然误会了。请你耽搁二十分钟，我和你解释解释罢。

字幕映着"谈话二十分钟之后"。

华国雄握着张司令的手说：我惭愧极了，真对不住她。其实我的功劳，都应该记在她的功劳上呀。

第二十二幕

景：一个县城的城门，有军人把守。

登场人物：许多难民，佘鹤鸣，军人，舒剑花。

剧情：舒扮一逃难民妇，杂难民中进城。佘鹤鸣骑马相逢，很是惊讶，用马鞭指着说：把那个女人带到情报部去。

几个军人，将剑花绑去。

第二十三幕

景：旅馆，改为情报部。

登场人物：佘鹤鸣，舒剑花，军人，旅馆女主妇。

剧情：佘坐在一公案桌边，军人引舒剑花进。

佘笑指着说：叫老板娘来，带她去洗把脸。

胖老板娘进，将舒剑花引去。剑花到老板娘屋中，洗脸之后，擦抹脂粉。

笑问：老板娘娘，我现在不是乡下人了。这衣架上是谁的衣服，借一件我穿，行不行？

老板娘说：呀！你真美呀！这是我姑娘的衣服，她死去一二个月了。我今天和她清理箱子呢。姑娘，那个佘队长是不好惹的，你还有心穿衣服吗？

舒笑说：不要紧。于是穿了一件合身的衣服出来。

佘鹤鸣站起来，一鞠躬说：舒女士，久违了。你好？

舒笑说：好呵！巧得很，又碰着你。

佘说：这地方是我的势力范围了。

舒说：我早就明白。

佘向着舒微笑道：你真美呀。但是我已经学了乖，不能再中你的美人计了。

舒肩膀抬了一抬，微笑说：那在乎你了。

佘沉吟了许久，用指头敲着桌子对卫兵道：把她暂押起来，回头再说。

卫兵将舒押下去。

第二十四幕

景：楼上一间空屋，门外有兵监守。

登场人物：舒剑花，佘鹤鸣，兵士。

剧情：门里有唱戏声，佘鹤鸣提了一盏灯上楼来，敲门。

舒在门里唱四平调：耳边向，又听到，有人唤一声。我这里，急忙下楼厅。用手儿，开开门两扇。

门打开了，佘进去。

笑说：你还记得《乌龙院》。

舒说：一辈子忘不了。

佘说：你不知道死在头上吗？

舒笑说：我早就明白。

佘挥手，将监视兵撤退，然后闭门在屋子里坐下。

笑说：你的生命，只靠我一句话了。但是我不说破，也没有人知道你是女侦探。

舒笑说：你为什么不快快说破？你难道不记前仇吗？留心中了我的美人计。

佘说：你太聪明了，你也太大胆了。我爱你，我恨你，我又怕你。

舒说：那怎么办呢？

佘说：你可不可以把中国情报处的秘密告诉我一人？若是能够，我和你合作。

舒摇摇头笑说：中国情报处之组织很严密，内容我不知道。

佘说：你是不肯说。

舒说：随便你猜罢。当军事侦探的人，早就牺牲一切的。假使你上次让我们捉到了，你能说出你们的秘密来吗？

佘说：不能。

舒笑说：却又来。你不必多说，姓舒的愿死不卖国。也不能违背我的天职。

佘突然站起来说：好！我也要尽我的责任。再见吧！

随手带门而去。

第二十五幕

景：临时的军事法庭。

登场人物：匪中军法官，佘鹤鸣，舒剑花。

剧情：正面列长案，有十几位武装军官，四面站着军士，气象森严。佘也坐在桌子一边。带舒剑花进来站定。

老军官说：佘队长，请你报告一段。

佘脸上变色，先犹豫着，然后报道：这人叫舒剑花，是中国有名的女侦探，她……她……很厉害，我们的戏园，就是她破坏的。夹石口打败仗，也是因为她破了我们的秘密。

老军官说：舒剑花，你听见了没有？

舒挺胸说：听见了。

老军官说：判你的死刑。

舒点头说：当然的，请你快些执行！

兵士押舒剑花下去，舒夺过兵士手上一枝枪，朝正面便开枪。

口里喊着说：杀贼！替中国人报仇！

枪击倒两个匪官，匪用刺刀戳伤舒的手臂，舒亦倒地。

第二十六幕

景：楼上一房，有兵把守。

登场人物：舒剑花，佘鹤鸣，兵。

剧情：舒头发披面，倒在楼角上，背靠了墙。手臂上出血，以手绢拭之。佘开门进来。

舒抬头说：你来作什么，到了执行的时候吗？

佘说：我始终爱你……

舒说：啐！我不要仇人爱我，少说这个。

佘说：你有什么身后的遗嘱吗？

舒说：有！替我告诉中国人，一齐起来，打倒他的仇敌。

佘微笑说：还有呢？

舒想了一想，在身上掏出一个鸡心盒子，将揩血的手绢包了，交给佘。

她说：有一天太平了，你把这东西寄给我的未婚夫华国雄。请你借给我纸笔一用。

佘答应着，取了纸笔进来。舒写信，信上说：

国雄兄爱鉴：妹写此信时，已命在顷刻矣。为国捐躯，国民之义务，夫何足惜？惟妹之委屈，终未能于生前，向兄一剖，不无遗憾耳。留下小相一张，手绢一方，假使能辗转达于兄前，相则当为晤面，绢则有妹之血与泪，存作纪念，借以促君努力爱国而已。临死上书，不知所云。

舒剑花绝笔

信封套好，交给佘，有荷枪兵士进来。

兵说：舒女士，请你出去。

舒用手理着乱发，牵牵衣服，笑向佘鹤鸣点了点头说：佘队长，再见了。

谈毕出去，窗子外，看到楼下一片空地，兵士围着。舒剑花站在群兵中间。

大喊说：中华民国万岁！

一兵士举枪对舒剑花，佘赶快掉脸向里。外面枪声一响，佘鹤鸣哎呀一声倒地。

第二十七幕

景：公园中，有舒剑花之石像。

登场人物：主席，张司令，华氏弟兄，军队。

剧情：华国雄行揭幕礼。

第二十八幕

景：华有光之家庭。时候又是五月，窗外石榴花盛开。

登场人物：华氏家人，听差。

剧情：一年之后，天下已经太平，华国雄在书窗下对石榴写生。家人在一旁闲看，听差送一个小包裹进来。打开一看，是相片和手绢。读了信，伏在桌上大哭。全家吃惊。后来国雄把玩久之，用颜色笔添上几笔，用血迹作花，颜料为叶，成了一幅石榴花。将花送给父亲看。

他说：父亲，记得去年这个时候，你说石榴是战争之花吗？不对，这是热血之花呀！

有光说：热血之花，好个名词。这一幅你该永久留着，纪念我那为国捐躯的儿媳妇。

第二十九幕

景：公园石像之下，夕阳西下，树作淡红之色。

登场人物：华国雄，军乐队。

剧情：国雄穿军服，将一束石榴花，献在像下。

对像说：剑花，你的血和泪，我收到了。

军乐队在远处的大道上响着。

国雄作立正式。

远处一队军乐队，引着一架花马车过去。

国雄依然立正。

公园石像之后，有一旗杆，上悬国旗，空中飘荡。

人　道

出品　联华影业公司，1932 年

监制　罗明佑

原著　钟石根

编剧　金擎宇

导演　卜万苍

摄影　黄绍芳

演员　金　焰　黎灼灼　黎　铿　蒋君超　林楚楚　王桂林　黎　英　陈燕燕

《人道》电影由金擎宇根据钟石根同名小说改编。其电影本事无署名，原载《京报》（1932 年 5 月 6 日）。

本　事[1]

赵民杰，父赵恕，年五十余，以耕为世业，累代农桑，积久而成小康焉。民杰幼读书于村塾，自村塾而小学，而县中学。毕业，娶妻。妻吴氏，名若莲，美而贤。恕以家只一子，自幼未曾远离，故自民杰毕业后，即为之授室，未尝令至都会求学，使家居，助己种农。逾数年，民杰妻已生一子矣。

有钱选者，与民杰同村，又在县中学与民杰同学者也。钱自中学毕业，即至大学读书。毕业得要职，归迎父母。其父母与赵翁，临行之日，来赵家辞行，劝赵翁使民杰亦至天津读书。民杰闻之甚喜。父以儿立志求学，且炫于钱氏夫妇之言，遂允之。于是出其历年积蓄，送儿登程。

民杰至天津，入大学。半年后，渐染城市风气，稍习奢华，忘其平日所费，实其父其妻在陕勤耕织之所得也。又渐而识一女同学，其同学柳姓名惜衣。其父则柳祥，天津某大洋行之经理也。民杰自识柳惜衣后，愈事奢豪，日以时髦为务，借博女郎欢心。女亦爱其强壮少俊。知其家虽不如己家之富，然亦有中人之产，而非婆人子，故甚垂青之。在女之初识民杰，不过以民杰长于工课，利用其为捉刀。而在民杰则目眩神夺，一心只有惜衣，堕于情网而不能自拔矣。

如是者二年余，民杰名虽读书，实则交际。举凡所谓社交娱乐场所，靡不涉足，且必与柳惜衣俱，于是挥霍愈甚。二人亲近既久，遂发生私爱矣。

当此二年之中，陕西渐有灾象。民杰家虽小康，以须供子读书，岁收又歉，始犹可支持；渐虽努力亦不能继，不得不出之典质，以应其需求。然尚不敢告民杰，恐其

---

[1]　原为句读。

焦急而损其学业也。

　　柳惜衣与赵民杰，既已相爱，其所以不正式结婚者，为民杰未毕业也。故民杰方毕业，惜衣即请于其父，议举婚礼。父本昏庸，允之，且为民杰觅一洋行职业，月入可二百余金，已辄日成礼。而陕灾大甚，家中至此不能复隐，乃以书来告。民杰欲归及以款济家，乃婚期逼近，遂留其资，拟结婚之后，再为设法；岂料其母已于是时死矣。呜呼，道高一丈，魔高千丈，在常人未有不败者，又岂特民杰而已哉！无何，民杰与惜衣结婚矣。其结婚之日，亦正是其父母饿死之时。若莲卖儿欲救翁死，亦已莫及。独立葬翁，凄凉欲绝，所以不死者，独待民杰之归也。

　　惜衣之嫁民杰，本为一时少年心性之冲动，为弥缝生米煮成熟饭之举，其时并无若何真爱存乎其间。故虽结婚，而后，惜衣之交际如故，甚或亲新交而薄民杰，民杰不以为然。然而惜衣之父多金，婚后不久即死，惜衣厚拥遗产，巨万在握，民杰只能仰其鼻息，虽不平，亦无可如何也。是日又发现惜衣与续交，不能复忍，与之斗；惜衣反袒新欢。民杰大愤，负气而出，彷徨街头。受此刺激，始浩然有归志，即奔就道。归则父母已死，子已离散，妻亦弥留，不及一言。幸幼子逃归，而妻已气绝。民杰乃携子葬妻于父母坟墓之旁，而不知其所终。

赖 婚

出品　联华影业公司，1932年出品
编导　但杜宇
摄影　但杜宇
演员　谈　瑛　袁丛美　陈　斌　王春元　汪了翁　鄢文秀

《赖婚》（又名《失足恨》）电影由但杜宇编导。其电影本事为朱石麟撰写，原收录于白白《但杜宇导演赖婚》一文（《电影月刊》第13期，1932年6月）。

本　事

朱石麟

　　北海之滨，有小村焉，村人多业渔，骆翁其一也。翁有女，曰晚霞，明艳绰约，不同凡俗。与翁之助手冯辛为总角交，两心相印，已非一日。顾翁频年困顿，几无以自存，而索逋者复急于星火，苟不能乞贷以偿屋租，即此聊避风雨之陋室，亦将不保。

　　朱公子，城中之豪富也。是日，独驾汽车游于郊，不慎覆车堕坡，伤甚重。适为女与冯辛所见，乃舁之回家，殷殷救护。公子德之，又惊女之艳，得玉手扶持，乃浑忘其苦。嗣又察知翁方处窘境，乃假以巨金，使振其业。伤愈后，复延翁女及冯至其家宴饮。女初入城市，不觉醉心繁华，呜呼！一念虚荣，而此生从此多事矣。

　　翁既得巨金，乃与冯谋，雇牛车百乘，沙船百艘，入海捕鱼，期以半载。女欲随往，翁以海上风涛险恶止之。托女于邻媪，夜必键其门，使勿外出，女怨之。

　　朱自见女后，神灵颠倒，蹈隙辄来访女。并向乞婚。女为物质所惑，颇觉朱之可亲，遂有以终生相托之意。朱乘间请女再入城一游，女以邻媪监察甚严为辞。朱约以夜来相邀，女允之。及晚，朱自楼窗间扶女出，登车入城，易以时服，衣履一新。扶女游俱乐部，作长夜之饮，醉后遂及于乱。

　　有陈小四者，亦村民业渔者之一，性阴险，曾目击朱公子数来访女，复探知朱公子以巨金假骆翁往捕鱼，乃追踵而往。时翁方邀诸渔户于明日交鱼付价，小四闻之，夜入翁室，尽窃其金。明日，翁失金惶急，无以应诸渔户。渔户怒，群起殴翁。小四佯为解劝，复以廉价尽购运来之鱼，其诡诈如此。

　　翁失金后，丧气归来，五中烦郁。及家门，邻媪以女不贞为讥，翁愈怒。继察女神色，果异曩日。严诘之，女不能隐，翁力挞女，并追问所交何人。女不肯答，翁狂怒，逐之出门。女哀求无效，掩泪而去，时正风雨交作也。

　　女被逐，乃往觅朱，请速宣布婚约，俾息老父之怒。讵朱本僄薄之流，非真爱女者。会其周家表妹随母迁居来城，朱遂别献殷勤，早置女度外。此时见女，对于婚约竟矢勿认，反以言恫吓，劝女速逃。女无奈，退而栖身于古刹。时已有娠，不久而无辜之儿遂呱呱堕地。女辛苦鞠育，投身为佣，但乘间必常外出，主人问之，则以省亲对，实则私往哺儿也。

女之主人，即系朱公子之周家表妹。一日，朱来访周，忽与女遇，不觉变色而起，私诫女速离。女适将出外哺儿，匆匆遂行。朱犹以为未足。时表妹适购得钻耳环一对，朱乘间取得一枚，投之金鱼缸中，反诬女为窃贼。女遂不容置辩，系身囹圄。而尤可悲者，则女在狱中，儿匿古刹，嗷嗷觅乳，饥寒垂毙，女不觉肝肠之摧裂也。

越数日，周家表妹因金鱼缸易水，忽见所失钻环一枚，宛然犹在，知女蒙冤，乃请其母赴警署保之出。女被释后，周母方将慰问，女已夺门而出，奔至古刹，则此无辜之儿，以不得母乳，竟饥寒而死矣。

方骆翁之返也，冯辛以失金事出蹊跷，疑必小四所为，故留不返，以事侦察。无何，果于小四室中，取得原金。小四与争，为冯所踣。小四因告冯，谓汝实愚人，乃忠于朱公子，朱之肯以巨金相假者，实为涎晚霞之色，将故遣汝等他行，以遂其奸谋耳。冯不信，小四矢言昔日目击之状。冯心动，乃怀金遄归，往见朱，以原金还之，并曰："闻人言，晚霞为汝所诱，果尔，则我必不恕汝。"朱大骇，极口饰辩，谓必他人之羡汝假得巨金，故发此谰言。冯信之，将行矣，忽女夺门奔入，冯急避入帘后。女来，责朱践婚约，朱矢口不承。女大怒，戟指詈之曰："曩我之不声张，为不欲使无辜之儿蒙羞于社会也。今儿已死，我又何所留恋！抑汝寡情一至于此，直人头而畜鸣者，我生复何望？我纵无力以惩汝，汝当食报于天耳。"詈已，返身奔去。冯辛在后帘，历历闻其言，发指眦裂，一跃而出，饱朱以老拳。朱大受夷伤，狼狈乞免。谓冯曰："晚霞将往觅短见矣。盍速追之！"冯悟，急出追女。时风欺雪虐，彤云惨合，女奔返家，则老父已淹然物化。女愈悲，茫然出门，状若癫发。冯来觅女，追踵狂呼，时则雪益密，风益急，山岳震摇，天地易色。未几，雪山崩颓，正当女晕绝之处。幸冯瞥见，于千钧一发之际，救女出险，抱之还家。方庆冰雪余生，可谐永好。讵女以忧患过深，竟玉殒香消，只临危一语，我负冯郎而已。

海外鹃魂

出品　联华影业公司，1932年

编剧　罗明佑

导演　金擎宇

摄影　洪伟烈

演员　紫罗兰　金　焰　袁丛美　陈太太　陈可可　陈少辉

《海外鹃魂》电影由罗明佑编剧。其电影本事录于《联华影片"海外鹃魂"》一文（署名梦），原载《妇女生活》第1卷第12期（1932年7月21日）。

本　　事

梦

　　杨绮华（紫罗兰饰）是一位孤独女子，和她的爱人钟志刚（金焰饰）乘轮赴菲列滨时，新交了一位李道生（袁丛美饰）——便是离间他们的感情的阴谋者。

　　在菲列滨求学的杨绮华的宿舍，是钟与李休假日的目的地。为着钟因公干而不能赴杨的野餐之后，竟为李造成与杨野餐的机会。更乘隙蛊惑着杨拒绝钟的爱情。结果，杨因失身于李，而不得不和李结婚了。

　　钟在痛愤交加的时候离开菲列滨。在回国之后，便发现李已为某军阀的快婿，把海外思妇，丢在九霄云外。

　　李不应钟的忠实的请求和劝告，竟因言语冲突，而相互搏击。终于李因失足坠楼而死。

　　遥居在海外的杨绮华，在病中接到钟在牢狱内投发的信，才知道自己辜负了钟志刚。悔恨不及的当儿，便是钟枪杀的时候。

火山情血

出品　联华影业公司，1932年

监制　罗明佑

编导　孙　瑜

摄影　周　克

布景　方沛霖

演员　黎莉莉　谈　瑛　刘继群　钱　铿　高威廉　郑君里　汤天绣　袁丛美　时觉非　韩兰根

《火山情血》电影由孙瑜编剧。其电影本事为孙瑜所作，原收录于星宿《介绍一张别开生面的电影本事》(《开麦拉》第130～131期，1932年)。

本　事[1]

孙瑜

十年前…或者就是现在…在中国南方…也许就是北方…

柳花村外…绿水…青山…雏燕…乳羊…水田…白鹭…世外的安乐桃源…

愉快的农夫…宋珂…美髯的老父…皱鼻爱笑的妹妹…活泼的弟弟…痴肥的表哥…笑着…唱着…工作着…祷告着…田家的劳力和乐天…

诗意的甜梦惊破…镇上土豪…军阀的侄儿曹人杰…银鞍…白马…金鞭…妹妹美色的惹祸…

第二天…走狗胡混…宋家的强聘…被拒…门外预候的差人…拘票…盗赃的栽诬…狂斗…手铐…脚镣…冰冷冷的铁链…镇上土牢…

曹府的小楼…妹妹的拘禁…逼嫁条件——老父哥哥的释放…佯允…楼窗上的妹妹…出狱门的父兄…互望…老父哀呻…倒毙…妹妹跃楼的自死…最后的绉鼻微笑…

魔鬼的狞笑…未完的悲剧…小弟的伤毙…恶人刺客的夜袭…宋珂和胖表哥…他乡的逃亡…

三年以后…海外…火山…椰林…烈日…商埠的码头…宋珂和胖表哥…苦工…生活的鞭挞…烈日的炙烤…深仇的啮啃燃烧…性情的变冷…粗暴…"不笑的人"…

椰林酒店…歌…舞…笑…吵…妇人…红酒…水手…妒争的刀光和赤血…

新来的舞女——柳花…可怜身世…飘泊无依者——艳媚…细长的眉…殷红的唇…甜蜜而无意识的笑…草裙艳舞…蛇样的身体…流动的眼波…酒店观众的欢迎…全埠的

---

[1] 原文分两次发表。原文标点第一次几乎全为"、"，第二次全为"…"，现统一改为"…"。

迷离…沉醉…

酒店醉水手…海船火夫…动情…调戏柳花…柳花的怒拒…宋珂的忿怒…斗…火夫的尖刀…宋珂腕创…火夫的击倒…退避…柳花的感谢…宋珂的冷僻…不答…

月夜…柳花卧室…画眉…搽粉…涂唇…对话的鹦哥…皱鼻…微笑…下楼…宋珂和胖表哥的卧室…致谢…腕创的洗涤…代换药…宋珂的僻性…厌恶浓妆…讥詈柳花…教训…羞辱…离室…奔回…倒床的大哭…气恨…毁物……仇毁…踢骂…

宋珂——柳花村旧事的连想——仇火的暗烧…狂饮…浇愁…

次晨…宋珂的病酒…昨夜辱詈柳花的惭悔…道歉…对坐…宋珂的述旧…柳花村外…水田…白鹭…美髯的老父…绉鼻爱笑的妹妹…喜玩绳技的弟弟…

恶人狞笑的幻影…曹人杰…胡混…军阀…土豪…劣绅…封建残余的恶孽…啖唼良善平民的魔鬼…宋珂昏狂中的怒火…挣起…追击…柳花的藉慰…纤指拭汗…温言…打扇…消愁释苦的安琪儿…

南天的月色…碧海的波光…残酷人海上的浮萍…飘泊者的互怜…宋珂柳花灵魂上的相爱…岁月韶光的偷走…

深仇…责任的暗中呼号…宋珂除尽人类魔鬼的旧誓…爱与义的斗争…宋珂在恋爱中的惊觉…恋爱…责任…恋爱…责任…宋珂的决心…恋爱的中止…远离的预备…

冤家的狭路…恶人曹人杰胡混的降临…国内军阀的推倒…路过海外…椰酒店的寻欢…草裙舞…含泪的双瞳…破碎了的心…狂舞…狂舞…狂舞…狂舞…

宋珂的狂饮…恶人曹胡的震惊…钞票…酒店主人的买通…击昏宋珂…地窖…深夜投海的毒计…

柳花女侍…窥见…追迹秘密…告柳花…柳花媚曹…地窖钥匙的骗取…纵出宋珂…仇人的相见…尖刀的猛斗…宋滑倒…柳花的掩护…刀锋的误刺…流血…宋追曹…酒店中的血战…死斗…肉搏…

火山…受了压迫的烈焰…在大地的心胸里翻掀…好像被压迫的人们底挣扎…呼号…它终于爆发…冲开一条血路…火山…火山。

地震…海啸…风狂…火山的爆发…深仇的报复…死斗…逼上火山…力竭…肉搏…火山口…热炙…烟灰与沸浆…血汗的交流…最后的挣扎…恶人的末路…坠入火山口…灰烬的翻腾…

宋珂悲中的狂笑…人类的魔鬼…又除一个…狂笑…悲笑…狂冲下山…

火山渐熄…地震停止…逃避者的暂安…宋珂奔回…海滩垂毙的柳花…宋珂悲唤…怯死…柳花睁目…徐说…决不死…将亲看宋珂责任的完成…除尽人类的魔鬼…

皱鼻的微笑…

南国之春

出品　联华影业公司，1932 年
编导　蔡楚生
摄影　周　克
演员　高占非　陈燕燕　林楚楚　叶娟娟　刘继群　王桂林　许曼丽

《南国之春》电影由蔡楚生编剧。其电影本事为蔡楚生所作，原载《银幕周报》第 14 期（1931 年 12 月 20 日）。

本　事[1]

蔡楚生

南国，在春光骀荡中，和风所被，万物咸具欣欣向荣之概。时值踏青令节，柳丝新绿，好花载途。南国丽人，多挟所欢优游园林中。而莘莘学子，亦多休其课来与盛会。某校有江浙学生洪瑜、丘有为、尤湘三人者，与同学辈亦作郊外野餐之举。丘精音律，因谱昔人"红豆生南国，春来发几枝。愿君多采撷，此物最相思"之诗，作《南国之春曲》。对此良辰，乃作高歌。弦外余音，所明以示人者，固甚了然也。

洪等居某寄宿舍，比户为已故银行家李某之爱女闺阁。女字小鸿，映丽多姿，而娴母训。故与洪等虽比户几及三年，以格于礼教，乃始终未交一语。然女固早心许洪之为人也。

某夕，皓月流辉，清光四射，洪方倚窗悠然若有所思，忽睹女室灯熄，娉婷倩影，隐现纱帷间。乃喟然谓丘云："何南国月色之撩人也？吾人亦为情感之动物，其将何以遣此！"丘谓："若殆有意于此密迩之南国佳丽乎？"洪恶然。尤伏案方梦回，谓女人为天下祸水，吾乃恨女人至于刺骨。丘谓："吾固熟悉君为专演恋爱悲剧者，曷不引镜自览，是痴肥臃肿者，亦能令美人垂青耶。"尤犹咻咻然，丘不顾，略一筹思，乃谓洪云："若弟备信一封，吾当有以使君满意也。"

洪尽一夜精力，成长信一封。丘意太长，洪谓我固从二年前事写起也。无何，女出灌花，丘乃趣洪将信投女露台上。洪有难色，丘谓是何怯之有。洪乃投，讵女竟不顾而入。旋闻女室中起大声詈骂。丘洪因大惊，尤更加以非笑，而不知女之母若弟，乃在责其憨婢也。

洪虑事发，焦灼不可名状，乃一周后，忽发现洪信仍为女所什袭珍藏。丘因趣洪以第二函进。函中有所申明者，则但求为精神之交，文采非所注意；即此方三人，亦

---

[1] 原为句读。

均为肝胆相照之交，而无碍于事者。函去，女踌躇终宵，比东方发白，以复犹豫，徒示弱于男性，乃立草短简，径投洪等露台上。

晨曦既上，大地复入光明境域。洪一觉醒来，得女信于露台，乃为狂喜莫名。自是，洪与女逐渐成莫逆。在春光明媚中，每值休沐日，洪辄与女联袂出游，盖二人固早已心心相印矣。

侵女母亦知其事。老人爱女心切，乃佯为无意，亲来相洪。值洪自缝被面，母视洪固甚诚挚者，亦为心许。因将被面令其幼子携归，拟令女佣为洪代缝。女谓吾固优为之，乃自引线就窗下穿针；不意对方，洪方灼灼注视，因互投钟情之微笑。

某夜风雨大作，洪得家电，谓父病剧，乃急束装与女别去。比洪抵家时，父病已届弥留，临终重嘱洪必与其凤家表妹结婚。盖洪家向不充裕，以凤与洪幼即订婚，故其学费均出凤家供给。洪于婚事虽曾数示反对，然至是以重韪遗命，乃不能不铸下终身大错。

洪与女音问既绝，女思洪綦切。值丘尤毕业归，女乃殷勤致书存问，且附手编之绒织物为赠。比丘尤至洪所，旧宇焕然，盖已婚矣！乃为万分讶谔。

未几，洪与丘尤由省政府选派赴法留学，因船须道出香江，丘乃密电女，令至九龙某园中与洪晤面。女至时，船已将放洋，二人相对泛澜；而洪已婚之言，终不能出口。比船上回声频催，洪遗女奔赴船埠时，而船已鼓轮离岸。洪谋追上，女至，谓船去，君亦可长留此间矣。洪至是虽爱女而不忍误其终身，乃谓吾必去，且已婚，望从此绝。言毕径登汽艇行。而女之芳心碎矣！

洪去矣，乃女祸不单行，所以相依为命之慈母，忽又舍其爱女而西归。女至是乃益形伶仃孤苦。侵洪在巴黎得家讯，谓其妻有不检行，以不惯家庭束缚，已向法庭请求离异云云。洪乃转悲为喜，冀与女坠欢尚可重拾，因急电女，告知己即将返国来视；而不知女以娇弱之躯，不胜磨折，卧病床褥者经旬矣。

残阳西没，朔风凛然。洪已归国，车驰道上。女已入弥留状态，所以一息尚存者，以犹有待于爱人来作最后之一面也。比洪至，睹状大骇。女反从容勉洪毋以儿女情长，而使英雄气短。万方多难，正男儿为国捐躯时也。洪唯唯，女乃含笑而逝。

1933年

色

出品　未　摄
编剧　田　汉
时间　1933 年

《色》电影剧本为田汉所作（署名陈瑜），自 1933 年 3 月 1 日连载于《晨报·晨曦》副刊；5 月曾一度中止；至 6 月 29 日全剧载完。本篇即选自于此。

剧　本

田汉

介绍电影艺术理论，批评中外影片，属于《每日电影》的领域。这里是以介绍一种新形式的文艺作品的意义，连载这一种将见诸制作的电影剧本。自然这样的写法并非经导演家分幕的所谓"Scenerio"，而类似一种新型的小说，所以不称幕而称章。关于这一形式的得失尚有待于专家及社会人士之教正。

——陈瑜，《晨报》1933 年 3 月 1 日

第一章　十字街头与象牙之塔

（字幕）一九三二年"九一八"事件激起了全中国的反帝国主义高潮。

好一些男女美术青年一个个很热心地、义愤地在那里作暴露日帝国主义武装占领东三省的意义及其残酷的行为，并号召广大劳苦民众参加抗日反帝运动的画。

这些画一幅幅张贴出去，在街头，在学校，在工厂，在商店……读画者的各种兴奋的脸色。

工人、学生、小市民的人群叫着迫切的口号，潮水般前进。钱塘江排山倒海而来的怒潮。

示威群众最尖锐的一部分。

他们的呐喊声浪通过高的矮的墙壁达到各阶层，引起各种反响，有的纷纷跑去参加。

（字幕）这浪潮甚至涌到一个深幽的艺术之宫。

在一丛浓郁的热带植物荫下显出"湘累美术研究院"的牌子。

许多男女青年在光线幽淡的画室中潜心艺事，有的画静物，有的画人体。

（字幕）他们的指导者唐德先生。

一位中年的西班牙风度的艺术家在巡视学生作画，有时替他们改正。他走到 E 前，看着他那日有进境的作风甚为嘉许：

"很好，努力。"

街上示威群众的呐喊声隐隐侵入绒幕里来。

易感的美术青年们早有动作。

回到自己画架前的唐德先生。

（**字幕**）他正画着一幅表示他的恋爱观的大画叫做《色》。

《色》的画面。

《色》的模特儿。

唐德先生专注的眼睛和他挟着万钧之力极准确地下笔的手。观摹他的作画的爱徒们。他们口里不自觉地流出来的："啧，好！"

群众的呐喊声浪一声高似一声地送进来了。

被这声浪兴奋了的青年们，有的停了画笔把深垂的绒幕掀起来窥探十字街头。热烈的呐喊声与活泼的阳光残酷地射进来，这震眩了人们的耳目。

模特儿也不免动摇起来。自然，她也是一个聪明多感的女子。唐德先生因这破坏了他的艺术的法绳赶紧制止她："眼睛望着上面，不许动！"

外面群众的行列更壮大起来，因之呐喊声也更强烈起来。美术青年们不复能耐，都放下画笔倾听。

唐德先生也停了笔，带着愠怒问学生们："什么事？唔？"

学生 A 兴奋地站起来说：

"先生，今天是东北失守的一月纪念。民众在那里示威游行要收复失地，我们也要去参加！"

许多学生跟着站起来，有的就要走出去。"我们都要出去参加，先生！"

唐德先生极力镇住他们："不，不，你们听我说。"学生们转来听他的指示。唐德先生很坚定地说：

"学画好比出家，你们的心得像老僧一样的平静，才能够接受自然的灵感。"

——飞机投弹过后的弹烟弥漫中，深山一老僧正在悠然入定。也有些学生给大师的话说服了坐下来的。但学生 C 愤然地说："先生，假如中国亡了，我们也能平静地这样作画吗？"

许多同学很同意 C 的反问，齐声说："对呵，假使中国亡了……"

唐德先生不待他们说完就抢着很威严地说：

"是的，也能这样平静的作画。你们要知道中国就亡了，中国艺术是亡不了的。正和希腊亡于罗马，而希腊的艺术还是放着万丈光芒一样。"

——希腊奥林匹克山上的神殿在夕阳影里岿然独存。

唐先生的脸上此时发着远望着悠悠无垠的沙漠的狮身人面像似的光辉。他继续说：

"比方我们中国人现在虽到处给人瞧不起，但中国的美术品是无论哪一国都欢迎的。"

这说教虽一方面使驯顺的学生更加麻醉，但另一方面却加强了大部分学生的反抗心。学生 D 挺身说：

"先生！我们不要做这种亡国的艺术家！我们不要替外国人造古董，我们要用艺术替大众造幸福！现在是什么时候了？我们不能在艺术的宫殿里作梦，我们要跑到十字街头去。愿意同去的都来！"

他这样狂热地对同学说了几句，愤然跑出去了。大部分同学爆发了一声：

"去！"

都跟着他那样做了。

示威行列逐渐壮大的进行；美术学生陆续地参加。

唐德先生竭力冷静地注视这些脱离他的领导的学生们，回转头他指着还没有走的或将要走的学生说：

"你们还有走的没有？要走都给我走出去！"学生B徐徐走近他的先生。

唐德先生看见他的高足也起了身，他那顽强严厉的脸色不觉有些灰白了。他颤抖着嘴唇说：

"怎么，国深，连你也要走么？"

B不觉流着感激的泪：

"先生，我受了您多年的教诲，我是决不敢走的。但我东北的家整个给敌人烧光了，父亲也死了，没有人供给我的学费。家母和弟弟逃离到南边来，要我去赚钱养活他们。这样的年头靠美术是不能生活的，所以我不能不休学了。"

他停了一下，从怀里掏出一封信，递给他先生看："这是我母亲来的信。"

唐德先生略略看了一下，他仍确信地安慰他说："国深，不要紧，我替你想法子。"

但B摇了头：

"不，先生，我知道这是没有法子的。像我这样境遇的同学多着哩。"唐德先生说：

"好，那么……"

他感慨无量地目送着B鞠躬走去。外面的呐喊声。

接着学生E也走近他先生。他是一个美少年。唐先生回转头含着怒火般的苦笑说：

"哈哈，继芳，你也要休学么？都走都走，剩一个学生我也干！"但学生E很从容地而且聪明地指着绒幕外漏进来的阳光说：

"先生，我不要休学，我只反对在这样阴暗的屋子里作画。我们需要阳光——那样活泼的阳光！"

这个要求可更使我们的唐德先生愤极了。他戟手指着他说：

"你这完全中了那些时髦家伙的毒！什么外光派、后期印象派，尽卖的那些假人头！告诉你，我们需要的不是阳光是阴凉……"

门外群众怒潮般的呐喊更加激越起来。唐德先生掩起耳朵更大声地说："我们追求的不是这样动乱的现代，是那平静悠远的古代。"

——云烟缥渺中的典型的东方建筑。

他指着那透进阳光的绒幕，对学生说：

"把那幕给我放下来！"

追随着他的学生们只能把它放下来。

外面嘈杂的声音果然不甚听得见了。

他回到自己的画架前。

叫模特儿恢复她原来的姿态。

唐德先生和残余的画徒们依旧在幽淡的光线中工作。

（淡出）

第二章　灵与肉

（字幕）唐德先生的画是一天天进展了。比上次画能更周密的画面。

辛勤地狂热地对着画面的唐德先生。

对于他的圆熟精到的艺术睁着羡望崇拜之眼的画徒们。

他们的眼光所集注的模特儿的生命之流一般的曲线。

唐德先生头上的汗珠。

最崇拜他的画的学生看见他这样辛勤，很同情他：

"你太累了，不好休息一下吗？"

唐德先生头也不回地说：

"不，现在是我贡献全部生命的时候了。"

他汗也无暇去揩，依旧忘我地继续他的工作。在很用力地描了一笔之后，他踌躇满志地望了望他的画幅叹了一声说：

"我的诗快完成了！一首最美的同时是最善的'色'的诗。"

接着他狂热地陶醉于他的艺术之境说：

"啊，色！你是解脱我们一切矛盾斗争的圣地！"

旁观着他作画的学生 G 很怀疑地说：

"先生，就是色的问题里面不也是充满着种种的矛盾、种种的斗争的吗？保罗为什么被杀？"

——《血溅鸳鸯》中保罗与弗兰西斯克佛在宫中恋爱，给其兄王杀死的场面。

"少年维特为什么烦恼？"

——少年维特爱了有夫之妇的绿蒂，无可奈何以致自杀的场面。

"茶花女为什么摧残她自己？"

——茶花女为亚芒的牺牲，拼命喝酒狂笑咯血的场面。

"贾宝玉为什么要出家？"

——贾宝玉在家长的压迫下和宝钗结婚，而隐痛林黛玉之死，看破世情，忽然披剃出家的场面。

"——我疑心这都因为是社会制度不良，以致青年们色的问题不能得到正当的解决，才弄出这样些悲剧。"

唐德先生不待他说完，兴奋地指着他说：

"怎么你同他们一样了？我说，色就是爱。爱情原是痛苦的；但它是高于一切的，特别是纯洁的爱。"

唐先生继续发表了一些爱的唯心论，但学生 G 摇着头说：

"先生，我不大懂。"

模特儿在台上很疲倦了，她扭了扭身体含着微笑向她先生说：

"先生，我可以休息一下吗？"

唐先生赶忙慈父一般地走近她：

"可以，可以。你太累了，该休息一下了。"

他取件大衣给她披了，扶她下了模特儿台，引她到画架前：

"来来，看看我们的画。实在，眉，你不是我的模特儿，你简直是我的安琪儿，没有你就没有我的作品。你看画得好不好？"

模特儿女子看了看画之后摇了头说：

"先生，我不懂的美术，我不晓得你画的好不好。……"

唐德先生像淋了一瓢冷水似的甚为失望。

但这美丽的尤物，很娇媚地聪明地瞟着她先生继续说：

"但是我晓得先生这个人。像先生你这样好的人，想必画也一定是好的，是不是呢先生？"

说完她天真地笑了一笑。

唐德先生听了这话真是醉了。他不觉抱着她狂热地说：

"孩子是真聪明！法国批评家正是这样说过呢，'作风就是他的为人，Le Style C'estlhomne。'"

但先生是讲节制的，他压抑了自己的感情，很当心地放下画幔扶着她说：

"好，进去换了衣裳吧。今天不画了。"

他偕模特儿走到私室去。

学生们目送着他俩的后影。有的羡慕先生的成功：

"先生真是伟大！"

有的妒忌先生的幸福：

"先生真是幸福！"

但方才和他谈色的问题的学生们，却摇摇头说：

"先生到底老了！"

进到私室后，先生让模特儿躺在锦榻上替她盖好被：

"你睡一会儿。"

但模特儿伸出她的腿，脚尖上趿着拖鞋。她在被里叫着她先生说：

"先生，替我脱掉鞋子。"

先生有些不耐，他说：

"摔掉就成了。"

模特儿在被里：

"噢……"

先生只得替她脱下。很整齐地放在榻下。

她把脚缩进被里去了。

为着恢复精神，唐德先生走近壁橱取一杯洋酒喝了。

榻上的女子从被里伸出手来说：

"先生，让我喝一杯酒。"

先生摇摇头正色地对她说：

"不，孩子，酒不是好东西。"

女子顽皮地从被里伸出头来：

"那您为什么喝呢？"

唐先生温厚地辩解说：

"我喝一口提提精神，多喝就不好了。"

女子张着小嘴说：

"我也只要喝一口啊。"

唐德先生无奈：

"好，就让你喝一口罢。"

端着酒杯让她喝了一口。

她辣得喷出来。

唐德先生说：

"你瞧！"

赶忙用手绢替她揩嘴。

她趁势抱着先生亲了一个嘴。

先生甚为狼狈，急站起来责备她说：

"孩子，你怎么又来这个了？你忘了我告诉你的话吗？只有纯洁的爱才是最高的爱。我爱你是把你当作天使，当作女神……"

那情热的女孩子抢住他的话说：

"我不是一个什么天使，什么女神，我只是一个极平常的年青的女子，我需要一个男子！"

她勇敢地再抱住她的先生。

但先生着急地说：

"不，孩子！你要晓得这个，我曾经把你从饥饿里救出来，现在我得把你从情欲里救出来。"

他轻轻地把她的手拉下来。

她的脸上虽然还带着勉强的微笑，但掩藏不住失望的悲哀之色。

她徐徐地说：

"……救出来吗？"

她掩着面哭了。

唐德先生呆然。

（淡出）

第三章 为艺术与为人生

（**字幕**）一群新的美底追求者。

长的短的头发的青年艺术家之一群，背着画具三角架等走到和美活泼的太阳中间。

他们每人的脸上都漂着愉快的颜色。

他们对着久不接触的清新的空气吐了一口闷气。

长头发的美少年——那学生 E 坦然叹曰：

"好了，现在我们总算走到了太阳光里面了。"

他指着四周景物告同学们：

"瞧啊，那射在树叶上水波上的太阳光，是多么有生命啊！"

接触了这种新的美的他，像饥鹰扑食似的要把那美捉住，于是他慌忙坐下来了。

一群短头发的却相顾曰：

"单是走到太阳光里面来还是不够，我们必须走到大众里面去。"

于是他们分途去寻取更新的更广大的题材。

有的在画和平之神下的帝国主义的军舰，和天边变幻的风云。

有的在画都市劳动者在两重压迫下出卖着血汗。但他们土色的无知的面孔上潜流着一种强大的反抗情绪。

有的在以窗外高大洋楼为背景，画洋行老板和他的买办们计划一批新的生意。

有的在画田野里胼手胝足的农民和要牵去他们的耕牛的债主。

有的在画自杀的失业者。

有的在画由水灾兵灾的内地逃来上海流离街头的难民。

有的在以农民作模特儿，画东北工人农民为争取生存和自由而奋起。

有的在画烦闷动摇中的青年知识分子。

有的在画提着饭篮上工去的女工。

他们在一日的劳作之后，回到他们自己艰难创立的研究室，互相批评彼此的作品。

唐德先生最忠实的学生 F 们也来参观他们的画。

（**字幕**）无疑地，他们的表现力虽是不够，但他们的题材是很丰富的。

学生 A 说不出愉快的样子对他的同学们说：

"起先在学院里的时候，我们以为除了女人的裸体此外就没有可画的了。现在一跑到大众生活里去，就越画越觉得可画的和应该画的不知多少！"

学生 B 的眼睛从作品上转过来。

"对啊，我们现在是抓住时代了，我们有无穷的题材摆在我们面前，只有时代落伍的画家总会感觉题材的不够。"

（**字幕**）但他们中间有了争论了。

那美少年正在改他的画。他画的是水边的一棵树在暖日下给风吹得斜了，叶子一片片的在飘。你虽不懂他画的什么意思，但那投在水波上树叶上的活泼的阳光是给他抓住了。

学生 A 走到他的画幅前赏鉴了一会。他问：

"继芳，你是画英雄主义的没落，对不对？你这棵树象征了在狂飙中孤立的英雄。"

美少年回转头很俏皮地说：

"我并没有画什么孤立的英雄，我不过欢喜那树叶上的阳光，想捉住它。"

A、B 等颇难首肯，但也有一两个同学同情他的主张，因为他实在画得有点好。

E 仍继续着说：

"你不必从我的作品里发现什么思想，因为我新追求的不在于表现什么，而在于如何去表现。"

他指着 A、B 们的画说：

"我觉得你们太注重表现什么了，太注重思想了。思想是哲学不是艺术。"

C 也正在改画，于是很冷隽地说："那么你是说艺术家不必有思想吗？"

E 也觉得他自己的话有些失当了，他订正说：

"我并非说艺术家不要思想，我是说艺术家第一应该注重技巧。"

他指着他们的画说：

"我觉得你们的画太不注意技巧了。"

但 C 并不屈服，他侃侃然地对他们的一群说：

"我们不隐讳我们技巧的幼稚，但我们是为思想的技巧。只要我们思想是进步的，我们技巧也一定会跟着进步。"

学生 E 也并不屈服："我不愿意把艺术做思想的仆人。"

学生 A、B 们谈了几句，微笑着对 E 说。

"你是想走第三条路。好，我们各人努力吧，总有一天你要发现此路不通的。"

他们说着，六七人一团地走出去了。

剩下的一小团以 E 为中心在议论着。

那对先生很忠实的 F 冷眼注视着这争执。学生 H 袖出一信交与 E。

E 接阅后，想起那模特儿前天对他所表示的热情，他微笑着拍膝说：

"她是我的了！"

他匆匆起身。

(淡出)

第四章　信心与疑心

(字幕) 唐德先生还以必死的气力防守他的落日孤城。

唐先生热心地巡视残余画徒们的作画。

学生 E 也依然在这里。他与模特儿作亲密的谈话，见先生巡视过来，急忙面对画幅继续工作。

唐先生走到他的画架前看见了他的异端的笔调深为惋惜：

"继芳，你天才很高，不要自己误了。你要晓得画鬼易而画人难，我们得对自然忠实。"

E皱了一下眉头：

"先生，我想我们先能对自己忠实。印在我们的心眼里的自然是这样子的。"

非常爱惜E的唐德先生拿起他的画笔来：

"你不要信他们的邪说。你要记得你是我的学生。"

他热心地替他改正了几处重要的地方。

这学生F们也看见了。

但当唐德先生改好了又说了几句，把画笔交给了E，徐徐走到别个学生的画架前以后，E对同学H做了一个鬼脸，把先生改正的地方又改回来了。

这F也看见了。

替学生改写画稿的唐先生回到他自己的画架前，继续工作。

（字幕）他的大画《色》更有进境了。

唐德先生忘情地作画。

他的燃烧着创作热情的眼睛和手。

他的听差来轻轻地对他说话。

他几乎完全没有听见。

听差再大声一点说：

"唐先生，唐先生！"

唐先生吃惊，回转头问：

"什么了？"

听差细声说：

"煤炭店里要炭钱。"

唐先生没有听清楚，不耐地重问：

"要什么钱？"

听差只好大声说：

"要炭钱！煤炭店的老板来催过好几次了。"

唐先生又气又恼又不耐烦地骂他说：

"这也来问我。去向会计先生要啊！"

听差也吃惊于他们唐先生的健忘：

"会计先生不是走了吗？"

他自己也记起来了，但他还是气：一来气他的创作的法规给他冲破；二来也气他的学生日少，生计维持不下去了。

"你去向吴先生要。"

听差出去了。他仍然振作精神继续他的工作。

模特儿——台上的女子让唐先生画着腿部，她的眼睛却在和人说话。

她的视线所在——刚才脱去画衣来参观先生作画的E。

他和她的目挑眉语。

唐德先生专注地作画。他的画笔下的柔和的色调就使人想到那圣堂里庄严和美的音乐。

唐先生的脑筋给这一不断涌出的丰富的妙想和灵感压倒了，他停了一停笔。

模特儿女子蛇似地扭动了一下身躯，回头轻轻地向她先生说：

"先生，我可以休息一下吗？"

唐德先生正听着妙乐的余音似地，没有答她。她又抬抬身子，含着媚笑说：

"先生，我可以休息一会吗？我有点累了。"

唐先生听见了，急忙抚慰她，连说：

"可以，可以。孩子，你实在太累了。不过不要紧，我的作品也快完成了。"

他又替她披上衣。

她两手抱着大衣望先生笑了笑，匆匆逃到室外去了。

学生E——那个美少年轻轻跟着出去。

唐德先生对他快要完成的大作有些自我陶醉了。他甚至感叹地望着天上：

"神啊，接受我的感谢吧！我觉得我的笔底奔流着您的力量。"

学生F也在感叹他先生的妙技：

"先生，我看您的画实在太好了。不过现在没有鉴赏我们美术的社会也是不得了。上班毕业的三十几个同学到现在只两个有事，一个还是在当音乐教员。我们美术青年像这样没有出路，真是怎么办呢？"

唐先生听得F也这样说，有些着急了，但他还是存着他的玄想的自信安慰他说：

"不要紧，现在没有了解我们艺术的人，将来总有人了解我们的。古来的大艺术家有的到几百年后才遇到知己呢。"

F不免愁着眉说：

"可是我们现在怎么办呢？"

唐先生糊里糊涂地说：

"现在不要管他。啊，色！色！"

为着忘记现实的矛盾于"色"的世界，他拿起画笔来又要继续工作了。

但这时模特儿女子正躲在树后与E接吻。

唐先生要继续工作，急问模特儿到哪里去了：

"眉呢？眉呢？"

有的同学代着叫：

"密斯徐！密斯徐！"

没有人答应。

唐德先生很焦急地说：

"快去找她来，侯林！"

那学生去找她去了。

学生F对于先生之过度热衷于模特儿女子颇抱反感。他说：

"先生，现在反正快画完了，干嘛一定要她呢？"

唐先生连连摇头：

"不，要她的，要她的！没有比她更吻合我艺术上的要求的了。我和她有一种精神的交感，这使我们艺术有生命。"

学生F嗫嚅了半天说：

"先生，您不可以太相信人家了，人家在那里欺骗您，甚至要打倒您。"

他把那天所见闻的事忠实地从回忆里告诉他。

这些话一时甚至使这老僧似的唐德先生也兴奋起来，但他终于抑制自己，坚定地说：

"不会的，决没有这样的事。眉和继芳对我都是忠实的。艺术家要信赖一切，信赖人家的真诚，信赖自己的力量。"

女的回到了模特儿台，心突突地跳着。

E匆匆地含着笑去了。唐先生继续作画。

在他精细地注视模特儿的肉体的眼里忽然渐升起了种种的幻觉。

女的肉体不复如前似的莹洁。

她的身上似乎缠着一条蛇。

为着排除这幻觉，他走近女的，用力猛地去替她拂除那蛇。

女的一惊。

原来那蛇是一根丝带。

女的惊问：

"先生！什么事？"

唐自失地连连摆手，说：

"没有什么，没有什么。"

他依旧整顿精神作画。

但一会儿他又看见一个男的用手在戏弄她的裸体。

因为这印象太明确了，使他不在意地反映到他的画面上去。

他自己看了，不觉大惊，急涂去那几笔，指着那男的骂：

"快走开！"

女的和学生F惊问：

"谁呀？"

唐德先生定了一定神。

女的身边实在是没有人。

唐先生丢下笔，两手蒙着头苦叫道：

"我今天怎么了！"

他的最忠实的学生F挟着他说：

"先生，您得平静一点，您不常说，我们的心得像老僧一样吗？"

唐德先生连连点头，他奋起最大的自制力继续工作。

（淡出）

第五章　平和的乡村乎？斗争的乡村乎？

（字幕） 那样失去安定的心境驱使唐德先生到乡村中去求平和。

火车站的唐德先生。

送行的学生们。

模特儿女子抚着唐德先生的手说：

"先生，为什么不带我一道去呢？"

他的忠实的学生 F 也附和着说：

"您带她一道去好哪。"

但唐先生轻轻地拿握着她的小手，一手抚着她肩上摇摇头说：

"不，孩子，我想独自一个人到乡下去静养几天。"

他指着远处的煤烟说：

"这灰色的充满着斗争的都会，实在使我有些吃不消了。我想乡村的绿色或者能医好我的病。"

学生 E 急忙赞成地说：

"是啊，先生，我早劝您离开画室，到太阳光里面作画哩。"

唐先生想到他们的争论，不服气的他，皱着眉说：

"哼，你又来你那一套了。……"

学生 A 却诚恳地说：

"先生，我是劝您从画室跑到街上来。这里虽然是很乱杂，但是从这中间正酝酿着新的东西。你若想到乡村去找平和，恐怕要使您失望回来的。"

唐先生沉默地听了他的话之后：

"你知道我的性格，我是不走到路底是不相信此路不通的。你们各人努力吧，半个月之后再见。"

他和学生们一一握了手，把学校的事都拜托了学生 F，并且要同学们都服从他。最后他以慈爱的挚切的态度握了模特儿女子的手。

列车载着唐德先生渐渐离开了都会，离开了斗争，但见他的手巾的影子。

学生们扬着巾子，或是帽子在那里送他们追随有年的先生。

学生 E 毫不客气首先挽着模特儿女子的手走了。跟着走的同学们都露出不愉快的神色。有的口里露出这样的漫骂：

"妈的！……"

学生 A 在和几个同学缓缓地说：

"你们既然都感觉到没有出路，就和我们大家去寻出路啊。"

有的同学表示同意：

"对啊，我的家里也不寄钱来了。我也想不要学画了，学什么别的去。"

但 A 不忘他的任务，他纠正他的话说：

"我们不要从美术以外去找出路。新的时代需要新的美术。我们研究去怎样建设新的美术吧。"

他们对于他的话似乎首肯。

他们拥着一道去了。

唐德先生坐在车厢里,对着窗外蔚蓝的天空和在暖日下正显着明媚的丰姿的江南风景,不觉深深地吐了一口气。他微微地念了一句——

"又是江南好风景,落花时节又逢君……"

和唐先生对坐的恰是一个俗恶的商人。他见唐先生沉吟,就陪着生意人特有的笑脸问他:

"您上那儿去,老板!"

唐先生从空想中给他的声音唤醒转来,对于"老板"的称呼虽是异常的不快,但勉强地回答说:

"到 W 埠去。"

他要回转头去,因为不大愿意同这商人讲话。

但商人执拗地同他攀谈:

"好极了,我们同道。"

唐先生"唔"了一声,不说了。

商人打量了一下唐先生,又望望他的行李,那里有画布三角凳等等。

"老板,你做什么好生意?"

先生对于这样无理解的问话简直感到一种侮辱。他略含愠怒地说:

"我不做什么生意!"

商人以为他是自谦:

"别客气,您一定是做大生意的。到乡下采办货物去是不是?"

唐先生不反对,但自嘲地说:

"唔,也可以说是办货去的吧……"

商人很高兴地说:

"好极了,我也是去买货的。"

唐先生勉强鼓起好奇心说:

"你去办什么货色?"

商人说:

"我去买棉花。我是祥昌洋行的采办员。你呢?老板?"

唐先生含着对于凡人的宽容的笑说:

"告诉你,我不是生意人,我是美术家。我到乡下去写生的。"

商人想了半天拍着膝头说:

"我晓得了,你是一个画相馆的先生,替人家画影的对不对?"

唐先生起身抽了一口烟想把这俗气吐出去:

"我不替人家画那样的画的,我是艺术家。"

沉默了一刻。

窗外白驹过隙似的野景。

邻座几个女人和一个男子在那里高声嘻笑。

许多人望着他们。

一个好谈话的旅客和对面的旅客交谈时局：

"妈的，国际联盟为什么不出来制裁日本呢？"

另一个好像懂得一些时事的旅客 B 起来说：

"为什么要制裁它？它们还不是和日本一样要打中国的主意。"

另一个旅客 C 说：

"中国若是靠自己的力量和日本打，也许不致于失掉东三省了。"

又另一旅客 D 说：

"不过日本的枪炮厉害，打是打不过它的。"

旅客 C 说：

"不，打胜仗打败仗不一定靠枪炮好不好，要靠枪炮后面的人齐不齐心呢！"唐德先生听了他们的话，觉得也似乎有些道理。但艺术家的他对于时局还是不大关心，他取出写生簿无聊地可又巧妙地在描他们的样子。

那商人从旁看了很是赞叹：

"老板，您的本事真不错，不过生意好不好呢？"

唐德先生一面画一面自嘲地说：

"可就是生意不大好呵。"

他随意抬了一个眼望了望那商人：

"你呢？"

商人摇了头说：

"也是不大好。实在这年头做哪一项生意也难。农人们借了我们的钱都收不转来。"

唐德先生一面画一面又注视着那商人说：

"那么，你怎样呢？"

商人很奸阴地笑着说：

"不要紧，我可以拿他们的棉花作抵；或是牵他们的耕牛，扣押他们的女儿……"

虽是对于社会问题无关心的艺术家，对此也觉得没有道理。他停了笑说：

"那不是太残忍了吗？"

商人抽了一口烟更得意地说：

"要做生意也管不得那么许多了。并且这是很平常的事。"

唐德先生注视他，呆了半响，说：

"什么？很平常的事？"

唐德先生怀着这个疑问，在许多黄包车马车的争夺战中出了车站。

他被接到一家旅馆。

他刚把行李放定，就叫茶房雇了一辆车通过那都市的最热闹处直到他所欣慕已久的地方。

然则那里已破坏得不堪，远非旧状了。他问一个住持的和尚：

"为什么这样一个名迹败坏到这样了？"

和尚叹了声气说：

"这就是那些带大兵的干的事！好的东西都给他们搬去了。有名的塑像和壁画都给破坏了。"

他指着一个塔的遗址说：

"原先那里有一个塔，也给重炮弹轰塌了。"

唐先生听了不胜其思古之幽情，很愤慨地说：

"为什么不阻止他们？"

和尚含笑合十说：

"阻止他们？阿弥陀佛。我自己保得住性命已经够万幸了。"

"哦。"——他喝了一杯茶，只好起身拂然而返了。

晚上他打开行李将要睡觉，在临睡前他看了书，那书上粘着模特儿的像。那是她早些时送给他的。

他正对着像凝思的时候，他的窗门忽开，走进来一个女子。

耽于幻想的唐德先生还以为是她来了。当他发现这是一个"闯入者"的时候，他问她：

"你来干什么的？"

那女子含着勉强的笑：

"先生，您太寂寞了吧？我来陪陪你。"

唐德先生知道她是干什么职业的了，指着门外：

"快出去，我不要你陪！"

但那女子踌躇地不肯走。她带着哀婉的声音说：

"你帮帮忙吧，先生。"

唐先生不耐，打开门把她推出去：

"不要多说，出去！"

抓着她的衣把她一推，那女子打开他的手，含着无穷的哀愤说：

"去就去！干嘛要欺负我们这样可怜的人呢？"

尊重处女玛利亚的他，对于这样的女人感着一种憎恨：

"你们还称人吗？"

女子回转头反抗地说：

"我们是人，而且是人家的闺女。因为年荒，又遇了大兵灾，父亲给拉夫的拉去了，剩下的老的少的，没有法子吃饭才来干这样勾当。"

唐先生听了她的话，觉得她的话里藏着他不曾接触过的很严肃的理由，他要她进来谈谈：

"你进来谈谈吧！"

那个女子含着苦笑说：

"先生！你肯帮我的忙吗？"

唐先生说：

"我有什么法子帮你的忙？不过咱们谈谈吧！"

一个茶房走近那女子的身边，对她说几句话。女子回头苦笑对唐先生说：

"先生！请您原谅。我是没有工夫，且没有自由和人家说闲话的。"

那个女子走到另一个房间去了。唐先生目送她的背影，呆了半天，若有所思，坐到案上取那本速写簿，追模那个女子的很惠忽地对他说话的神情，那似乎给了他很深的印象。

但他那一晚，给邻室的笑声把他自己的想象烦扰得完全睡不着觉。他躺在床上，第二天晨光斜到他的床头，辗转不寐的他，发出来的第一个叹声：

"啊！这一些时代的牺牲者！"

他来按铃叫茶房，自己穿好了衣服。一会儿，茶房就进来了。茶房问他什么事？唐先生匆匆地说：

"快开账来，我要搬家，这里实在太闹了！我要搬到清静点的地方去。搬到乡村去。"

"啊！先生！你要到乡村去吗？我可以介绍一个地方给你，包你合意。"

这是一所别庄似的庙宇，果然为我们唐德先生所满意。他在那里很清静地进行他的画作，修养他的苦闷的灵魂。但当他一出庙门，他依然给许多惨酷的现象所包围。因为这个庙宇本来是个大地主的别庄，那大地主平常是不大来的，庄子总是给他的收租人住。那些乡下人看见穿绅士衣服的，都以为是大地主自己来了。负担着苛重的租税的农家们，有一天，忽然向这个别庄来包围请愿。这位刚从上海来的莫明其妙的唐先生，正要拿出他的画具写其清晨中的大自然的美，却遇着这一群农民。

农民们一见了这位中年的绅士，有的甚至于跪下来，唐先生连忙扶起他们，惊异地问：

"你们到底干什么来呢？"

"大太爷，我们是你的佃户。你瞧，这样的苦年，又碰着大兵灾，今年实在交不起租啦！请您大太爷开恩，免了吧！"

唐先生如坠五里雾中，连忙说：

"你们弄错了，我不是大太爷。我姓唐，我是唐先生。"

有的农民扯着他，更加急切地哀求：

"这真是谭大太爷，不要让他走了。我们非请大太爷允许免租不可！要不然，我们情愿死在他的面前。"

于是男女老少哀求地围着我们的唐德先生，跪下。有的拉他的衣，有的吻着他的鞋，有的替他拿着画具，使我们的唐艺术家动弹不得。

正在这个重围中，忽然守庄子的老头子跑出来了，指着那些农民骂道：

"你们这些蠢东西！你们弄错了。他并不是大太爷，他是住在我们庄子里的客人。"

但，那一群农民并不退让，杂乱地嚷着：

"我们不管是不是大太爷,我们只要免租!"

那老头子又怒骂起来:

"免租?别做梦吧!我们大太爷的田地已经给你们这班家伙佃了十几年了,现在不要说是免租,就是要减一粒租也不成!"

于是,有的农民在怒骂;有的就痛哭起来了!我们的唐大艺术家对于这个情景,真是觉得啼笑皆非。有一个农民还拉着他的衣角哀求地说:

"你就不是我们的大太爷,也请替我们对大太爷说情吧,我们实在是太苦了!"

唐先生的回答是:"可是,我是刚从上海来的,并不认识你们的大太爷呀!"

唐先生好不容易地从那些辗转在死亡线上的农民的重围里脱出来,逃到那村子风景幽美的地方。他望着那明媚的春景,和那些古树参天的悬崖,和一望碧玉似的河水,不觉叹出一口气来:

"啊!这一下子才清静了!"

我们的唐德先生摆好了他的画具,出神地浏览着这乡村春的清晨的美容,把他的身心沉浸在大自然的怀抱里。当他抬起头来的时候,看见一个女子站在悬崖碧树下的岩石上,长长的头发,随着晨风飘展,在晨曦中,显出她美的身影,使我们的唐德先生如获宝藏似地,认为这是一个最好的题材。他不自禁地叫了起来:

"啊!想不到法国莱茵河畔的美景,竟会在这荒僻的乡村里面出现!"

接着,他又说:

"啊!连题目也有了,就叫做《岩上之女》吧!"

于是他急忙地拿起他的画笔,狂热地工作起来。

在他匆匆的几笔中,已充分地可以看出那女子的缥缈的神韵。

常鉴这幅画的观众,一定要疑心那画中的女子,是这小河畔的"罗列莱"(Lorelei)吧!

"不要动!不要动!再要几笔就画完了。"正在画得起劲的唐先生,不断地在向着岩上之女叫着。

但是,极然的,那女子并不注意到他的叫声。因为她并没安排做我们唐先生的模特儿来的。你瞧她很忧愁似的抚摸着身旁的树,深深地感叹了一会,又往岩下望了几眼之后,纵身一跳。

这可把我们的唐先生吓坏了!他一见到这个情形,不禁大叫了一声:

"哎哟!了不得!"

他带着画笔跑过去,还好,那女子并没有滚下去,因为她的衣服被树枝绊住。于是,唐先生在惊慌之余,终于把那女子救了。

唐先生把那女子扶到岩石上的树下,一面替女子把头上的伤口扎好,一面询问她:

"你为什么年轻轻的要寻短见呢?姑娘?"

那女子并不好答什么,望了唐先生一眼,又要往下跳,给我们的唐先生拉住了:

"你到底是为什么?对我说,我是救你的呀!"

那女子回过头来对他说:

"你是救我的吗？你不是大太爷吗？"

"不，我不是什么大太爷，我是个画家，到这乡村来画画的。"

那个女子听到他的话之后，知道他真是救她的，就哇哇地哭出来。哭后对他说起她的身世：

"我是一个农家的女子，父亲是个种棉花的农民。在青黄不接的时候，借过棉行老板许多钱。这年头棉花市价不行，借了人家的钱没有法子偿还。父亲没有法子，就把我强配给棉行老板做续弦的老婆。但是先生！我是已经把自己许了表哥的。他是个年青有作为的人。可是爸爸嫌他穷，不肯。他也为了生活不得不逃到上海去。他虽离开乡村，他那一天是和我在这岩石上相别的。你瞧这树上，先生，这是他用镰刀雕的——我们俩的名字，和相别那天的日子。"

唐先生一看，果然那树上粗鲁地可又深刻地雕着"郑阿毛"和"胡蓉"的名子。他直觉地对女子说：

"那么你是姓胡叫蓉姑娘的了。"

女子带着处女的羞赧低头说"是"。接着她说完她的自杀的原因：

"那棉行老板就是这几天要讨我，并且要带我到上海去。我着急了。我独自一个人走到这里来哭。想起表哥若知道了，该是多么伤心。但现在这个情形他也没有法子救我。我想我活着干嘛呢？所以我就跳下去了。"

唐先生听了她的话不胜其同情。他说：

"这真苦了你了。不过干嘛要死呢？你家住在哪里？我送你回去，好好地对你父亲说去。"

但那女子摇摇头说：

"不，我是死也不再回家的。"

唐先生虽然苦口地劝她，无奈她是这么的坚决。

"现在只有我老舅舅还可怜我，我去找找他吧！"

这样，我们的唐先生终于收拾起他的画具，陪着那女子上她的舅父家去。

在离这不远的一个竹林子旁，有几间破旧的房子。其中的一间，便是那女子的舅父的家。

这是一个佃农的家庭，庭院中摆着各种农具，稻草。还有几只鸡鸭，养在那里。我们的唐先生和那女子从前门进去，迎面出来的是给过度劳动和不良的营养弄老了的中年农民，他就是那女子的舅父。

唐先生经那女子的介绍之后，终于被招待到客堂上去，那农民真切感激地说："啊呀，先生真是我的甥女儿的救命恩人！"

那女子更详细地向我们的唐先生诉说她的境况和她的希求。

那时已是晚饭时候了。

她的舅父虽然想留唐先生吃饭，可是没有菜，不晓得我们的唐先生能不能吃？遂偷偷地叫他甥女来问。女的婉转地对唐先生说：

"先生！时间不早了，就请不要嫌弃，留在这里吃点粗饭吧？"

"很好，很好，我正想尝尝乡村的风味呢。"

于是她的舅父也就诚意地拿出点白菜饭来招待这位高贵的恩人唐先生；但他们自己却吃的是杂粮。这不能不使我们的唐先生惊奇。于是，他不禁问：

"听说今年的收成很好，你们为什么还没有饭吃吃杂粮呢？"

她的舅父听到这问话之后，答道：

"先生！米不是人人吃得起的。今年的收成虽然不错，但是，捐税又重，谷米又大不值钱。像我们这样的人家，把米全都卖掉，还不够还账。自己只好吃杂粮。实在说在这年头连吃杂粮都不是容易的事啊。"

这时从外面跑进来一个小孩子。看见了她，他慌张地说：

"蓉姐姐你在这里啊？你爸爸到处在找你哩。"

她听了惊惶无措，拉着她舅父说：

"舅舅快替我想个法子。"

"孩子，我有什么法子想呢？你毛哥又不在这里。"

我们的唐先生，听了甚为惨然，自告奋勇地说：

"蓉姑娘，你虽然不愿意同那棉行老板到上海去，但假使去找你的表哥，你愿意到上海去吗？"

那女子高兴得跳起来说：

"那自然愿意的。但是哪来的路费呢？"

她又去和她的舅父去商量，舅父也是摇摇头。

唐先生看破了这情形，他继续说：

"不要紧，我有。蓉姑娘同我到寓所拿去。"

这使我们蓉姑娘和她的老舅都感激的流泪了。但她的老舅在送她的甥女儿走的过程，仍然私下把他积下的一些角子铜元都给了她。于是蓉姑娘含着泪辞别舅父，同唐先生去了。

在这封建的农村，一个外来男人带着一个女子在路上走，引起了乡人的注目，是当然的了；但唐先生终于坦然地送了钱给那女子，让她走了。

第二天唐先生又收拾画具，又要去作画的时候，看管别庄的老头儿匆匆走进来，对着唐先生说：

"到底是怎么一回事？外面来了很多的农民，把这别庄包围着，说是你诱拐了一个女子。"

起先我们唐先生是有点莫明其妙，及至从窗口往外面一偷望，才明白他被误解的原因。

于是他把情形对那老头儿说了。

老头儿说都包在我身上。

他出去了半天之后回转来对唐先生说：

"好容易才把他们弄走了，这下可安静了，您好好地多住几天哩。"

唐先生揩了一把汗，赶快收拾行李，送了一些钱给老头儿说：

"嗳呀！得了得了，我住不下去了。我以为乡村是很平和的才来的。是这样，我还是回到都会去罢。"

老头子贪他的房饭钱给得客气，反复劝他住。但是唐先生摇着头。匆匆收检行李。

（淡出）

第六章 青年与老年

（字幕） 因为不堪乡村的压迫，我们的大艺术家又回到他有些厌恶的都会。

在车厢中凝望车窗外若有新思的唐德先生。

都会的灯光。

怀着某种永远的"乡愁"的唐德先生不觉又微微地叹息了一声。

但他的瞑想随即给旅客们纷纷取行李的声音扰乱了。

两个旅客的谈话：

"你到上海安排住多少日子？"

另一人答：

"我不安排住很久，据说上海快要打仗，家父不放心，我想把在××大学念书的舍妹接回去呢。"

另一人答：

"你们乡下很平安吗？"

前人答："还不是和贵处一样。这年头是哪里也不平安的。"

他们叹了。

唐德先生很同情他的话似地暗中点了点头。

另一人从后面走过来对一个学者样子的人说：

"四等车的客人真多呵。"

那客人敲了一下烟灰发挥他的理论说：

"这就是我说的农民离村的现象呵……"

四等车客的拥挤情形的速写。

甲问乙说：

"你到上海有什么工做没有？"

乙摇头说：

"哪里有！乡下活不了，只好奔到上海来再说。你呢？"

甲也摇了头说：

"我还不是和你一样。"

丙正在那里很气愤地对丁说：

"妈的，我到上海若是发了财，我定不与赵大爷干休，他太欺人了。"

丁对他表同情；但戊含着笑说：

"得了，你别想报仇吧，你这一辈子是发不了财的。"

许多农民都发笑了。

但己说:"妈的,'石头也有翻身转',我不相信我们没有报仇的日子……"

车停了,他们的话也停了。

唐德先生在纷纷的人潮中下了车。

当他在月台上招扶行李下车的时候,忽然有人叩他的肩头。

他回头看他。原来是他的老朋友和许多同伴。

"怎么,你从乡下回来了吗,我们正要下乡去哩。"

"下乡去?写生去吗?"

他的朋友苦笑说:

"还写生哩。学生都做救国运动去了,没有人上课。这些日子上海风声不大好,我想到乡下去躲一躲哩。"

他看见唐先生捆载的画布很艳羡地说:

"您这一次在乡下的收获一定很丰富吧。"

唐先生摇摇头说:

"惭愧得很,一张也没有画成功。"

红帽子要把他的行李扛去。他在人丛中物色了半天,向他的朋友说:

"你看见我的学生和×××(女模特儿的名字)吗?我拍电报告诉了他们,怎么不来接呢?"

他的朋友很为难地说:

"没有看见,恐怕是忘了吧。"

唐德先生匆匆地辞了他的朋友出站。

寂寞地可又感着慰安地独自拥着行李坐在汽车上的唐德先生。

夜的都市,这对于艺术家的唐德先生是绝大的魅惑。

他微喟地独语:"啊,我回来了。"车子到了学院门前。

直接往他自己住室走去的唐德先生。

拦住他的听差。

"先生!"

看了他这慌张的样子,唐德先生问:

"徐小姐在家吗?"

听差点点头。

"她怎么不来接我呢?她没有收着我的电报吗?"

听差说:

"电报是收着了。你说是明天早车回来呵。我还安排明天清早到车站去接您哩。"

唐先生搔了搔头。

"我是说明天早车吗?我完全忘记了的。"

听差也不好拦他,只见唐先生提着他的手提箱匆匆地走进去了。

刚走到他的房门口的唐德先生。

他四顾画室,觉得一切依旧,但冷寂多了。

在这冷寂中却听得他的房里发出很清晰的青年男女的对话声。

唐先生有些狼狈,他赶忙用耳朵贴着房门紧张地倾听。

以下是里面的对话声。

首先入耳的是嘻嘻的女子的笑声。

接着是于调笑之后继以正言规劝的男声:

"我不是和你说笑的。真是你应该决定你的态度了。你究竟愿不愿意跟我走呢?"

女的似乎迟疑了一会。

唐先生听得极度紧张的态度。

"我自然愿意跟你走,但我总有点觉得对不起先生。他从前对我是那样的好。"女的声音似乎有些发抖。

唐德先生听了似乎也有些发抖。

"你不要那样太感情的。要晓得先生是老了,落伍了。可是你这样年少,你不能跟着他一道去没落。"

男的这样坚决的声音,似乎每一个字都铁锤似的打着他的脑袋。他愤恨得几乎要掀开门幕打进去。

但女的又说了,他赶忙地仔细听。

"是的,我决定了我的态度了。我跟着你走。"

接着是很长很热烈的 Kiss 的声音。

扬着拳头想要打进去的唐德先生究竟是个艺术家,他迅速地恢复了他的冷静。虽说他的身子还是摇摇欲倒。

他依旧提起了手提箱,竭力地迈着钝重的脚步,走到大门口。

听差的问:

"先生,您这时候还到哪里去呢?"

我们的唐德先生梦游病似的,头也不回走出了大门,并没有答他的话。

他一直那样走。

走到街上。

街上虽是在暴风雨之前夜,但男男女女来来往往地似乎都充满着青春的欢笑。只有他——唐德先生是唯一的老年人,虽说他才四十来岁,在欧美正是壮年。

于是他头也不敢回地一直走,朝着行人稀了的地方走。

他走到四川路僻巷中一家下等酒馆。

唐德先生也不再望那些嘈杂凌乱的饮客,朝着一个有着间壁的位子坐去。堂倌来问要什么东西。

他只说:"酒。"

堂倌问:"什么酒?"

他生气地说:

"随便什么酒都成,只要是够厉害的。"

堂倌去了。

你的耳目随着堂倌可以接触一个非常强烈的印象：

弥漫缭绕的香烟气。

大的小的、圆的高的酒杯。颤动着的肉声。

眼睛……嘴唇……脚……股…… 等等……等等……

这里的一切谈话都是肉感的，短兵相接的。

各人露骨地去求取各人所需要的东西。

唐德先生心里很羡慕他们的勇气，原想同他们去鬼混，但艺术家的"洁癖"妨碍他这样做。

但连喝了几杯有力量的酒，不觉有些发热。

把深掩着他的额头的帽子取下来，往壁上一挂。这样他碰着壁上嵌的镜子。

这镜子里残酷地现出一个形容枯槁、鬓发半斑白的中年人睁着虽还是炯炯有光，却隐含着一股悲痛的阴影的眼睛对他望着。

这使他茫然了。

当他发现这个败残者是他自己的时候，他不觉暗自悲愤起来。他的眼睛里迸出一行行热泪，他的脑里迅速地响着他所信赖的学生和所挚爱的女人的对话。接着，他没有系统地想起他所遭逢的一些刺激。他凝望着镜子里的自己说：

"我……我不能这样完了。"

忽然，他的肩上绕着一条女人的粉臂。他的眼泪正落到这粉臂上来。

"怎么？你这样大的人还有这样热的眼泪吗？"

唐德先生听了她这话，甚为惊讶。

他从镜子里转过头来望了那女人的手，白嫩嫩地很有些姿致。

再望望她的脸儿虽是满涂着脂粉，却也有不俗的地方。

他冷然地问她：

"怎么，你也懂得一个艺术家的眼泪吗？"

那女人答他：

"别欺我们没有多念书，至少眼泪我懂得。我是在眼泪里面长大的。"

唐德先生对于这个女人的话很感兴味：

"唔，你了不得。但你怎么来到这样没有眼泪的地方呢？你好像不是这里人啊？"

女的坐下来：

"我是南边人，但我是在东北长大的！"

这样说了，她把由反抗封建家庭沦落为商女，"九一八"事件中逃回南边的经过简单地告诉了他。最后她拉着唐德先生的手说：

"先生，我愿意跟您做大姐，您能把我救出这个火坑吗？"

唐德先生颇掀动了同情心。

"唔。"

但他迅速地想起了眉——他最挚爱的女子，想起他当时救助她的经过，她正说的是和这个同样的话，他引起了不可消灭的悲愤。

他摔开了那女子的手,望着她说了这几句话:

"好是好,不过你是女人,我已经不相信女人了!"

他起身就走。

他孤单单地来在街上。

卖晚报的跑得很快,叫得很急。

一些等车的客人争买着看。

一客人和另一人说:

"妈的,又打到锦州了。"

另一人苦笑说:

"不要紧,隔上海还远着哩。"

唐先生不甚关心,游魂病似的跟着人上了车。

唐德先生从车上下来,四顾茫然。他对天发这样的叹声:

"我还是回到哪里去好呢?"

这样说,他信步乱走。但不知不觉地又回到了他自己住的家来。他本不敢进去,他的学生和工役看见了,赶忙接住他:

"听说先生回来了,我们找得好苦。有许多事要告诉您哩。"

他只好随着他们走进了画室,又怀着很疑虑厌恶的心情进了他自己的房。

房子里是和画室里一样,什么东西都还没有动,但已经没有一个人了,他回问工役:

"他们呢?"

工役似乎懂得先生所说的"他们"的意思,他说:

"一块去了。这是他留下的信。"

唐德先生已经懂得那信里面的内容了。他也不拆开,随手接过来,咬着牙,把它撕破了。

他转眼望见他的画架还安然无恙地等着他,他也不知起了一种什么心情,转身就朝那画架走去。

他掀开画面上盖的布,就看见他所爱的女子依旧嫣然对他微笑。

他一时引起种种幽凉的回忆。

但一股坚决的近于悲愤的热念涌上头,他握起画架边的小刀,负了伤的狮子似地:

"我不要这个世界了!"

吼了一声,把那幅他认为"毕生杰作"的画,割得粉碎。

虽是他的学生猛力地急切地止住他,但也止他不住了。

(淡出)

第七章 旧的毁灭与新的生长

(字幕)一月后的唐德先生。

唐德先生以一个忽然老了几岁的瘦长的影子出现于街头。他好像一个茫无所归的游魂。

愉快活泼的青年画家的一群，挟着画具谈笑而来。他们中间的一个发现了他：

"唐德先生！"

他回了一回头。

那学生问：

"您到哪里去，先生？"

他含着苦笑摇了摇头：

"我不到哪里去。"

许多学生围上来追问。

"怎么上您画室也找不到您？您又追求着什么女人吗？"

唐德先生"哈哈"地笑了一笑：

"我什么都丢了，还女人哩。"

有一个学生指着画具向唐先生说：

"难道这个也不要了吗？"

唐先生点点头，坚决地说：

"也不要了！我没有什么好画的了。"

那学生一方面同情唐先生的心境，一方面以青年们常有的性急与热心拉住他说：

"没有什么好画的啦？您以为除了女人以外就没有更好的题材了吗？快同我们去。"

他们不管他同意不同意，拉起他就走。

好在他原是没有目的的彷徨，也就随着他们走了。

这样他被他们引到一条中国街。

他们不知从几时起就在墙壁上画着一大方壁画，现在是来继续这工作。

那自然就是描写东北事变进行中日帝国主义的屠杀和义勇军的反抗。

许多工人小市民男男女女围着看。

唐德先生旁观了他们的工作，摇了头说：

"意思是很好，可惜技术还不够。"

一个警察皱了眉说：

"他们是爱国才都来画这个的。你不是中国人吗？你画得好就该帮助着画啊！"

许多学生都怂恿他。

有的供给他的画具。

唐德先生被群起的热情触发了创作热，说一声"好"，就把画笔接过来了。正当他爬上扶梯执笔构思的时候，他身后有人扶着他的衣叫他，那是女子的声音。

他回转头一看，是一个十七八岁的工女打扮的乡下姑娘，却不认识。那女子又叫。

"唐先生，你什么时候来的？"

他猛然记起她是他在乡间写生时救过的那"岩上的女子"！他急忙跳下来问她什么时候到上海：

"你找着表哥没有？"

那女子——胡蓉,含羞地又十分快乐地望着站在十来步远处的一个体格强健、眉宇英秀的劳动少年。

那少年带着微笑走过来。胡蓉指着他说:

"这就是我的表哥。"

唐先生很高兴地抓住他的手,拍拍他的肩背,打量一番说:

"唔,不错。真是一个好青年。"

他回转头望胡蓉笑问她:

"你现在还要投水吗?"

胡蓉也含着少女的笑说:

"我不要死了,假使要死的话,我和表哥一道和敌人拼命去。"

她的表哥也似乎满意于她的这一回答,紧紧地握了她的手一下。

许多学生都问唐德先生怎样认识他们。

唐先生简单地可又高兴地对他们述说了在乡下的经过。

他望了望画面,忽有所得地对他们说:

"来来,我正没有模特儿,你们既愿意一道的敌人拼命去,就让你们先做做壁上的义勇军吧。"

许多学生都拍手。

他们自然很乐意地听从他的话,替他 Pose 起来。

很快地这一对情人的轮廓做了那冰天雪地中抗日反帝的战士。

(淡出)

第八章 最后一滴血

(字幕) 帝国主义的铁蹄踏到江南来了。

黄浦江里云集的军舰上的烟与炮口。

某处建筑物上面的火。

民众的纷扰。愤慨的眼睛与口。

官厅内文书的往来,负责官吏的忙乱。

唐德先生的壁画快要成功了。

以义勇军的姿态活跃于壁上的男女青年。

站着做姿势的胡蓉和她的表哥。

整个的画幅。美术青年们的热心的工作状态。他们中间的 A 看着唐德先生的画都停笔称赞:

"先生,您完全改变了您的作风了。"

唐德先生也踌躇满志地伸展两臂一下说:

"我也觉得我比从前更有气力了。"

那画还有些没有周到的地方。

特别是那女战士的充溢着青春之血的嘴唇显然是不够红。

但他已经没有适当的颜色了。

他向学生们讨。

他们也没有他所要的了。

他很怅然。但端详了一回仍是满足地说：

"好吧，明天再来画吧。"

他邀他们到他的画室去。

女的笑握着他表哥的手。

他们跟着去，包括学生 A、B 们。

在画室里的他们。

唐德先生拾着他割破的杰作的片断，拼起来给他们看：

"这是我画了将近一年的作品……模特儿走了！我也把它撕掉了。"

他摇摇头，面对这零缣断帛还有低徊惋惜之意。

但他的学生坚决地说：

"先生，那些旧的东西还有什么值得你系恋的呢？"

唐先生听了学生的话，想了一回，含着苦笑把破的画布扔了，取画具无心地翻着，发现一样红的颜料，不觉喜极，举起来对他们说：

"有了有了，明天还可以画完那幅壁画了。"

（**字幕**）但是，就在那天晚上。

大炮。闪光。泥土之伞。

机关枪：拍，拍，拍，拍！

手榴弹：轰！

铁甲车的前进。

床上的唐德先生。

炮火下的艺术之宫。

屋瓦的落下。

墙的崩塌。

他的旧作，新作，古典的摹写。

那些在艺术家是第二生命的东西，次递地摧毁。

唐德先生的惊惶、痛惜。他抱着他一张最珍爱的作品狂叫：

"破坏文化的恶魔！"

门是被打开了。

他的学生 A、H 和胡蓉跑进来拖起他走，说：

"先生，快走呵，这里已成了战场了。"

美术学生们更奋力的活动。

胡蓉的表哥们，不到敌纱厂上工，群集计议。

成了逃难者的唐德先生。

他们引他到一大群美术青年临时活动的地方。

他们吃着面包和水，非常热心地工作着。

唐德先生也帮着。

战事在火热地进行。

踊跃援助抗日战士的民众。

帮着运输的。

看护的。

送慰劳品的。

抗日战争画像风一样的传播。

他的叛徒E，挟着美丽的眉在开个人展览会。许多名人们、摩登青年们在参观。对着以眉为模特儿的裸体肖像在叹美，若不知上海有战争者。

唐先生在工作。

胡蓉和她的表哥武装着进来，正像他们在壁画上的样子。胡蓉打扮实在不知道她是女子。

唐先生与学生们的惊异与欢笑。

胡蓉说：

"先生，我们已经编入义勇军了！"

唐德先生大慰喜，拍着他们的肩。

外面队伍在进行着。

漫天的战云。

飞机炸弹的暴威。

他们像小流汇合到大潮似的，归队去了。

这小小的战争美术制作所也在炸弹的威胁下。

他们要迁避到别的地方去。

但唐德先生和许多美术学生一道上前线去。

在战事发展中，他们有和胡蓉们在同一战线的机会。

敌军增援总攻。

我军大量地动员。

胡蓉的表哥最英勇善战，常被编入决死队。

振臂一呼，从者如云。

但在猛进中中敌弹。

胡蓉方欲扶持他，她表哥挥手怒斥她：

"这是什么时候！快前进！"

胡蓉随士兵民众的铁潮前进。

唐德先生目击着这悲壮的场面，失了感叹的余裕，觉得只有前进的一条路。

胡蓉随即和她的表哥同一运命。

唐德先生扶持她，见其已倒。他吼了一声，前进更勇。

虽说那天总体地说是我们的胜利，我们的牺牲却比敌人多。

那时我军前进到曾为敌军占领过的那条画壁画的街。

唐德先生在攀登敌垒时倒下了。

充着热血的他的眼睛,却很清晰地看见他们合作的那壁画虽然存在,而那白墙头却给炮弹轰去了一角,余烟还缭绕着。

他从整个画面注意他画的那一对男女义勇军——胡蓉和她表哥,觉得很是满足。他自语地说:

"这'色'的问题解决了。青年们得像这样。"

在他倒下的时候,无数士兵、义勇军继续不断地前进。

有的甚至踏过他的身旁,踏过他的身上。

(字幕)这有什么关系呢?我们本是到新时代的桥梁。

他以艺术家的冷静、革命家的情热望着战场,望着壁画。

他受了敌弹又遭了践踏,本应该可以死了。但他总觉得那女战士——胡蓉的嘴还不够红。她不是一个充满着青春热力的女子吗?

他终于奋着最后的力,从烟尘中扶着墙爬起来。他想在生命完结以前弥补这个缺憾。

他晓得他没有画笔也没有颜料,但他晓得他有更根本的第一义的画具。

他最后睁着炯炯的眼睛,挟万钧之力用手指来蘸着他胸口的鲜血,以不爽秋毫的准确,圆熟老练的技巧,在那中国的贞德姑娘的嘴上加了那一笔。

他觉得他是无憾了。

他倒下去了。

这有着充满青春的热力的女战士的红唇,忽然很奇怪地活动起来,用着震发一切耽于平和幻梦的聋者的调子这样叫道:

"同胞们,起来!争取我们最后的胜利!"

(淡出)

作者附记:

这剧本终于写成这么一种罗曼蒂克的东西。但革命的罗曼主义并非与社会主义写实主义对立的,相反的是相辅相成的;那么这东西也很有其难舍的地方吧。

一九三三年六月二十一日长江水位达四十四尺的那天

三个摩登女性

出品　联华影业公司，1933年
编剧　陈　瑜（田汉）
导演　卜万苍
摄影　黄绍芬
演员　阮玲玉　黎灼灼　陈燕燕　金　焰　韩兰根　王桂林　高威廉　陈仁芝　周丽丽

《三个摩登女性》电影由田汉编剧。其电影本事原收录于征帆《介绍"三个摩登女性"》（《现代父母》第1卷第3期，1933年7月）。电影剧本系白文根据对话本并参照有关资料整理，原载《田汉电影剧本选集》（中国电影出版社，1983年）。

本　事

田汉

张榆，东北人，因不满于其父母代办之婚姻，忿与家绝，只身走沪渎，投身影界，以天才横溢，丰姿卓荦，不久即成为大明星。

周淑贞，张之未婚妻也。张既拒婚，遂矢志求学，以谋自立。无何，"九一八"事变猝起，东北沦敌手。周乃奉母逃避，亦来申江，入电话局为接线生；而乃母亦恃其十指，博升斗以糊口焉。

海上繁华，实一毁人之洪炉。凡意志薄弱之青年，每难逃其熔冶，张榆其一也。时张声名甚藉，摩登少艾，慕之者不乏其人。有交际花虞玉，昵张最甚，日偕张出入于歌台舞榭，张亦甘作情俘，莫知自振。顾国难日亟，民众心理，激起转变，曩之醉生梦死者，亦莫不遽然而起，思有以效力于国家。于是张所收各界之投函，多一易阿谀之词，而为激励之言。周亦于电话中微言规劝，张乃不觉憬然自悟。

陈若英，一乡村诚朴之好女子也。平素服膺恋爱至上主义，认为惟恋爱乃其人生之一切。因观张榆之剧而爱张榆，日必作情柬一通，废寝忘食，在所勿顾。"一·二八"之后，久不接张复函，恐张以战变有失，乃背其父母，只身来沪，欲图一晤。顾张遇之落落，不觉芳心大悲。

事变中，张参加红十字会，赴战区任救护队。一日，厄于危墙，负伤入医院。适周亦投医院为看护妇，蓦地相见，惊喜交并；时张以周卓荦不群，颇欲恢复昔日之关系，而周又视之落落焉。

虞玉于事变中，曾嫁一富商，避赴香港。战既平，富翁旋死，虞玉乃挟巨额遗产，复飘然来沪。尘装甫卸，即赴张处，挟之作竟日游。张黎明归来，则可怜之若英，方独坐其室,待之竟宵。张不胜感慨,因直言实无资格接受其爱,惟允与合演影片一套,以留纪念。若英不得已诺之。

无何,摄影场中摄制新片,张饰一青年,将慷慨从戎;若英饰其恋人,泥其行。青年绝裾而去,恋人疑青年变志,拔刃自裁,水银灯下,演来逼肖。讵若英成竹在胸,于自裁之际,竟弄假成真,玉殒香消。张以我虽不杀伯仁,伯仁由我而死,其心中之打击为何如乎?

自是张颇自敛,而慕周之心愈炽。乃日俟电话局之侧,于周散工之际,尾之归家,朝其母;约周出游,周不得已允之,请张导其一游彼日常接触之社会。张乃挈之入剧场,赴舞榭,凡声色犬马之好,历历观光。既竟,周嘒然曰:"君所接触者,固如是耶?曷不一观我所日常接触之社会乎!"张从之,周乃挈张赴码头,至工厂,历贫民窟,经劳工区,举凡血汗交迸,以力自食之地,胼手胝足,餐风宿露之场,皆一一亲历之。张生所未见,触目惊心,其中心之打击又何如也!

一夕,虞玉在新居广邀社会名流,张盛大之宴会。知张有新恋,嘱邀之同往,将以富贵之气,压迫穷酸。周慨然允之,布衣而往。时则大艺术家,大文学家,贵胄豪宦,罔不毕集,席间各吐所怀,鄙陋如见其人。独周侃侃陈词,真若灼见,四座动容。虞玉之珠光宝气,顿为之黯澹无华。于是张益器周,欣然曰:"我今日始知世间惟最理智,最英勇,最能自食其力者,乃当代最摩登之女性也。"席散后,虞玉复施故技,欲有以羁张,而张绝裾去矣。

无何,周之接线生因谋公众之幸福,被黜于当局。其母忧之,周笑曰:"吾体持力而活,有手在,何处无啖饭地耶?"母亦欣然奋发。张适来慰问,见母女壮志凌云,不觉益为倾倒,趋握周手,久久勿释。

剧 本

田汉

沈阳鸟瞰。

一个封建家庭的客厅。一对年迈的父母分坐在红木茶几两旁。母亲注视着父亲。父亲沉思着,半晌,望了望老妻,点点头,说:

(**字幕**)"那就办吧!"

母亲欢笑。她略一思索,问:

(**字幕**)"要不要先同孩子说一声?"

父亲摇摇头。

母亲试探地:

(**字幕**)"对这门亲事,榆他……"

父亲沉吟一下,不耐烦地挥挥手,示意叫儿子来。母亲喊女仆。

女仆走进。

母亲对她说:

（字幕）"叫少爷来！"
女仆应声而去。

庭院。一个二十岁上下、穿长衫的青年，朝客厅走来。他细高个儿，长方脸盘，相貌十分英俊。他微笑着迈进客堂，站在父母面前，叫了声："爸！妈！"
母亲道：
（字幕）"榆，你爸和我都这把年纪了，世道也不安宁，你的亲事也该办了！"
张榆立刻流露出不满的情绪：
（字幕）"妈，我早说过，这是我自己的事！"
父亲一拍桌子，指着儿子怒喝道：
（字幕）"岂有此理！我看你上大学上得更糊涂啦！这……这是父母之命！"

夜。借着窗棂透进的月光，可以看见躺在床上的张榆。他辗转反侧，十分痛苦。他忽然象是下定了什么决心似的坐起来，拉出床下的皮箱，略一犹豫，提了起来，毅然奔出门口。
张榆穿过大街，向火车站走去。

一列开往大连的火车在启动。一柱柱灯光，掠过车厢内张榆凝思的脸。火车鸣着汽笛驶出车站，驰向远方。

清晨。母亲惶恐地从院里奔进卧室，唤醒尚在梦乡的丈夫，急急地把手里一张信纸递给他。
父亲接过信纸，揉揉模糊的睡眼，但见纸上写着：
　　爸、妈！这个家我实在呆不下去了，我走了，原谅您的儿子吧！
父亲气得把信纸扔在地上：
（字幕）"他跑了，这个不孝的东西！"
母亲掩面哭泣。

波涛汹涌。
一艘远航客轮划破海面。张榆手扶甲板栏杆，向远方眺望。

周淑贞家。
媒人周五叔，正同周母说着什么。周母陡然色变。这时，周淑贞提着茶水进来，给五叔斟茶。她是一个十六七岁的姑娘。身后拖着一根乌黑的长辫子。苗条的身材，秀丽的脸庞，一双不大但明亮的眼睛里，蕴含着羞涩的光芒。
周母指指一旁的凳子，叫正要离去的淑贞也坐下来。
淑贞应命。

周母望望淑贞,带气地说:

(字幕)"张家少爷,他离家走了,你们这门亲事,只好算了。咱们家穷,配不上人家啊!"

淑贞低头不语。

周淑贞回到卧室,一头埋在枕上,低泣起来。

暮色降临。周母走到淑贞卧室门口,轻轻叫道:

(字幕)"淑贞,吃饭啦!"

淑贞从床上坐起,柔声回答:

(字幕)"妈,我不饿!"

周母跨进房门,来到淑贞身边,抚摸着她的头,安慰地:

(字幕)"孩子,别难过!"

淑贞依偎在妈妈胸前,舒展开愁锁的眉头,说:

(字幕)"妈,以后我要好好读书,不能老让人家看不起!"

周母赞成地点点头,鼓励地拍着女儿的肩膀。

(字幕)从此,淑贞立下了矢志求学、愤发谋立的志向。

上海闹市,车水马龙,熙来攘往。

一辆黑色小汽车驶过,它转弯过街口,又掠过几家店铺、楼房,在一家挂着"光明电影股份有限公司"牌子的铁栅门前停下。车门推开,西装革履的张榆探头走出,跨向公司的大门。他投身到电影界,现已成为男女青年们羡慕的大明星了。

张榆走进经理室,正在办事的经理抬头笑道:

(字幕)"啊!密斯脱张,拍完戏啦?"

张榆边点头作答,边在一旁的沙发上坐下,掏出香烟,点燃,吸了一口,如释重负地吐着浓浓的烟雾。

经理拿起写字台上的一叠信,走过来,递给张榆,说:

(字幕)"又是写给你的,我们的大明星,你已经征服了千万颗影迷的心!"

张榆接过信,不在意地看着一个个信封。忽然,他的目光停留在一个写着秀丽的钢笔字的信封上,放下其余的信,把它拆开,只见信上写道:

尊敬的张榆先生大鉴:

  刚看了您主演的新片回来,就给您写这封信。您扮的那个义士,真讨人爱。见义勇为,成人之美,是一个好的人儿呀。爱之神啊,爱之神,你为什么只停留在影戏上的英雄美人那里,而不降临在我的身边!……请原谅我的幼稚,天天给您写信。您知道,我多么盼望收到您的回信啊!赐祝

  祺安

         敬仰您的陈若英 七月十七日夜

张榆看罢,摇头笑笑,自言自语。

经理听了，无意地问：

(**字幕**) "哦，什么？"

张榆说：

(**字幕**) "没什么，一个女子写的信！"

经理玩笑地：

(**字幕**) "你现在是交桃花运啦！"

电话铃响，经理拿起听筒，说了几句，把电话递向张榆。张榆走过来，经理笑着说：

(**字幕**) "你看是吧，又是一个。"

张榆接过电话。

体态丰盈，服饰艳丽的南国少女虞玉，正半倚在沙发上打电话，她嗔怒地：

(**字幕**) "……人家找了你半天，你倒躲这儿来了……好喽，不说啦，晚上你去不去……那么说定了，七点半，国际舞厅，……晚上见。"

国际舞厅门前。

纷华靡丽的男女出出进进。

舞池里，昏暗的灯光下，双双对对婆娑起舞。

张榆、虞玉倚偎在一起，随着音乐的旋律，滑动着脚步。

沈阳。战火弥漫。

(**字幕**) "九一八"给中华民族带来了深重的灾难。

炮弹落下，升起高高的烟柱，随后又冒起火光。

一个青年妇女，抱着孩子，从燃烧着的房屋里钻出来，挣扎着。

人们扶老携幼，在大街小巷里奔逃。

淑贞一手提着包袱，一手搀着母亲，随着稀落的难民，沿着入关的铁道，踉跄地朝前走着，走着，她们的身影，越来越小。

上海。舞台上，靡歌艳舞。观众席里面，张榆、虞玉肩挨肩地在欣赏，相互间，不时以深情的目光，投向对方。

上海车站，随着下车的人群，淑贞搀着老母走下。

上海电话公司门前，旗袍、短发的淑贞走进。她来到接线室，同几个同事打了招呼，便代替她身边一个接线生的位子工作起来。

(**字幕**) 为着生活，淑贞幸运地考进电话公司，当了接线生。

张榆住宅。虞玉半躺在沙发上，悠闲地抽着烟。张榆坐在写字台旁，看着一封封影迷的来信，一团团揉掉，丢在字纸篓里。
虞玉瞟了他一眼，问：
(字幕)"怎么，我们的大明星，影迷又骂你啦？"
张榆不语。
虞玉走过来，勾住他的脖子。
张榆回头看看她，指着桌上的许多信说：
(字幕)"国难深重，民族危机，不要再演风花雪月，谈情说爱了，演一些有益国家民族的片子吧。都是这一套！"
虞玉哼了一声，撅起嘴说：
(字幕)"这些人也真怪，爱看不爱看，管得着吗？"
张榆苦恼着。
虞玉见他仍不高兴，摇晃着他，娇媚地：
(字幕)"干么生这闲气。走，到跑狗场去！"
张榆看她。她嫣然一笑。张榆的沉重心情，一下子飘散了。他握住虞玉的肩膀，预备吻她。正在这时，电话铃响。张榆生气地抓起听筒……

淑贞坐在接线间里，正对着电话机说话：
(字幕)"……救亡图存，这是每一个有良心的中国人的责任，你们拍影戏的，也应该出把力才对，不要再麻痹观众，也麻痹自己吧！"
张榆皱起眉头：
(字幕)"你是谁？……接线生？贵姓？什么？周淑贞？喂，喂……"
电话被挂断了。张榆还痴呆地拿着听筒。
坐在他身旁的虞玉不解地问：
(字幕)"是谁呀？"
张榆看了她一眼，不语，以手加额，低下头来。

战火中的上海。
(字幕)"九一八"事变刚过，淞沪战争又告爆发。
虹口一带，被炮火击中的民房，学校。
敌机在天空投弹。
闸北。士兵在沙袋后举枪射击。
担架队出入在枪林弹雨中。
医院，志愿当了临时看护的淑贞，在为伤兵洗伤口，敷药，包扎。

虞玉住宅。女佣人开门。胳臂上围着红十字会救护队臂章的张榆，急急走入。
客厅里，虞玉正同一个戴着夹鼻眼镜的瘦小富商坐在沙发上，情话绵绵。

张榆闯进。虞玉抬起头来。张榆从裤袋里掏出一个红十字臂章,弯下身说:

(字幕)"你也来参加吧,救国人人有责呐。"

虞玉不解地望着他。半晌才说:

(字幕)"不,我要结婚啦。"

张榆一惊,直起身。

虞玉向富商瞟了一眼,又说:

(字幕)"这儿不太平,明天我们就到香港去!"

旁边的富商证实地点点头。

虞玉伸出手欲同张榆握手,表示再会。

张榆不理,转身离开客厅。

烽烟弥漫的前线,士兵们持枪冲杀。

一士兵中弹倒下。张榆冒险跑过来,为他包扎,背起他,退下火线。

张榆穿过断垣残壁,朝前跑去。一颗炮弹落在他前面不远处,他身边的墙壁倒下来,尘土四起……

医院手术室。张榆昏迷着,医生、淑贞和其他护士在急救。

医生示意准备输血。淑贞走来,伸出自己的手臂,医生微笑着向她点头。护士抽血。

张榆昏迷着,医生走来给他输血。

医院伤员病房。张榆从昏迷中醒过来,望望旁边一直在护理他的淑贞,感激地:

(字幕)"谢谢,看护小姐,辛苦您啦!"

疲惫而又兴奋的淑贞含笑说:

(字幕)"那儿的话,这是我们应当做的。"

张榆敬重的凝视着这位洞悉事理的年轻女护士。

淑贞觉察对方老盯住自己,不好意思地低下头。

一片沉默。

病房尽头的伤员,呻吟了一声,淑贞马上走过去。

张榆欠身望着她离去的背影。

又一个女护士走过,张榆唤住她,指着淑贞,问她叫什么。

女护士爽快地回答:

(字幕)"她叫周淑贞,电话公司来的,人可好啦!……她还把自己的血输给你哪!……您有事吗?"

张榆摇摇头。

女护士离去。

张榆两眼直盯着天花板,陷入沉思。

(字幕)他万万没有料到,被他逃婚的未婚妻,会是这样的一个人。

(字幕)事变后一月。
电话公司门前,张榆来回踱着,不时看表。
下班时间到了。职工纷纷走出大门。淑贞同她的女友说笑着走出来。
张榆迎上前,招呼她。
淑贞客气地点点头:
(字幕)"唉,张先生……再会!"
淑贞说罢,朝马路的一头走去。
张榆举手想叫住她,又放下手,呆立在那里。

淑贞和她的女友从围墙边走过,张榆远远地跟在后面。
淑贞穿过弄堂,和女友告别,然后走进住处的大门。张榆停在弄堂口,翘望。

黄浦江边。一艘江轮响着汽笛渐渐靠岸。旅客们提着行李箱子走下。许多旅馆招待乱哄哄地向旅客们兜生意。
一个衣饰朴素的少女从船舱里出来,站在甲板上,四处张望。她文静秀丽,婀娜多姿,乌黑的短发,散披肩后,合身的旗袍裹住娇小玲珑的身体。
(字幕)痴情的若英,终于从九江到上海,找张榆来了。
旅馆招待们围上来,一张张卡片伸向若英面前。她手足无措,随便捡了一张。那招待急忙帮她提着皮箱下船。

张榆无精打采地走进寓所,跌仰在沙发上,拉松脖子上的领带,合起双目。
夜来临了,屋里光线渐渐暗下去。
不知过了多久,灯光一亮,张榆从昏睡中惊醒。他睁开眼,一个华贵的少妇,婷婷玉立在他的面前。
虞玉笑盈盈地说:
(字幕)"我还以为你不在呢。"
张榆这时似乎才辨清她是虞玉,感到惊异地问:
(字幕)"啊,是你……怎么从香港回来啦?"
全身欧化打扮的虞玉在张榆身边坐下,从手提包里掏出纸烟,递过去。
张榆摆摆手。
虞玉自己抽出一支,点燃,说:
(字幕)"我特意来邀你玩呢!"
张榆一翻眼皮,带着讽刺的口吻说:
(字幕)"您现在是贵夫人啦,高攀不上啦!"
虞玉眼圈一红,委屈地说:

(字幕)"人家一到,就来找你,你就这样伤人的心!我多不幸啊,婚后不久,他……他就急病死了。"

虞玉说毕,伏在沙发靠背上耸动着两肩,呜呜咽咽地哭起来。

张榆感到有点过意不去,就抚着她的肩膀,安慰她。

虞玉顺势扑在张榆的怀里。

张榆住宅门前。路灯光下,可以看见虞玉的小汽车停在那里。

张榆伴着虞玉走出,登上汽车,虞玉对汽车夫说一声:

(字幕)"明园!"

汽车一溜烟驶进黑暗中。

若英从另一方向走来,寻找着门牌号码。她来到张榆寓所门口,一看门牌不错,就按门铃。

女仆开门。若英上前问道:

(字幕)"张榆先生是住在这儿吗?"

女佣点点头。

若英露出喜色,但马上又局促地:

(字幕)"他……我是说张先生,上月战争时,没遭意外吧?"

女佣说:

(字幕)"受了点轻伤,早好啦!"

若英舒了口气,平静下来,又问:

(字幕)"他在吗?"

女佣看了看院里说:

(字幕)"好像刚出去。您是他……"

若英涨红了脸,说:

(字幕)"朋友。"

女佣说:

(字幕)"噢,您请进来坐吧!"

女佣把若英引进张榆的书斋,打开电灯,沏了茶,然后说:

(字幕)"噢,您坐一会儿!说不定张先生马上就回来的。"

女佣离去。

屋内寂静下来,桌上的小座钟指着九点。

若英被这陌生的、她倾心爱慕的"影里情郎"的房间所吸引了,里面每一件东西,几乎都招引她注意。她环视房间的四周,走到窗前,推开窗户,夜风拂动着她的短发,她深深地吸了一口气。

小座钟滴滴答答地走着,快九点半了。

若英移到桌前,在圈椅里坐下。桌上一张镶着镜框的张榆拉提琴的半身照片,映入她的眼帘。她脉脉含情地凝望着它。她拿过来，捧在怀里，晶莹的目光直射前方，她的思绪飞得更远了。

小座钟依旧走着……十点，十一点……五点，六点……

晨曦。

一夜未眠的张榆拖着疲劳的身躯推开大门。正在忙碌的女佣，见他进来，急忙上前说：

（**字幕**）"张先生，您才回来，有个姓陈的小姐等了您整夜呐！"

张榆一愣。

女佣指指书斋。张榆急忙走过去。

他跨进书斋，只见若英怅然若失地坐在那里。

张榆上前招呼。

若英微微欠身，忸怩地说：

（**字幕**）"您不笑话我吧？"

张榆客气地：

（**字幕**）"哪里，哪里，欢迎你来上海玩！"

若英摆弄着手绢，娇羞地：

（**字幕**）"很久不接到你来信，我怕发生了……所以我就……我就来啦！"

张榆笑着表示感激。

若英抬头，深情地望着他。

张榆感到有点不安，忙问：

（**字幕**）"你现在住哪儿？"

若英答：

（**字幕**）"旅馆里。"

张榆说：

（**字幕**）"那不太方便吧，你就住在这儿来，我可以到朋友家去住。"

若英笑笑，摇摇头：

（**字幕**）"那儿很方便的。"

女佣捧着早点进来。张榆招待客人。

他们吃着早点。

张榆想起了什么，说：

（**字幕**）"噢，你不是想参观拍戏吗？回头我带你看看去！"

若英惊喜。

张榆徘徊在淑贞家门口，淑贞下班归来，与张榆相遇，张榆迎上前去，说：

（**字幕**）"周小姐，你住这儿？"

淑贞点头，然后礼貌地：

（字幕）"请进来坐吧！"

张榆欣然同意。

室内，陈设简朴，周母正坐在高桌边做针线活。

淑贞领着张榆进来。

周母抬头，望着他们。

淑贞介绍说：

（字幕）"妈，这是张榆先生！"

周母注意地看他。

张榆彬彬有礼地叫了声：

（字幕）"伯母，您还认识我吗？"

周母指指凳子，笑着让道：

（字幕）"坐，坐，淑贞同我说过，真没想到，会在这儿碰上。你变多啦！"

张榆笑笑。

淑贞站在一旁。

停了一会，周母问：

（字幕）"你家里怎样了？"

张榆感慨地：

（字幕）"还不是亡国奴的日子，来信说，过不下去呀！"

周母叹口气：

（字幕）"唉！啥时候才能回老家哟，我这把老骨头怕是要撂在外乡啦！"

屋里一阵沉默。

还是淑贞打破了这个沉闷的局面。

（字幕）"妈，你们谈，我提水去！"

周母点点头。

淑贞拎起旁边的水桶，准备往外走。

张榆站起，说：

（字幕）"我去打吧！"

他走过来，拉住淑贞手里的水桶。

两人互相望着。

坐在桌边的周母，发出会心的微笑。

旅馆的一个房间里，若英整理好衣饰、头发，等待着张榆来访。她倚着窗口，望着房门，内心忐忑不安。

张榆推门进来，若英迎上前去，同他握手。

他们坐下来。

张榆问道：

（字幕）"这两天，没出去玩玩吗？"

若英摇头。

半晌，张榆又说：

(字幕)"你该回家啦，要不，你爸妈会急坏的。"

若英满腔心事，顿时迸发出来。她猛然转向张榆，痴情地望着他说：

(字幕)"我爱你！"

张榆被这突然而来的感情袭击，弄得一时说不出话来。良久，才郑重地说：

(字幕)"若英，我感激你对我的一片情意……可是，我没有资格接受你的爱，因为我已经爱上另一个人了！"

若英火热的感情好似被泼上一盆冷水，她痴呆在那里，慢慢地热泪充盈，猛然伏在椅背上，抽噎起来。

张榆手足无措，想安慰她，但又找不出适当的话来。

若英抑制着内心的苦痛，拭去泪水，凄然地说：

(字幕)"好，我走了，就再见吧！也许，也许，再也见不着了。"

她说着说着，又潸然泪下。

张榆被若英的痴情激动着，他猛然贴近若英身边，感情地说：

(字幕)"我们合拍一部影片吧，也好做为这段神交的纪念！你说好吗？"

若英不语，半晌，怏怏地点点头。

化妆室里。张榆在化妆。若英在化妆。

(字幕)经过一段筹备的时间，影片开始拍摄了。

摄影场一角，是一堂中等人家书斋的布置。摄影机朝着屋内。

导演正同张榆、若英和另一个出场的演员说明表演的要求：

(字幕)"这场戏，是青年不再爱他的情人了，但她却依然痴情地爱着他。青年假托理由要离开家，情人看透了他的心，殉情自杀。这是高潮，要演得感情毕露，才行！"

张榆、若英会意。

导演回到摄影机旁坐下，叫道：

(字幕)"预备！"

水银灯打开。

摄影师准备摇动机器。

导演喊：

(字幕)"开麦拉！"

摄影机响了起来。

场记把镜头号牌从镜头前拿下，这时看到：书斋里，张榆扮演的青年，正坐在书桌前提笔写着什么。他的同学，向他指着表，催他快走。正在这时，若英扮演的青年恋人，姗姗而来。青年一愣，但马上迎了上去，拉着情人的手，又指着桌上还没有写完的信，急忙说他正要给她写信呢！

她歪头望着他，柔声问为什么。

青年编织着理由，说他不能不离开她。

她呆呆地凝望着青年，一语不发。

青年把情人的手拉在胸前，央求她谅解。

她缓缓挣脱手，扭过头去，悲苦地省悟道：他变了，他不爱她了！

青年辩解着……

她不相信地摇着头，慢慢走到椅边，坐下。

青年的一位朋友指着表，向他示意。

青年走到椅边，向情人告别。

她猛然拉住他的衣襟，叫他不能离开她，丢弃她。

青年矛盾着。

她噙着泪，仰望着他。

青年下了下决心，毅然推开她离去。

她发狂似地呼喊着，奔向门边。但他已走远了。

她呆呆地走回来……突然，她发现桌上放着一把明晃晃的裁纸尖刀，她飞跑过去，抓在手里凝望着……猛然把它刺进了自己的胸膛。

她缓缓地、痛苦地跌倒在地上。

导演看得入神，急喊：

（**字幕**）"克脱！"

摄影机停止摇动。

张榆和另一演员跑过来。

导演高兴地翘起大拇指，表示满意。

张榆忽然回头发现若英还躺着不动，急忙跑过去，别的人也跟了过来。

张榆俯下身去，他惊呆了！

鲜血染透了若英身穿的那件旗袍。

饰同学的演员，用手摸了一下若英的胸口，惊呼：

（**字幕**）"哦！她真的自杀了！"

人们忙乱起来。

张榆十分痛苦地俯视着若英的尸体，落下了眼泪。

张榆斜躺床上，两眼直盯着上方，他痛苦着，矛盾着。

张榆从床上坐起，穿了上衣，走出室外。

一条冷清的马路，张榆漫无目标地走着，走着。突然，后面驰来的一辆小汽车，在他身旁刹住。

张榆愣了一下。

虞玉走下汽车，说：

(**字幕**)"你叫人找得好苦啊!"
张榆闷闷不语。
虞玉笑道：
(**字幕**)"唉，人已死啦，后事也办完了，干么还愁眉苦脸的。走，玩玩去!"
张榆摇摇头，依旧悒悒不欢。
虞玉装出一副不高兴的样子，拉着他，故作娇态：
(**字幕**)"我要你去吗!"
张榆正色说：
(**字幕**)"不，我不去!"
虞玉感到没趣，生气地说：
(**字幕**)"那好，以后谁也别来理谁!"
她说罢上了汽车，走了。
张榆依旧漫无目的地朝前走去。

张榆同周淑贞在公园的林荫道上漫步。
游人来往。
只听见张榆说：
(**字幕**)"经过上次那悲惨的教训，我才感到，爱情竟是这样严肃的事。"
淑贞望了他一眼，说：
(**字幕**)"岂止是爱情，整个的人生，就是这样!"
张榆不觉停住脚步，凝望着淑贞。他更加被淑贞卓荦的品德所吸引了。他紧握着淑贞的手，向她表示倾心的爱慕。

淑贞家。
张榆对正在帮妈妈做活的淑贞说：
(**字幕**)"出去玩玩好吗?"
淑贞含笑摇头。
一旁的周母插进来：
(**字幕**)"去吧，去吧! 大礼拜天的，也该休息休息啦!"
淑贞不好违背母亲的意思，就对张榆说：
(**字幕**)"这样吧，咱们看看你平日常去的地方，好吗?"
张榆兴奋地满口答应了。

张榆和淑贞从戏院散场的人群里走出来……

他们走进回力球场……

跑狗场上，人们买票赌博，哄哄嚷嚷。狗在圈子里奔跑，张榆兴致勃勃地看着，他一旁的淑贞感到厌烦地皱起眉头……

他们来到夜总会。舞池中的舞客……赌场上的赌徒……酒吧间的男女……
淑贞感到透不过气来。她拉了一把张榆：
(**字幕**)"咱们走吧！"

他们在马路上走着。
行人和商店橱窗在他们身边掠过。
张榆得意地问淑贞：
(**字幕**)"你觉得好玩吗？"
淑贞看了张榆一眼，没有表示，反问道：
(**字幕**)"你所接触的就是这一些么？"
张榆点头。
淑贞边走边说：
(**字幕**)"我到上海的日子还浅，等明儿也请你看看我所接触的社会去！"
张榆欣然接受了。

太阳从东方升起，照耀着黄浦江水，闪闪发光。
淑贞领着张榆来到外滩码头边。
码头工人们正踏着沉重的步子，把一包包货物背负着运上轮船……

杨树浦工厂区。
他们从矮小的工棚前走过；从高大的工厂前走过。
他们来到建筑工地。工人们喊着号子，打着夯。抬木料的，推砖瓦的，来来往往。

他们又来到沪西贫民窟。一群衣衫褴褛的孩子，以好奇的目光注视着这两个陌生的人……

工人夜校里。
淑贞领着张榆，走进教室，这时还没有上课，但已来了一些女工了。正在帮助学生温习功课的兼课女教员见淑贞进来，热情地招呼她。有的学生也跑过来，同她说话……

他们行走在空荡的马路上。
张榆有点奇怪地问淑贞：
(**字幕**)"你怎会认识他们的？"

淑贞自豪地回答：
（**字幕**）"我也是工人呐，也是他们中间的一个啊！"
张榆停住脚步，感叹地说：
（**字幕**）"以前我也曾经过这些地方，就是没有深入了解过他们的生活，他们的为人！你……你给我上了一课，对人生很有益的一课！"

虞玉新居的卧室。
女佣帮她梳洗，打扮定当以后，她对着镜子，自我陶醉地笑笑。
她款款走下楼梯，来到客厅。
一个等在那里的男仆上前，说：
（**字幕**）"太太，请帖都送完啦！"
虞玉头也不抬地问：
（**字幕**）"他们能来吗？"
男仆恭维地：
（**字幕**）"您请客，他们一定会来的！"
虞玉想了想，又问：
（**字幕**）"张榆先生的，还有……周……周小姐的，送到了吗？"
男仆：
（**字幕**）"送到了，送到了，是我亲手交给张先生的。"
虞玉思索着。

张榆正同淑贞通话。
张榆拿着听筒，问：
（**字幕**）"……喂，晚上你能去吗？"
淑贞笑答：
（**字幕**）"怕不行，我还有事哩！……噢，是公司开除了几个职工，大家正要去交涉！"
张榆恳求地：
（**字幕**）"最好能来，你不是说，想看看我过去接近的是什么人吗？这是机会！"
淑贞考虑一下，说：
（**字幕**）"那好吧！如果没有要紧的事，我就到你那儿！"
她放下电话，又同一旁的几个女工交谈起来。

虞玉家的客厅，灯火辉煌。
身穿晚礼服的虞玉，在门口迎接着客人。
一对夫妇走进来。
一个长着络腮胡子的人走进来。

一个矮胖子走进来。

一个戴眼镜的人走进来。

张榆和淑贞迈上台阶。

虞玉迎上去，同张榆握手。

张榆为她们介绍。

淑贞和虞玉握手。

虞玉打量着淑贞。

淑贞穿一件干净、朴素的蓝布旗袍，脸上不抹脂粉，在绮罗锦绣的来客中，她自然是显得与众不同了。当她与张榆进入客厅后，虞玉又回头望了她一眼，露出不屑的神气。

宴会开始。长长的餐桌两旁，坐满了各色各样的宾客。虞玉站在餐桌上首，举着酒杯，笑盈盈地说：

（字幕）"……这是一个普通的宴会，没有什么特别的意义，只是为了我刚迁到新居，请大家来聚会聚会。不过。因为到会的，都是社会名流，它就变得隆重起来了！"

一阵欢笑和拍手声。

虞玉高举酒杯：

（字幕）"来，祝诸君多福多寿！"

瘦小个儿的青年止住大家，补充一句：

（字幕）"更为我们的女主人虞玉小姐的乔迁之喜，干杯！"

大家一饮而尽。

又一阵欢笑。

一向好显露自己的瘦小青年人，这时又大发议论：

（字幕）"我是干新闻记者的，如果我把这个宴会写了出去，你们猜，那些自封进步的人士，会怎么说……他们一定会说，看，这些醉生梦死的家伙，在国难时刻，还执迷不悟哩！"

一个诗人派头的中年人，接过话头：

（字幕）"古人有云，对酒当歌，人生几何？管他国难不国难的！"

坐在张榆旁边的淑贞，感到刺耳，朝他们望了一眼。

长着络腮胡子的也搭上腔来：

（字幕）"喂，话可不能这么说呀，国难要管，宴会嘛，也要赴！不能因为国家受难，就也让肚子受难呀！"

人们哄堂大笑。

瘦小青年，伸出大拇指，赞叹络腮胡子的高见。他一转眼，瞧见他身旁正在大啖的胖子，便又问他的意见。

胖子边吃边说：

（字幕）"我是生意人，只要有……有钱赚就行啊！"

人们又笑起来。
淑贞极为不满。
张榆观察着她的神色。
淑贞跃跃欲语的样子。
正在这时,她对面一个戴眼镜的人,停下刀叉,正色说:
(**字幕**)"把国家存亡这样严肃的事,作为席间说笑的资料,很不应当!"
人们沉默下来。
虞玉感到局面有些尴尬,打圆场地说:
(**字幕**)"好啦,好啦,吃饭莫谈国事。我给大家准备了最新的舞曲唱片,吃完了,好好地跳一场。"

舞会开始。人们翩翩起舞。
瘦小青年很不高兴地坐在那里。
张榆同淑贞坐在对面的沙发上交谈着。
虞玉拥着舞伴,从他们身旁旋过,向张榆投去妩媚的一笑。
虞玉舞到瘦小青年身边,正好音乐停止,她对他说:
(**字幕**)"干什么还不高兴?"
瘦小青年耿耿于怀:
(**字幕**)"我是要高兴而来,败兴而归了!"
戴眼镜的人听了,感到这句话是针对他的,就有气地说:
(**字幕**)"拿国难开玩笑,是很不好!"
瘦小青年讽刺地:
(**字幕**)"你是爱国分子,我是民族败类,行了吧!"
大家听到他们的争吵,围了过来。
淑贞和张榆也跟了过来。
虞玉劝解:
(**字幕**)"来,来,来,跳舞吧,何必为这些小事闹别扭呀!"
憋了一肚子气的淑贞,再也忍不住了,她庄严郑重地说:
(**字幕**)"这不是小事!"
人们听了,都把目光集中到她身上来。
淑贞开始感到有点羞怯:
(**字幕**)"我是一个失去故乡的人,我亲身经历了'沈阳事变',可能同在座的诸位,体会有所不同。"
她说着说着,激动起来:
(**字幕**)"你们说,这是小事,可以不管。请问,我们大片的东北土地沦丧于铁蹄之下,关外三千万同胞,整天过着亡国奴的日子,这是小事吗?可以不管吗?我们的兄弟姐妹,在被敌人任意屠杀,许多人死在敌人的刺刀下,这是小事吗?也可以不管吗？"

人们被淑贞出人意外的言谈吸引住了，都注意地倾听着。

张榆也在听着，甚为激动。

淑贞继续侃侃而谈：

（字幕）"你们说，只要自己活得好就行了，可是你们想一想，一旦敌人打来了，你们能有好日子过吗？你们看看，那些被你们视为是愚夫的劳苦大众吧，他们满怀着爱国心，决意同敌人拼到底，可是，可是，你们呢？"

人们默默无声，有的低下头来。

淑贞寻视大家，语重心长地：

（字幕）"同胞们，醒醒吧！"

她说完，人们议论纷纷，交头接耳。

戴眼镜的带头鼓掌，有几个人也跟着鼓掌。

呆立的张榆，被掌声唤醒。他走上前去，感慨万分地说：

（字幕）"淑贞，今天我才知道，只有真正自食其力，最理智、最勇敢、最关心大众利益的，才是当代最摩登的女性！"

他紧紧握住淑贞的手，久久不释。

电话公司门口。许多男女职工围在那里。他们愤怒地、激动地交谈着。

一个男工人，正对一个记者模样的人，挥着手说：

（字幕）"如果公司方面不同意恢复被解雇员工的工作，我们决不复工！"

大家同声拥护。

记者在本上记录着。

记者停下笔，问：

（字幕）"谈判得怎么样了？"

男工人望望楼上。

楼上。经理办公室里。

淑贞同另一个老工人和一个职员，他们代表罢工的职工，正同总经理进行谈判。

大腹便便的总经理，踱着方步，停下来问：

（字幕）"……你们要求的条件，就是这一些？"

老工人泰然答道：

（字幕）"就是这一些啦！"

总经理拉着腔调狡猾地说：

（字幕）"这好办！不过……你们不能太性急，我还得向董事会报告请示一下呀！"

淑贞愤然。

（字幕）"这也不是一天两天的事了，我们早已向公司提出过，却一直拖着不办！"

总经理看了看表，带着威胁的口吻：

（**字幕**）"我看你们还是先复工吧，你们这样闹，全上海的电话都不通，影响市面，结果是很坏的！"

老工人笑道：

（**字幕**）"只要马上答应了这些条件，我们可以马上复工！"

楼下门前。一群流氓企图捣乱。工人们警惕地注视着这群流氓。

楼上，谈判僵持着。

楼下轰然大乱。工人们同流氓扭打在一起。

淑贞闻声对老工人说了几句，走出来。
淑贞跑到门口，见此情景，高声喝道：

（**字幕**）"你们要干什么！"

人们一下子住了手。
淑贞站在椅子上，工人们维护着她。她义正辞严地说：

（**字幕**）"你们以为，只要捣乱一下，就能把我们的罢工破坏吗？不，你们想错了，你们可以杀我们，打我们，可是你们动摇不了我们坚决的心，我们的要求是合乎人权的。那种忍气吞声、任人宰割的日子，我们过得够多的了！"

工人们愤怒的目光。
流氓的仇视的表情。
站在后面的流氓头子在对他的一个手下耳语，那人会意地点点头，朝前挤去。
淑贞继续讲着：

（**字幕**）"……我们是决不屈服的，给我们人权！给我们自由！"

工人们跟着高呼起来。
突然，一块石头向淑贞的面门飞来，她闪躲一下，正打中她的额角，她从椅子上跌下去……

一片混乱……

淑贞家里。
淑贞躺在床上。周母坐在她身旁。
站在床边的张榆，忿忿不平地说：

（**字幕**）"……这些家伙真不讲理！"

周母凄然地：

（**字幕**）"为了众人，挨打，还不算，现在又被开除了，以后的日子怎么过呀！"

淑贞望望愁苦的母亲，泰然说：

（**字幕**）"妈！别发愁，斗争还没有结果哩。再说，我有脑、有手，能劳动，不怕养不活自己和您。"

周母愁苦的脸上透出一丝微笑。

张榆看着他们母女间感情的交流,自己也似乎融和到她们之中了。直到这时,他觉得自己才真正地了解了她们,了解了那些依靠自己双手自食其力的劳苦大众。他感到无比激动,他上前拉住淑贞的手,两眼凝望着她,很久说不出一句话来……

(由白文根据对话本并参照有关资料整理)

天 明

出品　联华影业公司，1933年
编导　孙瑜
摄影　周克
布景　方沛霖
演员　黎莉莉　高占非　叶娟娟　刘继群　罗朋

《天明》电影由孙瑜编剧。其电影剧本作于1932年；影片则于1933年初公映[1]。新中国成立后，孙瑜对当时分镜头剧本重加修订，并将其收录于《孙瑜电影剧本选集》（中国电影出版社，1981年）。本篇即选于此。

剧 本

孙瑜

一

（渐显，字幕）每天，经过了长久的黑暗之后——

（叠印画面，与字幕同时渐显）黎明前的村口和远山，被黑暗和浓雾笼罩着，（十呎以后，逐渐放大光圈）渐渐地，一轮红日从东方的云雾间射出了光芒——天明了。（化）

乡镇的小轮码头在晨雾里现出了生火待发的长途小客轮。农民们有的扛着、挑着简单的行李，愁容满面地陆续走向小客轮。

汽笛长鸣……

小客轮上，男女挤坐在一起；孩子哭了，妈妈抱着他轻轻拍着，爸爸摇头叹息。

码头边有一家小灯笼店，长发老师傅和瘦伙计在店里扎糊着纸灯笼。农民们挑着行李从店前走过。

老师傅一面编着竹灯架，一面望着走过门前的农民们，感叹地说：

（字幕）"到城里去！……天天是这样，年年也是这样！"

正糊着纸灯笼的瘦伙计听见老师傅的话，脸上毫无表情地望着那些离乡赴城、去寻找那不可知的"好运"的农民们。他用破旧的袖子揩了一下嘴，对这些天天见惯的生活景象，似乎已经漠然无动于衷了。但当他转头去拿另一纸灯笼时，他的目光忽然

---

[1]《孙瑜电影剧本选集》注明摄于1932年，《申报》所载公映时间为1933年2月初。

望着从远处走来的一对青年。

菱菱一手挽花布小包，一手提着鸟笼，她的张表哥背着蓝布包袱和油纸伞，他们一同走向小客轮。他们身后跟了五六个送行的孩子。

瘦伙计惊异地指着年轻的菱菱说：

（字幕）"怎么？菱菱也去吗？"

远处，菱菱和小朋友们告别：一个小女孩一面吃着菱菱给她的饼子，一面滴泪；菱菱笑着替她拭泪。

老师傅叹息说：

（字幕）"她为什么不去？死了爸爸，交不了税，上不了捐，受不了土豪的压迫——她为什么不去？"

菱菱抱起了仍在流泪的小女孩，回头告诉张表哥：

（字幕）"表哥，你叫她笑笑吧！她不笑，我们不上船。"

张表哥听说，逗小女孩笑。菱菱也在旁边逗她。

小女孩带泪笑了一下。

菱菱亲着小女孩的脸。表哥听见汽笛又响了，连忙催菱菱上船。

汽笛长鸣。

菱菱站在船舷，含泪向岸上的小朋友们和家乡挥手告别。

小朋友们也含泪向小轮挥手。

小轮拖着一缕青烟，载着一群在农村里被压榨干瘪了的人们离开了破落的江南小镇，向城市驶去……（渐隐）

二

（渐显，字幕）又是一个天明——

（叠印，渐显）黄浦滩上高楼大厦的风景线，旭日东升……（化）

工厂烟囱林立，浓烟如墨……

纱厂内众女工在灯下挥汗工作……（化）

在汽笛鸣叫声中，带病的女工挣扎起又倒下……（化）

一娘姨倒垃圾入垃圾箱……（化）

垃圾车在昏暗的街上被人拉行着……（化）

垃圾车的行列，在郊区倾倒……（化）

垃圾车的小门被拉开，残渣废纸都滑倒了出来……（化）

纱厂大门一开，（垃圾小门和纱厂大门在画面上化为同一地位）大批男女夜工，好象垃圾一般被倾倒了出来。

下夜班的工人们拖着疲顿的双足走出了厂门。一个瘦弱的女工腿软倒地，大家急忙上前扶她，菱菱的表姐夫也上前扶着病女工喊救。

菱菱的表姐妆饰时髦，看见病女工倒地，微惊，但她毕竟见惯了这种悲惨的情景。她掏出一个精致的小粉盒来扑着香粉，好象要用香粉来拂去昨夜的劳苦在她脸上留下来的阴影和皱纹。

表姐夫扶着病女工的头。她旁边的女伴愤愤地说：

（字幕）"带着病还上夜班，她的一家还在挨着饿呢！"

众工人和表姐夫扶起病女工，向雇来的黄包车走去。

表姐看见丈夫久久不来，就喊着他，并埋怨地说：

（字幕）"我们不是要赶到码头去接表妹吗？为啥只管看那些痨病鬼？"

微胖而老实的表姐夫不敢回嘴。他很爱，但也很怕他的这一位爱打扮的美貌妻子。他看见妻子忽然也咳嗽起来，她惨白的双颊顿时涨红了，便急忙替她轻捶着背。

肺痨，这是纱厂女工们常患的病症，它曾吞噬过无数的妇女。但这也是城市里"司空见惯"的事，有什么了不起呢！

晨雾蒙蒙，下夜班和上早班的工人们，形成了单调、迟缓的对流……**（渐隐）**

（渐显）小客轮驶入苏州河……驶过弹痕累累的四行仓库[1]……驶近了四川路桥……

菱菱的两条辫子被河风吹荡着。她惊奇地望着上海这一神秘而雄伟的大城市的面貌。她望着岸上，着急地告诉张表哥：

（字幕）"船到了。快看看岸上有没有表姐和表姐夫。"

小客轮靠岸了，乡民们纷纷忙着上岸。菱菱很快地在码头上的人丛中找到了表姐，因为表姐在来接人的几十个男女中是穿得比较漂亮时髦的一个。另外，五年的离别，表姐的容貌和在乡间的时候还没有什么大改变，尽管她的风度已经由于她的打扮——扑粉、烫发，戴着闪光的耳环而大大地改变了。

表姐又见到五年前在江南水乡同她常在一起采菱掘藕当时只有十三岁的黄毛丫头——菱菱。真是所谓女大十八变哪！她大而明亮的眼睛，长长的睫毛，端正的鼻子和丰满红润的嘴唇，还有两个忽隐忽现的小酒窝，大草帽下露着两条辫子，穿着印花土布短衫，脖子上戴着一串用黑色老菱角做成的项圈——她的到来，好象给上海带来了江南水乡的秀丽和泥土的芳香。

表姐惊喜地拉着菱菱的双手说：

（字幕）"菱菱！五年不见，你真的变成了我们渔村里的美人精啦！"

菱菱含羞地低下了头。张表哥和表姐夫闻言回头望菱菱。

表姐的脸上忽然出现了一丝愁云。她深思地问：

（字幕）"可是，为什么一定要跑到大城市来呢？"

表姐突如其来的问话使得天真稚气的菱菱张大了眼睛，她望着手里的鸟笼，好象要问一问小鸟，为什么鸟笼里的小米在乡下一天一天地不够吃了呢？

表姐苦笑了一下，似有隐衷，但她很快地催促大家提了简单的行李，一同回家。

---

[1] 四行仓库，系指上海苏州河北岸由中南、金城、盐业、大陆四家银行合盖的一座仓库。——原注

表姐带了众人等候电车。车来后，他们上了后边的三等拖车，驶过了大马路……四马路……"大世界"……（化）

表姐、表姐夫带了菱菱和张表哥穿过南市一个弄堂，到了自己家的后门口。他们从灶披间走上了狭窄的楼梯（升高摄），经过了亭子间，进入了表姐居住的后楼。表姐告诉菱菱说：

（字幕）"这就是我们的房间。我们替你租了一间晒台楼，在上边呢。"

表姐指着晒台，带了菱菱和张表哥走上短梯，进入窄小的、由晒台的一部分加工修隔起来的晒台楼。

菱菱对她的窄小的新住房感到新奇有趣，连忙放下小包袱和小鸟笼。

表姐抱歉地告诉张表哥说：

（字幕）"张表哥只好住在隔壁人家的晒台楼。我们这一幢房子已经挤满了。"

张表哥顺着表姐手指的隔壁晒台望去，矮墙不高，可以望见另一间同样窄小如鸽子笼的晒台楼，也可以望见远处的先施、永安和新新三大公司高耸的屋顶。他想，那屋子很低，可能常会碰着头顶，但这都算不了什么。他用手试了试矮墙，跨越过去，也不算太难。

表姐夫笑告两个新来上海的客人说：

（字幕）"你们俩还不早些结婚？免得两边跑得讨厌呀！"

张表哥和菱菱听表姐夫这样一说，羞得低下头，红了脸。这一对农村青年虽是青梅竹马，但他们却经不起表姐夫当面的戏谑。

表姐白了表姐夫一眼，并骂着：

（字幕）"蠢猪！"

表姐夫的笑容顿时消失了。他在表姐的威逼下胆小地步步后退着，不料绊了洗衣大木盆，跌坐在盆里。表姐吓得连忙去拉他……（渐隐）

三

（渐显，字幕）一个星期以后。（渐隐）

（渐显）菱菱手提着女工们常用的盛饭小竹篓（拉远），和表姐及另外六位纱厂女工合乘一辆独轮小车，由一个臂力强健的工人矫捷地推着。六七辆这样坐满人的小车象一条线一样靠着马路边行进。年纪小的女工们叽叽嘎嘎地说笑着。她们好象有说不完的话。这也许是因为她们在机器旁一天的紧张劳动使她们无法谈话的缘故。所以，她们在进厂前利用同坐小车这一段愉快的时间各自吐出胸中的积愫；但另一些年纪大的女工们就不同了。她们脸色苍白，神志昏昏地坐在小车上，彼此很少交谈。成年累月地在闹轰轰的机器旁边的劳动葬送了她们的青春，使她们对一般女性所最爱的谈话"艺术"失去了兴趣。

菱菱兴高采烈地挤坐在小车上，含笑望着在车旁步行的张表哥和表姐夫，她把手里的新竹篓举给张表哥看，好象在说：多好啊！表姐同厂里一说，就答应我进厂学手艺哪！听说别人想进厂，还不知道要花多少冤枉钱哩！

张表哥也一笑把手里的饭盒向菱菱一扬，意思是说，我也没想到这么容易就进了厂的修配车间学手艺。表姐在厂里真有办法啊！

一串小车向纱厂咯吱咯吱地被推行着……（化）

众人向纱厂大门口走去。表姐带着菱菱进了大门后，在木栅栏和表姐夫、张表哥分别走向各自的车间……（化）

各车间里机器飞转……（化）

棉花被压平……（化）

棉花变成条……（化）

粗纱变细纱……（化）

菱菱跟着表姐学习。她望着车间里的一切，感到非常的兴奋。

旁边一个脸色苍白的中年女工看见菱菱那样高兴，又穿着印花土布短衫，知道她是新从乡间来的，不觉望着她微微地摇头叹息。

菱菱高兴地告诉这位中年女工说：

(字幕)"在这儿做工真有趣啊！"

菱菱的这股热情并没有激动那一个中年女工，她冷冷地好象在跟自己说话：

(字幕)"我累极了！……"

菱菱似解非解地望着这个自言自语的疲倦、瘦弱的女工，看着她的手指在熟练地，但也是机械地随着机器忙着，转动着，好象她不是人而是那机器的一部分似的。

纺纱机迅转着……（化）

张表哥跟着表姐夫在修配车间学手艺，铁炉喷着熊熊的烈焰，车床上飞溅着火花。

表姐夫笑问张表哥："觉得怎么样？苦吗？"

张表哥擦着汗水摇头微笑……（化）

四

(渐显，字幕) 照例，乡下来的人总要逛一逛上海……（渐隐）

(渐显，叠印) 菱菱、张表哥和表姐夫三人在行人拥挤的南京路上走着……（化）

菱菱等三个人游城隍庙九曲桥。表姐夫吃着甘蔗，菱菱吃着大饼。她望着周围的游人，笑告张表哥：

(字幕)"表哥，上海真好玩哪！你看，人人都在笑哩。"

菱菱说后，掷了一块小饼到池子里。

池子里几只乌龟抢饼吃。

菱菱忽然想到表姐这次没有同来，转头去问表姐夫：

(字幕)"过几天我们到厂里正式上工后，还可以一块出来玩吗？"

表姐夫点头说：

(**字幕**)"当然可以的。星期天休息。我们都上日班,不象你表姐常常上夜班,白天要睡觉呀。"

三个人又向大庙前逛去……(渐隐)

(**渐显,字幕**)都会之夜。

(**渐显,叠印**)"大世界"前,灯火辉煌……(化)

南京路三大百货公司的灯光,珠光闪耀……(化)

男女游客笑骑电马飞转……(化)

四马路弄堂口的鸨婆和妓女在等候嫖客。

妓女们在拉客人。有的妓女先把过路客人的帽子抢在手里,以免他跑掉。有些老嫖客嬉皮笑脸地被妓女们拥入弄堂中。

表姐夫向惊讶万分的菱菱和张表哥解释说:

(**字幕**)"这就是上海的'野鸡'。这种人最下贱。当心她们拉你!"

张表哥吓坏了,暗暗地把自己的帽子藏了起来。菱菱注视着那些涂脂抹粉的女人们。

也有一些过路的男人不愿被拉,他们从两三个妓女和老鸨们带笑带拉的手臂里挣脱。

菱菱被这些奇怪的现象惊怔了。她皱眉问表姐夫:

(**字幕**)"她们为什么好人不做,却偏偏去当'野鸡'呢?"

表姐夫深深地为这些苦命人叹了一口气。

菱菱不愿再看见这些怕人的情景,一边伸手去挽着张表哥的臂膀,一边说:"走吧!"

张表哥一惊,以为是什么女人在拉他,回头一看,才知道是菱菱。表姐夫见此情景笑了起来。之后,他又带着两个乡下亲戚到上海这一畸形的大都会之夜去观光了……(化)

纱厂里,机器飞转……

表姐正在工作。

一个姓魏的黑脸男工头走了过来,半带微哂地告诉表姐说:

(**字幕**)"小厂主又叫你去哩。"

表姐闻言,微微地皱眉,然后转身走出了车间。

长长的甬道里,一个头发油亮、西装笔挺的人——小厂主手里拿着女手表盒,背着身站在那里。已经卸去工装的表姐向小厂主走来。小厂主含笑把手表盒给了表姐。他转过身来,嘴里喷着香烟。表姐打开了表盒,露出一副微妙的笑容……之后,随着小厂主离去。(渐隐)

五

(**渐显,字幕**)菱菱和张表哥每天都兴奋地工作着。他们以为一切的问题就都这样

顺利地解决了。（渐隐）

（渐显，叠印）黄浦江头的早晨。一些商船和外国兵舰在迷蒙的岸边停泊着；一些小舢板和帆船缓缓地摇过……（化）

纱厂大门被打开，下夜班和上早班的工人们出出进进，形成了对流。

菱菱、张表哥、表姐夫三人走近木栏门，坐在门侧一个木桶旁的魏工头忽然唤住了菱菱。

魏工头冷冷地告诉菱菱：

（字幕）"菱菱你已经调做夜班了。晚上五点钟再来。"

菱菱吃了一惊，望着张表哥，一时无语。过了一会儿，她求着魏工头：

（字幕）"可是……我们俩总是在一块的，我们分开上工不便当。"

魏工头望了望张表哥和菱菱，冷冷地说：

（字幕）"不要多废话，晚上乖乖地来吧！"

菱菱失望地望着张表哥。张表哥被魏工头的话激怒了，便质问魏工头：

（字幕）"哪有这样不讲情理的！你欺负我们刚从乡下来的吗？"

菱菱怕事地阻止表哥，表姐夫也暗暗地触了下他的胳臂。

魏工头惊异地望着这个从乡下才来不久的工人，慢慢地走近张表哥，他们四目对望，各不相让。

魏工头冷笑着斥责说：

（字幕）"你是什么东西！这儿有你讲理的资格吗？"

说着，魏工头出其不意地向张表哥打出一拳，击倒张表哥。工人们围拢上来观望。

菱菱惊叫。魏工头仍瞪着眼大骂张表哥。随后，三四个魏工头的手下人也指着张表哥怒骂。

张表哥怒气冲冲地跃起给魏工头一拳，把他打得倒退了三步，仰跌于地。这时，他的手下人围攻张表哥，但都被表哥打得东倒西歪。

众男女工人围观，喊："好！"

四个背枪的卫兵跑来，出枪镇压。两个兵抓着张表哥……

男女工人们愤怒狂喊："厂方欺负工人！"

菱菱和表姐夫惊慌万分。

张表哥和卫兵争持着……

汽车里，坐着跳了一通宵舞的小厂主和一个舞女。他们正坐车回纱厂。

纱厂门外，一个职员向汽车招呼，汽车停下了。小职员向车内小厂主说着什么。

小厂主半醉地下了汽车，手里还拿着一个彩色橡皮长气球。

魏工头见小厂主到来，便狗仗人势地说：

（字幕）"厂主，这个人蛮横已极！送他到三爷司令部里去重办他！"

小厂主望了一下被擒的、怒目而视的张表哥，然后把目光转到张表哥身边的菱菱身上：这是从哪儿来的小美人呀？

菱菱穿着一身乡下衣服,可是非常适体;脸气得通红,两只大而美丽的眼睛里含着怒气……

小厂主醉意朦胧的双目睁大了,似乎已经清醒过来了。他看了看在场的众人,脸上忽然现出了宽宏大量的微笑。他告诉魏工头说:

(字幕)"看他还是一个乡下戆大,叫他滚蛋好了。"

大家都怔怔地望着。小厂主让卫兵放开手。表姐夫和菱菱拉了张表哥赶紧离开。

卫兵们拿着皮鞭喝骂众男女工人,叫他们快进厂上工。

小厂主望着菱菱的后影,含笑若有所思,用香烟头轻触手里的彩色气球,气球"叭"的一声爆炸了……(渐隐)

(渐显)在表姐的后楼里,晚饭将近吃完。表姐夫还在用大饼夹着酱肉和大葱嚼吃着。张表哥和菱菱胃口不佳,呆呆地坐着听表姐谈着纱厂里的黑暗情景:

(字幕)"你们才是不知道他们的利害哩!你要是得罪了他们,包你在全上海都找不到工作!"

胖表姐夫吃大葱时带有响声,表姐瞪了他一眼,表姐夫慢慢地把大葱放在桌上。

表姐又转为笑容告诉菱菱俩人:

(字幕)"还有那些不讲理的兵大爷,他们和厂里是一起的。他们就知道欺负我们!"

表姐喝了一口菠菜豆腐汤,摇头轻轻叹息。

表姐夫眼望着表姐,想伸手取葱……但又停下了。

张表哥和菱菱低着头沮丧地听着。

表姐夫猛然想起,笑拍着张表哥的肩头,高兴地说:

(字幕)"没有工做,不要紧!我有一位朋友在海船上做事,包你一说就成功!"

张表哥和菱菱听了,面有喜色。

表姐夫一面伸手去取葱,一面带笑告张表哥说:

(字幕)"在海船上干他一年半载回来,连结婚的钱也都有了。"

表姐夫说完,又拍着张表哥大笑。然后吃起大葱来。

表姐也高兴起来了。她回头看见丈夫又在吃葱,就笑骂他:"蠢猪!"

表姐夫放下大葱,把两手靠拢两耳作猪耳扇摇状。表姐笑着要打他,表姐夫一闪,顺手又拿起大葱大胆地吃起来……(渐隐)

六

在表姐夫的引荐下,张表哥要到海船上去做工了。

(渐显,字幕)于是张表哥不得不走了。(渐隐)

(渐显,叠印)一天傍晚,十六铺码头,一艘海轮在码头边上货……(化)

一些旅客陆续登上海轮。

张表哥携一小包和菱菱并立码头铁栏杆边话别;表姐夫和在海船上做事的友人

"瘦猴"闲谈。

"瘦猴"告诉表姐夫说,他生平最怕看情侣分别。

菱菱含泪望着张表哥,拿过他的小包袱,好象要检查一下他忘记了什么东西没有;也好象拿过了这个小包,表哥就可以不离开似的。她指着江景,表哥顺着她的手望去……

黄浦江头灯火初明,微波闪耀,水声琤琤……

菱菱强作笑容,说:"多美啊!"

汽笛长鸣。

菱菱吓得以手按心,张表哥连忙伸臂护卫着她。

水手们开始解缆,准备开船。

"瘦猴"催张表哥上船,菱菱依依不舍地递过了小包袱。

船尾在动人心魄的汽笛声中卷起了雪白的浪花。

张表哥和"瘦猴"在船舷向码头挥手告别。

菱菱微笑着含泪挥手……(拉远,渐隐)

(渐显)纱厂厂长办公室内,口含雪茄烟,发涂"司丹康"油膏的小厂主在灯前狞笑着嘱咐穿着工服的表姐说:

(字幕)"记住了吗?今天晚上九点钟,带你的表妹到中亚饭店开会!"

表姐望着这个侮辱了她三年多的残忍的小厂主,心底充满了殷深的痛恨。她想着,在经济窘迫的境况下,再加上自己的虚荣心和薄弱的意志,两年前她象蝴蝶一样坠入毒蜘蛛的魔网中一样,落在他的手里。她一天一天地更加痛恨自己,也认清了小厂主的滔天罪恶……现在,他又想欺骗她的天真无邪的表妹菱菱吗?不行!

表姐忍无可忍地狂喊着:

(字幕)"你休想再骗她!你开除她好啦!你开除我好啦!开除我的男人好啦!……但你休想害我的菱菱!"

表姐声泪俱下,颤抖气喘地喊着。小厂主不动声色地窥测着她。他忽然变色,抓着她的肩头,逼近她的脸,低声说:

(字幕)"饿死……最难受了!这是一种慢慢的死!"

小厂主狞笑着望着表姐。表姐象一只带伤的小鹿在虎爪里无力地挣扎着。……

小厂主松了手,转身离开她,坐入椅内。当她要走时,耳朵里又听见小厂主魔鬼似的声音:

(字幕)"晚上九点钟,中亚饭店四百号……开会!"

说完,他拂去袖上的烟灰,喷着轻烟微笑……(渐隐)

(渐显,字幕)"开会。"(渐隐)

(渐显,叠印)小圆桌上摆着精美的菜肴,小厂主把白兰地斟入酒杯里……(化)

中亚饭店四百号房间，灯光明亮。小厂主、表姐、菱菱和另一女客围坐在圆桌旁。小厂主端起酒杯递给菱菱说：

（字幕）"开会的人还没有到齐，我们再喝一杯吧。"

菱菱已经半醉，摇头表示不愿再喝，但在小厂主的劝诱之下，无奈地接杯，喝了一口，接着全部喝干。

表姐掉过头去，不忍看她。

小厂主又斟了一杯酒向众人说：

（字幕）"菱菱要升级哪，我们大家齐干一杯！"

菱菱被逼，举杯四望，只见屋里人影模糊晃动着。

"喝呀！干呀！"小厂主到菱菱身旁笑逼着说。

菱菱一饮而尽，头晕欲吐，颓然伏在圆桌上。小厂主连连摇她，但她已经昏沉沉地抬不起头来了。

表姐惊怔地望着她。小厂主微笑走到表姐和另一女客面前，说：

（字幕）"现在，你们可以回厂里去啦。"

表姐浑身颤抖地向小厂主恳求，小厂主色变笑止，阻止她说话。她被他狠毒的目光所慑服，不敢再作声。随后她被另一女客人挽着离去。

女客人回头向小厂主一笑，顺手关上门。

女客挽着悔恨颤抖的表姐在甬道里走着。……

黑脸的魏工头隐身在花架的阴影里，望着两个女人走过。一丝狞笑的影子闪现在他带刀疤的脸上。

小厂主锁上了弹簧门，望着醉倒的菱菱，冷笑着走到圆桌旁，把她抱起来，离开了圆桌……（化）

纱厂的车间里，马达飞转，噪声震耳……（化）

压棉机转动……（化）

棉条蜿蜒……（化）

表姐在机器旁悔恨交加。她忽然咳嗽起来，用颤抖的手紧紧按着自己欲炸裂的胸口……（渐隐）

七

（渐显，字幕）四个小时以后。（渐隐）

（叠印，渐显）昏暗的楼梯，亮着一盏挂满蜘蛛网的无罩电灯。菱菱摇摇晃晃地（升高随摄）艰难地走上狭窄的楼梯；走了几阶，她又靠着褐黄色的墙壁停住了。

菱菱悲怆昏沉的双眼，好象蒙上了一层薄薄的灰雾。

菱菱的双足，又开始挪动，走过了表姐后楼的门。

表姐夫在房里熟睡，响着酣声。

菱菱走进自己的小屋，摸到了火柴，点燃了一截短蜡烛，然后慢慢地坐在小床上。靠床头的破桌上，一个旧闹钟嘀嘀嗒嗒有节奏地响着……

菱菱的手徐徐伸入枕头底下，摸出了她从乡间带来的一串用黑色老菱做成的项圈，痴呆呆地把它套在颈上，她的两只昏沉的眼睛，幻梦似地望着远方……

菱菱用手指珍惜地、回忆地抚摸着这串珍贵的项圈……（徐徐化入下景）

菱菱灵活洁白的手指，在湖上采菱……（**拉远摄**）她戴着大草帽，虽然夏日的清晨还不算太热，但她的脸上已经染上了玫瑰色的红晕。她含笑伏在小船头，左手从湖面拉起菱藤，右手不断地从菱藤上摘下红嫩鲜艳的菱角。张表哥穿着一件用细竹管编成的背心，在船尾轻划着小桨。

这是一处美丽如画的湖面。晨雾蹑着轻盈的步子悄悄地溜走，但在湖面上和远山间还留下了一抹散发着迷人芳香的轻纱；堤边长长的垂柳在微风里洒落着露珠；蝉鸣此起彼伏地对唱着恋歌……

菱菱一面采菱，一面和坐在附近几个椭圆木盆里采菱的小女孩笑语。她有时又笑扔几个特大的红菱给船尾的表哥吃。她和张表哥天真无邪地微笑着、对看着，两颗年轻的跳跃的心好象醉饮了一种在乡村泥土里埋藏了几百年的醇厚香甜的葡萄美酒，也好象被远处湖上荷花丛中吹送过来的沁人心肺的清香所陶醉一样，是那样地幸福，欢快！

张表哥不时地从湖面上拾起一些漂浮着的、去年被人采下而遗忘了带去的黑色老菱，笑告菱菱说：

（**字幕**）"菱菱，你看这些去年被人采下来的老菱，黑得多有趣！"

张表哥说完，把几个黑菱扔给船头的菱菱。

菱菱用张开的荷叶接着了飞过来的黑菱，看了之后，喜告张表哥：

（**字幕**）"表哥，你给我多拾一些，我要把它们穿成一串项圈。"

菱菱说完，从衣襟上取下针线，开始穿起来。

张表哥一面轻轻划船，一面从湖上觅拾黑菱，拾到后就扔给船头的菱菱。

菱菱用线穿着黑菱……（化）

黑菱已穿成一串……（化）

张表哥划着小船，钻进荷花丛中，结实的双臂闪着汗光。小船徐徐在高大翠绿、好象是撑起绿色大伞的荷叶丛中行进，娇艳清馨的双瓣白莲花一朵一朵地（**推进摄**）扑向船头。菱菱禁不住一朵接着一朵地拉过来嗅着。

张表哥徐徐划船，叫菱菱戴上刚穿好的黑菱项圈。

菱菱把草帽推到脑后，戴上了黑菱项圈，含笑摆出一个姿式后，接着又调皮地改变为另一个姿式；梳了双辫的头，一会儿倾向这边，一会儿又倾向那边；两个浅浅的小酒窝在朱唇边忽隐忽现，好象正在和微笑捉着迷藏玩儿。

朴实敦厚，从小就在心里而不是口头上称赞菱菱的张表哥停住了手中的小桨，第一次笑着说出了他心里对菱菱的赞美：

（字幕）"真是太美啦！……"

菱菱含羞地把身边的一张大荷叶拉过来遮住她红晕的脸。张表哥笑着叫她松开荷叶。菱菱松了手，但又把船边另一张大荷叶拉了过来。……

张表哥笑着划起船来，大荷叶从菱菱手中滑走。菱菱顺势仰卧在船头。

菱菱望着徐徐经过的（小船行进时，从低角度仰摄，表示菱菱眼光中仰望所见）荷叶、荷花和从荷叶缝隙中透露出来的蔚蓝色天空、浮过的朵朵白云。

小船在荷花丛中徐徐行驶。

菱菱仰卧在船头，深深地吸了一口清新的空气，满意地享受着这美丽如画的世外桃源给她带来的快乐。她的手珍惜地抚摸着颈上戴着的黑色项圈……（徐徐化入下景）

菱菱仰卧（画面地位和小船上相同）在昏暗的晒台楼小床上，手指抚摸着黑菱角项圈。她的笑容渐渐消逝了。她怀疑地、慢慢地环顾四周，突然从小床上跳下来，在小屋里伸着双臂茫然不知所措，她两只颤抖着的手好象要在可怕的黑暗中寻找那永远消逝了的美梦。……

一阵昏眩使这个骤遭不幸的少女摔倒在地上。她把黑菱项圈紧偎着泪湿的脸悲唤着："表哥！……"（化）

夜黑风狂。海轮在恶浪中行驶……（化）

机器舱里，张表哥和"瘦猴"在灼热中用大铁铲送煤入炉，浑身汗流如注。

"瘦猴"问张表哥：

（字幕）"苦吗?"

张表哥望着"瘦猴"，用手巾擦了一下头上的汗水。他想到了远在上海纱厂里的菱菱和许多受着苦难的人们，这一点点苦算得了什么呢！他毅然回答说：

（字幕）"不！"

说完，他用力铲起煤……（渐隐）

（渐显，字幕）当那黑夜的重幕还没有在人间降下之前——（渐隐）

（叠印，渐显）晒台楼的破桌上残烛泪流……（化）

菱菱凄苦地靠着破桌，只听见闹钟单调的嘀嗒声……

在昏暗的楼梯上，魏工头象恶狼似的偷偷走来，走过表姐的后楼门口。

后楼内表姐夫熟睡如泥。

晒台楼门外，魏工头的背影，轻轻推门。……

魏工头进入晒台，随手关上了门，望着屋内狞笑。

菱菱听见关门声，抬头望去，见魏工头含笑前来，一声惊叫……魏工头狞笑着向她逼近，一把抓住了她的手，菱菱狂喊力挣。

表姐夫在床上翻了一个身,又想睡,但在菱菱的呼喊声中惊醒,飞快地爬起。

菱菱甩脱了魏工头的手,向门口跑去。魏工头从后追来,绊着小凳,跌跪在地,但一只手又抓着了菱菱。菱菱从桌上拿过油瓶,猛向魏工头击去。魏工头向后昏倒。菱菱打开房门。这时,表姐夫赶了进来,两人齐望着地上的魏工头。

魏工头头破血流,脸色灰白,僵卧如死。

表姐夫大惊,菱菱看见魏工头死去,一声狂叫,奔出屋去。

菱菱狂奔下楼。……

菱菱奔过灶披间,出了后门。

菱菱靠墙喘气,望望昏暗的弄堂,又拔腿狂奔而去。

表姐夫在晒台楼扶起魏工头的头,魏工头渐渐睁开了眼睛……

黑菱角项圈已被扯断了,散在小床上……(化)

八

夜街人稀,菱菱乱步奔来,气喘吁吁地靠在一堵墙边。旁边卖馄饨的问菱菱话,菱菱不答。

菱菱离开了馄饨担子,委顿地信步走去……(化)

苏州河桥头,夜雾茫茫,街灯昏暗。菱菱象幽灵似地走来,恹恹地望着污浊的河水……

曲折蜿蜒的苏州河啊!你来自灵岩山畔的梅花丛中,缓缓地流过喷着稻花香味的秀丽江南,但却在上海这一纳污藏垢的罪恶城市里染上了黑色秽臭,绝望地在黯淡的街灯下默默地淌流,好象以它的沉默的抗议来表达它的屈辱和悲哀!

桥头灯柱的阴影里,一个中年流氓和两个小流氓在吸着香烟。他们早已看见菱菱脸上带着一种慌乱无主的神色独自走来,中年流氓向两个小流氓附耳叽咕了几句,两个小流氓连忙离开,向菱菱走去。

菱菱正呆望着污黑的河水出神,忽然两个小流氓走到了她的身边,他们嬉皮笑脸地和她搭讪,问她等什么情人,一道去好吗?菱菱转身不理。两个小流氓紧紧跟随,并动手动脚起来。菱菱惊避着。

中年流氓笑着扔去烟头,上前假装正经地喝骂两个小流氓:

(字幕)"你们给我滚开!这地方许你们调戏好人家女子吗?"

中年流氓声色俱厉地大骂着,两个小流氓还想纠缠,菱菱借此躲避到中年人身边来。两个小流氓露出胆怯的样子,乱骂着离去。

菱菱感激地望着这个中年人,中年人假作关心地问:

(字幕)"半夜三更,你一个人出来,真危险极了!你找得着路回家吗?"

菱菱知道迷了路,害怕地摇头。

中年人心中暗喜,在询问了菱菱的住址之后,告诉她说:

(字幕)"你住的家很远,不要紧,我顺路带你回去好了。"

菱菱望着夜街,好象处处都藏着危险,只好点点头。

中年人带着菱菱走了。……(化)

菱菱跟着中年流氓到了一条弄堂口。这时虽然已是深夜,但这一带却还不断有人在闲逛着。菱菱被领到一家后门口,中年流氓一面叩门,一面告诉菱菱说:

(字幕)"我找朋友说几句话,然后就送你回家。"

一个穿着颇为整齐的娘姨开了后门,她一面和中年流氓招呼,一面用眼打量菱菱,然后领着两人进入客堂。

客堂里满地的瓜子壳,一盏明亮的电灯照着在中间方桌打麻将牌的胖鸨婆和一男两妇。鸨婆停止抓牌,望着菱菱,用眼冷冷地上下打量。打牌的瘦男人油头粉面,他对刚走进客堂里的菱菱也发生了兴趣。

鸨婆和中年人好象是熟朋友,他们寒暄的时候,不断用眼打量菱菱。

菱菱茫然不解,余惊未已。

鸨婆以目示意,她和中年人一起走进厢房,让菱菱坐在客堂里。

菱菱注意到牌桌上的两妇一男正在悄声地说些什么,她开始怀疑起来。

条几上钟的长针从三点化为三点二十分(叠印,鸨婆和中年流氓的手指在议价)。

菱菱不耐烦地等了好久,才看见胖鸨婆一个人从厢房里走了出来。菱菱不见中年人出来,感到奇怪,站起来问:"他在哪里?"

鸨婆冷冷地告诉菱菱:

(字幕)"你卖在此地啦。"

菱菱一时好象不懂,惊问:"卖啦?……"

鸨婆冷冷地点头。

菱菱环顾客堂里的几个人,连连问:"卖了?……怎么会卖了?……"她起身想出去找那个中年人。

客堂里的几个人上前阻止她。瘦男人伸臂拦路,被菱菱一手推开。瘦男人又抓着菱菱的手,菱菱怒喝道:"放手!"瘦男人狞笑不放,菱菱激怒中以另一手狂击瘦男人。鸨婆和两个妇人上前助他。结果菱菱被他们推倒在地。

菱菱从地上爬起来,向门外冲去。瘦男人用力擒住菱菱的手腕,并把她的手扭转到她背后。菱菱忍痛力挣着。

鸨婆的头发散乱了,瞪眼怒骂:

(字幕)"你还敢凶!"

菱菱挣扎怒骂。

鸨婆喊着:"拿皮鞭来!……"

瘦男人猛推菱菱倒地,菱菱抬头怒望。

鸨婆接过了皮鞭,冷笑着向菱菱逼近……(低角度摄,焦点变模糊,渐隐)

九

(**渐显，字幕**)岁月如水一般不断地流逝。乡镇渡头的小客轮还是照常地满载着人们向城市开去。(**渐隐**)

(**叠印**)黎明时的乡镇渡口，农民们携带着简单的行李向小客轮走去……

编竹纸灯笼的老师傅摇头叹息。

小客轮在晨雾中缓缓驶去……(**渐隐**)

(**渐显，字幕**)在我们的都会里，人们还是在酣梦着，欢笑着。如果你的心在流血，最好你不要哭，因为别人要笑了！(**渐隐**)

(**叠印，渐显**)"大世界"游乐场灯火辉煌……(**化**)

"明园"游乐场彩灯飞转。(**叠印男女游客狂笑的脸**)……(**化**)

戏园和影院古怪离奇的广告。(**叠印男女的笑脸**)……(**化**)

四马路的夜市。嫖客和出卖肉体的妓女们伫立街边。……(**化**)

菱菱穿着一件缎子旗袍也憔悴地站在那里，鸨婆在背后推她一把，并低声命令着：

(**字幕**)"笑！谁叫你哭丧着脸！快笑！"

菱菱麻木的涂了脂粉的脸上勉强做出一点笑容来。

妓女甲站着做出惨笑的样子……

妓女乙年轻的瘦脸上含泪苦笑……

妓女丙向男客挽臂勉强作笑，男客推开她的手离去。鸨婆逼着妓女丙，让她去追那一个看不中她的嫖客……

菱菱面前走过来一个丑黑流气的男人，菱菱面无笑容。鸨婆在她背后用力拧她，她忍痛只好做出笑容。

丑男人中意了，拉着菱菱就走。鸨婆笑着在前引路。

忽然几声枪响，街里跑来两个便衣革命党人，他们在人群中高喊口号：

(**字幕**)"响应革命军！"

两个革命党人在惊讶慌乱的人群中逃走。

五六个巡捕持枪追来，子弹横飞，夜街里一时乱作一团。

丑男人丢下菱菱逃命而去。人们潮水般乱涌着。鸨婆手拉着菱菱，惊慌奔逃。

人们惊慌地逃着，一些老弱倒地，被践踏着。

菱菱看见有机可乘，便一把推倒鸨婆，向人群中跑去。……

人们乱跑着。鸨婆坐在地上吼叫。

菱菱在夜街中飞跑，边跑边回头望着，她跨过了被挤倒了的馄饨担子，跑进了人群中……渐渐消逝了。

表姐的后楼里，灯光暗淡。久卧病榻，患着第三期肺病的表姐气息奄奄，骨瘦如柴。

弄堂的深处，远远地传来了卖五香茶叶蛋的沙哑喊声。

表姐夫提了一付中药,轻轻地推门进来。他望了望床上的病妻,脸上带着笑容上前告诉她说:

(**字幕**)"妹妹,这一付药吃了,一定可以不再吐血了。"

表姐望着表姐夫,感激而又怜惜地说:

(**字幕**)"我的可怜的……好人,我的病……不会好了。"

表姐伸手轻抚着丈夫的脸,目光慢慢地移向他的领口和肩头上的破洞,心痛万分,眼泪簌簌地流了下来。表姐夫不愿引起妻子的悲伤,连连哄着她,说她太容易伤心了。他急忙把双手摆在两耳边作猪耳摇动状,想逗她开心,但这一好心的举动却引出了表姐更多的眼泪。

一个老者陪着菱菱到了表姐家的弄堂口,菱菱向他致谢:

(**字幕**)"谢谢你,带我走了这许多路!"

老者笑称不要谢。

菱菱走进弄堂……进入灶披间,上了楼梯,推门入后楼。

表姐夫回头看见菱菱回来,惊喜地喊:

(**字幕**)"菱菱!你这一年跑到哪里去了?"

菱菱一时不能回答。她徐步走近病床,望着自己身上俗气的缎子旗袍和胸口上的一朵茉莉花球。这一套妓女的服装在表姐深隐的黑眼珠里引起了殷深的内疚。

过了片刻,菱菱冷冷地悲恨地回答:

(**字幕**)"我过了一段不是人过的生活!"

老实的表姐夫望着菱菱的装束,惊怔无语。表姐闭上双目,颤抖地咬着苍白的嘴唇。

在墙头的一个退了颜色的结婚像镜框旁边,挂着菱菱留下来的黑菱角项圈。菱菱慢慢地伸手去拿项圈,手指微微地颤动着。

表姐夫忽然想起了什么,四顾无人,便急告菱菱说:

(**字幕**)"张表弟前些时由广东托人带回一次信来。他说,革命军现在要准备北伐了。"

菱菱听了,双眼从深深的痛苦中闪出了惊喜之光。

表姐夫继续说:

(**字幕**)"他说,革命一成功,我们的痛苦就会过去了。"

张表哥的话象火炬一样给昏暗的小楼里带来了光明和希望。"革命一成功,痛苦就会过去了。"尽管现在是多么的黑暗绝望啊!

窗外刮着风。

表姐迸发出一阵痛苦的咳嗽。菱菱低身轻拍着表姐,问她觉得怎样。菱菱一面叫表姐安心养病,一面为气息奄奄的表姐感到深切的忧虑。

表姐喘息着,两眼望着菱菱。忽然她抓紧了菱菱的手,恳求地说:

(**字幕**)"菱菱,我害了你!……你能饶恕……我的罪吗?"

表姐痛苦、悔恨地喘息着,恳求着。菱菱轻抚表姐的肩,恳挚地告诉她说:

(字幕)"表姐,你并没有什么罪。我们都是受了逼迫啊!"

菱菱尽量安慰着表姐。一年多的痛苦生活使她想过了许多的问题。她早已饶恕了表姐在这吃人的社会里因被逼迫所做的一切。

在表姐深陷的眼睛里流露出了感激的神情。她惋惜地说:

(字幕)"菱菱,我的痛苦……快完了。……可是,我真舍不得……离开你们!……"

表姐又一阵喘息。菱菱代她拭去脸上的泪水。

表姐夫含泪对妻子说:

(字幕)"妹妹!不许你说那些伤心话!……你快笑笑吧,好吗?"

表姐夫说着,又把两只手靠拢两耳——他拿手的猪八戒摇耳戏——想再逗引表姐笑笑,而他自己却忍不住地想哭了。

表姐望着她的忠诚老实的丈夫,想起了多少年来他对她的一切温存和爱抚,特别是当她回忆起她过去种种对不起他的地方,心里就更难受。此刻,尽管她痛苦绝望,但怎能拒绝丈夫的这一小小要求呢?

她竭力克制着自己,给了丈夫一个会心的微笑。……

菱菱忍着悲痛,用力咬着自己的嘴唇。

窗外风声渐强,呼呼作响。

表姐望着窗口,觉得漫漫长夜好象没有尽头。她深恨黑夜,而黑夜却是牢牢地紧跟着她。她叹息说:

(字幕)"天……总是这样的黑!……"

表姐深陷无神的眼睛笑望着菱菱和把手仍放在耳边逗她发笑的丈夫。她慢慢地失去了笑容,闭上了眼睛,……她已经走到了生命的终点。

表姐夫把举在耳边的双手慢慢放了下来,他好象不相信表姐就会这样死去似的,他走近床前,连连呼唤着:"妹妹!妹妹!"表姐不应。

这时,表姐夫扑在妻子的身边放声大哭起来。

窗外风声怒号,远远响起了雷声。

菱菱骤然有所领悟似地喊着:

(字幕)"天……尽管这样的黑暗!……"

窗外电光怒闪……

菱菱握拳大喊:

(字幕)"压迫……尽管这样地加重!……"

狂风扑进小楼,电闪雷鸣,……菱菱举臂高喊:

(字幕)"这样才有革命!"

表姐夫在雷声电闪中抬头。

菱菱愤怒地举臂高喊:

(字幕)"这样才有天明!"

窗外雷电交加,天地震动,暴风雨横扫大地,好象在为人间怒诉不平!……(升高,渐隐)

一〇

（渐显，字幕）革命的策源地——广东。（渐隐）
（叠印，渐显）革命军北伐誓师的大校场里，战士们列队而立……（化）
誓师台上，旗帜招展，军官庄严响亮地说着：
（字幕）"同志们！我们革命的宗旨是打倒军阀！打倒压迫民众的封建势力！"
战士们静听着。
军官续说：
（字幕）"我们要誓死打倒帝国主义的武装侵略和经济文化的压迫！"
张表哥和"瘦猴"穿着军装，兴奋地听着。
军官举臂高喊：
（字幕）"我们誓死革命！我们誓死为解除大众的痛苦而战！"
众战士热烈举手高呼口号。
张表哥和"瘦猴"举手高呼革命口号……（渐隐）

（渐显，字幕）我们的民众。（渐隐）
（叠印，渐显）村口民众热烈欢送过路的北伐大军……（化）
北伐大军某先头部队的营长和两位农民谈话。
农民指着前方，告诉营长说：
（字幕）"昨天，敌军听说革命要来就跑了。我领你们从一条最近的路追去。"
营长向农民表示感谢，并命令部队继续前进。
一乡妇送熏鸡与"瘦猴"，"瘦猴"喜谢不已。张表哥微笑着。
大军启行北上，浩浩荡荡……（化）

战场上，炮火激烈，革命军放枪和扔手榴弹。
张表哥、"瘦猴"和众战士爬出战壕，在连长的指挥下向敌壕发动进攻。
敌壕内机枪向外扫射。
张表哥等横卧在地上，飞滚前进，向敌壕靠近。
众战士猛勇地飞滚向前。一个英勇的年轻战士忽然站起来冲到敌人机枪前，拿身体堵住机枪口……壮烈牺牲。
众革命战士占领敌壕……（渐隐）

（渐显，字幕）笑和吵，好象是城市的特征。几个月以来，革命军在前进着。受压迫的人们还在呻吟。但在城市里，我们只听见笑……吵……（渐隐）
（叠印，渐显）永安等三大公司的灯光……（化）
男女游人，笑挤街头……（叠印）跳舞场的电灯广告……（化）
四马路街头酒馆的灯光辉煌……（叠印）妓女们苦笑的脸……（化）

酒楼的一间雅座——杏花厅里，菱菱正和军阀手下的五六个军官饮酒周旋着。

（字幕）几个月来，菱菱别无生路，仍旧坠回到社会的底层——妓院。

菱菱穿着漂亮的黑缎子连衣裙，光彩照人，在众军官的逼饮下毫不怯退。她鄙视这些寻欢作乐的军阀爪牙。动乱的生活已经教会了她许多本领。在下贱的妓院里，她受尽了街头卖笑和鸨婆们皮鞭的苦楚，但当嫖客们惊于她的美貌而逐渐把她捧为平康巷中的高级红妓时，她也毫不留情地对那些昏聩无耻的达官贵人们嬉笑怒骂，把他们当做在她脚下摇尾乞怜的俗狗蠢猪。

菱菱拿出精致的银质粉盒，一面照着小镜抹粉，一面笑问一个胖军官说：

（字幕）"听说革命军快打到上海啦，你们为什么一点也不害怕呢？"

胖军官闻言一惊，但忽然又大笑起来说：

（字幕）"什么革命！……从宣统皇帝时候革起，到现在还在革他妈的不完！怕什么！"

胖军官说完，笑着喝了一大口酒；不料呛了起来，一时丑态百出。

菱菱暗哂他的糊涂。她看着满席的人在笑谑，真有点怀疑这些军官究竟是半死的人呢，还是活着的尸体。

胖军官忽然嬉皮笑脸地问菱菱：

（字幕）"菱菱，你看看我们几个人……你最爱哪一个呢？"

筵席上的几个军官和一个穿着长袍马褂的参谋长都一齐转脸笑望着这一位红得发紫的高级妓女，等待她的回答。菱菱双目一转，计上心来。她笑告胖军官说：

（字幕）"我最爱你了！"

菱菱一面用右手举杯把酒，靠近胖军官的嘴唇，另一面却把眼睛笑对着军官甲眨了一下，用左手轻按参谋长的膝头；与此同时，在桌子下边，菱菱用左、右脚，分别轻轻碰了一下军官乙和丙的皮靴。

在座的五个男人都会意地笑了。大家举酒祝贺胖军官。当他们仰头把酒灌进自己的喉管时，在菱菱的眼角里掠过了一丝鄙夷和仇恨的冷笑……（渐隐）

一一

（渐显）菱菱在涂口红，并在脸上画了一粒俏皮的小红痣……（化）

菱菱穿着白色短毛线衣，洒完香水，看了看她的小手袋。

现在菱菱住的是半年前从晒台楼搬过来的前楼卧室——是这幢房子最好的一间。屋内陈设颇为整洁讲究：有梳妆台、衣橱、沙发、茶桌，桌上放有花瓶，梳妆台架上挂着菱菱的黑色老菱角项圈。

菱菱拿起手袋，准备出去。她走过夜色初合的窗口，检视了一下窗口挂着的小鸟笼里的食物和水，又逗玩了一会儿从乡间带来的小芙蓉鸟，随后，关了电灯，闭门离去。

菱菱在楼梯口遇着正回家的表姐夫。他问她：

（字幕）"天黑了，你又要去看那几个生病的朋友吗？"

菱菱笑着点头说："对啦。"说着走下楼去。

表姐夫站在那里以一种尊敬的目光注视着她。（渐隐）

（渐显）棚户区穷街的一家破门口。

一个十三岁的女孩子送菱菱到门口，她含着感激的热泪紧拉着菱菱的手说：

（字幕）"阿姨，谢谢你的钱！我爸爸再过几天又可以上工了！"

菱菱微笑着安慰女孩子，替她擦去眼泪，挥手离去。

女孩子站在破门口，久久地望着菱菱的背影……（化）

菱菱双手捧着大包小包的食物，进了一家破屋。

破屋里，一病女工坐在床上，六岁的女儿小铃正带着一个四岁和一个两岁的弟弟在地上玩。孩子们看见菱菱进屋，欢呼着跑过来把她包围了起来。菱菱抱起两岁的弟弟，到病女工床头坐下，一面向她问好，一面发饼干给几个孩子吃。

病女工流着泪感激地说：

（字幕）"菱菱，我真不知道怎样地报答你！"

菱菱笑着摇手说："什么报答不报答！"说完，连忙去拿了旧围裙，开始给她们做晚饭：打水，淘米，切菜……

菱菱切着菜，回头笑望着正在择菜的小铃说：

（字幕）"小铃，你将来长大了，也去做工吗？"

小铃择着黄豆牙，闻言回答说：

（字幕）"我呀——我想学你一样。"

菱菱收起笑容，转向病女工苦笑了一下，连连摇头……（渐隐）

（渐显）夜间，浓雾笼罩着苏州河畔靠近四川路桥的一个小轮码头。岸边的木驳船和小舢板的船家已经入睡，江水载着城市人们的烦愁哽咽地、无休止地在流淌……

菱菱向江岸边码头漫步而来。她常常在此地徘徊流连。这里是她和张表哥从乡间初到上海的场所，也是她从天真无邪的少女时期沉溺到痛苦屈辱的生活的转折地。半年多来，每当她忍受不住这种生活的折磨，心里感到万分刺痛的时候，她就不知不觉地渡到这里，呼吸一下这儿的新鲜空气，暂时忘掉生活给她带来的种种不幸！

菱菱蹒跚地走过了一个穿着破旧大衣、坐在石凳上吸着香烟、默默地望着河水的男人。菱菱停步，拿出了香烟含在嘴里，打燃了打火机，火光照亮了她的脸。

"菱菱！"她忽然听见了一声悲痛的喊声。那是张表哥的声音。她嘴里的香烟掉了下来，回头望去，看见那穿破大衣的男人站了起来，向她走来……在茫茫的夜雾里，两个人的变化和这突然的重逢使他们呆呆地悲喜交加地互望着，一时说不出话来。

张表哥快步走近菱菱，紧紧地抓着菱菱迟疑地伸出来的双手。在暗淡的灯光下，他注视着菱菱的脸和她的衣服。这就是他一年来日夜思念的菱菱吗？真好象分别了几十年，换了两个人间啊！

张表哥看着菱菱,温和地说:

(**字幕**)"表姐夫告诉我……说在这一带地方或许可以找着你。"

菱菱痴痴地望着表哥,如悲似喜。她心头的话好象太多了,但一时又难以开口。她微笑着,喃喃地喊了一声:"表哥!……"

张表哥心眼里充满了深深的悔恨和怜爱,对她说:

(**字幕**)"菱菱,我叫你……受苦啊!"

张表哥阴沉的脸色和含悲的声音刺痛了菱菱的心。看来,他已经从表姐夫那里知道了她这一年多来所受的屈辱和处境。

菱菱慢慢地摇着头告诉表哥:

(**字幕**)"叫我受苦的不是你!也不是一两个人!"

表哥听了菱菱的话,望着她那沉毅的脸色,惊喜地说:

(**字幕**)"对极了!——菱菱,你知道我回来是为了什么事吗?"

在张表哥说话时,菱菱望见离河不远的地方有一个卖烤鱿鱼的担子,一个男人正在担前鬼鬼祟祟地吃着烤鱿鱼。

菱菱抓着表哥的手,机警地以目示意,说:

(**字幕**)"表哥,到家里去坐坐吧。"

张表哥向河边烤鱿鱼的担子瞟了一眼,然后和菱菱慢慢地离开了码头。

那个吃烤鱿鱼的人装作好象没有注意他们的样子,仍旧在贪馋地吃着,但却侧目窥伺着他们离去的方向……(**渐隐**)

(**渐显**)菱菱和张表哥徐步走上阴暗的楼梯(**摄影机升跟**),从后楼进入了前楼。

菱菱进了前楼,开了电灯,和张表哥走过了挂着小鸟笼的窗口,她拉拢了窗帘,让表哥脱去旧大衣,在沙发上坐下。表哥观察着门窗和屋里的陈设。

菱菱和张表哥同坐在沙发里。张表哥从衣袋里取出一个人丹盒,拿出盒内藏着的革命军便衣队的布制证章给菱菱看。

菱菱惊喜地观看证章。

张表哥低声告菱菱:

(**字幕**)"革命军快到了。我们有几个同志正在分头联系和动员爱国工人,组织便衣队,大概这几天就要行动了。"

菱菱闻言,兴奋地说:

(**字幕**)"表哥,你这一次回来,能够做这样大的事情,我真高兴!虽然我受了苦,但也不值得谈什么了!"

张表哥注视着菱菱,菱菱微哂地说:

(**字幕**)"痛苦,黑暗——我现在已经不怕啦!我知道,不久就要过去的!"

张表哥对这一个从农村出来,在痛苦的生活中得到磨炼成长的女子产生了由衷的敬意。他紧握着菱菱的手高兴地说:

(**字幕**)"菱菱,我盼望中国那许多正在受着苦难的女子都能象你一样地有勇气!……

解除大众痛苦的时刻快到了！"

菱菱微笑着，双眼流露出对光明未来的期待。张表哥一面望着她，一面顺手把人丹盒放在旁边的大衣袋内。此刻，他感到欣慰、振奋，因为坐在他身旁的是阔别经年、他在怒海惊涛中日夜思念的幼时的爱侣，现在她在社会生活的大转轮中锻炼得更坚强了！

菱菱细细地观察着表哥年余来饱经风霜的面孔和他投身革命工作后而透发出来的智慧和刚毅的意志。她回忆起种种往事，莞尔一笑说：

（字幕）"真好笑啊！我们从乡下到城里来，还不到一年多，现在我们好象是另外两个人了！"

张表哥靠在松软的沙发上，在两人的回忆中，显现出旧时乡间的一些并不太经意，然而却深印在脑海中的一些难忘的情景……（徐徐化入下景）

夕阳落霞，染红了长天和涟漪的湖面。菱菱和张表哥划着一叶扁舟。小舟好象在云霞中漂浮……（化）

菱菱坐在船头，穿行荷花丛中，与花争艳……（化）

菱菱从梨树上摘梨爬下来，把脚轻轻踏在树底下睡着的张表哥身上。张表哥醒了，他站起来把她接到草地上。他向她索梨。她笑着跑掉，他追了过去……（化）

菱菱飞跑过铺满鹅卵石的浅溪。张表哥在后面笑追，溅起了晶莹的水花……（化）

菱菱和张表哥跑过溪边的古树……（化）

菱菱跑到一处有几块巨石的旁边，笑喘成一团。这时张表哥也追来，他俩看见清泉在冲流，便脱去草鞋，把双足浸入冰凉的激流中。

菱菱和张表哥仰靠在身后的一块巨石上，双足打着水为戏……（徐徐化入下景）

菱菱和张表哥同坐在沙发里（姿势与靠着巨石用脚打水时相同）。菱菱把双臂枕在头后，微笑地回忆说：

（字幕）"从前的一切……是做梦。现在……一切都醒了！"

张表哥听了徐徐点头。

一二

窗口前的小鸟在笼子里睡着了。菱菱取出一支香烟，从窗侧五斗橱上拿了火柴，顺手掀开窗帘，向下一望，忽然大惊：在弄堂里昏暗的灯光下，暗探领着侦察队正在布置宪兵搜捕。

菱菱急忙掩好窗帘，回头轻声说：

（字幕）"表哥！侦探……宪兵来了！"

张表哥一跃而起。这时，暗探和宪兵已经在一边敲着前后的门，一边在骂着。……

张表哥从沙发上拿起了自己的大衣，人丹盒轻轻地从大衣口袋里落到茶几旁光线较暗的地方。

菱菱帮着张表哥穿上大衣之后,拉着他急匆匆走出前楼,上了晒台楼,走到邻家晒台楼的矮墙旁边,叫他快逃。表哥问菱菱,她怎么对付来人?菱菱急告他说:

(**字幕**)"表哥,我只求你一件事:如果我有危险,你千万不要管我!"

张表哥惊中摇头说:

(**字幕**)"菱菱!可是……"

菱菱急伸手去捂表哥的嘴,阻止他说:

(**字幕**)"为了大众!……"

张表哥紧握住菱菱的手。楼下的嘈杂声越来越近,菱菱着急地催他快走!表哥翻过晒台矮墙,又回头看了菱菱一眼,就急急地从邻屋瓦顶上跳了过去。

这时,后门被枪托砸开,宪兵们一拥而进。

宪兵队和侦察长喝令众兵搜查,一时间阁楼、后楼、灶披间的男女老少慌成一片;表姐夫也给吓得僵住了。……

一暗探和两宪兵猛敲菱菱的前楼门,侦察长和宪兵队长从后楼赶来。他们敲骂一阵之后,才听见屋里有走动声。

菱菱披着一件绸睡衣开了门。……

侦察长冷冷地望着装做带有惊吓之色的菱菱。众兵士在房里乱搜了一阵。结果,房里除了这位红妓女——菱菱一个人外,什么人也未发现。

瘦脸狡谲的侦察长问菱菱:

(**字幕**)"你的那一位便衣……朋友呢?"

侦察长冷冷地注视着菱菱。菱菱假做不懂,过了片刻才好象明白了似的说:

(**字幕**)"你问的是我的那一位相好吗?——他走了。"

侦探长怒喝道:"你胡说!"

菱菱坦然地微笑,不去理睬他。但她忽然发现地上的人丹盒,不禁一怔。

留着小胡子,年近四十的宪兵队长也发现了地上的人丹盒,他拾了起来,不经意地看了一眼。

菱菱暗惊中饰笑取出香烟盒,上前请队长吸烟。队长摇头。菱菱一笑,坐到他身边的小桌上,翘起了一只腿,点着香烟。

菱菱穿着鱼网孔丝制长袜的美丽小腿。

宪兵队长向菱菱闪着丝光肉色的小腿望了一眼。

菱菱喷着烟,打趣地笑劝宪兵队长说:

(**字幕**)"吃几粒人丹,清醒清醒脑筋吧。"

侦察长和宪兵队长以阴冷的眼光观察着悠然吸烟的菱菱。一场斗智开始了……

宪兵队长按了按人丹盒,果然滚出几粒人丹来。

菱菱慢慢地喷出一缕轻烟。

侦察长突然发怒,冲到菱菱面前,扳着她的肩,厉声喝问:

(**字幕**)"他到哪里去了?说!"

菱菱轻轻推开侦察长的手,哂笑地说:

（**字幕**）"我的那一位情人大概是怕老婆，他匆匆地赶着回家，忘记告诉我他的住址了。"

菱菱喷着烟微笑着。宪兵队长气得把手里的人丹盒怒向小桌扔去。

人丹盒受震弹开，露出了革命军的证章。

菱菱抢上前去，但侦察长已把证章拿在手，一看，得意地笑了起来。

菱菱微笑着把烟扔掉，耸了一下肩膀。

宪兵队长和侦察长喝令宪兵把菱菱带到司令部去。菱菱一面要求让她穿好衣服，一面走到了小屏风后边……

昏暗的弄堂远处，张表哥从屋檐上往下爬。两个宪兵远远地望见他，开枪喊追。张表哥飞奔而去，消失在黑暗的转角处……

宪兵队长等人听见枪声，就从窗口向下望去，问发生了什么事。菱菱在屏风后注意地听着。

窗下弄堂里的宪兵报告说："逃走了！"

宪兵队长闻声，气得顿足大喊："再追！再追！"

菱菱听后喜慰。她换好了一件黑色绸衣，走出小屏风，又缓步到梳妆台旁取下黑菱项圈，戴在颈上。她向她的屋子作最后的告别，她转头看见了窗前早已惊醒了的小芙蓉鸟——深深地望着，随即把笼门对着窗口打开。

小芙蓉鸟跳在笼门上，望着菱菱叫了几声，好象犹豫了一下似的，然后展翅飞出窗外——向自由的天地飞去了。

几个宪兵押着菱菱往外走时，在后楼梯口遇见了惊惶上楼的表姐夫。一个宪兵粗鲁地推开了他。菱菱淡淡地望了表姐夫一眼，好象诀别似的，然后头也不回地随着宪兵走下了楼梯。

窗台上开着小门的空鸟笼……（化）

透过另一种樊笼的黑色铁栏杆的缝隙，看到菱菱伫立在戒严司令部的大厅里，正在受审讯。

菱菱很坦然，毫无惧色。

竖眉宽额的司令望了一眼菱菱，又看看旁边的侦察长、参谋长等人，他知道从这一个倔强的女子口里无法得到革命党的任何线索，于是宣判说：

（**字幕**）"明天一早，把她枪毙就完了。"

菱菱听到早已料到的宣判，一面对着小镜子扑着香粉，一面冷笑着说：

（**字幕**）"完了？……革命军是打不完的！"

站在大厅里的一个年轻的小队长深受感动。菱菱的"打倒列强、打倒军阀"的慷慨言词和胆量给了他勇气。他恳求司令说：

（**字幕**）"请司令开恩！念她是为大众的幸福……"

菱菱惊讶地望着这个陌生的年轻小队长。

戒严司令的一声冷笑打断了小队长的话，接着下令说：

（字幕）"就请岳队长明早监执死刑！"

戒严司令冷酷的双眼向年轻的小队长和菱菱瞟了一眼，拂袖而去，结束了这一件不平常的审讯。

岳小队长听了司令的命令后，呆立在那里。

菱菱在被宪兵押回死牢时，转头向为她冒死请命的年轻军官点头微笑，然后缓步走去。（渐隐）

（渐显）张表哥以手扶头，坐着不动。（拉远）在纱厂修配车间的一间小屋里，有二十几个工人围坐在昏暗的灯下讨论着什么。表姐夫抚着张表哥的肩头问：

（字幕）"救菱菱……就没有什么希望了？"

菱菱被捕的消息惊动了张表哥和众工人。但深知菱菱的张表哥沉静地说：

（字幕）"菱菱说过，她绝不希望我们去救她！"

是的，她很了解统治者的残暴和他们对革命的血腥镇压。她是绝不肯让同志们白白地冒着危险去救她的！

张表哥站了起来对室内的工人们坚决地说：

（字幕）"但是，菱菱希望我们努力革命，去救那多数的受苦人！誓死响应革命！"

张表哥一边说着一边坚定地举起拳头来。

修配车间密室里的二十几个工人也都坚决地举起拳头……（升高摄，渐隐）

（渐显，字幕）革命！革命！万千颗坚定的心，万千双健壮的足，从黑暗中走向光明！

（叠印，渐显）北伐革命军在雾霾中前进……（化）

革命战士们列队，步伐矫健地前进着……（渐隐）

一三

（渐显，字幕）每天，经过了长久的黑暗之后——

（叠印，渐显）黄浦江边的上海在雾中的剪影。一轮红日在晨雾中徐徐升起……（化）

在透着一线光亮的地牢里，菱菱拿木梳梳着双辫，她已经洗去脂粉，穿好一套象她在农村时穿着的印花土布衣裤，脚上穿着布鞋，脚胫上还扎上宽布脚带。这些衣物是昨晚她请求岳小队长替她买的。她想在离开这个污浊世界的时候，还她本来的、纯洁无瑕的面目。

在菱菱的颈上，还戴上了她心爱、珍惜的黑菱项圈。这一串小小的自制装饰品，对菱菱来说，就象是粒粒晶莹的珍珠一样珍贵。它表达了一个农村少女对未来幸福生活的天真无邪的向往。

死牢的甬道里传来了开铁门的声音和皮靴声。岳小队长带了四个持枪的兵士走到了菱菱的囚室外，牢役开了铁门。年轻的小队长面容忧郁，好象在一夜之间老了十几岁。

菱菱忻悦地走近岳小队长，感谢地说：

（字幕）"队长，谢谢你替我买来了衣服！"

菱菱高兴地让小队长看她刚换好的乡村衣服和梳好的双辫。她从乡下来到上海，经受了那一番侮辱和损害之后，如今终于能够抛弃那丑恶的妓装，恢复了旧时的打扮。这使她感到了极大的幸福。

岳小队长紧咬微颤的嘴唇，沉郁的望着菱菱。

菱菱望了望小窗口的一线天光，问小队长：

（字幕）"天明了吗？"

岳小队长悲愁地点了点头。

菱菱深情地望了一眼小队长，眼里充满了谢意，然后坦然地、毫无惧色地离开了囚室，走到四个持枪的兵士中间，停了片刻，缓步前去。……

刑场上雾半消，高墙外霾气阴沉。二十个兵士荷枪实弹，分立两侧。竖眉宽额的司令不耐烦地看着手表，并催问着宪兵队长和侦察长……

岳小队长和四个兵士押送菱菱进入刑场。她坦然地缓步走着，旁若无人。她穿着的一套乡下服装使司令和军官们相顾惊讶。

岳小队长向司令立正报告。

司令点头，挥手令立即执行！

四个兵士押着菱菱走到高墙的土墩前面，然后，返行归队。另外八个持枪的兵士在菱菱对面站着。

岳小队长费力地抽出指挥刀，喊："举枪……瞄准！……"

八支步枪齐举，瞄准着。……

菱菱从容不迫地站着。她忽然招手告诉岳小队长说：

（字幕）"小队长，请你答应我最后一个小小的要求。"

岳小队长转望菱菱，他心里好象在灼烧。

菱菱微带羞涩地说：

（字幕）"让我在这里笑吧。等我笑到最好的时候，你们再开枪，好吗？"

这声音使那个阴狠的司令皱了皱眉，感到非常惊讶——这是他肮脏的头脑中从来想不到的"怪事"。

菱菱微笑着。她本来就是一个爱笑的女孩子。她的笑声曾银铃般回响在荷花湖中和田野幽谷间。但在长期的屈辱"卖笑"生涯中，使她失去了那天真纯洁的微笑。今天在这即将离开人世的时刻，她要唤回她的纯真的微笑，要笑着和这一曾经是那样地折磨过她的黑暗的旧世界告别。

岳小队长咬紧了牙关，浑身在颤抖，忧心如焚……

八个兵士举着长枪，也在困难地保持着平衡。

戒严司令厉声问岳小队长：

(字幕)"岳队长！为什么还不发令开枪？"

司令这一声逼问，打破了小队长的沉默。他胸中的怒涛冲开了……忽然他挥着指挥刀，嗔目狂喊：

(字幕)"我们为什么要打自己人？我们疯了吗？……我们为什么要帮助军阀，帮助帝国主义的走狗来……残杀自己？"

刑场上的人个个惊怔。

戒严司令大怒，铁青着脸。

菱菱望着狂喊的岳小队长，为他感到骄傲和喜悦。她脸上出现了一个最美丽的微笑。

岳小队长转向刑场上的兵士们大喊：

(字幕)"弟兄们！掉转你们的枪口！打倒压迫我们的虎狼……豺狗！"

岳小队长扔了指挥刀，拔出手枪，怒望着还在怔惊的戒严司令。就在他持枪逼近司令的时候，司令身旁的两个卫兵打开了盒子枪，连连向他开枪……

岳小队长的胸腹中弹，鲜血飞溅。他连声喊着："不打自己人！……掉转枪口！……"喊完倒在地上。

菱菱吃惊地望着岳小队长；

岳小队长也望着菱菱，并向她的脚前爬去……

菱菱看了看垂死的年轻军官，抬头坚定地说：

(字幕)"革命是打不完的！一个倒了，一个又来！"

岳小队长睁目仰望菱菱，一丝欣慰的微笑呈现在他年轻的、惨白的脸上。……他瞑目死去了。

竖眉宽额的戒严司令惊定之后，他亲自向八个持枪的兵士命令："瞄准……开枪！……"

子弹从八支枪中一齐发出。……

菱菱挺立着，象云雾中的一棵奇松，慢慢地倒在岳小队长的身旁。两股革命的热血流在一起了……

天际乌云徐散，高墙头出现了一轮红日，慢慢地照亮了阴霾的刑场。

菱菱抬起头，睁开眼睛，望着晨光，眼里充满了信心和希望。她举起一只颤抖的胳臂喊道：

(字幕)"革命！万岁！"

菱菱带着胜利的微笑闭上了眼睛。……

（**叠印，渐显**）以下画面：

革命军的队伍在硝烟中前进……（化）

张表哥、"瘦猴"等人荷枪前进……（化）

革命军健儿冲锋作战，胜利前进……（渐隐）

（**渐显，字幕**）再见！

还我山河

出品　大长城影片公司，1934年

编导　王次龙

摄影　李文光

演员　周文珠　梁赛珍　高占飞　王元龙　章志直

《还我山河》电影由王次龙编剧。其电影剧本为王次龙所作，原载《银光》第1期（1933年1月）。

剧　　本

王次龙

(A)

S. T. "我国的边疆，强邻环绕着侵略和压迫，有多少可敬可佩的英雄，为我民族争生存而牺牲，为我保山河而死亡。"

S. T. "海边沙滩上一堆一堆的枯骨"

Pan. 黄玉龙（黄弟）左臂已断去，坐在石上看枯骨，叹息当年为国牺牲的英雄，可敬可佩。见云中飘荡的国旗，想起夺回国土的悲惨往事，真是一部值得纪念的历史。F. O.

(B)

F. I. 国旗一面在桅顶上迎风飘荡。

O. L. 一防船护若干渔船驶海中，破浪工作，捕鱼甚多。月将落，防船上团丁吹号，令各船收网回村。黄氏兄弟在防船指挥工作，状甚欢悦。船将入港口，村中妇女老幼均候其家人捕鱼归来，立码头上。渐见各船近岸，各人摇手相迎。有卖花女美丽亦在其中焉，黄弟玉龙之好友也。防船靠岸，黄弟率队下船。美丽走近，玉龙责之说：

T. "快点走开，队长下船啦！"

美丽回头，见黄兄金龙下船走来，美丽上前行礼并赠花与金龙。金龙与村人招呼，随队入村。途中众乡民状极快乐，颇有世外桃源意味。F. O.

(C)

S. T. "风平浪静，明月初升的时候"

明月之下，渔民三五成群，或歌或舞。各乡民家中，老少团聚，人生乐事，尽在其中矣。惟黄氏兄弟二人，饭后闲谈。黄兄金龙为本村领袖，严正而性烈，喜饮酒。

其弟玉龙勇敢诚实而多谋略，为村中民团队长。二人均为村人所器重。玉龙整衣外出，金龙知其有往唔恋人也。弟去后，一人在室颇觉寂寞，遂披衣出门散步。见弟与美丽坐林中谈笑，心为所动。忽闻行人谈酒店新到歌女安妮之美，并见乡人持歌女照片相与争观。金龙行未数武，又闻二老谈及歌女逗遛村中，与我村中风化有关。金龙闻言，遂去酒店一觇情状。近酒店门前，热闹异常。金龙入酒店，店主急相招待，请黄坐首席。黄初不肯，后见安妮之美始坐观。店中黄之护兵章大、王三，早在此观剧矣。见金龙到，即悄然他去。黄兄直观安妮下场后，黄兄随店主见安妮，对安妮说：

  T. "你要快点离开此地，因为你的举动有伤本村风化。"

  安妮闻黄言奇甚，私问店主黄系何人。店主告为本村长官。安妮急相侍候，并进言：我因厌恶城市繁华，故来边疆以求真实的快乐，自然的人生。金龙闻言，颇觉动听，且与自身有相同之感，故二人愈谈愈接近。店主见状取酒来，二人畅饮，金龙已忘自己之责任矣。此时海中有邻国奸人率渔船多只，驰至我海边偷鱼，适为村人查觉，报告其弟玉龙。玉龙跑回家中见兄不在，遂至团中，队员数十人，乘船飞驰追去。追将近，彼船上开枪，击伤玉龙头皮，随下令回击。奸人船上伤亡数人，急逃去。黄弟未追驰回。玉龙登岸去酒店见兄，不意金龙与安妮已饮有八分醉意。见弟头部有血，急问何意，弟答：

  T. "他们又来我们海边偷鱼，已被我们打走了。"

  兄闻言愤甚。弟此时流血过多，昏倒，众扶起卧椅上。兄见弟伤，急欲复仇，取枪欲出，为众所阻。安妮见状，为玉龙洗裹毕。玉龙醒来见安妮，亦颇属意。玉龙对其兄说：

  T. "他们并不是来偷鱼，是来探探我们有没有准备的。我们不要大意才是。"

  兄闻言颇以为是。安妮亦很注意。黄兄即对众人说：

  T. "诸位，东岛的邻人是我们数代之仇，终于因为我们努力团结，才生存到现在。可是大难恐怕又要到了，大家更要比以前努力奋斗到底。"

  安妮闻兄言颇惊骇，在村众大呼口号声中。F. O.

(D)

  S. T. "狡猾的手段"

  F. I. 黄氏兄弟、章大、王三，率岛民渔船百艘工作海中，奋勇异常。黄氏兄弟因恐与东岛有危险举动，但黄兄因其弟昨日与斗时，稍受微伤，愤恨已极，定欲与东岛人决斗。黄弟在傍劝之。忽章大来报前有一快船飞向我船而来，章大说：

  T. "大哥，他们的船来了，我们要预备吗？"

  黄兄闻言，既起身随众出望，果见一船开足速力而来。章大等急出枪，为黄弟所阻，对众说：

  T. "诸位，大家不要乱动，须镇静。待他们先动了再动不迟。"

  众不动时，船已行近抛锚，呼黄兄若有胆量可来船商事，大呼说：

  T. "诸位朋友，请你们黄大哥过来，我们大哥有要紧的事情同他商量。"

黄兄闻呼声，因性暴如火烧，急欲奔出，为众所阻。黄弟对众说：

T. "大家不要着急，我去一趟，谅他们亦不敢怎样对待我。大家且静待我的回信。"

言罢，黄弟并将身上的武器交兄，返身率章大同登东岛船上。见围立者二十余人，均持枪相对。弟微笑举双手，（章大在外等）有二人搜查黄弟全身，令入舱中。见中坐一人身高而貌恶，带笑容让黄弟坐，自立一旁。知上坐者为东岛新领袖尚大虎。他对黄说：

T. "昨天很对不起，我们几个无知的朋友冒犯阁下，表示歉意。"

言毕，狡猾之面上，奸相毕露。而黄弟怒目不答。尚见状，转变其郑重之态立起近黄弟，嬉笑而言曰：

T. "老弟，请你同令兄相商将渔权卖与我岛，我肯出廿万金。这个没有本钱的出息，何乐而不为呢？老弟不要糊涂呀。"

黄弟闻尚言，放声大笑曰：

T. "这渔业并非我兄弟的事业，乃是全岛人民的生命财产，如何能卖给别人呢？"

尚闻言作厉色，含笑对黄弟说：

T. "老弟你可知道我们的准备吗？如不肯卖给我们，恐怕将来要白白的送给我们，可是贵岛人民有生命的危险哩！"

黄弟闻言回首四望，见舱中立着诸人，均有最新式枪械，知彼等居心险恶，因奋起精神对尚说：

T. "我等头可断，渔业不能让。我等已决定与我岛共存亡了。"

黄弟言罢，回身将去，尚又作狡猾之状对黄说：

T. "老弟，不要见怪，我们都是世交是好朋友，我们决不要你们的呀，请放心吧。"

黄弟佯作未闻告辞而去。回到自己船上，气结不能言。而尚大虎随至船外看着黄弟回船，乃令回岛。汽笛一声，飞驶而去。黄等见船去远，黄弟对众说：

T. "诸位，我们知道现在形势更是紧急了，如果大家不抱定必死的决心同他们周旋，我们的生命财产可要被他们侵占无余了。"

众人相对议论，章大对王三说：

T. "你还不知道，他们现在每个人都有盒子炮。如果同他们打起来，我们还是拿这把刀，可不是送死吗？"

黄弟又对众人说：

T. "他们都有新式的武器，将来我们要拿血与肉来同他们抵换。"

大家均表赞成。黄兄此时忿急立起，对大众说：

T. "诸位，现在他们已预备好杀人的利器，我们是要拿血与肉来抵抗。现在大家必须发誓作流血的准备。"

言毕，取短刀将手腕割开，流血不止。撕下衬衫一角作书，写"同心协力与我西岛共生存"数字。因血不够，众人各自割开手腕，使血滴桌上。黄兄书毕，众壮呼万岁唱渔歌。时王三、章大，亦精神百倍。F.O.

(E)
S.T."狼子野心，无孔不入。"

在黄氏兄弟家中，众岛民商议抵御之策，划全岛为数防区，建筑防御工程，以待东岛来攻；并设计在渔船上加土炮作追逐攻击之用。时安妮来，黄弟不许入，黄兄为之说项，始允安妮入室。而安妮亦在昵笑，殊与众人计划不便。安妮见黄弟将彼之酒店，改为防守总部，不满意而与黄弟理论。旋安为黄兄推之出。安妮气极欲动武，无奈不敌，归家登楼入己室。忽见一黑影早在己之坐椅上，（燃灯）面罩以巾，露双目视安妮。安大惊欲呼，为之揭去面巾，乃尚大虎也。安妮见尚随殷勤为招待。安向大虎说：

T."大虎呀，他们现在防备的很周密了。"

尚闻言，阻勿高声，微语安妮：

T."安妮，他们无论怎样防备周密，都不成问题的，现在就看你的本领了。"

安妮闻大虎言，微笑答：

T."我是没有什么本领的，不过成功不成功，就是要听你的命令的。"

大虎听安答话太聪明了，遂就安耳小语，令离间黄氏兄弟二人感情。安早知其意，大笑……F.O.

(F)
S.T."坚固的防御工程，难以防一妇人。"

F.I. 渔船上加装土炮数尊。O.L.

海边山角掘战壕。O.L.

酒店中将墙凿洞，以作射击之用。O.L.

楼上安妮之室亦穿数洞，安妮在傍大愤指问章大，因章大监督工作也。安大骂章，章劝之曰：

T."姑娘，这是黄指挥的命令，你可以找他去问，我是没有办法的。"

安妮闻言略想，忽酒店主人与安丢眼色示意：可借此入黄家中。安妮随对章大说：

T."章大，那好极了，他们叫我没有地方住，我住在他们家里去。"

言罢，即收拾东西。P.O.

F.O. 黄弟在家中，正当计划各事，闻敲门声，即去开门。安妮欲搬东西入内，弟问何故，安告以来意。弟不肯，忙说：

T."安妮，我们家里你不能住的，因为没有女人。我可以同你想法住到别的地方去。"

安不肯，说：

T."二哥，我不愿意住在别人家，你们家里既没有女人，那好极了，我可帮你们作事呢。"

黄弟想仍旧不肯，安知弟意坚决，不成，遂将东西暂叫酒店主看守，去山边工作处见黄兄。安妮遇兄，与作亲密状，谈话以诱之。二人随谈随行，至花阴深处坐下，安妮对兄说：

　　T."现在酒店的房子不能住了，只得离开你，有什么法子？"

　　黄兄闻言稍想，笑答安妮：

　　T."姑娘，那不容易得很么？先搬到我们家里去住好了。"

　　安妮听了，一笑说：

　　T."大哥，你不要糊涂吧，你的兄弟看见我同你说话，他都要吃醋哩。不要说我住到你们家里去，他一定不肯的。"

　　黄兄听了，大奇，意其弟不至如此，对安表示其弟决不会反对其兄之意。安不信，令兄试之。兄允，二人同回，安对兄说：

　　T."老哥，你不信，我马上就同你去试试看吧！"

　　黄兄辞众人随安妮回家。F. O.

　　F. I. 黄兄领安妮来家，并将安东西搬来。其弟见状，已知安已告之兄矣，故向其兄说：

　　T."大哥，你想我们家里住女人，不是不便么？我想还是叫她住到别处去才好。"

　　黄兄闻言，注意其弟态度，前安妮所言之心中虽疑之，当不能再不实告，故就耳对弟说：

　　T."老弟，你还不知道呢，安妮不久要做你的嫂子了。"

　　黄弟闻兄之言大奇。安妮极喜悦。兄令安妮见其弟，弟无奈，强笑以敷衍之。室内章大与王三亦因此事而来，颇喜悦，与安调笑。惟黄弟不悦，谓兄曰：

　　T."哥哥，这件事当然是我平生最愿意而最开心的。不过在这危急的局面下，万不可忽略了我岛上的防务，和哥哥的责任。"

　　兄闻言深颦之，谓此乃危急之秋大事，何可忽略？时安妮趋立中间，双手勾二人之背，作调和之意。黄弟见兄之情形，亦不愿多加干涉，而不知大祸之将至也。F. O.

(G)

　　F. I. 天空黑云四布，电雷交加，大雨如注。黄弟在家见兄与章大、王三等尚未归，弟即问安，安答说：

　　T."弟弟，他们出去吃酒了，你哥哥叫你不要等他们吃饭呢。"

　　黄弟闻言无奈，往来室中，见安妮擦粉涂唇，以娇媚之态，呈于黄弟之前，故意诱之。时黄弟坐外室，因雨无法外出，旋安妮将晚膳备好，并进酒，约弟同饭，安问：

　　T."弟弟，美丽姑娘这几天为什么没有来，你去看过伊没有？"

　　黄弟点头，表示看过伊。安妮又说：

　　T."像你这样的人品，真是不知道有多少女子爱慕你呢。"

　　言时，媚眼注于黄弟之目。弟大惊，知事不佳，即迅将饭吃毕起立，掏出香烟。

安妮趋前燃火，忽黄兄自外归来，弟心甚不安，问兄饭未，黄兄摇头，表示尚未。弟慌视安妮，安微笑。兄见桌菜甚多，并酒杯二，甚疑，弟即走近兄说：

T."大哥，你吃过饭了吗？"

T."今天弟弟买着许多酒回来，请我同饮，你要吃些么？"

黄兄见安妮尽说谎语，大怒，但又不能面斥。黄兄此时心更疑之，见弟状不安，默然出门。忽遇美丽，美丽见玉龙心甚不快，急问说：

T."玉龙哥，你为什么不高兴呀？"

玉龙摇头不作答，遂走入林中去。忽见山傍有人过，玉龙见其形迹可疑，起追之。至己家，见其人跃墙入内，弟遂令章大率队围屋。而安此时就兄耳小语微笑，兄稍想后亦微笑，抱安同饮。安与兄同饮时，忽见窗外有一人形作势，安知为东岛密令。安令稍候。后安伴兄回室，为兄解衣。安辞出回己室，窗外人由窗入室将密函交安；时外面章大等已将黄宅包围。安此时知已被围，令来人藏室中。章大等入黄兄室报告，谓安妮与东岛人有关。兄不信，令至安室搜查，遂率众出，敲安门，安开，黄弟等入，指问安，安答有人来，已被我骗锁入厨中。众开厨门，将其人纵去。黄兄与安甚得意。黄弟与章大等甚奇，但亦无法，众逐出。安见众人去后，阅信，见乃大虎密令：将于明天来攻，令将黄弟击毙，并送上手枪一支。安阅毕，颇焦虑，因彼实爱黄弟也。F. O.

(H)

F. I. 钟楼上警钟乱鸣，众渔人各持武器，知有仇人来攻，众出按次防御线。时黄兄亦出，而安妮知此为造成混乱情形，予安以击黄弟之好机会也。安亦取手枪出，至黄氏兄弟督战处。在烟火之中，不易见安妮行动。虽令击黄弟，而安心中实爱之，实非所愿，故移其枪口对准黄兄发射。黄兄受伤倒地，幸为美丽所见，因美丽亦率岛中妇女助战，尚任运送军用之品。美丽见后，亦不能决其是否有意，因正在抵抗时也，故详告其弟。弟先令将兄抬至家中，由安妮伴回，请医急救，弟闻美丽言后，更觉安妮行动有异，定通东岛。随将仇敌击退后，返家视兄伤。因岛中无完全药品，医生亦无法，只得将一腿割去。医生令亲族签字负责，令黄弟签字。黄弟不肯，不令医生将其兄腿割去，求另设他法；而医生束手。黄兄苦痛难忍，令即割去，并嘱安妮签字负责。黄弟虽恨而无他法，抱兄腿而泣。章大、王三、美丽等悲甚，独安妮颇觉得意。黄兄忍痛将腿割下，已昏去。黄弟见安出入其室，乃追入，问其击兄情形：

T."安妮，你的事情，我全都知道了，请你告诉我，你为什么要打我的哥哥？"

安妮闻弟言，答说：

"你的哥哥我怎么能打他呢？你说我的事情你都知道了，我爱你，你知道吗？"

黄弟闻言更气，逼迫安妮说出是否与东岛有关。安坚不说，弟忿急，二人争闹室中。声闻室外，为兄等听见，并闻安妮呼救声。兄欲起立，因腿割不便，力挣而起，章大等阻之，终不听。爬出时安妮已将黄弟抱住作吻状，令兄见之。弟气急，与安相扭，欲一拳拳死安妮。安逃出室外，至黄兄处，告兄说："你的腿是你兄弟打的，他要娶我，所以先要把你打死。现在你没有死，他不许我说出来，还要打我。"

言时大哭。兄闻言气极欲晕,见弟入兄室,恨不能生噬之,因向问弟说:

T. "兄弟,你本是诚实而有义气的领袖,你因为一女人,就对我下这样的毒手,你还讲什么同心协力与岛共存么?"

黄兄说毕,对弟面一掌。黄弟被打,精神错乱,无言可答,半晌始说:

T. "大哥,你太相信安妮了。"

黄兄闻弟言大笑说:

T. "老弟,我亲眼看见的是真,听见旁人说的当然不实。现在你还是离开此岛为妙。"

弟闻言,欲哭无泪,肝肠欲碎,转身持衣帽将出,为章大、王三等所阻。黄弟说:

T. "诸位不要为难,有愿随离此地者,可随我去。"

章大、王三随往别美丽而去。时安妮已知计售矣,对黄兄颇显殷勤,并歌唱以慰兄心。兄对众人说:

T. "诸位,吾弟将来定有明白悔悟之时,大家不要忧虑,全岛由我负责决无意外。"

岛民多以为然,对面安妮此时对黄兄说:

T. "你不能起来,是不要紧的,我有一个表哥,他就来了,他什么事都能办的。"

黄兄允之,而不知堕东岛计中矣。

(I)

F. I. 海边,黄弟玉龙登小舟,美丽、王三、章大均欲随去,黄弟阻之,令章大同去。

T. "美丽你的责任很大,全村的妇女都要你指挥工作。有机会可以报告大哥一切的阴谋,如果他觉悟了……"

美丽答允,黄弟又令王三保护着美丽,说:

T. "王三你要保护美丽,有要紧的事可来送信。"

王三允之,小舟驰去。美丽、王三直至看不见小舟始去。

另一海边岸上,安妮和酒店主接尚大虎去的船登陆。

(J)

S. T. "奸计成功"

F. I. 布告一纸:

> 因岛中防御款项,所费甚巨,故须由民众担,加税如下:
>
> 渔船捐
>
> 地皮捐
>
> 人丁税
>
> 娱乐税
>
> 布告书黄金龙押

各乡民家中受压迫情形,实不堪其苦。在美丽家有收捐者来,即前酒店主人也。侮辱备至,美丽父怒,欲与斗,为美丽劝阻。彼等去后,王三持一布告来,令美丽看,乃给团丁之通告也：将增加团丁数百人。美丽等知事已成熟矣，王三持布告至团部，贴墙上，众聚商议如何对付后，决定逃往黄弟玉龙处。众同意。

（K）

S. T. "夜中"

F. I. 明月被黑云蔽着，沙滩上无人游玩。各乡人家中均愁眉不展，与前日大不同矣。黄兄金龙卧床上，不能行动，而呼安，叫时安妮与大虎等畅饮狂欢，闻龙呼即至龙室，用温柔手段敷衍之。金龙尚不觉，仍抱安接吻。为窗外美丽见，暗叹黄兄尚未觉悟也。美丽潜至街中，见一狗吠叫，为奸人开枪打死。美遂伏地行，时众团丁偷由水闸逃去乘船。

（L）

S. T. "一块新大地"

F. I. 荒岛孤立海中。

O. L. 岛上居民以草木为屋，已建成小街道。黄弟与众人工作甚忙；章大打铁于火炉边，因赶制刀枪，以备收复失地之用，故大众工作颇努力。时有西岛团丁等逃来，并带来美丽一函。黄弟见信中谈其兄为安妮迷惑情形：安妮实通东岛，现渔权已被夺去，余正与王三计划保护妇孺，遇必要时则率彼等逃出。因敌方实力充足，无法抵抗也。黄弟见信更急，恨不得急回西岛，将其一网打尽，以消毒恨。令众努力工作，准备救西岛妇孺出险。黄弟看毕气急。

（M）

S. T. 在一渔民家美丽与王三二人按家查妇孺，令必要时逃至酒店内，并将土枪多枝及子弹埋地中，以备将来应用。——遍知各家，美丽等查毕出一家门口，又至一家。将近门，忽有数奸人来。美丽见事不佳，即躲身藏草地中；王三为彼等捉去，绑见尚大虎。大虎等由其身上搜出枪弹等，知系谋叛，毒刑拷问，何处为机关，何人为首领。王三终不答，被打昏数次。美丽虽得免，但见王三受刑，芳心已碎。时黄兄闻叫号声，欲出不得，急而狂呼，无应者。美丽见黄兄急状，由窗外爬入，告以实情。黄兄大悟，问：

T. "美丽，他们为什么打王三呀？好孩子，快点告诉我。"

美丽告以实情：

T. "大哥，你上了东岛的当，把弟弟赶了出去，他们都来了。你还不知我们受的苦痛：捕着的鱼，都要卖给他们，钱亦不给——你下的布告。"

黄兄闻美言欲昏，美丽将袋中旧布告二纸交与兄看。黄兄看毕，问美丽弟弟在何处呢，问时双目含泪。

T. "美丽，你知道弟弟到那里去了，你能找他回来吗？"

美丽见兄露悔悟状，知不应赶走其弟，美对兄说：

T. "大哥,你快些写一封信叫他赶紧回来,不然全岛的人民性命都难保了。"

黄兄闻美言,忽闻人声自外入,美即躲窗外。安妮持一通告入,见黄兄微笑,作无事状,对黄说:

T. "大哥,这是我们一个奖励渔民的布告,现在岛民比从前安乐得多呢,快签个字吧。"

黄接取欲详查之,安不肯,并急令黄兄速签。黄知有异,将布告翻起,见其内有另一契约,乃让渔权与东岛之契约也。黄大惊,责问安妮,时安知事已大部成功,又何必怕他,遂向黄兄说:

T. "现在你们的生命,全在我们手里,让不让也没有什么要紧了。"

黄兄闻言急捉安妮,欲击之死;但两腿不能立,反被安妮推倒在地。安妮出唤人来捉黄去,时美丽急入室,令黄写信。时安率众奸人来,黄方写毕交美丽出,安已领人入,众将黄捉绑出室。美丽奔去海边,令一善驶船者送信去。

(N)

F. I. 大海中一小船飞驶。

(O)

F. I. 黄弟训练众渔民操战法,忽送信者来。弟见信大急,令准备,并以血所书的盟书示大众,将书制成一方旗,众同声高呼:

"同心协力与岛共存!"

众连呼数声准备出发。

(P)

F. I. 黄兄金龙绑起于安妮、大虎前,安妮说:

T. "你如能签字我可以救你的性命,不然日出六点钟就要处你的死刑。"

F. I. 黄兄笑答:

"时候太晚了,我希望马上就死。"

安立怒目对黄说:

T. "我们已有五百精兵,你要当心你百姓的性命。"

安言毕推黄出。

F. I. 众乡民男女聚观奸人绑黄兄金龙及壮士数人过街中,将赴刑场处极刑。美丽与渔家女数十人联合妇女发给枪枝,准备救黄兄等出。美丽发枪,见一老壮者得枪,眼中含泪,向美丽多索子弹。美丽见知其为有大仇者。又一小孩索小手枪。

(Q)

F. I. 黄兄等将处刑,发令者看钟尚欠五分钟。至六点时,美丽率众妇女伏地行草中。

此时荒岛上黄弟玉龙发令，数百健儿各持刀，登船急驶。

　　发令者见时钟已六点，正发令，行刑者举枪，忽树上枪声一响，行刑者倒地。发令者见树上一小孩持枪，发令者出枪欲击之，忽四面枪声大起，美丽率众妇女来，发令者率众逃走，美丽将黄兄救去。时尚大虎得报，令东岛所有人均出动，将妇女等消灭。号令一下，数百健儿均持新式武器，向酒店而来。美丽、王三等见来势汹汹，挥众抵抗，作死拼，诸妇女较男子为勇。时黄兄已持枪向敌，因足不能行，伏地上助战。时大海中快船数十艘破浪飞驶。黄兄忽忆及钟楼，大悦，爬出火线，强上钟楼，钟乃大鸣。时黄弟在船上闻钟声声，又闻钟乱鸣，知事已发，令船上民众加力摇船。众如令，船行如飞。时美丽弹药已尽，令数人去将铁锅均取来，并将油鞋上铁钉取下，并将锅打碎，加入枪中射击；复继之肉搏。黄兄击钟更紧张。黄弟船将近岸，忽被后方炮毁，众跃海中游泳登岸，赶到酒店，解众妇女之围。东岛人败退，黄弟等追击。时尚大虎与安妮等见钟楼上黄兄击钟，赶上钟楼，与黄兄斗。黄兄因伤，虽不能起立，然尚能抵抗。时安妮见人来枪杀黄兄，安与尚即逃下楼去。黄弟上楼，只见兄尚能言语，命速追尚安等。黄弟见安与尚已至楼下，举枪二发，正击中，二人均倒地上不动。知已死，急扶黄兄坐。时美丽、章大等均到，黄兄见血旗甚慰，对黄弟及众人求原谅。众均谅之，黄兄别众而逝。众人将血旗盖黄兄面。时楼下岛民千余，大呼同心协力，与岛共存，奋斗到底，将国旗向钟楼之旗杆上徐徐上升，在半空中迎风飘荡。

　　黄弟玉龙坐石上，见章大等已将枯骨埋妥。时美丽持花一束，抱一子来，笑向玉龙，并给章大等各人一朵，插衣上。二人行过土垒，有守备兵数人对黄致敬礼。

狂　　流

出品　明星影片公司，1933年
编剧　夏　衍
导演　程步高
说明　丁谦平
摄影　董克毅
置景　董天涯
演员　胡　蝶　夏佩珍　龚稼农　王献斋　谭志远　朱孤雁　王梦石　高梨痕
汤　杰　谢云卿　萧　英　徐莘园　严工上　李君磐

《狂流》电影由夏衍编剧。其电影剧本为夏衍（署名丁一之）所作，原作为附录刊载于黄子布（夏衍）、席耐芳（郑伯奇）的译著《电影导演脚本论》（原著普多夫金，1933年2月）。后曾收录于《五四以来电影剧本选集·上》（中国电影出版社，1959），以及《夏衍电影剧作集》（中国电影出版社，1985年）等，但皆为修订本，文字改动颇多。为保存史料计，本篇选自其初版。

剧　　本[1]

丁一之

人物表

傅柏仁	富绅	谭志远
秀娟	柏仁之女	胡　蝶
刘铁生	小学教员	龚稼农
李和卿	县长公子	王献斋
王三爹	农民	朱孤雁
方小庵	傅宅账房	王梦石

（一）**傅宅客厅**

汉口上游约百里的傅庄

（远景）沿江的一二百户人家的村落，左侧，白色的围墙。（溶入）

（近景）白墙前面，长工们正在搭彩棚，挑沙填平积水。指挥长工的傅柏仁。

---

[1] 原文所有字幕均以顶格区别，但字体与正文同，现将说明字幕以不同字体区别开，并为对话字幕统一添加引号。

傅庄首富傅柏仁

（大写）棚上的长工举首远望。（插入）急走的雨云，风中摇曳的树梢。（近景）棚上的工人对铺沙的工人：

"再下雨，今年的收成可又完了！"

（近景）傅柏仁抬头观天，独语：

"再下雨，明天的喜事可就糟了！"

斜扫的雨丝。送礼人抬礼盒匆匆入，用袖揩盒，行礼，开盒。柏仁愉快地笑，作手势：

"请小姐来看！"

（近景）姨太太推着秀娟出来。

傅姨太太和柏仁的爱女秀娟

送礼人行礼：

"给小姐道喜！"

秀娟羞恼，不乐的表情。柏仁拍女肩：

"明天订了亲，你就是李县长的儿媳妇了，为什么不高兴？"

秀娟怫然，掉头径入。柏仁皱眉，余人惊奇目送。（淡出）[1]

（二）秀娟房内（连外面）

这一天晚上

豪雨，点着灯火的窗。

秀娟室内，支颐独坐，注视夹在书里的照片。（插入）英挺的青年小照。（溶入）秀娟泪下。有人敲窗，秀娟惊起，开窗。雨中的铁生。

镇立小学教员，刘铁生

秀娟惊喜，带泪的微笑。隔窗，秀娟讲：

"你来得正好！"

铁生不语，恼怒与失意的表情。（大写）雨水在脸上淌着。秀娟用手帕替他揩拭。铁生推拒，欲言又止，讥诮地：

"过了明天，你就是县长老爷的媳……"

秀娟怒，止之，带泪地：

"你怪谁？我早打算和你走了，你一定舍不得什么修堤。"

怒稍释，互握。（插入）檐溜的水，摇曳的灯。

"那么，你还记着以前的话吗？"

秀娟表示坚决。（大写）紧握的手，热情的眼。（近景）两人渐近，突然，秀娟返身入内，铁生向窗外望。（插入）远远的灯笼火把。

秀娟持玉坠出，授铁生，热情地：

---

[1] 原文部分镜头术语为英文缩写，现统一改为中文，并加括号。

"这是我妈妈的遗物,你保存着,表示我的真心。"

感动,正欲相拥,灯火与人声近,铁生从篱一跃出,与拿火把的乡人(三人至五人)相遇。乡人惊喜:

"喔,刘先生,李家坝决了口,大家在找你商量呢。"

乡人性急地讲。有人望着秀娟的窗,秀娟灭灯。乡人与铁生走。(插入)风,雨,山洪,长江水标。(淡出)

(三) 傅宅客厅(同一)
(字幕)翌日

正在吹打的鼓乐手。一桌桌的贺客。(镜头移动)居中一桌,胁肩谄笑地给柏仁敬酒的绅士。干杯,哄笑。等机会给柏仁擦火柴的来客,笑着:

"仁翁是新贵人了,这次来派公债,总得仁翁在县长面前好言几句。"

柏仁得意貌,强作正经:

"可是这一次的国防公债,还得诸位竭力帮忙!"

绅士们面面相觑。听差匆匆入,与柏仁耳语。柏仁皱眉,不悦,挥手。乡人代表五人已鱼贯入——王三爹,铁生,其他三人。鼓手认为贺客,急奏乐。(大写)五双沾泥的脚(四双草鞋,一双破旧皮鞋)。鼓手狼狈地停奏。代表向柏仁行礼,众客愕然。

(大写)王三爹。

乡民代表王三爹

王三爹挥汗,讷讷不吐地:

"村上的人要我们来禀告老爷。"

铁生接着:

"李家坝决了口,这儿的堤也危险了。请傅先生将上次收了的捐款拨付一些,好让我们去买些修堤的材料。"

带强笑的柏仁的表情很快地沉下,怒容:

"今天我家喜事,有话明天再讲。"

代表面面相觑。铁生愤然:

"堤也许等不到明天就要决了,请在今天商量出一个办法。"

筵席间窃窃私语。狼狈愤怒的柏仁。

(镜头移动)后轩,女客筵席,一女客正从汤中取一最大的鸽蛋。秀娟耸耳听,喜色。姨太太视秀娟,倾听,对女客们:

"不来道喜,反来要钱;这姓刘的小子是镇上第一个坏蛋!"

女客骤闻此语,急将鸽蛋放下。(镜头移动)柏仁拍胸,有把握地:

"我已拍电报去请兵了,他们就来抢险,你们尽可放心!"

上菜。王三爹欲言不得,铁生抢着:

"这话听傅先生讲了一个月了,到今天还没有一个兵来。"

柏仁激怒,拍桌。贺客惊起。

"你敢顶撞!"

指挥佣人:

"抓出去!"

抓人,抵抗。互相谈论的贺客。秀娟奔出。铁生等被推到门口,一代表回头喊:

"今天喝酒,明天堤决了请你们喝水!"

柏仁激怒的眼,紧抓着杯筷的手。(淡出)

(四) 堤边

(远景)蜿蜒的堤,忙碌的人工。(近景)在镜头前横过的挑泥的农人。打桩,填泥。指导乡人的铁生。

离傅庄不远的李家坝

水。水面的树梢,屋脊。群集的难民。(淡出)

(五) 傅宅客厅(同三)

傅庄危险!

(淡入)在镜头前面经过的背米的长工。(表示上楼)指挥着的柏仁。账房方小庵。拿着锅子等上楼的长工。(远景)耸出民家的傅家楼屋,远远地望着傅家跑来的两匹白马。(近景)马上的李和卿。

县长公子李和卿

向马下庄汉问路的公役。指着傅家的农民。(近景)匆匆向大门走去的柏仁,和和卿接近,同入。初见的礼,坐定,和卿恭敬地:

"家父知道贵庄水涨,命小婿来接宝眷到汉口去暂住。"

呈信。拆阅,喜色,站起,对厅前指挥着的方小庵挥手。

(溶入)望镜头前面经过的背米的长工。(表示从楼上下来)忙碌的小庵。望屏风后窥探的和卿。(镜头移动)姨太太催促秀娟整理,秀娟站着不动,远望窗外。(插入)蜿蜒的堤。姨太太不耐,命令女仆:

"快搬下去,姑少爷等久了。"(淡出)

(六) 堤边(同四)

(远景)黑夜。灯笼火把,轿马担架的一行。

(渐近)从堤边来的人群,同样的拿着火把。(近景)铁生,短衣,裸足,正和王三爹谈话:

"顶可靠的就是我们自己的力量!"

王三爹点头,指着堤。(渐近)惊望,王三爹指着:

"瞧!傅家全家,都逃到汉口去了!"

铁生吃惊。轿内的秀娟。策马随在轿后的和卿。乡人的火把和轿马交叉经过。秀娟见铁生,惊唤。铁生回头见秀娟,回身赶上,喊。秀娟轿内伸手。和卿勒马问:

"这汉子是谁?"

庄汉带笑回答:

"洋学堂的先生。幸喜姑爷来说亲;迟几天我家小姐也许要配他了!"

吃惊,妒嫉。策马上前,命令轿夫:

"快走,轮船快要开了!"(淡出)

(七)黄鹤楼——街道——戏院门前(乐台、舞场)

汉口(渐渐的大)

(远景)烟雨中的黄鹤楼,大街。(近景)世界大舞台,杂踏的街道,汽车,穿过街去的洋车,停在大舞台前的汽车。望镜头前面横过的拿着伞的侍者。从汽车下来的脚,男的,女的。伞上滴下的雨水。(溶入)舞场,乐台,舞侣;坐在一角观舞的和卿与秀娟。秀娟好奇地看,但是并不高兴。和卿用手指在桌上走着舞步。灯亮,舞毕。雨打窗,舞客抬头,问侍者:

"又在下雨?"

檐水。雨中疾驰的汽车。(淡出)

(八)急赈会

看遍了武汉的名胜之后——

(溶入)"湖北水灾急赈会"的招牌。

停在门前的汽车。(插入名片)

××县七乡请赈代表

傅柏仁

伯诚××

(溶入)围着写字台坐着的柏仁;主任办事员。柏仁叙述水灾情形。(插入)水灾,难民。(景同四)主任恭敬地:

(字幕)"既然仁翁肯替灾民造福,真是再好没有的了。现在先拨五千元,请仁翁会同令亲家妥为散放。"

柏仁拱手,笑。主任开银箱,签支票,授票。(淡出)

(九)堤边(同四)

打桩。二人抬着方才砍倒的树木上。有人将门板拆开,打入。铁生拍肩慰之,此人笑。王三爹拿报纸匆匆上,铁生趋视。乡人远望,王三爹狂喜地招手。

(俯瞰摄影)拿在铁生手中的报纸。铁生的影子渐向右移。(插入)报纸:

××七乡赈款有着

已拨五千元 由邑绅傅柏仁散放

七月六日急赈会讯:长江水势,连日有增无减,××县一带,均已一片汪洋。七乡堤防,亦告危险。该乡民等公推邑绅傅柏仁来汉乞赈。该会素悉傅君为李县长烟威,故已拨款五千,由该绅会同李县长赶筑堤防,散放急赈云。

(以"七月六日"四字为中心,渐较暗,圈出)乡人拥至。王三爹对众讲解。乡人喜。铁生屈指算,讶然:

"今天已经二十六了,为什么没有一个钱来?"

纷纷议论,王三爹发言。(大写)颜面。伸手作讨钱势。群众喝好:

"辛苦三爹去一趟汉口吧!"

王三爹拍铁生肩,要和铁生同去。群众欢呼,铁生迟疑。(插入,溶入)蜿蜒的堤,秀娟带泪的脸。(注意!以上两画面最长不能过五尺)(溶入)决定,取衣服。群众挥手送之。(淡出)

(十)汉口傅寓

(淡入,大写)捏在手中的五千元支票。(溶入)高大的洋房。(溶入)雪茄烟缭绕中,柏仁深深的陷在沙发中看报。侍仆阻止不住,王三爹、铁生与侍仆带推带扭地上。柏仁惊愕,放下报纸。王三爹望着沙发对面的大镜中的柏仁前进,中途停止,回身,擦眼睛,强笑,向柏仁行礼。(大写)柏仁的眼,充满了敌意和轻视。侍者退出,望着王三爹和铁生的脚——(镜头下移)印在光滑的地板上的泥脚印,轻蔑,下。

铁生慢慢地:

"多劳傅先生替我们募了款。"

王三爹匆匆从袋中取出报纸,摊开,递到柏仁面前。柏仁狼狈,怒容渐减,指座位。王三爹踌躇不敢坐,柏仁指着报纸说:

"有这么一回事,但是钱还不曾拨到。"

铁生不信貌。王三爹失望。(镜头移动)从地板移至墙壁,装饰,雕刻的房脊……突然,内房门开,和卿秀娟出,盛装。见铁生,秀娟热情地趋前:

"刘先生!真想不到,几时来的?"

铁生惊视秀娟的盛装艳服,(镜头下移)高跟鞋。(向旁移)王三爹的草鞋。

和卿嫉妒地望着,从袋中摸出金表,看,向秀娟:

"影戏的时间已经到了,走吧!"

秀娟不甚理会,和铁生谈话。柏仁对王三爹训示一般的讲。秀娟回头:

"我向刘先生问问乡下的情形,你去吧,我不去了!"

和卿不悦,欲言又止,强作镇静地出。门口,与仆人互撞。仆人顾虑着王三爹和铁生,与柏仁耳语。柏仁颔首,对铁生:

"我公事很忙,过几天给你们去催一下吧!"

作逐客势。铁生再说一遍,柏仁无奈地点头。(淡出)王三爹与铁生从白石踏步下来,注视门口的汽车。(渐近)汽车中的艳妇。(淡出)

(十一)汉口傅寓楼上(插外景)

兼旬霪雨,汉口也不是安居之地了!

（淡入）街上的排水工作，沙包，街市水景，灾民。傅家楼上阳台，和卿，柏仁，姨太太。和卿将望远镜交给柏仁，指点：

"幸喜这儿是日本租界，否则又得搬了。"

柏仁用望远镜远眺。望远镜中的远景：（镜中[1]）一片汪洋的水，屋脊上的难民。（移动）向难民划来的小船，散放馒头。柏仁惊呼。姨太太夺望远镜。（镜中）难民争夺馒头，救济者逃走。

（大写）灾民中的一组——瘦得不成人形的父母、三五岁的孩子。母指远方：

"瞧，有人来散粮了！"

父上前一步看。母从口袋中取出一个小小的馒头，偷偷地递给孩子，失手，滚下。父看见，立刻抢来塞入口中。孩子哭，母掩面。（淡出）

姨太太将望远镜交给柏仁，笑。柏仁向和卿：

"登楼观水，不能不说是眼福不浅！"

和卿点首，用手远指，作一圆圈：

"远望总不真切，最好是雇上汽油船去看看！"

柏仁喜，赞许。姨太太走向桌边，取牙签。（大写）桌上剩得很多的点心、糖果。（淡出）

（十二）江中——被水没的岸上（一部分插灾民）

第二日

浪，浪中颠簸的小船，船夫指着汽油船怒骂。（镜头移动）汽油船上的柏仁，和卿，姨太太，俯首的秀娟。柏仁愉快地吸烟，和卿持望远镜站船头，突然向后招手。柏仁姨太太趋前，秀娟不动。和卿向开船的呼喊，指点方向。汽油船急转方向。

（远景）屋脊上的人。汽油船加速前进。（渐近）插草标的女子，颓然伏着的老父。跑着的男子。（大写）女子，胸口的布片：（血书）"卖妻救父。"男子向汽油船招手。和卿兴高采烈。柏仁擦眼，视女貌，沉思。姨太太看破柏仁心理，突上前，遮住柏仁视线。柏仁狼狈笑。秀娟看，凄然，俯望和卿得意之状，泫然泪下，俯首。柏仁指示船夫。（渐远）男子急唤，招手：

"救命啊！救命！"

和卿取望远镜远望，渐热心。（镜中）一小船划得很快。（移动）抓住一块木板漂流的女子。（渐近）小船上的王三爹，铁生。王三爹焦急貌。铁生掷绳，女子握绳，救起。和卿举手欲推秀娟，突然中止，皱眉，计上心来，指点船夫，回去。（淡出）

（十三）汉口傅寓楼上（同十一）

日复一日

柏仁怒斥侍者，掌颊。仆向镜头退。柏仁怒，手握信笺，骂：

---

[1] 原文以图形标识，现以"镜中"代替。下同。

"谁叫你放他进来的？昨天姑少爷还和你讲过，永远不准这两个家伙上门！"

仆人辩解，柏仁指门，骂：

"滚出去！"

仆人悻悻下。秀娟放下报纸，至父前：

"爸，我给你去回复他吧，反正已经来了。"

柏仁出示手中信笺，指着其中的两行：

（俯瞰摄影，特写）

……妾为照料，请释钧念，此间堤防已经抢修就绪，日来水势未涨，人心大定，惟今年……

"你看，乡下的堤已经修好，这厮还在这儿讨钱！"

女劝慰，柏仁坐下。女至镜前略整发。（镜头跟着）

（十三）A（同十）

出房，下楼，疾趋铁生前。铁生惊起，寒暄。秀娟望几上，欲按铃，铁生止之。秀娟：

"今天管家的方先生来信，说乡下倒已晴了。"

铁生有喜色，话旧。秀娟目光下移——（大写）湿透的衣裤。秀娟惊：

"你怎样来的？"

铁生用手作势：

"这儿大街上，也已经一尺水了！"

秀娟取毛巾，递给铁生，含情无语。突然和卿自外入，二人惊离开。和卿强抑怒容，与秀娟暂一点首，上楼。铁生望和卿；秀娟悲切，低头。（淡出）

（十三）B（同十一）

楼上，柏仁振笔作书。和卿上，问柏仁：

"姓刘的又来要钱？"

柏仁放下笔，说明，出信笺，恼怒，可又没办法地。和卿略略迟疑：

"钱，总得给一些，可是总不能交给到汉口来收买女人的家伙！"

柏仁吃惊。（插入）插草标卖人的场面。（——很短，不过五尺）向和卿眉飞：

"这话当真？"

和卿指着自己的眼睛。柏仁喜，匆匆欲下楼。和卿制止，耳语，两人笑。柏仁整衣下。

（十三）C（同十）

（溶入）柏仁对铁生讲话。秀娟凝视。

"钱，这几天就可拨到。不过会里一定要我亲自散放。你们先回，我三五天之后回来。"

秀娟闻回来二字，惊讶地抬头。（淡出）

（十四）乡间路上
故乡！

荷锄的乡人对镜头挥手，欣呼，急向镜头来。背着行囊的王三爹，铁生，跟在王三爹后面的素贞。

无家可归的难女素贞

乡人和王三爹等亲热地招呼，问讯，对话。乡人向堤边呼唤，群众四五人跑来，围谈。一人注视素贞。（素贞的大写）王三爹对众说明，作救人的手势。乡人拍铁生肩，同起身走。

（十五）傅宅前厅（同三）
汉口水涨，和卿随傅家狼狈回乡

向姨太太争索酒资的脚夫，柏仁怒逐出。帐房方小庵指挥长工搬行李。

（大写）堆在地上的行李，洋酒，罐头食品。方小庵很希罕地观看。柏仁至小庵前，吩咐。小庵屈指计算。（淡出）

翌日

客厅。绅士多数，少数的乡农——年老的居多。柏仁对大家讲，大家静听。（镜头移动）人丛中的王三爹，铁生。有人指点着柏仁的衣服。

"赈款要一批批的拨付。第一批，我已经在汉口买了些面粉和水泥、木料。"

铁生对王三爹耳语，王三爹失望。三五乡民上。（镜头移动）屏风后，和卿引着秀娟往厅上看，指点。柏仁拍胸：

"我去了一趟，总算有了成绩。可是你们派的代表……"

指定铁生，铁生愕然；群众向铁生注视。

"刘先生居然到汉口去买了女人！"

铁生惊起，王三爹挤前分辩，呐呐不吐。

绅士们哗笑，乡人交头接耳。铁生向周围看——

（镜头急速度回转）充满了嘲笑和轻蔑的无数的眼睛；旋身向大家解释。屏风后，秀娟惊讶，突然想到——（溶入）堤边，秀娟等回乡的途中，从轿中热心地望堤，（远景）坐着休息的铁生，给他倒茶的素贞——（溶入）秀娟沉思，悲呼，俯首哭。

厅上，铁生向大家分辩，绅士们反唇相讥。听着的只有极少数的乡人。柏仁得意。（淡出）

（十六）王三爹家（连门外）
几天之后

鸡鸣。从带露的竹丛中飞出来的小鸟。微明，远远的褪了色的灯笼，渐近，王三爹到自家门口。天色渐亮，他吹熄灯火，放下泥铲。素贞从内迎出，王三爹笑，同入。

素贞取水。王三爹：

"饭烧好了，你送去吧。他们累了一晚，一定饿了。"

素贞整理饭篮，告别，出门。（淡出）

（十七）堤边（同四）

（淡入）沿堤走着的素贞的脚，草，露珠。（渐远）远远的和卿，正在行深呼吸，见素贞，注视。（大写）素贞颜面。搭讪，素贞羞窘，脚步加快。和卿追上，跌撞。素贞嫣然笑；追愈急。堤边，人们见素贞，迎上。素贞取出饭具，和卿缠扰不休，轻薄地：

（字幕）"你为什么向我笑？"

素贞窘急。铁生走近，素贞走告。铁生怒视，责问。和卿傲然：

"我是谁，你总该知道吧！"

铁生愈怒，乡人群集。乡人甲注视和卿身上——（大写）整洁的长衫，黑鞋白袜；（移动）自己的泥脚，愤然：

"我们做得辛苦，你还来捣乱。"

乡人甲将手中的泥铲递给和卿，和卿勃然怒。向周围看，怒视的乡众。和卿拟逃，抓住，呼喊：

"既然来了，你也得帮一帮忙！"

和卿挣扎，乡人用武，铁生阻住，指着铲担。和卿没办法地取铲。（大写）抖着的手，取泥，很少。

（近景）乡人夺铲，教他，铲泥。（大写）满满的一铲。群众哗笑。下雨。（溶入）满头大汗、浑身泥水的和卿，走，回头，恨恨之状。乡人追上，急逃。（淡出）

（十八）傅家后园（内外连路）

有一日傍晚

（淡入）暮烟，倦游归巢的飞鸟。铁生与王三爹自堤归，铁生憔悴，王三爹鼓励：

"气忿也没有用处，反正这样的谎话谁也不相信的。"

铁生点头，挥汗，突然寒噤，将挟着的夹衣披上。回头：（远景）田亩间秀娟独行。铁生放慢脚步，突然向秀娟奔去。王三爹回头，微笑。铁生呼喊，秀娟背影，回头，见铁生，怒容，掉头径去。

铁生失望停步，气喘，垂头颓丧而归。（淡出）

（十九）小学校内的一室（连门外）

小学校的一室

伏枕作书的铁生，倦怠，中途停笔，冥想。（溶入）（回想着短短的雨中赠玉的场面）（溶入）振笔疾书。（俯瞰摄影）压在信笺上的玉坠。有人叩门，藏玉，封信。素贞入，亲密地：

"两天不见,今天问了三爹,才知你病了。"

问病。铁生以手抚额,表示谢意。谈话。素贞轻怜密爱。铁生咳,素贞取水壶,持杯送。铁生感谢与为难。素贞笑,握铁生手:

"你救了我的性命,这一点值得什么?"

铁生苦痛貌。视素贞媚态,苦痛更甚。起身,凝视枕边的信。素贞站在铁生肩后,一手按铁生额上,看信——(大写)"傅秀娟女士亲展"。惊讶,将手放下。铁生觉得,慢慢的回头,见素贞失望态,苦痛,下决心,取信给素贞看。素贞踌躇,拆阅,伏案哭。(大写)抖动的肩头,向铁生:

"你救了我,我反累了你,这话从哪里说起?"

哭,铁生惘然。(淡出)

(二十)秀娟房内（同二）

一个寂寞的晚上

地上的影子,(渐移上)秀娟在打绒线,叹息。窗外人影,投入一信。急起立,凭窗望。回身拾信,怒,捏皱欲掷。沉吟,又展开。读,怒稍减,半信半疑。再看,悲从中来。少顷,取笺作复。(俯瞰摄影)信上的两行:

书不尽意,一切容于明晚趋前面罄。残暑尚厉,病中尚祈珍卫!

(二十一)和卿房内（连窗外）

清晨,和卿在房内梳洗,对镜理发。(大写)镜子里面的乡景:女仆(与第五景同)与一庄汉窃窃私语。和卿返身望窗外。女仆将信交庄汉,庄汉返身走。和卿皱眉,急拨门出。

(二十二)野外（屋内长廊间）

野外田亩间,和卿从后对庄汉呼喊。庄汉停步,狼狈。和卿指庄汉手中信,索取;无奈交出。和卿仔细地开封,读,思索,带笑对长工:

"老爷有要事差你进城,跟我来。"

庄汉随着,向原路回。

(二十三)柏仁室内

(溶入)暴跳如雷的柏仁,手中持信,瑟瑟的抖。和卿故作镇静。庄汉惊呆,欲走不得。柏仁欲上内室寻女,和卿阻止。欲言,命长工走远,悄语。柏仁思索,赞同。展纸作书,写数行,停笔问和卿:

"怎样写呢?"

和卿冷冷地:

"煽惑乡愚,图谋不轨!"

柏仁得意,写,盖印,封好。唤庄汉,交信:

"立刻上县衙门去，和保安队一起回来！限你两天赶到！"

（二十四）小学校之一室，门外（同十九）

明日

学校之一室，铁生卧病，王三爹侍立。方小庵为铁生按脉，与王三爹语。素贞持茶上。写方，小庵起身告别。王三爹素贞送出。门边，小庵故意严重地，对素贞：

"今晚上最要紧，受了凉，可就危险。"

素贞点头。方对王三爹：

"三爹也够累了，今晚还去守堤？"

王三爹点首。小庵摇头叹息，出门。门外，小庵张望，和卿突出，向小庵问，小庵得意地：

"放心，一切都布置了，可是……"

和卿笑，摸袋，给钱。故作推辞，受下。和卿：

"费心了，过一天请你喝酒。"

两人互笑，渐远。（淡出）

人约黄昏后

微光，带雨水的垂柳。秀娟从田亩间来。

室内，窜动的灯光。素贞翻阅书本，沉思。铁生突然跃起，呓语：

"快躲，决堤了！快快……"

素贞惊，趋床前，扶持，取巾为之拭汗。铁生握素贞手，凝视，狂热的眼。素贞惊奇。

窗外，秀娟悄悄上。欲敲窗，闻声，中止。从窗缝窥——素贞与铁生正握手相对。失惊欲喊，以手按口，悲愤欲哭，一怒而走。黑暗中两个人影，前面是踉跄的秀娟，和卿蹑手蹑脚地跟在后面。

室内，素贞惊喜。铁生拥抱素贞，凝视，惨呼：

"秀娟，你来了吗？看！你的玉坠还在我的身上……"

素贞从得意的顶点到失望的深渊！欲哭无泪，细视铁生手中的玉坠。铁生躺下。素贞苦痛而又坚决的表情，突然伏案泣。（淡出）

（二十五）秀娟室（同二）

椭圆形镜中，哭肿了的秀娟的眼圈，悲愤的表情。（渐远成全景）房门开，女仆带素贞上。秀娟惊起，怒呼：

"你来干什么？"

素贞行礼，悲从中来，久久不能语。秀娟怒气未息，催促。素贞回视女仆，秀娟命女仆出。素贞叙述：（溶入）汉口水中被救的场面。（溶入）仰面，向秀娟，指自身。秀娟不信，素贞急：

"他身上还佩着你的玉坠！"

秀娟愈怒，（意思是：你为什么知道他身上的东西？）指门。素贞再说，秀娟不理，催促。素贞无奈起立，出。（淡出）

（二十六）堤边（同四）

豪雨，风中舞着的树木。（远景）堤，人。（速度较快）

有限的人工，敌不住无边的风雨！

（远景）上流堤边的一部分人突然后退。小决，重新奋勇抵住。一人向镜头跑来，（渐近）呼喊。纷纷议论，鸣锣，呼唤……

铁生室内，闻锣声，跃起，踉跄，望窗外，惊，披衣拔门出。门口与王三爹遇；惊告，疾奔出。堤边，众人集议。见铁生来，招手，围议。一乡人发言：

"气力尽了，材料完了，我们不能在这儿等死！"

其他一人继续讲，纷呶，鸣锣，一人突然想起：

"傅家后园堆的水泥木料，都是赈款置的……"

暴风雨一般的应声。铁生举手讲话，简短。群众蜂拥往傅家。

（二十七）后园内外（同十八）

（溶入）搬水泥和木料的群众，指挥的铁生，惊避的庄汉，咆哮的柏仁。和卿奔出，遥指：（远景）一庄汉与保安队若干人来。柏仁喜，吹警笛：

"强盗！强盗！"

保安队急走，渐近。

指定铁生的两只手——和卿，柏仁。兵士扑铁生；反抗。和卿指挥庄汉夺回木料，随处的格斗。乡人英勇；庄汉勉强地，时时回头望主人。（大写）庄汉不愿斗的表情。兵士抓住铁生，乡人来夺。对准的枪口；乡人退。秀娟奔出，惊视。柏仁指挥兵士：

"重重地打！"

鞭打，反抗。（远景）一乡人向堤边乞救。

铁生戟指柏仁骂，指着堆的木料。柏仁激怒，赶上，对胸抓住，撕破衣服，玉坠露出。（大写）玉坠，柏仁拿住。反抗。

"这也是证据！"

秀娟惊讶。铁生怒骂。和卿指挥兵士毒打。秀娟突扑出，抱住铁生，面向父，指玉坠。惊怒的柏仁，扯女。锣声急，呼喊，庄汉动摇：

"堤决了！快去救啊！"

惊，长工们停斗，向外奔。和卿阻止，互扭。水流入。庄汉互相招呼，向外奔出。柏仁阻止，被推倒。庄汉，兵士，蜂拥出。

外景：与堤平的水，抢救的乡民。铁生疾奔上。激荡的、瀑布似的水。

群众呼喊：

"上去抵啊！"

群众以身体抵堤。激荡,堤决,一片汪洋。

(二十八)浊流中

(溶入)水,水,漂流的人,物。挣扎的和卿、柏仁从远到近。铁生从激流中救起秀娟,二人伏一板上,急速度的流下。秀娟惊呼,遥指:远远将淹没的素贞与王三爹。铁生入水,努力涌去。(淡出)

孤　军

出品　大中影片公司，1933年
编剧　杨柳青　周伯勋
导演　陈　天
摄影　庄梦蝶
演员　叶娟娟　杨柳青　李　丽　黄　莺　闵德张　黄侠英　唐健雄

《孤军》电影由杨柳青、周伯勋编剧。其电影本事无署名，原载《电影月刊》第21期（1933年2月）。

本　事[1]

愁云笼罩，旭日无光，弹雨横飞，烽烟四起。于时，鼓角齐鸣，队长赵人杰，率队向敌人阵地进攻。惟敌方坚壁深垒，防守綦严，正面阵线，实难发展，乃出偏师，袭取敌人后路，取包抄形势。鏖战结果，其弟次杰中弹阵亡。所谓"出师未捷身先死，长使英雄泪满襟"，良足为次杰咏也。

人杰所率孤军，士卒虽肯用命，但已疲惫不堪，大有中止前进之势。人杰于此，进退两难，思潮起伏。陡忆出发前临歧话别时，母亲勖以忠勇报国，朋侪勖以力卫疆土，种种情形，顿呈脑际。且念既以此身许国，职责所在，虽粉身碎骨，夫复何辞！乃扬臂一呼，挥军挺进。

敌军方面，见来势凶猛，料难抵御，乃急电预派在某小村落之女间谍黄竹子者，俟孤军既到，设法将人杰逗留地十二小时，俾得调回前线部队，包围此孤军而歼灭之。迨人杰率队到达，时已深夜，不便穷追，乃向附近择地宿营。正搜索间，忽闻有嘤嘤啜泣声，若隐若现。随声搜索，竟于颓垣破壁间，得一十八九之好女郎。询之，则以家破人亡，锋镝余生对。人杰对此孤零弱女，恻隐之心，油然而生，遂力任保护之责，且温语安慰之。又岂料此宛转可怜之女子，为敌方所遣之间谍耶。

竹子以上峰命，设法将人杰留。夜方半，乃袒胸露臂，冶其容光，斜倚床沿，曼声呼唤。人杰在邻室以为发生意外，趋视之。竹子乃大施媚术，恣意诱惑。讵料人杰心地纯正，不为所动。同时忽据探报，敌军已大部折回，将取包围之势。人杰乃集合所部，星夜开拔前进。讵知离村不远，敌军果到。衅启，全村立为炮火毁灭。黄竹子所谋失败，且葬身火窟以殉。

孤军既达目的地，人杰因率队冲锋，致伤足部，乃入卫生队医治。忽于无意中察

---

[1] 原为句读。

觉隔床负伤兵士乃一女子乔装者,怪而诘问颠末。女郎自谓:冯其姓,微微其名,因痛国步艰危,沦亡是虑,身虽女子,爱国观念,未尝后人。故凭热血一腔,乔装入伍,与敌死战,冀报国仇于万一耳。人杰聆言,备致钦羡,因慕生爱,遂种情根;弟以此身早有所属,情爱难分,为可惜耳。

人杰既愈,蒙上峰给假,返乡休息。抵家时,始悉其爱人周月娥,因渠久戎不归,生死莫卜,已转移情爱于其友吴良,早置人杰于脑后矣。人杰目睹心伤,不禁五中如捣,悲愤万状,友谊私情,交讼于中。然心虽痛苦,仍绝不形诸词色。尔时,母方卧病,廉悉其情,益形参怛。易箦之日,呼人杰于床前,嘱之曰:"恨予德薄,不能如岳母之贤。仍望吾儿能秉岳王之志,精忠报国,挽我河山。际此国难当头,家于何有,儿女私情,大可付之流水。渴望我儿此身,献于党国,为国家民族争出路。予虽死目瞑矣。"言毕溘然长逝。

人杰既葬其母,假期亦满,乃急赴前线继续作战。适全军是日受命作总攻击,人杰率领敢死队,一往无前,杀入敌阵,斩将搴旗,当者披靡。正冲杀间隆然一声,地雷爆炸,人杰身受重创,卧仆沙场。转身顾盼,则见乔装士兵之冯微微,亦同卧于血泊中。患难相逢,悲喜交集,四目相注,两心如割。可怜厄运同遭,而相爱恨晚矣。

斯时人杰挣扎创躯,回顾援队,瑟宿未敢前进,乃与微微两人,竭其最后之力,高举国旗。援队见之,雄心顿壮,奋呼猛进,一战而大功告成。此忠勇义烈,为国捐躯之一双情侣,遂含笑长眠于国旗招展之下矣。虽闻者心酸,见者挥泪,然其精魂浩气,至足以醒国魂而振人心也。

都会的早晨

出品　联华影业公司，1933 年
编导　蔡楚生
摄影　周　克
演员　王人美　高占非　袁丛美　王桂林　唐槐秋　叶娟娟　庄凯庐　陈少辉
侯鸣飞　韩兰根　刘继群　严朵匀　汤天绣

《都会的早晨》电影由蔡楚生编导。其银幕小说署名 LT 生，原载《晓钟》第 3 卷第 3 期（1934 年 3 月 1 日）。其电影剧系叶余 1983 年根据影片记录整理，原载《中国新文学大系 1927—1937》，第 17 集，电影集一（上海文艺出版社，1984 年）。

银幕小说

LT 生

布幕开始展开了。

一九〇九年的太阳，刚从东方吐露出来的一个早晨。大都会庄严地在梦一般晓霞里睡着，而万千为生活所逼迫的人们，已在忙着奔赴他们的工作。

一个穷不聊生的塌车夫——许阿大，他也是这万千的劳动份子之一。他在这大都会的某一条静僻的街上，发现了一个新生的、无罪的私生子被弃了。他拾起了这个孩子以后，又同时发现一封信和许多钱附在这孩子的身上。信上大略说：这个孩子的名叫做奇龄，钱便是抚养这个孩子的费用……于是他很快乐地，把孩子抱回家去。

一座华丽的寝室，躺着一个初临产褥的少妇。她因生理上的需要，和一个诗礼传家的少年黄梦华相结合，现在又在社会的制裁下被牺牲了。眼看着他们的初出人世的爱子，被一个塌车夫抱去，她的伤心是怎样难过呢？！

被抛弃的孩子——奇龄，当他三朝的时候，抚养他的老父——许阿大，很快乐地，招请了他的一些伙伴，办了一个小小庆祝会。

但黄梦华在抛弃私生子后的三年，又正式的娶了一位出身于阀阁之家的小姐，他们也生了一个孩子——惠龄。而在这个孩子，三朝汤饼筵的时候，奇龄的生身母，竟因被遗弃的关系，在风雨交加之下，毁灭于黑暗中了。

十年悠长的时间，像轻烟一般地移过。梦华已经成为一个有资望的建筑业者；奇龄和惠龄也都分别地长大了。在偶然的机会中，他们在一个沿海的工场里遇到。然而地位是这样地悬殊，十年前挣扎在痛苦的生活里的苦力，依旧还是苦力。在各不相识的彼此间，弟弟好玩地，像给予哥哥礼物一样地，投一根木头到海里去。正在提着竹篮子捡拾木屑的奇龄，他不顾一切地，泅到海里去捞。但差一点，没被深黑的海浪所吞没。

奇龄和惠龄，虽然同是一父底生子；但受环境不同的熏染，奇龄和惠龄竟判若不同性的两个人。奇龄是如此的劳动着——极纯朴的劳动。而在病中，犹时时刻刻地，牵挂着在外劳动的老父。但惠龄却很顽皮地，从事娱乐。人生的一切问题，是应当如何如何的，在他却完全不加思索了。

奇龄的抚养爸爸许阿大，他是个忠厚的中年人。他爱奇龄和爱他自己那个活泼而又聪明的女儿——兰儿一样。他虽然很苦，但当他看到他的儿女时，眼前就好像闪烁着未来的光明，而有无限的快乐。

时代的巨轮，一刻不停地在转动着。一九三三年的大都会，是比以前更完美了。但受生活逼迫的人，依旧还是在泥淖里挣扎着。我们的奇龄，当然也不能例外。有一天在建筑场中，忽然给梦华发觉，他就是他二十四年前弃掉的孩子。良心的谴责，是使他不能不追悔从前的错误——但他碍于绅士的体面，并没有勇气宣布出来。

同时，因为惠龄的不求上进，更使梦华受着两重的刺激。于是在他不能再容忍下去时，他便秘密使人把奇龄唤来面见。他想帮助他一些钱，叫他作一种高尚的事业。但纯朴而又强壮的奇龄，是用善意来拒绝了——因为他有他更确切的见解。他却说："我们拿气力换来的钱，这种事业还算不高尚吗？"然而惠龄却不计较这些，只知拿他父亲的不事劳力得来的金钱，尽力地去挥霍：跳舞啦，和追求女人……

在新旧痛苦的来袭中，梦华由于体力的日渐衰弱而病倒。他和他妻互相对泣着，希望惠龄的转变。终于惠龄回来时，因为他刚才在浪漫夜生活的氛围里，被人夺去了一个女人，并痛殴了一场的原故，方始向他的父亲，作暂时的，良心上底忏悔。

梦华病体不支了，于是惠龄便鼓起勇气来，继续掌理梦华所有的一切。但五分钟的努力，和事业的单调，仍然使他感觉到不耐烦和讨厌。然而他为敷衍他的场面起见，又不得不到工场里去瞌睡一次。意外的竟在这里给他发现一朵沙漠之花——那就是奇龄的妹子兰儿。他惊异她在时代的姑娘阵里，未曾见过这样纯朴活泼，而随时都带着天真的，笑意的美人。于是当兰儿送完饭回去时，他和他的仆人小张，在马路上作公开的追求起来。但我们敏捷机警的兰儿，是用智力，安然脱开巨爪的攫夺。可是小张并不因此甘休，怂恿惠龄用金钱的魔力，想使奇龄屈服。不成，又进一步地在黑夜里，嗾无赖凶殴奇龄，使他因嫌疑的罪案，而被捕入狱。

奇龄入狱之后，因为生活的艰困，许老和兰儿不能不增加工作，以应付新的需求。但不久许老因残年，而复操劳忧急，是病不能兴了。这时慰藉于病榻之前与狱中的，只有一个初尝人世、极度悲哀的兰儿。就在这时，那小张又弄了小小的玄虚，把兰儿诱到惠龄家里，软禁起来。

在暴风雨之夜，许老在惨痛的环境中，脱离这罪恶渊薮的世界。待奇龄的冤诬大白以后，抵家时，他才一切都明白了——是的，他一切都明白了。当他最后听完邻人隐约的叙述时，他是像疯了的恶魔一样，直奔惠龄的家里来。

就这样的他，在惠龄的卧室中，发现他那被蹂躏得惨无人状的妹妹。于是剧烈的殴斗，在同父异母的手足间发生。终于那行将离开人世的梦华，忍死须臾地在这屋子里出现了。他抖颤着宣布他深藏二十四年的罪恶底秘密。……他痛责惠龄……他忏悔他以往的错误,愿把家产底一半,给予奇龄继承,仍愿得其为子……但我们的奇龄,是不懂也不管这些的,他扶着他创伤的妹妹,迅疾地离开这华丽而凌乱的屋子。……

他们迎着刚从云翳中升起的朝阳,开始走向光明的大道。

剧　　本

蔡楚生

上海,宁静的早晨。

南京路上,第一班有轨电车"吆吆吆"的车铃声奏响了大都市交响曲的第一个音符。

街头,赶早班的行人匆匆而过。

汽笛长鸣,人群潮水般地涌向工厂大门。

机器飞速地旋转,旋转……

工人们紧张地来回奔忙。

街头,一群苦力拉着沉重的塌车。塌车满载着建筑木料。

许阿大也在他们中间,绳索紧紧地勒在肩头。他们步履艰难地走着。

他们在一座楼房前停下歇脚。

墙脚边一个捡破烂的老头把半个身子探进垃圾箱,翻弄着。

突然,一阵婴儿的啼哭声引起老头的注意。

一个被人丢弃的婴儿躺在墙角哇哇嚎哭。

许阿大和工友们发现了啼哭的婴儿,急忙奔去。

许阿大抱起可怜的孩子,哄着,逗着。

捡破烂的老头过来想抢孩子,说孩子是他先发现的。

工友们不让他抢,发生了争吵。

争吵声引起了楼上一扇窗户里人的注意。

一个年约三十左右的人,推开窗颇为关注地看着许阿大怀里的孩子。此人姓黄,名梦华。那个被丢弃的婴儿正是他与其情妇所生之子。

他回头望望躺在床上的一个女人——他的情妇。

女人由于不忍丢弃孩子,悲恸地抽泣着,耳朵却细听着窗外的喧闹声。

她挣扎着要起来,想去看看自己的孩子将被谁捡去。

黄梦华扶她走到窗前。

女人发现自己的孩子被这些穷人捡去,揪心地哭喊了起来:

(**字幕**)"我不愿意我们的孩子给这种人捡去……"

黄梦华竭力劝慰她:

(字幕) "不要响，回头给邻居的人听见怎么好？——反正这也是他的命运呢！"
女人无奈，强忍悲痛，离开窗口。没走两步又转身扑向窗口。
黄梦华死命拉住她，把她劝离窗口，关上了窗。

楼下墙边。
许阿大和捡破烂的老头还在争着要孩子。
捡破烂老头威胁道：
(字幕) "我嚷起来，你也不能到手的！"
许阿大说：
(字幕) "人家有的是不要的酒瓶、香烟罐头和孩子，你就是嚷破了天，也没人出来承认的！"

楼上的窗突然又被推开，女人低声抽泣着凝视自己的孩子。
黄梦华温柔地抱住她的肩，细言软语地劝慰她。

这时，许阿大发现裹着婴儿的小被子里有十几块银元和一张字条。他们细细地辨认着纸上的字：
(字幕) "此儿之父母因不得已之情形而不能不与分离，望拾得者善为抚养，并为取名奇龄。俾长大时有所辨识，可为主御。所附之款为此儿之抚养费，并望收之。"
许阿大收起银元和字条，抱着孩子高兴地说：
(字幕) "抱回去再说，我的老婆十几年生不出一个孩子，她看见了不知要怎么样高兴呢！"
捡破烂老头见他要走，忙拉住他：
(字幕) "慢！我们的账还没算清呐！"
许阿大明白他的意思，爽快地将银元数了一半给老头：
(字幕) "咱们有福共享，你就拿一半钱去好啦！"
许阿大疼爱地抱着孩子，和工友们拉起塌车离去。
捡破烂老头得了几块银元，高兴得象发了疯似的，扔掉捡破烂的竹夹和破篓筐，飞快地往回奔去。

楼上的窗又被推开。
女人扑在窗台上，看着自己的孩子被人抱走，痛苦地闭上眼睛。她欲呼又止，强忍着钻心般的疼痛。
黄梦华见孩子已被人抱走，终于丢掉了一块心病。睡意袭来，忍不住背着女人打了个呵欠。他把女人扶到床前躺下。
女人迁怒于他，骂道：
(字幕) "你太没良心了……"

黄梦华一副无可奈何的神态：

（字幕）"这有什么办法呢？我也是为着要顾全我们的名誉啊！"

女人转身扑到黄梦华的怀里，抱着他，恳求道：

（字幕）"梦华，只要你能够永远爱我，我什么都依从你。"

黄梦华口是心非地应着，忍不住又打了个呵欠……

黄梦华家外。

转眼到了冬天。

被黄梦华遗弃的那个女人在她母亲的陪同下冒着风雪寻到黄家。

黄家正在操办喜事。黄梦华跟一个富家小姐结婚了。

女人站在窗外，望着里面的热闹景象，久久不肯离去。

一个胖管家吆喝着撵着这对苦命的母女俩：

（字幕）"少爷已经给过你钱就算啦！人家今天做喜事，你这种倒霉的人还来瞧什么呢？滚！快滚！"

说毕，关上窗，又拉起窗帘。

母女俩悲愤地转身欲去。

黄家的厅堂里，张灯结彩，宾客满座。

黄梦华油头粉面，殷勤地给宾客敬烟请酒。

街头，母女俩在风雪里蹒跚而行。

女人经不住这般精神上的打击，虚弱的身子跌倒在雪地上。

黄家，喧闹的喝酒猜拳声破窗而出。

雪地里，母亲抱着倒下的女儿呼喊着……

（字幕）1911

许阿大拉着塌车在街头行进。

（字幕）1922

许阿大依旧以拉塌车为生。岁月使他那张饱经风霜的脸显得更苍老、憔悴。但当他看见长大了的孩子——奇龄时，脸上不由露出由衷的笑容。

奇龄虽只有十来岁，肩上却也象父亲一样，背上了沉重的绳索。

这时，他在父亲身边一边走，一边从怀里掏出块饼递给父亲：

（字幕）"爸爸，我知道你一定饿了，快吃个饼吧！"

许阿大接过饼咬了一口，又给奇龄吃。奇龄咬了一口又递给父亲。他们就这么一边吃，一边拉着车。

满车的木材象小山似地压在车上。

许阿大一边走，还一边对奇龄说：

(字幕)"我叫你到这里来，是要你看看实际的工作……"

奇龄懂事地望望父亲，那双明亮的眼睛好似在说："我懂，爸爸！"

河边的建筑工场。

建筑工场的老板就是黄梦华。他与富家小姐婚后又生一子，取名惠龄，现有八九岁了。这天他带着惠龄来到工场视察。

惠龄对工场的一切感到新奇，露出得意的神态。他站在材堆上发现穷家孩子们在河边捡着废木料，他故意捡起一块木料扔到河里去。

正在岸边的奇龄发现河里漂浮的那块木料，急忙奔向河边，不顾一切地跳下水，向木料游去。

站在高处的惠龄得意地欣赏着。

这时，许阿大拉着塌车到此卸货。

黄梦华看见水中的奇龄一沉一浮地追逐着那块木料，微露惊讶的神色。

岸边的孩子们涌到河边，朝奇龄大声喊着。

奇龄在水中挣扎了一下，沉入水中，久久没有浮出水面。

有人急忙跳下水中，把奇龄救上岸。

奇龄人事不省，昏迷着。

许阿大抱着奇龄焦急地呼喊着。

许阿大家。

又几年过去了，孩子们都长大了，奇龄的妹妹兰儿也长成个大姑娘了。她活泼、可爱，邻里们都爱和她闹着玩。许阿大这间破旧的草棚里由于有了兰儿，增添了不少生气。许阿大苍老的脸上也不时会绽出幸福的笑容。

这时，兰儿不知把一团什么东西藏在身后，调皮地走到哥哥跟前。

哥哥看见妹妹脸上东一块西一块地满是白粉，故意说她：

(字幕)"哼，好的不学！抹得白的象鬼一样，你预备卖给人家去做骚丫头吗？"

兰儿撒娇般地又是打又是闹，撒手把手里的那团东西朝哥哥脸上扔去。

可是不巧，没砸着哥哥，却砸到刚进门的邻居阿根脸上，弄得他满脸白粉。

站在一旁的邻居林老伯幸灾乐祸地摸着胡子直笑。

阿根把哑在他嘴里的白粉朝林老伯狠吹一口，弄得他也是一脸白粉，哭笑不得。

他们一致把目标转向兰儿。奇龄趁兰儿不备，一把抱住她，把她放在膝头上狠狠地揍她的屁股。

阿根也想上前来凑热闹，不料被兰儿一脚踢倒在地。

兰儿委屈的跑到屋角落哭了起来。

奇龄连忙跑去安慰妹妹。

兰儿做了个鬼脸，破涕为笑。

兄妹俩跑到父亲跟前，要父亲评理。

许阿大看着两个可爱的孩子，含着烟袋只是微笑。

屋外，一辆敞篷小汽车驰近许阿大家，在门口停下。

从车上跳下黄公馆的胖管家，径直朝许家走去。

许阿大出来迎候。

许阿大把胖管家让进屋，请其坐下。

兄妹俩好奇地围在一旁。

胖管家对许阿大说：

（字幕）"我们老爷要请奇龄去谈谈！"

奇龄感到奇怪，问：

（字幕）"有什么事吗？"

胖管家：

（字幕）"反正你去了就会晓得的。"

他又作了一番不着边际的解释，奇龄似懂非懂地点着头。

兰儿和阿根一边听一边交换着眼色，怎么也不明白黄老板怎么会一下子要叫哥哥去谈谈。

奇龄答应去，换了件干净衣服，跟胖管家走出门去。

屋外，一群孩子们爬在小汽车上玩耍。

胖管家凶狠地撵走孩子们，示意奇龄上车。

奇龄刚要上车，兰儿一把拉住他：

（字幕）"哥哥，你要回来的！"

哥哥答应着，跳上车，没等他坐稳，车启动，把他猛地摔倒在车座上。

小汽车在黄家公馆门前停下。

奇龄跟着胖管家走上台阶。

胖管家推开弹簧门，自顾自走进去，奇龄却被弹回的门撞倒在地。

奇龄揉揉跌疼的地方，跟着走进客厅。

宽敞明亮的客厅，布置华丽，一尘不染。

胖管家叫奇龄坐在沙法上等着，他上楼去通报，同时传仆从沏茶。

胖管家上楼走进黄梦华的卧室。

病体衰弱的黄梦华躺在软榻上，闭目呻吟。

客厅里。

仆从给奇龄端来茶水。

奇龄慌忙站起来接茶。

仆从发现他刚才坐过的沙法上留下一块脏痕。

奇龄不知如何是好，尴尬地站到一边。

仆从拿来刷子掸去沙法上灰迹，瞧了一眼奇龄，离去。

奇龄想坐下，又怕弄脏沙法，干脆端去茶杯，坐在茶几上。

客厅里的各种摆设引起他的兴趣，特别是墙上的那张照片，更引起他的好奇。

那是张黄梦华夫妇和他们儿子惠龄的合影。

奇龄看得入了神，仆从走来，要他起来：

（字幕）"对不起，这是茶几，不能坐的！"

奇龄只得站起。

仆从掸了掸茶几，又把茶杯端放在茶几上。

黄家公馆外。

少年惠龄骑马归来。

他身着猎服，足蹬皮靴，神气活现地走进客厅。

他刚想上楼，看见穷叫化子模样的奇龄站在客厅里，凶狠地挥着马鞭走到跟前，上下打量了一番，问：

（字幕）"你在这里神气活现干什么？这里是客厅，你规矩懂吗？"

奇龄不理他，想离去。

胖管家从楼上下来，带他上楼到老爷那儿去。

黄梦华卧室。

黄梦华身着睡袍在室内来回踱步，似考虑着什么。

奇龄推门进来。

黄梦华客气地请他坐下。

仆从急忙在沙法上预先垫上一张草垫，生怕奇龄又把沙法弄脏。

坐定后，黄梦华支开管家、仆从，要单独跟奇龄谈话。

黄梦华注视着从前被自己丢弃的孩子，沉默了许久，最后才问：

（字幕）"你的生活很苦吗？"

奇龄点点头，微微一笑，表示日子是不怎么好过。

黄梦华皱眉略加思索一下，说：

（字幕）"我看你的气概就不象一个穷苦的人……我想拿点钱来帮助你做一点高尚的事业……"

奇龄不明白黄老板怎么会一下子这么关心起自己来，他指指自己的肩膀，说：

（字幕）"我们拿气力换钱难道是不高尚的吗？"

黄梦华无言以答，喃喃地说：

（字幕）"不过总是太苦了……我是好意，我希望你不要拒绝……"

说着他从怀里掏出一叠钱塞给奇龄。

奇龄推开钱，不肯接受这份馈赠。

卧室外，惠龄要母亲推门进去，替他向父亲要学费。

母亲被他缠得没法，推门走了进去。

卧室内，黄梦华见有人进来，忙把钱又塞回怀里。

惠龄母把学校催交学费的通知交给黄梦华：

（字幕）"惠龄上次拿的学费，给他买了东西，今天学校里又来催缴呢！"

惠龄装着老实的样子低着头站在一旁。

黄梦华对这个不长进、不争气的儿子早已灰心丧气，听说他又把交学费的钱花了，气恼地说：

（字幕）"你一个学期预备要用我多少钱？！"

惠龄无言对答，转过身去。

惠龄母又替儿子说情：

（字幕）"就是他多用几个钱，学费总是要缴的！"

无奈，黄梦华从怀里摸出几张钞票生气地扔在地上。

奇龄看着他们，觉得自己不便再呆下去，忙起身告辞，离去。

黄梦华望着他走出门去，露出失望的神情。

惠龄母俯身问：

（字幕）"这人是谁？"

黄梦华只是摇摇头，什么也没说。

惠龄母示意儿子赶快捡起地上的钱去交学费。

惠龄捡起钱，离去。

惠龄母又问刚才的问题。

黄梦华犹豫了半天，仍不作答。

（字幕）是夜。

月色皎皎，星光闪闪。

许老大一家和邻里们围在家门口，争论着白天发生的事。

林老伯对奇龄给钱不要的做法越想越觉奇怪，他责怪着奇龄：

（字幕）"黑眼珠子见着花花钞票会不要的，这种人我活了六十几年，真的还没见过……"

阿根却不以为然，生气地对林老伯做了个怪相，嘲笑他这个见钱眼开的小老头。

林老伯还起劲地唠叨个没完：

（字幕）"哼！你以为是清高，我却以为你是太不识抬举了！"

奇龄不愿听这一套说教，站起离去。

许阿大认为儿子做得对，他含着烟袋，望着奇龄，露出赞许的微笑。

奇龄一人来到屋旁大树下。

兰儿跟到哥哥跟前，安慰他：

（字幕）"我相信你是对的，我们穷人虽穷，但为什么要人家可怜？"

奇龄疼爱、感激地望着妹妹：

（字幕）"你也懂吗？"

兰儿象个大人似地拍拍胸脯，说：

（字幕）"哼！你以为我是野猫，不懂，我懂的比他们总多一点！"

兄妹俩跳上土墩，背倚着背，亲热地谈了起来。

奇龄说：

（字幕）"我不拿他的钱，也是望他们能使更多的人有饭吃——骂我傻，可以，什么清高不清高，我就不懂！"

兰儿笑着回头看看哥哥，说：

（字幕）"你知道老伯伯的头为什么会这样小？——那是因为他每天不想做工，尽在想钱想小的！他一开口，我就讨厌！"

躲在一旁偷听他俩说话的林老伯听见兰儿这么骂他，不由摸了摸自己的小脑袋。

在一旁偷听的阿根好笑地望着林老伯又尖又小的脑袋瓜子，趁他不备时，还拔了他一根胡子。

林老伯迁怒于阿根，伸手想打他。

阿根抵赖说没拔过他的胡子，举起一把扫帚，说拔的是这个。

林老伯气得举铜烟袋就往阿根头上砸。

兰儿看着这一老一小你追我赶，高兴地跳了起来。

（字幕）惠龄去上课了，他正在交学费。

他在商店里挑选着皮鞋。

他在饭店里把钱殷勤送给女友。

剧场里，舞台上的大腿舞跳得正欢。

舞场里，他搂着舞女跳得神魂颠倒。

花天酒地的生活似万花筒般地变幻无穷……

一会儿是酒……

一会儿是女人……

他与一个舞女追打嬉闹。

舞女用皮鞋盛满酒，往他嘴里灌。

他又和一个恶少为争一个舞女大打出手。

黄家公馆。

黄梦华躺在病榻上，全家围在他的跟前。

医生用听诊器检查他的病情。

惠龄母在边上扶着他。

黄梦华拒绝检查，撵走医生和其他人。

惠龄母给他端来汤药，扶他喝了几口。

黄梦华喝了几口药后似有了些精神，问：

（**字幕**）"惠龄呢？"

惠龄母搪塞着：

（**字幕**）"已经……叫人去找了！"

黄梦华无力地摇着头，说：

（**字幕**）"这孩子真太没良心了！"

说完又剧烈地咳嗽起来。

惠龄母急忙为其揉胸捶背。

舞场里。

惠龄被酒灌得直打嗝。

舞女替他揉着胸。

惠龄半醉半醒地一边打着嗝，一边说：

（**字幕**）"好！你灌得我这样醉，非罚你亲一个红嘴不可！"

他当众搂住舞女，死命地亲了一下。

舞女挣脱开身，逃去。

他正欲追去，看见胖管家找到舞场来了。

胖管家：

（**字幕**）"老爷忽然不舒服得很厉害，太太要您马上回去！"

喝得东倒西歪的惠龄不等管家说完，一拳向管家挥去，自己差点摔倒在地。

经理办公室。

众人忙碌地清扫着。

惠龄从今日起将接替其父的位置，开始管理建筑工场。

胖管家擦桌抹椅，又给花瓶换上新的鲜花。

惠龄母见一切已准备就绪，吩咐道：

(字幕) "我们都出去罢！让少爷好用心办事！"

众人随惠龄母走出办公室。

惠龄一本正经地坐在办公桌后，摆出一副认真的神态，拿过一厚叠账本翻看了起来。

他心不在焉地查看账本。一会儿理理衣领，一会儿掸掸衣襟，一会儿又拿起笔煞有介事地在账本上写着什么。

时钟指在八点上。

时钟指在八点零五分上。

惠龄没写几行字，显得不耐烦了，便在账本上画起女人的裸体像来。

画了几笔又觉得无聊，往嘴里丢了一块糖，伸伸懒腰，把脚搁在桌上，往椅背一靠，随手拿起一本《爱情宝鉴》的小人书看了起来。

小人书里滑稽可笑的"爱情"并没引起他的多大的兴趣，打着呵欠，想闭目养神，却又发现桌上有一本外国画报，便翻看了起来。

他无聊地把糖涂在画报内女人像的嘴上，又把另一页男人像的嘴按在女人像的嘴上。男人像的嘴上顿时也涂满了糖。

他自得其乐地笑了起来。

(字幕) 这些日子中，惠龄不辞劳苦，所以建筑场中常有他的踪迹。

建筑工地。

工友们打桩的打桩，碎石的碎石，夯土的夯土。

惠龄坐在高处监督，胖管家在一旁伺候。

一技术员模样的人给惠龄端来一杯咖啡，又递过施工图纸请他过目。

夯土的许阿大、奇龄和工友们累得疲惫不堪。

午间休息的汽笛响了。

兰儿拎着饭篮沿着木堆跑来。

奇龄接过饭篮，扶妹妹跳下木堆，请阿根他们一起吃饭。

坐在高处监工的惠龄大概也感到厌倦了，又打呵欠又伸懒腰：

(字幕) "真是吃力！"

他理了理衣襟，突然，他象是发现了什么……

不远处，兰儿忙着给大家盛饭。

惠龄看着活泼漂亮的兰儿，露出淫笑。

胖管家已觉察出主人的笑意，也在一旁陪着讪笑。

路旁。

他们走下木料堆,来到路旁,跨上敞篷小汽车。

兰儿挎着饭篮从车旁走过。

惠龄启动汽车,向兰儿追去。

兰儿在路旁自顾自走着,不理他们。

惠龄嬉皮笑脸地喊:

(字幕)"小姑娘,我送你回去吧,坐这车子又快又舒服,真好玩呐!"

胖管家也喊着助兴。

兰儿对他们嗤之以鼻,不予理睬。

僻静的十字路口。

走到十字路口,兰儿想过马路。

惠龄用车拦住她的去路。

一警察发现汽车违章,前来干涉。

兰儿气愤地骂:

(字幕)"你开车子有眼睛没有?混帐王八蛋!"

说完跑着离去。

警察检查了惠龄的执照,给予放行。

惠龄驾车又朝兰儿追去。

兰儿的脚被路旁长刺的玫瑰花枝扎疼,坐在地上拔刺。

惠龄把车停在她的身边,嬉笑着。

兰儿捡起花枝向他们扔去。

长刺的花枝扎得惠龄和胖管家狼狈不堪。

兰儿高兴得跳了起来。

惠龄推开车门,想下去……

兰儿连忙站起向前跑去。

惠龄望着离去的兰儿,顺手摘下玫瑰枝上残剩的一朵花,放在鼻尖闻闻,对胖管家说:

(字幕)"这朵野花香极了,可惜就是有刺!"

他启动车子,又追去。

兰儿见汽车又追来,跳进路旁的干水沟,爬到田埂上,随手抓起湿泥巴,接连不断向他们扔去。

惠龄和胖管家慌忙拿起坐垫抵挡。

胖管家移开坐垫正想偷看一眼,一团湿泥巴"叭"地贴上他的胖脑袋。

兰儿高兴地哈哈大笑,又捡起泥块不断砸去。

惠龄和胖管家跳下车,以垫为盾,朝兰儿逼去。

兰儿仗着一道水沟拦着，故意激他们：
（**字幕**）"流氓！有本事就追过来！"
惠龄和胖管家不敢下沟，眼看着兰儿扬长远去。

监狱[1]。
兰儿和父亲隔着铁栏又和哥哥见面了。
父亲老泪纵横，心疼地望着儿子消瘦的脸。
兰儿拉着哥哥的手，欲言又止。
奇龄愤慨地对父亲和妹妹说：
（**字幕**）"虽然没有证据，但我很明白，有天出狱，我们总要报仇！"
兰儿急切地问：
（**字幕**）"是谁？是谁？"
父亲也焦急地等待着奇龄快点说出是谁诬陷了他。
奇龄无把握地摇了摇头，暂时不肯说出他心里的猜测。
父亲从怀里掏一小布袋，倒出里面的十几块银元——那是当年黄梦华弃子留下的抚养费——要给奇龄。
奇龄怎么也不肯收。
许阿大：
（**字幕**）"孩子，你拿去好啦，爸爸可以想法子的！"
奇龄望着苍老了许多的父亲，低首欲哭。
兰儿亲热地喊着哥哥，用假话劝慰他：
（**字幕**）"我在纱厂里也可以多做一点工！"
奇龄半信半疑地点点头，疼爱地望着妹妹。
探监时间已过，狱吏催促他们。

（**字幕**）所谓想法子，在他们只有增加工作。一个月以后，许阿大的体力是渐渐不能支持了。

许阿大家。清晨。公鸡啼鸣。
许阿大挣扎着病体欲起，刚抬身又倒下。
兰儿从搁棚爬下，看着父亲日渐不济的身体，伤心地掉下了眼泪。但她不愿让爸爸看见自己的泪水，转身抹去眼泪，到灶前忙碌起来。
许阿大支撑着起床，走到桌前，趁兰儿在灶前，摸出药膏涂抹肩上的伤口。
兰儿发现父亲抹药，急忙跑过去问个究竟。

---

[1] 由于影片拷贝残缺，该处缺少一段惠龄为霸占兰儿，买通反动当局，诬陷奇龄，将其投进监狱的情节。

许阿大生怕自己的伤口引起女儿的难过，忙用衣襟遮掩。

兰儿揭开父亲的衣襟，看到化脓了的伤口，又急又心疼地哭了起来。

她仰脸望着爸爸：

(字幕)"爸爸，你太苦了，今天就不要出去吧！"

许阿大搂着女儿，安慰她：

(字幕)"好孩子，不要紧的，爸爸苦了几十年，也苦惯了。"

兰儿抱着爸爸还是不答应。正在这时，阿根来叫许阿大快去拉车。

许阿大轻轻推开兰儿，拿起桌上的一盒饭菜，跟阿根走了。

屋外，工友们围在塌车旁等着许阿大。

许阿大跌跌撞撞地走到车旁。

工友们见他这般模样，纷纷劝解：

(字幕)"老伯伯，您是有年纪的人啦，这样劳苦，怎么受得了？就停两天歇歇吧！"

阿根听兰儿说她父亲有伤后，也来劝他不要去了。

许阿大明白大家的好意，可想到家里，想到还关在牢里的奇龄，他双手一摊，说：

(字幕)"有什么办法呢？明天请人家写状子又要钱，明知受不了，也得干啊！"

阿根：

(字幕)"可是您的身体也得保重呢！"

许阿大喘口气，说：

(字幕)"我反正老了，来日也短了，但是我的孩子是有前程的……你要知道我爱他们兄妹，比爱我自己的性命还要厉害呢！"

工友们听许阿大这么一说，也默默无言，无话可说，纷纷拿起塌车绳索，开始出发。

许阿大在肩上垫上一块麻袋片，搭上绳索，随着大家一起出发。

他一路走一路咳嗽，化脓的伤口疼得他直冒冷汗。

许阿大家外。

夜幕降临。劳累了一天的许阿大和工友们干到九点钟才疲惫不堪拖着沉重的腿回来。

许阿大还没迈到门口，突然腿一软，跌倒在地，不省人事。

出门迎候的兰儿急奔上去扑倒在父亲身上。

工友们帮着兰儿把父亲抬进屋。

许阿大家。

许阿大昏迷不醒躺在床上。

兰儿就着昏暗的油灯，心疼地替父亲洗去伤口上的脓水并抹上药膏。

监狱。

兰儿独自一人来探望哥哥。

隔着铁栅栏兄妹俩又见面了。哥哥只见妹妹一人来，忙问：

（**字幕**）"爸爸呢？"

兰儿强忍悲痛，装出笑容，告诉哥哥：

（**字幕**）"爸爸……跟对过的叔叔们去想法子——他叫哥哥不要耽心！"

哥哥似乎相信了妹妹的话，又问：

（**字幕**）"爸爸的身体本来不大好，近来一定更苦了，你看他还好吗？"

兰儿含泪点了点头：

（**字幕**）"好……还好。"

奇龄疼爱地抚摸着妹妹，勉励她：

（**字幕**）"你不要怕，我们一切都不要怕才好！"

兰儿微露笑容，答应着哥哥。

奇龄拉过妹妹的手，发现又红又肿：

（**字幕**）"你的手怎么这样红肿？"

兰儿含泪苦笑着说：

（**字幕**）"不要紧，这是给厂里的热水烫的。"

奇龄把妹妹的手贴在自己的脸颊上，疼爱地望着妹妹。

许阿大家外。

兰儿回到家，还没进门，阿根跑来指指屋里告诉她：

（**字幕**）"大夫已经来过，这会儿睡着了。"

兰儿急切地问：

（**字幕**）"大夫说什么吗？"

阿根轻声告诉她：

（**字幕**）"他说恐怕好不了的——除非有很多的钱去医……"

兰儿听着听着止不住的泪水又顺着脸颊流淌下来。

屋里，躺在床上的父亲听见了门外兰儿的声音，呼唤着她快进来。

阿根和兰儿走进屋里。

阿根安慰了几句，告辞离去。

兰儿趴在爸爸的跟前，她说不出什么，只有用微笑来安慰年老的父亲。

许阿大问：

（**字幕**）"孩子……你哥哥到底几时可以放出来？爸爸恐怕不行了……"

兰儿避而不答，故意转换话题，告诉爸爸：

（**字幕**）"爸爸，大夫说不要紧的，你快不要想那些，哥哥大约……过两天就可以放出来了。"

许阿大又问:

(字幕)"哥哥在牢里吃苦吗?"

兰儿答:

(字幕)"并不怎么苦,他说请爸爸安心养病。"

许阿大心疼地望着女儿:

(字幕)"孩子,太苦了你了……"

兰儿难过得把头依偎在爸爸的怀里,要不然止不住的泪水又要淌下来了。

夜晚,月儿弯弯。

兰儿给羊儿喂食后,独自一人倚在门外大树下痛苦地沉思默想。

一个衣着干净女佣打扮的胖女人过来,拉兰儿坐下,十分关切地对兰儿说:

(字幕)"不要怕,我从前和你妈是很要好的,近来听说你们很苦,所以特地来看你的。"

兰儿轻信了她的话,把近来家里的遭遇一五一十地告诉胖女人。

胖女人听着揉揉眼角,显出一副十分同情的样子。

兰儿也颇为感激地望了望这位好心的女人。

胖女人问:

(字幕)"可是你家又穷,这可怎么好呢?"

兰儿点点头,表示没有办法。

胖女人又问:

(字幕)"听说从前黄老爷不是想帮助你哥哥的忙吗?我想来陪你去求他,多少总可以给你一点。"

兰儿看看屋里病得奄奄一息的爸爸,又想起牢里的哥哥,听胖女人这么说,想去却又怕人家不肯:

(字幕)"我哥哥晓得了,恐怕不愿意我这样做……"

胖女人又花言巧语地说:

(字幕)"你们真太傻了,黄老爷每年也不知做了多少好事,你为着要救一家子去求他帮忙,就是你哥哥不愿意,将来也可以想法子报答的!"

阿根不知什么时候来的,听见胖女人不安好心地劝解兰儿,便躲在一旁偷听。

兰儿被胖女人说得有点心动了。

阿根急得直挠头皮。

胖女人又说:

(字幕)"听说黄老爷做好事都不愿意给人家知道的,你也不必告诉别人,我明天就来陪你去好了!"

兰儿点头答应,回到屋里。

胖女人得意地一笑,离去。

阿根望着离去的胖女人，若有所思。

(字幕) 次日。

许阿大家。
兰儿拿着医生留下的药方焦急万分，她身边只有几个铜板，显然是不能抓药的。无奈之下，她回到灶后，准备先点火烧水。
胖女人来到窗外，向她示意快点跟她去黄家借钱。
兰儿告诉她换件衣服就走。

屋外，胖女人左顾右盼，象是生怕被人瞧见似的。
可这一切都被阿根看见了。他发现胖女人注意到了自己，便坐在地上装起傻来，挤眉弄眼，乱翻跟斗。
胖女人瞧着他那副傻样，以为是个傻子，就不把他放在心上。

屋里，兰儿换好衣服从搁棚下来，走到床前告诉父亲：
(字幕) "爸爸，我出去取药，一会就回来的。"
躺在床上的父亲不放心地嘱咐女儿早去早回，别耽搁了。
兰儿走到门口，忍不住又回头望望父亲，抹去眼泪，走出门去。
屋外，兰儿跟着胖女人刚走几步，看见躺在地上的阿根，忙跑过去告诉他有事要出去一下，请他照顾屋里的父亲。
阿根起身，点点头，等兰儿她们走远，转身进屋照看许阿大。

黄公馆，卧室。
胖女人引兰儿上楼，走进一陈设华丽的卧室。
胖女人示意兰儿等着，她去求见黄家老爷。
兰儿环顾陌生的四处，感到有点害怕，焦虑地望着门口，希望早点有人来带她去见老爷。
正当她感到害怕、焦虑的时候，从另一门进来黄家少爷惠龄。他嬉皮笑脸地走向兰儿。
兰儿先是慌张，然后镇定了下来，朝门口跑去。
惠龄上前欲抱兰儿，一副淫荡的嘴脸。
兰儿怒斥：
(字幕) "你是骗子，你是强盗，赶快放我回家去！"
惠龄又伸手想来搂抱兰儿。
兰儿后退躲避，退至墙根，无处可避。她伤心地哭了，跪下恳求惠龄放她回去：
(字幕) "我的哥哥关在牢里……我的爸爸病得很厉害……少爷，请你可怜可怜我，放我回去吧！"

惠龄嬉笑着说：

（**字幕**）"哼！真是谈何容易！"

说着伸手又想抱兰儿：

（**字幕**）"来！我们谈谈爱情罢！"

兰儿拼命挣脱他的搂抱，指着惠龄的鼻尖痛斥。

惠龄厚着脸皮调戏兰儿：

（**字幕**）"打，是有刺激的爱，我很喜欢你打呢！"

说着拍拍胸脯，要兰儿往那儿打。

兰儿不由分说，举手狠狠掴了他一个耳光。

惠龄恼羞成怒，猛地把兰儿推倒在地。

兰儿不甘示弱，警告他：

（**字幕**）"你再动手，我就跟你拼命！"

惠龄捂着脸，一颗牙似乎被兰儿打得摇动了，他无可奈何地坐到床边，吐着满嘴的血水。

（**字幕**）晚上，暴风雨忽然占有了这世界。

许阿大家。

大雨滂沱，邻居们都围聚在许阿大的屋里和屋外。

一盏油灯在狂风中不断摇晃，行将熄灭。

许阿大躺在床上有气无力地看着大家，问：

（**字幕**）"……我的儿子呢？……我的女儿呢？……他们还没回来吗？……真的我们连最后的一面都不能见吗？……"

阿根和大家竭力安慰他。

许阿大叹了口气：

（**字幕**）"天啊，难道我苦了一辈子，今日得到这样的下场吗？……"

监狱。

奇龄双手抓着铁窗，满腔的仇与恨。

电闪雷鸣，风雨交加。

黄公馆卧室。

兰儿痛哭不止。

惠龄又悄悄闯进卧室，走到兰儿身后，趁其不备猛地抱住她。

兰儿拼死挣扎，推开黄家恶少的调戏。

许阿大屋内。

许阿大已经奄奄一息。

大家围在床的四周，安慰这位劳苦了一辈子的老人：

（字幕）"你放心好了……你的后事我们会跟你料理的……"

许阿大捂着肩上的伤口，头一歪，终于含恨离开了人间。

阿根替他蒙上被单，大家忍不住失声痛哭起来。

（字幕）奇龄的嫌疑案，经过法院缜密的侦查以后，知他确实冤枉，于是在某一个早晨，他恢复身体的自由了。

监狱。

奇龄夹着小包袱，跨出监狱的铁门。

阳光刺得他睁不开眼。

他穿街走巷，急切地往回走去。

他跨过田埂来到离家不远的小河边。

他急步走上小木桥，远远看见家门紧紧关着，邻居们站在屋外悲伤地哭着，淌着泪。

他感到奇怪，不祥的预感涌上心头，急忙奔去，推开家门，闯进屋去。

屋里空空荡荡。

以往躺着父亲的床，现在是空空的。

他喊妹妹，回答他的是无声无息的沉默。

他茫茫然，呼喊着爸爸、妹妹。

阿根过来告诉他：

（字幕）"老伯伯已经在前天过世了……"

奇龄疯了似地喊着：

（字幕）"现在……在什么地方？你为什么不来告诉我？"

阿根劝慰他：

（字幕）"昨天大家才凑了钱去葬的……本来我想去告诉你，但是又怕你晓得了太伤心……"

奇龄环顾人去屋空的家，止不住的泪水夺眶而出。他捡起父亲留下的伤药膏，触景生情，悲痛万分，扑倒在父亲的床上泣不成声。

（字幕）"爸爸，爸爸，儿子回来了，你知道吗？"

他抬头突然看见挂着的饭篮，这是妹妹兰儿给他们送饭的竹篮，妹妹呢？他急切地问：

（字幕）"我的妹妹呢？"

阿根告诉他：

（**字幕**）"你妹妹在前天早上，就跟一个女人到黄公馆去的——她好象要去向他借钱，但是到现在还没回来……"

奇龄急切地一再追问。

阿根又说：

（**字幕**）"我看那女人鬼鬼祟祟的，恐怕你妹妹万一要吃亏，就跟了去，昨天老伯还没盖棺的时候，我又去找她，可是被他们赶出来！"

奇龄愈听愈气愤，不等阿根说完，推开众人，夺门而出。

黄公馆[1]。

胖女人正替兰儿试穿一件旗袍。

惠龄和胖管家坐在一旁。

胖女人让兰儿对着镜子看看自己的模样：

（**字幕**）"黄老爷是不喜欢穿得破破烂烂的……"

楼下传来一片嘈杂声。惠龄示意胖管家去看看。

胖管家起身离去。

门外一群仆从扭着奇龄往老爷卧室走去。

惠龄在门口看见奇龄，急忙转身叫出胖女人，然后紧关房门，扬长而去。

黄梦华卧室。

黄梦华已病入膏肓，躺在床上。

奇龄被人扭送进来。

黄梦华起身看见是奇龄，挥手喝退众人。

惠龄母想留下，也被驱走。

奇龄不明白黄梦华是什么意思，警惕地望着他。

黄梦华凝视奇龄许久，露出忏悔的神情，说：

（**字幕**）"孩子，你是我的孩子，以前为顾全名誉忍痛将你丢弃，真对不起你。你的弟弟惠龄是个不长进的孩子，我眼看要不行了，我准备把家产分一半给你掌管……"

奇龄听着这些，感到惊讶，不可思议。他望着这位老爷，怎么也不相信他的话是真的。他想的是妹妹，要把妹妹救出去。他呼喊着：

（**字幕**）"把我的妹妹还给我！"

他转身拉开房门，冲出去。

黄梦华失望地倒在床上。

---

[1] 影片的结尾部分拷贝残缺，这是根据影片中兰儿的扮演者王人美的回忆记录整理的。

黄公馆楼上楼下。

奇龄到处寻找妹妹,他推开一扇扇门……

他发现一扇门内有人哭叫,死命踢开门,发现妹妹。

兄妹俩紧紧抱在一起。

妹妹悲喜交加,昏倒在哥哥的怀里。

奇龄抱着妹妹走下楼,走出黄公馆。

黄公馆外。

阿根领着众人追寻而来。

他们迎着奇龄奔来。

奇龄抱着妹妹和工友们一起往回走去。

他们迎着早晨的阳光向前走着,走着……

(叶余根据影片记录整理,1983年9月)

女性的呐喊

出品　明星影片公司，1933 年
编导　沈西苓
摄影　王士珍
置景　经礼庭
说明　高季琳
演员　王　莹　顾梅君　傅忆秋　王吉亭　顾兰君　龚稼农　朱孤雁　张敏玉　谭志远　王梦石　朱天云　董湘苹

《女性的呐喊》电影由沈西苓编剧。其电影本事为高季琳撰写，原载《明星》第 1 卷第 1 期（1933 年 5 月 1 日）。

本　　事

季琳

　　江南，若干年前，一条小小的山径上，两个异性的青年踏着节奏的步调前进。李凌和叶莲，他们是一对意气相投的伴侣，他们都有着崇高远大的希望与目标，和一般的青年同样，在探求着光明的前途。

　　但山路正是社会之路的象征，要是你脚跟不稳，便会被乱石绊倒。环境能支配一切意志薄弱的人们。

　　这里有几个女性——叶莲，少英，爱娜，她们虽是同学，但各有各的思想和意志。因为革命的潮流已遍满中国，少英，她是最有明确的思想的一个。她便决然地到武汉去，寻找她有意义的工作。

　　封建势力的残余，常会爆发成战争。炮火打破了多少的城市乡村。民众们叫苦连天。——在这慌乱中，叶莲草草地写了一封信给李凌，便避到乡村的坟庄去。李凌也往上海。

　　乡村终久逃不了灾难……叶莲的年老的父亲，病重的母亲以及家产，都成了牺牲……溃灭。只剩下叶莲和她童年的妹妹。悲惨孤苦，在凄凉的夜里，她想着这黑色的运命，连"死"也来叩她的心门了。

　　但叶莲终究是一个比较自傲的女性。她决意和环境奋斗。

　　内地虽然兵祸连天，租界里却是世外桃源。花天酒地，有钱人沉湎着淫欲的享乐——胡大少爷尤其是荒乱骄奢的一个。因为有了这些享乐者，于是奸刁的人们便到处代他们搜猎女性，来供给蹂躏，借以为发财的捷径。

　　老奸巨滑的陈大虎，除了开办包饭作，专门剥削贫苦女工的血汗以外，还做了胡大少爷的爪牙。现在趁着乡间兵灾以后的机会，回到乡里，又要作他发财的生意了。……他去找他的亲戚王大妈，要她找几个流离失所的俏姑娘。王大妈是叶莲的邻居，叶莲自然难免被觊觎了。

陈大虎由王大妈带着来见叶莲，说大虎是她父亲的朋友，听得她家遭了灾，他愿意帮忙尽力。这当然是叶莲所喜欢的。不久，她便因自立、生存、奋斗的诱惑而带着妹妹到了上海。暂住在陈大虎的包饭作的搁楼上。她也曾几次地去找李凌，但结果是杳然。

隔了些时，陈大虎说有位律师要请女书记，给她换了件新衣，带了她同去。她满怀着美好的希望前去，可是她踏进社会的第一步是已足使她失望了。

叶莲不屈的意志终于使她进了工厂……一方她勤奋地工作着的时候，一方莲的同学爱娜也正在做那上海式"摩登女郎"的功课。

有一天，包饭作里有一个女工因为工厂停了她的工，被陈大虎殴辱了一顿。（包饭作是专门收容贫苦妇女，供给膳宿而榨取她们工作所得的全部工资的）叶莲看到了这和自己同一命运的伙伴被打，像自己被打着的一般悲痛。晚上她要那女工到搁楼上谈话，大虎忽然进来。……想用软的硬的方法，迫着叶莲到胡大少爷那边去。不然便要莲签三年白做的契约——莲终究是笼中鸟一般的可怜。

或许梦幻是人生最美满的片段，莲正梦着与李凌在度着爱的生活时，无情的汽笛已鸣了。——莲又回复到现实，进工厂。但放工回来，她的妹妹不见了！……大虎等要她去请求胡大少爷，因为他是有面子的阔人，只有他才有法子寻回来。……她只好去请求那位阔人。她何曾知道里面的圈套。

一切却是黄金的作祟，妹妹又被牺牲了。她……又尝了一次的世味辛辣。她为了要报复，竟用花瓶将胡大少爷打晕了。

在夜的街上，她因犯罪和绝望，发狂的走着。但在一家有名的咖啡店门口，她忽然发现了他的爱人和爱娜。她的希望的火花又重焰起来。以为在这个世界上，爱情总是伟大的至上的，不会消灭的。但是李凌已不是以前的李凌，不理和嘲笑……莲的最后的一点痴念——光明也幻灭了。

黑夜茫茫，她重复地奔着，她又遇到了前次被大虎赶走的女工是没有出路而不得不走到绝路的一个——这更使莲的神经受了更大的刺戟，中国的女性将怎样呢？四周的景物起了幻觉，父，母，妹，凌的幻像环绕在她的周回……她觉悟了，她想到好友少英的话："个人奋斗是会失败的，健实起来再奋斗！"她正在沉思的时候，晨间最早的第一声汽笛又鸣了。……这个正好像要惊醒一切女性似的。——莲觉悟了，于是她勇敢地踏上少英的后迹……

脂粉市场

出品　明星影片公司，1933年
编剧　夏　衍
导演　张石川
摄影　董克毅
演员　胡　蝶　龚稼农　严月珊　王献斋　孙　敏　胡　萍　艾　霞

《脂粉市场》电影由夏衍编剧。其电影本事、电影小说由王乾白撰写，原载《明星》第1卷第1期（1933年5月1日）。其电影剧本由王素萍根据影片整理，原载《夏衍电影剧作集》（中国电影出版社，1985年）。

本　事

乾白

　　枪声，警笛声，冲破了午夜街头的冷寂空气；啊！原来是收账员李铭义因拒抗强盗抢劫他的——内储着收账转来的累累然的钱和钞票——皮包，终于被盗击伤，僵卧于血泊中。这，在"隔岸观火"的路人，是觉得何不放弃皮包，也许不会受到一枪？但他是为了公司，为了职务，要不是警察来得瞬速，恐怕这皮包是不能依然挟在他的腋下。警察虽没有立时将凶手捕获，却先将他送到医院里去。可是等到他的老母、爱妻和妹子翠芬到医院来看他的时候，他是已经为职责而牺牲了！

　　李氏的家庭，本来不是富有，平日的生活，全靠铭义的工作所得来维持。自从铭义死后，家境更日形萧条，"巧妇难为无米炊"，生活极为困难。加之二房东因房租积欠未付，时时的来催索，最后是下了逐客令，倘再不付房租的话。

　　翠芬的同居小姐，她是一个有职业自食其力的女子。她对于现社会是有深刻的认识，看到翠芬们所处的环境，所以她劝翠芬应该去找出路；有了工作，生活自然就能维持。尽管在翠芬母亲的意思，是舍不得要翠芬去做事，但为了生活的压迫，也只有此一策了！

　　翠芬由杨小姐的辗转介绍，是在培德公司的包扎部做事情了。初次上工，各事都不谙习；尤其是包扎的事，如果不是练习有素，自然是不免要忙得手慌脚乱了！站在旁边的浓妆艳抹的女店员王瑞兰，看到翠芬这样的外行，不由的是笑起来；可是翠芬因了瑞兰的笑，更是忙得不知要怎样是好。当然，对于新同事，不加指导反而取笑，这种态度，确是不应该的；所以瑞兰的行为，引起了男职员钱国华的反感。"哼！好一个善良君子，你去帮她吧。"瑞兰那肯屈服，是这样的反唇相讥。国华却真去帮助翠芬料理一切，翠芬自然很为感激。

工作完毕，所有百货公司的职员，都纷纷的回去。可是女店员们，个个都有很漂亮的大衣，装饰得都非常富丽。翠芬虽相形见绌，但她同时怀疑她们既如此宽裕，又何必也像自己为生活而来工作呢？她正在玄想的时候，国华也走了出来，翠芬因受了他的帮助，所以对他致谢。于是彼此接谈，国华且送翠芬回去。

　　八十五号女店员姚雪芳，美艳妖丽，是脂粉部里的一位皇后，嚼着留兰糖的在酬应顾客的生意。有许多"醉翁之意不在酒"的男顾客，是不断的和雪芳作交易；雪芳也很能利用她的媚态来吸引一班男主顾。

　　林监督是除去经理以外，百货公司唯一的权威者，庄严持重的督促着职员们去作交易。慢慢的走到雪芳的面前，也许这些男顾客知道他和雪芳的内幕关系，所以当他走到雪芳处时，大家好像是很见机的一齐走开。这时候恰巧有一女店员，来接替雪芳的班，于是雪芳打开小粉盒子，涂上一些嘴唇膏，对着监督很娇媚的一笑，轻盈的走去。林监督也装出若无其事的样子，跟在她的后面慢慢走去。

　　雪芳除去林监督，近来和经理的儿子张有济也很要好。自然有济的头衔是比监督还要大，聪明的雪芳，怎得分不出轻重！可是林监督有些气愤，的确！雪芳是不愿为任何男子所完全占有，对于监督的醋意，自然不领受，姗姗的走开。林监督遭此抢白，简直要义愤填膺！适翠芬经过，林监督如黑夜中得到明珠，惊喜异常。

　　林监督既发现新大陆，所以勤勤的枉驾到包扎部来，对于翠芬很为有意，但翠芬只知道工作，不知其他。可是王瑞兰见到林监督，如获至宝，请他调她到脂粉部去。少倾，调换工作的条子发下，是翠芬调到脂粉部，而瑞兰大为失望。

　　国华知道翠芬调部工作，感到见面机会减少，很为懊丧；翠芬却笑慰之。谁知翠芬自到脂粉部后，那皇后宝座，竟轻轻的夺来，雪芳自然是非常的嫉妒。

　　散工时，那林监督却在门外守候翠芬，请以汽车送她回去。翠芬欲候国华同行，监督则谓国华已去。时正大雪，翠芬只得上车；等到国华出来时，仅看到她的背影，是和监督同去，甚为痛苦。车抵翠芬家，林监督坚欲登堂，翠芬力拒之。

　　圣诞节，公司休假，翠芬国华步行街头，优然自乐；顺道至国华寓处，国华以《华伦夫人之职业》一书借给翠芬，临行时并约除夕夜相偕观剧，翠芬允之。

　　翠芬因工作时受雪芳的欺侮，特往监督处请公判；适为张有济所见，惊其艳，极为注意，乃助翠芬责雪芳，并善言慰之。

　　除夕之夜，翠芬正欲赴国华之约，忽然有济的请柬到。其母与嫂重于势利，劝翠芬舍钱就张，翠芬无奈，因爽钱约。可是这时候的国华，正在戏馆外来往蹀蹀。久候翠芬不至，殊为焦灼；猛然间瑞兰亦一人来此，遂拉国华一同观剧。

　　舞场散后，有济已在舞场楼上开定房间，于是翠芬被挽登楼。雪芳和林监督的狎昵情形，翠芬已难入目，而有济也用林监督对待雪芳的方式来和翠芬戏谑；这，在翠芬怎能忍受！可是有济的不断进攻，使得翠芬恼怒悲恨，愤愤而去。翠芬踽踽街头，百感交集。抵家后，不由失声而哭。想到国华，又匆匆而出。比到国华处，则王瑞兰赫然在焉！二重打击，几至发狂。

　　"悲观没有用，消极更不是办法，人生的路本来是很艰苦的……"翠芬经杨小姐的劝慰，觉悟到女子职业原来是这么一回事，恋爱更是建立在金钱的上面。所以她听从杨小姐的话，放出勇气，积极去认识社会缺点，因此她再到公司中，请求监督仍旧调她回包扎部去工作。这唯一的要求，终得不到监督的同情，而致决裂。于是她会明白了，她不相信女人除了要受男子的侮辱以外，就没有生路。她决计脱离培德百货公司，去另找出路。

当翠芬走出监督室时，国华跑近前来，对她忏悔，请她原谅，但是翠芬以为他也不必忏悔，自己也不用原谅，恋爱与人生，只不过是……以后彼此还一样的是朋友啊！翠芬毫不顾忌的走去，国华是紧紧的跟在她的后面。

电影小说

王乾白

"砰！砰！"

在静悄的初冬之夜，街面上除去少数行人的单调步伐声以外，空间是冷寂得令人可怕。陡然的，这样的两响，既不是黄包车的车胎连续的炸裂，更不是迎神赛会时所燃放的天地响；当然是有一个意外的变动。警察先生本能的吹动他的警笛，也算是示威，也算是呼援，先有了这样的表示。毕竟是警笛声的厉害，居然惊走了放枪的朋友！警察再跑过来，血泊中已僵卧着一个中年的男子。

他——李铭义——是一个公司的收账员，忠诚的执行着他的职务，忘记了一天的疲劳，挟着收来的累累然的钱和钞票的皮包，准备着回家去休息一宿，再继续去售卖他的劳力。本来，谩藏海盗，像铭义的现在，是够引起恶人的觊觎；尽管这"藏"，是否属于自己？或是属于别人的？在有企图的对方，是不计较到这一点的。所以恶人终于光顾到铭义的头上。但他是忠诚的，勇敢的，他不能无抵抗的任人宰割，所以他会受到一枪。幸亏警察先生的警笛吹得快，这皮包居然还能挟在他的腋下。

这时候，警察是忙着打电话到医院里去，同时走路的人因了新奇的吸引，陆续的是有些人驻足而观。在他们——走路的人——以为性命是多么要紧，丢了这身外之物的皮包，有什么关系！慢说是这区区的皮包，就是再比这较大些重要些的，也不成问题，只要能保存自己性命不受损害的话。说好听些，现在的损失，将来还可以收回，那末，自己何必要拿性命去拼呢！所以会说出充分表显带有不抵抗劣根性的话：

"他要你的皮包，你让他拿去就是了，何至于吃这一枪！"

但，铭义虽在伤痛的挣扎中，他的理智还没有失去作用，他听到这样的话，尽管他想好好的教训他们一下，可是他的气力已经不容许他也像往日一样的再发议论，只得轻微的声明这皮包里是替公司收来的款子，为公司，为职务，是不应该放弃的。

红十字会的救护车子开到了，载着这流出多量血液的李铭义，送到了医院。医生自然是很尽职的替他诊治。可是等到他的老母、爱妻和妹子翠芬赶到医院里来看他的时候，他是已经为职责而牺牲了。

本来，李铭义不是什么伟人，又不是什么剿匪阵亡的师旅长，政府当然不会有什么治丧费或是抚恤金！而在他服务的公司当局方面，又以为平日出钱豢养的人，是应该替他尽忠的！至于这次铭义的不幸，可算是他自己的命运不佳，与公司绝不发生任何关系！所以铭义的牺牲，直接受到感应的，还是他的老母、爱妻和妹子翠芬，三个不生产的她们。不过李家本来就不是富有，平日的生活，就是靠着铭义用辛劳所换得的工资来维持，现在是困难到了极点。

　　李家本是住的楼上的通厢房，自从铭义死后，她们不得不采用紧缩政策，并到一个房间。但是在生活程度极高的都市——上海，一个房间，也非得十多元一月的租费不可，这在她们，实在是难于应付。尤其是二房东的势利面孔，不欠房钱，倘使你的生活不宽裕，已经够引起二房东的轻视，何况是她们又欠了房钱呢？说起来实在是她们太抱歉，每天总要劳动二房东的大驾，跑上楼来讨几次房钱，这确使二房东感到麻烦和厌恶。最后竟带了客人来看房子，是预备驱逐她们，而另租给别人了。

　　杨小姐——翠芬的同居，她是一个有职业的女子。尽管她也和一般女子染着摩登的习气，带着浪漫的色彩，然而她能自食其力，尤其她对于现实的社会，有深刻的认识。她看到翠芬们所处的环境，倘使继续的再照这样拖延下去，终非了局！最低是要先能维持生活。然而在她们的三个人中，比较的还是翠芬可以担负起这责任。因为翠芬也曾读过书，人也很聪明，只要能找到一个适当的工作，维持几个人单纯的生活，总可以不成问题；所以时常的劝着翠芬。在翠芬自己，也感着现在是需要找一个出路。虽则翠芬母亲的意思，以为年纪轻轻像翠芬这样的女孩子，能做什么事？尤其是舍不得翠芬去受辛苦的做事。然而生活的压迫——肚子饿了怎么办？房东要钱怎么办？还有……又怎么办？

　　杨小姐确实是一个非常热心的人，间接而间接的居然替翠芬找到一个——培德百货公司的小职员——事情。培德公司的规模，非常的宏大，里面分着很多的部分，翠芬是派在包扎部里。当她接到二十四号的一个挣钱的牌子，她是感到非常的骄傲和愉快。她觉得现在是一个有工作能自立的女子，并且还担负起她的哥哥在世时所负的责任。

　　平时看到店员们的包包扎扎，好像是很容易的；可是这玩艺，确也要有相当的练习。翠芬初次上工，各事都不知道；对于这包扎勾当，尤其是十足的外行。虽然在翠芬已经是忙得汗流浃背，但还是一个包不好扎不紧。站在旁边浓妆艳抹而遮掩不了本来面目不漂亮的女店员王瑞兰，看到翠芬这样的手忙脚乱，幸灾乐祸的大笑起来。翠芬本来已经不知要怎样是好，再加上瑞兰的这一笑，更外是手足无所措了！

　　"王小姐别开玩笑啦，人家新来，你去帮着她才对啊！"

　　当然，对于一个新来的同事，不好好的指导反而来取笑，这种态度确是不应该的。所以男职员钱国华看到瑞兰这样的表示，是不客气的来纠正她。但是瑞兰那肯甘心忍受，也很不高兴的反唇相讥：

　　"哼！好一个善良君子，你去帮她吧！"

　　国华原以为对待新同事，是应该尽辅助的责任，所以他真个去帮助翠芬来包扎一切。翠芬得到他的帮助和指导，自然是非常的感激他。

工作完毕，百货公司的男女职员，都一阵阵的回去。可是任何女职员，个个都有很漂亮的大衣，高跟鞋，装饰得都非常的富丽，从外表上看去，都是摩登小姐，少奶奶的样子，无论如何，绝对看不出她们是些月薪很微细的女店员！翠芬虽是相形见绌，但她同时又怀疑——

——她们既打扮得这样富丽，当然不是穷苦的人，那末，她们又何必也像自己为了生活而来工作呢？……

翠芬简直无从解答她自己的怀疑，老是在痴想着。恰巧国华也从里面走出来，翠芬因为受了他的帮助，所以上前来对他致谢；国华很客气的不敢承受。经了这样的接谈，他俩竟相伴回去。

翠芬回得家来，妈和嫂嫂都很高兴的欢迎她。她忘记了一天的疲乏，也很高兴的把二十四号的挣钱牌子给她的妈看，彼此都感到说不出的愉快。

八十五号女店员姚雪芳——细长的眉毛，血红的嘴唇，蓬松的头发，附有夹里的旗袍……简直是一个美艳和妖丽的混合物。她据有培德百货公司脂粉部皇后的宝座，嘴里嚼着口香糖的在酬应顾客的生意。奇怪得很，和雪芳作交易的，大概都是些着西装的少年，小胡子的富绅，的确！雪芳也很能利用她的诱惑，来吸引一班"醉翁之意不在酒"的男主顾。

在培德公司中，除去经理以外，林监督是执有最高的权威。他每天差不多都要去视察职员服务的勤惰，尤其是对于男职员更外的严格。他以为在这年头，应该特别的提倡女子职业，所以对女职员都非常的表示好感。倘是不漂亮的女职员，那又是例外了。

"近水楼台先得月"，林监督和雪芳老早就有了相当的关系。自然，"利权不外溢"，在林监督很能明白这意义。他看到有许多男顾客在纠缠着雪芳，他是内里很急促而外表故示沉着的慢慢走到雪芳的面前。也许那些男顾客，知道林监督和雪芳的关系，所以看到他走来都见机而退的一齐走开。恰巧这时候有另一个女店员，来接替雪芳的班，于是雪芳打开手皮包，拿出小粉盒子，先涂上一些香粉和口红，然后再整理一下衣服，对着林监督带有诱惑很娇媚的微微一笑，再用着跳舞的碎步慢慢走开。林监督早"心照不宣"的装出若无其事的样子，跟着她走去。

同情于"韩信将兵"办法的姚雪芳，近来除去林监督以外，和经理的儿子张有济也很要好。在林监督是不免有些酸素的作用；然而聪明的雪芳，就有济和监督的头衔与财产来比较，又怎得分不出轻重？因此对于林监督的醋意，是不愿意接受。本来，在职业上，林监督是可以监督她的一切，但在恋爱上，林监督当然没有权威来干涉她，所以她竟冷笑一声的走了。这在林监督，确认为是一个莫大的侮辱，差不多要使得他义愤填膺起来！这时候，翠芬忽然从林监督面前经过，她那天真，美丽，别有风韵的朴素……使在愤怒中的林监督如黑夜获到明珠，既惊且喜的痴望着她，短瞬的一霎那间，他竟有些飘飘然的样子。

林监督既发现了新大陆，所以勤勤的枉驾到包扎部来，借着机会去和翠芬交谈。但是翠芬只知道工作时间应该工作，发誓不能领会到林监督的弦外之意。不过王瑞兰看到林监督，如获至宝的来和他噜噜苏苏的作出许多的媚态，但"东施效颦"的做作，怎能引起林监督的好感？瑞兰又要求监督调她到别的部分去工作，可是等一会调换工作的条子发下，却是翠芬调到脂粉部去。瑞兰自然是非常的失望，但又有什么办法！

国华知道了翠芬调到脂粉部去，忽然心头上感到一种说不出的懊丧。究竟这"懊丧"是为了什么？他自己也不能知道。也许是因为此后和翠芬的见面机会要减少？然而见面机会减少，又何致于要懊丧呢？这道理，他真不能解答！想到这——见面机会减少——一点，他本能的又走到翠芬的家里来。

翠芬虽然是因为调部加了工钱，但是看到国华的不高兴的态度，确有些诧异。等到国华说明了他的意思，她又不由的笑起来。她觉得自己的家里，正是她和国华见面而可以畅谈的地方，所以她是很诚恳的在安慰着他。

林监督不愧是一个有企图的野心家，他将翠芬调到脂粉部，他不能放弃他内定的政策。在散工的时候，他先到职员出入处的门外守候着；等到翠芬出来，他是很谦虚的要用汽车送她回去。平时翠芬总是和国华相伴回去，因此翠芬很委婉的说明了自己的意思，在不拒绝中是拒绝了他。林监督听到他要等候钱国华，一方面虽感到她和国华亲近，是她不长进的暴露；一方面自己对于国华有些忌妒。只不过他是很有机变的，所以毫不思索的说国华老早已经回去了。这时候外面正霏霏的在落着很大的雪，翠芬并没有携带雨具。有这样好的机会，林监督是一再的请送她回去。翠芬无法推辞，只得走上汽车。等到国华赶出来的时候，仅看到她的背影已坐在监督的汽车里；内心的苦痛，简直不知要从那里发泄出来。车子开到翠芬所住的里口，林监督还想进一步的登堂入室，可是翠芬是始终没有允许。

"独占？可笑极啦，我又不是一盒儿香粉，一盒儿口红……"

当雪芳和有济关系日渐密切的时候，林监督是愤愤的不愿雪芳被有济独占；但雪芳是不承认被人独占，的确！雪芳是很能了解现代人的 Fair Play，绝对是不愿为任何男子所完全占有的！弄得林监督也没有办法。

圣诞节，公司照例休假，翠芬和国华并肩的闲步街头。尽管这是离开物质的，然而在他俩的情感交流中，证明他们是感到至上的愉快。无目的，无作用的向前走着，走，走着，走到国华的住处，于是顺便的进来休息一会。国华把曾经答应借给她的——《华伦夫人之职业》，检出来交给她。临去的时候，国华因有友人赠送的两张义务戏的客票，所以约翠芬在除夕夜一同去听戏。翠芬很高兴的答应了。

翠芬自到脂粉部后，谁知那皇后的宝座，竟轻轻的夺了过来。在雪芳是感到损失和忌妒，所以对于翠芬是时常的冷嘲热讽。这天在工作的时候，翠芬因为受不了雪芳的欺侮，跑到监督室里去求公判。恰巧专长于猎艳的张有济也在那儿，猛然间看到翠芬，是觉得自己太渺小了！但是得到机会，他绝不肯放过，所以是帮助翠芬责斥雪芳，并用好言安慰翠芬。等到她走后，是用公司中的花红来交换请林监督替他介绍翠芬。

除夕，翠芬正预备要赴国华的约会，忽然一张请柬送了进来——是有济请她去跳舞。翠芬本来不会跳舞，而且在先已有了别的约会，所以想拒绝他。但是在她母亲和嫂嫂的浅薄而势利的眼光中，以为国华不过是一个同事，而有济却是东家；那末舍轻就重，当然是该敷衍有济。翠芬无奈，只得走上有济的汽车，而汽车上已坐着有济、林监督、雪芳三个人。可是这时候国华正一个人在戏馆外徘徊着,久候翠芬不来,非常的焦灼。想不到王瑞兰也会一个人来看戏,她不顾国华愿意不愿意,硬拉他一同进去看戏。

舞场散后,有济已预先在舞场的楼上,开定一个房间,于是翠芬被他们硬劝着一同上楼。雪芳和林监督的亲热而狎昵的样子,已经使得翠芬的面庞发热,难于入目,一再的要回去;而有济不堪寂寞,也用林监督对待雪芳的方式来和翠芬戏谑。这,在翠芬怎能忍受!

"你们拿我当什么人?我是清清白白的良家女子。"

"哈哈!那……我们谁不是良家男子啊!"

有济是不断的进攻,雪芳富有经验的约着林监督避开,好让他们去直接交涉,但翠芬怎肯单独留此?恼怒与悲恨,占据了她的心隙。尽管他们是用高压的办法,但越是高压,她的反抗越大,终于是决裂的走去。

翠芬踽踽街头,百感交集。用自己的劳力去换金钱来生活,会要受到这样的欺负!这种生活,绝对的受不了,打破饭碗,有什么希罕!翠芬一路思量,回得家来,不由的是失声而哭。母亲和嫂嫂的"隔靴搔痒"的劝慰,非但不能得到安慰,而且还要引起悲痛。陡然的,"国华现在怎样啦?"这一个念头,冲进了翠芬的心上,她又立时匆匆的跑出去,准备是对着知己的国华,畅畅快快的去吐出胸中的积闷。可是走进国华的房间,出乎意外的王瑞兰会在那儿。翠芬一看到这情形,自己简直是忘记了自己是在什么地方,梦幻似的竟说不出一句话来。二重打击,使得她几乎要发狂起来。

"悲观没有用,消极更不是办法,人生的路本来是很艰苦的……"

当翠芬说完了她自己的遭遇,杨小姐是这样的劝着她。翠芬虽是感到一种失望,但她觉悟到女子职业原来是这么一回事,恋爱更完全是建立在金钱的上面。所以她听从杨小姐的话,放出勇气,去积极认识社会的缺点。因此翠芬再到公司里来,请求林监督仍旧调她回包扎部去工作。

"那可不行!要在这儿工作,一切都非听从命令不可!否则,你不用想再在这儿吃饭!"

这唯一的请求,终于得不到监督的同情。于是翠芬更明白了,她不相信女人除了要受男子的侮辱以外,就会没有生路!决裂了,翠芬是决计脱离培德百货公司,另外去找出路。

当翠芬从监督室走出来的时候,国华很惶恐而焦灼的跑近她的面前。

"翠芬!我对你忏悔,你原谅我吧!"

在从前,翠芬听到国华这样诚恳的话,也许要引出她的眼泪;但现在,她知道了女子职业,知道了恋爱,知道了人生,对于现社会,已有相当的了解,所以觉得国华固无须乎忏悔,自己也用不着原谅,最后是——

"……咱们还一样是朋友啊!"

翠芬说了这句,毫无顾忌的向前走去。但国华听到"一样是朋友啊!"是紧紧地步着她的后尘。

剧　　本

夏衍

（**字幕**）妇女职业解放，谁都知道是个重要问题；同时谁又都感到它的进程中，有许多困苦和阻碍。

本剧所描写的，只不过是抽象的一件从妇女生活、男女平权，一直到由奋斗而寻求出路，给我们一个有力的启示。

一

大都市的一条马路上。

寒冷寂静的冬夜里，某大都市的一条马路，丁字街口。

昏暗的灯光下，一个值勤的巡警漫步在路边，四处张望。

两辆有人乘坐的黄包车从远处驶来。

寥寥可数的行人，穿长袍戴围巾的，穿中式衣衫戴毡帽的，缩着肩膀，横穿马路，匆匆而过。

"砰！砰！"

两声枪响划破午夜的宁静。

黄包车夫环顾左右，加快步伐奔跑。

惊慌失措的行人沿街奔跑。

"嘟——！嘟——嘟——！"警笛声更增加了恐怖的气氛。

拥挤的人群，仍在拼命逃奔。

几个行人从左侧马路进入，他们手足无措，你推我撞。

马路上，万丰地毯公司的门房。一个三十岁左右的男子背着墙，痛苦地皱着眉头，双手捂着肚子，全身蜷缩一团。

笛声中，一青年男子同巡警先后来到受伤者的身旁，人们逐渐围过来。

巡警附身问："打在什么地方了？你叫什么？"

李铭义痛苦地："我叫李铭义。"

巡警："家住什么地方？"

李铭义："第五排路……里五号。"

巡警边问边往本上记着。

围观的人们用充满同情的目光望着李铭义。

观者之一："他要你的皮包，你就让他拿去，他就不会打你一枪啦。"

李铭义伤感地："唉，这些钱不是我的。唉——要是我的，我早就让他拿去了。这是我替公司里收帐来的款子。"

人们敬重地点头。

另一巡警朝人群走来，他分开众人。

巡警粗暴地:"哎,闪开!闪开!"

他走到圈子中央看见李铭义:"你干什么?"

围观者之一:"他被枪打坏了。"

巡警:"打坏了?喂,你住哪儿呀?嗯?"

另一巡警:"你快去打个电话给医院,叫他派一部车子来呀。"

他冲出人群,迅速跑去。

(字幕) 一个忠实的收帐员尽职牺牲。

二

医院里。安静的病房。

一位穿白大褂的男医生在病床前失望地沉思。

他低头凝视着刚刚闭目逝去的李铭义。

两个年轻的女护士悄悄走向病床,她们一左一右,默默拉起白床单,盖住了死者的面孔。

医生缓缓走出病房。

护士甲面壁悲伤。

护士乙站在床头不语。

医生走出门外,护士递上病历本,医生取笔写了几行,签上名,交给护士。

护士悄悄返回病房。

医生略停片刻,转回身取下挂在门口的病人姓名卡片。

走廊另一端。死者的妹妹翠芬及其妻搀扶着她们的母亲,慢慢走来。李母五十左右,满带病容。媳妇虽年轻,但是一个苍白瘦弱的女子。唯有妹妹翠芬美丽健康,红苹果般的双颊,明亮的眼睛里流露出无限的忧虑和焦急。她们穿戴朴素,一望而知是社会上的劳动阶层。

李母左右环顾了一下:"是这里吗?"

她们看见站在病房门口的医生,向他走来。

翠芬焦虑地:"大夫,怎么样啦?"

大夫无言以对,沉默不语。

母女三人注视着大夫的表情,从他的沉默中感到了灾难性的残酷的现实。

(特写)她们充满绝望、恐惧、悲痛的面部表情。

她们哀伤的悲泣声。

她们哭喊着奔到病房里,趴在病床上号哭着。

护士默默守候在旁。

(字幕) 不生产的她们,怎样维持这无穷的岁月?

三

李家。

一双女人的胖手举着一本房租帐。

（特写）房租收入明细帐，李铭义名下空着三个月，无收款记录。

这是李家的二房东在催房钱。她，三十来岁，身材肥胖，门牙凸出，满脸横肉，两眼露着凶光，戴着一副大耳环，穿一件滚着花边的丝绒旗袍，正咄咄逼人地站在李家的小屋里指手划脚地骂着。

二房东："这上来下去的，我也走够了，三个月了，一个子儿也讨不着，不如就干脆搬家吧！"

李家只有一张大床，一张方桌，几把椅子。看来，李母早已卧病在床，体弱难支。李嫂毕恭毕敬地听着二房东的数落。

李母想挣扎着坐起来，引起一阵剧烈的咳嗽。

李母凄凉地："我也知道。可他死了之后，该给的冤枉钱，一个子儿也拿不着。您就可怜可怜吧！"

二房东盛气凌人地："可怜？论可怜的，有房产的人不用过日子啦。可怜的话呀，你是白说！"

翠芬提着一桶刚洗好的衣服，从外边进来，见如此场面，立刻放下衣服，在门口的桌上拿起壶倒了一杯水，双手举着，客气地敬上。

翠芬："您喝茶呀！"

二房东故意不理会。

"啊——嚏！"二房东打了一个喷嚏，然后说："没有别的话，限你们一个礼拜之内搬走！要是不搬哪，哼，别说我们做房东的不客气。那，可要对不起你们的！"说罢转身走出，一边还不住地打着喷嚏。

翠芬与嫂子恭顺地送她到房门外。

这时，翠芬的邻居杨小姐——一个打扮时髦的职业妇女正迎面上楼，她们一起目送二房东下楼远去。

杨小姐望着二房东的背影对翠芬："又是来要钱的吗？"

翠芬不语，羞涩地点点头。

杨小姐见翠芬只穿着一件短袖衫，感到惊奇："哟！这么冷的天，翠姐姐就穿这么点儿衣裳？我穿着皮的还……"说着同情地抚摸着翠芬的肩头。

翠芬不好意思地摸着自己赤裸的臂膊，低头不语。

传来李母剧烈的咳嗽声。

翠芬应着："我来，我来！"走到床边扶起咳嗽的母亲。李母友善地对杨小姐："请坐，请坐。"

李母又是一阵剧烈地咳嗽。

杨小姐："哎呀，老太太咳嗽得这么厉害，那为什么不请个大夫来看一看呢？"

翠芬给母亲端来一杯水，扶她坐起。听到杨小姐的话，惭愧地低下头。

杨小姐热诚地："翠姐姐现在不念书了，那为什么不出去做点事情呢？"

李嫂在门边拿起米袋，袋里只有一小碗那么大一丁点儿米啦，她为难地摇摇头。

杨小姐接着说:"人长得又漂亮,又聪明……"说着,凝望着翠芬。

翠芬不好意思地低下了头。

李嫂走过来附和地:"我也这么说呢,象杨小姐您这样,该有多自由啊!可老太太不愿意,说年纪轻轻的,不能出去做事情。"说完等待李母和翠芬的反应。

李母忧虑地:"翠芬她年纪太轻,不懂事。再说,她念书的时候,常犯小孩子脾气,老受人家欺负。"心疼地望着翠芬,目光中充满着母爱。

杨小姐理解地点点头,走到窗前。

华灯初上的大都市,繁华的夜景,霓虹灯组成的各种图案闪烁着五光十色的光彩。

杨小姐回转身:"啊,老太太,您躺一会儿吧。这也难怪呢,你这么心疼她。"对翠芬:"翠姐姐有空来玩啊!"

翠芬感激地起身相送:"您再坐一会儿。"

杨小姐:"不坐啦。"(**渐隐**)

四

培德百货公司的包装部。

职员们沿着柜台有站有坐,各自忙碌着手边的工作。

翠芬正在练习包装货物,她将商品捆扎起来,用力扯绳子,扯不断,再用力,仍不断,只好低下头用牙齿咬。

同事钱国华欲上前帮助,又不好意思,同情地注视着她。

"哈——哈——哈——!"在一旁观看的女同事王瑞兰,失声笑了起来,脸上流露出轻蔑和嘲讽的表情。

钱国华不满地:"王小姐,人家刚来,不会做,你不应该耻笑,要帮助她才好。"

王瑞兰转身对钱国华,讽刺地说:"帮!好一个善良公子,你去帮助她吧,我瞧着!"说完冲钱国华做了一个恶狠狠的鬼脸。

钱国华果然走到翠芬身旁,把堆放在翠芬面前的商品盒拉到胸前,开始帮她包装。

翠芬充满感激地对钱国华微笑。

钱国华认真包扎商品。

时钟已经指向下班的时间。

翠芬整理好自己包扎的商品。(**淡出**)

五

随着下班的铃声,职员们陆续走出大门。他们习惯地竖起衣领,围上围巾,戴好帽子,把手插进口袋里,走向寒冷的街道。

翠芬走到门口略停,向左边走去。

钱国华最后一个出来,朝两边望望,也向左边走去。当他看见走在前面的翠芬时,不由地加快了脚步。他终于赶上了翠芬。

翠芬回头对钱国华友好地微笑:"刚才承你帮忙。"

钱国华谦虚地："哪儿的话，那是应该的。"略停，"您府上住哪儿？要雇车子吗？"

翠芬不好意思地摇摇头："啊，不用啦。"

他们融洽地交谈着，一路并肩而行。

都市街道上灯火辉煌的夜景。

六

李家。

翠芬兴高采烈地奔上楼梯，她掀帘进屋，走到母亲床头，高兴地："妈妈，我回来啦！"

她脱掉大衣，用手指着胸前的工作证，那是一个印着"二十四号"字样的卡片。

翠芬自豪地："妈！您瞧，我是二十四号，这就是挣钱的牌子啦。"

李母欣慰地："好极啦！可是这么晚回来，你一个人不害怕吗？"

翠芬："有人……"突然意识到差点儿失言，天真地吐了一下舌头，改口道，"有电车，有公共汽车，什么也不怕！"略停了一下，"不知杨小姐回来没有？"

翠芬走到窗前掀开帘子。

杨小姐的窗口逆光剪影：杨小姐正弯腰和坐在对面的一个男子亲密交谈，男人拿出烟，杨小姐殷勤地为他点着，他们有说有笑，互相的距离越来越近了……

翠芬难为情地低下头，不敢再看下去。

七

（**字幕**）有姿色有风头的女店员，往往会被一班"醉翁之意不在酒"的男主顾包围；至于公司的重要职员，更领会"权利不外溢"的意旨，不肯轻易放过。

培德百货公司售货大厅里。

收音机里播放着轻音乐，轻快的旋律在大厅回荡。

华丽的大厅里，彩灯点缀其间。明亮的玻璃柜台。整齐的商品。服装部的立体模特。

脂粉柜台前围着一群嬉皮笑脸的男顾客，他们正在和女店员姚雪芳调情。

八十五号女店员姚雪芳体态丰满，穿着紧身花旗袍，浓妆艳抹妩媚妖娆。

她口里嚼着口香糖在应酬着生意。

顾客甲是一个油头粉面不务正业的青年，一只胳膊支在柜台上。

顾客甲："有香水吗？"用贪婪的目光注视着姚雪芳。

姚雪芳面带媚笑，扭摆着腰肢走过来，从柜台里拿出香水，写票，按铃，将款一起交给小伙计。

另一边，女店员王瑞兰站在柜台外边，靠在一个男顾客身旁卖弄风情地又说又笑，不时随着音乐的节奏手舞足蹈。

一群男顾客涌向姚雪芳的柜台。

顾客甲轻浮地笑着："再来点儿香粉。"

姚雪芳娇滴滴地："今天买香粉，明天买香水，你又不开脂粉铺，要这么多送给谁呀？"

顾客甲意味深长地："谁也不送，我是买着好玩的，嘻嘻！"

两个衣着一般的普通女顾客挤进柜台，指着玻璃柜中的一样商品："这多少钱？"

姚雪芳用眼一瞟，瞧不起她未理睬。女顾客气愤地离去。

大厅中间楼梯平台上，站着培德公司的高级职员林监督。他大约三十多岁，穿一身深色的西装，露出洁白的衣领，戴一副金丝眼镜，居高临下地傲然环视。

王瑞兰立即停止了手舞足蹈，规规矩矩走回柜台里去。

姚雪芳也停止了和顾客调情。

整个大厅的气氛顿时有所改变。

顾客甲、乙离开脂粉部，他们走到服装部。

甲："喂！你不是要买领带吗？"

乙："这里有领带吗？"

男店员礼貌地："有。"

乙："你拿这条我看看。什么牌子？"

男店员："河马牌。"

乙："还有好的吗？"

男店员："有。"

甲："这条不好吗？"

乙："我不喜欢。这条什么牌子的？"

男店员："灯笼牌，这是不会皱的。"

甲："这条不错。"

乙："嗯。"

林监督走下楼梯，悠然地巡视着大厅，慢慢地走近脂粉柜台。他把一只胳膊支在柜台台面上，心照不宣地审视着姚雪芳。

姚雪芳假意抱歉地："昨晚上对不住，你久等了吧？"

林监督逼视着："对不住？哼！"他伸出手指比划着，"我在戏院门口等着，有一个半钟头呢！"

此时，换班的女店员走进柜台，姚雪芳交待后，打开小粉盒，涂上唇膏，然后对着林监督娇媚地一笑，轻盈地离去，缓步登上楼梯。

林监督装出若无其事的样子，跟在她的后面慢慢走去。大厅里众店员望着他们的背影，交换着会意的微笑。

王瑞兰又开始活跃起来。

八

楼梯上。姚雪芳在前面走，林监督跟在后。

林监督威胁地："告诉我，你去哪儿啦？"

姚雪芳半转身傲慢地："张少爷有事儿，约我去陪他跳舞，我又不能不去。"

林监督酸溜溜地："恭喜您啦，经理的少爷看上了你，象我们这样的，当然是够不上做你的朋友喽。"

姚雪芳故做恼怒："这么点事儿，你也值得吃醋吗？你也太傻啦。你又不是我的爱人，我又不是你的妻子。不错，你的职务是一位监督。可是，难道我的恋爱问题也要你来管?!"

林监督解嘲地笑了，他伸手去摸姚雪芳的脸蛋。

此时，翠芬正好从楼上的房间出来，欲下楼，见状不由停步。

姚雪芳未看见背后的翠芬，一巴掌把林监督的手打下来。

林监督厚颜无耻地笑着。

翠芬感到左右为难，小心谨慎地溜边躲着他们下楼了。

姚雪芳不满地瞪着翠芬。

林监督被翠芬的美丽所吸引，丢下姚雪芳，尾随翠芬走下楼，并转身对姚雪芳愤恨地："哼！哼！"

九

培德公司包装部。

翠芬从外边进来，走到自己的位子上，将捆好的商品交给搬运的职工。

林监督来到包装部，不怀好意地直视着翠芬。他点着一支香烟叼在嘴上，走到翠芬的工作台前故意地："你是新来的吗?"

翠芬小心地："是的。"

林监督指着包扎好的盒子，没话找话地："你知道这盒里盛的什么?"

翠芬客气地："对不起，我们在包装部，不知道，请您上外头去问吧！"

林监督仍笑着，不以为然地摇摇头，注视着翠芬。

王瑞兰从柜台里边走过来，靠在柜台上，凑近林监督。

王瑞兰："昨晚上的电影怎么样？'爱的花'（姚雪芳的外号）表演很不错吧?"一边说，一边十分随便地把林监督的烟抢到手上，自己抽起来。

林监督厌烦地："哎！你这算什么样子，在大家面前。"

王瑞兰意味深长地："噢，对啦！带着'爱的花'上馆子、开房间，那也不算什么好样子吧?"略停了一下，"按我说，爱也很容易，那天晚上你不是亲口说，你要帮我换个工作吗？这包装部的事情，我真不要做了。"

林监督想单独和翠芬说话，王瑞兰就是不走开，他无可奈何，对另一男职员："你过来！有几个职员要调动一下。"

王瑞兰听了，得意地笑了。

男职员恭顺地："是。"跟林监督一起退下。

下班前。

男职员手里拿着一张布告回到包装部。

男职员大声地:"二十四号李小姐是哪位?"

职员们都停下工作,关注地倾听下文。

翠芬吃惊地望着男职员。

众职员的目光集中射向翠芬。

男职员对翠芬:"噢,帐房通知,从明天起,叫你到脂粉部去工作。"

王瑞兰:"脂粉部?谁呀?谁调脂粉部工作?"

男职员冲她把布告一亮:"二十四号李翠芬!看清楚了吗?"说完,走到墙边把布告贴上。

翠芬感到惊喜。

(字幕)出乎意外的迁调,翠芬的确不能了解监督的用意。

一〇

李家。

李翠芬,母女三人正围着方桌吃饭。翠芬喜气洋洋地把调动的消息告诉家人。

翠芬:"人家都说包装部很辛苦,我一点儿也不觉得,明儿个调到脂粉部唯……"

李母关切地:"那边钱怎么样呢?还是一样吗?"

翠芬:"不。听说,活儿很轻,工钱反而多了。"

李母欣慰地:"噢!"

李嫂高兴地:"那真是你的运气好。"

门外传来钱国华的声音。

钱国华:"李小姐!李小姐在家吗?"

翠芬欣喜地:"哎!"

李嫂起身开门,回头对翠芬:"妹妹,还是上次来过的那位钱先生。"

钱国华微笑着进屋。

翠芬让座:"噢,这儿请坐吧。"

钱国华向李母施礼:"伯母。"

李母指椅子:"这儿请坐吧。"

钱国华:"好。"

李母及李嫂收拾桌上的碗筷。

钱国华欲脱大衣。

翠芬:"天怪冷的,别宽大衣了。请坐,请。"

钱国华坐下。

翠芬兴致勃勃地:"您知道了吧?我明天就调脂粉部啦!"

钱国华并未因此而高兴,他忧郁地沉思着。

翠芬:"哟!您为什么不高兴呢?我加了薪水,您应该为我欢喜才对呀!"

钱国华慢吞吞地:"我正因为你调了工作,以后咱们见面的机会很少啦……"

翠芬天真地:"噢,那有什么关系呢?在这儿不是一样可以见面吗?是吧?"

钱国华不由转悲为喜。

饭桌上已收拾好。

李母指桌边："请钱先生这边坐吧。"

翠芬挪椅子："这边坐。"

钱国华："嗯。"

李母对李嫂："把桔子端来。"又对钱国华，"您上我们这儿来，什么也没有。"

李嫂端来桔子，李母递给钱国华。

钱国华："伯母，谢谢。"

翠芬笑着说："你们多客气呀！"

翠芬高高兴兴地为钱国华剥桔子。（淡出）

一一

培德公司门口。

各方顾客，有步行的，有乘车的，陆续进入培德百货公司。

大厅里。

店员各在其位：有为模特整服装的；有清理柜台内货物的；有用抹布擦柜台玻璃的。

一片繁忙热闹的景象。

音乐声中，顾客步入大厅。

翠芬和姚雪芳共一柜台。

姚雪芳打扮得花枝招展。和她相比，翠芬虽不浓妆艳抹，却充满青春的朝气，纯朴而美丽。她不卖弄风情，态度和蔼可亲。

顾客争相请她拿东西，姚雪芳在一旁撇嘴。

翠芬忙碌中应接不暇，姚雪芳受到空前的冷落，心烦气躁，面带怒容。

顾客丙："拿块香皂，一盒香粉。"

翠芬答应着，低头取货。

林监督悄悄走来，得意地望着忙碌的翠芬，对姚雪芳做个挑衅的鬼脸，似乎说："你能怎么样？"姚雪芳不禁怒火中烧。

翠芬向顾客："还要什么吗？"

顾客丙："不要什么了，就是这两样。"

林监督走上前来。

林监督和气地："李小姐，你觉得这儿的工作比包装部怎么样啊？"

翠芬谨慎地："差不离儿，这儿也没什么。"

姚雪芳听着他们的对话，不满地撇着嘴，强烈的嫉妒之火已经使她不能再容忍了。

林监督悠然向另一柜台走去。

男职员："林先生，现在外边的雪下得很大。"向窗外看了一下，"可不是，现在还下着呢，马路上全都白啦！"

林监督:"噢?!"

男职员重复地:"现在还下着呢!"

林监督走进电话间,摘下听筒:"你给我叫云飞……给我叫辆车,准六点钟上我这儿来。……哎,哎?嗳!"

一二

楼梯口。

林监督穿好大衣,戴上礼帽,在楼梯口等候。

翠芬从房间里出来,欲下楼。

林监督笑着,殷勤地:"李小姐,下班回家吗?我们一块儿回去吧?"

翠芬本想在此等钱国华,又不好明说,心神不安地回答着:"是的。不,我……在等人。"

林监督猜度地:"是等钱国华吗?他早走了呀。"

他们边说边走到大门口。

马路上一片白色,鹅毛大雪纷纷扬扬飘落下来。

翠芬忍不住缩缩肩膀,竖起衣领。林监督在旁微笑恭候。翠芬只好同意了他的要求。

他们向停在路边的汽车走去。

二人上车,发动机响起。

钱国华急匆匆由楼里赶出来,焦急地寻找翠芬,忽见她坐在林监督的汽车里。汽车开动。

钱国华心中一阵痛苦。

一三

汽车里。

林监督轻松自如,不时把眼睛瞟向翠芬。翠芬则显得局促不安。

林监督亲切地:"李小姐,你现在的工作比较过去在学校念书的时候,实在是辛苦了吧?"

翠芬客气地:"不,一点儿也不辛苦。我很高兴,一点儿也不依赖人家。况且,您呢,又很照应我的。"

林监督得意地:"嘿嘿……嘿嘿。"

林监督趁势去摸翠芬的手,翠芬惊恐地将手缩回,两手握在一起,放在胸前。

林监督只好收回自己的手,偷偷地观察着翠芬的表情。

汽车在翠芬家门前停下。

翠芬下车,对林监督:"谢谢您了。明儿见。"

林监督跟着走下车:"这个……能不能到你们府上去坐一会儿呀?"

翠芬拒绝着:"对不起得很,我们地方又小,房子又脏,而且,我妈她也不喜欢我交际朋友。"

　　林监督："什么？李小姐，你怎么能说这种话呢？象你这样不依靠人的新女子，应该有交际自由才对呀！"

　　翠芬沉思片刻。

　　翠芬："可是这种交际自由，我现在还不需要呢。'古得拜'（再见）！"

　　翠芬向家门走去。

　　林监督望着她的背影，呆立在雪地里。

　　林监督上汽车，对司机："开到公寓去！"

　　（字幕）失之东隅，收之桑榆。

一四

　　姚雪芳的公寓里。

　　失意的姚雪芳独自在房间里坐在沙发上看报纸。

　　她把报纸丢在地上，又拿起一个苹果在手里摆弄着，她感到心烦意乱……

　　她丢开苹果换了一个桔子，仍在摆弄着，一副百无聊赖的神态。

　　敲门声响起。

　　姚雪芳把桔子放下，赶紧点起一支香烟叼在嘴上，轻手轻脚地打开门锁，又溜回沙发上坐好。

　　姚雪芳大声地："卡米！（进来）"

　　林监督进屋，在门口脱掉大衣，搓着手，走近姚雪芳的身旁，讨好地笑着。

　　姚雪芳故意摆出一副待答不理的神态，口吐着白烟。

　　林监督明知故问："怎么啦？又跟谁斗气了？"

　　姚雪芳顺手拿起一本杂志翻着，酸溜溜地："林先生的眼光，总该是不错的，也许我是失败啦。可是，你可以到胜利的李小姐那边去呀，那为什么又到这边来呢？"

　　林监督无所谓地："嘿嘿，当然是可以去的啰！"点起一支烟，观察着姚雪芳的表情说，"可是，眼睁睁地瞧着那'爱的花'给张家那个小子独占了去，也就是不服气嘛！"

　　姚雪芳气恼地："真笑话，我又不是一盒香粉，一条口红。"

　　林监督："对！你是不能给人独占的，可是，比如说有人要给你独占了，这话又怎么说呢？比方那个张？"

　　姚雪芳："哈哈……比方经理的儿子是不是？傻极了！我独占他干什么呢？"

　　林监督激动地站起来，用手指着姚雪芳："哎！那话当真的吗？"

　　姚雪芳："谁也不能独占谁；谁也不愿意给谁独占；这一点儿现代人的自由你都不知道吗？亏你呀！"

　　林监督调情地："嘿嘿，那么你打算不独占他了？这话说的算数？！"

　　姚雪芳渐露笑脸："对呀！天下可爱的有钱的男人多得很呢！"

　　林监督开心地："OK！你这一句话是在今天，圣诞节前的一天说的。嘿嘿，嘿嘿……"

姚雪芳笑着回头看日历。日历上写着:"一九三二年十二月二十四日。"

两人相视而笑,心照不宣地和解了。

姚雪芳伸手撕下了这一页日历。

一五

马路上。

(字幕)茫茫人海,情意相投,方成知己。

节日前夕,马路上,电车、汽车来往穿行。

路人们忙忙碌碌各奔前程,商店里灯火辉煌,霓虹灯光斑烂耀眼。

在茫茫的人海之中,在杂乱的足迹之中,有两个紧紧相随、步伐协调的男女,他们并肩漫步街头,这就是钱国华和李翠芬。钱国华穿着西装大衣,翠芬身穿一件浅色带花纹的毛衣外套,显得分外精神。他们的脸上洋溢着欢愉,给人以青春、健美的感觉。

一六

钱国华的公寓。

钱国华和李翠芬登上楼梯。

钱国华:"就是狭窄一点,这地方清静极了。"

翠芬环顾四周:"对,这地方好极了。"

钱国华边走边数着门号:"这是八号,九号,十二号,到了!"

他们在"十二号"门前停下。

钱国华取钥匙开门。

翠芬:"到啦?"

钱国华:"哎!"

二人进到屋里。

这是一间小巧、雅致的居室,陈设简单,却整齐、清洁、舒适。翠芬兴趣盎然地欣赏着。

钱国华脱了大衣去倒水,指着椅子:"请坐!"

翠芬仍在观赏。

钱国华顺手把门关上。

两人都感到拘谨不安。

翠芬欲坐又止,她突然跑去把屋门敞开,这才坐下:"噢,好。"

钱国华不解其意地:"为什么把门打开?今天天气是很冷的。"

翠芬天真地:"我觉得这样好一点儿。"

钱国华:"好?好!您坐一会儿,我到下边去泡点儿开水。"

翠芬:"不要客气啦,我不能多坐了,时候太晚了,我妈要惦记我的。请您把借给我的那本书……请您……"

钱国华："噢，好，好。"伸手取书，"书不大好，可是……"

翠芬："我以为呀，男女平等是我们妇女解放的初步，可是住在我们隔壁那位杨小姐反对这话，她说，在这种社会里，这种问题呀，是一辈子也解决不了的。"

钱国华："嘿嘿，请坐！"

翠芬拿着书："不啦，我要走了。谢谢您！"

钱国华忽然想起："噢，有一句话……有一句话我差点儿忘了。三十那天晚上，有个朋友，送我两张义务戏的票子，李小姐有空的话，咱们一道去看，好不好？"

翠芬："听戏吗？"钱国华："是啊。"

翠芬："好极啦，谢谢您！我一定去的。"

钱国华高兴地："好啊！"

钱国华送翠芬下楼。

一七

（**字幕**）陪经理少爷戏谑，是林监督胡调之外特殊的职务。

林监督的办公室。

林监督与经理的儿子张有济对桌而坐，正在玩扑克牌。

张有济油头粉面，不学无术，是一个花花公子。

林监督发好牌后，开始翻牌，面露喜色。

林监督："哈——哈！好极了，开则双全哪，恭喜恭喜！"

翠芬开门进来，满脸委曲的样子。

翠芬："林先生，请您把我调回包装部去吧！这样的事我受不了！"

张有济见翠芬相貌出众，不禁垂涎三尺，目不转睛地望着她。

翠芬不高兴地低着头。

林监督望望翠芬，再看看张有济，已觉察其意。

张有济揉一揉眼睛，对着翠芬傻笑，并向林监督示意。

林监督："哎，什么事啊，谁叫你受不了呀？"

翠芬："我自从到脂粉部服务以来，那位八十五号的姚小姐，她老是冷嘲热骂的，这次公然地在买主面前骂起来啦，呜呜……"说着哭了起来，"我回了一句，她动手就打人！"

张有济忍不住站起身："这还了得！在工作的时候打人，这还成什么规矩呢？"

翠芬仍在哭泣。

林监督用手按了一下张有济的肩膀，示意他坐下来，转身对翠芬："哎，你去叫八十五号的姚雪芳进来。"

翠芬还未及动作，门开了，姚雪芳已闪身而进，原来她一直在门外偷听动静的。她双手往背后一靠，嘴一撇，挑战地："甭去叫了，我来了。"瞪了翠芬一眼，一副满不在乎的样子。

翠芬也瞪了她一眼。

姚雪芳轻描淡写地："一点儿小事，叫李小姐一说，不知说成怎么一回事了。好，张先生也在这儿。李小姐老是夺我的买卖，纯粹是叫我在大家面前下不去。"

翠芬："什么，你自己个儿故意地不做买卖。"

张有济又忍不住站起来："不用说了，无论怎么样，你总不该动手打人。"

姚雪芳："打人？哼！好笑极了，我劝她不要生气，只轻轻地在她肩膀上拍了一下。"

翠芬气愤地："不是！你刚才不是那么样的。"

林监督故作正经："你在我们这儿做事很久了，总该知道咱们这儿的规矩呀？她刚来没多少日子，人又是很老实的，我可不信她会跟你捣蛋。"

姚雪芳颇不以为然地："哼！你们都是一气儿的。"向翠芬，"得了吧，得了吧，别生气，算我错了，改天给你赔不是。啊！"说完气愤地转身走出门去。

张有济离开桌旁走到翠芬身边安慰她："李小姐，别生气呀，过两天我把她调到别的部门去。哎？"

翠芬不理睬他的殷勤，向林监督点头退出。

张有济望着翠芬的背影，迫不及待地："嘿，美极了！老林，你非得给我介绍不可。哎，那么说，今年的花红啊，我非给她那么多……我……"俩人转为耳语。

林监督与张有济会意地大笑。

> 通告：今日工作时间延长到下午七时，明日元旦休业，二日起照常开市。
> 此布。
>
> 　　　　　　　　经理　白
> 　　　　　　　　除夕

一八

李家。

母女三人围在桌旁，李母坐着，翠芬及李嫂站着。她们正在看一张请柬。

翠芬举着请柬，心里十分为难，望望时钟，犹豫不决。

翠芬："这可怎么办呢？今晚上钱先生约我去看戏的。"

李嫂亲切地摇着她的肩膀笑着："这回我的妹妹可红极了，这边请吃年饭，那边请听戏，那不是很容易决定的吗？钱先生是你的同事，张先生是你的东家，都很抬举你呢，那该是多么长脸啊！"

李母亲切地拉着女儿的手附和地："对呀！"

门外传来汽车喇叭声。

李嫂："妹妹，你听，汽车来了。"

敲门声。

李嫂:"你瞧是不是?哎!来啦。"

李母深思熟虑地:"翠芬哪,你就去一趟吧,这就叫'在人檐下过,不得不低头'。况且,人家又是好意请你。"

翠芬无可奈何地坐下,拿出小镜子开始化装。

一九

李家门外。

一辆小汽车停在路口。

林监督、张有济、姚雪芳三人坐在汽车里向翠芬招手。

张有济:"卡米(进来)!卡米(进来)!"

林监督:"请上来呀!"

翠芬迟疑地站在车外。

姚雪芳:"上来呀!我们等你好久啦!"

张有济:"来来来!请上来呀!"

翠芬终于上车。汽车驶去。

二〇

一家豪华的舞厅。

富丽堂皇的舞厅里,四周是圆桌茶座,中间的舞池是打蜡的地板,顶上是华丽的吊灯,彩条缤纷。这里人们正在举行化装联欢晚会。

厅里挂着一副"一九三二年忘年大会"的横幅。

情绪饱满的小乐队演奏着旋律悠扬、节奏轻快的探戈舞曲。

几对衣着讲究的先生女士正在翩翩起舞。先生们西装领带,头戴各式各样的花帽子、有尖领的,有锥形的,有圆筒的高礼帽。女士们佩戴项链、耳环,金光闪闪,有的穿着旗袍,有的穿着长裙,色彩鲜艳,艳美娇柔。

张有济戴一顶方格高筒礼帽,身穿笔挺的西装,和翠芬共坐一桌。

张有济举杯递酒给翠芬。翠芬摇头拒绝。他把酒送到自己嘴边,一饮而尽。

翠芬翻开张有济的袖口,焦急地看表。她惦记和钱国华的约会,一直心不在焉。

二一

戏院门口。

钱国华站在戏院门口,手拿戏票,不安地左顾右盼,望眼欲穿。

忽然,他面露喜色,向前急走几步。迎面过来一个身材很象翠芬的女子。钱国华失望地摇摇头。

行人在他面前匆匆走过。

钱国华仍引颈翘首以待,焦灼地自言自语:"怎么还不来呢?真是岂有此理。"

王瑞兰独自一人朝戏院走来,见钱国华站在门口,她高兴地:"是你吗?国华?就你一个人来的？我找了几个同事，都不在家。"

王瑞兰热情地拉着钱国华："好，我们进去吧！"

钱国华迟疑地："不……我还等等。"

王瑞兰不解地："你还等谁呀？"

钱国华欲言又止，皱着眉头："我不等了。也好，我们一块儿去看吧！"

说完挽着王瑞兰的手臂匆匆进入戏院。

二二

豪华的舞厅里。

欢快的音乐声。

一只化了装的大猴子，在舞池里表演节目，随着音乐的节拍跳舞，两手高举，翘着尾巴，左摇右摆十分有趣。参加舞会的男女在四周观看，他们又说又笑，鼓掌叫好，兴致勃勃。

又有一只化装的大公鸡进到舞厅中央，和猴子对舞，他们随着音乐的起伏动作，和谐而优美，引起观者的喝采。人们向他们散飘带、纸花。

大公鸡"咕、咕、咕——"向四周的人啼叫，好象在邀请他们跳舞。它在舞池中迈着合拍的舞步，不停地跳跃，彩带缠在它的脚上。

人们纷纷下池起舞。

舞会达到欢乐的高潮。

打击乐强烈的节奏。悠扬的乐曲。

人们兴尽而散。

二三

饭店的包房。

姚雪芳挽着林监督的手臂，头靠在他的肩上，轻浮地笑着。他们向舞厅旁边的包房走去。翠芬和张有济跟在他们的后面。

翠芬烦恼地愁眉不展。张有济不时地窥探翠芬的脸色。

林监督转身热情地："请到屋子里喝点儿茶，等会儿用车送你们回去。"

翠芬心神不安地："不啦，夜深啦，家里人等着呢。"

张有济急切地："不要紧。"

林监督："哎，不要紧哪！张先生屋里喝杯茶，等会儿送你们回去。"

姚雪芳走到翠芬面前，友好地："等会儿我和你一块儿回去好啦。"

张有济："是啊，现在只有一点半钟呢，要什么紧呐！"

说着四人进入客厅。

侍者摆好食品饮料退出。

姚雪芳随便地："来，这儿坐一会儿。不要紧的。来！"

张有济几乎是强制地："来来来！"又讨好地对翠芬，"李小姐，您瞧，这房间好不好哇?"

翠芬应付着:"嗯……"拉着姚雪芳的手臂拘谨地站着。

张有济递茶给她们。

张有济:"您来喝杯热茶,外边怪冷的。"指着椅子,"请坐吧!"

翠芬小心地坐下,仍然心事重重愁眉不展。

张有济凑近翠芬的脸,她立即将脸掉开。

张有济伸开双手:"为什么?大家好好玩一会儿不好吗,李小姐?"

此时,林监督与姚雪芳早已坐在近门口的长沙发上亲热起来。

张有济指着他们对翠芬:"你瞧,他们俩多么亲热。"

林监督一只手搂着姚雪芳的肩膀,一只手伸到姚雪芳的脖子里。姚雪芳放荡地笑着。

翠芬望了他们一眼,反感地扭过脸去。

翠芬严肃地:"张先生,对不起,我可实在要走啦。"说着站起来。

张有济也站起来,他拍着胸脯焦急地:"这是什么话呢?我这点儿面子都没有吗?"

林监督见二人闹僵了,走过来调解:"李小姐,这又何必呢?既来之则安之嘛!况且,张先生人品也很好,家财又有好几百万呢!李小姐,人生在世……嘿嘿。"

翠芬见他们居然软硬兼施,公开引诱,终于忍无可忍了。

翠芬:"林先生,您不能说这种话,你把我当成什么人?我是清白的良家女子啊!"

林监督嘲弄地:"哈哈,咱们谁不是清清白白的良家男子呢?哈——哈——"

姚雪芳过来挎着林监督的胳膊讨好地:"林,咱们走吧,也许因为咱们在这儿,他们俩人不好意思。他们俩的事,让他们自己去解决吧。"

翠芬睁大了惊恐的眼睛。

林监督:"对,你们俩的事儿,由你们俩自己去解决,我们走了。嘿嘿。"

林姚二人欲走。

翠芬上前一把拉住他们。

翠芬:"不行,你带我来的,你应该带我出去。"

林监督:"哎——哎,李小姐,他是经理的少爷,我想也够得上做你的一个朋友啦!要不然哪……"

翠芬:"要不然,要不然又怎么啦?"

林监督:"你得罪了他……"

翠芬:"得罪了他又怎么着?"

林监督:"哎——你是聪明人呀,你该知道喽!"

翠芬气愤地:"我知道,大不了辞退了我,打碎我的饭碗,是不是?"

张有济恼羞成怒地:"哎,一定要走?!那你明天就不必到公司去了!"

翠芬忍无可忍地:"好!不去就不去好啦!谁希罕!我是拿劳力来换金钱的,不能给你们这么样来欺负。你这么说,我明天就不干。"说完,夺门而出。

张有济:"哎,你别走啊,我们拿车子送你回去,哎——"

林监督追出屋外，见翠芬已无踪影，摊开双手，表示自己的失望。

林监督回屋后，见张有济和姚雪芳在沙发上亲热地并排坐着，他也在姚雪芳的另一边坐下来。

林监督对张有济说："你这个人哪，太急了一点，哎！"

张有济垂头丧气地："这女孩子真犟！"

林监督："可是你这花花公子的手段哪，还不够呢！"

他们俩人都讨好地去搂姚雪芳，姚雪芳夹在两者之间得意地吃吃笑着。（淡出）

二四

马路上。

寂静的除夕午夜。马路上空空荡荡。

传来急促的脚步声。翠芬正横穿马路急匆匆地回家。

二五

李家。

李母靠坐在床上，下身盖着被子。

翠芬坐在床边的椅子上，把头埋在母亲的怀里，伤心地哭泣。

李嫂站在翠芬背后安慰她。

翠芬："你们要我去，要我去受人家的欺侮……呜呜……"

李嫂："妹妹，这又何必呢！在现在这种世界上，管不了这么些的。辞了生意，明天的生活就……"

翠芬委曲地："你不能说这样的话，为生活不一定非受人家欺负的！受侮辱的生活，你……呜呜……"

翠芬哭得更伤心了。

李嫂："话也许是对的，可是缸里没有粮食，灶里没有柴火，象你哥哥似的一出门就……"

翠芬仍在哭着。

母亲心疼地用手抚摸着她的头发。

李母慈祥地："芬儿，你躺躺去吧，天快亮了，等明儿个跟杨小姐再商量！"

翠芬扯开窗帘，杨小姐家的灯黑着。

窗外灯火刚灭，朝阳正在升起。

她突然穿上大衣走出家门。

李母心疼地："翠芬，你上哪儿去呀？"

（**字幕**）满腔怨愤，惟对知己才足一吐。

二六

钱国华的公寓。

翠芬上楼，沿着门牌号，找到了十二号房门，果断地敲门。

"谁呀！"是一个女人的声音。

翠芬无限惊奇，她怀疑自己是否敲错了门，抬头看看，没错儿！是十二号房间。

翠芬站在门前迟疑片刻，但她想见钱国华的心切，只好下决心推开房门了。

钱国华身穿睡衣斜倚在床上，对面是王瑞兰，穿着旗袍，在床上半躺着，脚上没穿鞋袜，手拿一支烟，悠然地吐着白烟。

王瑞兰见翠芬进屋，毫无羞愧之意，反而面露得意之色。

钱国华感到很尴尬。

翠芬恼怒、痛苦，受了创伤的心本来是求知己安抚的，却又遭受到一次意外的沉痛打击。

翠芬一言不发，注视着他们。

翠芬毅然转身而去。

翠芬飞奔下楼。

钱国华欲去追翠芬，王瑞兰一把拉住他："你上哪儿呀？不许走！"

钱国华用力挣脱，急步走出门，追到楼梯口，想到自己穿着一身睡衣，只好停住。他大声喊着："翠芬——"

（**字幕**）翠芬在两重失意之下，只得去请教平日所钦佩而认为是会有办法的杨小姐。

二七

杨小姐的居室。

杨小姐与翠芬对坐圆桌旁。

翠芬伤心地低头在哭泣。

杨小姐在沉思。

杨小姐望望翠芬，起身走到她身边，安慰地："悲观是没有用的，消极更不是办法，人生的路本来是很艰难的。"

翠芬抬头，一双饱含热泪的眼睛，悲哀地："可是，这未免使得我太失望了！女子的职业，却原来是这么一回事！"

杨小姐感慨地："你别傻啦，什么女子职业、男女平等，现在的这种社会，根本就是骗人的话。恋爱嘛，那就更不用说了，那完全是建立在金钱上面的。"

她边说边走，绕到了翠芬身后，抚摸着她的肩膀，深沉地："李小姐，你要勇敢一点，要积极地去认识社会的缺点。"她指着窗外一片初春的景致，深情地，"你瞧，冬天已经过去啦，将来的世界一定是光明的。"

翠芬凝望着窗外的一派春色，含泪的眼睛里流露出希望的光芒。

她们渴望着光明的未来。

二八

培德百货公司门口。

翠芬走进培德公司的大门,很快又退出门外。

她低头考虑,最后还是鼓足了勇气,迈进了培德百货公司的大门。

(字幕)翠芬受了劝导,委曲求全再到公司去积极认识社会的缺点。

二九

培德公司大厅。

刚上班的店员们,有的布置柜台,有的整理货物,做开市前的准备。

翠芬进入大厅直奔中间的楼梯而去。

钱国华站在大厅的一侧,望见翠芬上楼的背影,内心愧疚,迟疑不决,终于追上楼去。

翠芬站在林监督办公室外,仍在犹豫。最后决心推门进去。

钱国华赶来,她已不见了。

三〇

林监督办公室。

林监督坐在沙发上。

翠芬开门低头走进。

翠芬慢慢走到林监督面前,默默流泪不语。

林监督从沙发上站起来。

翠芬慢声慢气地:"林先生,您能允许我再来这儿工作吗?"

林监督绽开胜利的笑脸,得意地摇晃着身子,冲翠芬撇一下,然后说:"既有今日,何必当初呢?对了,你前儿个晚上是太赌气了。现在你已经来了,很好,事情当然是好办了。不过,从今往后,你得听话一点儿才对呢!"

翠芬低垂着头,咬着嘴唇,尽量控制着自己的情绪说:"不过,还有一层,假如林先生能让我回来工作的话,那么,请您特别帮忙,允许我一件事。"

林监督:"什么事?"

翠芬恳求地:"请您还把我调回包装部去吧!"

林监督板起面孔:"那可不行!你要在这儿做事,一切都得听从命令。要不然你就不要想还在这儿吃饭。"

翠芬仔细掂量这些话的份量,充分领悟到其中的威胁成份,意识到,幻想他们改邪归正是不现实的。于是愤慨地说:"好!我明白了——一切都明白了!我决不相信除了受你们的侮弄之外女人就会没有生路的!"她用手指着林监督的脸,激动地,"你们这种人!"

林监督厉声地:"你敢!"

翠芬气愤地："哼！瞧着吧，你们的末日快到了。哼！"说罢愤然离去。

三一

培德公司的走廊里。

翠芬走出门来，余怒未消。

一直在门外等候她的钱国华悄悄走到她面前，歉疚地："翠芬，我已经忏悔了，请你原谅我吧！"

翠芬抬头望着他真诚的面孔，满怀辛酸地："国华，别说了。你也不必忏悔，我也不用原谅。我还得感谢你呢，是你教我知道了恋爱，知道了人生。"

钱国华先是羞愧地听着，继而激动地哭了起来。

翠芬："怎么啦？你哭了吗？太傻了！"

翠芬转身欲下楼，钱国华上前拦住她。

翠芬百感交集地："再见，我们一样还是朋友啊！"

翠芬毫无顾忌地走去。钱国华紧紧地跟在她后面，他们一先一后走过大厅。

厅里播放着动人的音乐。

众店员好奇地望着他们远去的背影。

翠芬走出大门。

钱国华迟疑了一下，停住步，痛苦地双手抱头返回厅内。

(**字幕**) 翠芬下了决心，要向黑暗的社会勇敢地挣扎。

三二

培德百货公司门外。

翠芬从培德公司走出来，在门前站住。停了片刻，她骄傲地昂起头，迈着坚毅的步伐，走向街头，投入人的洪流中去。

钱国华追出，扯掉胸前培德公司的工作证。向远处的翠芬追去，也投入人的洪流……

(王素萍根据影片整理)

春水情波

出品　明星影片公司，1933年
编导　郑正秋
摄影　颜鹤鸣
演员　胡　蝶　孙　敏　严月娴　胡　萍　王献斋

《春水情波》电影由郑正秋编剧。其电影本事由王乾白撰写，原载《明星》第1卷第1期（1933年5月1日）。

本　事

乾白

　　春水湖边，两岸夹着垂杨柳，风儿悠，波儿柔，幽静的大自然啊！该是多么够陶醉！"阿毛"这名字，的确是不美，但她并不因名字而影响到她自身的美。她在小溪渡头，洗濯着衣服，使这有诗意的画景，倒格外的生色。

　　从新大陆刚回来的唐树生，他的叔叔仲珊，是个放高利贷的专家。自知道树生回国消息，就很高兴，不单是仲珊自己，连唐家的仆人，也以为有这样一个从外国回来的毛——树生乳名——少爷，大可以赫扬一下。

　　树生虽然学的是新闻学，但内有官迷的财主叔叔，外有财迷的做官亲戚，那能以他的所学为社会用？一天到晚，混在有闲阶级里，自然不会放过在他家里拿工钱抵父债的使女阿毛了！在阿毛方面，她完全是个天真浑璞的女孩子，任什么她都不知道。她以为穿西装的毛少爷，不像老爷那样搭架子。他又是个贵人，贵人居然能赏脸，爱上一个低三下四的穷姑娘，心里面便生出了一种说不出的感激。

　　有一天，阿毛告假回家，树生追来要她游湖，说上了许多打动阿毛心情的话。这天夜里，又赶到阿毛家来，阿毛意想不到毛少爷会这样大胆，惊惧感激与另一种心情，使她觉得非牺牲成见，不足以酬答毛少爷的厚意。从这一晚以后，阿毛整个的身心，是完全贡献给树生了！

　　仲珊时常感到有"财"无"势"的人生，太没有趣味。可是当他的朋友祝有亮劝他投资，去开垦西北的时候，他却以为辅助农工不及运动做官，所以拒绝了。等到小政客刘子和说起胡孟容——也是他们的表亲——很得势时，他是决定牺牲金钱，请子和去运动，替树生和自己买官做。结果是孟容正在替章大帅物色能做中英文宣传文字的人才，因此他们叔侄俩去投奔税局督办胡孟容。

　　这时候，阿毛已经有了身孕，但在任何方面，树生总没有带她同去的可能。所以她尽管是和树生难舍难分，然而又有什么办法？幸得树生允许此后永远不忘记她，她才稍微安慰些。

孟容看到树生不俗，暗中又有条件，在大帅处就替他弄了个科长，又委他兼任自己总税局里的一等秘书；更替他叔叔弄了个分局长。树生做了官，最先的收获，就认识了交际花寒琼，彼此的热度，一天天的增高上去。但树生得陇望蜀，对于有财有势有容貌的孟容女儿胡美玉，又发生相当的企图。

阿毛自从树生去后，不久即产生一子。在顽固的乡间，没有结婚而生子，这是一件多么重大的事情！所以在阿毛未婚夫的家族中，以为非处置阿毛母子于死地，不足以严正家法！可怜阿毛自己虽不惜一死，但对这孩子——树生的孩子，是无论如何要保存着，将来交给树生。因此在族人将处置她时，她就带着孩子逃奔到祝有亮所办的育婴堂来。那孩子为了受寒受惊动，竟死在育婴堂中。有亮只好带她随同垦殖团北上。路过树生任所，又作书让她去找树生。但是树生因羡慕美玉的高贵，已经和美玉结婚了。

寒琼为美玉把树生夺去，一直是非常忌妒，总想得机报复。等到树生有了厌倦美玉的时候，又向树生百般勾引。树生因不愿再做美玉的脂粉奴隶，就继续和寒琼打得火热。阿毛拿信寻到树生的办公处，正遇树生在外游园，以致阿毛失望而去。不料呜的一声，一辆汽车从对面驶来，车上不是坐着树生吗？但另外还有女人。阿毛也顾不了什么的追上来。可怜树生尽管是认识阿毛，然而当着美玉的面前，怎敢相认！唐太太误会她是个女丐，给了她四毛小洋。但阿毛是伤心极了，同时她也明白了一切！

胆大而有手段的寒琼，竟将自己和树生的情形，对美玉说明。这在寒琼，自然是报复的表现；可是美玉却中了寒琼的计策，而和树生离婚。

树生离开了美玉，他不敢再接近寒琼，他觉悟到这些摩登女子，都是骄傲、虚伪、欺骗、淫荡……的混合物，简直是些魔鬼！绝对不会有阿毛那样的天真诚挚。他决计要去找到阿毛。但是阿毛在失意之下，正随着垦殖团出发，见了树生，痛痛快快给他一个报复。那知道人心大快的时候，又来了济南发生惨案的消息，给大众以无穷的幽愤。

前　程

出品　明星影片公司，1933年
编剧　夏　衍
导演　张石川　程步高
演员　宣景琳　孙　敏　朱秋痕　顾梅君　胡　萍　萧　英

《前程》电影由夏衍编剧。其电影本事由王乾白撰写，原载《明星》第1卷第2期（1933年6月1日）。

本　事

乾白

苏兰英——一个红女伶，她已厌倦风尘，演毕了她的临别纪念最后一剧，坐到化妆室中，卸去铅粉。虽然自己是决意摆脱此种生活，然而也不无有所留恋。她的伙伴冯纫秋是很了解她的私衷，可是她的琴师，她的舞台经理，是感到失去一个可以利用的对象！

姚君杰虽然不是资本家，但他有自立的技能，尤其是他有足以对某一部人可以骄傲，就是他能取得兰英的爱情。他们要结成终身的伴侣，所以她才辍演。

站在有钱与有闲阶级的周宝之，他也是"捧苏"的一个。他虽同样的不满于兰英的下嫁，但他没有权威得以阻止她！

兰英和君杰的结合，本来不在物质的享受。尽管他们婚后，他很忙于工作，她也很忙于工作；但躯体的辛苦，无论如何，征服不了精神的愉快。

君杰病了，而且延缠差不多到三个月光景。遵照医生的诊嘱，迁到一个海滨的疗养院去休养。不过在经济方面，她是受到莫大的压迫。同时她更不敢把这足以愁烦的消息告诉他，在她是更痛苦了。

一个人在愁急危困时候的行动，往往会等不及一再的考虑，所以兰英当付不出医院诊费时，会去和宝之商量经济的通融。宝之对兰英本是有野心的，所以一方面是接济她，一方面却又要挟她。可怜她已变成一只无抵抗的羔羊！

"病魔退却后，官运又亨通。"君杰出了医院，得到友人的介绍，混入政界。居移气，养移体，君杰现在的人生观好像是转变到另一个世界里去，对于漂亮的女秘书以及交际花潘雪芬，都会有不言而喻的企图。

为招待总长和夫人，君杰特举行盛大的跳舞会。在这灯红酒绿的欢靡之夜，兰英看到总长夫人和雪芬以及一切的摩登太太小姐们，个个都是青春少艾。在相形之下，已经感到自己是渐渐老了。尤其是君杰和雪芬的谈话情形，似乎君杰也是在追寻少女。

这重大的悲哀，简直占据了兰英的整个心灵。

同时宝之对于兰英，还没有放弃他的追逐工作，借着兰英曾经向他借款，不断的和她纠缠。兰英不得已赴宝之的约会而到旅馆去，却又被雪芬看见。也许是雪芬告诉了君杰，所以君杰等到兰英回得家来，是用严厉的态度对待她。的确，他现在是做了官了，做官的人，是多么爱惜名誉！他终于是骂她，打她，甚而至于驱逐她。尽管兰英是百般的解释，然而得不到他的同情。但兰英觉悟了，她知道她不该单做一个贤妻，她要去做一个人，要去创造新生活，尝试真正"人"的意味。她把从前因他而受周宝之要挟的信件给他看，她不过是想表明自己的心迹，而绝不是想借此再和他妥协。

"苏兰英重行登台"的大广告，占据了报纸的封面。虽然她的包银是比从前减少，但她是不再依靠男子，是用自己的力量去开辟自己的前程。

现代一女性

出品　明星影片公司，1933年

编剧　艾　霞

导演　李萍倩

摄影　周诗穆

演员　艾　霞　孙　敏　徐莘园　唐月清　谢云舫

《现代一女性》电影由艾霞编剧。其电影本事为艾霞撰写，原载《明星》第1卷第2期（1933年6月1日）。

本　事

艾霞

　　上海的夜，一个淫嚣的梦。

　　人，一大群，男，女。炉火，烟，昏乱的一室。"今朝有酒今朝醉"，乐吧，这世界是你们的。

　　萄萄，联合地产公司的职员，摩登的女性。小鸽子，聪明，美，泼剌。可是她患着流行的时代病，她要求刺激，用爱情的刺激来填补空虚的心。偶然的邂逅，爱了一个男人，三年前她相识的，新闻记者，余冷。

　　星期日。有闲有钱的狂欢，乐。穷的忙的，忙着愁着。热心的姑娘们趁着假日给工人子弟上课。萄萄小姐，今天约朋友在红村酒家聚餐。低斟，浅酌，陶醉的客，忘忧的笑，满座是年青的贵客，余冷也在内，当然。

　　刺激要强，爱要澈底，萄萄明白这个，凑个机会向余冷坦白地透示了自己的心迹。他是结过婚的，并且爱他的妻，他踌躇了；但是没关系，她不在乎。彼此尽有着余闲的青春，谈恋爱是最好的玩意。

　　恋爱，恋爱，爱着吧！荡湖，游公园，爱的功课一样都少不了，让爱的甜酒醉了，也不辞。萄萄是澈底的，为了一心一意爱余冷，对于拼命向她追求的联合地产公司经理老史的进攻也拒绝了。可是余冷心里还有着不如意，谈恋爱是要钱的，当记者，薪水的收入不够化；何况家里的老婆玉如又来了信：孩子小宝病了，钱！

　　老史心里老不高兴。既然拒绝进攻，留着干么！有能耐没事做的人多着呢，办事怕没人？滚，滚你的：一封退职书就从联合地产公司到了萄萄的手里。

　　小宝的病不轻，依了医生的嘱咐，玉如带着孩子到了上海。这一下余冷可累了！孩子的病，要医；爱人的烦恼，要安慰；为了生活，要工作；人忙得分不开，钱尽从手里加快的溜，来的可没有。这一下他可真累了！

岂但他？萄萄近来也感着窘。一个新的经验告诉她：不只是生活，恋爱没钱也不行。那里来的钱呢？不容易！想想看，想想看，哦，有计较了？打个电话找老史去……

从老史的旅馆里出来，老史在某一方面满足了，她在经济上面也满足了。不但她们，余冷也得到了萄萄的帮助，也有一半的满足了。她怎么有能力帮助他？他没想。

意外的事还要发生：余冷的孩子大宝又摔伤了，死了。接着报馆又把他停了职。他愁，可不怨，为什么要停职他明白，职务的荒废，话该！但首先把这消息带给了萄萄时，她却说："不要紧，也不用告诉妻子，每天上我这儿来办公好了。"生活费？她有她的办法。

好，干脆！现在时间，空间，尽生命所有的，都可以献给恋爱了。萄萄小姐要新的刺激，决定要和他离开上海旅行去。——这晚上，她又找着了老史。第二天清晨从老史那里出来的时候，皮袋里多了四千元的支票；连老史也不知道的，没法的办法中所得来的钱。

可是，旅行的还没有出发，床上的人可醒了：他发觉了他的损失。只要爷们心里愿在女人身上化几个钱不心疼，你顾自己拿可不行。萄萄这样就是犯——是的，犯了法！法律是只许富人用文明的方法来抓钱，不许谁"非法"地拿富人的钱的。于是，隔日的报上就用新奇的标题把这事登出来了。

余冷知道了这件事，奇怪，他恨透了萄萄！这行为是不对的，他这样想。何况意外的事，还要发生：他的妻子发现了他另外的恋爱了秘密，离开他走了，正在这个时候。——恋爱，完了；老婆，走了；颓废，耽乐，他，沉沦了。

在牢监里，永远隔在两个世界里的人却碰了头，萄萄巧巧的遇见了她的老朋安琳。——这姑娘，有着前进的思想，革命的虔心。革命有时候也是"犯法"的，她会和萄萄凑在一起。有一个过去了的时期，她辛苦在教工人子弟读书的时候，萄萄恋爱正闹得起劲，她劝萄萄不要把整个生命都托付恋爱，萄萄没有听。虽然如今大家都"犯法"了，她还老劝着她，这些话。

一天，两天，一个月，两个月。时间是冷酷的刽子手，它杀死了多少人的幻想，用一柄锋利的，现实的刀。萄萄小姐如今也感得爱的空虚了：自己"犯法"是为了谁？余冷也不谅解这个，你想想，这恋爱！

一天，两天，一个月，两个月……一年。

萄萄小姐出狱了。安琳说："去吧，不要忘记了自己的使命！"——走了，巧！在门口她遇着了新闻：男犯当中的一个，在担水，面善得很。"怎么他也来了？"对！可不是他？——余冷！

可是，走，头也不回，她走了。她是出了狱，恋爱的牢笼再也囚不住她了；前面有的是光明的路，走，海阔天空。如今的萄萄已不是从前的萄萄了！

健 美 之 路

出品　明星影片公司，1933年

编剧　王乾白

导演　陈铿然

摄影　严秉衡

演员　徐琴芳　郑小秋　徐莘园　严工上　谢云卿

《健美之路》电影由王乾白编剧。其电影本事为王乾白所作，原载《明星》第1卷第2期（1933年6月1日）。

本　事

乾白

一个江湖卖艺的班子，为了生活的鞭策，带着笨重的车辆，满载着献艺的男女和道具，在历辛经苦的到各地去表演。

不得不忘记了自己立场的小丑，尽管他是很卖力的在表演着；但在一般为欣赏叶飞飞的色艺而来的观众，是感到一种乏味，因此空气中有些不静。班主——飞飞的父亲——看到这情形，知道是应该用什么方法来维持这场面，于是催飞飞赶快的出来表演。可是飞飞这时候，她正在不适意，她很想能够休息下去，但她终于不能不扶病登场。不关痛痒的观众，看了她表演一个，继续要求再来一个，她是很诚恳的辞谢了。她的举动，除了少年韩韵声能够了解她、可怜她以外，谁都不能同情。尤其是她的父亲，以为她得罪了看客，简直是和自己的生活过不去，所以是很严厉的责备她。幸亏韵声为关怀她的病状，无意闯入而解了她的围，并介绍她免费去就医。

韵声的父亲，发现他时常深夜回来；尤其是他的岳父黄泽人来信催着快点办喜事，所以是很责备韵声不该在外面流荡。可是韵声尽管受责，但他还是不断的和飞飞来往。接近既久，彼此是有了相当的感情，他知道了她从前的一切——

她们班子的规矩，向来是养女不外嫁，赘婿一同表演。当初飞飞和她的母亲外祖母，三代同时在北方某处卖艺，收入非常丰富，因此引起匪盗的觊觎。在某一个夜间，竟相约往她们家里去抢劫。飞飞的外祖母，仗着会点武艺，人老心不老的单独抵抗，不幸是为匪人所杀了。

自从飞飞的外祖母死后，她的母亲仍旧带着她到各处表演。有一次在某地卖献，不幸又遇到一个土豪赵天雄。他看中了飞飞，要想纳飞飞为妾，就派了他的爪牙来和班主接洽。飞飞和父亲那能做主，飞飞的母亲大为反对，天雄在恨怒之下，遂买通班中的贪利之徒，谋害飞飞的母亲。飞飞和她的父亲，虽明知道这次事情是天雄的主动，但是他的势力雄厚，实在奈何他不得。倘再延留下去，也许还要有其他的问题，所以是一走了之。

飞飞对于她的生涯，很为伤感，以为就是在极盛的时代，还是要受人的压迫，受人的支配，实在太没有趣味。但是韵声是以为做一行总会怨一行的，同时他对于这含有浪漫色彩的流浪生活，是感到别有风味。

"飞飞！你不要消极。凡是人，都该积极的去和环境奋斗，不要被环境屈服才好！"

同情与感激，倾慕与共鸣，牵动了他和她的情丝，燃烧起青春之火，彼此是走了爱的途程。韵声是请求飞飞允许作他的终身伴侣。

韵声的岳父黄泽人正式和韵声的父亲当面交涉，请他早些办理韵声的婚事，但韵声坚决的反对。在两重严责之下，韵声是到飞飞处，一吐胸中的积愤。可是当韵声在飞飞的劝慰之后，他的父亲忽然追到这儿，无意中说出韵声已经定婚的话。飞飞大为失望，且极难过，以为韵声也是和一般不可靠的青年一样。尽管从前他曾说过许多别人所没说过的话，现在知道这完全是他的一种手段，因此也很愤怒。韵声坚决表示绝不迁就作买卖中的交易品！

韵声对他母亲说明自己和飞飞的爱好，倘家庭不容纳，简直是剥夺他此后在家庭方面的幸福。那末，他不如爽快的脱离家庭去度那孤独生活，也许还可以有相当的收获。这在年老而崇拜偶像的韵声的母亲，怎能放任这唯一的儿子脱离家庭。韵声经了这样的奋斗，总算退了黄家的婚，而娶了飞飞。

班主未尝不知道飞飞嫁后，他们班子是要受到影响。然而他自己是为着飞飞已经厌倦这种生活，借此可以成全她的爱情，使她的生活，能够安定。其实飞飞平日是一个很活泼的人，习惯上已养成她的好动不好静的性情。可是韩氏的家庭，完全被旧礼节所笼罩，使得飞飞动辄得咎。韵声的母亲，本来对飞飞并没有什么十二分的恶感；只不过是因为韵声有了飞飞，好像他对自己要疏远些，于是迁怒到飞飞身上，时常借故责斥飞飞。倘是韵声稍微有点袒护飞飞的色彩，就连韵声一同责骂。

班主患病，生活已很困难，那里有钱去医治。小丑跑来告诉飞飞，言外之意，倘使飞飞不嫁，大家决不会受到这样痛苦。可是飞飞绝不愿再走上旧路，所以帮助一些小款，叫他赶紧替她父亲诊病。这事又给韵声的母亲知道，责她不该私贴娘家；况且韵声既未自立，还是要靠父母养活他，养活妻子，那末飞飞怎能用上人的钱去贴娘家呢！飞飞是忍气受着，韵声也感到自己不能自立，连累得飞飞要受这样的委屈，所以也很是痛苦的。

韵声的父亲寿辰，韩家大宴宾客，杂耍纷陈。来宾的当中，有人知道飞飞从前的出身，所以要求飞飞来表演一套。这在提议者也许是出于无心，然而在飞飞却不能不认为是一个莫大的侮辱！可是当着许多人的面前，又不敢不免强敷衍，一个之后还要来一个，这是从何说起！

——从前是为了生活，不得不登台表演，现在是为什么？这不是侮辱是什么？侮辱的生活，怎能忍受下去！

飞飞的确是非常伤痛。韵声起初是劝慰她，后来他也觉悟了：与其让她供几个人的娱乐，不如去娱乐大众；自己加入她们一起，也可以用自己的力量，去解决自己的生活。

韵声于是加入共同表演。可是他们现在所表演的节目，不是提倡体育，就是启发民智，都含有教育的意义。使观众在娱乐的当中，既感到趣味，又得到益处，他和她是忘记从前的一切。

姊姊的悲剧

出品　明星影片公司，1933 年

监制　张石川

编剧　胡　萍

导演　高梨痕　王吉亭

摄影　严秉衡

演员　胡　萍　王梦石　郑小秋　龚稼农　顾梅君　谢云卿　王征信　赵　丹
朱秋痕　徐莘园　王献斋　萧　英

《姊姊的悲剧》电影由胡萍编剧。其电影本事为胡萍所作，原载《明星》第 1 卷第 3 期（1933 年 7 月 1 日）。

本　事

胡萍

孟大忠，是一个破落农村中的老农。他有两儿子——长的是庆生，次的是应生，和一个女儿玉英。在这个年头，水旱兵灾一阵阵地向农村袭击，丝价又跌落，地租杂税更是农民的催命符。庆生便是地租下的牺牲品，被那地主汪瑞麟逼迫坐监而死在牢狱中的。老迈的大忠，经不起这种打击，也就在病中神经错乱的倒在河里溺毙了。

农村站不住，玉英和应生流入都市来了。只是不幸得很，又遇到工厂发生工潮，应生被认定是这事件的中心人物，让军警捉了去；同时玉英也被厂方开除了。工友们热情的接济，总救不了生活所给予玉英的鞭笞，她变成舞女的佣人。为了救济在牢狱中的应生，又从舞女佣人而变成了舞女。

在舞场中，她起初结识一位大学生莫新；后来又拉上一位阔少爷汪幼麟。同时，还有舞场的音乐师王乐之，也是恋她的一个。在这四角的情形之下，当然免不了的一场醋海风波。在一切都商品化的社会中，男女的关系除了金钱以外，还有什么呢？除了荷包充足的富人们外，谁有能力购买这人肉商品呢？像音乐师的王乐之和穷小子的莫新，是别想在情场获到胜利的。为着要把弟弟救出囹圄的玉英，便和幼麟同居了。

幼麟把玉英弄上手之后，便觉得平凡，热爱的高潮已经随夕阳西降了。现在又爱上一个女伶，"秋扇见捐"，玉英又被他抛弃了，更将她当物品似的送给一个狰狞可怕的军阀作妾。

到此时，她已走到人生的尽头，她从她的弟弟，晓得幼麟是——杀死她的哥哥，害死她的父亲的——汪瑞麟的儿子，她的愤恨达到了白热化。她回顾着旧恨，她深味着新仇,于是,她坚决的起了杀心。

　　终于在一个夜阑人静的时候,她乘幼麟在烂醉中,想报复她往日的深仇。她找应生去,应生告诉她,这不是根本的办法,个人行动是无效果的。尽管她杀人未成,然而法律是最公平的,她于是又被捉了。

母 与 子

出品　明星影片公司，1933 年
编剧　于定勋
导演　汤　杰
摄影　王士珍
演员　宣景琳　朱秋痕　龚稼农　郑小秋　王征信

《母与子》电影由于定勋编剧。其电影本事由王乾白撰写，原载《明星》第 1 卷第 3 期（1933 年 7 月 1 日）。

本　事

乾白

何文超挟着美艳的妻子林晴云，与三岁的龙儿，到升平书场来消遣有闲的岁月。可是书场的名字虽是"升平"，实际上却不太平。陡然的全场电灯忽然息了，人声自然要嘈杂起来，像是有什么意外的变动。等到电灯再恢复光明的时候，晴云和龙儿，已不知去向。这真使文超要惊急得不知该怎样是好。

晴云在没有和文超结婚以前，有一个情人孔令武，已经口头上订过婚约。只因令武不务正业，被判处徒刑，所以她才会和文超结婚。现在令武刑满出狱，所以从书场里把晴云劫来，要她履行旧约；更借龙儿来要挟她，可怜她只得为龙儿而牺牲了！

"近朱者赤，近墨者黑"，环境对于儿童，该是有多么大的影响啊！七岁的龙儿，只为他每天和孔令武、王天胜一班人在厮混，现在是变得非常的残暴，常指着他母亲——晴云——脸上的一颗痣说："假使要生在别人的脸上，他一定要拿它做打枪瞄准的目标来练习！"

法律是伟大的，令武的不正行为，终于难逃法网。在一天夜里，他是被捕警所击毙了。龙儿，亏得王天胜挟着逃走，可是晴云是被捕了。但她这时已怀着身孕，等到生产一个女孩以后，还得要遵照判决入狱去执行徒刑。孩子是送到育婴堂去寄养。

十八年的牢狱生涯，总算被晴云忍耐的过去。出得狱来，第一件要紧的事，就是到育婴堂去看视那唯一的女孩。可是她跑到育婴堂，只知道她那小云，是已被人领去；但究竟是被谁领去，可不知晓。这该是多么够焦急啊！所以她在夜晚间，又去偷视那育婴堂的簿册。尽管她已知道了小云是被何文超领去，但她是被答而脸上又多了一条伤疤。

晴云想去和文超说明，借以去看视她的女儿。但她没有这样的勇气，所以她设法混到何家去帮佣。这时候小云已经改名叫忆云。文超对于晴云往日的情爱，仍旧是系念不已;这叫身当其境而不敢说明的晴云,又是多么的伤痛啊!

忆云有男友王公达,两情缱绻,终于订婚。在盛大的订婚宴上,晴云看到公达手上所戴的戒指,陡然的想起一件事来——

有一天,她还在狱中,忽然有一个少年,面目虽然没有看得清楚,可是他那手上的戒指,是看得明明白白。他送了一包点心给另一个女犯。她从那女犯口中知道他是那女犯的丈夫。可是那女犯吃了他所送的点心以后,竟死在狱中。

晴云想到这件事,而公达手上所戴的戒指,正是狱中所看见的那只戒指。难道说忆云的未来夫婿王公达,就是曾经毒杀妻子的恶少年吗?这样的一个忆念,竟使她立刻晕倒地上。

宾客散后,忆云来看她自己不知道的生母;不过在晴云又哪里能把自己晕倒的原因说明,只好欲言不语的探询公达的家庭状况。在热恋正深的忆云,自然是极力的称赞公达。可是她越是夸许他,不知怎么晴云越认定公达是那恶少年。所以从忆云口知道公达的寓处,于是在当夜偷了文超的手枪,化装找到公达的地方,对准公达,就是一枪。在已受到一枪的王公达,他究竟是一个男子,勉力的扑上前来,捉住晴云。两人互扭起来,无意的碰落晴云的帽子,那一颗痣,赫然的呈现在公达的目中。

"妈!"

这样的一声,真使晴云出乎意料之外,谁知道王公达就是自己亲生的儿子龙儿呢?但是转想到,这样一来,他可以不和忆云结婚了,所以说:

"龙儿!我杀了你的生命,却救了你的灵魂!"

春 潮

出品　亨生影片公司，1933 年
编剧　蔡楚生
导演　郑应时
摄影　颜鹤鸣
演员　高占非　王人美　李　丽　袁丛美　尚冠武　裘逸苇　许曼丽

《春潮》电影由蔡楚生编剧。其电影本事无署名，原载《电影画报》第 1 期（1933 年 7 月 1 日）。

本　事

少年工程师张国华（高占非饰），在上海遇见他的表妹严玉瑛（王人美饰），知道她订婚，正感着失望，她来告白了自己的爱情，要他帮他解除婚约。她的未婚夫林云（袁丛美饰）知道她不可强，也允许了解约，只要求她偿还数年来供给她用的钱财。国华答应卖掉天津的地产，来代她偿还这笔债务。

不料，国华在经售地产中，作了荡妇金媚梨（李丽饰）的情房。玉瑛虽得了这不祥的消息，但她对于他信爱终不少变。母亲的不满，林云的逼债，使她不得不自己赴天津去访国华。谁料她被媚梨用人推下雪地时，国华却正和媚梨度着享乐的淫靡生活。

数月的狂欢，使国华的体力渐渐地孱弱了。媚梨已经对他感到厌倦，而另找新的享乐对象。国华不得不在新欢的巨掌之下，被摈弃到门外。

玉瑛回家后，过度的操劳，心的创痛，使她病倒了。林云偕法警来查封她的房屋，与国华因刺杀媚梨入狱判决无期徒刑的消息刊载于报端时，玉瑛已随着凄凉的情歌而奄然香消玉殒了。

东北二女子

出品　天一影片公司，1932年

编剧　苏　怡

导演　李萍倩

演员　胡　珊　陆丽霞　马陋芬　魏鹏飞

《东北二女子》（一名《战地二孤女》）电影由苏怡编剧。其电影本事署名王翠娥，原载《梅讯》第58期（1933年7月）。

本　　事[1]

王翠娥

　　雪梅，是一个富家女子，富爱国心，家住沈阳城中，肄业于某中学。父亲因没有儿子，所以把她爱如掌上明珠。

　　一天，就是九月十八日，晚上十一时，雪梅在睡梦中忽然听见如联珠般的机关枪声。她的父亲母亲也醒了，一家人都慌着了，连忙逃出门口，东西一件也不及携带。半途中她的母亲忽然中弹倒毙，同时她的父亲，也因救了一个被难的女子伤了性命。

　　那女子名叫陈荔英，是无父无母的孤女。她见救她的恩人死了，又见雪梅抱着父尸大哭，心中真有说不出的悲哀。但此时大队日军如潮而至，只得各自逃生。

　　后来荔英逃到上海姑母家中。她的中表哥名叫李志远，在上海医科大学念书。一天傍晚，志远正在宿舍中看书，忽听得一种凄惨的歌声，自远而近。推窗一望，只见一个穿着素衣的卖唱女子，姗姗而来。志远见了，连忙叫她进来问道："你为什么要卖唱？"那女子说："我是从沈阳逃出来的，没有钱，所以卖唱！"说着就拿了一个折子，对志远说，请你点吧。志远见折上都是些爱国的歌曲，就问："这是谁做的？"她道："是我自己做的。"志远见她有这样的学问，就介绍她在某小学当教员。这女子是谁呢？就是雪梅。"一·二八"战事又爆发了，志远一家人组织了一个救护队救护伤兵。可怜受伤的勇士们，卧在医院中，有的已断了臂，有的已断了足，还在闹着要到前线去。

　　那时雪梅到那里去了呢？她自沪变以后，也加入救护队，很勇敢的在战场上救护伤兵。有一次忽然手上中了流弹，便倒地了。同伴们把她扶进医院，在无意中遇见了志远和荔英，大家都惊奇了一会，相与报告别后种种。雪梅住院数日，手已好些，就和荔英一同加入了义勇军。

　　唉！可怜这两个孤女，尝遍了千辛万苦，到何时才休呢？

---

[1]　原为句读。

残 春

出品　明星影片公司，1933 年
导演　张石川
编剧　姚苏凤
摄影　董克毅
置景　董天涯
演员　徐　来　郑小秋　龚稼农　孙　敏　许　良　萧　英　朱秋痕　高逸安　顾梅君

《残春》电影由姚苏凤编剧。其电影本事为王乾白撰写，原载《明星》第 1 卷第 4 期（1933 年 8 月 1 日）。电影小说为姚苏凤所作，原载《申报·电影专刊》（1933 年 10 月 1～4 日）。

本　事

乾白

金梅丽小姐，既有财，又有貌，聪明活泼，浪漫风流——是一个摩登化的少女。在恼人的天气，弹罢钢琴之后，自然是不情愿去跟那有胡子的老先生，读那古老而无兴趣的国文了。

她的表兄陆思德，是春申大学的学生，平日很醉心这位表妹。恰巧春申大学举行科学成绩展览会，所以他特为拿了入场券来，想约梅丽去参观，借此希望能够增多一个接近她的机会。

科学展览会确实也引不起她的兴趣，尽管是思德在旁边极力的献殷勤，梅丽还是感到相当的乏味。可是在她看到大学女生生活的悠闲的时候，她又好奇地动了也来进学校的心，思德自然是极力的赞成。

进了春申大学不久，她的一切，已经获得了校花的荣誉，因此追逐她的男同学，也就日渐其多。足球健将赵成俊，有着壮美的躯体，自然容易使摩登的小姐倾心。所以短短的认识时期，梅丽和成俊已经是情投意合，而至于定婚结婚。

梅丽尽管已和成俊结婚，可是她自由行动的交际，成俊当然无法干涉，因此她又认识了一个拆白少年叶少平。在少平之所以和梅丽要好，是想人财两得。尤其是注意她的财，哄骗引诱，使得梅丽觉得少平是比较成俊会服伺女人。有这样一个观念，处处感到自己嫁给成俊的不满意。最初是口头上冲突，后来竟决裂以致和成俊离婚。

梅丽和少平开始同居了。在她是想一双两好，继续的过着爱的生活。可是在他不过是觊觎她的财，他自还另有恋人。从她处所骗来钱，又用到别处去。有一次梅丽竟发现少平和另一女子在一起,这不由不使她有些气愤。质问了少平几句,反而受到他的讽辱。心高气傲的梅丽,怎能忍受下去,于是不得不回到家来,打主意对付少平。这时候思德对她,仍未忘情。为了要讨好她,就介绍他的朋友王守中律师,来替她办理这事。

思德陪着梅丽来和守中谈话,守中答应来处理这件事,可是叮嘱梅丽从此不要和少平会面。梅丽看到守中的态度潇洒,自然是满口答应,并且要约守中去晚餐,却被他婉言辞谢了。

接到了少平悔过信的梅丽,薄弱的意志,又被他感动,竟忘记了守中的叮嘱,又去会晤少平。在她想,此去准备命少平办个最后的交涉。但是少平那里是些微款子可以满足的?老羞成怒之后,竟要挟梅丽签出三万元的借据。正在危急的时候,思德因为看见少平的信,所以也追踪而来。可是等到思德扣门进来时,少平已将梅丽藏之别室,使思德不得要领,终于退出房来。但思德看到沙发上的梅丽的钱袋,又决定梅丽是在这儿,无了主意,忙着打电话给守中求救。守中接到电话,立时赶来,总算解了梅丽的危,把少平一班敲诈犯徒送到公安局去。

从此梅丽对于守中,更外感激,爱之也更深。思德是不断的进攻,终于向梅丽求婚。这时候梅丽已一心贯注在守中身上,自然是拒绝了思德。但是守中是一个有妇之夫,而且又有了孩子。在当初守中之所以替梅丽出力,在他完全是职业上的责任,并无其他非分之想。随后之所以和梅丽接近,也是想引导她走入正轨。等到梅丽对他示爱,他是有些出乎意外,他是爱自己妻子的。他尽管不反对离婚,但他不能因梅丽而来和自己妻子离婚。

在这时候的梅丽,她已完全将爱情要供献给守中。她想以她所应得的遗产,完全交给守中,作为他和妻子离婚后,付给他妻子的赡养费。但爱情不一定是金钱可购买的,守中终于是坚决的拒绝她。

经了这样的打击,梅丽是感到莫大的痛苦,准备为情牺牲了。等到守中接到电话赶来的时候,她已经是只有奄奄一息了,倒在他的怀中,断续的说:

"守中!你答应我吗?"

但,守中是只有摇头叹息。

电影小说

姚苏凤

对于一个闲适惯了的小姐,那些沉闷的教课书就像是丑恶的魔鬼;还是弄弄钢琴吧,乐谱上的美丽的歌辞,敲奏出骀荡的声音。

梅丽自己也觉着爱娇得可喜:镜里的容颜,像花——一朵小小的月季花——粉是嫩白,脂是柔红。

除了陶醉以外是忘怀了一切。国文教师的到来对于她只是惹起了一种厌恶。她笑着说"病了"。——已经是第三天,她用惯了这两个字的术语。

可是他的爸爸有些不高兴了，当他知道了以后。

梅丽却直截爽快地说："我不要读那捞什子的国文，那老头儿怪讨厌的。就是教的先生也叫我看了头痛！"

她撇着嘴。她的爸爸只是皱着眉头。

"你老是那么样！女孩子读什么书？我们又不要她去考状元。"妈妈还给她辩着。于是爸爸就没有话说了。

为了在春申大学里读书的表兄陆思德的邀约，梅丽在一种好奇心之下去参与了他们学校里的科学成绩展览会。事先她问过了："有没有跳舞？"虽然这个问题的回答给与她以失望，而她所得到的比较满意的消息是有着电影可看。

可是最先送入她眼睛里的只是些标本仪器，这许多停滞在桌子上和墙壁上的东西实在不是梅丽所喜欢的——不但不喜欢而且厌倦了——她身体在会场中移动而眼睛望窗子外搜索。

一角活跃的情景开始给与她的新的刺激。那是球场上一群姑娘们的篮球比赛。梅丽说："那边去看看吧！这里可没趣。"

这是埃田乐园似的青春之宫阙，到处跳荡着美丽的逗人的风光。当梅丽走过女生宿舍的时候，她望见了楼头的景象而有动于中了。

——她开始感觉到自己的寂寥，她开始觉得生活的单纯，她开始觉得这学校是一个很可以娱乐的地方。

回家以后，她终于得到了她的爸爸的同意而投入了春申大学去。

小姐，女学生，皇后——她成功的三部曲。

求学是游戏似地，在这学校里她所获得的一切就只是恋爱的成功——足球健将赵成俊就是她的俘虏，而倪倪地窥伺了好久的她的表兄陆思德终于失望。

婚姻的开始就是她求学的结束。丈夫就是她的厮仆。

可是，所谓恋爱，所谓婚姻，当新鲜的变为陈旧的以后，再也不能维持她的趣味了。只三个月的光阴，她的家庭生活就成为剩余的东西。

夜，陶醉着，浪游着。在骄奢淫佚的糜烂的生活中过度着，除了自己的享乐以外是什么都不知道。

等魔鬼爬上了她的身子，丈夫就成为一个厌物。当她认识了那个叶少平以后，她只觉得在她丈夫那里所缺乏的东西现在是可以取偿于另外一个人了。——服从，殷勤，温柔……这一切全是姑娘们所喜欢的男人们的美德。

进攻，挑拨，她把握不住了。对于丈夫的处置，就是一封离婚的律师信。

是飞出了牢笼？是飞入了牢笼？

钱，水一般流泻，可是她愿意。有钱的人化钱去享乐，永不会知道值得不值得。然而少平对于她的服从，殷勤，温柔……原是为了钱。她现在是成为少平的"生财之道"了，可是她不知道，她也说是"恋爱"。

她们出入于都会的销金窟里，在开始的时候是并不曾感觉到任何的缺陷。不过，当一些秘密一朝被揭破，这建筑在"欲"字上的相互的爱好就扯了个粉碎。

懊悔，堕下热泪，这是弱者；愤恨，伸出拳头，这是强者。破了脸，那一切的服从，殷勤，温柔……就整个的变为狞恶的吞噬。

——这是报纸上的社会新闻里的新材料啊！

她悯然地回到家中来，用眼泪陈诉在她妈妈的面前。

妈妈原谅她，爸爸却责骂她，但妈妈是终于得到胜利的。

"女孩子在外边受了冤屈，你也没有什么面子！现在她回来了，你倒还要使她难受！"她的妈妈为她辩护，爸爸就又没话可说了。

可是事情没有了结啊，恰巧思德到来，介绍了一个王守中律师。王律师说事情容易办，使她放下了心。但新的发现又在她心头燃起了炽热的情思，她又突然地觉得这王律师是她从没有见过的一个男性的典型。

脉脉地，她不能说，她好像是会心地微笑着。

少平的信偏又来了。向她卑辞地求恕，又约她重相见。

她沉思了一回，觉得这事情是不能再让它继续发展下去了。不过，假使自己能够去跟他讲一个解决的办法，就这样悄悄地了结，也免得惊动了社会。因为她已经瞧透了少平的心理，她知道金钱的力量可以使他屈伏。于是，她去了：拿出五百块钱来，说从此一刀两断。

可是这绝不能满足了少平的欲壑，他不答应她把低廉的价格来偿付。于是假面具又扯下，用更严厉的手法来向她恫吓。

手枪，伪造的三万元的借据，由一群都市中特有的流氓无产者演出了都市中常有的闹剧。

幸而在那一边她所抛置在桌子上的那封少平的信给思德在无意中发现了，他赶了来。

当思德赶来了而发现梅丽不在那里的时候，他疑虑着了，分明她的钱箧留在沙发上啊，她人在哪里呢？

一边少平把藏在浴室里的女财神又请了出来，威胁着，一边思德的电话召来了王律师和公安局里的警察。

事情就这样平凡地了结。

对于王守中律师，梅丽怎不感激呢？一方面的事情完全结束了，而又一方面的事情却渐渐地开展。

她把守中看做了一个新的对象，她请他吃饭，送他照片，甚而还申说了自己跟思德的淡漠。

还是像以前一样，把金钱去买享乐。守中偶然向她诚挚地进了一些忠告，她倒也有些不是领悟的领悟。

——表面上，也为了守中的忠告而变更了她的生活的形式。事实上，这并不是自己的觉悟而只是为要抓住守中的欢爱。

思德是失望透了。他已经自己觉得了败北的形势。显然地，梅丽已经钟情于守中了。

她知道了守中已经有了妻子，而且他们夫妇很相爱好。她也绝不灰心。她经验太多了：她以为，凡是在恋爱事件中，女人总得到最后的胜利的；还有金钱的力量哩。她不相信守中不能属于她。何况，守中还对她说过离婚结婚都应该绝对自由呢！

　　但守中是始终没有爱着她，他有挚爱的妻和挚爱的孩子，他还有事业的向上心，他和梅丽是始终不会结合的。梅丽却更加露骨地向他表示。最后还直截爽快地说出了她自己的愿望，希望守中跟他的妻子离婚。

　　"你不是说过离婚结婚都自由的吗？"她说。

　　"可是，在这里，自由不能这样解释啊！"他回答。

　　挫折给与她以热泪，然而恋爱还是给与她以痴想。

　　她相信金钱是可以买得一切的，她简直就要用金钱去买守中。——她顾意把金钱给守中的妻子去做赡养费；她对守中说："我想来想去不能离开你。"

　　然而守中的答复是终于使她失望，流泪。

　　"我不能出卖我自己！"他坚决地说。

　　梅丽是感到了悲哀，甚而说了要自杀。守中严正地说："金小姐，我最后劝告你，你应该换一条路走了。这样，你自己既然太痛苦，而且也实在不值得啊！"

　　他绝裾而去。让梅丽的啜泣撩开了弱者的没落的预示。

　　深夜，守中接到了一个电话。当电话中的哀求似的声音作着它最后的期待的时候，守中决然地用"无论如何不能答应"这一句话来回复了她。要挟，"死"，电话中的声音叫他听——真实地，哀厉的啜泣，残余的呜咽，最后是毁灭的沉默。等守中赶了去的时候，梅丽是倒在地板上了。药水的瓶抛在一旁，一切都留着惨恻的描画。残余的眼光还放得出爱之热火；残余的声音吐出了最后的留恋：

　　"你答应我么？"

　　守中摇着头，一切全都沉默了下来。

二 对 一

出品　明星影片公司，1933年出品
编剧　王乾白
导演　张石川　沈西苓
摄影　董克毅
置景　董天涯
收音　司徒慧敏　何兆璋
演员　龚稼农　王征信　高倩苹　艾　霞　宣景琳　郑小秋　赵　丹　许　良
严月娴　王献斋　朱秋痕　顾梅君

《二对一》电影由王乾白编剧。其电影本事署名乾白，原载《明星》第1卷第4期（1933年8月1日）。

本　事

乾白

　　华光足球队，是一个业余的球队，凭仗着精良的球艺，掌握着足球界无上的权威。队长余家禄，队员王维达、徐健等，都是"华光"的中坚份子，尽管他们各人的个性，不完全相同，然而对于足球的信仰，却有一致的倾向。

　　陈爱华——家禄的未婚妻，她对于足球，是感到非常的兴趣。她尤其爱护这"华光"，为了要勉励他们保持常胜军的美名，增加足球在国际上的地位，曾连着做了几个夜工，赶着绣成一面"华夏之光"的旗子，赠送给他们。

　　足球开始比赛，看台上的球迷，简直是挤得水泄不通。爱华自然是带着希望的、也悬着心在看。交际花李绍芬、范丽云和她们的男友周洁夫们，漫无统系而不断地批评着球员们的球艺。绍芬和丽云，平日很有心想和球员们交游，知道洁夫认识徐健，所以一再的叫他替她们介绍。

　　比赛结果，华光队果然不负观众的希望，获得了胜利。在热烈的欢腾声中，球员们的脸上，个个浮着光荣的笑。

　　在球员出入的门外，围拢着许多观众，争着要瞻仰球员们的壮容。等到球员出来，洁夫走向前来和徐健招呼，并且替她们介绍。交际花的交际本领，确实令人佩服，当晚就约他们去跳舞。尽管家禄和爱华是不十分同意，然而徐健却一力赞成，终于答应了。

　　交际皇后罗娜女士，对于家禄颇为倾倒，在跳舞场里，舞之不足，继之以唱。这一班球员，平素对于女子交际，没有充分的经验，因此使他们有些侷促不安。尤其是爱华看到她们的浪漫行动,很不耐烦。可是女人的诱惑魔力,毕竟是伟大,所以在相隔没有几小时以后,球员们也安之若素,乐此不疲了。

勇敢的她们,对于球员们是不断的进攻,又约他们去茶舞。徐健和维达,又准备赴约。爱华看到这情形,心想倘使照这样迷恋下去,维达和徐健们的球艺上,一定要受到很大的影响,所以极力劝他们不要去,同时更亲自约他们一同去游公园。

轻波荡漾中,确有一种悠然的情趣。可是公园中有许多不作美的游客,又追逐着争看球员,使他们不能久留。这时候正是交际花们因球员未来赴约,电话又打不通,所以亲自来寻找他们。恰巧球员们因受不了游客的包围,步行着回来,竟和交际花们在路上相遇。这自然使得交际花们非常的高兴,尽管家禄和爱华没有去,但维达们是被她们拖去了。

洁夫看到球员们迷于女色,遂利用这机会,准备以华光队比赛的胜负来和人相赌博;因为任何人都知道"华光"是一个铁军,比赛胜利是占着多数。但洁夫很知道球员们一有女人分心,一定会影响到球艺的,所以他决然用二对一——华光赢,洁夫付出一;华光输,洁夫收进二——的输赢去和人相赌。

家禄对于罗娜,不过认为是一个相识的女朋友而已,并没有什么企图。可是罗娜对他,却有一种占有欲的表现。维达和徐健为了行动上的便利,也希望家禄能够和罗娜结合,所以徐健、维达一定要家禄同去赴罗娜、绍芬们的约会。家禄被逼不过,只得答应他们,但叫他们先走,自己随后再来。谁知在他们去后,爱华来看家禄,发现了他们的行动,不由使她感到一种烦忧。

爱华为了"华光"的前途,所以用釜底抽薪的办法,来请绍芬们对于维达、徐健等稍微疏远些,借以维持他们的球艺。谁知绍芬们非但不接受,而且反唇相讥。因了要报复爱华,所以由罗娜来迷恋家禄。

爱华发现了自己送给家禄的手帕,竟会在罗娜的手里,这真是出乎意外的一件事!她失望了,她觉得任何男子都是这样,她知道爱情也不过是这么一回事!其实这里面有一点小曲折,可怜她那里晓得!

国际足球将开始比赛,"华光"以向来的荣誉,代表中国出场。洁夫已准备在此举可以好好的发一笔财。他也曾答应酬报她们每人一千块钱,叫她们在比赛的前一夜,伴着球员们尽量的乐一乐,使"华光"比赛失败。等到正式比赛,在上半时将完毕的时候,"华光"队果然输了一球。洁夫是非常高兴,爱华却因一时的焦急,吐出一口血来,更晕倒地上。绍芬看在眼里,她本是真心爱恋着维达,这时候不由地良心发现。她知道她不该被洁夫利用,破坏"华光"的名誉,所以她跑去把洁夫的诡计,完全对球员们说明。家禄、维达因为爱华、绍芬所给与的刺激,大为感动,于是在下半时比赛,努力的去恢复;比赛牌上由〇对一而成一对一。完结时,华光队终以二对一又获得胜利。洁夫经此惨败,一时简直说不出话来,而爱华的痛快,也同样的说不出话来。

长 城 外

出品　未　摄
作者　白　薇
时间　1933 年

《长城外》电影小说为白薇所作，原载《文学》第 1 卷第 2～3 期（1933 年 8 月 1 日，9 月 1 日）。

电影小说

白薇

一　关外义勇军之发起

山 绵绵的远山，高高低低，躲在薄雾的天边下。天边，呈出蒙蒙的朝霭，美丽！

地 清晨的太阳，从云端射在地上。大地，苍茫，高低的平原万里……

路 疏疏的树木，挟着一条蜿蜒无尽的长路，一段段，一节节，换出新的面目。坦山，卡道，山谷，村庄，及横在道旁的农具和牛羊。一切都静肃。

这些，都带着欢喜的气色向前飞奔，如欢迎它们的客人。

人马 强汉，骑着骏马，奔驰着，奔驰着，背山向平原奔来，一切的景物，都变成了欢送他。他勇敢，坚强，鞭策着马屁股捷走，晓风吹着他底夏衣领带，作开心的飘舞。

复景 远山离他越远了，前面有散散的骆驼，骆驼卧着，游着，也有背着重荷。他昂昂的，慌急的，策马前奔，前奔，奔向蛇行的建筑物"万里长城"。

长城 万里长城在他的眼前了，蛮长的，坚厚的，排列着无限小窗穴，庄严，堂皇，似乎要阻断他的路，如隔阻胡匪不得入关。

他勒马呆望着，望着那长又长，威严又堂皇的长城似乎害怕。

人马 他的勇敢灭消了，他昂昂的头摇着，垂下了。他在想，想想想……马也解人意，驻足垂头若有思索。他烦闷若狂，忧郁的眼在动（L.C.U.）。

他抬高了头，望望前面的长城；又掉转头，看看后面的远山。

人马，复景 他看了远山若有留念，看看长城又想直往，他鞭马向长城跑了。马蹄得得得地，越跑越快，但他仍是烦闷难解。

闪景 他又勒马停住了，更忧郁，也兴奋，兴奋地望着前后，长城，远山！长城，远山！长城，远山，远山，远山！远山，长城，长城，长城！二者交错着，激变急转，迅速如电闪般他眼前回动。

人头（L.O.U.）眼火如狂，晶睛的光辉在闪耀，眉动，眼帘急动，嘴动，义务心和热血交战的内心矛盾的表情，汗珠满面，这样沉默着许久。

人马，复景 他鞭着马向后转，慢慢地走向远山，马蹄得得得地，一切的景物，欢迎又愁送着。突然又转向长城飞驰去。……

马越跑得快，他越无力了；长城的景色愈明了，他底眼睛愈暗了；前面的一切，在他眼中是一幅模糊的暗化黑化的怪影。（F.O.）

高粱地带（V.）高粱遍地，蓬生生，活泼泼，高于人头一二尺，嫩穗初抽，浴着温暖的夏日，微风吹着，潇洒，喜欢，地上，山坡，山角，尽是青翠的高粱世界！

义军 义勇军三三五五，出没于高粱丛中，破衣，草鞋，光着头，交语，嘻笑，弯腰，执枪挺进，寻找目标——敌人。

飞机 日军的双翼飞机，一架，两架，三架，排成三角形，出现高粱地带的天空。

飞机渐低，在高粱田上回旋，像贪恋的蝴蝶来采花。

义军 义军群众，像河滩边晒太阳的河马和水禽似的，堆叠叠，零星星，伏在高粱丛中。

枪 一枝枪口，伸出了高粱杆外，对准着飞机——"拍！"同时，"拍拍拍"之声，此处，那处，近近远远都是了。

飞机，义军 飞机急避高飞，义军的笑声笑色。

高粱 遍地的高粱，风吹摆动，表示它们尽了保护责任的欢悦。

行军线 黑衣顽强的日军，在遥远的野路进行着，带着种种武器，骄傲地前进前进。但见军人一线，弯弯曲曲的行军线！看不出路的首尾，遍地都是高粱。

坦克车 六七架坦克车，像乌龟爬行，随着行军线的后面。再后是长长的尾巴——又是日军。

声："日本大进军！"

声："又想对我们下总攻了吗，瘟生！"

健儿 这声音发自高粱阴处的一角，几个热血的健儿，从高粱下偷偷摸摸的走出，把头伸出高粱外，遥望着那挺进的日军，眼发火。

他们：紧握拳的；奋振着臂的；咬牙睁眼，满面愤怒的；也有宁静的冷恨的；也有悲愤愁，热血飞迸的。——总之，他们抗日的热血都在沸滚，显出了誓与日军一拼死活的气概。

健儿中最年轻，激烈，勇敢，又俊秀的一个，就是刚才骑在马上的一个。

进攻 枪声，炮声，在山脚交响，炮口朝着山顶上。五十个日兵，奔，跑，撞，飞，飞上山脚，山腰，放步枪，手提轻便机关枪，对着山顶。

抵抗 三三五五的义军，出没于山顶。他们，三四人共一枪，对准着敌军的指挥者或机关枪手，放他们底子弹，不乱发，发必命中。

"拍拍！"一个敌军的指挥倒了，滚下山去。

"拍拍拍！"又命中了敌人的几只头颅，滚下山去。义勇军从山背后越来越多了。

混乱 日军的阵容，突呈混乱，大部分奔逃下山，小部分仍顽强进攻。波，波，泼！机关枪声。

手溜弹 山顶的义勇军，高举手溜弹，几次，几次，看着敌人的机关枪阵地，想投，投，投……

最年轻，激烈，勇敢，又俊秀的一个，就是刚才骑马的那个。他蓦地怒叫一声，一马冲下山去，将及山腰，突又停止，一扬手，一颗手溜弹，正落在敌军阵地。

败北 "蓬！"……灰土和血肉横飞。同时灰土阵中，日军像飞砂走石似的从山腰倾泻而下，弃了械，丢了帽子，拼命奔逃。

尸 只有死尸三四具，抱着军国忠魂，还遗在山腰，仰的，伏的，泥血遮盖着他们。

伤兵 此刻最惨的，要算那些哀鸣悲叫的受伤者，三三两两，东西横倒着，山脚山腰，辗转蠕动着。

山顶 义军在山顶作胜利的大笑，狂跳，收拾枪和宝贝的子弹，奔下去围拥了俊秀勇敢的手溜弹手，拍他，抱他，拖他上去，高呼着：

"裴起万岁！"（Overlap）

树下 裴起沉思闷想的神态，坐在离长城不远的一株树下。马站在他身边，低着头，侧着眼，不思议地望望它主人。

裴起 慢慢地抬头，摇身，振臂，嘘气，他活泼了，这长长的他以前在吉林指挥义勇军的回想，使他克服了矛盾的心情，决定了主张。

他把衣袖往肩上一卷，把蓬乱的头发往后一拉，满股的劲儿立起来，望望长城，又望望远山，他决然地蛮有劲的跳上了马。

复景 他再也不顾长城，鞭马向远山跑去，马蹄得得……颓废的长城似乎有点愁恨，懒懒的望着他去。城外还是散散的骆驼，和远远的牧歌。

远山 青碧的远山，带着天边一道美丽的云彩，渐移渐近地欢迎他。

远景 疏林，灌木，草地，山坡，朴素的农庄，散散的牛羊，一段段的景物，都欢迎又欢送；得得得的马蹄。……

一室 关外普通住宅之一室，布置简单。

陈逯民 午后，陈逯民懒懒的躺在椅中吸烟，他面部的表情，很像在思索着。三十多岁的健壮的他，比起年轻的裴起，要深于世故；他那锋利的小眼每一闪动，都表示了深刻、稳静、老练、朴质。他有圆胖的脸，厚厚的唇，高而宽的鼻，配着剃光的头：这冷静的气质，实在有点像修道士。他穿一身农民衣服，外表上俨然是一个农夫。

房间太静肃了，动的东西，只有他吐出的烟雾。突然，他听到外面甚么响声了，他走到窗前，脸朝外面，用神凝视又凝视。

二人 户被轻轻的推开了，裴起走进来，一声不响。陈逯民掉过头来，望着裴起辛苦的状态，稍惊，旋又呈出圆熟的笑容。

陈："你不是关内去了吗，怎么又回来了？"

裴："还说哪，我早不该听你底话！免得我白跑一趟。"

他像很累了，但很愉快地走到陈面前。

陈："到底怎么回事？"

他很冷静地打量他，且把户关上。

裴："我不愿意去了，我决心和你在关外组织义勇军。"

他情热地抓住了陈底粗大的手。

陈："哦……"

同样冷静的笑容。

裴："好吧，我们赶快在关外组织义勇军。"

摇陈肩，神态迫急，热眼在耀。

陈："很好，我刚才也正是想到这个。可是你还是到关内去办事好，你岳父，你未婚妻，是那样地望你去。"

他这样冷言冷语，使裴的热烈感情受了压迫。裴绉绉眉头，坐下去，坚决的说。

裴："不！我前天从这里出发，昨天早晨走到了长城脚下，我越想越不愿意进关，所以又回来了。"

陈："你到北平去在你岳父跟前做官，可以弄几个钱，不久就可以讨老婆，不好吗？"

他老辣的样子边说边笑，一副和悦的可爱的神气。裴起并不生气，也不怪他，只是高兴地叫喊，站起来逼向陈。

裴："喂！……喂喂！……我裴起是为了金钱，为了生活，为了将来讨老婆，去做官的人吗？"

发疯地暴燥起来。

陈："人谁不要钱，没有钱就不得活，没有老婆会发疯，尤其像你这样多情美丽的青年人。"

他还是冷语带笑，背着手在室中走。

裴："呸！……"

他愤极的把桌子一拍，陈惊了一跳，望住他。

裴："对你说，你别再对我开玩笑了！……前天，我也是听你不冷不热的话，你并且怂恿我到北平去做官，所以我听你的话去了。……"

陈："你完全是听我底话哪？"

大不服，凑向裴。

裴："虽然是我岳父有许多信来，也有几通电报来催我去，但我总不想去的。最后我的去，有八分是听了你的怂恿。……我一时糊涂了！

可是我毕竟回来了，我情愿和日本帝国主义的军队拼死命，不想去享那种做官的清福！"

非常用劲非常认真的他说了这些，说到末句也是对桌上一拳。陈看到这样，反而大笑。

陈："好家伙！喂，我们来谈谈正经话吧。"

兴奋又喜悦，突然从后面把裴抱到椅上去。他这些举动，都显得有力又猛。

窗外 窗外是：近树，远山，野原，遍地的高粱，绿野，鸟叫，花发香，风吹树影动。

裴头 裴一时没有回答陈的话，只是凝神看着窗外的野原，树木，听着娇啼的群鸟声，树叶的婆婆声，他脸上的肌肉紧张严肃了，神色异常沉着了。

陈：（室内）"喂，怎么不说话？"

他推裴，莫明其妙地说。

裴："真的，可别再和我开玩笑了！"

陈："老弟，我开心，我可以放心和你组织义勇军了！"

乐笑，热爱的。

裴："怎么咧？"

不解的。

陈："我真正得着了一个好帮手，你真是一个坚决可爱的人！甚么利益都不能诱惑你了。我欢喜！"

乐极抱裴，裴乐笑。

陈："我们就马上干起来吧，我希望我们的义勇军，是东北唯一的义勇军。"

裴："好极了！马上就干！"

手舞足蹈。

裴："老兄，现在我才真是高兴了！"

抱陈舞踏，狂了般，回旋走。

裴："我这次从吉林义勇军里面回来的目的，就是想找几位兄弟，在沿长城一带组织雄厚的义勇军。"

陈："我出关的目的也是这样，但是最大的困难就是没有钱，我们一枝枪都没有，这怎么办呢？"

裴："不怕，没有枪总有办法的。……"

他俩停止了回舞的快乐，大家坐下来。

陈："呆奉清说，我们开始就去找土匪，利用土匪底枪。"

裴："不，我不赞成老呆的意见。利用土匪就会土匪化，义勇军是绝不能土匪化的！"

他严肃地这样主张，给陈以坚强的表示。

陈：沉默，垂着眼帘，抿着嘴，严辣深思的神色。（F.O.）

卧室（F.I.）一间古老的简陋的寝室，什物很零乱，病人用的水瓶，药罐，杯，碗，摆满床前，床上发出呼声，声音娇且弱。

陈妻 三十岁不到，黄瘦的美人，自枕上爬起，喘喘急急的叫着。

妻："逵民！逵民！"

她软弱地伸长颈叫了一会儿，又软弱地躺在被里。从别室走来的陈逵民，一直趋至床前，柔声地问。

陈："做甚么？"

二人 彼此打量了一下，陈轻轻地坐在床沿。

妻："你们不是在说，就要组织义勇军么？"

陈："是裴起又回来了，他没有进关去。"

妻："你叫他来。"

她垂下头哼着。

陈："裴起！裴起！"

三人 裴起从别室走来，远远向陈妻行礼。

裴："嫂夫人，您的病可好些？"

他一步步走向床前，陈招呼他坐。

妻："谢谢！好多了。"

裴："我常望嫂夫人的病赶快好。"

他边说边在陈指示的椅子坐下。

妻："可不是，因为我病着，害得迨民早想干的事总没有去干，我真难过极了！"

她娇美的声音，和她的性格一样娇美。她望望陈又低下头去。

陈："你说甚么呢？想这些干吗！"

妻："不，现在我正要说这个！"

她神气颇坚强。

陈："算了，算了吧，你替我睡下去！……回头病弄重了，那才够麻烦！"

他气冲冲，动蛮地把她压在被窝中，脸上堆着了怒气，朝窗外望。他妻子再从被中起来，真切地说。

妻："哎呀，你真蛮！……听我说，你想干甚么快去干好了，明天我回北平去，我弟弟已经来接我了。"

陈："你弟弟来了？"

一人 年轻似学生的走出房来，向陈、裴行礼，陈、裴都站起。青年走近床。

弟："姐夫！"

陈："啊，请坐！"

大家坐了，陈妻急急先发言。

妻："妈妈叫我到北平去进医院，医药和路费大哥都替我出，我明天一准和弟弟上北平去。"

她边说边从枕下摸出一个钱包，倒出钱来。

妻："迨民！我晓得你们组织义勇军是要钱用的，你们现在都没有钱，所以我把我的首饰都拿到北平托人卖了，总共卖到三百多块钱，你都拿去。"

她把全部的钱都交给丈夫了，一副温存的柔美的神气。陈迨民露出自悔又极感激的表情，受之为难、拒了不忍的面色。裴扬扬眉，一副赞奖陈妻的神情。

陈："哦哦，原来……"

妻："你收着，你们暂时可以用一下。赶快把义勇军组织起来，趁高粱还没有割的时候，总要把日本的军队赶出东三省去。"

裴起非常被感动了，他很出神有力的说——

裴："嫂夫人的话对极了！我们有了这些高粱作天然的保障，还不趁这个时候，把日本兽兵赶去，等甚么时候呢？我们一定要趁这时候……"

弟："报上说，日本要等我们东三省底高粱割光了，才对我们下总攻。"

裴："是的，其实我们也不怕，高粱割光了我们还有山顶可占，我们居高临下打日本兵，我们总是胜利的，只要我们有枪械，因为我们是不怕死的。"

山顶 随着他的话，刚才山顶反攻的景况，又闪出了：进攻，抵抗，掷弹，及败北……

卧室 幻影突然消了，陈遂民拿着那些钱，含泪水握住妻底手，颤动着嘴唇，说不出的感激。他妻子也凄凄的看着他。

妻："好好地干起来罢！你是讲武学堂出身的，又在日本士官学校念过书，你干起来是很有资格的。"

妻 泪水，娇笑，叹声，清癯的病容放光辉。（F.O.）

荒路——夜（F.I.）

夜色蒙蒙，雾森森，鸡鸣，狗吠，幽灯点点，一时明，一时暗，照着一条荒路，荒路长无尽……

人影 三个黑影，手拿着幽幽的忽明忽灭的手电筒，向着荒郊，险要，给雾埋没的深处进行……

雾 前面是雾，后面是雾，左右周围，无处不是乳白色的雾。这三个黑影是乳白世界的唯一点缀物。

大路 他们轻捷的脚，已经踏完荒路，到了大路，是山坡重叠的大路。他们上山，又下山，沉静而严肃，灯光一明一灭。

关 巨石叠成的关，有两个哨兵，他们瞌盹盹的，一个已睁不起红晕的眼睛，呵欠连声；一个的头已如鸡啄米，涎水从口角溜下来。

夜雾 雾总是那末迷茫，夜总是那末凄怆，辽阔万里的长城外，极目荒凉！

行人 只有那三个行人，放出摄人魂魄的手电筒的闪光。他们一步步踏上山坡石阶，临近了险要，临近那"关"不远了。他们附耳私语，面上戴着面罩，他们歇下来，准备着。

关 关，仍是那末威武的，蹲在凄怆的夜雾里，没有一个人走过它；哨兵仍是那末瞌盹的，缩在冷静的关中，没有声音扰乱他们。

氛围气 一切都太静肃了，狗不吠，鸡不啼，鸟不叫，如同凉血的民族，等候帝国主义的苛酷，虐杀，瓜分的来到！

行人 三个行人，更焕发着精神，积极前进，穿过雾，转弯抹角，如有魔术般飞速地跳上了石关。

手电筒 手电筒闪闪，照着那哨兵的口涎，照着哨兵底头，脚，手，蠢睡的颜容，依在身边的枪。又照着关的全身,关的上下,复照着哨兵和他们的枪。

惨声 "哇!……哇!……"

随着这凄惨的叫声,满眼是漆黑了,只有三个黑影在动着,黑影也立刻在关下被浓雾遮灭了。这"哇!……哇!……"的凄声,支配了这幽灵出没的世界。

黑 一切都全黑了,等待明朝的光明。

农村之朝 鸡啼,狗吠,雾,黑夜对黎明将让位。牛在栏中抓痒,鸭在埼中骚唱,枝头小鸟跳扬扬。田路芦草蓬蓬,小河水流汹汹,棉豆向日葵玉蜀黍,得意飘拂晓风中。

小室 荧荧油灯,懒懒地看着狼藉的杯盘碗筷残羹,酒壶一把,还捏在呆奉清粗大多毛的手里,他醉晕的眼睛,尽望着壁上挂的两枝步枪不满意。

呆:"吭!……"

他粗暴地捏紧拳头击在桌上。和他对坐稍远的裴起,不安也不快的去安慰他。

裴:"呆大哥,你别这样!"

呆:"吭!……这……这全是你的主意!……"

他睬都不睬裴,站起来,笨重地,走去把两枝步枪取下,拿到桌上来。

枪 呆把枪检看又检看,然后掷给裴。

呆:"你看,这样坏的步枪,值得我们深更半夜,那样去大干特干吗?"

他底脸色放下,给裴异常难堪。

陈遂民 方洗了脸,正在着长衫的陈遂民,总是稳静微笑的,摆出有智略有福气的面孔,虽然很疲倦了,他对呆总有特别的笑容。他很神气地拍呆一下,笑嘻对呆说。

陈:"老呆,这是我们的开始,我们的开始只有这样的枪。说不定我们拿这两枝开始的枪,会创出关外最雄厚最真实的唯一的义勇军哩。只要以后大家努力好了。"

他再微笑的拍呆,呆的气也融化一些了。他酒气冲冲地走着,由被堆里取出两把血刀,在灯前照看着:刀是利而短,血迹斑斑,也闪着皑皑的白光。

呆:"咄!……为了两枝坏枪,我底刀又冤枉用一回了。"

他把刀当宝贝似地,抚玩又抚玩,才到角落里脸盆中去洗。

陈裴看他这样,都觉得可笑。

陈收了枪,往壁上挂,走到紧闭的窗边往外看。

陈:"天亮了,我们要回去睡了。"

他脸朝裴说。裴也到窗边往外看,笑向着陈。

裴:"天亮了,我们底工作也开始了,今天还要继续干。"

呆:"你这种干法我是不赞成的!"

他猛凶地跳向裴。

裴:"您到底要怎么干?"

呆:"我们要结拜土匪,从土匪那里去拿枪。"

裴:"我反对!我始终这样反对!"

昊、裴正面冲突着，昊以奸滑的眼光刺裴，而裴以纯洁英勇之气对昊扫射。

昊："那我看你干得起来？不是我说亮话，在这关外地方，不靠土匪底力量，包你屁都干不起来。"

裴："那我们偏偏干给你看！"

豪对猛，老对少，互相任意气吵起来。还是和气的陈，把他俩劝解了。

陈："唉，算了算了吧！咱们都是自家兄弟，何必这样！"

陈要走了，到门边嚷着"昊大嫂！"

送客 农家的厅屋，昊妻半老，精悍，肥胖，自右方户口携灯走出，去开那紧闭着的木门。

陈和裴从里面户口走了出来，二人对昊妻说了声："打扰！打扰！"便跨门出去。

昊妻："别客气，慢走！"

她照例说了，并没有笑容。

屋外 外面已是柔和的晓光，只欠明亮，门前的茅屋、柴堆、小树、菜圃、野路，都能分辨了。

昊妻 这不开心的妇人掩了门，走进杯盘狼藉的小室去。

六人 妻见昊抱头伏在桌上，旋又眼里闪出凶光。她奇异，暂时呆默，一会，亲热地去抚丈夫。

昊妻："怎么咧？……喝醉了吧？……快去睡！"

她扶起昊，想往卧室去。昊愤恨恨地挥着拳。

昊："老陈……老陈要听那年青小子底话！……甚么东西都要自己去找，不肯……利用……利用土匪！"

昊妻："啊！……又为这个！……"

她拉长调子，很滑稽的笑着叹道。

昊妻："那不打紧，老陈总不会不要你同伙的，往后机会多着哩。"

她像哄小孩似地怪热情地哄她丈夫。昊笑了，冲动地抱妻跳起来。

昊："喂，你帮我的忙吧？"

他放开妻，郑重地问了。

昊妻 她显出能干女人的本色，笑容和热情交迸的，点头默认了。

他俩都很满意，对笑，酒兴勃勃的昊，活泼，跳着，色欲也特别旺盛，他紧搂住妻。

昊："快去睡！"

昊妻赶忙收拾食具。

陈逸民底寝室 次日，陈氏底寝室中，聚集了七个纠纠武夫，昊和裴也在内。他们细声交谈着。

陈：陈还睡在床上，掀开被正要起床。但睡眠不足的困倦，还是使他一下爬不起。

陈："我要起来了！"

接着一个呵欠。

裴："你多睡一会，你实在太累了。"

他走到床前去。

杲："可不是，贤者多劳，他要送太太上北平去，又要买枪，又要找人。"

他尽羡赏着陈刚买来的手枪。

陈："我还是起来，我们要商量一下。"

他急急坐起来。

多人：数人忙跑向床去，阻陈。

多人："不必，不必，你还是不要起来！有甚么话，我们就在这里商量。"

"卜卜"的声响，他们把凳椅拖到床前来。

野外——夜

夜的景象又呈现了：旷原，无边辽阔；长草，树木，都醉东风，急摇猛摆，唱着荒唐的歌。

旗 "满洲国"底旗，在空中作醉死的狂舞。

建筑物 旗下有建筑物，贫弱的，是日人侵略的细胞机关；稍远，零星的村落；更远，山居的小屋。

一切，都在深夜的睡梦中，静寂。

野路 弯弯长长的野路，从高处拖到平地。

哨兵 日哨兵，"满洲国"哨兵，沿路扼险站岗，一对，二对，数目不等；也有三对，四对，正在换班的。

突然，从背后的树丛里，飞出七个雄汉，向哨兵扑去，手枪，步枪，短刀，棒，啪啦啪啦的响，刀光皑皑闪着，棒飞着，人暴跳，人狂喊，扭打，脚踢，拼命，"哇！"被刀杀的，"砰！"被枪伤而倒地的，"啪啪啪啪啪"，不绝的枪声，倒地，倒地，刀在舞，棒在飞，混乱一团，在跳动……

草房 极小的草房中，七条大汉在换衣，抹脸。房中暗黑，只有射进来的微微的月光，和他们吸烟的火光。一个眼睛锐利，活泼灵敏的典型猎师痛骂道——

猎师："杲胡子那混蛋，他终不和我们一块。"

陈："桂重九去邀他，他怎么说？"

桂："他说：要是不和胡子联络，他估量我们是干不起来的。"

裴："咄！我们不是已经有了二十多枝枪吗？"

他尖声说了，把二十多枝枪聚在一堆。

枪弹 成堆的步枪，一排排的子弹，被七个人头围着，像是他们的献宝。

七人 各人把枪轮流拿在手上看了又看，不思议的喜色，有的扬着浓黑的眉头说。

某："这些枪很好，都是沈阳兵工厂制的。"

某："中国总是用自己底东西打自己，我们要把敌人手里抢来的东西去打敌人。"

他慷慨的说着，他对面的中年慈悲的面孔答道——

中年："他们也实在死得可怜！二十多个哨兵，除了六个是日本人，其余都是我们的同胞。"

猎师："骆同学，你用不着这样感伤。……"

陈："对了，这种无谓的慈悲，用不着的！要像我们底猎师褚复亮这末勇敢洒落才好。"

他边收拾枪弹边望着骆、褚笑说。

桂："好，回去了吧，分几路走？"

他站起来，包那换下的血衣。

褚："今晚得着二十多枝了，成绩很不错。"

他胜利的还望着那堆枪。

枪与眼（O. U.）所有的人都站起来预备走了，所有的眼睛的焦点都集在那堆枪，枪，枪……（慢慢地 I. O.）

二　组织

大门口　一栋小小的民房，大门口横悬一扁，上面写着"关外义勇军办事处"。农民装束的壮年，中年，都挟着一枝鸟枪或步枪，或拿些食物，一个个地走进去。

一室　陈逵民还是那末稳静地坐在原先的室中吸烟。

二人　裴起却比从前活泼了；他拿着一本簿子跑进来，翻给陈看，边说——

裴："刚刚又有六个人来了，五个带了枪来，一个送来些吃的东西。你看，这是他们的名字。"

陈："今早四十九个人，现在五十五个人了？"

裴："是。"

陈："就叫他们等着吧，缓一忽就开会。"

他边看簿子边说。

裴："几点钟开会？"

陈："九点。"

裴走出去，带关了户。

农村　矮屋，马厩，瓜棚，鸡，羊，狗和猫，飞走着，闪散着，追逐着。

青年，少女，老媪，一溜烟跑来，像报捷似的喊着：

声："老朱！……方叔叔！……陈家村子有人组织义勇军，你去哪，你们去哪！"

他们朝一个小屋里跑进去了。

另一隅　村之另一隅，牛在榨乳，猪在哺儿，母鸡在叫："阁阁哒！阁阁哒！"

同是青年，少女，老媪，加上壮年的老朱，方叔叔及儿童妇女们，奇喜的，兴高采烈的喊着，笑着，奔跑着……

喊声："要打日本帝国主义的快当义勇军去！"

喊声："当义勇军去！有人组织义勇军。"

窗和门 许多家底窗或门,都拍哒一声打开了,窗上门前都是人,探出头,走出门,惊喜地问:

"闹甚么?"

"当义勇军去?"

"在那里组织了义勇军?"

兴奋的景 人的交语声,"当义勇军去!当义勇军去!"的高叫声,笑声,人群的跑声,拍哒拍哒飞滚出来参加的群众声,把猪牛鸡吵得不安飞跑和它们的叫声,一切都太急促太紧张太兴奋了。

他们成群结队,兴奋热狂地从这隅闹到那隅,奔奔挤挤,边笑边叫……

一室 前晚上的七个大汉都到了,聚在陈底室中。窗子大开,他们在交谈细语,大概是讨论组织大纲。

陈:"当然,我们的组织,不能和普通军队一样,因为我们根本就没有容纳许多军队的营房。"

褚:"当然暂时只能把那些逃走了的老百姓底空屋做营房。"

骆:"我主张暂时以'连'为单位。"

裴:"其实,这些现在还说不上,现在还是组织的开始。在这组织开始的时候,我有一点意见——就是,现在我们在这里这七个人,无论到甚么时候,甚么困难,都要大家齐心合力,始终不改变态度,一直把日本帝国主义底军队打得粉碎为止。"

他严肃地愈说愈有劲,脸上闪着情热,青春,使同辈感动而鼓掌。热烈的掌声。

杲奉清家 鸡,鱼,肉,蔬菜,摆满一厨房,杲妻热心地在烹调着,汗对菜中滴。

四个大汉,十足的土匪型,和杲在房中密议着,大笑着,玩着几枝新式的手枪。

钟 壁上的挂钟就要到九点了,咔咔咔的钟锤,使长针向"12"数字移去,移去……

七人 陈裴等七人,都望着那钟着急。

桂:"老杲怎么还不来?"

陈:"等到响九点钟他还不来,我们就开会了。"

他虽然有些着急,态度还比较镇静。

裴:"杲胡子真混蛋!司徒元,你快去叫他来吧!"

他顶发急地,推动那总不住声的青年。

孔:"我不主张去请那位老胡子!因为,这是自己愿干的事情:愿意干的人,自然会准时到这儿来;不愿意干的,就是请他来了也无用。我极不主张去请那胡子,要是他往后问起来,你们就说:'这是我孔敦的主张。'"

从来不说话的孔敦,倒用了很动人的情热和深刻的表情,这样激昂的说了,同时裴起的眼光,尽向他向他打电报。

会场 厅中,给农民,军人,热血青年挤满了,即廊下,屋外,也都布着这些健儿,他们都等候着,等候快开会。他们,照各人的身分,穿着各种衣服,分军服,农民服，学生服，失业者的破衣各种类。他们都带着期待的欢欣和焦灼。

钟 噹！噹！……敲了九下。

七人 陈等都随着钟声立了起来。

会场 所有的健儿，听到了钟声就排列起来；另一些人从廊下，从屋外赶来排队。

一室 七人刚要从室中走出去，褚复亮提醒的说——

褚："还没有歃血哪，各位！"

陈："哦，我忘了，为的等候呆奉清。贵太！贵太！"

他向一对朝里的小窗叫仆人。贵太马上把雄鸡热酒拿来，又一把刀，一只大碗。

桂："啊，这好极了！"

他忙接过那红毛长尾的大雄鸡。问——

桂："谁来动手？"

褚："我来！"

他一手接鸡，一手接过菜刀来，很老练的在鸡颈上拔掉了一些毛，横刀对鸡颈一拉，鲜红的血滴下来了。

歃血（C.U.）六只手及褚的放下菜刀的右手，都在鸡血下淋着，他们底嘴都笑着。迅速地一闪淋过手了，童仆敏捷地把一只大碗去盛继续流下来的鸡血，他又把热酒加入碗中，把筷子在血中搅。

七人底血手共同捧起鸡血一大碗，七只嘴唇齐对碗边移……血酒的热气冲冲……
（Overlap）

呆家——丰宴

在陈等快乐地歃血时，呆奉清底厅堂里，摆着丰富的酒席，全鸡，全鸭，红烧大鲤鱼，大排骨，及各种佳肴美酒。

呆和三个大汉，正在狂啖豪饮着。

开会 七八十人全都肃立，静听主席陈逵民演讲。

陈："……这真是最快乐，我们想不到的快乐。三天前，只有我们八个发起人；今早晨，我们八个在外，就有了四十九个人了。现在我们八个发起人算进去，已经有八十几人了。这样飞速的发展，不但是我们现在的快乐，也表示了我们关外的义勇军，将有意外的伟大的成功。"

呆家 丰盛的美馔将吃光了，鸡，鸭，鱼的影子也没有了，他们四个人已经醉饱得气都透不来，而未死的食欲，还想塞满肚皮的最后一角。他们慢慢地吃，慢慢地讲。

呆："打进去！打进去就是咱们的政策。他们以为胡子不会做事，哼，他们晓不晓得元朝和五代的时候，还是胡子做中国的皇帝哪！"

（注："胡子"南方说"土匪"）

甲："本来东三省的义勇军，咱们胡子要占最大的势力。"

乙："可不是，没有胡子就不成义勇军。"

丙："闲话少说，咱们现在要怎么办？"

吴："咱们快去，开会选举的时候，咱们胡子当中，总要争到两个头脑才好。"

乙："对极了，咱们去！"

都疯狂地离席了。

会场 裴起演说一会了。

裴："……我们不能土匪化！我们一定要像正式军队一样严肃有纪律。也一定要严肃有纪律，才真正是替被压迫的民族解除痛苦的义勇军！"

在掌声如雷中裴走下了。接着桂重九演说。

桂："各位，今天是关外义勇军成立的典礼，要说的话，陈君和裴君大概都说了。刚才裴君的话，是想组织纯农民兼少数工人学生的义勇军；但是你们今天来的，却大多数是士兵，军官。这点，我觉得是值得研究的……"

不等他说完，那些士兵就自述起来。

兵A："我是从张学良军队刚逃出来不久的，我们不满意他不抵抗，所以逃出来当义勇军。我们是要和东洋鬼子拼命的！"

兵B："我们是被张学良遣散的……"

他边说边望着和他站在一起的十多个士兵，那十多个士兵都相应微笑。

兵B："'九一八'的事情，我们痛恨张学良不抵抗，把东三省送给日本了，所以我们自己在军队里组织抗日运动。后来被查出了，把他们统统遣散了。但是我们最恨日本鬼子的！所以我们带了枪来，归义勇军收编。

往后，像我们这样带了枪来归义勇军收编的，还多得很哩。"

兵C："对了，往后像我们这样来的，还多得很。我们当兵的，还能够把自己底手，拿了自己底枪，去打自家兄弟吗？……不，我们要打敌人！一辈子去和敌人拼命！"

他如火焰样热烈，用了十足的劲儿演说，使全体都突增紧张了。

马跑 吴奉清和三个粗汉，骑了高头大马跑来。他们紧张地急鞭着马，马也紧张地急跑着。同时，被叫为老朱的青年，骑一匹马向田间驰去。

会场 现在是褚复亮来演说——

褚："我是打猎的，别人都叫我猎师，枪法是准的。现在你们七十几个人，都自己带了枪来当义勇军，这很好很好。

刚才裴君的话，说：'我们义勇军最急的任务是抢枪，我们要努力到敌人那里多抢些枪！'不错，我们要多抢枪，抢枪！因为，枪就是我们义勇军底生命，我们是没有钱买枪的。但是，各位，我们也要晓得我们底枪的用法才好——

'我们底每一颗子弹，起码要打死一个敌人！'记着，这话记着！"

他短简的说了，急下，群众热烈的掌声。

数农民 几个农民自外来归，一个有枪，数人空手，笑嘻嘻的挤进群众中去。

屋外 吴和他三个伙伴，骑马跑到屋外了。第一个投进他们眼中的印象，就是大门外高悬的"关外义勇军办事处"这几个大字，他们向大门走进来。

会场 此时会场在选举，大家在嚷着陈逵民的名字，在讲坛处理这选举事务的，还是主席陈逵民……

呆奉清　他一跑进来就听到这狂热的叫喊，脸一呆，心头颇不快，但还是同着他的伙伴机械地一步步走向前面去。

某人　军官服装的人，自群众中高叫——

某人："喂，请说说陈逵民的资格！"

大家都注视这人。裴起提高嗓子答复——

裴："陈逵民老早就是讲武学堂出身的，后来又在日本的士官学校毕业了，对于军事学是很有研究的。他住在北平，'一·二八'以后，出关想组织义勇军，直到现在才找到同伴干起来！"

群众："好，好！决定陈逵民！"

陈："有反对的么？反对的举手。"

群众平静。呆对陈媚笑。

呆："好，老陈，决定了你。"

陈："决定一个了，还有呢？"

群众："裴起！裴起！裴起！……"

群众：群众"裴起！裴起！"之声震动耳鼓，都热烈地欢狂地望着裴。然呆党很不快，在粗暴的叫——

甲："请教他的资格！"

陈："他是工科大学毕业的，以前在沈阳兵工厂当机器技师……"

乙："义勇军是军队，不是工厂，我们要他来修理破枪吗？"

乙　乙怒气冲冲，突出凶眼，汗流，击拳，暴狠狠地说了。群众初甚惊讶，后颇蔑视他。

甲："我们要选举最适用的人材。不是北平那些唱大鼓，当相公的人材，都合格的。"

陈："喂喂，我还没有说完哪！"

他气了，威严的，响亮的说下去——

陈："他在沈阳兵工厂当了几年技师，兵工厂给日本占领之后，他就在吉林义勇军里面，指挥一切。所以说到组织义勇军的经验，他是顶有把握的。"

群众："好，好极了！……决定他！"

陈："还有反对的吗？"

他看群众一遍，特别注视呆党，呆垂头下去。

群众："没有人反对了。"

陈："好，决定。"

他把铅笔在纸上一画，又说——

陈："底下又选谁？"

声："呆奉清！"

声："徐学信！"

这两声是呆的伙伴丙及最后来的农民口里发出的。群众底眼睛，全对发音处探寻。

声："呆奉清吗？"

这是一个典型农民，自颇远的地方高叫着，声调极不满。呆扬扬的傲气这声音挫了几分了。

声："徐学信是谁？"

陈："呆奉清，徐学信，请站出来！"

呆，徐 呆和徐站在主席左右了。一个是满脸胡须、阴险凶辣、会诌媚的呆；一个是猛勇粗暴带杀气的徐。他俩焦燥地望着群众，急等群众捧场。

声："资格呢？……说你们的资格！"

不满的群众里，冷淡的，粗野的，从不同的处所发出这问。

呆："肯干就得呀，开枪，捉鬼子，总不会比别人差。"

声："哼！道地的马贼口吻！"

典型的农民，极力反对高叫。

声："那胡子我认得，他在我们乡下，劫抢过不少。"

声："滚下去！……义勇军不要胡子进来！"

这又是农民们含着敌意的叫声。

徐："咄！……义勇军没有胡子，是干不起的！看，胡子不在内，看你们干老子底鸡巴！"

拍胸膛，暴叫，眼光凶险地在扫射。呆及他的伙伴们，突然都染着了同徐一样的症象。

混乱 会场中狂喊暴动，混乱了，主席的劝解无用了。

呆 狂暴的叫，跳，咬牙，捏拳，啪啪啪在台上敲。眼花，发晕，看着一切都旋转，摇动，旋转，摇动。

农作场 一溪绿波。大豆，棉花，菽，高粱，玉蜀黍，菜，蔓延的瓜藤，铺满山下，溪滨，在微风中软动，在艳阳下欢喜。

看不见一个农夫，全是老少壮的农女，辛勤地耕种着，照料着……

树下 大树一带，白杨垂柳及高槐，沿着潺潺的溪水，鸭在水中洗澡，鹅在滩头骚叫，大群的农夫，愉快地在溪中洗脚，有的以小石对群鹅掷去，鹅更哄哄地骚叫，像是要故意打破他们的谈锋。农夫纷纷议论。

马 系在树上的一匹马，优闲的吃着眼面前的草。

群农 此地全是男性的世界，三十几个农夫，老少壮全有，在围着被叫作老朱的青年农夫，大家在商量要紧事，话声高高低低，表示议论不一致。忽而沉默。

朱："到底怎样咧？……还是我们结成一个小组织的好，尽我们这小组织的人，全体都参加进去！"

A："对，我赞成这样。我们都是熟人，在一个小组织，干起事来也方便多了。"

B："而且我们最怕和马贼搅做一起。那些家伙，他们高兴的时候，确实比我们能干。他们不高兴了,对我们农民老是不客气,所以我赞成老朱的话。"

C:"不,义勇军一定有它的编制的,我们把自己先组织一个小团体,再把小团体打进大组织里面去,恐怕办不到。"

朱:"啊,你不必忧心这一层!我是当过义勇军来的,义勇军根本就不像军队的组织。他们总是一小团,一小团,在那一块的人,就做那一块的事……"

柳 柳枝在朱头上飘摇,他活泼地在溪中洗着脸说。但可怜的老农,不等他说完,便抢着说——

老农:"我底庆福还是不能去,他是要在家里种田,他要是去了,这些高粱大豆谁耕管呢?"

朱:"老伯伯,你底儿子去当义勇军,和你底高粱大豆没么关系的,义勇军是——有事的时候,就大家晚上出去,没有事的时候,还是一样地在家里耕田。"

童 他柔和的话,似乎把老农说服了。对面滩上游泳着的天真烂漫的儿童,游过来了,天真的一笑,问朱——

童:"那末,我也可以当义勇军去吗?我会开枪,会打野猫,松鼠。"

朱有趣地凝视这少年,抱住他那晒黑了的肩膀说——

朱:"你几岁了?"

童:"十四岁。"

朱:"看起来还像十一岁,你去问问你爸爸吧。"

溪 水还是潺潺流着,鹅鸭还是浮来浮去很舒适,农妇荷锄赶跑来,跑过堤陌,溪边,农夫个个走出了溪水,穿好了草鞋,站作两堆:壮少站在溪之上流,老弱站在下游。

朱:"统统二十一个人,冇几枝枪?"

A:"不是先说过了吗?统统八枝枪。"

朱:"好的,二十一个人有八枝枪,轮流用,尽够了。"

农妇:农妇急跑赶到了,她一看这光景,惊了一惊。惊跳着,眼动着,眼光在人群里找丈夫。她离她丈夫不远了,高叫——

农妇:"喂,你们上那里去?"

庆福:"我们当义勇军去,现在跟老朱去报名。"

队伍 和队伍前进着的庆福,简单地对妻说了,仍跟着队伍前进。一队农民高兴的笑,谈,前进。他们的武器是锄头,镰刀,长耙。朱和少年共骑一匹马压在队尾。弯弯的长队,沿着溪前进。

风吹槐柳飘又拂,剩下一堆老农少年,愁愁的,嘻笑的,目送着那前进的队伍,分向农作场去。

农妇感伤的泪挂在眼帘,扑向老农说——

农妇:"爹爹!我们种的这末多地,现在正是忙,为甚么他还要去当义勇军呢?"

老农:"唉……天晓得!"

悲痛的长叹。四只眼睛望去的队伍,流泪。

半月后

马群 月亮的清辉下，骏马一群，深藏在丛林密草中，没有嘶声，没有蹄响，平静地摇着长长的尾巴。

皮带 少年军官三人，穿一身破旧的衣裳，在灯下品评他们的皮带，都高兴地把皮带往上一挂，突然神气十足了，威严的，大摆着步。

裴起蹑足走进那小房间，看见这三个小鬼义勇军，佩起皮带太得意了，他额手对那小军人行了敬礼并叫着。

裴："官长！"

三人见裴那样的粗衣，傻气，就挺着骄傲的睫毛说——

甲："喂，佩了皮带，够神气吧？"

裴："我不晓得！"

他装出顽皮的样子，把甲佩着的皮带一拉。甲怒，拿起长官的架子骂他，跺脚。

甲："甚么东西！对长官这样不恭敬！"

裴："甚么长官不长官！你晓得么——义勇军里是官比兵多，兵比枪多！东西以少为贵，多了有甚么稀奇？"

他说完便走了。甲还怒气冲冲地发咆哮——

甲："那家伙真混蛋，他自己没有资格佩皮带，就来和我们捣乱。"

▲**司令部** 枝头露冷，幽光摇荡。

会议 一间民房的厅子，坐着许多佩皮带的长官。皮带虽是皮带，服装较国民政府的皮带先生们，还不如傻丫头比俏公主。他们底服装，有农民服，军服，学生服，工人服各种式样，而破旧则同。

半明不灭的灯光下，裴起和桂重九担任记录，陈遫民当众演讲。他的态度是镇静的，并不比以前愉快，也还是穿了原来的农民衣裳。

陈："……我们关外义勇军自成立以来，才半个月，就有了三千人。这样发展得快，是证明了民众抗日的情绪之高。民众抗日的情绪有这样高，中国是绝不会亡的！反过来说，中国之不亡，就全靠中华民族有澈底的抵抗帝国主义的精神；也要靠各位旅长和长官劳苦功高。"

他说了就下来，做手势禁止听众鼓掌。交替裴起报告。

裴："陈总司令把要说的话，大概都说过了，现在我来报告里面的组织——

我们现在把三千人分作二十旅，每旅设旅长一人，旅以下不设"营"、"连"；因为每旅的人数并不多。请听我把每旅的人数，总括报告出来！"

插笑 诙谐的歌唱碰了来，三个醉心皮带的小官莫名其妙地走了上，他们底视线集在裴起了，畏惧得缩瑟而变为怪腔怪哄调。

哄堂的大笑打断了裴起之话声，现在他换了笑面再说——

裴："每旅六百人左右的，一共五旅；每旅一百五十人左右的，一共十旅；每旅百人左右的，一共五旅。"

某："从来没有听过这样的组织法！这是甚么组织哪？"

陈："这是因为地域关系；又因为义勇军就是老百姓，不能够调拢来，只能就人多的地方，组织大旅，人少的地方，组织小旅……"

屋外 幽明的窗外，荷枪锄动着的人影好多个，窥探，微笑，细语。站岗守望的哨兵喜庆他们的责任快要完了。

密林 露染的密林，人影，少，多，活跃跃，一个个跨上马，愉快的分散。

双马 眉月羡慕地望着一对马，从密林缓缓地走出了小路，马上意味深深沉默着的人们交谈了。

陈："以后就是这样的旅长会议，恐怕也不能开了。"

裴："是，今晚太冒险了，以后一切都交把各旅去办。"

鸡声 他俩开始在茫然的长路捷驶。路旁小屋里，传出了晓鸡第一声啼。

附　白

"东北义勇军"，我自去秋几次几次要写它！因病，总不能写。去冬，拜泉，富拉尔基，扎兰屯，相继陷落时，我在热烈的悲痛中，赶写三幕剧《冲激地》。旋因大病数月，及欧查女士把我的前半的稿子带到广西去了，我上半年又被校务烦忙透，所以《冲激地》今至未写完。

这篇《长城外》，原想写成多场面的剧本，但故事方面既杂多，又散漫，怎么也不好搬到被空间及时间限制的舞台上来。后想写为小说，可是小说常重过细的描述，我是最不愿去过细描写的。而校务与病囚住我，直到现在方有动笔的机会。

现今还写义勇军，本是过时落后了。然而，从"历史"与"真实"上说，我又不愿放弃这卷时代的本来面目。于是我想把它搬上银幕，便胆大地辟创电影小说的形式。

谁会相信长城一带二万多的义勇军，是始于并无地位的数人，头次击死两个日本哨兵，二次击死二十多个哨兵，抢得廿几枝枪，及民间底数十枝枪而组成的呢？然而，这是事实，我是照不夸张的事实的素描；又谁会相信五十多个日军，遇着山顶义勇军底枪弹，手溜弹的偷袭，被击毙多人，日军就会那样怕死逃退呢？要晓得在少数的日军碰着义勇军的时候，这是更常有的事实，我也是不夸张的真事实的素描。

恐怕被愚瞒了耳目的读者，以为我是虚构，夸张，炫奇，所以我告白——这些事实是当过义勇军的人说的。

我们以为稀奇夸张的，事实上并不稀奇夸张。因为正是不稀奇夸张的事实，国人反以为稀奇，夸张。所以我写出来，当作这时代的祭文。

想知道义勇军的悲剧的，得读读这篇祭文。

我们只晓得日本的横强，恣意屠杀中华民族。但，那未见得是他们士兵底力量，日本人的特别勇敢；那是他们底飞机，大炮，及军国主义横行的力量！中国的惨败，失地，并不是中国底士兵、义勇军不抵抗，不勇敢，而是中国的不抵抗主义和蛀心虫太多了！

看过"一·二八"老靶子路临阵的日军，一听到十九路军冲锋的枪炮声，日兵数人，便战栗，惶悚，就可见日兵之怕死，爱惜生命。何况东北义勇军，常把日军三五十，悉数结果。那末，头段写的山上之战，也是应有的情形吧。

　　初试写电影小说，颇感困难的是——究竟要多小说化呢，还是多银幕化？多银幕化，于小说本身太机械太略写了。多小说化，于编剧导演又太麻烦。

　　又如电影剧本的术语（F.O.）（V.）（Overlap）这些东西，在小说上完全不应该写进去。但为着编剧导演一目了然的便利，且为镜头的使法，与作者的意思不相背起见，兹于必须注意的处所，放进了少数术语。看小说的如以为这种东西讨厌，就不用管它。

　　▲这三角记号处，是表明银幕上必须用"字幕"。

一九三三，六·二七，夜　白薇

母性之光

出品　联华影业公司，1933年

编剧　田汉

导演　卜万苍

摄影　黄绍芬

演员　黎灼灼　陈燕燕　金焰　鲁史　何非光　谈瑛　李君磐　刘继群　殷秀岑

《母性之光》电影由田汉编剧。其电影剧本作于1931年，摄制于1933年。本篇系雷霆根据影片整理，原载《田汉电影剧本选集》（中国电影出版社，1983年）。

剧　　本

田汉

这是一间不大的客厅。今天，主人林寄梅请来几位音乐界的朋友和有关的实业家，要为女儿小梅开一个小小的音乐会。

姗姗来迟的剧院经理推门而入，林寄梅连忙迎上去握手问候，很是殷勤。客人算是到齐了。

林寄梅对妻子说：

（字幕）"慧英，你招待一会儿，我去叫女儿出来。"

他一点儿也没注意到慧英不安的情绪，说罢径自向女儿的卧室走去。

内室。

他们的女儿小梅，一个十九岁的姑娘，生得美丽可爱。此刻，她正对镜梳妆，象是等待着一场考试似的，心里不免有些紧张。

林寄梅进来看到小梅已经打扮好，很满意，拉着小梅就往外走。

客厅。

慧英见小梅出来了，便走过去拉住她的手。慧英今天加倍地疼爱女儿，觉得应该保护她。

林寄梅兴奋而且自豪，他对客人们说道：

（字幕）"给诸位介绍，这是我们的女儿小梅。她现在唱一段我编的新歌，还望诸位指教。"

在座的客人立刻热烈鼓掌，小梅亦向客人们点头致谢。

慧英微微笑了笑,看到女儿长大成人了,送给了她一点安慰,而眼前的情景又给她带来不安。

客人们议论着、称赞着小梅。剧院经理取出眼镜戴上,准备仔细观察小梅的仪态、表演。唱片公司的职员也取出秒表,准备计算时间。

林寄梅坐下,翻开放在钢琴上的乐谱《春之恋歌》,开始弹起歌曲的引子,小梅随着琴声唱道:

(**字幕**)

  花儿是随着绿波飘荡,
  鸟儿是摇着花枝儿歌唱,
  波儿是映着美丽的斜阳,
  人儿是细语在木兰舟上。
  你的眼波射进了我的心房,
  你的爱抚医好了我的痛伤,
  我们不愿作神仙,但愿作鸳鸯。
  我们不愿作神仙,但愿作鸳鸯。
  人间最宝贵的是爱,
  ——啊,恋爱至上!

一曲唱罢,客人们报以热烈的掌声,并赞美着。

这个小小的音乐会达到了预期的效果,剧院经理表示很满意,握着林寄梅的手说:

(**字幕**)"我院一定奉邀令媛表演,明天就签合同。"

他说罢走出门去。

唱片公司的职员也对林寄梅说:

(**字幕**)"敝公司也要请令媛灌音,什么条件,随你订好了。"

林寄梅送走客人们,兴奋的心情再也抑制不住了。他是一个不成材的音乐家,可是他从小梅身上看到了成功之路。为了能扬眉吐气,为了发财,他教小梅唱歌,十年了,这天终于盼到了。他回身跑过去,抱住小梅,如狂如痴地叫起来:

(**字幕**)"你是我的女儿,我的妹妹,我的朋友,不,我的爱人!"

接着,他连连吻她的双手,抚摸她的头。小梅也异常兴奋,快活地依偎在他怀里。

慧英独自沉默,眉宇间现出忧虑,等小梅高高兴兴地跑进卧室后,她便严肃地对丈夫说:

(**字幕**)"你别只管这样子娇纵这孩子,你应该给她更好的教育。"

林寄梅不以为然地说:

(**字幕**)"她的教育是够了,以后得让她赚钱了。"

他不待慧英再说就径自到小梅房中去了。慧英心中一阵莫名的惆怅,无可奈何地转身回到自己的卧室。

慧英的卧室。

慧英在屋里呆立了一会儿，然后从衣柜抽屉里取出一张珍藏的照片，默默地看着。

照片上有三人：慧英、她的前夫家瑚，还有四岁的小梅。

慧英望着望着，不觉流出了眼泪。十五年前的情景又重现在眼前……

那时，他们一家三口住在广东。家瑚是一个革命的青年。有一天，他在街头看到军阀的官兵逮捕了几位革命同志，他赶忙穿过几条胡同奔回家来。

家瑚一进房门，便对慧英说：

（字幕）"现在军阀捉去了很多同志，我倘使不即刻离开，一定有危险。"

说着便开始收拾行装。心情沉重的慧英也帮他收拾。

小梅已经懂事了，看到家瑚要走，哭着喊爸爸。家瑚过去抱起她来，亲吻爱抚，舍不得离开。

最后，家瑚忍痛放下孩子，接过慧英给他收拾好的提包向门口走去。到了门口，他又回身恳切地对慧英说：

（字幕）"我大概去南洋，几时回来当然不知道。小梅我很爱她，你替我好好教养她，让她成为一个于社会有用的女性。"

生离死别，慧英拉住家瑚，悲痛欲绝。家瑚紧紧地拥抱她，吻她。然后毅然开门离去。慧英无力地倒在门边。

忽然小梅推门进来，打断了慧英的回忆，她连忙把照片藏在背后。

小梅走到慧英面前说：

（字幕）"娘，爸爸带我出去买点化妆品，你愿意同去吗？"

慧英听到这话，正待劝阻，林寄梅进来把小梅拉走了。慧英感到刺心地难过，不由得泪如雨下。

一张海报。海报上有小梅的画像和几行大字：

　　歌舞皇后

　　　林小梅女士

　　　　登台表演

　　《春之恋歌》

剧院里，座无虚席。小梅正在台上演唱。

纨绔子弟黄书麟，正在台下着迷地看着小梅的表演，他乐不可支，丑态百出。他向旁边几个帮闲使了个眼色，几个帮闲便鼓起掌来。

当小梅唱到（字幕）"你的眼波射进了我的心房，你的爱抚医好了我的痛伤"时，黄书麟更是色迷迷地忘了形，连连用手捺着自己的鼻子，好象是说："我就是，我就是！"

有人给小梅献花。

小梅唱到最后，将一支花闻了闻丢下台来。

黄书麟顺势接住那朵花，放到嘴边贪婪地吻着。

后台化妆室里，小梅正在卸装。林寄梅对这次演出非常满意，他站在小梅身后，称赞不迭。

门开了。差役送进一只花篮，父女两个连忙走过去看，花篮的纸笺上写着两行字：

　　小梅女士惠存

　　　　黄书麟　敬赠

林寄梅受宠若惊，对小梅说：

（字幕）"黄书麟是南洋富商的儿子，他爸爸是一个矿业大王呢。"

门又开了，进来的正是黄书麟。林寄梅眉开眼笑、躬背哈腰，抢前几步，握手迎接，可是黄书麟对他毫无兴趣，应付了一下，便走到小梅跟前笑眯眯地从怀里掏出一个锦盒，打开拿出一条项链。

林寄梅觉得自己在这里有些碍事，便说：

（字幕）"小梅，你招待黄先生，我去有点事。"

说罢，便退了出去。

林寄梅走出化妆室，紧紧地拉上门，站在门口，仍然掩饰不住内心的得意。

（字幕）小梅唱的歌曲，已经是家传户诵。

唱片在旋转。

一个老头在比手划足地唱。

一个胖胖的女佣在唱。

一个小老板掀着帐本在唱。

一个小女孩在唱。

小梅，已经不是原来的小梅了，头上烫的是新式发型，身上穿的是外国女明星的时装。她把一件件的旧衣服都丢给了女仆。

林寄梅推门进来，仔细看着小梅的新装，大加赞赏。

小梅说：

（字幕）"我的这些旧衣服，全都送给阿贞穿了。"

小梅走进慧英的房里，向母亲显示她的新装。她原以为母亲也会一样赞赏她，但是出乎意料，母亲的目光中却流露出深深的不满。

慧英激动地从沙发上站起来，抚摸着女儿的肩膀恳切地说：

（字幕）"女儿啊，你应当把你的将来想得更清楚一点，照你这个样子，怕要走上堕落的路啊！"

小梅听了不以为然地辩解道：

（字幕）"爸爸说要这样才是上进哩！"

慧英听了这话，不由得缩回了放在女儿肩上的手，正言道：

（字幕）"假如取悦有钱的人算是上进，那就是上进了；但娘想上进不是这意思。"

虚荣心已经使得小梅听不进母亲的教导，她说：

（字幕）"不，娘，我想爸爸的话是不错的。"

慧英吃了一惊，这还是女儿第一次顶撞她，她有些克制不住自己的感情了，但最后还是尽量平静下来，语重心长地对女儿说：

（字幕）"可是，孩子，你可知道你爸爸并不想他的女儿是这样的啊！"

小梅迷惑不解，忙问道：

（字幕）"为什么？"

慧英觉得一阵晕眩，倒在沙发上。

小梅茫然不知所措，只是呆呆地站在一边。

（字幕）寄梅靠着小梅的成功，他俨然以音乐界的巨擘自居，每个音乐会几乎都少不了他。

一个华丽的大厅，音乐界正在这里举行一次"沙龙"音乐会。林寄梅带着小梅、慧英走进来，和周围的人打着招呼。

音乐会在进行着。慧英正和两个女友交谈，忽然看见一个老朋友走过来，便迎上去握手寒暄道：

（字幕）"元谟，咱们好久不见了。"

元谟伏到慧英的耳边悄声说：

（字幕）"林太太，我替你介绍一个朋友，假如你仔细记一记，也许你是认识他的。"

慧英莫名其妙地笑了一下，随后望了望远处的小梅他们，便跟元谟走了出去。

慧英和元谟来到外厅，向着窗前的一个人走过去。那人闻声回过身来，他风尘仆仆、面色黝黑，黑亮的一双眸子射出深沉坚毅的光。慧英定睛望着，突然喊了出来：

（字幕）"啊唷，你，家瑚！"

慧英喊着扑了过去，可是家瑚十分冷静地阻止住她，很有礼貌地说道：

（字幕）"林太太，久违了。"

慧英心里一阵痛楚，低下头去。片刻，她又抬起头来，克制着自己的感情，问道：

（字幕）"什么时候回来的，怎么晓得我在这里？"

家瑚平静地回答道：

（字幕）"回来了几个月，找元谟才知道的。"

林寄梅也来到外厅，元谟便迎上去，指着家瑚向他介绍：

（字幕）"这位邹先生是刚从南洋回来的。"

接着又向家瑚说：

(字幕)"这位就是林太太的林先生了。"
林寄梅听说这位邹先生是从南洋回来的,立刻满脸堆笑,热情地握住家珊的手:
(字幕)"邹先生既从南洋回来,一定发了不少的财吧?"
元谟大笑道:
(字幕)"哈哈!照你说南洋来的都是富豪了。"
林寄梅大失所望,立即松开手,脸上也冷了。家珊对他说:
(字幕)"南洋已经不是中国人发财的天国,自从世界经济恐慌的浪潮打到南洋,失业的不知多少,都一船一船地回来了哩。"
林寄梅对这些不感兴趣,当他听到大厅里传出小梅的歌声,便把头转向大厅。

大厅里,音乐会在继续着,小梅正在唱歌。一群青年把小梅围在中间。

慧英轻声对家珊说道:
(字幕)"那就是我们的女儿。"
家珊微微一震,遥望过去,只能看到小梅的侧影。
小梅唱完了,林寄梅便匆匆向家珊、元谟告辞,回到大厅去。慧英走近家珊,鼓了几次勇气才说出来:
(字幕)"我去叫她来认识父亲。"
家珊转过脸来,抑制住感情的激动,说:
(字幕)"不,我不要让她知道有我这样一个父亲,理由回头告诉你。"
慧英黯然地低下头。

大厅里,一支乐队正在演奏,林寄梅、小梅、慧英、家珊、元谟都静坐聆听。
演奏完了,钢琴家站起来向大家提出一个建议:
(字幕)"我们要求在座的来宾,每人唱一曲,现在先请由南洋归来的邹先生唱。"
人们都向家珊鼓掌,林寄梅和小梅却不动声色。
家珊站起来谦逊地表示:
(字幕)"我不是音乐家,我只能将在南洋常听见的唱几句。"
音乐家们又一次热烈地欢迎。
家珊用他浑厚的嗓音唱了一支在南洋学会的开矿歌:
(字幕)

> 开矿,开矿,
> 开出来黄金黄。
> 我们在流血汗,
> 人家在兜风凉;
> 我们在饿肚皮,
> 人家在餍膏浆;

我们终年晒着猛烈的太阳，
　　人家还嫌冰冻水不够凉爽。
　　哐当，哐当！

　　我们大家的手要象百炼钢，
　　大家造出来的幸福，
　　应当大家来享！
　　开矿，开矿，
　　开出来黄金黄。
　　我们大家的心，
　　要象一板墙，
　　哐当，哐当！

　　家瑚一曲唱完，博得了热烈的掌声。林寄梅吸着烟斗，表情颇为淡漠。
　　小梅却听得入了神，她兴奋地对林寄梅说：
　　(字幕)"这个人嗓音很好，爸爸你来介绍他让我认识。"
　　林寄梅对女儿总是百依百顺，他点头答应了，小梅便拉着母亲跟着林寄梅来到家瑚面前。林寄梅介绍道：
　　(字幕)"这是邹先生。"
　　(字幕)"这是我的女儿小梅。"
　　小梅猝然站到家瑚面前，使得家瑚感到说不出的欣喜，但同时内心又十分慌乱。他镇定了一下，才和小梅握手。家瑚望着小梅，不禁眼前出现了她牙牙学语时的模样，他百感交集。小梅却什么也不知道，只是因为新结识了一位音乐朋友而感到高兴。
　　家瑚多么想叫她一声女儿，可是不能，这真是一种折磨。他再不能呆下去了，就掏出一张名片递给小梅，匆匆走了出去。
　　林寄梅无谓地笑了笑，带着小梅走开。只是慧英还呆呆地站在那里，望着家瑚远去的背影。

　　一辆出租小汽车在桥头停下，慧英从车上下来，匆匆走过桥去。
　　慧英来到一条弄堂，在一个破旧的门口停下，望着门牌号。
　　门被轻轻推开——这是一间极其简陋的平房，屋里家具简单，家瑚正专心地伏在桌上起草一个文稿。他听到有人推门，便回过头，惊异地喊道：
　　(字幕)"慧英，是你？"
　　慧英叫了声：
　　(字幕)"家瑚！"她奔过去，紧紧地抱住他。家瑚冷静了下来，轻轻地推开了她，指着一只椅子说：
　　(字幕)"林太太，请坐。"
　　慧英放开手，退后一步，凄然地望着家瑚。

二人相对无言，终于还是慧英先开了口：

（字幕）"家瑚，你该知道，我的改嫁和你离开我们出国去，是一样的出于不得已呀？"

家瑚坦率、诚恳地说：

（字幕）"并不是因为那些，况且我对于你的处置也认为适当。"

说罢，他扶着慧英坐下。

慧英减少了些不安，改换了话题，问道：

（字幕）"十多年来你在南洋干些什么？"

家瑚说：

（字幕）"十多年当中，我也曾做过矿工。"

慧英听到这句话，觉得一阵心酸，她知道矿工的境遇是牛马不如的。

家瑚又接着说：

（字幕）"我也曾挨过工头们不少的皮鞭……"

家瑚讲述起他在南洋矿场上的遭遇……

……家瑚和矿工们在矿场上挥动镐头，在炎日下开采矿石。不远处，有两个工头在野蛮地鞭笞一个工友。家瑚实在看不下去，便过去制止他们。两个工头竟又挥着皮鞭来对付家瑚。家瑚不甘受欺凌，举起铁锤要和两个工头拼命，终因寡不敌众，被工头抓住押送走了。

家瑚被押进矿长室。矿长黄晓山——黄书麟的父亲正处理文件，见家瑚进来，便说道：

（字幕）"你这专门捣乱的东西，我不让你去坐监牢，你也不知道我的厉害！"

家瑚仍要据理力争，黄晓山一挥手，命令工头把他送入私牢。

……慧英痛苦地听着，好象资本家的刑具加在她的身上。

家瑚继续讲着，他撕开上衣，露出胸膛上的伤痕。

慧英再也坐不住了，扑上去，把脸紧紧地贴在家瑚的胸膛上啜泣着。

家瑚说道：

（字幕）"因为这些伤痕，使我知道了更多的事情……"

慧英抬起泪眼，好象在问："知道了什么？"

家瑚继续说道：

（字幕）"更使我知道有比保全我的妻子更重大的责任……"

慧英紧紧地抱住他说：

（字幕）"家瑚，你既然回来了，我去和寄梅说明一切，恢复我们的关系。"

家瑚说：

（字幕）"我这趟是改名换姓从南洋逃回来的。我很忙，并且也没有力量顾到你们。"

家瑚说着，爱怜地抚摸慧英，停了一会儿，又执着她的手说：

（字幕）"但是我不希望我的女儿去作供奉绅士们的歌者，她应该是被压迫者的歌者。"

他说着，回身拿过一份刚刚起草的《筹备托儿所基金缘起》，对慧英说：

（字幕）"现在有几个干劳工教育的朋友，组织了一个平民托儿所，想开个游艺会，可叫小梅去唱一次。"

慧英说：

（字幕）"我去和她说，那一定可以的。"

回到家里，慧英对小梅说：

（字幕）"那晚唱矿歌的那位先生组织了一次游艺会，要想请你去表演。"

小梅迟疑地说：

（字幕）"那得问过爸爸。"

正好林寄梅推门进来，小梅向他征询意见，林寄梅断然拒绝：

（字幕）"我们不参加任何游艺会。"

小梅遵从了"父命"，慧英十分气愤。

（字幕）帮闲艺术家的苦心。

从一只酒瓶中倾泄出的酒把酒杯斟满。

林家客厅。

林寄梅、小梅和黄书麟正在一起饮酒。林寄梅和黄书麟碰杯之后，发现小梅只是端起酒杯闻了一下，并不喝，他们便又和她碰杯。

林寄梅说：

（字幕）"不会喝酒，怎能在外面交际，快喝，快喝。"

小梅不得已举起酒杯一饮而尽，呛咳着，笑着。

慧英从内室出来，小梅回头看见母亲，便拿着斟满的酒杯走过去，带着醉意说道：

（字幕）"不会喝酒，怎能在外面交际，快喝，快喝。"

慧英看到女儿变得这个样子，怒不可遏，便叫林寄梅跟她进了内室。

内室。慧英怒气冲冲地对林寄梅说：

（字幕）"寄梅，你不应该这样害我的女儿。"

林寄梅讪笑道：

（字幕）"你究竟是一个落伍的母亲了，我才是个最摩登的父亲，我教她的不会错的。"

说罢，他哈哈大笑着扬长而去，将慧英一个人留在屋里。

郊外，林荫道上。家瑚和慧英挽臂并行。

小梅在远处看到他们的背影，追过去。

慧英紧紧地靠着家珊在漫步着，满腹的辛酸只有向他倾诉。

小梅望着他们，自言自语地说道：

（字幕）"这样的行为，怎么对得起爸爸。"

小梅和黄书麟俨然是一对情侣了，他们悄悄地在小梅房里相会，黄书麟将一只金表戴在小梅的手腕上。

慧英打开窗户深深地吸了几口气，忽然她看到对面房间里小梅正跟黄书麟拥抱，便生气地喊钱妈进来说：

（字幕）"请小姐来。"

钱妈答应着退了出去。

钱妈来到小梅房门口，刚一推门又马上缩了回来，神秘地笑了笑，重新敲门。小梅出来了，钱妈对她转达了慧英的话。

小梅来到母亲房里。慧英生着气说：

（字幕）"我的话你完全不听，为什么和这种人常常来往？"

小梅说：

（字幕）"娘劝我别和他来往，为什么娘又和那南洋来的邹先生来往呢？"

慧英完全没有想到小梅会这样发问，一时不知该说什么是好，想了一下说：

（字幕）"和谁？你是说他么？他……他……"

慧英想说出真情，可是又想起家珊的嘱咐，便收住口，难过地低下头去。小梅轻蔑地一笑，翩然而去。慧英想叫住她，终于又抑制住自己。

没过几天，报上登出了一则结婚启示：

　　歌舞皇后林小梅女士将在德华饭店结婚，新郎为南洋富商之子黄书麟

消息的旁边是小梅和黄书麟的照片。

白天。德华饭店。

小梅和黄书麟的婚礼隆重举行，林寄梅和从南洋专程赶来的黄晓山主持了他们的婚礼。

慧英不愿参加女儿的婚礼，她一个人伤心地留在家里。

家珊从报上看到女儿的结婚消息，也十分痛心。

（字幕）结婚仪式终了之后，小梅就随同黄家往南洋去了。

码头上，客轮起锚，人们正在挥手告别。

黄氏父子和小梅在船舷上。
林寄梅在人丛中向他们挥着手。
黄书麟看了看小梅，小梅一动也不动，流着泪对他说：
（字幕）"我长得这么大，还是第一次离开父母呢。"
说罢，倒在丈夫的怀里痛哭起来。

慧英没有去送女儿，在家里独自伤怀。

（字幕）小梅随着黄家抵南洋后，特往参加他们幸福基础的矿区。
南洋。土人爬上一棵高大的椰树。
繁华的街道。
矿区。一辆小汽车在大树下停住，黄氏父子和小梅从车上下来，一同走进高坡上的凉篷。从这儿可以看到整个的矿区，矿车来往如织。黄书麟见小梅看得很高兴，便兴致勃勃地介绍：
（字幕）"此地的矿山，都是我们家的。"
看到整个矿区的情景：烈日下的矿工们正汗流浃背，不停地抡着锤头、镐头劳动着；工头们不断地挥动手中的鞭子……她又看了看身旁的丈夫和公公，他俩正站在凉篷下面注视着他们所经营的这一切……
她正在想着什么，仆人送来一杯冷饮，她看看手中的杯子，又看看烈日下工作的矿工。
一个矿工昏倒了，工头的鞭子象雨点一样落下来。
黄晓山一边喝着冰凉的饮料，一边说：
（字幕）"今天太热了，真受不了！"
小梅听到这句话忧郁地望了望他。
工头用鞭子在死命地抽打那个昏倒又爬起来的工人，小梅目不忍睹，转过头去。
工头把那个工人押起来，黄晓山喊道：
（字幕）"打死这些狗。"
工头得到命令，更是不顾死活地抽打那个工人。
小梅走到黄晓山跟前说：
（字幕）"爸爸，您怎么对待这些矿工这样残酷呢？您得优待他们才好啊！"
黄晓山说：
（字幕）"现在经济恐慌已经影响到南洋，不让他们多做一点工，就要不能维持了。"
小梅还要说什么，可是黄晓山冷酷的脸使她无法再说了。

（字幕）金钱来得容易，去得也容易。
林寄梅邀了几个朋友在家里狂赌。

慧英隔窗看到这般情景，十分厌恶，感到这些人的生活太无意义了。她走到床边，无精打采地坐下。

平民托儿所里，家瑚正拉着风琴教孩子们唱歌。
慧英来到托儿所门外，看了看，便走了进去。
慧英走进教室，坐在讲台旁边一张椅子上。看着这一群天真可爱的孩子，她笑了，可是想起自己的女儿，不禁又是一阵伤心。
孩子们唱完一支歌，家瑚走到慧英面前，抚着她的肩说：
（字幕）"慧英，别老是想着自己的孩子，把眼睛转到千百万穷苦的儿童身上去罢。"
慧英低下头，想立即抹掉心头的痛苦。孩子们很懂事，热情地围了过来，使慧英感到了极大的温暖。

南洋。
一家剧院的门前贴着一张海报：
　　　本院特聘
　上海桃花歌舞团登台演出
另一张海报：
　著名歌舞家陈碧莉女士
　　　表演珠光艳舞

黄家。
小梅躺在床上看书，黄书麟拿着一张报纸进来，坐到床上对小梅说：
（字幕）"桃花歌舞团今天开演了，我和你去看看好么？"
小梅轻轻地对他说：
（字幕）"你知道我有孕了，怎么能去？你一个人去吧。"

台上正在演出《珠光艳舞》，半裸体的舞女陈碧莉边舞边唱：
　啊，我爱慕的暖热的南洋，
　啊，我爱慕的美丽的南洋，
　椰子林下金波儿漾，
　土人打着桨去采珍珠蚌，
　大串的珍珠戴在我的脖子上，
　谢谢你，我的郎，
　别瞧我海草儿似地东漂西荡，
　我的情似海水样儿深，
　意似海云样儿长。

台下，黄书麟不断捧场叫好，旁边又有几个帮闲在帮他鼓掌喝彩。

后台，化妆室。一个差人提着花篮进来。陈碧莉走过去看，花篮的纸笺上写着：
　　碧莉女士哂存
　　　　　黄书麟 敬赠
黄书麟进来了，从怀里掏出一个锦盒，打开拿出一串珍珠项链给陈碧莉戴上，又吻了她的手，两个人相对而笑。

一张张日历撕下去。
黄书麟对小梅十分冷淡，小梅难过地对他说：
(**字幕**)"我离开了父母，随你来南洋，你怎么可以又爱上旁人呢？"
黄书麟无动于衷，扭过头去，不理睬小梅。

日历又一张张撕去……
黄书麟不耐烦地在房里踱着，小梅跟在他后面祈求。

日历又一张张撕去……
黄书麟头也不回地出门去了……

日历又一张张地撕去……
小梅分娩了，两个助产士在给她接生。
助产士走出房门对黄晓山说：
(**字幕**)"恭喜添了一位千金。"
黄晓山听了大为不悦。

(**字幕**)数月以后。
小梅的小女儿已经长大了，是一个挺可爱的孩子。
小梅卧在床上，两个医生在替她诊断。
一个医生从小梅房里走出来，来到黄晓山房里，对黄晓山说道：
(**字幕**)"令媳因怀孕的时候受刺激太大，这病很是危险。"
黄晓山却只顾翻阅他的帐本，对医生不加理睬。

小梅躺在床上，周妈进来对她说：
(**字幕**)"上海的电报已经打去了。"
小梅沉痛地点了点头，等周妈走出去之后，她自言自语地说：
(**字幕**)"书麟，我很感激你给我这样的教训，使我明白了许多的事情。"

此时，黄书麟正和陈碧莉依偎在一起饮酒作乐。

慧英在家正看一份电报：
（字幕）"儿病危盼母速来小梅叩。"
慧英看罢电文，焦急地在房里踱来踱去，不知如何是好。

林寄梅正在赌博，他输得囊空如洗，只得退出牌局。这时，慧英找到他，把电报给他看过后说道：
（字幕）"你给我一点钱，让我往南洋去一趟。"
林寄梅拍了拍口袋，表示爱莫能助。慧英夺回电报，忿然而去。

家瑚正要出门，适逢慧英来。慧英把电报给他看。他看过之后，说：
（字幕）"你可以去南洋走一趟。"
慧英惭愧而又焦急地说：
（字幕）"我的钱不够。"
家瑚毫不犹豫地说：
（字幕）"那末我去想点办法，再当点东西，也就够了。"
慧英扑到家瑚怀里哭了起来……

轮船上，慧英无力地望着码头上的家瑚。
家瑚也在望着她，默默地祝她一路平安。

小梅躺在床上，喃喃地叫着：
（字幕）"娘呀，娘呀！"

大门开了，慧英进来，周妈带她上楼。
慧英随周妈来到小梅的卧室。
小梅看到日夜盼望的母亲，便不顾病痛猛然坐起，喊着："娘——"
慧英百感交集，向女儿奔了过去，母女俩紧紧地抱在一起。
慧英忽然看到旁边小床上的婴儿——小梅的女儿，亲热地把她抱了起来。
小梅说：
（字幕）"娘，过去的一切都不要说，这就是我唯一的希望了。"
站在旁边的周妈，也流出了同情的眼泪。
慧英转向周妈，问她道：
（字幕）"为什么不见姑少爷呢？"
周妈说：
（字幕）"自从少奶奶生病以来，他没有回来过一次。"

慧英听了很痛心，望了望小梅说：

（字幕）"我们娘儿俩处的是同样不幸的环境。"

周妈出门去。慧英把孩子放回到小床，坐在小梅身边，语重心长地对她说：

（字幕）"你以前如果能接受你爸爸的意见，绝对不会有今天这样的事。"

小梅奇怪地问：

（字幕）"我和书麟结婚，不完全是爸爸作主的么？"

慧英终于把实情说出来了：

（字幕）"他哪里是你的爸爸！在音乐会上唱开矿歌的那位邹先生才是你的爸爸呢。"

小梅恍然大悟。

慧英从提包里把一张照片取出来递给小梅——就是她珍藏的那张照片。

慧英指着照片上的小女孩对小梅说：

（字幕）"这个小孩就是你。"

小梅将照片紧紧地贴在胸前，问道：

（字幕）"那么，娘为什么不早告诉我呢？"

慧英说：

（字幕）"我屡次想告诉你，总因为你爸爸的缘故，暂时不便告诉你。"

小梅说：

（字幕）"娘，等我的病好了，我们就回上海找爸爸，开始我们更自然的生活。"

母女之间的隔阂烟消云散，慧英又紧紧地抱住了小梅。

两个人忘掉了身旁的孩子。孩子哭了。

南洋。

一家门口挂着木牌：吴杰之律师事务所。

慧英和抱着孩子的小梅站在律师面前，律师问小梅道：

（字幕）"你要多少赡养费呢？"

小梅摇了摇头。律师又问：

（字幕）"那么你要什么呢？"

小梅说：

（字幕）"我只要这个孩子。"

律师说：

（字幕）"这个不知道成不成，我去说说罢。"

待小梅答应后，律师便走出门去。

黄家父子坐在外厅的沙发上，律师走过来对他们说：

（字幕）"她的唯一的要求，就是你黄家的骨肉小莲绎。"

黄书麟摇摇头，可是黄晓山说：

（**字幕**）"一个女孩子给了她，那有什么关系。"
最后黄书麟也答应了。

出了律师事务所，小梅指着怀里的小莲绛对慧英说：
（**字幕**）"娘，这一点点的收获，就抵得我所损失的一切了。"

报纸上的一段新闻：
　　前歌舞皇后林小梅女士婚变回沪。
消息旁边还登了一张小梅的照片。

两辆黄包车在家瑚的住处门口停下，慧英和小梅下车后走进门去。
家瑚正在房里作画，闻声回头，见是慧英和小梅进来，非常惊喜。慧英放下手中的箱子接过小梅怀里的孩子。小梅跑到家瑚面前，双手搭在家瑚肩上叫道：
（**字幕**）"爸爸！"
家瑚觉得有些突然，便用目光询问慧英，慧英点了点头，家瑚这才高兴地抱住了小梅。接着，他又过去抱过小莲绛来，仔仔细细地看着这个初次见面的外孙女。
家瑚看到地上的箱子，问慧英：
（**字幕**）"为什么将行李带到我这里来？"
慧英说：
（**字幕**）"我们已经决定住在这里了。"
家瑚说：
（**字幕**）"不，不，你们还是回去的好。"
小梅走近父亲，恳切地说：
（**字幕**）"我们情愿过艰苦的日子，爸爸怎好叫我们再到那么坏的环境里去呢？"

林寄梅走进弄堂，挨门寻找。当他听到一个房间里有小梅的声音，便过去敲门。

家瑚听见敲门声，应了一声，林寄梅推门而入。
慧英和小梅厌恶地望着他。
林寄梅装出一副笑脸，亲热地对小梅说：
（**字幕**）"我去接你们的船晚了一会儿，我猜你们是在这里，所以赶来接你们回去。"
小梅说道：
（**字幕**）"谁同你回去，你还想再出卖我一次吗？"
林寄梅恼羞成怒，但不敢发作，便装模作样地说：
（**字幕**）"好孩子，怎么对爸爸这样胡说。"
小梅正颜厉色地说：

（字幕）"你是我的什么爸爸，我的爸爸在这里！"

林寄梅看了看家瑚，见他正威严地站在那里盯着自己，忙避开眼光，色厉内荏地对小梅说：

（字幕）"胡说！你疯了么？赶快回去！"

小梅厉声赶他出去。林寄梅知道再说也没有用了，就动手来拉小梅，小梅却给了他一个耳光。当他还想拉小梅时，家瑚过来挡住，对他说：

（字幕）"我因为责任关系，不能让你把她们带回去。"

林寄梅想要动武，刚一抬手，便被家瑚牢牢地抓住胳臂。家瑚打开房门把他推了出去。

（字幕）慧英和林寄梅离婚之后，就同小梅在托儿所办事。

家瑚在给孩子们上课。

慧英在照顾最小的孩子们。

一群孩子围成圆圈，中间，小梅站在风琴旁边教他们唱歌。

铃声响了，下课了。

小梅向孩子的宿舍走去，她在挂念着染病的莲绛，孩子们寸步不离地跟着她。

来到宿舍，孩子们留在门口，小梅走近躺在小床上的莲绛，摸了摸她的头，又摸了摸她的手，觉得热度很高，便焦急地走出门去。

办公室里，家瑚正和元谟谈话，小梅张皇地进来对家瑚说：

（字幕）"爸爸，莲绛病了，我带她去找医生。"

元谟感慨地说：

（字幕）"我们这里的经费倘是充足的话，一定要常请一位医生，那就用不着出去看病了。"

家瑚说：

（字幕）"所以我很想发起一个游艺会，将收入的钱，让我们这里多添一点设备。"

元谟说：

（字幕）"好极了，倘是以令嫒的大名，定有很大的号召力。"

小梅急忙找大夫去了。

孩子们还在门口等着小梅，见她要出去，便一齐围过来说：

（字幕）"妈妈早点回来！"

小梅爱怜地抚摸了他们一下，便走了。

莲绛昏迷地躺在床上，小梅正陪大夫给她诊断。

大夫开了药方，走了。

中医来给莲绛看病。小梅把药方和一包典当的东西交给托儿所的女工，请她将衣物当了给莲绛买药回来。

一家剧院的门口，海报贴出来了：
　　平民托儿所不日假本院开游艺大会，
　　并请歌舞明星林小梅女士参加表演。

人们争先恐后地购买门票。

一张接一张的药方，叠成厚厚的一迭。
一个大夫给莲绛看病。小梅焦急地呆在一边。最后，大夫说：
（字幕）"没有法子了，她的小身体上已深深地遗传着她父亲的梅毒。"
小梅紧张起来，混乱中拉着大夫求救，可是大夫只是摇了摇头，走了。
慧英从对面进来，绝望的小梅扑到母亲的怀抱里痛哭起来。

剧院门口，人们蜂拥着入场了。旁边的海报上写着：
　　平民托儿所举行游艺会
　　歌舞明星林小梅女士表演最新歌曲

小梅扑在床上，悲痛地哭叫着：
（字幕）"孩子，孩子，妈妈在叫你，你为什么不答应呢？"
慧英擦了擦眼泪，过去扶起痛哭的小梅，说道：
（字幕）"不要再哭了，你要保重自己的身体。"
说着，她把小梅扶到椅子上让她坐下。小梅啜泣着，把头紧靠在母亲身上说道：
（字幕）"最后的希望没有了，我怎么活下去呢？"
慧英安慰她说：
（字幕）"小梅，不要光想着自己的孩子，把眼睛转到千百万穷苦的儿童身上去吧！"

窗外，远处有一群孩子正围成圆圈做游戏。孩子们正唱着心爱的歌，他们那么天真可爱。
慧英和小梅望着窗外。

剧场里，座无虚席。
后台，人们在忙碌着，元谟焦急地走过来对家瑚说：
（字幕）"今天人来的很多。时间就要到了，怎么小梅还没来呢？"
家瑚望了望壁上的钟说道：
（字幕）"我去迎她一下。"

说罢便走出门去了。

家瑚踏进房门,小梅见是父亲来了,扑到父亲怀里又哭起来:
(字幕)"爸爸……"
家瑚一怔,望了望慧英,慧英悲痛地说:
(字幕)"莲绛死了。"
家瑚身子一震,两步跨到床前,呆呆地望着死去的孩子。
孩子已经闭上了眼睛,但她仍象活着时那样可爱。
家瑚眼里噙着泪,慢慢地抬起头来,悲愤地说道:
(字幕)"是这个罪恶的社会毁掉了孩子的生命。"
三个人默默地站立着。过了一会儿,家瑚对小梅说:
(字幕)"我去给剧院说一下,今晚的游艺会……"
小梅已经懂得了父亲的意思,但她坚强地抬起头来,毅然说道:
(字幕)"不,爸爸,我应当去!"

剧院后台,元谟焦急万分。
剧场里的人们在骚动,有的人站起来鼓掌叫喊。
幕终于拉开了,台上站着小梅,她怀里抱着死去的女儿,目中透出悲伤和忿恨。
刚刚平静下来的观众又在骚动,交头接耳地议论着。一个中年人向他旁边的人问道:
(字幕)"这是怎么回事?"
旁边的人摇了摇头。
台上,小梅开始唱了:
> 女士们,先生们,给你们介绍:
> 这是我的女儿,她名叫莲绛,
> 她现在是死了,但她的笑容,
> 永远活在我的心上,
> 我由她学会了作娘。
> 你们知道一句古话:
> "女人本弱,为母则强!"
> 她爸爸是个小矿业大王,
> 我和他恋爱,生下这个孽障。
> 她爸爸丢弃了我,真是伤心,
> 但她还是我最后最大的希望,
> 天哪,哪里知道她遗传了她爸爸的毒,
> 她收了她的笑脸儿,
> 她离开了她的可怜的娘。

>   天哪，我不能想，
>   想起来要碎我的心，要断我的肠！
>   ……

小梅的歌声抓住了全场观众的心，人们在倾耳静听。

一个中年妇女低下头流着泪。她怀中也有一个孩子，年龄和莲绛差不多。

一个老太太也在流泪。

一个青年满怀同情地听着。

小梅的歌声由凄婉而激越：

>   孩子，你也别怨你爸，别恨你的娘！
>   你要恨那吃人不见血的大魔王！
>   大家来打倒那大魔王，
>   让黑暗中的孩子们看见阳光，
>   让贫苦中的孩子得到教养！

歌声落地，台下一片寂静，有的人在哭泣，有的人在摩拳擦掌、忿忿不平。接着场内响起热烈的掌声。

小梅仍站在台上，慧英从后台走上来接过她怀中的孩子。

家瑚站在台上，激动地向观众讲演：

(字幕) "这个孩子虽然死了，可是我们要努力奋斗，打倒那吃人的大魔王，拯救贫苦的孩子们。"

台下一青年人高喊起口号来，会场观众也随着喊起来：

(字幕) "打倒吃人的大魔王！"

会场沸腾。

台上，家瑚、小梅、慧英抱着死去的莲绛，激动地站在那里。

（雷霆根据影片记录整理）

压　迫

出品　明星影片公司，1933年
编剧　洪　深
导演　高梨痕
摄影　王士珍
演员　龚稼农　夏佩珍　严月娴　孙　敏　许莘园

《压迫》电影由洪深编剧。其电影本事无署名，原载《晨报·每日电影》（1933年8月14日）。

本　事

　　轧轧的机轮，熊熊的炉火，汗液布满着的腿和脸。这时候的赵寅生——广勤纱厂的火夫，是热得有些喘不过气来，跑到门口，想换一换气，可是工头不允许他休息，还是要他再去工作。

　　站在楼上的厂主张纯伯，看到工人们纷拥的放工回去，心想这情状，也许自己不能再维持下去。的确，董宝善这人，不但是自己商场上的商敌，同时也是情场上的情敌。他想吞并广勤纱厂，他又想占据那美丽的柳露丝。他不过是仗着经济的操纵，高压得使自己有些喘不过气来，但是在自己又有什么办法呢？

　　纯伯的焦灼态度，确实足以引起柳露丝的诧异。当他在权衡轻重之后，很是坦白的情愿将自己所心爱的露丝，双手捧着献给他的情敌。交换的条件，是请董宝善不要相逼太甚，让他保存这广勤纱厂。然而得不到宝善的同情，广勤纱厂终于停闭；那喘不过气来的赵寅生，自然也附带着而失业了。

　　在这闹失业慌的年头，寅生自从广勤出来后，已经有好几个月没有找到事做。母亲病着，孩子闹着，生活的压迫，使得他每天差不多完全陷在焦愁急愤的包围中。最后是无可奈何的由他妻子黄秀英出去帮佣，希冀能够贴补一些家用。

　　获得两重胜利的黄宝善，含着骄傲的微笑，在欢宴宾客，庆祝胜利。那为生活而帮佣的秀英，也在瘁尽心力的伺候来宾，尽管她家里是困苦得将没有饭吃，但她这时候也不敢想到这一点了。

　　带着孩子的赵寅生，想从秀英处设法一点款子，来给母亲医病，一路上是非常的难过。总算经秀英苦求，从那所谓太太的露丝，支到一个月工钱，但是够做什么呢？可是寅生这一来，倒造成了保荐的徐长胜对宝善敲竹杠的好机会。本来有钱的人用钱，大概是会这样的！

　　"饱暖思淫欲"，长胜有了"财"，也会联想到"色"。他的认为最轻便的对象，就是秀英。秀英不是超人,她又不知道沽名钓誉,沉醉在金钱的诱惑中,感激与畏惧的交织,她是不得不服从长胜的指挥了。

"秀英,你忍心离开我吗?"

"秀英,你狠心抛弃年老病重的母亲和我们的孩子吗?"

尽管她也曾感动,然而在严重的监视和压迫之下,她有什么法想,他又有什么法想!可怜寅生回得家来,母亲问媳妇,孩子要妈妈,这叫他怎么说明?该是多么痛心啊!

像徐长胜这样的人,本来说不到什么叫做"爱情"。他之所以进攻秀英,无非是一时的冲动,因而在不久之后,他又转变对秀英的态度而另爱上别的女人,甚至于对秀英任意摧残。

无母的孩子,是多么可怜,已经是思念成疾。寅生被逼得没办法,惘然地走在雪路上,想去找秀英回来看一趟。可是在他出门后,孩子是等不及而自己去找妈妈。病重的祖母看到孙女儿出去,也勉强的追出去。等到寅生不遇秀英回来的时候,发觉了孩子和母亲都已死在地上,差不多要全失去知觉了!

当寅生决计要会会秀英时,却又被董家仆从捉住,认为是一个窃贼。幸亏有秀英恳求太太,由宝善派他到新厂里工作。

也许是寅生的运气不佳,这新厂因了外货充斥市面,国货不能畅销,乃缩减开支,激起了工人的反感。寅生虽然不反对大众的意思,但他以为最重要的,应该注意到大家不要弄得没有饭吃!可是事实不是这样,工人和厂主,是双方各走了极端。

"这次事情,是谁的主动?"

宝善在事变以后,是想查出这主动人是谁。长胜听到这话,知道机会来了,于是自告奋勇,诬害寅生,设下圈套,诱惑他来自投陷阱。赵寅生和秀英终于受陷,被投入牢狱。

歧　　路

出品　联星影片公司，1933年

编剧　侯　枫

导演　侯鲁史

摄影　王卫青

演员　谈　瑛　何非光　魏鹤龄

《歧路》（一名《泪痕》）电影由侯枫编剧。其电影小说为侯枫所作，原载《申报·电影专刊》（1933年8月31日～9月7日），以及"电影小说丛刊"《满江红》（上海开华书局，1934年11月）。

电影小说

侯枫

频年的天灾人祸给予江北人民的痛苦，可以说是无以复加了。而今次的蝗灾，更是致人死命！收成既无，苛捐杂税，却是有加无减。在这种情形底下，农民们当然不愿坐而待毙的起来找寻他们的出路——联合起来反抗，斗争！

省里派来了大兵，用暴力来镇压这一抗租运动，更进而残酷地摧毁了整个的江村，奸淫掠杀，无所不用其极！农民们因为没有坚强的组织和完备的武器，不得不各自分头逃难。

呵！萧索的秋天，带着悲惨来到人间了！江村逃难的群中，老郑（一个饱经世变的老农）带着他的老婆和儿女们逃至田野间一座草堆的旁边。刚要躲到草堆里去躲避的时候，恰巧后面大兵赶来了，于是，有成便想出一计：让他们父母和两个妹妹躲在里面，自己和弟弟有才往前狂奔，使那些大兵不疑心草堆里有人而追上来。到了过沟的一座木板桥的时候，有才更想用诡计，诱那些追上来的大兵坠落沟中。可是，当他刚把木板桥抬起来的当儿，从前面飞来一颗枪弹，穿入他的胸腔，他忍不住痛地昏倒了。有成忙着回头来把他弟弟抬走。兜个圈子回到草堆的旁边，大兵虽然不见了，父亲——老郑却也中着流弹，生命危急。有才是早就死了。老郑在奄奄一息中，受此刺感，更是难以支持了。

"孩子！逃吧，那些魔鬼恐怕就要赶来……我……我是不中用了！但是你们千万不要忘记压迫我们的仇……"老郑兴奋地挣扎着说了这几句话，便与世长辞了。剩下有成和母、妹等，悲痛地埋好了老郑和有才的尸身之后，便带着老郑的遗言，茫然地走上征途。

在上海近郊的一个地方，齐集着无数的难民，到处是塌屋，泥土厝；来来往往的尽是些蓬头垢面的男男女女,这是贫民窟。有成,阿瑛,琼儿和妈妈也逃到这里来,修葺一间塌屋住下。靠着有成每天推小车所得的一块几角钱,养活这么一家几口儿。

这样的生活了几个月。"不幸"终于在一天降临到他们的身上:照例的,有成推小车载着满满的砖条,行经一条僻静的十字路口,后面突如地驶来一辆汽车,像野兽似的冲过去,把他的小车冲翻,无数的砖条,便破碎地落在地上了。有成与之理论,不但汽车的主人置之不理,反而遭受了巡逋的一顿毒殴。回到家中,他无言地独自坐在板凳上抚摩他的伤痕。凑巧在这个时候,知道有成吃了巡捕的亏的沈小二来了。劈头一句便是:"有成!这里邻近的人都向兴华煤矿公司去报名,我决定去应招,你去不去呢?"有成说:"推小车,我是不想干下去;不过,我去了,家里没有人照应……"

"要是决定了,把家搬到那边去住。还不是一样?"

于是有成在受过几个月的鞭挞之后,在万分悲愤,无法可想的困苦中,决定了把推小车的生活舍弃,和沈小二同投兴华煤矿去做矿工。

这样,有成便带着他的母、妹等搬到矿山附近的工人区里面去住。自己则住在工人寄宿舍里面。不久,阿瑛也就被阿三嫂牵引到王公馆(所谓王公馆者,即是兴华煤矿的矿主王开仁住宅。可是,他们却一些儿也不知道呢。)去做女佣。

一座华丽的小洋房,孑立在矿山附近的地方。如果是立在山顶望下去,这座华丽的小洋房杂在无数的平屋中,宛如"鹤立鸡群"哩!这小洋房的主人,就是兴华煤矿的矿主王开仁。他是个出洋留过学的富家公子,年纪过了三十的美男子;性刚强,奸恶而好色。他承继着父亲遗下来的巨产和这爿煤矿公司在经营。他是一个独生子,因之,他的家里除了他和妻(王少奶)两口儿外,就只有一群男童女仆罢了。

王矿主的身边虽然有了王少奶日夜地陪伴着,但是,本性难移:花天酒地成为了他的日常生活;调戏女仆,更是成为他在家中茶余饭后的消遣。……阿瑛踏进王公馆之后,她的美丽,聪明,得到了主人的欢心;而她的和气,更得到仆人们的爱戴。因此,阿瑛把个王公馆点缀得充满了朝气。王开仁更把她看成为一朵鲜艳的花,一块新鲜的肉。

有成进煤矿做工的理想,固已实现。而他的刚毅沉着,年青而能干,却引起同事工人们的注意——尤其是那领导着全厂的工人,意志坚定,活动力很强的李烈的注意。于是,他在李烈的影响与教导底下,获得了不少政治智识和实际斗争的思想。因之,不到一个月,有成在这兴华煤矿工场里面,便成为工友群中,被认为最友好的一个了。但是,另一方面,却备尝工头的怒骂与毒狠的鞭挞。

是春将归去的时节,太阳渐渐地挺威,散布其火似的炎光于大地。在兴华的煤矿工场里面的升降机不住地在起落,把一批批的工人送到阴森地狱似的地底下去,做着取煤的工作。轨道上的隆隆之音,不绝于耳。望过去,便看见很多的工人在努力运输的工作。这时,王开仁带着账房林绍清亲临工场巡视,工头何斌忙着把皮鞭子拿在手里,作个引导者。在一个凉快的地方,他们坐下来了。王开仁若有所感似的严肃地对着工头吩咐:"一天出煤这样少,真不行!这般贱骨头,不打不肯起紧的。要他们拼命,多出些煤……"

工头何斌还没有开口,账房先生已抢着回答,也可以说献策呢!"我们一方面固然要加紧出煤,一方面也得设法抵制外国煤才好。"矿主并不回答什么,却又问:"何斌!新招的一批工人怎么样?"

"新添的工人很会做,也肯拼命。"工头得意似的微笑着回答。"少爷!上那边去看吧!"

工头又引着矿主去巡视那一批新添工人。当他们打从李烈等的身边经过的时候,李烈对有成耳语道:"那个穿西装蓄有小胡子的就是这里的矿主王开仁。他用尽种种卑鄙的手段来压榨我们……"

有成深恶痛恨地钉王开仁一眼。沈小二却在逗着那年青的工人开玩笑。

"你们看,何胖子手里拿的那根皮鞭子像条狗尾巴。现在他把那根家伙拖在后面,真活像一条狗呀!"沈小二滑稽地说着。不知是谁又应声:"好一只胖走狗呀!"于是,大家不禁狂笑起来了。王开仁也就在这狂笑的声中,带着账房,离开工场去了。

一间简陋的长方形的板屋,里面摆着几张方桌和不少的板凳。工人们在工作之后,便带着疲劳的躯体,到这里面来买醉或者是赌博。这是兴华煤矿里面工人们唯一的乐窝。

李烈和两个工友喝着酒。还有其他的工人也分据台面买醉,赌扑克……有成和沈小二从门口走进来,在李烈那一桌坐下。酒一杯杯地往肚子里浇,话一句句地从口中吐出:

"现在外国煤销路好,中国煤大受打击。我们的矿主赚钱少,因此,又要减少工钱了!"

李烈沉着地从脑子里绞出这么几句话来。接着,有成便气愤地叫起来:"真是岂有此理!"

沈小二的滑稽又来了,不过,这一回的滑稽中,却含着严肃的意味:"动什么气?减少工钱还算是好的哩!他们失业的,挨饿的,又怎么样呢?"

一个工人私换扑克牌,造成"顺子",被人发见了。于是,打架,一场乱斗展开在这矿工的消乐窝里面。

同时,在一个华丽的俱乐部里面,灯光辉煌,乐声幽扬,舞衣蹁跹,是贵人们在举行盛大的舞会。王开仁借这个机会把大日洋行的代表请来,商谈今后出煤归其包销的问题。

王开仁正在拥美人而起舞的当儿,茶房来报,说是有客。王开仁心里明白,故暂离美人而迎客。在那小巧玲珑的会客室里面,王开仁和两个客人,一个是大日洋行的代表周拓;一个是李崇厚,天兴煤矿的老板,他们三个人像商议什么机密似的密谈了很久。结果,是王开仁和李崇厚密商之后,对周拓道:"周先生!我们都同意了,请拿合同来签字吧!"

周拓像外交胜利似的得意,从皮包里面拿出两份合同来,让两位矿主签字。从今后兴华和天兴的煤,就归由大日洋行包销了。

翌晨,王开仁穿着晨衣一面在吃早餐,一面却在逗着服侍他的阿瑛耍子。冷不防地王开仁把阿瑛抱得紧紧，强要吻她；阿瑛则出全力反抗。正在争持的时候，竟把咖啡杯子打落地上，打碎了。王少奶也刚巧在这时走进来，王开仁一见，忙着把阿瑛推开，狠狠地坐下叱道："做事这样不小心，贱丫头！"

王少奶虽然晓得是自己丈夫在调戏阿瑛，然而，她沉默了一会，终于决定把阿瑛辞退了："我这里用不着你这贱骨头，快滚出去！"

王开仁则无言地往里面走，妻也赌气地出去。剩下阿瑛在那里暗哭，然而，恨极了！

王开仁不乐地踏进他的办公室。工头何斌已先在那里等候，看见他的主人进来，即起立迎上前去招呼："少爷！今天这里发生了严重的事。"

王开仁把身体往写字台前的旋椅上送，悠闲地抽烟带问："什么事？"

何斌就把在工场里所发生的事，以及他的听闻述说出来：昨天下午，在矿里面有一个年纪最小的伙子忽的昏倒了。一班工人都把工作停下，围拢来救他。我走过去驱散工人，命令他们各自回去工作，我叫着："快滚开去做工！"有的工人已散开回去做工，只有一个姓郑叫有成的不但不散，反来与我争辩。他说难道让他昏死吗？我说："昏死干你什么事？快给我滚……"他倒动起拳头来啦！这倒算了。可是，到了晚间，我巡视各处，在工人寄宿舍的门口，听见了许多话。有的说："听说我们的煤已与外国公司签订合同，给包销了。""因为归外国公司包销，就得低价。所以，要减工钱多做工。"那个郑有成亦在里面。他说："多做工，少工钱，那不是要饿死我们！"此外还有许多不好听的话。"事情好像很严重……"

王开仁听后绉绉眉头问道："唔，现在工人们有什么举动吗？"

王开仁与何斌商谈的结果，决定：把郑有成监禁起来，消灭那未来的工潮；另一方面则进行收阿瑛做姨太太。

散工的信号，在号叫着。工人们把工停作了，各自散去的时候，有成独自一个人慢慢地彳亍出去，工头在对着他狞笑。有成刚走到门口，两个武装的警察迎面而来，把他绑起来带走，说是他犯规。

有成入牢的消息，急煞了他的妈妈和阿瑛。工头和一个老妈子带几块钱，上有成家去，交给有成的妈，说道："这是有成的工钱，少爷叫我顺便带来的。"

有成的妈在这个时候，好像管不了什么钱不钱，她只是急切地问：

"何先生！我的儿子犯了什么法呢？"

"因为有案子，关在牢里。"

工头很悠闲地说。阿瑛推着他问道：

"何先生！警察局在什么地方？我要去看看他。"

工头微笑着回答道："你去看他有什么好处？还是去求求王少爷吧！"

全家几口儿都在烦急的当儿，老妈子走近阿瑛面前劝说：

"哭也没有用。我陪你去向王少爷说情吧！"

阿瑛为了营救他们哥哥，顾虑到一家几口儿的生活，终于和老妈子同去。从此她就牺牲了肉体，王开仁藏诸金屋，作为姨太太了。

有成虽然从监牢里面被放出来，妈妈和小妹琼儿却死于王开仁的汽车轮底下，这使他感到万分地悲痛！他带着一颗悲痛的心，到王公馆去找阿瑛。但是王公馆里的看门人不理他把门关了。有成回到工人的乐窝来，独自在那角落里坐下，真是欲哭无泪啊！李烈，沈小二，和那个年青工人都一个个拢来，大家都极力地给有成以劝慰。李烈更恳切地说道："有成！个人的气愤是没有用的。我们应该团结起来，才有办法。"

不久在王开仁私藏阿瑛的金屋里面，终于闹出这样的趣剧：

王开仁正在"优哉游哉"地逗着阿瑛开心的当儿，王少奶像从天而降下似的来到。她怒气冲冲地对着她的丈夫："吓！你做得好事，我问你……"

"好了，好了，有话回家去再说。"他便溜出去了。王少奶因为赶不上她丈夫，返身来把金屋里面的东西，打个粉碎。谁知王开仁竟在门口碰见工头何斌，这使王开仁疑心：今天的乱子，是何斌捣的乱。因为他娶阿瑛做姨太太住在这里的事，只有何斌一个人晓得，而今天又是在这里碰头。于是，王开仁在盛怒之下，踏进自己的办公室，即叫工头来，给他一张退职单。

何斌向王开仁解释、恳情无效，只好上阿瑛那里去，诉说衷肠，要阿瑛给他想办法。结果是工头在忿怒中，受了阿瑛的诱骗说：

"我本来是相信你的，但是，在矿主的暴戾底监视下，使我怎能……"她用话怂恿着何斌，使何斌谋杀矿主王开仁之心，油然而起。

何斌从阿瑛那里出来，便上工人的乐窝来买酒浇愁，或者也可以说是助勇气。他独占一桌，持杯狂饮。他突如地狂叫一声，大家都回过头来，惊异地望着他。沈小二望着工头这边走来，很滑稽地问道："喂！老何！难道你也有什么不得意吗？"

何斌带着酒意，气愤地对着小二说："哼！我帮忙他将阿瑛讨了做小老婆，现在他倒把我革职……"

明天快要上工的时候，在工人寄宿舍里面，沈小二把阿瑛怎样做了王开仁小老婆的消息告诉了有成。有成听后用双手把头发抓得紧紧的，把牙根紧咬，悲愤之情形于色。

这时，一个工人把沈小二叫走，那个年青的工人行近有成的耳边。有成丝毫没有觉得。他悲痛已极，他回忆起父亲和弟弟之死；他回忆起母亲和小妹妹之死；他更想起了阿瑛……不禁用拳在桌上猛击一下，叫着："啊！我誓报此仇！"

年青的工人很同情地对有成说道："有成哥！我愿意帮忙你。"

说罢这话，两人拿起煤气灯和山锯要去上工的时候，阿瑛走进来，叫着哥哥。有成置之不理，从眼睛里射出怨恨之光。阿瑛见状，急作解释："哥哥！我是为了……"阿瑛的话还没有说完，有成便抢着说道："我知道你是为了贪图自己一身的受用罢了。"他不容阿瑛的分辩，便直冲出去了。

一日，在一条从工场到矿主私人办公室的小路上，何斌喝得烂醉地带着一把手枪，彳亍地往前行。有成藏着利刃和带着铁棒的青年工人，回头远远地看见工头彳亍地朝着他们走来。有成和年青的工人便躲在一个角落里商议，决定有成从别道上王开仁的办公室去，青工则暗跟监视工头何斌。

是个傍晚的时分,王开仁独自一个人在办公室里的写字台前坐着沉思……有成从窗口踊进来,拔出利刃猛冲上去。二人正在坚持不下的时候,何斌来了,躲在窗口外边;那个青工也跟在后面。可是,何斌一些儿也不觉得哩!有成被王开仁压在写字台上,但何斌只看见王开仁,却没有留意到被压在下面的有成。他虽已把枪瞄准了,青工站在后面,误会他的枪口是对准有成的,遂举起铁棒,用力猛击何斌的脑袋。何斌昏倒了,那子弹却因此一动而脱口了。凑巧这时,有成用脚踢中王开仁的下部,乘势一刀,把王开仁砍倒了,自己抢进一步,不幸地中了那流弹!

　　阿瑛本来是蹑步而来,但,枪声一响,推速了她的步武。她急奔进王开仁的办公室,看见这样的情形——王开仁已死,一把手枪从她的围巾里面落下来。有成虽然在痛苦中挣扎着,对他的妹妹还是怒目相向。及至看见了从她身上落下来的手枪之后,他也了然了。他痛苦的微笑……矿主的办公室挤满了工人,围着倒在地上的有成。有成就在工友们的哀悼中,把眼睛永闭了,完结了这"歧路"的程途,在死神的翅膀底下安息着。

春　蚕

出品　明星影片公司，1933年
原作　茅盾
编剧　夏衍
导演　程步高
摄影　王士珍
演员　萧英　郑小秋　龚稼农　严月娴　高倩苹　艾霞　王征信　张敏玉　黄君甫　王梦石　朱孤雁　柳金玉　严工上

《春蚕》电影系夏衍根据茅盾同名小说改编。其摄制台本署名蔡叔声（夏衍），原载《明星》第1卷第5～6期（1933年9月1日，10月1日）。后曾收录于《"五四"以来电影剧本选集·上》（中国电影出版社，1959年）、《夏衍电影剧作集》（中国电影出版社，1985年）等，但皆为修订本，文字略有不同。为保存史料计，本篇选自其初版。

摄制台本

本片重要演员

老通宝	萧英饰
多多头（通宝小儿）	郑小秋饰
阿四（老通宝大儿）	龚稼农饰
四大娘（阿四妻）	严月娴饰
六宝（小姑娘）	高倩苹饰
荷花（李根生妻）	艾霞饰
李根生	王征信饰
小宝（老通宝孙子）	张敏玉饰
乡人（丙）阿土	黄君甫饰
张财发	王梦石饰
陆福庆	朱孤雁饰
阿土妻	柳金玉饰
绅士	严工上饰

本片背景
小学教室
黄浦江及埠头

当铺内外

镇上街道

桑田外景

老通宝屋后廊下

溪边

老通宝家内连蚕房

六宝家连蚕房

阿土家

荷花家连蚕房

老通宝家灶房

荷花门口

老通宝门口连稻场

镇上绅士陈公馆

集市

路中

六宝门前连稻场

村外茧厂

路旁农家

塘路上茧行连边岸

溪口

无锡茧厂内外

序　　曲

小学教室

　　T　我们谁都有这么一个甜蜜的回想。

　　DI　小学校教室,教师以教鞭指黑板上所画蚕茧略图,对学生讲解。镜头移动至一学生面前的书本。

　　Insert　小学教科书的一页。

　　　　我国江浙等省,产丝最富,为我国输出品之大宗。近年日意等国,亦……

　　T　可是,几十年来的帝国主义的经济侵略,已经使这过去的光荣变成了无常的春梦。

黄浦江及埠头

　　DI　黄浦江。从外国军舰背后摄影:吃水很深的外国商船;(DI)从商船船仓起货的大起重机;(DI)码头上堆积如山的人造丝;(DI)运货的苦力的脚,移上到满载人造丝的大塌车。

　　T　数字告诉我们——

Insert 人造丝历年输入中国统计表（另附）。

T 另一方面——

DI 从小至大的新闻记事

> **华丝输出锐减**
> 日丝在英美倾销
> 华丝将无立足余地

> **虹口丝厂全体停工**
> 华丝对外全无销路　五千人将全体失业

> **丝厂关厂引起纠纷**
> 昨日虹口形势严重

DI 停了工的丝厂；没有烟的烟囱。

DI 大群的失业工人。

Insert 华丝历年输出统计表（另附）。

T 在这儿，让我们介绍一个在外资侵略和连年战乱中挣扎着的农村哀话。

D 《春蚕》小说单印本

DI（CU）《春蚕》封面。（很短）

Insert

> **春　蚕**
> 茅　盾　著

当铺内外

DI 小镇上的当铺门口。清晨，街上还很冷清，但是门口已经挤满了乡下人，等候着开门。门上贴着一张红的纸条。

Insert

> 本当营业自九点至十二点为止，但当满百元即随时停当。

乡下人所带的东西：在身上方才剥下来的棉衣，有预备嫁女儿的土布……

在人丛中喘气的老通宝。（CU）颜面。夹在胁下的半车丝。

有人坐在街沿石上，苦着脸，叹气。

老通宝从"烟鳖子"中取烟，（CU）只有一点点烟屑，没办法地将含在口中的烟管从新放下。

当门开，乡下人拼命的挤进去。

柜上，乡人甲将几丈土布交当。当中人喊价，乡人惊奇的表情：

T "什么，四丈布只当两元钱？买棉纱也要三块钱光景。"

当中人推开布，另取乡人乙棉袄，傲然地对甲：

T "再多些也只当两块——两块钱封关！"

甲没法的交布。老通宝挤上去。

镇上的街道

DI 小镇上的酱园前，老通宝买好了一包盐、一箬壳酱，舍不得的付了钱，走。(FS)

米店，乡人丙在量米。（CU）老通宝惊奇地上前一步拍着肩膀问：

T "什么，阿土你也要量米吃了？"

阿土对老通宝招呼，背起量了的米，与通宝且行且讲：

（背景，镇上的店铺，冷清清地毫无生意。）

T "被断命的肥田粉债逼不过，过年的时候早将谷子当掉了！"

老通宝摇头叹息：

T "一年不如一年，钱都被洋鬼子骗完了！"

街道尽头，田畦在望。一乡人挟衣包匆匆自乡下来，与老通宝等对面相遇，略一招呼，往镇上走。(FO)

桑田外景

FI 坐在塘路边的老通宝——他是方才从镇上当了东西回来。长旱烟管，斜摆在他的身边。

清明节边的太阳已经很有力量，老通宝觉得有点热，他身上还穿着棉袄。

塘路上拉纤的快班船上的船户已只穿一件蓝布单衫，敞开了大襟，弯着身子拉，额角上有黄豆大的汗粒落在地上。

老通宝揩了揩汗，解开棉袄纽扣，吐了一吐唾沫，痴了的望着前面的官河。

官河，绿油油的水；来往的船也很少。镜子一般的水面这里那里起了几道皱纹。

倒影在水中的成排桑树，都晃乱成灰暗的一片。可是一会儿树影又在水面显现，一弯一曲地蠕动。再过一会儿，才停止了，现出很清晰的倒影。

老通宝回头望桑树，沿河一望无际的桑田。

CU 拳头模样的桑枝儿上都已经簇生了小手指一般大的嫩叶。

老通宝脸上现出希望的笑容。再望河对面的茧厂。

茧厂。隔壁是颓败的土地庙，被雪打断了的旗杆……

MS 另一茧厂："裕通茧厂"的招牌，门紧紧地关着，门侧贴着已经被风雨吹打破了的纸贴。

CU ××旅××团团本部。(FS) 墙上的标语。（倒贴）

田边的几条短短的战壕。

老通宝敛起笑容，拿起长烟管恨恨地敲了一下脚边的泥块。太阳现在正当他头顶，他的影子落在泥地上。他觉得燥热，解开大襟，抓起衣角扇了几下。站起来回家去。独语：

　　T "天也变了，才到清明边，就是那么热。"

老通宝从桑林里出来，远远的现出一簇房屋，只有两家发出炊烟。

突然，从田边跳出一个孩子，远远的喊：

　　T "阿爹！妈妈等你吃中饭。"

老通宝点头。小宝跑到阿爹身边，老通宝皱纹脸上现出笑容。

老通宝屋后廊下

　　DI 一条瘦狗，三两个蓬头赤脚的乡下孩子；（FS）破旧的农家，东颓西败。阿四在檐下太阳中修理"蚕台"。四大娘方才晒出了一件烂破的衣服，回进屋子去。老通宝与小宝回来。

瘦狗摇尾巴。

多多头拿了一把把的油菜心到溪里去浸。（FO）

溪边

　　T 一个春风骀荡的午后。——

　　FI（FS）满开油菜花的田。（CU）在油菜花上打转的蜂蝶。

　　DI（CU）已经有小孩手掌一般大的桑叶。

　　FS 桑林，溪边，杨柳；在小溪中洗蚕具的村中妇女和小孩。工作着，笑着。

（渐近）女子和小孩们都很消瘦，身上穿着和乞丐差不多的衣服，但是，眉宇间不能遮掩他们单纯的希望。

（镜头至四大娘与小宝处停止）他们已经洗好了许多"团扁"和"蚕簟"。（CU）四大娘坐在溪边的石头上撩起布衫角来揩脸上的汗水。

小溪对岸，一群女人中的一个二十岁左右的姑娘（六宝）对四大娘喊：

　　T "四阿嫂，你们今年也养洋种吗？"

（近写）四大娘立刻将浓眉毛一挺，好象寻人吵架似的嚷起来：

　　T "莫问我，都是阿爹做的主——他死也不肯，只看了一张洋种！老糊涂听到一个洋字，就是七世冤家！洋钱，也是洋，他倒又要了。"

小溪旁的女人们一齐的哄笑。多多正从对岸的陆家稻场上走过，跑到溪边跨上了那横在溪面四根木头排的桥。

四大娘看见多多，高声喊：

　　T "多多弟，来帮我搬吧！蚕扁浸湿了就像死狗一般的重。"

多多不开口，拿起五六只"团扁"，湿淋淋地顶在头上，空着一只手，划桨似的荡着，故意的弯着腰，学那些女人走路的样子。

妇女孩子们又笑。

妇女们之中的一个——荷花（CU）一边笑，一边回头叫：

T "喂，多多头！回来，也给我带点儿去！"

多多回转头来，对荷花装一个鬼脸，说：

T "叫我一声好听的，我就给你拿。"

多多已经走到自己家的廊下，拿下头上的扁。

荷花眯着眼睛笑说：

"那么叫你一声干儿子！"

（镜头从荷花移到对岸的六宝）六宝作一轻蔑态：

T "不要脸的，丫头胚！"

CU 荷花，将蒙眬的眼睛睁大怒骂：

T "骂哪一个？有本事，当面骂！"

CU 六宝的面孔一沉：

T "你管得着我？棺材横头踢一脚，死人肚里自得知。我就骂那不要脸的骚货！"

MS 激怒的荷花，用手将溪水泼到对岸去。（SU）爱闹的女人也夹着帮忙；小孩子拍着手笑。

四大娘提起蚕箪，喊着小宝，回家去。

站在廊下看着笑的多多。

老通宝掮着一架"蚕台"从屋子里出来。

看见多多和女人们胡闹，就把脸色一沉，对多多：

T "阿多！空手看野景么？阿四在后面收拾蚕房，快去帮他。"

老通宝用火红的眼睛钉住阿多，看他进屋子去了。

老通宝掮着蚕台从家里出来，将蚕台放在溪边。

老通宝由溪边回来站在廊下，望着屋里挂在竹竿上的三张蚕种。

CU 三张蚕种：一张改良种，两张余杭种。

在廊下糊"蚕箪"的四大娘。一张鹅黄的桑皮纸，糊得很平贴；然后又照品字式糊三张小小的花纸——中央一张是"聚宝盆"，另外两张是手执尖角旗的骑马的"蚕花太子"。

CU 蚕箪的特写。

老通宝走近四大娘身边，气喘喘地：

T "四大娘！你爸爸作中人借来的三十块钱，只买了二十担叶。将来吃完了，又怎么办？"

四大娘将糊好了的"蚕箪"晒在太阳里，生气似的：

T "现在就着急买叶，象去年一般的多下来又怎么办？"

CU 老通宝听到"去年"两字，把脸一放：

T "什么话？你倒先发利市！自家地上不到二十担叶，能养三张纸的蚕吗？"

四大娘气忿忿地站起来：反抗的神气！

T "噢，总是你的不错！我只晓得有米烧饭，没米饿肚！"

老通宝气紫了面孔，要发话，又忍住。

老通宝家内连蚕房

T 几天之后。——

FI（CU）旧式历本：老通宝手指指在"三月廿六日"这一天上；下面，两个木刻的黑地白字"谷雨"。

（退后至 MS）戴着老花眼镜的老通宝；在洋灯下做针线的四大娘；阿四正拿了蚕纸在灯光下看。

CU 黑芝麻似的细蚕子，没有一点特征。

多多望着蚕纸。四大娘放下针线，对阿四说：

T "六宝家快要窝种了。他们看的是洋种。"

多多站起身来，随口地：

T "今天荷花说，她家昨天已经窝了。"

CU 老通宝听见荷花两个字，就把眼睛一睁，合拢历本，指着多多骂道：

T "那女人是晦气星，谁惹了她就得败家。下次再和她开口，我就送你忤逆。"

四大娘禁不住笑了出来；多多满不在乎的跟着笑。（FO）

T "瞧！他们怀抱了十分的希望和恐惧，来准备这春蚕的决战！"

六宝家正在稻草做的"切叶板"上细细地切叶。

阿土家正在向"蚕花太子"焚香祷告。

荷花家：根生将叶理成一叠；荷花站起脚尖将蚕簟放到蚕台上去。

四大娘家：四大娘将蚕纸用"肚兜"包好，缚在贴身的小衫上。

DI 老通宝左手拿了一个大蒜头，将右手的一些烂泥涂上。

CU 涂了泥的大蒜头。

（镜头退至中景）老通宝的手索索地抖着。虔敬的表情。

（全景）老通宝手拿涂泥大蒜头，手索索抖着，虔诚的走到蚕房的墙脚边，放下，默祷一般地咀唇动着。

老通宝家灶房

T 在期待和紧张中过了三天。

四大娘心神不定地正在烧饭，时时看着饭锅上有没有热气冲出来。老通宝拿出预先买了的香烛，点起来，恭敬放在灶君神位前面。阿四从外面采了一把野花回来；小宝帮着将灯草剪成细末。

CU 小宝将灯草末和揉碎了的野花混在一起。

只有多多站在旁边傻笑。

CU 饭锅上水蒸气直喷！

四大娘立刻跳起来，把"蚕花"和鹅毛插在发髻上，往蚕房去。老通宝从柱上拿下秤杆，跟在后面。

老通宝家内连蚕房

DI 老通宝拿着秤杆；阿四拿了野花片和灯芯末。四大娘揭开了"蚕纸"，从阿四手里拿过野花和灯芯末，撒在上面；又接过老通宝手里的秤杆，将蚕纸挽在秤杆上，于是拔下发髻上的鹅毛，在蚕纸上轻轻的拂。

CU 鹅毛将花片、灯芯、"乌娘"一起的拂到蚕箪里，又用鹅毛轻轻地将这些拂成小小的一堆。

喂叶。将拂好的一箪放在蚕台上，又拂第二张。

T 这是一个千百年来相传的仪式！今后一个月，他们便要整日整夜的和恶劣的天气与不可预测的运命进行搏斗！

CU 蚕箪上的乌娘，正在蠕动。

MS 老通宝和四大娘放心的透了口气。阿四将理好的叶子交给四大娘。老通宝悄悄走到墙边，将那"预兆命运"的大蒜头拿起来看。

CU 大蒜头上只有两三茎叶。

CU 他的脸色立刻变了！

桑田外景

T 这样的一个季节！这就是那幸福诗人们留恋着的残春！

（俯瞰）小桥，绵绵的春雨，细细的柳丝。

CU 溪水中的雨点。（配音：咯咯的蛙声）

DI （CU）雨点中叫着的青蛙。

LS 从桑林中背着许多"桑条"的李根生。（荷花的丈夫）

CU 忧郁的表情。

李根生背许多桑条，忧郁表情，踱过桥，至门口，除下笠帽、蓑衣，推门入。（FO）

荷花家（同六）

DI 荷花正在喂叶。（一张叶切三刀）表示这是二眠"开桑"。悄悄地将拣出的几个坏蚕摆在春中。根生推门入，将桑条丢在芦席上，不声不响的站在荷花前面。荷花抬头。

CU 荷花悲痛地望着根生，用嘴望望地下的两个蚕箪一眼。

CU 地下的两个蚕箪坏蚕。

根生悲痛与忿怒的表情。少顷，突然爆发一般地抓住荷花的头发，尽力的一推，荷花倒地。

CU 根生恨恨的：

T "还怪别人讲你？从你来了之后，去年僵，今年白……"

MS 荷花欲哭的表情，突然反抗站起来，对根生：

T "那么去年的稻又什么样呢？收成那样好，到现在就要吃南瓜过日子！"

根生无话可说，忽然的拿起地下两个蚕筐，很快的往门外走。

溪边（同五）
柳丝下，根生将两筐蚕恨恨的倒入溪中，望着。
CU　水面上的蚕。
根生抬头看。
LS　隔溪河埠上正在淘米的乡妇们。
CU　乡妇见根生，吐了一口口沫，旋转头。
根生垂头丧气的回去。
乡妇很快的向村中走。六宝迎面来，乡妇与六宝耳语。
CU　耳语。六宝高兴的表情，望溪中一看。
六宝奔向对岸。
T　自从这件新闻在六宝这"两脚报"上发表之后——
FI　根生拿了方才洗好的蚕扁从河埠上来。一乡人从田间迎面来，见根生，连连吐口沫，回身即走，避路。
远远的一乡妇与其他妇人指点着根生说话。
根生满面羞惭。
DI　小宝沿着溪狠命的跑，绊倒，回头望。
远远的荷花。
小宝站起来就逃。
荷花渐近。老通宝家门口，多多正在采叶。荷花吹嗯哨，站定。
匆匆忙忙的采叶，满一筐，不听见荷花的吹嗯哨声音，匆匆拿了叶入屋内。
荷花忿恨的表情，切齿。

荷花家（同六）
DI　荷花家蚕房，蚕台已经收起。荷花被根生扭打着，叫号，扑打。根生骂：
T　"都是你这贱货，使我不能做人！"荷花挣脱手，欲逃，根生扑上。（FO）

老通宝家（同六）
T　头眠，二眠，三眠，蚕壮了，人瘦了！但是老通宝一家充满了空前的喜气！
FI　头眠，四大娘、小宝正在用尖头的竹筷拣"头眠"：
DI　二眠，四大娘、阿四正在用"蚕网"替"蚕砂"。
DI　三眠，老通宝正在"称头眠"；阿多将称好的头眠放在菜子壳上。
CU　大眠，"开桑"的蚕，个个生青滚壮。
CU　老通宝，眼上添了一个黑圈。
CU　四大娘的失眠的眼睛。但是大家都欢喜。
老通宝指着扁里的叶，对阿四说：

T "陈大少爷借不出，还是再求你丈人的东家吧。"

阿四委实支撑不住了，眼皮不住的往下沉，随口地：

T "地头上还有十担叶，够一天。"

老通宝生气起来，怒声喝道：

T "什么话！刚吃了两天的老蚕，明天不算，还得吃三天。最少还要三十担！"

突然的外面人声喧闹，阿多押了五担叶来。老通宝和阿四的谈话打断。老通宝继续喂叶，阿四和四大娘出去采叶。（DO）

老通宝屋后廊下（同四）

DI 星光下，大家忙忙的采叶，六宝也来帮忙了。

MS 和多多站在同一个筐边捋叶的六宝，他俩在暗中靠得很近。

CU 杆条的下面，六宝手臂上被一只男人的手拧了一把。

CU 六宝的颜面，忍住了不笑。

FS 她的胸口，一只男子的手悄悄地摸了一把。

六宝直跳起来喊。

四大娘惊奇貌，问：

T "什么事？"

六宝的脸上热烘烘，偷偷地将多多瞪了一眼，低了头，很快的采叶，一面回答四大娘：

T "没有什么，被毛毛虫咬了一口！"

多多咬住嘴唇暗笑。（FO）

镇上绅士程公馆

T 典质俱穷之后，借高利债变成他们唯一的出路。

程公馆：中年绅士、新从上海回来的少爷、老通宝、老通宝的亲翁（四大娘的父亲）张财发正在办理借贷手续。老通宝捏不惯笔的手，在借据上画了一个十字，恭敬地交给绅士。

绅士抽着烟，接过来看。

Insert（借据特写）

> 立借据人沈通宝今因正用凭中张财发向
> 程府情商借得大洋五十元正以坐落石门六堡三图桑地一亩七分作抵言明按月二分半取息限定蚕罢本利还清恐后无凭立此借据是实
> 　　　　　　　　　　　　立借据人　沈通宝
> 　　　　　　　　　　　　见　　中　张财发
> 　　　　　　　　　　　　壬申四月十二日

绅士看过，点头，交给少爷。十四五岁的小姐捧了五十块钱一包的现洋出来，绅士接过来交给财发，财发交给老通宝。

CU 亮晶的大洋，老通宝一五一十的数明。
包好，撩起衣服塞进腰包中。
绅士将吸剩的香烟丢在地下。
少爷对老通宝问：
T "你们为什么不卖叶？今年养蚕不是很冒险吗？"
老通宝从地下拾起香烟蒂头，装进旱烟管中吸着摇头说：
T "少爷！不养蚕也没有法子，念担叶最多卖了四十块，四十块钱如何派呢？只要蚕好……"
少爷将借据折好，抢着说：
T "今年上海打了仗，茧行不会开秤，洋庄又不通，东洋丝在美国只卖五百两一包，中国丝成本也要一千两。"
CU 老通宝的面色变了，用他的细眼睛看看少爷，再看看地下。
小姐望老通宝面前走过。
CU 老通宝的眼睛突然明亮起来，指着小姐身上的衣服说：
T "少爷别讲笑话！洋人不要丝，中国的奶奶小姐们总得要穿绸缎呀。"
小姐站住，少爷用半嘲笑半认真的口吻说：
T "那才看错了！这些漂亮的绸缎大部分是人造丝做的！"
满堂哄笑。

集市
CU 许多笑脸中的一个苦脸。（老通宝）
CU 老通宝腰包中挖出来五十块钱。
CU 大秤上秤着的一担担的青叶。
FI 挑着青叶急走着的农民的脚。（FS）
后面押着叶的老通宝。

老通宝家蚕房
DI （CU）蚕扁中的老蚕，尖出了嘴巴，向左向右乱晃。（镜头后退至全景）
四大娘焦急之态，望叶筐看。
CU 地上的一叠空叶筐；屋角上一大堆桑条。
四大娘和阿四耳语，阿四擦一擦眼睛，跑上去。
阿四跑到门口张望。
CU 尖出嘴巴等吃叶的蚕。
挑着叶急走的脚。
站在门口急躁的望着的阿四。
SU 一个蚕，正在啃桑叶的红茎。
CU 急走着的脚。

阿四的眼睛突然睁大。

阿四望前跑去。

DI 老通宝与阿四抬着叶进来，阿多和四大娘抢出来，不管一切的将叶堆到蚕上去，一扁，又一扁。四大娘好象饿了她的儿子一般地对着老通宝抱怨说：

T "宝宝已经饿了好半天了！"

老通宝揩着头上的汗，耽忧地走到扁前去看。

CU 叶衣下的蚕，狠命的在啃桑叶。

CU 老通宝安心，透了口气。（配音：吃叶声）

将最后的一扁蚕喂好，阿四收拾叶箩，阿多对大家说：

T "五日夜不睡了，今天我管半夜，你们去息息吧。"

老通宝等望着隔房走。

DI 阿多独自一个守着，坐在短凳上瞌睡。（划过）

六宝家门前

（隔溪正对老通宝家）

好一个月夜！映在镜平小溪中的正圆的月亮；微风吹着杨柳；溪中的柳影。六宝痴痴望着对溪。（划过）

她〔1〕经过溪边直向老通宝［家］走去。

她轻轻的推开老通宝家的后门走进去。（划过）

老通宝家蚕房

多多头独自在打瞌睡，美孚灯的火头跳着。荷花进来偷了一把蚕。

一只老鼠从多多头脚边逃过，跟着一只猫，很快的扑过去。多多头猛然抬起头来。差不多同时，一个黑影从门缝中出去。

多多跳起来，追出去。

老通宝门口连稻场〔2〕

门已经开了，月光下稻场上有一个人影，正向溪边走去。

阿多飞也似的跳出去。还没有看清那人是谁，已经将那人抓过来摔在地下。抓起头发认面貌。

CU 荷花的两只眼睛钉住了他说：

T "多多头！打死我也不怨你，只求你不要说出来！"

多多吃惊，放松了头发，问：

T "你偷了什么？"

---

〔1〕 从后面剧情看，"她"当指荷花。
〔2〕 原文无，根据上下文补上。

荷花胆怯的站起来，突然地：

T "偷你们的宝宝！"

CU 多多头愤然追问，重新将荷花的肩膀抓住。荷花挣扎，指着溪水：

T "扔到溪里去了！你看！"

多多望着溪水。

在溪水中荡漾着的美丽的月亮。

隔溪柳荫下，六宝看见他俩的争执，上前一步。

多多头抓住荷花的胸脯，推着她的身体问：

T "我们和你又没有仇，为什么要冲克我们！"

CU 荷花惨厉的脸色，愤然的争辩：

T "没有仇？我们蚕花不好，又不曾累了你们，为什么说我晦气星？大家避开我，都不当我人看待。"

荷花说着，上前一步，一只手捏在多多头抓住她胸脯的手上。

CU 荷花仰面问着多多头。

CU 多多头沉吟了一下，说：

T "我不打你，你走吧。我从来就不相信这种冲克！"

多多放了手，头也不回跑回家去了。荷花茫然地停了一下，也掉头回去。

隔溪，六宝依旧在看。

多多头推开自家的门。

老通宝家蚕房

多多匆匆地喂叶。

CU 蚕扁内已经没有一片残叶，蚕在等喂。

CU 一捧捧的散下去的叶。

老通宝和四大娘来替阿多。老通宝拿起一个蚕，到美孚灯光中去照。

CU 老通宝两手拿着蚕，在灯光中照。

老通宝愉快的放下蚕，笑着对四大娘：

T "这样好的宝宝，我活了六十多岁只遇到两次。"

四大娘笑，叫多多去休息。（FO）

溪边

清晨。

CU 隔着柳树枝条上的一个蛛网而摄取的灿烂的朝云；蛛网上的露珠点点。

微荡的溪水，在水上掠过的一对燕子。（FS）

在溪边汲水的四大娘，汲水，站起。

隔溪六宝很快的跑过桥来，追着四大娘。

CU 满脸严重地对四大娘说：

T "昨晚三更不到,我亲眼看见那骚货从你们家里出来,阿多跟着,在这里扭扭扯扯地讲话。"
　　CU　四大娘面色变了,没有回答,提了水桶就走。

老通宝家蚕房
　　DI　四大娘气虎虎地和阿四讲,老通宝走近来听。四大娘指手画脚的讲,老通宝气得两脚发跳。
　　DI　老通宝严重的针对多多头问,多多头不承认,摇头;老通宝忿然跑到门外。

老通宝家门口
　　老通宝忿然出门,想去问六宝。

溪边[1]
　　(短短的三个Cut)
　　(A) 六宝和乡妇A讲,讲毕就走开去。
　　(B) 六宝又和另一个乡妇B讲。
　　(C) 乡妇A又和其他的人讲。

老通宝家蚕房
　　老通宝没精打采地回进蚕房,站了一下,望匾内的蚕。
　　CU　蚕,依旧个个生青滚壮。老通宝回头,偶然看见地上大蒜头,拾起。
　　CU　大蒜头,只有三四瓣叶。
　　MS　老通宝叹气,垂头。(FO)
　　T　可是,事实否定了千百年来的迷信!
　　老通宝一家忙着在"扎缀头"。
　　DI　拾老蚕。
　　老通宝与阿四在"山棚"下爇火,他们伛着身体慢慢的从这边蹲到那边,忍不住想笑,可是心中又似乎在耽忧。
　　T　这样的过了三天。
　　阿多偷偷排开"山棚"外围着的帘子望。小宝看见,扭住阿多问。阿多伸出舌头,做了一个鬼脸。
　　四大娘也忍不住来偷看了。
　　四大娘惊喜的表情。
　　CU　山棚上一片雪白,看不见"缀头"。
　　四大娘叫老通宝。老通宝跑来看,立刻跳起来,笑,发狂一般的合拢了手谢天。

---

　　〔1〕自本场景开始,原文时见以括号列举本场角色。为形式、风格统一起见,均略去。

溪边

DI （俯瞰）溪边的小桥，隔着溪互相谈论的妇女和小孩。

MS 他们瘦得多了，可是他们都很兴奋。

六宝家的那条瘦狗也摇着尾巴和小孩们玩耍。

荷花的男人根生牵了一只小山羊经过。

大家不理会他。有的在背后装鬼脸；一个小孩学着大人的口吻说：

T "荷花不要脸，送上门！"

乡下妇女们哄笑，瘦狗追在根生后面吠。（FO）

老通宝门前稻场

FI （CU）一对燃着的"四两头"的蜡烛。（后退）（全景）

稻场上正在谢蚕花太子；一面，男男女女正在忙着采茧子，六宝也在内。

CU 一筐筐的上白的茧子。

远远的张财发带了小儿子来"望山头"；四大娘很快的站起来。

DI 张财发带了一些礼物来：二毛钱的线粉，一尾咸鱼。

小宝快活得好像一条雪天的小狗。

老通宝扯着张财发到一棵大樟树下坐下。

财发带笑的问：

T "通宝，你卖茧子呢，还是自家作丝？"

通宝毫不迟疑的回答：

T "当然卖茧子！"

张财发拍着大腿叹了一口气，忽然站起来，指着——

村外茧厂

村外那一片秃头桑林皮面，耸露出来茧厂的封火墙。

张财发说：

T "你的茧是采了，可是今年茧厂不做生意——十八路反王下了凡，李世民还没出世，天下不太平，茧行不开秤。"

老通宝禁不住笑了，也站起来说：

T "你又讲说书场里的没正经话了。这样鸡蛋硬的茧，还怕没人要吗？"

财发尽是摇头，要说又停止。老通宝看破了他意思，拍着胸脯说：

T "放心，你做中的两笔钱，一定本利还清！"

张财发点头，两人向前走去。

农家的稻场

T 可是，今年到乡下来的不是茧行的行贩，而只是逼债的债主和催粮的差役。

FS 农家稻场，一个农民垂头丧气的望镜头前走过。

六宝家稻场
FS 六宝家前稻场，索债人正在和陆福庆争执，福庆没办法的说：
T "茧行不开秤，哪儿来的钱？就请你收了茧子吧！"
债主不肯，扭住福庆不放。六宝上去解劝。

路旁农家
DI 另一农民与催粮的差役们争执的场面。
老通宝经过，失望和焦急的表情，叹气，走。（FS）路上，有几家农民已经在准备"行灶"和丝车。

老通宝屋后廊下
老通宝和阿四等正在商量，老通宝跺了一脚，忿忿地：
T "不卖茧了，自家做丝！卖茧子，本来是洋鬼子行出来的。"
四大娘忍不住了，站起身来，挑战一般的：
T "毛五百斤茧，你有几部丝车？"
四大娘忿忿的走进屋去。在溪边洗农具的多多走进来说：
T "早依了我，扣住廿担叶，只看一张洋种多么好！根生蚕坏了，倒反卖了三洋一担的叶！"
老通宝听到根生，又气得跳起来。阿四紧了紧腰带，没办法地：
T "茧又不能当饭吃，债又逼紧了，出了蛾子怎么办？黄道士说无锡开了秤，去卖卖看也好。"
老通宝虎起了脸，做一个要说话的姿势；可又觉得没有话说，茫然地望着塘路上的那些茧行。

塘路上茧行连岸边
那些茧行，依旧关着门。
呜呜呜呜。（配音）
一条柴油小轮船很威严地从茧厂后面驰出来，拖着三条大船。
岸边，满河平静的水立刻激起了波浪，一条乡下船激荡得好像在荡秋千，船人指着小轮船[1]骂。（FO）

溪口
T 第二天，终于——

---
[1] 小轮船，原为"汽油船"，以上文改之。

FI 赤膊船，阿四和阿多将茧子一担担的搬下去。老通宝用芦席将茧子盖好；阿多撑篙。

无锡茧厂内外部
DI 茧厂内的"烘床"。（CU）工人在烘床上下交换一担担的茧。
DI 茧厂前面，贴在柱上的通告：
Insert

> 今日市价改良种每担三十五元土种每担二十元双宫薄皮一概不收

拥挤不堪的卖茧人，排得密密层层的茧簖。
一隅：老通宝一行，阿多拼命的挤上去。
称茧处，老通宝的茧子被拣出了许多，争执。
秤手的脸，傲然。
老通宝的脸，屈从。
阿多的脸，愤怒。

溪口
DI 赤膊船靠岸，阿四扶了带病的老通宝。阿多背了拣剩的八九十斤的茧子。
岸上，来看热闹的人很多，看着样子就有些失望。一乡人上前问老通宝。
CU 老通宝垂头地：
T "还说什么！十二三分的蚕花，还卖不到叶本，真正天也变了！"
乡人纷纷耳语，失望，抱怨。六宝奔回去。
父子三人在人丛中慢慢的走。

老通宝家蚕房
DI 阿四和四大娘扶着老通宝经过蚕房，到里面去。阿多在屋角放下茧子，揩汗，茫然注视着地上。突然，好像看见了什么。
俯身拾起大蒜头。
CU 长了许多叶瓣的大蒜头。
CU 多多头苦笑。
将大蒜头捏作一团，无目的地望后面走。

溪边
多多走到杨柳树下，站定。太阳赫然的照在他的头上。他茫然的望着对溪。
对溪，根生在地上工作，荷花采了一篮蚕豆回来。
多多用力的将大蒜头掷入溪中。
（俯瞰）大道镜平的溪水上，画出了一圈圈的波纹，渐大……一轮轮地。（FO）

铁板红泪录

出品　明星影片公司，1933年

编剧　阳翰笙

导演　洪　深

助导　沈西苓　高梨痕

说明　丁谦平

分幕　洪　深

摄影　王士珍

置景　刘晋三

演员　朱孤雁　金继舜　王　莹　陈凝秋　王征信　王梦石　高步霄　谢云卿

《铁板红泪录》电影由阳翰笙编剧。其电影本事由王乾白撰写，原载《明星》第1卷第5期（1933年9月1日）。

本　　事

乾白

"铁板租"，提起这三个字，凡是四川人，大概谁都会回想到当年所受的残暴罢！

刘正兴是川南李家村的一个老农，他既担心着自己的农事，他又担心团总摊派他所要缴的枪捐。在表面上，缴枪捐去买枪来防棒客——土匪，自然是很好的一件事，然而实际上……

小珠是正兴的女儿，在这村里，确是一朵娇艳的小玫瑰花，所以刘家的帮工二蛮子和甲长家的帮工周老七都在追求她。但她是比较的和周老七接近些，因此使二蛮子时常忌妒而又气愤。

孙团总派了亲信的老幺，下乡到吴甲长家来催枪捐。但是缴过六支枪的钱，却只领到四支枪，还得要继续的催缴其余的枪捐；而所缴去的枪捐，还不够孙团总一夕的豪赌。不过甲长是该替团总做事的，所以来到刘家，尽管正兴和小珠苦苦的哀求，然而吴甲长又有什么办法！

二蛮子看见小珠和周老七越过越要好，这真够他愤懑。所以这天晚上，他去敲小珠的房门。小珠哭着去告诉她的父亲，老刘自然也是非常气愤，但二蛮子更老实不客气的要叫小珠嫁给他，这在老刘认为该是多么大的一个侮辱！

"走！我不要你再帮工了。"

"我有的是力气，你的田，没有我也种不了。做你的女婿，有什么不好？"

决裂了，二蛮子终于愤愤地走出刘家。他去投在孙团总名下，当了一名团丁。

孙团总亲自下乡来催收枪捐,高压的反应,激起周老七的抗辩。本该一百二十块钱的一杆枪,放了几响就要折壳,这是使周老七最痛心的。但是孙团总命令着甲长不准再用周老七,可怜吴甲长有什么办法!

为了团总家里要造祠堂,又耗去了许多农民的血汗!在贺客盈门,兴高彩烈的孙家,忽然来了一群棒客。要不是二蛮子和许多团丁,奋勇的抵抗,孙团总也许要受到很大的损失。但是二蛮子是受伤了,孙团总为了酬功起见,问二蛮子自己要些什么。这时候二蛮子尽管是受了伤,但他想到小珠,他忸怩着好像有许多说不出来的话。

在山脚下的小珠,被几个团丁硬拉着去了。老刘的气力,当然敌不过许多团丁,于是被打倒在地上,眼望着自己的女儿被人拉走,而没有一点办法。

可是小珠无论如何,绝对不肯嫁给二蛮子。尽管孙团总自己来劝她,也是无效。但孙团总看到小珠又倔强又可怜的样子,忽然的若有所思,慢慢的点头,叫把小珠带到上房里去。

殴伤和忧急,使老刘病着不能起床。出乎意外的周老七竟会回来。他自从离开他们,走了不少的路,见了不少的人,听了不少的话,但他还是很关心小珠的。他虽是知道了小珠的不幸,但他也没有办法,他只希望革命军赶快的到达四川。

孙团总因为小珠不情愿嫁给二蛮子,便乘势劝她跟他一同享福,不必回乡下。然而在小珠又怎肯答应?所幸孙团总欲擒故纵地没有立时逼迫她。可是这个消息传到团总的姨太太耳里。女人有的是忌妒,姨太太自然也不能例外。同时二蛮子也知道孙团总对于小珠,有占有的企图,气愤的发泄,一拳将老幺打倒地上。团丁们来解劝,二蛮子是不顾一切的相争打。平日很有威信的孙团总,现在也喝禁不住了。

小珠得到姨太太的援助,饶倖的逃走了,这确足以使孙团总生气,尤其足以使二蛮子失望。当孙团总命令团丁去追小珠时,二蛮子早拼命的去追了。

"小珠!你听我说一句话,我真的喜欢你,你可肯嫁我?"

小珠不理他,仍旧的向前跑。二蛮子仍旧的向前追,孙团总们也努力的追求。二蛮子很瞬速地捉住小珠。她挣扎,她反抗,她知道她不能安全的脱离这袭击的包围,她想毁灭她自己,于是纵身跃下山坡。但她竟没有死。她这样更使他悲伤。他看到孙团总也追踪向来,陡然一个意念,冲上他的心头,"砰"的一枪,将爬起的小珠,又重复地跌倒,然而他是痛苦极了。

这一年的冬天,小珠伤还没有好,仍旧睡在床上。周老七安慰着她,他和她之间,好像是非常的融洽。

不料为了收租讨欠的事,村里又闹起来了。卧病的小珠,竟牺牲在铁鞭之下。二蛮子猛然狞笑地望着孙团总,握枪的手一动,孙团总……他回转身来,掷去手中的枪,仰天狂笑起来,但不久他终于也躺到地上了。

满 江 红

出品　明星影片公司，1933年

原著　张恨水

编剧　王乾白

导演　程步高

摄影　董克毅　王士珍

主演　胡　蝶　严月娴　高倩苹　龚稼农　王献斋　朱秋痕

《满江红》电影系王乾白根据张恨水同名小说改编。其电影本事、电影小说均为王乾白所作，前者载《明星》第1卷第3期（1933年7月1日）。

电影小说

王乾白

在这年头，教书的生活，实在是太乏味了：薪水往往会欠几个月不发，可是粉笔灰还得继续不断地向肚子里装进去；尤其是教图画，睁开眼睛看看，真能了解艺术的人，究竟能数出几个来！所以当于水村感到这种苦闷，他会想到那远住在南京清凉山的一班穷朋友来。况且那六朝金粉的南京，对他老早就有相当的诱惑，因此他决定摆脱这教书的生活，去瞻仰那虎踞龙蟠的胜迹。

水村怀着愉快的心情，来到了清凉山。第一个会到的是李太湖——喜欢拍照，可是天天照相机里都是没有底片的朋友。接着是那胖子莫新野，他除了弹琵琶编曲谱以外，差不多就是睡觉。在太湖和新野们，老早接到水村的信，知道他要来了；所以对于此刻的会面，并不感觉奇异。不过他俩是很高兴地收拾起照相机和琵琶，赶紧的帮着水村携取行李，一同去会那写小说的梁秋山，还有那秋山的会刺绣的夫人秋华。志同道合的老朋友，又聚会到一处了。尽管大家都是很穷的人，然而穷人会到穷人，也有他们的穷快乐，尤其是像水村秋山这班人，更不会因穷而减低他们的兴致。

这真是一个奇迹！在水村所带来的网篮里，竟会有一幅香气馥郁女子所用的手帕，啊！增添了大家的谈话资料了。但在水村自己，他也不能指明这手帕是从何而来，使他不能不想到在浦口轮渡上的一幕——

轮渡到埠了，平时绝不留心于行路经验的水村，为了要赶紧上岸，在仓促之间，竟会把自己的一只网篮遗失。出乎意外的又会由一个少女的同伴送了来，而这少女，正是他在趸船上所看见过同时又觉得她是非常美丽的。在这一会，除了局促感激之外，还有什么？

也许这手帕，是她无意中失落在这网篮里，但水村尽管是这样的说，然而在秋华们那里肯相信！时时想找女人的新野，他有时候会在睡梦之中，说出他心里要说的话。这时候看到水村刚来南京，就有了女友；而自己在南京住了很久，除了秋华以外，简直可以发誓，认不识另外的任何一个女人，不由地使他自己感到是太可怜而又太渺小了！

蔓草遮没了路径的清凉山上，这一天来了三个女游客。她们有的是娇艳，是美丽，是时髦，和这古香古色的清凉山，大可相映生辉。这时候，也不知道是天公作美还是不作美呢？忽然地满布起黑云，风吹着树叶，风吹地作响，跟着是一阵紧骤的大雨，淋得她们急于要找躲避的地方。这在她们自然是觉得这阵雨是太煞风景了，但正在看山中雨景的秋山们，猛然被水村发现这避雨的女客当中，有一个正是他所认为那无端而来的手帕的主人。在情在势，自然不能视若不见，是应该请她们到屋里去休息一下，才是道理。

因此，水村知道她叫李梅芬，又知道她的同伴叫秦桂芳。第二次的相见，彼此的情感像是接近了些。秋山夫妇更是特别的欢迎，款待这不速的嘉宾。在旁边的太湖，却不时地注视着桂芳，这是为什么？太湖知道，也有别人知道。

为了生活的鞭策，使得秋华要不时地提醒秋山他们去努力。水村自然也不肯不负责任的坐食，所以他去访一个旧同学，现在是在部里当秘书的韩求是，希望能从他那儿找到一点办法。不过，求是尽管是一个有工作的人，但他每天都会感觉到无聊，使他每天不得不去听清唱，以致于和歌女们个个都认识。所以他会到水村，惟一的款待，就是请水村到夫子庙去听清唱。

在夫子庙的六朝居里，水村对于这种吃茶听唱的消遣法，实在是感不到什么兴趣，所以一会儿他就要走。但在走到楼梯口的时候，想不到的会遇到梅芬。在水村是很高兴地再回到楼上去，但求是得到梅芬的眉语，却将水村硬拖着走出六朝居。

他们分手以后，水村是恋恋不舍地又回到六朝居来。更出乎意外的，梅芬也会像其他歌女一样的站在台上歌唱，尤其是那台前桌子上坐着三个官僚式的人在拼命叫好。水村一时竟不知该怎样是好！停了一会，他本能的觉得是该走了，可是转过身来，又会到桂芳。他才知道那挂第一块牌子的歌女李桃枝，就是梅芬；他又知道秦小香就是桂芳。

桃枝知道自己的秘密已经揭穿，心里是有一种说不出的难过，尤其是自己和水村之间，不免是发生了一层隔膜，纯洁的友谊上，凭添了一个打击。所以她拒绝了银行行长万有光一班在她姆娘所认为的活财神，竟在第二天她又亲自到清凉山梁家来和水村解释，真诚而坦白的声明。

在水村们自然是不会再有芥蒂，他又送她一同步行着下山；她又约他晚间再去听唱。这时候，他当然是不会拒绝她了。眼望着她坐上车子，望着她车子走去，望着她车子已经走到看不见了，望着，还是望着，他感到南京的山水真好，他决计暂时不离开南京了。

当歌女的之所以能够红，自然是由于有人"捧"；但是捧歌女的人，谁又是捧她们的艺？还不是着眼在她们的"色"字上，不过是借捧来达到他们对她们身体上的企图！

捧的方法，不外是金钱的买弄。万有光之捧桃枝，他的目的自然也不会例外！

当水村看到桃枝和有光太接近的情形，直觉的感到女人实在是一个不可靠的东西！尽管你拿真心去待她，她当你面时，也会像是很真诚的来对待你；但是一转过身去，受到金钱的诱惑，她会立时将你忘却到脑后。尤其是歌女，更不是没钱的人所可以追求的。桃枝对待自己，虽然外表是很好，实际上也不过是虚伪和欺骗而已！与其再留在南京，随时随地都足以触动悲感，还不如乘早离开南京，免得自寻烦恼。

桃枝从太湖处得到水村动身的消息，知道他是因自己而发生的误会，才要离开南京；因此她毫不迟疑地立刻赶到浦口。所幸水村因求是的钱行以致火车脱班，于是她将他约了进城，掏出心来交给他。她非常感激他对她的挚爱，她了解他之所以忌愤地要离开南京，正是他对自己挚爱的流露，所以她希冀而要求他不要再离开她。的确！爱情的进展，倘使平凡了就没有刺激。越是有阻碍，越足以增高双方的热力。所以经了这样的波折，他和她之间，是更要融洽了。

秋山病了——用脑过度、神经衰弱，住到医院里去。穷人生病而要住进医院，该是一件多么困难而重大的事！为了要接济秋山的用项，桃枝极力劝水村作画去卖。但在这时候，水村对于买画纸的钱，都要有问题。于是桃枝拿出有光点戏的钱，叫他去买纸。这在水村，怎肯接受？最后她答应等他将来画卖去以后再还她。可是桃枝接济了水村，但她回家来的时候，她婶娘是不断地追问那点戏的钱。当她的回答是："用去了。"她婶娘立时改变了脸色。

"点戏的钱你好用，是谁定的规矩？"

"点戏的钱我不好用，是谁定的规矩！"

桃枝和她婶娘是要争吵起来，但她想倘使把这事真个的闹穿，一定要牵涉到其他的人，所以她又立时改变语调特意的呕她的婶娘说："老实说，钱在这儿，你越急，我越不给你！"

不过，桃枝嘴里虽是这样的说，她心里知道倘真拿不出这钱来，那末，婶娘的噜苏，的确是不容易对付！除了从有光处设法，还有什么靠得住的办法？好在他们这些有钱的人，叫他们这样的用钱，是比较叫他们助赈或是捐助救国的军饷还要来得心服情愿而爽快些！

实在的，桃枝对于水村的一班穷朋友，老早就有想接济他们的心。但她又确切的知道，倘使直接的拿钱给水村，这在他们是无论如何不肯接受的。所以她叫水村将画好了的画，放到书店里去寄售；然后自己又从书店里将水村的画，一齐购买回来。因此水村的作品的畅销，竟使得水村自己也有些莫明其妙不相信起来。

一天两天，七八天了，水村忙着作画，桃枝也没有到清凉山来。彼此好几天不见面，在水村是感到多么的寂寞啊！无聊包围着他，烦闷袭击着他，无可奈何的来看看太湖，一时兴起，又合资去买醉。水村也许有借酒浇愁的意思，他拼命的狂饮着。醉后他还一定要乘着月色回清凉山去，清风把酒一齐吹涌了上来，使他模糊恍惚地会在草径上睡了一夜。第二天早晨，幸亏有新野的"难得寻求"的情人丁二香，扶着送他回去。要不然的话，水村简直不知道要睡到什么时候，自己才能够醒来。

是新野的主张，要求水村替二香画一张像，水村是毫无问题的答应了。可是那作画时矫正二香姿势的情形，却被那专诚来看水村站在窗子外面的桃枝看见了。她起了误会，唉！男人真是靠不住，个个都有这见好爱好的脾气。自己这样诚意待水村，他倒又爱上这乡下姑娘。唉！还有什么话说！伤心，悲愤，懊恼，痛恨……桃枝只有哭着回去。

决定了，桃枝决定要去嫁有光。她为什么会有这样的决定？是反响也可说是报复。她明知道决定是牺牲了自己，然而她觉得不是这样不足以惩罚；其实水村又哪里会知道这内情呢？所以她将所购来的水村的画，一齐叫小香送还给水村。这真是晴天一声霹雳！

天哪！二香乃是新野的情人，他不过是替她画一张像，无端的竟会破坏了他和桃枝间的情爱，这是从何说起！然而她间接的买画，忍痛的嫁给有光，这苦心，这牺牲，该是多么伟大啊！她那小小的心灵，将永远印留着这不可磨灭的创痕，又该是多么痛心啊！决定了，水村决定赶到上海对她解释。本来他有误会，她一次一次来解释；现在她有误会了，他怎能不去解释一下呢？可是在这茫茫的上海，又叫他到那里去寻找这渺小的桃枝呢？

桃枝和有光举行结婚了。他虽是看见，但他没有勇气跑上去对桃枝说明，他真不知道应该怎样是好？猛然地，一个华装的中年女人，牵着两个孩子，从人丛中挤到礼堂里，指着有光带着气愤的说："好！你居然敢又结婚吗？丢掉我和孩子怎么办？"这真是一件煞风景的事，但有光却很服贴地跟着那女人和孩子一同去了。桃枝经到这惨变，又该是多么的伤心？除了哭，还有什么办法呢？水村对她是非常的同情伤痛，但他不肯错过这解释的机会。水村向她解释了；桃枝亦接受他的解释了。水村并且告诉她要到汉口去的意思。

"为什么又忽然要到汉口去呢？"

"因为我在这几天里，已经觉悟到'恋爱'是有钱与有闲的人所玩的把戏，我们这些穷小子，应该把谈恋爱的热情和精力，移在有力不能自食的环境里，去奋斗自己的生路才是！"

"……"

桃枝对于水村，已有了深刻的了解，所以在水村未去之前，她觉得至少还要去看水村一次，和水村再谈一谈。但是等到了她赶到船上，水村已是酩酊大醉；船已将开行，然而在这样的情况之下，桃枝又怎肯独自登岸而离开水村，让他一个人带着醉走去。

"火！火！"

在夜深人静的时候，忽然地，人声嘈杂起来，男男女女，老老少少，纷纷的，争先恐后的，一齐都向甲板上奔跑，是为什么？啊！原来是货船失慎，火势已经不可收拾。桃枝呼唤着水村，久久都没有醒来。桃枝怎肯丢弃水村一个人逃走？这真叫桃枝急煞！一刹时，红光遍满了江面，水村和桃枝，好像都没有逃出这红光的包围。

小 玩 意

出品　联华影业公司，1933年

编导　孙　瑜

摄影　周　克

布景　方沛霖

演员　阮玲玉　袁丛美　黎莉莉　汤天绣　罗　朋　刘继群　韩兰根　赵　崖　聂　耳　王桂林

《小玩意》电影为孙瑜编导。其电影小说为袁丛美撰写，原连载于《申报·电影专刊》（1933年9月13日～23日）。其电影剧本为孙瑜在新中国成立后基于原分镜头剧本的修订之作，收录于《孙瑜电影剧本选集》（中国电影出版社，1981年）。

电影小说

袁丛美

黑暗被光明驱逐离开大地以后，太湖的空际，霞光云彩缤纷四射。绯红的旭日，露出面目，笼罩在湖面的轻烟样的晓雾里。天光水影，成了一片迷蒙，什么也看不分明。在天与湖水交界的边际，隐隐约约地只见几点黑影慢慢儿移近，鼓风横湖而行……一群沙鸥……几只渔船……一切都点缀着美的太湖，伟大的自然！

渔妇梳理她的乱发，渔者摇舟缓缓而行。渐渐地，无锡水街两傍形形色色破旧的房屋，都展示在目前，又从目前，消失了过去。

渔舟穿过曲桥，停靠在老叶的屋前。"老叶！还没有起床吗？渔者手里擎着一条鲫鱼。"老叶正替他刚满六岁的珠儿穿衣，听见有人在呼唤，他立地惊慌起来，颤抖着，小心着，轻轻地把他笨重的脚步移到窗口去，怕惊醒了他艳媚的爱妻。因为叶大嫂——秀秀——天赋地有一种霹雳火秦明的脾气。她虽如桃花一样的鲜妍，可她也像胡椒一样的泼辣！

她有的是美丽。她是桃花叶村的美人精，不肥不瘦，黑中带俏。在她的青春时期，依了她亡去的双亲的意思，才嫁给笨猪似的老叶。她有的是聪明。她运用她灵活的脑子，和技巧的织手，制造纸糊、竹屑、泥塑、不倒，面捏，草编……各式各样的新发明。她就靠这种小玩意过活。

老叶很忠厚。他简直是一条肥笨的猪，他有的只是"痴肥"！

"老叶！送你一条活鱼。"渔者发现老叶立在窗口，喜形于色的高呼。老叶惊恐地举起手来，轻轻的向左右摆动，向渔者示意，叫他不要作声。回首望床，叶大嫂正香梦方酣。他定了定心，想出去接鱼。可珠儿又跑上来扯住他的衣服，问是谁在呼喊。

老叶急得无法，忙扣住珠儿的嘴道："珠儿，不要把妈妈吵醒了。"他的面部表示恐怖而带命令的神色。珠儿吓得呆住了。老叶鼓起一股勇气，轻身的牵着珠儿往门外走去，一只哈巴狗跟在后面，脚上绑了厚绒，嘴上戴了口套，好像那轻微如狗的脚步声也会惊醒叶大嫂的美梦似的。

"叶大嫂醒了没有？"渔者掩口轻声的问，顺手把鱼递给老叶。老叶不敢出声，微微的一笑，摇了摇头。于是渔者撑开他的船，摇向城里去了。

"叶大嫂醒了没有？"卖糖的、作泥人的、卖纸花的、力士……一大群人围了过来问。"没有醒呢！"老叶低声回答。众人不敢作声，悄悄的走开。

老叶提着鱼回到屋里，叶大嫂仍是未醒，在被的外面，伸展着她赤裸裸的臂膊。老叶过去替她拉上被窝。她微微的动了一动。老叶愈是小心着走，就愈是闹出乱子：一个不留神，踏在竹筒上，仰天翻身，跌倒在地上；一手拉住竹篓，竹篓也倒下来。于是叶大嫂惊醒了。老叶颤抖着，连牙齿也骇得震慄作声。珠儿伏在他怀里，那只黑花狗也夹着尾巴不动。周遭的空气立刻紧张起来。

"过来！"叶大嫂雌威不露地喊着。老叶发抖，珠儿害怕得哭了！"过来！你怕我吃了你吗？"叶大嫂冷冷的唤老叶。在恐怖中，老叶颤抖地向床前走去。两膝像弹簧支持样的摇震。叶大嫂推他坐在竹椅中，连头也不敢抬起来。她微微的叹一口气，把样子转变得温和些，伸手去抚老叶的头颈，老叶反而骇了一跳。

"你为什么这样怕我？以后不许做出这种可怜样儿了！"叶大嫂很温和地抚他的脸，老叶依然战抖，点首应允，没有出声。

"不来了！"叶大嫂看他还是那幅可怜的样子，佯作生气，把身子转向床里去。叶大嫂看珠儿还在哭，忙拉她到自己怀中。"小傻子才哭哩！"用指尖承着晶晶欲滴的泪点，瞄准着墙上泥和尚的脸弹去，于是那泥和尚淌着滴滴的泪珠。叶大嫂笑了，珠儿笑了，老叶也笑了！

忽儿床内的玉儿大哭。玉儿甫满一岁，胖胖的，也如老叶般的痴肥。叶大嫂抱起他，吻他的小脸。老叶接过玉儿，弄弄他，放他在站笼里。自己再到碗橱边去取碗盛粥，咸鱼，熏鸭，和一把酒壶，用一个盘把这些装好端到叶大嫂的面前。老叶又为她斟酒。这时候的叶大嫂变得娇滴滴的，对着老叶媚笑，抚他的脸。

老叶受宠若惊，像一只小麻雀似的跳到珠儿跟前，忙着搬桌椅，盛稀饭。"今天妈妈高兴，我们大家也都高兴！"

老叶说完憨笑，使劲地咬馒头一口。老叶跳着，笑着，把馒头分给玉儿和狗。但他不当心又跌在木盆中了，叶大嫂看见绉绉眉，不忍的样子笑起来。

无锡惠山下，街市的泥人店里陈列着无数的泥人，几个工人不停息地在涂粉，插须，着色，把黑的白的泥团，装饰得异常之美欢。这实在是一个再适合没有的人类写真。

一个老工人拿起一个泥瓮来，用手将下面的线一拉，一个丑，从瓮内伸出头来，线一松，又缩了进去。"叶大嫂真能干，这是她新发明的玩意儿。"

螳螂乾，是卖纸花玩具的，他这些各式各样的纸折，都是出诸叶大嫂的发明。实际上,他的生活,就得了她的实惠不少,所以他是认得叶大嫂的。这时他正从前面走过来。叶大嫂屋外的市面闹热极了。轿子,小车,卖臭豆腐的,卖玩具的,往来地充塞于街市;有的讲生意经,有的闲谈着。在这市街的中心,有一座古庙,古庙的坝上,麕集着几十个野孩子,他们戴上假面具,用他们的竹枪竹刀在混战!嘶杀!

一会儿一个力士持着竹杠从街的那端过来,刚巧碰着叶大嫂。叶大嫂问道:"老赵——你昨天刚刚病好,今天就去做工了吗?"老赵听她说后,微微的一笑,把他粗壮的臂膀举起来,表示他已经恢复健康了。叶大嫂捏捏他的臂膊,称赞他。忽然间看见老赵的衣服有一个破洞,就急忙从发上取下针线来替他缝补。老赵痴痴地望着她,在她的目光里发射出他对她的热烈的爱慕。叶大嫂有点知觉了,用手把他的头推开。

等把衣服缝好,叫老赵去的时候,他却不肯走了,他恋恋着她。这时候由前面来了一个卖鱿鱼的胖子。他取了一块热煎的鱿鱼往叶大嫂手里一塞,顺势摸摸她的手。于是叶大嫂惊骇住了,要想责骂那胖子,但终于没有出声。她究竟是聪明的,她已经想到惩戒他的法子!她一面向胖子假殷勤的媚笑,拍拍他的肩,一面却溜着胖子向顽童首领示意。

"杀呀!杀呀!……"首领统率顽童们向胖子进攻,把他包围起来。胖子骇得魂不附体,动也不敢动一动。

拍!拍!竹枪里的石子放射出去;滋!滋!水枪也发射着。

于是胖子的额上打着几个洞,满脸都是污水。胖子知道众寡不敌,只得不抵抗的逃脱。顽童们还不放走他,像捕野狗样狂吼着追赶上去。胖子一跳,便跌倒在烂泥水洞中。他那满身污水淋漓的样子,简直像刚从模型里取出来的泥人。顽童笑着;射击着,胖子急得快要哭出来了。他为了要阻挡射击,于是从顽童手里夺得一个假面具。他就把它当作了防御工具。

叶大嫂忽然触动灵机——"我又发明一种新的玩意儿了。"她狂喊起来,拖着几个玩具作家就往屋里跑。

在一张方形的台桌前,围集着一大团人——螳螂乾、瘦老头儿、大胡子、卖纸花的……每一人都用惊异的眼光钉住叶大嫂正在使用的刀上。只见白亮的刀动了几动,就成功一件新奇的玩意儿。这是一个泥猴,带上一个假的盖脸,手一拉,它可以上下移动。大家欢笑,称赞着。

这又是一天的上午。玉儿站在竹椅里,珠儿伴着他玩。她用小篮、小鞋、小袋、小袜,装着小狗、小猫、小鸡、小鸭,悬挂在玉儿面前来回地拉扯,一只手敲着小锣、小铃……这样一来,好哭的玉儿也弄得哭不出来。

"我敢发一个誓,将来珠儿长大了,一定更会发明新的玩意儿!"卖纸花的大胡子指着珠儿,向叶大嫂谄媚地说。叶大嫂受到赞美,就拿手去抚大胡子的脸,表示她的谢意。当时他的眼珠子一翻,得意洋洋,快乐得发呆。

傍边一位瘦老头儿见他献媚,不禁大发醋劲。于是也向叶大嫂献好:"将来珠儿发明的小玩意,一定比外国的更好!……我敢拿老命担保!"他拍着胸膛说。可是过于用力,反而咳嗽起来。叶大嫂笑了,忙用手抚他的胡子。

"你们晓得吗?假如我们的小玩意不如外国,以后我们都要饿死了!……"叶大嫂向众人说,把架上的玩具指给他们看:"我们中国的玩意儿,都是拿手做的,做的很慢,几十年也很少换一换新的花样……"

众皆毛骨悚然,空气也沉静着。

叶大嫂取过案上的飞机,军舰,炮车……这些东洋玩具。她指示给众人看。

"这些外洋玩具,听说都是大工厂里的机器制造的,每天可以做几千几万。现在城里的有钱的孩子们,都喜欢这些兵船飞机呢!"她说完,把这些仇货玩具,一个个的开动起来。她看了大家沮丧的神情,又说道:"但是,我们就灰心了吗?……不!我们只有挺起胸脯朝前走!"

袁璞,是一个英俊豪爽的工科大学生。因为在暑期内到他父亲遗下来的别墅去消暑,遇着了叶大嫂。他崇慕她的天才,他恋爱她的美丽;他更能认识她有伟大的性格,所以他热烈地追求着她。

这天,袁璞又来拜访叶大嫂。但他走到门前的草坪上的时候,看见珠儿正呜呜咽咽地哭着。袁璞忙跑过去抱起她来,安慰她,给糖她吃。问她为什么要哭,她说她的臭豆腐被一个顽童抢去了。叶大嫂听见珠儿哭声,走到窗口一望,看见袁璞抱着珠儿,就急忙回转身到镜前去整理头发。然后方含笑地到门外去迎接。叶大嫂很动情地轻轻的呼他一声,他也很快乐地笑着,望住她。他的眼睛像天星一样,对她发出热情的光焰。

卖纸花的老头儿看见他俩这般亲热,不禁代叶大嫂惋惜,觉得她嫁给老叶,真是不幸的命运,他说:"好一个标致聪明的叶大嫂,可惜却嫁了一个武大郎,真是好花插在牛屎堆上。"

袁璞抱着珠儿和叶大嫂靠得紧紧的。他取了一粒糖送到她的嘴里;但是被她推开了。他顽皮的样子用手抚她的下颚,她却怪难为情的,俯首娇笑无语。

后来叶大嫂请他到屋里坐,他就抱着珠儿进去。叶大嫂蹒跚地跛着,袁璞慢慢地在后面跟。"有什么心事吗?"轻轻地在她的耳边说。她要想拒绝他,但又难于出口。

叶大嫂在桌前呆立住了,袁璞挨近去抚她的肩。她改了笑脸,望望他:"我想……"又背过脸去:"袁先生!你还是离开我一点吧!"

袁璞吃了一惊,简直呆若木鸡。他扳转她的肩来对着自己:"秀秀!……你是什么意思?……我爱你……今天晚上我们就到上海去!……"

叶大嫂恐怖而又战栗的样子,移动身子避让。袁璞也转了方向,更贴得近些,要求着她说:"秀秀!我爱你!……今年暑假我在这里发现了你,真好像找着了我的灵魂了!"握住她的手:"去吧!去到那暖和的南洋,繁华的巴黎,幽静的瑞士……"

叶大嫂心里非常忧虑,低下头退到一傍去。袁璞依然是呆立着。她掉转来望望他:"真奇怪了!你是一个大学生,我是一个有丈夫的妇人。为什我要跟你到处跑呢?……"她假笑着徐徐的说。

袁璞震惊着不动。忽然间,用力地扳转叶大嫂的肩。"原来……你一向就是骗我的！……"声色俱励的说。声音有些发抖！他觉得他是绝望了，心里感受创痛，头脑子一昏，几乎要晕倒下去。用手按住他突跃的心胸，垂头丧气地退到竹椅上去坐下。叶大嫂看见他这种样子，未免心有不忍。她的慈祥的面上露出了怜爱的柔情。她走到袁璞的面前，轻言柔语地安慰他："你怪我，恨我，都是应该的；但是，我决不敢骗你！你对我的一切好处，我是永远记得牢的。……你从前告诉我说：我们中国的工业不好，你要到外国去留学回来救我们大家……那是多么好呀！"

袁璞默然不动。

"至于我呢？……我的一家，还有好几十家穷人，都靠着我的玩意儿吃饭！我觉得我舍不得离开他们的！……"她继续的说。

袁璞很悲切地低下头去，泪珠在眼里滚动。叶大嫂托起他的下颚，带点可怜的样子望望他。

"袁先生！你是读过书的。那书本里边一定有许多救我们穷苦人的好法子！我盼望你立下志向，将来救救我们！……"她鼓励他。他呆住的眸子缓缓地从地板移向空际，他点点头，提起些勇气，又点点头。"秀秀！我觉悟了！你比我理想中的女性更伟大，今晚我就回上海，转学德国……我谢谢你提醒我！……"他认清了他——大学生将来的责任，这样坚决的说。

袁璞立起来告别，叶大嫂替他整理领带，挽着臂送他到门口。他说："以后或许要七八年才能再见了。最后我要说的话就是……因为我是一个人，所以应尽我对于国家的义务。……但是，同时也因为我长了一个心，我也要永远地爱你！"

叶大嫂痴痴不动，微笑着，泪水却在眼里波涌。袁璞是走了，他很勇敢地走了。她流着泪，斜倚在门口，只身孤影，倍增凄切！

无疑的，叶大嫂是受着刺激。她退到屋子里去，脚是那样轻软无力，精神是那样颓丧着。当她坐下的时候，她眼内的苦泪像珍珠般的滚了出来。"为什么人人要长一个心呢？"她指着自己的心凄怆地说。

珠儿进来看见妈妈在哭，就投入她的怀抱，叫她不要哭："妈妈！……小傻子才哭呢！"珠儿用小指承着妈妈的泪珠，向那泥和尚弹去，于是她俩都笑了。

一片苍茫的黑夜，火车在远处进行着。袁璞是从黑暗中奔向他的光明的前程！这时候，那残灯未熄的一间破房里，寂静无声。老叶像死猪样的酣睡。玉儿在梦里微笑。珠儿紧紧依住母怀。叶大嫂呢？她却张大了眼睛，半夜不能成眠。她望着天花板出神，她仿佛听见那辘辘车轮的声音；她仿佛看见袁璞的影子。她的芳心是扰乱了。她只有在沉寂空气里偷偷地淌着泪滴！

春天再来，又是一年。在那曙光初晓的刹那，湖山依旧是那样的美丽。但是那暖和的春风哪能吹得到生活日就贫困的老叶家中。什么也都变了啊！老叶穿着破衣，人也病了，咳嗽喘气，样子是更渐地可怜！

"珠儿的爸爸！刚才是你在咳嗽吗？……"叶大嫂听见咳嗽，耽心他的病又发了。

"没有！……我近来身体好得多哪！"装出笑容来说。叶大嫂是昏昏地睡了；但是却被悲酸侵袭住她的灵魂！

马蹄！号声！炮！兵！街上的人，像蚂蚁般拥挤；狂奔！纷乱！这边拥挤过去，那边又拥过来……这是战争的情景——内战。

老叶和螳螂乾从市梢走过来看见搬家避难、争先逃亡的情形，他们有点莫名其妙。后来他一打听，才知道苟督军和魏司令又开仗了，就要打到此地啦。

老叶素来是有心脏病的，忽然受到这种强烈的刺激，神色大变，立地昏晕在地上。螳螂乾忙着救他，一会儿赵力士也来了。大家七手八脚忙乱着，螳螂乾又飞奔着去找了叶大嫂来。她带了玉儿珠儿从人丛中推挤进去，看见老叶人事不醒，就把玉儿放下来，过去俯在老叶身上，一面摇他，一面喊："珠儿的爸爸！"她的声音很悲痛而颤抖！叶大嫂急得哭出来，推动老叶，力竭声嘶地叫他，但是他是与世长别了！

观众越来越多，一层一层地把他们包围起来。唉！真是所谓福不双降，祸不单行。叶大嫂正感失夫之痛的时候，谁料玉儿又被人拐走了！

叶大嫂才真急坏了。"玉儿呢？……"她的呼声像针一般地刺激着每一个人的心："玉儿呢？我的玉呢？"

她狂呼！悲号！在人群中像一只受伤的野狗似的乱攒，她……她终于昏倒在老叶的死尸上。

战神的面幕揭开了！

炮弹横飞……马队冲驰……肉搏……冲锋……焚烧……抢劫……又是一幕自相残杀的把戏！军阀争地盘，小民弃乡土。

火车上连车身带车顶都被难民占据着。可怜的叶大嫂也只得随着他们去逃命。可是她内心的痛苦是够受了，她感觉血与泪的交流！

赵力士，螳螂乾、他的胖妻，瘦老头，卖臭豆腐的……都发现在这车顶上了。胖妻是很泼辣的，她的凶残的大口，一直没有停息，咒骂着打仗。赵力士神色颓丧，默然不语。

后来叶大嫂等，都到了上海北站附近的贫民区域——这些地方是极肮脏的，有的只是污水与破烂。但是叶大嫂，她立定主意要在这些地方来创造她的生命！

叶大嫂鼓励着大众铲草……打桩……锯木……盖草棚……他们的草棚就在这种工作中慢慢地建筑起来。

在这般艰苦奋斗之下，十年的光阴，悄悄地像懒蛇似的爬了过去。叶大嫂的女儿——珠儿——已经十七岁了。健全的身体，青春的朝气，是她的特征。她只知道用笑来解除人生的酸苦；她只知道用笑来驱逐弱者的悲哀——她是承继着她母亲的聪明和美丽，所以，她也发明了许多比较合于儿童教育原理的玩具。

"妈妈！可惜我们没有开工厂！如果我们有了机器，一天不知道要做几千只飞机兵船呢！"

"如果我们国家人人齐心，不要太自私……不但办厂做玩具的飞机兵船，恐怕连真的飞机兵船也做了几千只了！……"叶大嫂叹着气说。

"妈妈！你不是常说，我们绝不要灰心吗！"

"珠姐姐！快到外边教我们玩玩！"一个小孩从外跑进来请她去教体操。

于是，珠儿一声号令，贫民区的儿童都集合拢来。他们分成四列横排的散开队形。珠儿教他们做柔软操：伸臂、屈膝、弯腰、跳跃，动作是异常地整齐。一会儿大家又游戏着。儿童们都散开来，骑木马……打秋千……吊圈……滑板……他们像一群小麻雀似地跳跃着。

这时候，叶大嫂抚一小儿的头，在她的面部露出怜爱与感伤的神色。"珠儿！你的那个给人拐走的小弟弟……恐怕现在都有这么高了……"

珠儿看见妈妈悲伤，就跑过去安慰她，脸靠着脸地偎倚在母怀。叶大嫂终于笑了道："珠儿！这十年如果没有你，恐怕我还活不到现在呢！"

珠儿看见小孩们从滑板上滑下为戏。她想这个把戏倒可以使妈妈开心，于是她爬上去滑下来。但是她坐在地上不敢起来了，因为她的裤子撕破了一个洞。珠儿窘得无法，只得坐向一个竹篓里去。可事情偏是这样凑巧，她的爱人——阿勇同老赵，就在这个时候来找她来了。阿勇伸手想拉她起来，吓得她却带着竹篓逃向屋里去了！

在叶大嫂的屋子里，叶大嫂坐在桌上不停地工作，瘦老头、螳螂乾在傍边帮忙，老赵却在那儿吸烟。这时候珠儿和阿勇在房外的草堆上，背靠着背，静默默的望着月儿出神……快乐在她俩的心灵中活跃，他俩是溶化在甜情蜜爱的仙境……

"珠儿！你的玩具工厂要哪一天才得开办呢？……"阿勇终于先开口。

"快了，我妈妈说的：只要我们相信我们自己，挺起胸口朝前上，总有一天会成功的！"

光阴飞也似的过去，转瞬就是十年。袁璞也学成归国，开办起一家玩具工厂了。有一天一位富孀陈太太带了玉儿（十年前从拐子手中买来的）参观兴华玩具工厂，袁璞很恭敬地领导着他们。陈太太称赞着，但他回忆起叶大嫂，黯然神丧！他也到过太湖边的柳叶村去访问叶大嫂；但是叶大嫂的房子成了断壁残垣，屋外尽是一片焦土。……饿犬……乞丐……像荒冢一般的凄惨！可怖！

在帝国主义加紧向中国市场践踏的铁蹄下，我们的叶大嫂和她的聪明女儿，仍是抱着绝大的勇气奋斗。

最初叶大嫂和珠儿还以为外洋来的飞机兵船小玩具，至多不过使她们和许多靠手指吃饭的人，少吃几口饭而已……直到某一天的晚上——"一·二八"的晚上，帝国主义的狰狞的面幕揭开了，经济的侵略已变为武力的侵略；玩具的飞机大炮兵船，已变成真的来进攻了。但是，我们的英勇的十九路军是在帝国主义的炮口下伸起腰来抵抗了，每天都在紧张的血斗中！这时候，叶大嫂、珠儿、阿勇、老赵，都惊吓得缩住一团，静静地听着，面面相睹，不发一言。大炮猛轰，屋瓦也震落下来。

"快逃命吧！敌人的炮火厉害，我们的兵，一定不够他们打的。"瘦老头儿声音发抖。

"谁说中国兵不敢和外国人相打？我不信！你们胆小的只管逃走……我就不走！"

珠儿始终是这样勇敢。

火线的后方。兵士们在路傍休息,开留声机,唱军歌,他们真是勇敢的爱国男儿!他们为民族奋斗!为祖国牺牲!真是一件伟大光荣的事!

阿勇、肉球、老赵、螳,几个人忙着装沙袋;叶大嫂蒸馒头;珠儿替胖兵补衣服,大家都各尽所能地为祖国效劳。

胖兵倒有些玩皮,看见珠儿生得甜蜜蜜的,就伸手去摸她的脸。珠儿呢?她并没有恼怒。不过她的针举起来往他的裤上一缝时候,胖兵忽然狂呼大喊地跳起来了。

"集合!……全付武装……"军官神色严重的喊。

"江湾右翼吃紧,立刻开去接应!"军官的命令。

兵士们踏着血路向前进发。阿勇、老赵、螳等自愿地随军到前线运送伤兵。叶大嫂和珠儿欢送他们……

炮声隆隆……烟雾弥天……飞机……坦克车……前方酣战未息。

军官率领兵士们冲锋,跃登坦克车,掷手溜弹。前仆后继地一个倒下来,一个又冲上去。

老赵为流弹炸伤而死[1]。阿勇发狂,提起手溜弹冲上敌人的坦克车,于是阿勇和坦克车同归于尽。

天上的飞机……地下的炮弹……珠儿也牺牲了!叶大嫂抱住她号啕痛哭,昏晕在她身上!

一年的光阴,在我们的都市里匆匆地过去了。一九三三的"一·二八",正是旧历新年。炮声已经离开上海到了另外一处去了,所以那静安寺路上的春花舞场外,仍旧是车水马龙,闹热异常!

枯草可复发,残花可再开。但是可怜的叶大嫂弄得家破人亡,她的创伤破碎的心,却是永远地不能缝补了!一个悲愁苍老的脸,浮出苦笑的凄惨的阴影,在街头叫卖她的小玩意。她真有勇气啊!还在"挺起胸口朝前上"!

在夜街里,她遇着了十年前遗失了的小玉儿。虽然母子不相识,但是,不免旧痛引上心来。忽然街里传来一阵庆祝新年的爆竹声,叶大嫂以为敌人来了,不禁狂声呼喊:"敌人杀来了!大家一齐出去打呀!救你的国!救你的家!救你自己!"

"醒吧!不要做梦了!"

"中国要亡了……快救!救中国!"

害了许多人吓得魂飞魄散地逃窜。巡捕过来查问,想捉她到官里去,但是她在狂呼挣扎的时候,袁璞从人丛中钻出来救了她。后来有人说:"那个乞丐疯了!"

她疯了吗?……

---

[1] 原为"老赵扶住伤为流弹炸伤而死"。

剧　本

孙瑜

一

（渐显，字幕）

（叠印）拂晓的太湖，晨雾象轻纱般笼罩着烟波浩淼的水面，一叶渔舟从空蒙缥缈中缓缓地摇了出来……（化）

渔舟缓缓地摇过垂柳的长堤，摇过盛开的荷花，摇过菱湾外几只撒网的渔船。撒开的网象几朵圆纹涨开的花朵划乱了湖面上远山的倒影……（化）

渔舟缓缓地摇过河街。一渔友微笑着把一条大鲤鱼用嫩柳枝穿了腮，挂在船边……（化）

从桃叶村拱石桥洞里望去，渔舟远远地摇来。

叶家住在靠河的一边，后门外有汲水、洗菜的石级。（推近）厨房的小窗口，竹帘轻垂着。

叶家内，微胖老实的老叶正忙着帮助五岁的小女儿珠儿穿衣服。窗外河街里有人在喊他。老叶一惊，回头转望窗外。

后门外，渔友在船头提鱼笑喊：

（字幕）"老叶！起床了吗？"

老叶听见喊声，胆怯地望了一眼屋隅床上酣睡着的叶大嫂，急急地蹑足走到后窗前，从窗口向外望去。

渔友持鱼笑告老叶：

（字幕）"老叶，我送叶大嫂一条鱼。"

渔友得意地举着手中的鱼给老叶看。这条一斤六七两重、红尾金鳞的大鲤鱼一定会使叶大嫂秋水般的双眼发出光彩。

渔友指鱼说："你看！多泼辣！多大个儿！……"老叶急急摇手止住渔友，叫他轻声些。

珠儿来到窗前争着想看鱼，老叶急急嘱咐她：

（字幕）"珠儿！小声一点儿！不要把妈妈吵醒了！"

珠儿闻言，蹑手蹑足地去开门。

小花狗的四只脚上也包了棉絮，轻轻地跟着珠儿走。

老叶和珠儿走出后门，老叶接过了渔友手中的鲤鱼。

渔友悄声问："叶大嫂醒了没有？"

老叶小声答:"还在睡哩。"

渔友听说,悄悄地撑船离去。在旁边看鱼的胖嫂、朱老头、小妹子等人也都悄悄地散去。

老叶一手提鱼、一手挽了珠儿,蹑足轻轻回到屋内,(拉跟)把鱼放进水桶。之后,他从灶头绕过木柱和制造玩具的桌子、小车床,走过了放有粘土、毛竹、洋铁皮和雕刻玩具用的各种原料以及刀、斧、锯、凿等的工具架……老叶蹑足行动时,双眼从未离开过屋隅床上睡着的娇妻。他、小珠儿和脚上包扎了棉絮的小花狗行进得很顺利。(拉跟)忽然老叶的脚被地上的小木箱绊了一下,沉重地跌坐在地上……

老叶在一阵乒乓声中抚臀惊望着屋隅的床。

叶大嫂被这一阵巨响惊醒了。她很快地坐了起来,惊望着屋内。

笨重的老叶坐在地上抚摸着臀部,惊愕无语,他身旁是掉下的木箱和几个摔碎了的泥娃娃。受惊的小珠儿吓得扶着爸爸不敢动。

叶大嫂坐在床上恨恨地望着地上的丈夫,深深地叹了一口气。自从她十七岁上痛哭着嫁给老叶这一笨拙丈夫以来,十年中,她在太湖边的农村里一直过着清贫朴素的生活。她美丽的姿容和聪慧的心灵使得全乡的人都为她这种境遇而惋惜,年轻的男人们更是为她跌足长叹!她的生活证实了镇上说书先生的一句老话:"美女常伴拙夫眠。"年轻的叶大嫂虽然具有泼辣、开朗而倔强的性格,可是她善良明理,吃软不吃硬。如果老叶是一个暴戾的男人,她老早就可以和他闹翻了。但老叶是一个性格温和、心地善良的丈夫。多年来,靠着她的灵活的心思和指头创造出许多新颖巧妙的小玩具,让丈夫挑到市上去卖。老叶因为有了她这样一位聪明能干的妻子,生活过得比邻近的人要好些。因此,老叶也就愈发地爱她,同时也更加怕她。在叶大嫂的眼里,老叶好象是一个不可救药的笨孩子。昨夜她又因钻研一种新式玩具熬到深夜,早晨正在补偿她失去的睡眠。刚才她被老叶碰倒东西的响声闹醒了,不由得生着很大的气。

叶大嫂恨恨地唤着坐在地上的丈夫。

(字幕)"过来!"

老叶坐在地上望了一眼床上发怒的娇妻,又低下头,不敢多看她。珠儿哭了起来,老叶连忙转身去抚慰她。

叶大嫂冷冷地望着老叶,似怒非怒地压低声音说:

(字幕)"过来!你怕我吃了你吗?"

老叶从地上站了起来,象赴法场似的向床边走去。珠儿畏缩地跟在他的身后。当老叶快靠近木床的时候,叶大嫂伸臂一拉,老叶就坐上了床沿上,他低着头好象一个准备受责骂的孩子。

珠儿以小手掩目而泣。

叶大嫂望着床前的两个亲人,心软了下来,她好象第一次发现她的老实丈夫和女儿是那样的怕她。她的脸色变得温和了。"不对啊!"她在想,"难道我竟是一个老虎吗?"

她温和地问她的丈夫:

(字幕)"你为什么要这样地怕我?以后不许做出这样可怜的样儿了!"

珠儿竟然大哭起来。

叶大嫂吃惊了。她一手把珠儿抱在怀里安慰着,叫她"不要再哭了!……是妈妈不好!……"又逗她说:

(字幕)"珠儿,小傻子才哭呢!"

珠儿望着妈妈,眼里噙着泪水。叶大嫂伸出纤细的小指,在珠儿眼角边沾了一滴泪珠,笑着向床侧小桌上的一个弥勒佛的大纸脸轻轻地弹去。

弥勒佛含笑的眼角上挂着被弹中了的泪珠。

叶大嫂笑了起来,珠儿也笑了起来,老叶这才松气地一笑。(摇)屋侧摇篮里,一岁的玉儿也在睡梦中不知被什么美妙的仙子在逗笑着……(渐隐)

二

(渐显)惠山小街。那里是无锡泥人手工业的集中地。街上有不少的大小泥人店铺,向游客们出售各式各样的泥人玩具:烂泥大阿福、"年年有余"的胖娃娃、手持柳枝的淡妆观音、会含笑摇头的老夫妻等,还有少数从美术学校学回来的革新家用石膏粉代替烂泥试做的新装洋娃娃、维纳斯女神等。山街里色彩丰富,被称为是"美术之街"。

瘦小子"螳螂乾"肩扛着一根竹竿草把,上边插满了各种纸制和竹制的玩具,在小街里叫卖。

"螳螂乾"扛着草把一连走过几家做泥人的店铺。

作坊里,一板一板的尚未着色的小泥人在阳光下曝晒着。

老艺人戴着老花眼镜,正在教小徒弟为泥人涂画颜色。"螳螂乾"走到老艺人身旁,好奇地观赏一个从泥坛口连连摇头做怪样的小泥人玩具。

老艺人指着坛口的泥人赞叹说:

(字幕)"叶大嫂真聪明!这是她昨天新发明的样品。"

"螳螂乾"从草把上取下彩色折叠纸扇说:

(字幕)"提起叶大嫂来,真是天仙一样的巧手!她昨天还送了我'螳螂乾'一把纸扇哩!"

"螳螂乾"说完,得意地摇着纸扇。

老艺人从铜架老光眼镜上边斜睇着这个瘦小的玩具贩,露出了一丝妒意。(化)

叶大嫂的屋前,一株垂柳被夏末的薰风吹拂着,不时传来此起彼伏的蝉鸣声。"螳螂乾"扛着玩具草把走来,他远远地望见老叶在屋前整理玩具担子。他笑着向老叶和另一年轻搬运工老赵招呼,并和叶大嫂挥手笑语。

老赵手提竹杠、肩挂粗绳,向叶大嫂招呼。叶大嫂忽然发现他胸前的衣襟扯破了一个口子,就喊住他,从身上取下针线给他缝补。

旁边不远,停了一副卖油豆腐线粉的担子。卖主老胖望见叶大嫂给老赵缝补衣服,眼里露出了羡慕的目光。卖油炸臭豆腐干的小黑子见此情景,笑他是"癞蛤蟆想吃天鹅肉"。小黑子挑起担子走到他的面前,对着正在出神的老胖的脸大喊一声:"臭——豆腐干——。"这一震耳的吼声和飞溅的唾沫星子,把老胖吓得缩回了头。

叶大嫂缝好了裂口,用她的洁白整齐的牙齿靠近老赵的胸口咬断线,笑说:"好啦。"老赵笑谢告辞。叶大嫂送了他几步,走过油豆腐线粉担子。当她回转身来,正巧遇见老胖端了一碗热腾腾的油豆腐过来,他一把抓住了叶大嫂的手,涎着脸请她吃。

叶大嫂起初有点吃惊,见他不怀好意,一时又不得脱身,怎么办呢?她一眼望见在一边玩的十一岁的小三子戴着红须和十几个顽皮的孩子们用木刀、木枪正在鏖战。她以目向小三子示意——对老胖呶了一下嘴。小三子惊喜"奉诏",便向小弟兄们下令。他大刀一挥,十几个顽童象"火牛阵"[1]一般喊着跳着向老胖冲去。一时竹枪、水枪、橡皮弹弓纷纷向老胖油黑发光的大脸射去。老胖丢了手里的碗,松了叶大嫂的手,抱头奔逃。

叶大嫂笑着观战。

老胖且骂且逃,绕过大板车,跌坐在泥潭里,但仍无法避开众孩们雨点般的子弹。他看见地上有一个"张飞"花脸纸壳,就急急拾了起来,用它来遮护自己受攻的脸。

叶大嫂笑望着。

老胖的手一上一下地用花脸纸壳遮护自己的脸。

叶大嫂大笑。忽然灵机一动,笑告旁边的人:

(字幕)"我又发明了一种新的玩意儿哪!"

说着,叶大嫂转身进屋,老叶、"螳螂乾"跟着。屋内工作台前有"大胡子"、胖嫂、朱老头等几个帮着制造玩具的人。珠儿也跑来跟着大家看妈妈新设计的玩具。

叶大嫂的手在纸上打样……(化)

一个猴子手持张飞纸脸壳,在它背后牵线时,它就一上一下地遮护猴脸。

众人交口笑赞不已。

珠儿走到小弟弟玉儿的站桶旁边逗他玩。玉儿的小手玩着木制的小鸭子。

珠儿熟练地摆弄起玩具小锣、小鼓来,机关灵巧地敲动着。

"大胡子"笑告叶大嫂:

(字幕)"将来珠儿长大了,一定也会发明小玩意儿的——我敢发一个誓!"

朱老头竖起大拇指说:

(字幕)"将来珠儿的小玩意儿一定比外国的好!我敢拿老命担保!"

叶大嫂沉思地说:

(字幕)"你们知道吗?如果我们的小玩意儿不如外国,以后我们都要饿死了!"

一句话触动了老叶、"大胡子"等人的愁怀。他们脸上的笑容消逝了。

叶大嫂继续说:

---

[1] 火牛阵,战国时,齐燕交战,齐名将田单在千余牛角上束以兵刃,尾上束以燃着的火把,牛尾热,怒而奔向燕军,燕军大败。后人称之为"火牛阵"。——原注

（**字幕**）"我们的玩意儿都是拿手做的，做得很慢，也没有人看得起我们这些人！"

叶大嫂的最后一句话，给无数怀有绝技的手工业艺人申诉着不平，可是她的语气是平淡无奇的。千百年来，多少天才被人埋没和遗忘，尤其是一个穷妇女。谁还记得起"唯卑贱者最聪明"的那一句古话呢？

叶大嫂顺手从柜台上拿起买来的用东洋铁皮制造的小飞机和兵船说：

（**字幕**）"这些外洋的玩具，听说都是大工厂的机器做的。做得很快。城里的有钱孩子们都在玩这些兵船、飞机哩。"

叶大嫂左右望着屋里几个被她的话吓得泄了气的人。她笑了笑说："不！我们有本事，有脑子，有能干的双手。怕什么？我们一定要活下去！"

（**字幕**）"难道我们就灰心了吗？不！我们只有挺起胸口朝前上！"

叶大嫂在本乡是有很高的声望的，拜服她的岂止屋里的这几个人！她含笑望着他们，看见他们恢复了求生存的勇气，一个一个地挺起胸膛来。

珠儿扶着小玉儿，也叫他挺胸。

"螳螂乾"的胸膛挺得不够直，胖嫂拍了他的背一下，于是，这个被压在社会的底层而干瘪了的小人物也生气勃勃地挺起了胸膛，决心要向恶命运再度挑战。（**渐隐**）

三

（**渐显**）一声长长的卖"臭——豆腐干"的喊声。结实的小黑子挑着他的美味食品颤悠悠地走到叶大嫂屋前的柳荫下来。

小黑子放下担子，把他精心制作的发酵的豆腐放进滚热的油锅，一块一块的豆腐在浮有金黄色泡沫的油里翻滚着，发出了阵阵诱人的、醇厚的香气。任何人花一两个铜子都可以享受一下这个价廉物美的大众化的食品。无怪小黑子挑担一来，就围上了好几个闻"香"而来的顾客。

珠儿在屋子前边买了两块臭豆腐干，一手提着穿豆腐干的稻草，一手捏着小鼻子慢慢地吃着。据说臭豆腐愈臭，其味愈醇。珠儿的吃法，就证实了小黑子的"货真价实"。

在屋里，叶大嫂也用一手指掩鼻，有滋味地吃着蘸有红辣椒酱的臭豆腐干。她看着红色的辣酱，忽然失笑了。她想，人家常说她泼辣，其实，那只不过是一种自卫——对付桃叶村里常常来打扰她的调皮男人们的手段罢了。她也有好几个谈得来的本村人，他们常常愿意找她谈谈家常，甚至开开玩笑，可叶大嫂始终是忠实于她的丈夫的。

在薰风吹送窗外的蝉鸣声中，叶大嫂忽然听到了小珠儿和一个人说话的声音。她的脸上不知为什么突然显露出微微的红晕。她走到窗前向外边望去。

柳荫下，英俊挺秀的大学生袁璞正在低声和珠儿谈话。珠儿喂小花狗的半块臭豆腐干被一个顽皮的男孩抢走了。珠儿告诉袁璞说：

（**字幕**）"袁先生，小花儿的臭豆腐干给人抢走啦。"

袁璞微笑着拍拍珠儿的头说："算了吧！"

叶大嫂微笑着走到玩具架旁一面小镜子前整理了一下头发，扑去衣服上的竹屑，走出屋。

袁璞在柳树下从纸袋中取出糖果给珠儿,并把她抱了起来。

叶大嫂含笑走近袁璞招呼。她看见袁璞带来的糖,笑着责怪他:"又破费了。"袁璞又拿出一块糖给叶大嫂。三个人都笑了。

远处,在臭豆腐干担子前,朱老头望着叶大嫂三人,摇头轻叹说:

(字幕)"好一个聪明标致的叶大嫂,可惜却嫁了一个又矮又胖的笨男人!真是'鲜花插在牛屎堆'哪!"

因为是顺风,叶大嫂隐约地听见朱老头的感叹声。她回头一望,正看见朱老头和小黑子在那里指指点点,两人见她回头,就转脸假装着吃臭豆腐干。

叶大嫂的微笑消逝了。她请袁璞进屋里去坐。袁璞抱了珠儿,跟着叶大嫂进屋。

叶大嫂默默地回到了屋里。袁璞放下了珠儿。珠儿边叫着"弟弟",边跑到小玉儿的站桶旁边,逗他玩去了。

叶大嫂低着头走过摆列着各种玩具的木架,那上边有美人,有鬼脸,有小丑,有达官……叶大嫂拿起了一个戴眼镜的老头儿,然后靠着玩具架站住了,无意识地捋着他的短须。显然,她心里乱得很。

袁璞意识到叶大嫂的不宁心绪,也默然地等待着。他是从上海来太湖度暑假的工科大学生。父亲是名教授。年轻的袁璞是在调查太湖手工业的余暇认识了聪明艺高的叶大嫂的。短短的一个夏天使他们两个人彼此产生了爱慕之情。比叶大嫂小五岁的袁璞在心底暗暗地爱上了这位桃叶村里的天仙似的美人;叶大嫂对袁璞这个倜傥热情、富于美丽幻想的青年也不知不觉地产生了爱恋。她曾试图避开他,但事与愿违,为此她只好沉浸在爱的苦乐交织的矛盾之中。

袁璞在暑期将尽的关头,经过了昨晚的彻夜不眠,于是他下定了决心,想和叶大嫂摊开来讲个明白,不管它是成功,或是失败。

他装作若无其事地问道:

(字幕)"怎么啦?今天有什么心事?"

叶大嫂回避了袁璞的目光,手指仍在捋着玩具老头儿的须子。她想着二人要是都能象手里的玩具老头儿那样开心地欢笑就好了。算了吧!让那激荡起来的微波仍旧平静下去吧!让那痴憨可笑的爱情永远囚禁在自己的心底吧!

叶大嫂没有抬头,低声而坚定地说:

(字幕)"我想,袁先生……你还是离开我一点吧!"

袁璞听了叶大嫂的话,睁着两只大眼望着她。这一打击是沉重的,特别是当他昨夜已经有了一个重要的打算之后。他不能不作最后的努力,不能让一个美丽的友人半途消逝。他必须说出他从未对她明说过的话:

(字幕)"秀秀!……你是什么意思?我爱你!……今晚我们就到上海去吧!"

叶大嫂听了,周身颤抖了一下。这就是他的打算吗?多么大胆啊!世上的事就这么容易,这么如人意吗?

袁璞紧握叶大嫂的双手,恳求地说:

(字幕)"秀秀,我爱你!我应该感谢上天……让我今年暑假在这里遇见你!……

我们去吧，去到那暖和的南洋……繁华的巴黎……幽静的瑞士……"

叶大嫂抽回她的双手，向小窗走去。她在作最大的努力，寻求着最有效的方法来停止这一切。她寻思着，事情太严重了，决不能再这样下去！

当袁璞走到她身后时，叶大嫂忽然转身冷笑说：

（字幕）"真笑话了！你是一个学工业的大学生，我是一个有丈夫有儿女的叶大嫂，为什么我要跟你到处乱跑呢？"

叶大嫂的这几句话象疾雷般闪击着年轻的袁璞。他目瞪口呆地望着叶大嫂。这是一个陌生的、他从未见过的叶大嫂。他好象不相信自己的耳朵和眼睛似的，难道在这整个夏天里两个人建立起来的纯洁友情竟是这样的吗？

他忽然抚着叶大嫂的双肩，眼里迸发出痛苦和暴怒的火花，一时说不出话来。好久，才恨恨地说出这样一句话来：

（字幕）"原来……你一向都是骗我的！"

叶大嫂坦然无惧地望着袁璞，袁璞也无法从她的明亮清澈的眼睛里窥测出什么来。他的勇气消逝了，松了手，低着头，慢慢地走向小竹椅坐下。

袁璞的手指颤抖地抚摸着竹桌上木刻的玩具小车。

叶大嫂微微地叹了一口气。暴风雨总算在惊心动魄的激荡中度过了，剩下来的只是痛苦的余味。她不忍多看袁璞受着这种显然是他从未经历过的刺激和折磨，她徐徐走过去坐在他身旁，抚着他的肩温和地说：

（字幕）"你怪我，恨我，都是应该的，但是我从不敢骗你！你对我的一切好处，我是永远记得的。"

袁璞低头不语。叶大嫂也许是一个惯会开玩笑的人，可是骗人那不是她的性格。她不是一向以直爽表达她的爱憎，让许多人对她"爱而生畏"吗？

袁璞徐徐抬头望了叶大嫂一眼。他似乎很快地原谅了她。这使叶大嫂感到一种自咎。从他俩认识到经常聚谈以来，袁璞对叶大嫂人格的尊重，对她的才艺的推崇——曾使她感到幸福和快慰，特别是袁璞对国产玩具手工业的一些想法，深深地激动过叶大嫂和她的许多同行们。他曾使这些太湖边制造小玩意儿的卑贱者第一次听说：凭着他们的"聪明"做给孩子们玩的那些小玩意儿也是"艺术"，并且是在娱乐中寓有教育儿童的一种重要的艺术。他给她们增添了生活的勇气，使她们贫困惨淡的生活有了从来没有感到过的光辉。

叶大嫂回忆着说：

（字幕）"你从前告诉我说：我们中国的工业太差，你要到外国去留学，回来给大家争一口气。那是多么好呀！"

叶大嫂多么珍视袁璞过去那种热情和志愿啊！至于她自己，她诚恳地解释说：

（字幕）"至于我呢……我的一家，还有好几十家穷苦人都靠着我的小玩意儿吃饭。他们爱我，相信我，好象一群小羊，我觉得我是不应该离开他们的。"

叶大嫂的几句衷心话感动着袁璞。叶大嫂用手抬起他的头，恳切地鼓励他说：

（字幕）"袁先生，你是读过许多书的。那书本里一定也有许多救我们穷人的好法子。我盼望你立下志向，将来救救我们。那才是我们敬爱的袁先生哩！"

袁璞听着叶大嫂的话，望着她那谈到穷苦人坚决求生的意愿而容光焕发的脸时，一种发自心底的敬佩和自愧交织在他的整个灵魂中。他感激地告诉叶大嫂：

（字幕）"秀秀，我觉悟了！你比我理想中的女性还要伟大！今晚我就回上海，准备转学德国……我谢谢你的提醒和鼓励！"

叶大嫂亲切地望着袁璞，心里充满了喜悦，为这个青年的"从善如流"而感到无比的高兴。袁璞徐徐站起，望着屋门；叶大嫂一只手挽着他的臂，一只手抚着他的肩头，亲切地含笑送他到了门口。

袁璞走到门口又回头环顾屋子四周，最后望着身边的叶大嫂，说：

（字幕）"以后或许要八九年才能再见了。让我说两句最后的话：因为我是一个人，所以应尽我为国家、为大众的义务……"

他深情地望着含笑的叶大嫂继续说：

（字幕）"同时，因为我长了一个心，所以我也要永远地爱你！"

叶大嫂同样深情的双眼望着袁璞。她没有说什么话。她的明亮双眼更深刻地申诉着她的心意和感激之情。

袁璞向叶大嫂告别后离去。

叶大嫂伫立屋外，望着袁璞的后影。

袁璞的背影（**叶大嫂主观镜头**）走过珠儿和她推着小玉儿的竹车，他低身拍拍他们。

叶大嫂明亮的双眼里渐渐浸润着泪水。

袁璞的背影徐徐走远（**焦点模糊，表示叶大嫂泪涌**）。轻风拂着如烟似雾的柳丝；鸣蝉哀唱，不胜依依……（**渐隐**）

四

（**渐显**）湖滨月夜，疏星寥落，一列火车驶过……（**化**）

袁璞靠车窗坐着，他久久地望着车外。

叶大嫂家中，月光透过窗棂，照着阁楼上睡着的老叶，他发出香甜的鼾声……（**降下摄**）灶边的小花狗把头蜷在尾部沉睡着……（**推**）小床上珠儿睡着，小嘴儿说着梦话……（**推**）叶大嫂床上的小玉儿也在睡梦中微笑（**推近摄叶大嫂半身**）；只有叶大嫂一个人倚枕不寐，睁着一双大眼睛。

远远的火车声……

车轮飞转，震动心弦……

叶大嫂的一对大眼睛……（**拉远，渐隐**）

（**渐显，字幕**）春天来临，又是一年了。在那曙光破晓的一刹那，我们的湖山依旧是那样的美丽。

（**叠印**）垂柳笼烟，湖上渔舟，朝霞红晕……（**化**）

早晨的阳光照着窗子。小珠儿带着两岁的小玉儿在屋里学走路。

叶大嫂迟眠未醒，小桌上有未完成的玩具。

老叶在灶前揭开锅盖，向滚开的水里下米煮粥。

老叶去捡地上的三五粒大米……

（**字幕**）春天虽然又到了，但是那暖和的春风，哪里能吹到贫病交困的老叶心中？

老叶拾起米，直起身来，忽然一声咳嗽，他急忙以手掩口，深怕惊醒了爱妻。

叶大嫂听见丈夫咳嗽的声音，睁开疲乏的眼睛，关心地问着：

（**字幕**）"珠儿的爸爸，刚才是你在咳嗽吗？"

老叶听见了，隔着灶台饰笑回答：

（**字幕**）"没有。……我近来身体好多哪。"

老叶试图安慰叶大嫂的话刚说完，心头又觉得剧痛，他用手捂着胸口忍住。（**渐隐**）

（**渐显，字幕**）午后。（**渐隐**）

（**渐显**）惠山小街。一种纷乱不安的气氛；装束不整的军阀队伍在经过；有些人在搬运箱笼……

老叶挑了玩具担子，"螳螂乾"扛了玩具草把，走进小街。老叶带病吃力地走着，额上淌着虚汗。

"螳螂乾"向过路的一位熟掌柜问话。掌柜说：

（**字幕**）"哼！你们还不知道吗？苟督军和魏司令又开仗了，就快要打到这里来啦！"

军阀混战的恶消息使老叶非常震惊，他的心脏剧烈地、不规则地跳动着，头昏目眩，脸白唇乌，汗出不止……

"螳螂乾"见状，扶着老叶惊问。老叶喘着气说：

（**字幕**）"螳……我心里……很麻！很紧！……你不要怕！"

老叶仍想挑担前走，忽然腿软倒地。"螳螂乾"赶忙丢下手里的草把，从地上扶起老叶的头，连连喊他。

老叶喘息着告诉"螳螂乾"：

（**字幕**）"螳……不要怕！……不要去叫……"

小街里立刻围上来十几个人。搬运工老赵也赶了来。

"螳螂乾"急嘱老赵：

（**字幕**）"老赵，你看着老叶……我去叫叶大嫂去。"

老赵低身扶着昏迷喘息的老叶。"螳螂乾"抽身向外奔去……（**化**）

"螳螂乾"抱着玉儿，领着叶大嫂和珠儿远远地顺着湖边赶来……奔上小街……奔过泥人店铺……不顾一切地挤进围拢的人群中，冲到老叶身旁。她看见老叶已奄奄一息，就一面摇着丈夫，一面哭着呼唤。

旁边一观看的老者摇头叹息说：

（**字幕**）"近来街上时常死人，真不得了！"

叶大嫂摇唤着老叶，但他已气绝。叶大嫂悲恸哭号，小珠儿也惊吓得哭了起来。

小玉儿独自走开，无人注意。

拐子洪某看见玉儿壮健可爱，从袋内掏出香蕉和苹果，笑着低身递给玉儿，趁着大家在混乱中抱了玉儿离去。

叶大嫂抚着老叶号哭，痛不欲生。

拐子洪某回到自己家里，得意地坐下喘气，并一把抢过玉儿手中的香蕉，吃了起来。拐子妻，也从玉儿手中抢过苹果。玉儿大哭，拐子洪某急忙以手掩住玉儿嘴。……

叶大嫂在悲痛中忽然发现玉儿不见了，连声惊唤：

（**字幕**）"玉儿呢？"

老赵、"螳螂乾"等人四处张望，答曰："未见。"

叶大嫂慌乱中挣起，一面在人群中寻找，一面狂喊：

（**字幕**）"玉儿呢？我的玉儿呢？你们看见我的玉儿没有？"

拐子洪某家中，玉儿哭着挣扎着，拐子用力掩其嘴。

叶大嫂在小街上狂奔，哭唤……最后，在极度的悲痛中昏倒在街心……（**渐隐**）

（**渐显，字幕**）一星期后，在上海某一角落里。（**渐隐**）

（**渐显**）一位三十六七岁、衣饰淡雅的富孀陈太太抱着玉儿在客厅里，喜悦地审视着玉儿健壮而秀气的脸。

拐子洪某夫妇各携布包袱，扮作逃难乡人，脸上装做悲痛的样子，拐子妻假拭着泪水。

陈太太抱着玉儿喜告拐子夫妇：

（**字幕**）"你们这个小侄儿没了爹娘，以后我会好好看养他的。你们放心吧。"

陈太太喜爱地亲着玉儿的小脸蛋。

拐子夫妇从陈太太处拿到了钞票，感激地辞别。拐子妻用手帕掩着假哭的脸。

拐子夫妇走过树丛后，拐子妻一手夺过大把的钞票，她取下掩面的手帕，露出了一张丑陋的脸。

陈太太在客厅里疼爱地抱着玉儿……（渐隐）

（渐显）军阀混战场景：硝烟、刺刀、枪弹，士兵们凶狠地自相残杀着……

桃叶村石拱桥附近，逃兵和追兵几度轮番抢劫，民房被焚，有人跳入河中……

叶大嫂挟着包袱，牵着珠儿，奔出正在焚烧的家，"螳螂乾"、小黑子、老赵等人帮助她们逃离……（渐隐）

五

（渐显，字幕）一群无家可归、彷徨歧路的男男女女、老老少少辗转地到了上海。（渐隐）

（渐显）在上海北郊火车铁轨旁，叶大嫂和三四十个难民蓬头垢面、疲乏不堪地走着。显然，他们是太湖一带扶老携幼、带着随身所能携带的行李，长途跋涉而来的。

叶大嫂牵着小珠儿，同小黑子、老赵和"螳螂乾"等人在一道走。他们总算到了目的地。叶大嫂叫大家休息一会儿，人们疲惫不堪，就在铁轨上坐了下来。

叶大嫂望着周围受难的伙伴。人们被迷惘和失望的阴雾笼罩着。孩子们在饥渴中号哭，母亲们擦着眼泪，男人们垂头叹气，少数的人喃喃地咒骂着杀人不眨眼的军阀，咒骂着再无法活命的破落农村，咒骂着远处的一片高楼大厦——无地容身的上海。

叶大嫂心里一阵阵地刺痛，但她不是一个轻易就能被打倒的人。她观察了一下铁道附近的臭水坑和乱堆着从城里倾倒出来的垃圾的荒地。"天无绝人之路"，叶大嫂想着。她站起来告诉大家说：

（字幕）"大家提起精神来！第一件事，先搭起我们的草棚！"

老赵、丢了玩具草把的"螳螂乾"和丢了臭豆腐担子的小黑子一齐转头望着他们尊敬的叶大嫂。大伙儿的眼睛里焕发出希望的光芒，一个个慢慢地但坚定地站了起来……（化）

人们在搭着草棚……他们流着汗在掘土……拉绳……妇女们在帮忙……

（叠印，渐显，字幕）他们有力气……有脑子……有奋斗的精神……他们只知道挺起胸口朝前上……（化）

造屋用的破铅皮、碎板、稻草……新的棚户区在不愿向命运屈服的人们的艰苦努力下建造了起来……

珠儿在屋前高兴地吹着手里的一个纸制风车……

（叠印，渐显，字幕）在这样艰苦的岁月里，我们的小珠儿熬过了十年……

（近景）小珠儿在欢笑着吹纸风车……

（叠印，渐显，字幕）1920年。（化）

十五岁的珠儿近景,吹着玩具飞机的螺旋桨……(小珠儿和大珠儿在画面上地位相同)

(叠印,渐显,字幕) 1930 年。(化)

珠儿在棚户家内玩具工作台前放下手里的小飞机,拿起她自己发明的木架伸缩"取物机",两手一扳,取物机自动伸长,在六尺远的玩具架上取下了一只小兵船。

叶大嫂正在煮饭(锅盖是由滑车半自动开关的)。她含笑望着装置了这一新花样的爱女。

叶大嫂笑着上前招呼刚进来的"螳螂乾"、朱老头和胖嫂,走近珠儿跟前。珠儿指着小兵船说:

(字幕) "妈妈,可惜我们没有钱开工厂。如果我们有机器帮忙,一天至少要做他几千只兵船、飞机出来!"

珠儿玩弄着一件中国军士舞动大刀的玩具说:

(字幕) "上海的孩子们都在玩外国的玩具。他们只知道外国有飞机、有兵船、有大炮。将来他们长大了,还敢和外国人碰一碰吗?"

大家听了连连点头。

珠儿继续说:

(字幕) "如果在我们的国家里,人人齐心,不但有工厂制做的玩具飞机、兵船,恐怕连真的飞机、兵船也能造出几千几万只哪!"

叶大嫂骄傲地望着她的爱女一笑:"这孩子口气多大!"

珠儿拍着妈妈说:

(字幕) "妈妈,你不是常说吗,我们决不要灰心!我们只有挺起胸口朝前上呀!"

珠儿顺手从台上拿起一件两个小孩向老虎叩头的玩具说:

(字幕) "给老虎叩头求饶,岂不还是要给他吞吃了吗?这真要把我们的孩子们教坏了!你们看,我改做一个新的样儿!"

珠儿用纸、笔、尺设计……剪裁……矫健的双足踩动着木车床……叶大嫂在旁相助……

新样玩具做成了。本来两个叩头的孩子变为各持刀枪、齐打老虎了。

珠儿一笑说:

(字幕) "老虎是要拿刀枪去打的。所以,一切没有意思的东西,就该去掉!"

众人拍掌赞美。

"螳螂乾"喊了声"好!"他得意地用手指轻轻地捻着右边脸上黑痣上的几根长毛。

珠儿一眼看见了,取过剪刀,走到"螳螂乾"跟前,笑逼着把这几根显然是"没有意思的"的长毛剪去了。

朱老头吓得赶紧把白胡子藏在衣领里。

珠儿大笑,把头依偎在妈妈的胸前。叶大嫂骄傲地抚摸着爱女的头,想着,这丫头的头脑里竟有这么多古怪大胆的想法!而这些想法又是多么巧妙、多么好啊!真不愧是我叶大嫂的宝贝女儿!"

门开了。邻家的十一岁的小妹跑进来,小脸儿跑得红红的,喊着:

(字幕)"珠姐姐,快到外边教我们玩儿去!"

珠儿挥臂笑应。她携小妹手跑出了门,走过河边的木制飞轮、秋千、滑板……跳上一部停着的板车,开始带领聚集在这里的二十个衣服褴褛的穷孩子做起柔软操来。

一个约五六岁的男孩子踢腿时挣断了裤带,裤儿脱落,露出了小屁股,他急忙把裤子拉了上去。

站在屋门前看体操的叶大嫂和"螳螂乾"都笑了。

珠儿向后弯腰,头垂地。孩子们也学弯腰,但好几个孩子都仰面跌倒了。

珠儿教完体操后,笑告孩子们说:

(字幕)"得了,大家随便游戏吧!"

孩子们有的分成两队在拔河……有的乘坐木制飞轮、滑板……有的在小河中撑大板船……

叶大嫂用针线给那个小男孩缝好挣断的裤带,当她笑抚着给她道谢的孩子时,想起了多年前丢失了的小玉儿……

珠儿跑到妈妈身边。叶大嫂望着她微笑说:

(字幕)"珠儿,你那个被拐去的小弟弟……恐怕现在……也有他这么高了!"

珠儿听着妈妈说话中带颤的声音,想到,虽然这悲惨的事情发生在十年之前,但至今妈妈说起这件事,心头仍如刀绞,她此时的微笑也掩盖不了这种隐痛。鬓边的几丝白发就是证明。珠儿每次都要说些笑话和做些滑稽动作逗妈妈笑。这时珠儿又拿那一个挣断了裤带的孩子打趣,逗得大家都笑了起来。

叶大嫂笑着说:

(字幕)"珠儿,这十年如果没有你,恐怕我绝活不到现在啊!"

这个饱经风霜的妇女含笑轻轻抹去了脸上的泪水,想着有相依为命的女儿,有亲密的、共患难的穷朋友,她还怕什么呢?

珠儿见附近的几个孩子正在她用旧木板拼搭起来的滑梯上大笑大叫地滑着,便笑对叶大嫂说:

(字幕)"妈妈,看我去滑给你看!我比齐天大圣更狠!"

珠儿象一头矫健如飞的小鹿,越过小树,飞跳过正在低腰拔鞋的收破烂货的老殷……笑着向滑梯跑去。

珠儿从滑梯顶头滑了下来,忽然听见布破声,回头一看,滑梯上留下了一块破布。珠儿大惊。

站在滑梯边的几个孩子笑喊着:

(字幕)"裤子破啦!"

珠儿着急地背着身子后退,碰到地上有一竹篓,赶紧坐了下去。叶大嫂和旁边的朱老头等人感到惊讶!

老赵和一个年轻小伙子阿勇拿着棍棒和麻绳下工走来。阿勇上前想拉珠儿起来。

珠儿大窘,连连摆手说:

(**字幕**)"阿勇……我不起来。我……"

珠儿带着竹篓站了起来,连连后退,向屋里逃去……(**渐隐**)

六

(**渐显,徐推近**)夏夜的河边,新月如钩,繁星在碧澄的天空中眨着小眼睛。棚户区简陋的剪影在微弱的月光下洗净了白昼的肮脏。几个窗口的灯光倒映在又污又黑的水面上。我们的劳苦大众就在这一带地方生活着、劳动着、嬉戏、恋爱……

河岸边停泊着运稻草的船。珠儿和十八岁的孤儿阿勇爬上了高如小山的草堆顶,俩人倚坐着观望天上的星星。

叶大嫂的屋内,油灯的微光被窗口的凉风吹得直闪动,它映照着刚刚赶做完一天的玩具的叶大嫂、"螳螂乾"、朱老头和一位胖嫂。

"螳螂乾"告诉叶大嫂说:

(**字幕**)"珠儿呢?大概又和阿勇去谈爱情去啦!"

叶大嫂笑了。"螳螂乾"喊大家出屋去凉快凉快,去看看两个年轻人怎么能够在河边呆那么久,而又不怕给蚊子叮破了。人们相跟着向河边走去。……

这时,珠儿和阿勇背靠背地坐在稻草堆上。他们谈天说地。阿勇问:

(**字幕**)"珠儿,你的玩具工厂要哪一天才开办呢?"

珠儿微笑着说:

(**字幕**)"快了。我妈妈说的,只要我们相信我们自己,挺起胸口朝前上,总有一天会成功的!到那时,中国也强了,穷苦的人也得着快乐了,小孩子们也有好的玩意儿耍弄……"

叶大嫂、朱老头、"螳螂乾"等人在河边暗影里听着他们俩的讲话。珠儿对穷苦人命运前景的自信,阿勇的点头默认,引起了叶大嫂等人的会心微笑。他们分享了这对年轻人的幸福和快乐,尽管青春的欢乐早已悄悄地远离了这几个上了年纪的人。

爱逗笑的"螳螂乾"拾起一块小石子向靠船的河水里投去。……

阿勇听见水响,笑告珠儿说:

(**字幕**)"这河里时常有乌龟打得水响。"

珠儿微笑点头。

"螳螂乾"听了,又气又恨。

朱老头抚须忍笑。他童心未退,也拾了一小块碎瓦片,投向船边水中。

珠儿听见水响,笑告阿勇说:

(**字幕**)"这一声小些,一定是乌龟儿子在作怪呢。"

阿勇也点头,同意她的说法。

朱老头大为懊恼。"螳螂乾"掩口大笑。

珠儿微倦,躺在稻草上,数着天上的星星(**徐拉远,渐隐**)。

（渐显）大中华玩具制造厂金招牌……
厂房各车间冒着黑烟和蒸气……
各种机器在转动……
赛璐璐玩具机飞旋……
五个粉红色娃娃压成雏形……
女工们装娃娃头，画眉点唇……
乒乓球一个一个地跃出……桌上的小坦克车……（化）
袁璞穿着工程师服装，带着陈太太在车间参观……
工人把小炮给她的养子（即十一岁的玉儿）玩着……
一列小火车顺着小铁轨奔驰……
陈太太望着玉儿，告袁璞说：

（字幕）"袁先生，我这个儿子真可爱啊！如果他的亲爹娘还在，我也是一定不肯放他走的。"
玉儿望着玩具火车拍手嬉笑。
陈太太参观了这个车间后，同袁璞说：

（字幕）"袁先生，你回国不到七个月，居然做出这种挽救实业、辅助儿童教育的事业，真是令人佩服得很！"
袁璞一笑说：

（字幕）"您太过奖啦！其实，陈太太称赞的人不应该是我，而应该是从前提醒我的一个朋友。"
陈太太好奇地望着袁璞，他们徐徐走向另一车间……（渐隐）

（渐显，推近）暝色从落地窗悄悄地渗入寂静阴暗的客厅，一缕微弱的光温柔地投在独坐沙发里沉思的袁璞清瘦端正的脸上，他手里烟斗的轻烟袅袅徐升（摇跟轻烟）……袁璞沉在回忆中……（化）

（渐显）太湖边的薄雾……
桃叶村叶家旁的拱石桥……
袁璞的影子在古老的石桥上走着（拉跟，主观镜头，表示从袁璞回忆的眼中所见）……
渔友头发花白，面容苍老，在前领路。他回头望着袁璞说：

（字幕）"袁先生，这就是叶大嫂从前住的地方——恐怕你一定认不出来了。"
渔友感叹地望着袁璞，伸着微颤的手，指着一片颓垣断壁和荒蔓的蓬蒿。半枯的柳树摇曳着，残存着一点生气；几个瘦弱的饥民在掘着野菜充饥；从颓垣缺口处，依稀可以想起叶家的屋门和门侧的一株小桃树；秋风过处，疏柳黄叶簌簌地随风飘落，好像低吟着黯然销魂的诗句……
渔友低沉地说：

（**字幕**）"自从那年打仗以后，叶大嫂就再没有消息了！恐怕……或者……"

善良的渔友站在叶家旧址前感叹地述说着。当他想到他们村里的一颗明珠——叶大嫂或许已不在人世时，他脸上的皱纹显得又加深了许多，他苍老的脸上似乎起了一层湿雾（**镜头前加纱和水的闪光，表示主观镜头里袁璞眼里的泪水**）……（**化**）

袁璞独坐在寂静的客厅里，他双眼含泪。
窗外暝色四合。客厅里那一缕微弱的光早已悄悄地离去了。
袁璞在黑暗中闭上眼睛，让热泪静静地淌下……（**徐徐拉远，渐隐**）

七

（**渐显，字幕**）在帝国主义的铁蹄加紧向中国市场践踏下，叶大嫂仍然是抱着绝大的勇气奋斗着。（**渐隐**）

（**渐显**）叶大嫂在制造玩具的脚踏车床上孜孜不倦地工作着……（**推近，渐隐**）

（**渐显，字幕**）在上海一年一度的静安寺浴佛节里，一些手工业者沾了佛爷的光，他们把血和泪的制品陈列出来，希望换上一点点生活的费用。（**化**）

庙会的街口拥挤着几万男女，在静安古寺前后左右的几条马路边上都搭上了临时的席棚。人们扛着买好的木盆、竹椅、皮箱在人的洪流中找着出路。碧眼黄发的英国"三道头"[1]和红头印度巡捕骑着高头大马，目中无人地哂笑或者挥鞭喝骂。

珠儿挽着卖玩具的竹篮和草把，在人丛中穿行兜售。她走到一处卖糕的席棚前，打算买一块来充饥，但转念之下，把掏钱的手又缩了回去……（**渐**）

（**渐显，字幕**）起初，叶大嫂和珠儿还以为外洋的飞机和兵船小玩具至多不过使她们这些靠手艺吃饭的人少吃几口饭而已！直到某一天的晚上……（**化**）

两个富家孩子在桌前玩着各种玩具武器。（**推近**）玩具大炮、坦克在滚动……（**化**）

一九三二年一月二十八日夜，日本海军陆战队向上海袭击，打破了上海夜空的沉寂……

滚滚前来的日本侵略军的真大炮和坦克。

桌上的玩具飞机滚动……（**化**）

真的日本飞机扫射轰炸闸北，难民在大火中奔逃……

---

[1] 三道头，指解放前上海英租界里的英国巡捕房军官（巡捕），因为他们的臂章上有三道金边，人们称之为"三道头"。——原注

玩具小兵船滚动……（化）

黄浦江和吴淞口的日本兵船驶向市区并开炮……

叶大嫂、珠儿、老赵、阿勇等人在棚户区受到炮火的震动……
在全国人民抗日高潮的影响下，国民党十九路军和上海人民一起进行了英勇的抗战。
年轻军官高喊：
（字幕）"弟兄们！洗刷几百年中国军人的耻辱，就在今天了！"
十九路军的战士们英勇地冒着敌人猛烈的炮火奋战……
日军在溃退……

棚户区河滨外，朱老头和"螳螂乾"看见正在附近爆炸的一颗炮弹，两人抱头逃进叶家。
"螳螂乾"和朱老头惊喊着：
（字幕）"快逃命吧！敌人的炮火厉害，我们的兵一定不敢和外国人打啊！"
珠儿闻言怒斥道：
（字幕）"谁说中国兵不敢和外国人打？我不信！你们胆小的只管逃走——我偏不走！"
一小妹怔怔地抱着小猫，望着珠儿。
珠儿问：
（字幕）"逃命是一个好办法吗？逃来逃去，将来逃到没有路逃的时候，我们再向哪里逃呀？"

在敌人猛烈的炮火中，十九路军奋勇血战。年轻军官负伤大喊：
（字幕）"弟兄们，一步也不要后退！我们死也要死在胸前的子弹上！"

棚户区叶大嫂家里，珠儿大喊：
（字幕）"中国人给人家欺负得够了！我们的兵在前面打，我们就应该在后面帮忙！"（化）

（字幕）"一·二八"的英勇奋战不仅震惊了世界，也振作了国人的精神。以后的几个星期内，每天都在紧张的血战中。（化）
血战场景，我军向敌人冲锋……（化）

十九路军战士们在村口休息。他们把枪架了起来。他们吃着市内广大群众送来的面包、饼干和各种罐头。

"螳螂乾"和老殷在装麻袋,胖嫂缝补着麻袋,朱老头在旁相助。

叶大嫂烧着大锅饭,老赵和阿勇推着大车,运送军需物资。

一群兵士围着珠儿,她正忙着给他们补衣服上的破洞。号兵小庄调皮地摸她的头发,珠儿把他的手推开。小庄笑把军帽戴在珠儿的头上。

叶大嫂看见老赵过来,额上有泥汗,就用自己的布围裙笑着代他拭去。

傻大黑粗的神枪手"大块头"转身指着自己完好的袖子向珠儿说:袖子破了。珠儿拿着针狠狠地向他逼近,"大块头"给吓得跑了。大家哄笑着。

叶大嫂笑告老赵说:

(字幕)"我真喜欢这些人!打起仗来,真肯拼命!不打仗的时候,也真能顽皮!"

小庄教珠儿行举手军礼,帮她改正放在额前的手指,抬平她的前臂,又教她行举枪礼。珠儿望着枪笑问:

(字幕)"这小玩意儿怎么这样的重?"

"大块头"和排长大笑说:

(字幕)"哈哈!小玩意?这枪是小玩意儿吗?"

珠儿点头执拗地说,步枪是小玩意儿,连机关枪、大炮又何尝不是?排长和众人哄笑着。

连长到来。一部分兵士列队。两个排长向连长敬礼,报告。

吹号……列队……

连长说:

(字幕)"江湾前线右翼吃紧,立刻开去接应!"

叶大嫂和珠儿等人站在一旁望着。

连长又对着百姓们说:

(字幕)"有力气的人可以到前线帮忙,运送伤兵。"

阿勇、老赵等五六个男的立刻举手应召。

叶大嫂和珠儿走到连长面前,要求工作。

连长说:

(字幕)"你们在后方帮忙,也是一样的重要。"

连长说完,向叶大嫂敬礼,转身离去。

珠儿叫叶大嫂举手还礼,目送众兵离去。行礼时,叶大嫂的前臂举得太高了,珠儿帮她纠正……(渐隐)

八

(渐显,字幕)抗战!……奋斗!……牺牲!……为群众求自由、平等而战,是永远的光荣、伟大!(化)

夜色迷茫。十九路军战士们在江湾工事里。排长、小庄、"大块头"并肩作战。

"大块头"举枪瞄准——把敌壕里一个刚探出头来的鬼子兵打中了。"大块头"拍着手中的枪笑告排长说："这小玩意儿真不错呀！"

排长笑说："玩意儿虽小，在我们手里，就能杀鬼子！"

排长举起手枪带头跃出工事，喊着：

（字幕）"冲啊！……杀啊！……"

排长率小庄、"大块头"等战士们冲向敌壕。他们蔑视着死神和来侵的鬼子兵。

对面敌人的坦克滚来……

"大块头"蔑视地高喊着，持枪冲向坦克。

（字幕）"小玩意儿！……上呀！……"

"大块头"掷手榴弹阻击坦克。鬼子兵溃退。

老赵和阿勇在壕里运送子弹。老赵被坦克的炮弹击中倒下，阿勇惊扶着他喊：

（字幕）"老赵！老赵！……"

老赵牺牲了。阿勇狂怒，从箱中取出两颗手榴弹，跃出战壕，向敌人坦克冲去。

阿勇在硝烟弥漫中急速跃上了坦克顶，揭开盖子，把手榴弹掷了进去。两声爆炸，坦克被炸毁；阿勇也被炸伤，从坦克上倒栽了下来。

"螳螂乾"和老殷赶上去扶起阿勇，阿勇望着两个人，微笑着牺牲了。**（渐隐）**

（渐显）红十字卡车在晨雾中从前线向后方冒着烟火的村庄疾驶。

叶大嫂和珠儿在车里扶着一个挣扎狂喊的伤兵。

（字幕）"我要回去打！我的朋友都在打呢！……为什么你们拉着我？……我要打！……"

伤兵挣喊过后，血涌气绝。叶大嫂和珠儿悲愤地扶着他的遗体。

敌机向红十字卡车投弹，炸倒卡车。车里的叶大嫂和"螳螂乾"挣扎出车，发现两个护士死亡，珠儿的胸部也流血如注。"螳螂乾"和叶大嫂把珠儿抬进破楼里，把她放在一张写字台上。

叶大嫂在惊慌悲痛中全身颤抖着。珠儿望见母亲惨白的脸色，喘着气连连安慰她说：

（字幕）"妈妈！妈妈！……我不痛！……我不哭！……"

珠儿说的这几句安慰妈妈的话，象尖刀一样剜着叶大嫂的心。显然，珠儿在说话时是在忍着极大的痛苦的。她说的"不痛"、"不哭"是她从小惯说的话。她自小就不爱喊痛；哭，也是很少有的事。珠儿就是这样的！

珠儿的血在不断地淌流，渗透了破袄。她实际上知道自己的生命也快象阿勇一样要为祖国牺牲了。她微笑着告诉叶大嫂说：

（字幕）"妈妈……世上的人真没有眼福！……我要死了，可我还有许多小玩意儿……没有发明呢！……"

几句话象乱箭刺伤着叶大嫂的心！叶大嫂心想：珠儿临死还在惋惜她没有发明更多的好玩具！其实她不是改造了"向老虎叩头"的玩具吗！前几天她还在构思一个"十九路军打冲锋"的玩具呢！她多聪明！她应该活下去！天啊，她不能死！她应该长大开花，为人们开出美丽幸福的花朵！

叶大嫂抱紧珠儿，流着泪向天哭喊：

（字幕）"天啊！……不要叫她死！……她多年轻啊！……她才十七岁啊！……"

叶大嫂望着天——破楼里缺口处只露出了半边惨淡无语的天。四处枪炮声声，谁能在这时赶来相救，遏止住那一秒钟一秒钟流逝着的生命呢？

珠儿紧靠着热泪滚滚的妈妈，想起了幼时的情景，伸出手，用指尖接着叶大嫂眼角上的泪珠，微笑着说：

（字幕）"妈妈……小傻子才哭呢！"

珠儿望见破墙上悬挂着屋主人的一张相片，就对准他的脸，将手指上的泪珠轻轻弹去……她用尽了最后的一点力气，带着一个勇敢的、象一朵永开不败的花朵般的微笑，离开了人世。

破楼外又传来了几阵炮火的巨响，但叶大嫂似乎一点也没有听见。她木然地站了起来，只觉得天旋地转。"螳螂乾"领了一个过路的护士赶来，正巧扶着象枯木颓倒一般的叶大嫂的身体……（渐隐）

九

（渐显，字幕）一年的光阴在上海这座大都市匆匆地逝去了。

一九三二年的"一·二八"炮火和硝烟已经从上海转移到别处去了，此时只剩下旧历年的另一种炮火和硝烟。（化）

花炮、焰火飞腾……众人敲着新年的锣鼓……龙灯狂舞着……（化）
南京路春花舞场外，夜雨迷蒙，舞曲荡漾，车水马龙……
叶大嫂远远地挽着竹篮孤独地在街上走着……（化）

（字幕）"枯草可复生，残花可再开，破碎的心或许可以修补，但是叶大嫂亲爱的人却永远地去了！"（化）

叶大嫂披着麻袋，佝偻着走到街边。她走累了，就在雨后的街头坐了下来。她挽着一竹篮的玩具，里边最多的是"孩子打老虎"和"十九路军冲锋"。在南京路上走过的人很少去注意这一个衣衫褴褛孤老的妇人。

马路对面，一辆黑色小轿车停住了，从车里走出来一个十一岁左右、穿着一身童子军服的孩子——他就是玉儿。汽车里的陈太太叫司机牵了玉儿，走过马路，来到了叶大嫂的身边。

玉儿望竹篮里的小兵船和飞机，惊喜地问叶大嫂：

（字幕）"这些玩意儿都是国货吗？"

叶大嫂抬头望着玉儿，徐徐点头。她从竹篮里把一个"十九路军冲锋"和一个飞机玩具给了他。

玉儿爱不释手地看着精致的小飞机，尤其喜欢那个"十九路军冲锋"。叶大嫂教他用手一推，四个十九路军兵士持步枪作冲刺状。这是珠儿的设计，而由叶大嫂亲手完成的。

玉儿穿的一身整齐的制服吸引了叶大嫂。她伸手轻轻抚摸着他衣服上的徽章和腰上挂着的绳子、配件等。她问玉儿：

（字幕）"小先生，你穿的是什么衣服呀？"

玉儿望着这一个两鬓斑白、面目慈善的老妇人说：

（字幕）"我穿的是童子军制服。将来长大了，我要救中国的！"

"救中国"——话说得多好啊！在从附近舞厅传来的靡靡之音里，突然听到了玉儿坚定的、自信的孩子语言，显得多么的响亮和崇高啊！他说话的神气使叶大嫂蓦然吃惊了。她好像在想着什么，力睁着两只昏花的眼，注视着站在她面前的孩子，颤声地、不敢抱太大希望地问：

（字幕）"小先生，你有妈妈没有？……在哪里呢？"

玉儿见问，笑着指一指马路对面停着的汽车。

叶大嫂睁着大眼，顺着玉儿的手望过去。

汽车里的陈太太，含笑向玉儿招手，催他上车。

叶大嫂微微地摇着头，脸上现出了一种无可奈何又好象在责备自己太痴想的微笑。

陈太太的司机也催玉儿快回去。

玉儿望着街头瘦弱的叶大嫂，从袋中摸出了两块银元，要递给她。

叶大嫂惊奇地望着这意外的两块银元，那玩具只不过是二角钱的事呀！

叶大嫂推回玉儿的手，告诉他说：

（字幕）"飞机和兵……应该送给救中国的人！"

玉儿看着手中的玩具，又看看坐在街沿微笑的叶大嫂，向她举手行童子军礼。

叶大嫂也举手还礼，她望望自己的手，纠正了姿势。

玉儿上车去了。

玉儿从车窗望着叶大嫂。车子开走了。

叶大嫂仍然坐在街上，望着远去的汽车，慢慢地放下了举着的手。

汽车在雨夜的街上驰去了。行人匆匆，车如流水。阵阵的寒风从跑马厅身后吹来……

叶大嫂慢慢地站起来，向马路对面刚才停汽车的地方走去。

一辆马车疾驰过来，叶大嫂来不及避让，被撞跌在地上。

忽然，附近有人放了一个两响的"两踢脚"，"乒！……乓！……"

叶大嫂惊怔万分，神经错乱地四下张望。

附近又燃放起长串的爆竹，声声震耳……

叶大嫂张大了双眼，看着"炮火硝烟"，听着轰鸣的爆竹声，忽然狂喊起来：

（字幕）"呀！又打仗了！……敌人杀来了！……大炮！……炸弹！……"

叶大嫂从街中心的地上挣扎了起来，向行人大喊：

（字幕）"敌人杀来了！……大炮……飞机！"

街上行人大为震惊，有的跑动，有的随声大喊。
在"春花"舞场窗口旁站着的一个戴彩色纸帽的舞客受惊大喊：
（字幕）"不好了！又打仗了！快逃！……"
两声响炮……鞭炮齐鸣……
舞场内一片混乱，有人钻入桌下躲避，有人撞翻桌椅……
街上的人慌乱地围着叶大嫂。她正言厉色地喊道：
（字幕）"敌人杀来了！……快出去打呀！……大家一齐打呀！……救你的国！救你的家！救你自己！"
叶大嫂用力推着手里的"十九路军冲锋"玩具，高喊：
（字幕）"兵呀！……快开出去！……快出去杀敌人！……"
街上的人在惊恐之余清醒过来：原来是她疯了！"螳螂乾"拿着玩具赶了来，扶着仍在狂喊的叶大嫂。
街里看热闹的人愈聚愈多。一个巡捕怒冲冲地上前抓住叶大嫂喝骂。
这时，从人丛中走出来一个穿着风雨衣的人。他是袁璞。他止住巡捕说：
（字幕）"这个人我认识的。我领去好了。"
袁璞扶着仍在狂喊的叶大嫂，问她：
（字幕）"叶大嫂你认得我吗？我是袁璞……你不认识我了吗？"
喘息未定的叶大嫂呆呆地望着袁璞，又环顾周围的人们，忽然睁着她的大眼睛，指着街上人说：
（字幕）"你们不去打仗吗？……快醒醒吧！不要再做梦了！……"
人们被问得低下了头。
叶大嫂又指着身旁的贵妇问道："你打不打？"贵妇大窘。
叶大嫂一仰头，怒指着"春花"舞场凉台上围观的男女舞客大喊："你们去打呀！"
凉台上的舞客们，有人感到有点难堪，但也有人在发笑。
袁璞扶着叶大嫂，希望她跟他走，但是她不肯。她转过身来，以严肃的半恳求、半命令的语气向面前的广大观众高喊："你们出去打呀！……中国要亡了！……快救，救中国！……"
街上围观的人们拍手叫"好！"……
叶大嫂对着观众睁大着双眼、颤抖着，高喊着……（**推近，渐隐**）

挣 扎

出品　天一影片公司，1933年
编剧　于定勋
导演　裘芑香
摄影　吴蔚云　薛尧天
演员　陈玉梅　刘炳华　田　方　魏鹏飞　张振铎

《挣扎》电影由于定勋编剧。其电影小说由许幸之根据影片改写，原收录于《申报·电影专刊》（1933年10月1～4日），以及上海开华书局"电影小说丛刊"《满江红》（单行本，1934年）。

电影小说

许幸之

　　在那幽静入画的乡村里，三月的春阳披在他们的肩上，根发和小兰在河边垂钓。鱼在水边跳跃着，小兰用柳枝穿起鱼腮。他们在古旧的石桥上密语，快乐地在草坪上互相追寻，然而，他们并没有知道悲哀是从这里开始。

　　根发的父亲冯大昭，为了积欠地主耿大道家的稻租，要同根发到城里去向主人说情。小兰目送着根发走远，便拾起那柳条系着的鲫鱼，寂寞寡欢地回到自己家中去。她是地保许荣的侄女，是个没父母的孤儿。

　　冯大昭领带着他的儿子根发进城去了，但当他们走进耿家的大门时，因为耿家正在宴客，最先便遭了阍人的拒绝。后来他们说明来的原委才许进去，但为了大昭脚上的草鞋过脏，又遭了阍人的斥骂。

　　在那儿耿大道家的西花厅上，满坐着贵宾。里面欢笑声，猜拳声，杯盘相击声，和妓女的歌唱声，一阵一阵地传出。这时，正有一个仆人端着一盘肉包从院落中经过，偶然被石子绊倒了，包子便统统落在地上。根发父子好心地给他拾起了堆上满盘。但等那仆人回到院落来时，看见根发父子正在大嚼被泥沾满了的两只包子。他忽然想到主人家的猪仔还在饿着肚皮，便从根发父子的手上把两只肉包夺去喂了猪仔，并且骂他们："馋鬼，老爷叫你们进去啦！"

　　根发的父子走进那西花厅，耿大道见了根发父子破衣褴褛地走上沿阶，便怒气填膺地以为塌了自己的台，便大发其威风地嚷着。大昭哀求道：

　　"求老爷开恩，可怜我们父子两个，明年准给老爷。"但是，主人依旧咆哮："不行，明天没有租，我乡下的房子也不准你住。"

　　大昭有点儿动气的心情，带着不平的声音回答道："明天就是要我的命，也变不出来。"大道像猛虎似地扑进大昭面前一掌:"我就要你的狗命,滚出去!"大昭便趔趄地跌在根发的身上。

那年轻而好勇的根发,眼看着他的爸爸受人的侮辱,便挺身向前与大道理论,但被豪奴阻挡了。根发振臂一挥,把那卑鄙的豪奴摔倒在地上。可是,大昭怕根发得罪了主人,便曳着根发退出冯家。

归途中,父子二人沉默地走着。但因为大昭的贫弱而年老,忽然受着这样的刺戟,便晕倒在路上。根发将他的父亲背着回家。刚回到家中,大昭还躺在床上,许荣忽然带着耿大道的使命来向大昭催租。这时小兰很开心地手上提着用柳条穿着的一尾鲫鱼,跑到冯家门前高呼着根发,忽然蓦着了她的叔父许荣。许荣侧目怒视小兰,小兰便丢弃了鲫鱼逃走了。

明日的傍晚,大道又率领着许多豪奴蓦进冯家,逼大昭偿还他的欠租,但大昭已经病不能语。根发便代他的父亲依然向主人说情,不料大道意在报复昨日的余忿,便呼喝众奴残酷地殴打根发。大昭曳着残疾的身躯下榻掩护根发。可是,那残忍的大道,竟使豪奴们将根发的父子拖出屋外。这时,大雨滂沱地降落着,受伤的根发和残疾的大昭,父子在狂风暴雨中抱头痛哭着,大道与众奴们在那儿狞笑。

这时小兰闻声赶至,被好色的大道看见了。他便舍弃了索租和殴伤人命的事情,而追尾小兰去。小兰骇怕地逃跑了。许荣同时也赶了来,许荣告诉大道小兰是他的侄女。大道便私下和许荣相商,欲纳小兰为妾。许荣为了谄媚地主的财富和权势,便应允了。

当晚深夜,那年老而龙钟的大昭就因伤重而死了。根发把他的父亲埋葬了,带着伤感的心情回到家中。忽然小兰冒雨而来,把许荣欲把她卖给大道为妾的事奔告根发。然而根发是勇敢的青年,于是俩人便商量了逃走的计划。在第二日的天明,他们得了邻人大义的援助,便逃到上海去,充当了自来水工厂的工人。

时光是平静地逝去了,根发与小兰已经同居了两年,并且生了一个孩子。他们虽然贫苦,但他们是自食其力,他们快乐而活泼地工作着。

这时,大道为着讨妾的事情来到上海,在一家酒楼的窗前,发见了根发和邻居张大义,同在酒楼对面的马路上修理自来水管;并且看见了小兰抱着小孩送饭与根发。于是探听了他们的所在,便电召许荣来沪,使许荣控告根发诱奸他的侄女。于是根发被判处了徒刑下狱,小兰由许荣领回,被逼嫁与大道为妾;而失去了父母的根发的孤儿,便送到育婴堂去了。

大道自以为满足了他的野心,殊不知小兰早已怀着了愤恨,并且知道大道是离散他们夫妻母子的仇人。某晚,小兰怀着报仇的私心,佯作欢颜地劝大道饮酒。等大道半醉时拔刃而刺,不中,刺刀反被大道夺去。挣扎了许久,小兰毕竟以力弱不敌,因此便葬身在大道的刀下而玉殒。

小兰死后,大道马上跑到许家奔告许荣,说小兰因自己的丑事败露而自杀了。但被许荣看出了他的虚伪,便暗中教他的妻子报告警局,将大道逮捕了。可是,现有的法律是压迫者们作恶的护身符。大道有的是家财和权势,以醉后误伤人命辩护,准许他交保释放了。

越年,根发的刑期已满。出狱后,知道他的妻子已被仇人杀死,忿火填胸;便垂头丧气地至育婴堂领出了那失去了养母的孤儿。然而茫茫的前途,正找不着归路,于是抱着小儿向同事的大义家中走去。在路上他看见了无数的难民,怆惶狼狈地奔逃着,他知道上海一定有空前的事变将要发生了。

是的,这是震撼了全世界的"一·二八"的事变发生了,这是日本帝国主义者用他残酷的炮火洗劫上海的战争爆发了。全国的被压迫者,全市的劳苦群众们,都抛弃了锄头和工具,握着枪和手溜弹,上战线去。

当根发领着孤儿走进大义家中时,大义正背着枪预备上火线去。根发被大义的正义鼓励着,满腔的抗敌的情绪高张起来。他拍着大义的肩膀说:"大义,我们一齐上火线去!"

根发便把他的儿子托了大义的母亲代他照顾,于是提起了枪弹走向前线去。

在枪林弹雨的炮火中,在黑烟如雾的烟幕弹中,在咯咯作响的机关枪掩护之下,根发见了敌人的便衣队正在袭击逃难的难民。根发躲藏在断垣瓦砾中枪杀了六七个敌人,救助了无数的难民。他背着难民中年高残疾和失去了父母的孤儿逃出火线。但是,他没有料到在那些被救助的难民中,发现了杀害过他的父亲和妻子的仇人耿大道。根发一时愤恨交并,便要杀死他。大道也以为必死,吓得汗流如注地面无人色了。但是根发忽然回转了意识,他说:"杀敌人的枪,不应该拿来报复私仇。"

他于是收回了枪刺,放弃了不共戴天的私仇,继续的向前去,向全民族的公敌去。

这时,他看见了同伙大义正中着敌人的枪弹,他便提着枪跑去施救。他背着大义刚回到家中时,他又发见了大义的母亲和自己的小孩已经被敌人打死。他方回大道为了逃命,便从火线上匍匐而行,不料误入行将倒坍的屋宇。炮弹落处,屋宇连根倒塌,大道是葬身在那破瓦尘埃中了。

枪声越过越猛烈了,敌人用铁甲车迎面袭来,同时我们的队伍也越过越增加了,在街口,墙角,弄堂里,屋顶上,电灯柱旁,到处密布着我们的便衣队。根发率领了一队工人义勇军,嘴里锐声地喊着:

"铁甲车,弟兄们抢它下来!"

于是"劈拍"、"劈拍"的枪声乱射了,白刃和刺刀闪耀着光芒,根发的头部流血了,无数的子弹穿入了他的身体。根发已经受着重创,但是他仍然呼喊着:"扔手溜弹呀,弟兄们!"

在受着重伤的奄奄一息时,他最先扔去了手溜弹,敌人的铁甲车被炸成了破片。同时,随着铁甲车的摧毁,我们勇敢而善战的根发,也含着胜利的微笑而死了。

香草美人

出品　明星影片公司，1933 年
编剧　马文源
导演　陈铿然
摄影　周诗穆
演员　谢云卿　夏佩珍　王征信　谭志远　顾兰君　徐莘园　萧英　严工上

《香草美人》电影由马文源编剧。其电影小说署名田夫，原载《申报·电影专刊》（1933 年 11 月 21～25 日）。

电影小说

田夫

（一）楔子

据说上海是"万恶的渊薮"。社会的畸形的制度不断地制造出许多犯罪的人，却另外用一种叫做"法律"的东西来收拾他们。

法院里天天都是那么热闹的：一批又一批跑进许多罪犯。于是审问：为什么要犯罪？然后请"刑法"的医生来治"犯罪"的病。为什么要犯罪呀？我们看一个人的犯罪的经过吧！他是千千万万的罪犯中的一个，他的名字叫做王阿大。

（二）生活的福音

在大中华香烟公司的工场里，有一大群为了生活在那里忙碌着的人。铮，铮，铮！用劲钉着木箱，好像他们的生存只是为钉木箱而来的。

紧张的空气有点儿动荡了，一个工头在说话："公司的第二分厂已经成立了，要添用二千多男女工人呢；你们有亲戚朋友，可以介绍他们来呀！"

这消息散播在各人的心里，激起了一个喜悦的浪花。王阿大想到了他在乡间的老婆女儿和年青的弟弟，他的心也动了。这么着，他就向管理处替他们登记了。

事情是那么顺利而且侥幸，王阿大一家的生活就这样轻易地得了解决。老婆在装盒间，女儿在拣叶间，兄弟在货栈推运大筒烟叶，他有牛一般的力气。

高墙，大烟突，锅炉间的煤和火，调烟间隆隆的机轮，切叶间的刀，卷烟间的千百只贫血的手……王阿大一家在这样的生活环境里过着日子，可是他们很满意。白天忙碌着，晚上恬适地睡去，有时候从梦里笑醒。

十几块钱一个月的一楼一底的房子是租进来了。虽然辛苦，每天肚子都是饱的。这么平安地过了一年。

· 495 ·

(三) 残灯

小街，乱嘈嘈的气氛。上面写着"请吸国货香烟，大中华香烟公司出品，买一盒送一盒"的小旗子东风里飘呀飘的。

推销员死劲地拉手琴，死劲举着喇叭狂叫着。他的口叫干了，看热闹的人望望他空手走了。

小街，乱嘈嘈的气氛。上面写着"烟丝好，价钱巧，真真外国货公道"的小旗子飘呀飘的。

推销员死劲地拉手琴，死劲举着喇叭狂叫着。他的口叫干了，摊上的香烟也差不多卖光了。

帝国主义的经济侵略叫大中华香烟公司遭受了可怕的厄运。

生意一天比一天清淡，像干了油的残灯。没法想，公司当局就决定和外国商家讲和。讲和的条件是一比五：外国商家出五箱，大中华出一箱——即使有销路，也不许多销。

大中华的总理捧着这合同，双手尽哆嗦；他用寒颤的声音说着话："还说是……中外同业合作，这！……这是……公……""平"字还没说出口哩！他猛然气厥了。这样总理就生了病，一天天地向生命的尽头趑去。在有一个时候，他眼睛无神地望着那围在病床旁边公司重要职员，喘着气，悲苦地道："我一生……心血，创立这……华资华……华办的厂，不想……今天有……这样的结果……"在幽微的叹息里，说着话总理就落了气。

天上有一块乌云飞过，太阳叫乌云遮住了。

好沉闷的时代呵！

(四) 拳头上的公理

外国烟商的"公平条件"逼死了大中华的总理，也打碎了无数男女工人的饭碗。公司一天一天地紧缩，失业的人越来越多：王阿大的女人也遭受了革职的运命。有一个晚上。灯光下围坐着阿大和他的女人和兄弟三个；女儿从外面跟跄地进来，满脸的泪痕，伏在桌上哇的哭了。

又是女儿的美色招了是非：厂里的那摩温老洪看上了她。放工时使个圈套把她带到游戏场里去玩儿。人，闹哄哄的；锣鼓的声音到处响，各式各样的表演，各式各样的玩艺。这乡下姑娘可遇着新鲜啦！从游戏场里出来，女儿被带到了一个小客栈里。吃过饭，跟她一起来的女伴轻轻地对她说了："晚啦，我们就住在这儿吧！"又微笑地拉住了她的手："洪先生很愿意和你做朋友哩！他是个好人，跟他要好你一定吃不了亏。他在厂里有势力！"

女儿慌了，一个脸红，一个心跳；她飞也似的逃了回来。她开始认识了那笑嘻嘻的面孔底下的兽性：她哭了。

阿大的兄弟气得咬紧了牙关，晃一晃拳头："那姓洪的小子，我要打死那狗东西！"

他要和姓洪的理论，可是他们被一大群流氓拿住了，在小茶馆里"吃讲茶"。

每个人的脸都是铁青的，帽子歪戴着，眼睛一闪一闪就像没人性的野兽。王阿大兄弟俩被围在当中。王阿大就吓得双手不住打拱："总怪我兄弟年轻不懂事，得罪了洪先生！诸位多多原谅，多多原谅！"多蒙海量包涵，没闹了事；王阿大匆匆地付给了茶钱。

（五）一个人的"犯罪"！

时间又过了一年。日子一步步地向艰难的境地里陷，愁苦只是在王阿大一家人的心里滋长起来。现在，家里又多了一个食口，阿大家的又养了一个孩子；现在，家又少了一个生产的人，女儿在厂里的生意停歇了。淘着米，洗着菜，女人老对那难得有满的饭箩子叹气："算来算去，每月赚的这样这样少，我们在上海没有日子过！"

"可是到乡下去也没日子过哩！"

于是一串愁色深深地锁住了母女两个的眉头。谁知道公司老亏本，这时又宣布了减工钱的消息。情形也是真的，光景公司也过不了；管工的尽解释着请诸位帮忙。

阿大的兄弟大声喊："我们每人只赚十几块钱一个月，还要扣减吗？气力一样用，饭可以少吃？"可见阿大觉得无可奈何，他怕失业，他愿意接受减工资的条件。

弟弟赞成罢工，哥哥反对。为了意见的不同，弟兄俩也闹开了。

"老大，告诉你：你巴望外国人不抢中国人生意，做老板的不刻薄工人，那是办不到的，你别做梦！"

"可是我怎么也不赞成罢工！"

"我们谁都同了心，不想自己的阿哥倒这样，怪不得人家说你是走狗！"

两个闹着，闹着；十几个侦探和警察推了门进来。"这罢工的传单是你发的？"

老二昂然点着头。屋子里立刻骚乱起来，翻箱倒箧的一阵子，弟兄两个被带走了。

"鼓动罢工"——老二在这罪名底下被判监禁二年。一家四口，这样就只剩下阿大一个在拼命支撑。

（六）为了吃饭

不幸的事情全都来到：大中华烟厂终于倒闭了。吃的，住的，如今过日子就像在走奈何桥。

天见怜！幸而女儿找到了生意：据说是在什么卫生公司做事。是什么事情他可不明白。问问女儿，她嗫嚅着："是一种带点医药性质的生意，我做夜班。"还是不明白；可是管它，反正是为了吃饭！

日子是这么勉强打发过了，自己再做一点零工。是个把月以后的一个晚上，凑着女儿出门上工，打扮花枝招展的就如一位摩登小姐。阿大一楞，叫住了她："你看看你自己，打扮成个什么样子！"

女儿没回话，终于走了。父亲的心里可老不自在：女孩子有了一个职业就可以这样浪费吗？他看不惯！

厂里原说是暂时停工的，开厂的消息却老没有。一天，他到厂门口去探了消息回来，心里懊丧着，却在女儿的房里发现了一个奇异的景致：女儿在调着脂粉往脸上搽，一个西装少年坐在她旁边。

阿大觉得有一股寒气骞然从头顶凉下足尖，却有一股怒气从脚底冲上头顶，咬紧牙关跑过去就是——拍！一个嘴巴子。

西装少年三脚两步就逃了出去。女儿哭着喊母亲。

"你竟做这样的事，不要脸的，不要脸——"

"有什么不要脸，为来为去还不是为了钱；拿回来的钱也不是我一个人用的。"说着放声哭。

他不但恨女儿，还恨透了自己的老婆。这冲突就更尖锐地交战在夫妻和父女之间。"走，走，你们有钱，我不要你们养，替我滚出去。"忿怒支配了各人的情感：母女两个真的就走了。留下了一个没娘的孩子，留下了几件女人的漂亮衣服，留下了一张"卫生按摩院"的卡片……阿大被生活宣判了最残酷的惨刑。

（七）法律这东西

一天，两天……一个月，两个月……负着气出走的母女终于没有回来。小孩子老是哭，哭。孩子没了娘，老是哭，哭。瘦了，接着病了。

王阿大的心一天一天的沉。小孩子的病一天一天的重。

孩子作了什么孽啊？瞧着那黄腊似的小面孔就够伤心。给看一看医生吧！这样想着就设法把孩子抱到平民医院去。医生望了望孩子，一个沉郁的脸，口里吐出简单的两句话："没希望了，你去罢！"

完了。一块巨大的绝望的顽石向阿大心上压：完了。像做梦似的，他丢下了孩子就顾自己跑。闹哄哄的大街，人与人，肩背擦着肩背跑过去。女的搀着男的臂胳，高跟鞋子阁吓阁的，飞眼风，得意的笑。可是阿大没看见这些，像做梦，他茫茫地向前跑着，跑着。

一家大商店的门口，晶亮的玻璃柜窗，一个蜡的美女的头在吸香烟，旁边堆着许多香烟，烟嘴，广告上的字：粉红色香烟，法国名厂制造，时髦女子唯一吸物。

阿大望着柜窗冒了火。不知怎么，他对那外国香烟生了深深的仇恨：他觉得自己的倒霉全是那外国香烟给造成的。他恨透了，咬紧牙关，伸手就是猛的一拳。玻璃窗敲破了，香烟、烟嘴、美女，全给摔了。可是他的气还没发尽，两个巡捕就把他抓了去。那一天法院里的许多"法律"当中，就有了王阿大在内。于是阿大受了法律的裁制。

（八）拖一条尾巴

在监狱里，有两个"罪犯"在做苦工。这两个人是兄弟——王阿大的兄弟俩。做着苦工，两个谈起天来了。阿大的话："老二，我现在相信你的话了，可是将来怎样呢？"

阿二的话："外国也有苦人穷人的，只要大家齐了心，将来一定会有好日子！"

为国争光

出品　暨南影片公司，1933年
导演　姜起凤　仰天乐
对白　顾文宗
演员　唐雪倩　魏光寿　陈一棠　王仰樵　秦哈哈　黄耐霜　王春元

《为国争光》电影本事无署名，原载《电影月刊》第21期（1933年2月）。其电影小说署名谢月笙，原载《申报·电影专刊》（1933年11月26～29日）。

本　　事[1]

名震江湖之侠客程无畏，晚年丧妻，倦于远游，乃携子女隐居西子湖滨。其子天雄，英俊矫健侠义心肠，不亚乃父。天雄之妹红玉，年华二九，健美如秋菊，外柔中刚。天雄兄妹承父衣钵，均精技击。

富女梅雪芳，秀外慧中，体态轻盈，性温雅，不喜艳装。家有母妹及幼弟，父去世未久，遗产甚富。

程梅居室比邻，雪芳与天雄兄妹由邻谊进为知交，过从甚密。天雄对雪芳，颇怀爱慕之心，但因生性亢爽，不善向人殷勤，故与芳见面时，只作日常问候而已。芳见天雄英伟磊落，亦甚心仪其人，因此互相爱慕之情愫，俱暗藏于内心深处，形式上未见若何亲热。

曹公子一日偕卫队骑马出猎，途经村中。适一球自内抛出，后追一童，曹马不及收缰，误踏其球而破之。马惊起，曹自马下堕，泥污全身，大忿，故击梅弟。梅弟大哭，其姊雪芳闻声出视，曹惊其艳，反向雪芳陪罪而去。曹回家与左右私商，中有一人与梅母素识，愿为公子介绍焉。

未几城中来一男性单身旅客，名曰苏超尘，年少貌美，擅音乐绘画，且工吟咏，深有诗人及美术家之风度。苏到西湖不久，即开一"个人美术展览会"，前往参观者甚众。梅及天雄兄妹，亦联袂莅止。苏奏梵哑林娱客，梅见苏容貌出众，作品优良，复聆其美妙琴声，不觉为之心醉。红玉一见超尘，亦生爱慕之心，惟不若梅之痴心忘形耳。苏见梅闻琴出神，引为知音。奏乐毕，即趋至梅前点首示敬。已而互通姓氏，苏询梅居址及家中状况甚详。

来宾中有曹公子者，乃下野军阀曹督军之子，常恃其父罪恶金钱为猎艳之资。见梅之美，惊为天人，因挽友人介绍与梅为友。相见之下，曹百般殷勤，复屡转其指上

---

[1] 原标题下有"蔡郁编剧"、"大东公司出品"标注；正文为句读。

巨大钻戒以自炫其富。梅见其言语粗鄙,满身铜臭,数语后即辞去。曹不以为忤。翌日,特携贵重礼物数事,乘汽车径访雪芳。献上礼物后,即请拜谒其母,以示亲热。芳入内白母,其母细询曹之容态言动,知非善类,乃称病不见,并嘱芳璧还礼物。芳遵母命拒曹,曹坚不收回礼物。芳命傅持出强纳于曹之车中。曹方扫兴将返,适苏正乘车而来,昂然直入梅室。曹在窗外窥探,见苏梅坐谈,状甚亲昵,于是妒火中烧,蓄意害苏。

苏至梅家,备受欢迎。苏请谒其母,梅入白母,欣然出见,谈笑如一家人。

一日梅携幼弟偕苏出游,被曹侦知,即遗恶徒十余猛要诸途,欲得苏而甘心。方危急间,适天雄纵骑闲游,瞥见苏被困,挥鞭疾驰往救。众恶徒欺天雄匹马单身,环而攻之。天雄伸手连擒数人,缚于鞍前。余众惧而奔逃,天雄出铜元一把撒去,众均伤足倒地。天雄出香烟吸之,缓步至前,伸手攀折巨大树枝作势欲击,诸人众跪地求饶。梅弟见之,鼓掌大笑。天雄诘以何人主使行凶?众供系曹公子。天雄严加责斥,然后纵之,并嘱传语警曹:以后如再为恶害人,必立取其头。众垂头丧气,跛行而去。苏、梅甚感天雄援救之恩。曹害苏不遂,恶心不死,仍思设计谋苏。

一日梅往访苏,行至门外,适苏方按琴唱其新编《献与爱人》之情歌。梅倚墙静听,悠扬琴调,恳挚歌词,心弦不觉为之弹动。苏唱毕,持歌欲往访梅,至门外见梅倚墙沉思若有所失,乃徐行至前,行一滑稽之鞠躬礼。梅惊觉有病意,苏即肃梅入室,重温其甜蜜之情歌。

曹前次用武力害苏,未遂。今乃变更计划,使其党羽冒称其党,往警厅自首,诬苏为领袖,暗中图谋扰乱治安。苏遂含冤被捕入狱。苏被捕事,天雄疑系曹所陷害,夜间往曹宅侦查。见曹方与其羽党计议伪造证据,继续使人往警所自首。天雄急奔往警所(公安局),跃入局长室内,告以所见,要求局长同往窥探,以证苏冤。局长固廉吏,闻言欣然同往。既至曹宅,天雄挟局长跃登屋上,果见曹与其党徒密议害苏之策,立即回局派大队警察前往围捕。曹闻风由后门遁去,仅获其党羽数人而归。局长乃囚曹党羽而释苏。曹逃往乡间暂避,而害苏图梅之心仍未稍杀。苏出狱后,梅欣慰异常,特于中秋夜遍邀亲友在家中开"赏月同乐会"。程氏父子各献绝技,苏及来宾奏乐,梅唱歌,其弟妹舞蹈,至深夜方尽欢而散。

数日后苏偕梅往野外写生,被曹探悉,即派人将苏、梅捉去囚于乡间密室,拟杀苏而占梅。

苏、梅失踪,梅母惶急万分,急求助天雄。雄乃化装往乡间侦查。途遇形迹可疑之人,尾随前行。见其入一古屋,乃在远处守候。至夜跃登屋上,发现苏与梅被囚室内。因恐单身深入,中其诡计,急奔回请父妹同往援救。是时曹方使人往野外凿穴,拟将苏活埋以灭迹。方在危急间,天雄忽偕父妹破门而入。曹党持械相拒,天雄父妹三人并进,当者辟易。曹党不敌,退入内室机关铁门,阻天雄等前进。天雄伸两手向左右一攀,门上铁条尽成弓形,即侧身穿入。党魁飞联珠镖击天雄,雄手接口承而已,笑曰:"如尚有余镖,可继续抛来,否则当让余回手矣。"言毕,故作欲发镖势。曹党自知不敌,急跪地求饶,并供出掳苏、梅系曹指使。雄问曹之所在,众供在密室中。

雄命释苏、梅并拘曹至前。众导苏、梅及拥曹至。曹倚屏战慄，雄发一镖掠过曹之右颈插于屏上，复发一镖插于曹颈之左，三发插于曹之头顶。曹惊懼欲死，拜求饶命。天雄严加责斥，命曹出资遣散党徒，劝众从此改过，各谋正当生活。复警曹以后如再为恶，必立置之死地。曹唯听命。众党徒感天雄之义侠仁恕，均愿改过从善。或为小贩，或为工人车夫，他日遇天雄于途，争来赠送所卖之物，拉车者强天雄坐其车。

旋天雄偕红玉至梅前，梅为苏介绍。从此苏、梅及二程遂成莫逆之交，且造成一局特别方式之四角恋爱。其中苏、梅互相恋爱，有明显征象；而天雄之爱梅及红玉之爱苏，均暗藏于心中。

天雄兄妹，秉性侠义。苏、梅恋爱虽于己不利，但均抱牺牲自己，玉成朋友之心理，故对苏、梅恋爱非但不加破坏，且常留心维系焉。

一日苏往说天雄，适天雄与其父均外出，红玉独自在庭中，练习剑术。苏至红停手，与苏为礼。苏接红手中剑观玩，称赞其剑锋利。红曰："宝剑虽利却斩不断柔丝。"红之语此，乃暗示己之多情。苏曰："程小姐谈吐殊风雅。"红曰："余粗人也，焉能比得梅小姐[1]能弹能唱能诗能文之风雅。"苏明知红之语意，恐与红发生爱情，将陷于左右为难之地位，乃故以他语乱之。苏辞出，红怅然信口吟唱《金缕衣曲》。曲声嘹唳，婉转。苏闻之，心旌摇曳，忽然若有所失。

未几中日战事起于沪滨，天雄招集热血健儿，组织大刀队加入义勇军；红玉乔装同行。昔日受曹主使掳苏、梅之匪徒亦均来加入，公推天雄为队长，红玉副之。出发往沪，到车站送行者，途为之塞。大刀队及欢送之群众，各唱悲壮之歌。大刀队至沪，天雄率众往总指挥部。指挥官见众各持大刀一把，别无犀利军器，乃谓天雄曰："君等随身只一大刀，安可御敌人新式之铁弹？"天雄曰："望总指挥毋轻视手中刀。"因命众当面表演冲锋陷阵之惊人技术。总指挥即命开赴前线，加入作战。既上前线，天雄身先士卒，跃入敌阵。只见雪白大刀，左右舞动，头颅血花四处飞溅，敌人望风奔逃，我军大获胜利。天雄因临阵奋不顾身，致右足被敌用手溜弹炸伤，由救伤队送往救伤医院救治。红玉急致书其父及苏、梅，报告乃兄受伤情形。其父及苏、梅接书，即日赶来探视。其父见雄受伤无性命之虞，翌日偕苏先回杭州，梅则暂留医院，陪红玉看护天雄。梅每日在医院陪侍天雄，突变其平日对天雄敬而不爱之态度。数星期后天雄之伤已愈，惟足骨被炸断举步微跛。

一日梅扶天雄往院外试步，憩于树下。梅注视天雄久之，忽然对雄言曰："侬今谨将真率之心，献与君；愿君接受毋拒。"天雄忽闻此意外之言，愕然不知置答。有顷，方言曰："余今已成残废之人，实不称偶卿。"梅曰："君之残废，乃为国争光之光荣纪念。侬之决心事君，即为君能为国家奋斗。至于肢体残废，自己从不现丝毫痛惜之意。"雄曰："然则卿将何处置苏君？"梅曰："余早已定一完满解决之办法，即是介绍令妹以配苏。余知令妹素有意于苏君，苏亦深爱令妹之天真清丽。彼因已与余发生恋爱，故以令妹只存友谊，未及于爱。今余若向其表明心迹，苏明理人，谅必能接受也。"

---

[1] 原为"程小姐"。从上下文改之。

不久中日议和停战，天雄完全恢复健康，即偕其妹及梅乘车回杭。民众闻战胜归来，到车站欢迎者，数以万计。

梅回家后即往访苏，面陈决心事天雄之意，并荐红玉自代。苏沉思者再，自愧懦弱，获一富有丈夫气之红玉，颇可兴奋自己之文弱精神，乃向梅表示满意。于是此特别方式之四角恋爱，遂结成两对美满夫妻。而剧亦告终结焉。

电影小说

谢月笙

如果我们不能否认我们的血，还没有冷到零度的话，那末总还记得敌人的飞机、坦克车撞进辽宁城的时候，帝国主义者的那副狰狞可怕的面目！长期抵抗！收复失地！这两句口号正在高唱入云的时候，接着跳舞救国，恋爱救国，和游艺救国等等，正是五光十色，目眩神迷。

"拍……拍……拍"，"隆……隆……隆"，一阵阵断续不绝的枪炮声渐渐地近了，以抱着不抵抗主义的我们中国，终于受着良心的督促而开始抵抗了。一阵杀声，唤醒了不少热血的同胞。他们很勇敢地加入了前线，演成了这一次"一·二八"光荣的血战。

《为国争光》的剧本，就是取材"一·二八"沪战。编者抓住了时代青年的心理，把恋爱不忘救国的精神揭发无遗。这里我把本剧的演出摘录如下：

烈日似车轮般的攻进了寂静的大地。八寺塔里的钟声奏着幽扬而含警惕的风味。钱塘江畔掀起了汹涌而飞溅的浪沫。这是一个富有诗意的早晨。

距离睡了的都市很远的一个僻静的乡间。程红玉，是退职国术馆长程大鹏的女儿，她和她的哥哥程天雄，受了他父亲的衣钵，锻炼得一身好武艺。他们怀着一颗纯洁的心地，没有一些虚伪的煊染。

梅雪芳，承袭着先世的遗产，厌倦了城市的生活，隐居在这静寂的村落里。她认识天雄红玉从友爱而成知己。

这一天，程红玉提着水桶到河边汲水。她活泼地跳跃着打了水上来，唱着清脆欲滴的歌声，十足地表演她青春的活跃。

这时，她哥哥程天雄刚从城里回来。她连忙放了水桶过去迎接。天雄把带来的纸盒送给红玉，告诉她是城里国货商场买的一件坎肩，货色又好，价钱也便宜。她快活极了，几乎要跳跃起来。

他俩一面走一面谈着话，她突然看见了雪芳在那棵柏树下站着呼吸空气。他们就走过去招呼她。

"哟！我以为你进城去啦；原来你骗我。"雪芳扭了扭身子耸了耸香肩，一阵笑声向着天雄奔来，不能不令天雄魂销黯然……

"姐姐，他是刚打城里来的。"红玉连忙凑上去替天雄辩答，一面向他哥哥丢了一个眼色，故意把那件坎肩给雪芳看。"姐姐，你看这是他刚从城里买来的。"她很公平地替她哥哥解释。雪芳感觉自己说话太冒失，顿时脸上起了一阵红晕。天雄也怕她误会，就把城里听得的新闻讲给她俩听。他告诉雪芳，明天西湖边将要举行一个美术展览大会，约会她明日一同去参观。雪芳很爽直的答应了。

第二天的早晨，雪芳偕着天雄红玉，在展览会里，参观那位艺术家苏容的作品。苏容亲自招待。他是个年少有为的艺术家，风度潇洒，谈吐温和。在爱美心理高涨的雪芳，经过了这次的认识，使她内心的深处，纠起一度剧烈的叛变。她告诉他住址，说她家里只有一个老母同一个弱妹。以一个客乡孤独的苏容，偶然地得到了这个意外的奇遇，当然很高兴的接受了。"苏先生有空请到舍间去，再会吧！"雪芳天雄红玉向苏容道别了，苏容亲自送了他们出来。

"梅小姐也在这里吗？"这阵声音把雪芳众人楞住了。于是大家把视线注意到这个人身上去，只见那人大摇大摆地走了过来。雪芳认得他是当地很有财势的绅士曹怀仁，但她厌恶他那种骄慢无礼的举动，勉强地招呼了他一声，径自去了。曹怀仁恃着金钱万能，就实行他的追求工作。过了几天，曹怀仁特地买了许多礼物，去谒访梅雪芳。

"她有病，医生说不能见客。"曹怀仁竟遭挡驾了。但他并不怀疑她，只是很扫兴地出来了。这不是那天展览会里的少年美术家苏容吗？曹怀仁看见了苏容走进梅家去，顿时会悟到自己当时被挡驾的情形来。他决定进去探明个真相。

"呕，你就是苏先生吗？请坐！小女在里头哪。"怀仁听见这个说话人的声音，正是刚才和自己说话的那个中年妇人。于是他的呼吸也短促了，手足也发颤了。他知道那个少年美术家无疑地是自己的情敌了。他不忍再听下去，就悄悄地退了出来。在外面换吸了一口气，懊丧地走了。恰巧红玉和天雄同来访雪芳，她看见曹怀仁从里面出来，忙着向天雄说："哥哥：你看那人怎么也来看梅小姐呢？"

"我看他不像好人，梅小姐怎么也和他往来哪？"他俩同样地这样想，一面已走进梅家去了。

雪芳和苏容俩正在谈着闲话，忽见红玉天雄进来，她连忙起来招待，顺便给红玉天雄介绍。红玉因见苏容才貌出众，而且举止风流，她的芳心里早已向他表示无限的热意。

成荫的柳树下，坐着一对青年的情侣，绿油油的碧波里，倒映着他俩的倩影。雪芳偎在苏容的怀里，互相陶醉在深渊的爱河里。

突然地苏容犯了某种政治的嫌疑，一群警士，把苏容拖到警察局去了。这一来把雪芳惊吓得魂飞九霄，她急忙地去请求天雄，替苏容搭救出狱。灰色笼罩了大地的晚上，程天雄探到一个静寂的秘窟了。这个使人惊讶的××疑案，却在这里发现了。他听见里面是曹怀仁同余党在设法陷害苏容的阴谋。他迅速地去侦缉队报告，但机警的曹怀仁已在他们羽党逮捕之前漏网了。梅雪芳为感激天雄救出了苏容，特地举行了一个同乐会以表庆祝。

时间一天一天的过去，苏、梅俩的感情却一天一天的增高。在富有财势的曹怀仁，当然不能使他心平气服。他事前在乡间造了一所密室，等候着雪芳和苏容出来游玩，劫来幽禁在机关里，以报前次失败之仇。

梅母因雪芳苏容同时失踪,惶然地请了天雄来家商议。天雄很了解这件疑案的原由,凭着他神秘的手腕,探得了曹怀仁的机关。他一面安慰梅母,一面请了父妹同去营救苏梅。"你不是喜欢姓苏的吗?"曹怀仁用着畏迫的手段向雪芳说。他喝着党徒鞭鞑着苏容,从他可怖的面具上,浮起一层阴险的矜笑来。这不由雪芳不惊讶得狂喊出来。接着乒乓一阵枪声和嘈杂声,把曹怀仁打倒在地上了。天雄红玉同着他父亲程大鹏把苏容雪芳救出来了。

雪芳感激着天雄的营救,钦佩他的勇敢,重燃起了爱的火弦来。"程先生,承你几次地搭救我,使我感激得将来怎样地报答你才好呢。"她很羞涩地,向着天雄含笑慢慢地把头低了下去。"不,雪芳:我不要你感谢,我觉着我要……"天雄自知这话大唐突了,他全身的血液紧涨得似乎要崩溃了。"雪芳我爱……"这一句含有硫磺性的话弹,终于在天雄的火般的情感里爆发了。

"隆……隆……隆……拍……拍……拍……"这一阵热烈的炮声,把"一·二八"的大战爆炸了。敌兵似潮水般的涌进中国来。我们土地、保障、生命、财产、妻子、爱人、父母、子女,给他们侵占的侵占,屠杀的屠杀了。一阵悲惨的战声,唤醒了天雄的爱情迷梦。他毅然地召集了爱国的同志筹备着救国工作。

为着国家争光而战!为了民族生存而战!在隆隆地炮火声里,天雄、红玉,率领着热血健儿,向着车站出发了。聪明的雪芳,专诚做了一个"为国争光"的徽章,赠给天雄,祝颂他们努力杀敌,为国争光。

"杀……杀……杀……"天雄指挥着健儿,加入前线拼命地杀敌。他们这样地在战壕里,杀了半个多月,勇敢的天雄,因为奋勇杀敌而受伤了。

雪芳得到了天雄受伤的消息,立刻赶到医院里来探视。她很小心地亲来看护,不上几天,天雄的伤势痊愈了。她由钦佩而起了敬爱。

"我们得了你受伤的消息真急死了!"她扶着微跛的天雄,蹒跚地走到一条石凳旁边,很诚恳地说。

"谢谢你,可是为了国家就是一死也是应当的。"天雄微笑着回答说。他们彼此感到一种内心的愉快。中华民国的国民,人人都应该似天雄这样。苏容带着督促地勉励自己。他觉得雪芳和天雄俩的爱苗,是从天雄奋斗爱国中收获来的。他听见雪芳和天雄说的把红玉介绍给他的话,正和侮辱他一般,顿时感到一阵惭愧。他决定了去参加抗敌的工作了。

战事的区域逐渐扩大了。天神般的大刀队,奋勇地向敌军进攻。苏容指挥着健儿,杀得敌军跪地求命。我军继续地占领了敌军阵线,终于达到最后的胜利。

停战协定把战争告一段落。苏容阵亡的消息传到后方来,给于国民一种鼓励振刷爱国的精神,和值得人们钦佩敬仰的同情。这消息尤其使红玉和雪芳俩感到鼻酸流涕。

一轮剩残的夕阳,倒挂在西天一角,已消失了它固有的强烈了。"当……当……当"的晚钟声,从古塔里送了出来,含着惨楚而悲哀的余音。

崭新的烈士忠魂碑前,站着一对青年伉俪,和一个素衣少女,在凭吊这位已故烈士的忠魂。从寂静的墓碑里,阴约地传出来一阵"长期抵抗……收复失地"的声音。

新　　生

出品　未　摄
作者　王冷照
时间　1933 年

《新生》电影小说为王冷照所作。原载《电影月刊》第 27 期（1933 年 11 月）。

电影小说[1]

王冷照

　　在这黑暗的回轮下，辗着兵灾、荒年、政府的苛捐杂税，大地主的榨夺和压迫，每个利刃全在刺着他们的心，割着片片的血肉，使那从来屈服得像家犬似的农民，也要抬起了头喊一声："这是什么生活——？"

　　李铁生，那忠实可爱的乡民，憧憬这不能再生活下去的剥夺，愤怒的火击伤了那县里的征捐人，在那狞狰的面孔下，犯了第一次不可赦免的大罪："同是一个人呀！"他这样的叫着，"我们不能就去死！"他那烈的声音，惊破了那整个的驯服的乡民。继之以手掌，在脸颊上，那征捐人，显露的突出了红肿的血印。混乱下，他狼狈的逃走了，回着头记下那凶悍的李铁生的面孔：愤怒的脸，红烧的眼睛，坚硬的拳头，生着铁似的身子。自惨丑形，瘦柴的支架，不堪的，在群犬的急吠下，消失了征捐人的身子。人们全注视着李铁生，沉寂的微风吹着他的头发，阴湿的、泞泥的路口，显着他们一堆人。这正是大雨过后的一场喜剧。

　　惨淡的一缕暗光，从那对面的窗口射进漆暗愁云的破屋里。一支摇曳的残烛，滚着泪珠，在那床前的棹上照着微弱的光亮。破床上一堆乱蓬蓬的长发下罩着一张病瘦的女脸，那正是李铁生害着病的妻。床沿下站着十四岁的儿子火明，溶溶的泪眼向着母亲的脸上射去。一套脏活的被遮盖着她的身子；干喘的气息，破除暂时的沉寂。桌旁凳上坐的李铁生，低垂了头。最后强睁开病眼的妻，挣扎着仰起了头，叫了出来："明儿的爸，你们去吧！你们去吧！……"李铁生缓缓抬起了头，凝视着她。稍憩，妻猛的半坐了起来，睁大了眼，急喘的举起手来，乱挥着，喊："我不能让人家活活的把你们捉了去！明儿的爸！快去呀！为了我们的明儿他，他……是我们将来……最有希望的……报仇的人呀！……"颤抖的声音熄灭了那一霎那，战栗的枯柴似的手向空里扑去，身子便倒了下来。手掌死握起床毡，朦胧的泪眼的火明，跳上了床哭喊着，叫

---

[1] 原文近乎一逗到底，且文字时见不通或错讹之处。编者作了最小限度的必要修订，不再一一加注。

着"母亲",按着母亲的肩膀。在这时一群乡民忽然拥了进来,惊慌的喊着:"县里的警察来了!……"李铁生这时恐怖的,而不失其主见的,跳向床去,一把扯起了火明的身子,直往外面奔去。在那火明回头急呼的表情下,是一张惨白的,悲怨的,泪水洗成的可怜的面颊。李铁生却从他挣扎的抵抗下,拖了出去。

在这河岸的一湾,安睡着一只小船。他们敏捷的,由李铁生的一手挽力,火明已安然的倒在船板上了。他解下了索,急急的向前划去。黯淡的同云,隐约的露着半角月色。平隐的水面上,映着凄迷的光彩。好久,好久,火明才仰起了头,叫了一声父亲,好像是一只被弃于沙漠里的羔羊,寻着了牧主,呼一声哀鸣,同韵的声调。父亲惨笑着面向他,他们的路便在这种情况下继续的前进着。月亮的残光渐渐升起,河岸的画面也跟着他们的前进展开。

数月后,李铁生已在一个工厂里寻到了他的工作。因为是以为自己的力量,爹妈给与的血肉,靠这个奋斗去,决没一些卑鄙的行为;在这大城市里,他又发现了他从所未见面的种种:那工头,可恶的工头,用着残酷的手腕榨取他,狞狰的面孔对待他。在他那强悍直爽的锋锐下,折断了他原有的本能;侮辱,一切人的侮辱全忍受着。每当他的脾气要爆发的一霎那之前,一句血泪结成的钢块,很快的又向他投来……

"为了我们的明儿他,他……是我们将来……最有希望的报仇的人呀!……"他宁愿永久忍受着,为了自己的儿子,他,火明。不过在他这一切的屈服,均铁烙般的已在创痛上打了一个至深的印痕。

一天,火明跟着父亲到街上去散步。那是一个最清爽的早晨,伟大的建筑物在朝霞的空间里迷漫着身子,直耸云霄。电杆上还有未灭的昏黄的路灯;柏油马路上,稀落的跑着一辆辆的黄包车。那是小资产阶级的少爷小姐们,去到学校去上课的(其中也有不少其他阶级的市侩之流)。在路旁的青树下,也有步行小学生们从他们的身畔滑过。火明艳羡的睁着银亮亮的眼睛,赞美着他们。他抓着父亲的手腕,跳着说:"爸爸,我也很愿上学校去!"说完后凝视着他们的父亲,好像立刻要父亲的答复似的。父亲一壁仍继续走着,一壁慢吞吞的告诉他说:"我也这样的想着呢,只要爸爸力量能办得到。"他真乐得要跳了起来。听到父亲的答话,他说:"我真要上了学,该是多么的好呀!"

经过了一番的努力,火明已能上学了。李铁生每天送着儿子到学校去,然后从校门口又分手,他再到工厂去。父子两个,很快乐的过着这样的生活。火明之愉快是已满足了他的欲望了;在李铁生尤其是更感到责任上的欣慰。在晚上回来的时候,那张喜悦的小脸,流露着最欢快的表情,手上举着书本扑向父亲的身上去。父亲的眼里充满了无限爱怜之光,抚着他的臂,询问一切安慰的话。火明也很巧妙的讲着他一天在学校里怎样的过着……

在第二年的春天,全市小学运动大会开始了,火明被选作了学校参加的一份子。那天的运动场里,火明健美英俊的身子,实在比其他的有产的儿女高出一头。李铁生为了自己的儿子,宁牺牲了一天的工作和一天的工钱,也参加了这个盛会。粗制破烂的衣服,谁会认出一个学生的家长呢。在众人的注目下,这穷工人,也兴高彩烈的被挤进了来宾看台的一角。经过了一次运动举行开会的仪式,一个个的健儿开始比赛了,贯注着奋斗向前的精神，为了每个人的誉念，争先恐后的敌向着。这时在主席台上发出了一个雄壮的喊声，报告着："……决赛第一李火明。"李铁生的耳鼓突然叫了起来，好像暂时失了他的知觉似的：一个穷工人的儿子呀！那！那会得第一？他的心房忐忑的急跳着，不知是愉快，悲哀；但他的表情已使他旁边的在座的人，极堪注目了，甚至说是发笑也可以。他按不住这轻蔑的侮辱，最后从看台上跳了下来，直向外走去。回过头，儿子正在蜂拥似的人们下，受着赞美、颂扬的荣誉。他最后低垂了头，沿着短墙走出了运动场的大门。穿过街心，一辆华美的汽车从身傍驰去，他险些受伤。从司机口里还吐出了一句听得清晰的恶骂："猪没有眼睛，冲他娘的尸！"其他的人们也轻轻的笑向他……

夜里，火明睡在床上，父亲却坐在一张短凳上。熄了灯，那轻捷的月光，在窗口上射进了一缕来。他从窗口望着街上，驰骋的汽车，杂乱的行人，扭动着股间的女人，一切，全使他发出了无名的愤怒。回过了头，暗漆的淡光下，桌上放着新添了的、火明荣得的锦标，凝视着好久——"阿约！……冲他娘的尸……"过去，他慢慢的举起那锦标，想把它摔成粉碎；最后又注视起睡熟的火明，无奈何的放下，低垂了头，走向床的那一面，睡了下去，但仍是他的圆圆的眼睛向那窗口射去。火明却翻过了身子，作梦呓："谁说我的父亲是个工人，他正是一个有钱的富翁呢……"他凝视着儿子，最后翻过身去，儿子的手却搭在父亲的身上。一切，暂时都是静的。黎明时，东方发出了青色的曙光，窗外的树枝上，叫着朝来的鸟声，树叶上，溶溶的滚着珍珠似的露水，一滴滴的又落在草地上。晓鸡挺起雄姿，高唱她的歌来。李铁生从床上半坐起来，揉着眼睛，穿起那破旧的衣服，跳下床。看火明，畅睡的姿式，裹着被头，柔软的头发，在枕头上散乱的披着，一只手臂搭在被外。他担心的为他把那手臂推进被里去，端详了一会，走向桌旁，胡乱的擦了脸，便匆匆的走了出去。

晚上，一条悄悄的像幽灵般的路上，疏落的三五盏电灯，在道旁的树叶上，闪烁着淡淡的光。有时一辆汽车也从这明静的马路上滑去，轻快得像只燕子。三层的楼窗上，显出了绿的光流，整个的立体建筑在暗翳下耸起了身子。李铁生和他的儿子火明，向这里慢慢的走来。楼窗上，忽的打开了一叶，跟着一束残了的花朵向下飞来，正巧碰落在火明的身上。污水沾湿了的脏点，他很经心的为他儿子拭着，用那破烂的衣襟。稍憩，仰起了头：那窗口嘭的一响关闭了，窗帘上，绿色的光流。他们彼此望了一下，火明拾了花，拨弄着；父亲却从背后劈手夺了去，摔向马路上。驰来一辆新式的摩托，车轮下，立时辗碎了那束花。车后面的长方玻璃镜面上，映出了一对资产阶级的享乐下的男女：肩臂，头发，白脸，口唇，错综的造了一个很好的画面。李铁生的眼睛，火也似的燃起，向着那车后的背影刺去。惊异的火明的眼睛，仰视着他的父亲，怀疑的问："爸爸，为什么你让花被活活辗碎？"李铁生俯下头去，沉重的，说给他的儿子，这理由是："花，她是有钱的人们的玩意儿，所以被他们任意去爱好，摧残，葬送，那全是她应受的分。所以她宁愿死在他们的毁灭下，而不愿在穷人的眼泪哭声里断气！"火明却莫明其妙的，凝视着父亲的面孔怀疑的听着。李铁生扶着儿子的头继续的说："汽车、洋楼，那下面是压着不少人的性命的刑具，我们便是其被压害的一个。汽车轮上，那上面是拖有血浆的！孩子！那是我们的敌人呀！"火明也兴奋起来了，叫着："爸爸，我明白了，我的母亲……"李铁生的眼泪滚了出来，他轻抚着儿子的头发，缓向前走去。母亲的脸、手、口，又重新在他父子的面前映出。走，苦闷的向前走。

一天的晚上，很久，李铁生还没有工厂里回来，火明苦待着。时刻也好像开玩笑的样子，直挪到屋里暗了起来，还无一些响动。最后，他因好奇心重，决到工厂里去寻他的父亲。

走到工厂的门口的时候，在火明的心里便布上一层恐怖之网。许多的荷枪的警士，在那里来回的巡视着；几辆敞槽的载重汽车向这里疯狗般的飞来，怒吼着那怪声的汽笛。在这时，从工厂的里面，传出了一种乱杂的叫嚣，不久风涌的冲了出来：每几个人强拥着一个个的工人，向车上推去；挣扎，叫喊……好像是屠户们，去杀掉那可怜的牲畜，同样的恐怖可怕。一个一个的都被推往车槽上去了。最后，一个挛劲的，拼命的喊着，抵抗着，挣扎着他所有的气力，但结果不外也被驾拥了上去那屠人车。当这最后凶悍的工人射到火明的眼帘的当儿，他好像被抛到海心似的一样的失去了智觉。他的两只闪灼灼的眼睛充满了恐怖的网罩，他想哭着去扯着那个人，抵抗那促他的暴汉；但是，但是那荷枪的警士，用他那杀人的东西，自由的把一切的人们全拦起来了，枪刺闪烁着银光，在火明的胸前威吓着，使他不要动。他凝视那人，那被捉去的最后的一个人，那……那便是他的父亲，李铁生。汽车驰开了去，警士们的枪才算失了它的威严，街上的行人，又自由的穿行着。火明，火明他追踪那辆车子去的路，两手伸张向空中，拼命的追看。汽车的轮子扬起的尘烟，终把他丢在那路旁的一株树下，但他仰着头，向前，声嘶力竭的叫喊："爸爸……"

李铁生入狱后，火明也跟着失掉了他的保护人，他不得不从学校的乐园一变而为一个有产者的阔人下作擦地板的"小听差"。不过他因为思念他的父亲心切，无有声响的成了一个木头似的笨人，所以他倍受一切人的侮辱、取笑、谩骂；所以他越发的呆笨了。一天，他被那汤团似的小姐叫了去，那小姐是已经有二十三岁还没有一个情人的"好小姐"——有人说她因为那幅尊容也太难堪的所致。她向他说："你怎么这样的沉闷呀！难道有什么心事吗？"他只摇了摇头，好像毫不所动似的。但她又继续的说了："莫非想讨媳妇了，哈哈！"合掌的笑了起来。他，火明忸怩的抬起了头，红着脸。她望着他又告诉说："不要害羞，有什么只管告诉我，我一定能帮你忙的。"他只点了点头。这时一辆新式的汽车停在了门口，他从楼上的玻璃窗望去，老爷、姨太太，从车上走了下来。他的眼前一闪，父亲的脸、口、手，又重显在他面前——"汽车、洋楼，那下面是压着不少的性命的刑具，我们便是其中被压害的一个。汽车轮上那上面是拖有血浆的！孩子！那是我们的敌呀！"——他怔住了，眼里一层雾。忽的从他身后飞来了一手，软棉棉的一个肥手："又发什么怔？还不下去呢。"他便跟着这一拿，从楼梯上跑了下来。老爷的手杖敲在他的头上，但他像不感到痛似的，怔怔的站了起来。老爷的凶恶狠狠向着他，他慢吞吞的，低下了头向前走去。

阴湿的天，斜扫的雨丝，火明披着一件破包布，向着这监狱的囚门走来。他哀哀的求了狱长才见到父亲：蓬着的乱发，脏污的一张憔悴的面孔，深下去的眼睛，看着他。火明两手伸进了铁栅,叫着父亲,泪搁在眼睛里。好久父亲才握着他的手,颤抖的声音向着他:"你这几天没挨打吗?"火明微笑着,摇了摇头,眼里却放出了奇悦的光来,这是自从他的父亲被捕以来,第一次心灵的微笑,也可以说是他整个的复活。最后父亲露出了笑容,摩抚着儿子的手背说:"只要你没打着,我的心就放下了,所以什么也就不怕了!"火明望着父亲,苦笑着点了点头。这时那看守的人走了过来,告诉他们不能继续的说下去了。他无主的望着父亲,他们最后就在这种局面下,凄恻的分别了。他,火明走到了将出门的时候,回过了头:父亲的笑,使他那搁着的眼泪终于落了下来。李铁生用手遮了脸,缓缓的走向他那破草铺成的床位。檐上的雨滴缀泣着,滴滴的向下抛落。他回过了头,望着同狱的人……又低下头去。……

　　李铁生出狱了,他们父子仍是快乐的又度着他们那以前的生活。父亲好像老了些,但他们从那积下的离别,一切较以前也更活跃了些。数时父亲的工作,迄无头绪,他们那同时被捕去而现在同时释放的工人们,联合去请求复工。谁知那工厂的经理一口便拒绝了他们,说是现在又招雇了新的工人,工厂不能因少数的工人而耽搁工作的。他们虽然又经过再三的请求,可是结果终是归于失败。所以父亲也渐渐的灼灼了起来。夜里父亲睡着了,窗外的月亮窥探进内,粉银似的撒了一地。火明站了起来,悄悄的走到那窗口:街心上,已沉寂像幽灵般的静;一辆汽车驰了过去,车上那一个女人在后面的镜上,露出了半个粉脸。他低下了头,桌上的锦标,黯淡的凝视着他。挪过了视线:床上的父亲,惨白的脸。他的心怦动了,面前布了一层凄迷的雾,那胖圆圆的笑脸,女人的脸,那阔小姐——"……有什么尽管告诉我,我一定能帮你忙的!"——尤其是在他临到将要离开的时候,她很老实的说给他:"我很希望你时常的来看我呀!因为我很爱你。"他想到这里,大火也似的烧了起来,他怔着,怔着……最后悄悄的,穿上了衣服,像做贼似的偷开了门,离了他的父亲,走了出去。直将到黎明时,当东方的曙光披上了羽衣,展开了微白的朝气的时候,窗外的树枝上,那枯黄的枫叶,被晓风吹袭着;沾有溶溶滚着珍珠似的露水,一滴滴的又落在芒草地上,落叶上。晓鸡在唱,李铁生睁开了眼,惊觉的射到他身傍的空被褥,跳了起来,抓起那被子向地丢去。他怔着,四下里望着。稍憩,他窜到窗口,注视着街心:稀落的行人,黄包车;窗下的枯树,芒草,没有一只鸟儿踪迹,枝条上。他猛的回过了头:空床,地上的被,桌上的锦标……扑过去,毫不迟疑的把那儿子的荣誉,丢在那屋角的墙壁上了。毁坏了的锦标,挣扎的面孔。他掉过了脸,钢劲的拳头,不知痛的向那壁上磕碰,整个的愤慨在那里战斗,拳头的节骨间渗透出了赤红的血来。他力懒声干的叫着:"锦标,锦标,一切我全要毁坏。没有了我的火明,整个的世界全是我的仇敌!……"他如同疯狗般的,又扑向那门,扯开把手,往下跑去。房东的老太婆在楼梯下遇着他,惊惧的张开口,半抬肩头,噤住。他直向外街奔去,形同铁笼里放出的一只凶兽。

　　一个肥胖的女手,握着一个瘦弱的手,张开手掌,两块老头的现洋搁在掌心里。渐渐展开,向上:火明的对面那胖小姐,睡衣,蓬发,媚的斜眼向着他,他却怔着,战栗的手掌渐握紧那两元钱。最后那胖小姐拍了他的肩膀一下,吩咐的口气说:"可怜的孩子,去吧!"他慌忙的匆匆的离开了那里。

李铁生走到那将近工厂的一个巷口,他看见许多的工人一个个的从那工厂里走出;在那高处指挥着的暴动者,便是那同时被捕的蒋大。他高呼着他们,举着手。在这时全市的工厂的工人们,均有同样的行动。半小时之后,李铁生已在这暴动下的工人战线上,窜动着。这时每个街衢,都呈显在大乱的残杀里。呼声、火光,呐喊声震破了这平静的柏油马路,毁坏了不少的新式建筑物,上面的洋瓦片,像风卷残雪似的向下剥落着。如此的经过了几次的剧战,工人们的脚步像雨点般的直打了上去,冲着,……受伤的工人们,青年的战士们,不断的在李铁生的肩上忙着救护着他们的性命。他担心的,刚毅的,像负起他每一个儿子的身子,救护着。在这时,在他负起了一个受伤的工人前进的时候,上面的楼口上,忽发出了激烈的机关枪声,斜线的扫射着。他赶紧的伏在这墙沿下,凝结着火烧似的眼睛,不敢挪动一下身子。在对面一个工人,向着那窗口掷去了一个炸弹,敏捷的。枪声停止了,楼上的窗口,沸起了烟雾,跟着整个的楼身,便倾斜的倒了下来。可怕的年老的李铁生,负着的受伤的工人,便被它埋葬在这里。

　　经过了工人们的施救得法,李铁生已卧在他的身上,睁着闪耀的灼灼的眼睛,看着他的归来的儿子,火明。他又微笑了,挛结的手掌,颤抖着握着儿子的手,轻抚着,但无力的,又拢合了眼皮。——在这时,那破屋、残烛、病妻……一切,又浮在他的面前。

　　"……为了我们的明儿他,他……是我们将来最有希望的……报仇的人呀!……"

　　他猛的睁开了眼睛,全颗溶荡荡的泪水滚了下来。火明,凄迷的,无主的,流着,惨呼着他的父亲:"爸爸,爸爸,我的错了,我……我永久不再离开爸爸!……"父亲强笑的说:"孩子,可惜你的话说晚了!……不晚,只要记着,记着爸爸最后的话,没有钢铁的意志,是免不掉敌人的诱惑!前进,前进,凡是阻挡你的,全看作你的敌人,爸爸的敌人,整个被压迫大众的敌人!孩子,孩子……望你抱着钢铁的意志前进,前进!……"李铁生便在这最后的叫喊声里,停止了呼吸。在傍的火明:"我的爸爸呀……"蒋大他们拦着他,劝他,但他的心是在那泪海里滚着跑,决非是用感情所能救药的。蒋大最后用理智的,警告他:"蠢,蠢!要知道你的父亲并没有死——"他睁着惊告的眼睛望着蒋大,蒋大兴奋的继续告诉他说:"你的父亲的灵魂是永久活着的,他死的不过是他的肉体罢了!你爱你的父亲,应该把这无用的悲哀丢去,本着他的遗嘱奋斗去!哭,那是软弱无能的妇人作事。你是一个有生气的男人,举起你的两臂来,向着你父亲指示的路冲去。火明,让你的'火'真正的光明起来,为大众擎起!——"这一句句的警告,真如冰块似的按着他的泪泉。他把哭父亲悲哀,作了燃烧剂,举起两手。当蒋大说完之后,蒋大欢快得这时真像眼看到第二个李铁生的复活。他挥起手说道:"大众,我们的火明,真擎起了他火也似的光明!"这时那窗外树枝上的鸟儿,又在烈了喉咙似的唱起,像非把光明唱出,不能算干休似的。一切便从这歌声里沉寂了下去。

　　声明:本篇欢迎制片家采用,惟需得作者之同意后,方能摄制影片。

吉 地

出品　天一影片公司，1933年
编剧　于定勋
导演　邵醉翁
摄影　吴蔚云
演员　陈玉梅　张振铎　田　方　朱天红　马东武　萧正中　葛福荣　魏鹏飞

《吉地》电影由于定勋编剧。其电影小说为曹雪松撰写，原载《申报·电影专刊》（1933年11月30～12月5日）。

电影小说

曹雪松

是火热的夏。啊！伟大的夏，不单使田野一齐穿上绿的锦裳，而且使陌上的荳儿熟了，瓜田里的瓜也正好采摘了。

在这炎炎如火的长夏里，虽则有钱的公子小姐们，整天的饮着冰，嚼着瓜，口里还要不住的喊热；但我们生长在乡村里的阿良，和他同村的女孩子香姑，为了生活，不管天气是如何的炎热，却胼手胝足的在田野里工作着。阿良在锄着地，香姑在采着瓜，他们一面努力地工作，一面欢快地谈笑。虽然他们流着不少的汗，但他们并不感到怎样的疲劳。

香姑将瓜儿采满了两篮，阿良怕她女孩子家挑不动这重担，便自告奋勇的代替她挑了起来，送她回去。不料挑走几步，因为瓜儿装得太满了，竟从篮里跌下一个到地上来。"啊！瓜儿跌破了！"阿良看着跌破的瓜儿这样对香姑说。"不要紧，我们吃了它吧。"香姑这样温柔地说。

于是，他俩在绿柳荫里停了下来，并肩坐在绿绒般的草地上，将这个瓜儿分开来大家细嚼着。好鸟在枝头啭着银嗓在歌唱，流波在他俩身旁的小溪里合着拍子般舒徐的流着，周遭是如画的风景，眼前是如花的爱伴，口里是如蜜的甜瓜，啊，甜到他俩的心头，他俩是禁不住陶醉在这美景中了。

他俩吃罢了瓜，复闲谈了一回，阿良依旧担起瓜来送她回去。到了家里，香姑很天真地跑到她母亲面前说着："妈妈，这许多瓜全靠他替我挑回来的。"香姑说这话，是想替阿良讨好的意思。

"这几个瓜，自己都挑不动，干么要人家挑？"阿良真料不到香姑的母亲会说出这样的话，于是，他只好怅怅地走开去了。香姑满脸的不高兴，只好默默地低下头去！

几天以后，大地主许鸿业，带了两个家人，自己骑了一匹骏马，到山明水秀的菱花村来寻觅墓地。因为他的老父已卧病多时，近几天来病得更重了。他料想到他老人家已没有多大希望，所以不等他死时，便预先下乡来为他寻找长眠的吉地了。

菱花村上的张乡董，看见地主光临，自然得殷勤招待，并伴着他游赏。他们在路上遇见了香姑。她提了一只篮，正预备到田间去采豆。她的天真纯朴，映入许鸿业的眼里，不禁呆住了。他嘻笑着举起马鞭来拦住她的去路，她又恼恨又活泼地从另一条支路上跳跳跃跃的走开了。

"这是谁家姑娘？长得漂亮极了！"许地主这样问起张乡董来。"许少爷，这是你的佃户老大的女儿。"张乡董用逢迎的口吻告诉他。"是老大的女儿？啊。好极了……但是……"许地主吞吞吐吐的这样说。"什么呀？许少爷，是不是关于他女儿的事？""你真聪明，你真可算得是最能懂得我心理的人了。我想，不知道老大能不能答应？我想娶她做三姨太太。""这个吗？许少爷的事，总好想法的；我们现在就不妨到老大家里去走一下再说。"张乡董这样献殷勤地说。

他们闲谈了一回，张乡董便站起身来对老大说："老大，我要和你到里边去说句话。""好的，许少爷请坐一回儿。"老大说着，同时张乡董走到里边去，老大的妻子也在那边。于是，张乡董将许地主看中香姑想娶她做姨太太的话详细告诉他们，并征求他们的同意。只知道金钱不知其他的这一对老夫妇，听得能将女儿高攀给大财主，以后晚年的生活也有靠了，于是他们都表示同意，满口应允了这件婚事。

香姑从田里采着豆归来，虽然许鸿业等是满面欢容的告辞着而去了，但她在她母亲面前听到了这个突如其来的消息，无限的惊痛，无限的悲愤，从她一阵阵如雨般的眼泪里表现了出来！"妈妈，你怎么一些不顾顾你的女儿呢？"香姑一面哭，一面这样对她母亲说。"怎样不好呢？他有钱有势，你将来嫁了过去，吃肥的，穿绸的，不但你荣华富贵，享受不尽，连你穷困一世的爸爸和我，也好带着享福呢？""为了你们想享福，竟将亲生的女儿出卖出去，我真不懂得你们是什么心肠！他有钱有势，关我什么事？我不要享受什么荣华富贵。"

"你发疯了吗？"她的父亲听得不耐烦了，"女孩子家怎么不怕羞？你不愿嫁给他，你要嫁给谁？难道你想嫁那个没出息的阿良吗？哼！休想！"香姑听了她父亲这番话，更加伤心了！她想到漆黑的前途，想到可怕的未来，她是哭得尤其厉害了！

毕竟母亲的心肠是慈软的，看看她女儿这样的痛哭伤心，心头有些忍不住，于是竟埋怨起她男人来了："你何必骂她呢，不会好好儿说吗？慢慢地劝劝她，她自然会答应的，用不着你这样发怒。"

香姑带哭带说的说出许多理由来反对这件亲事，但她顽固的拜金主义的父亲，怎么肯听她的话呢？不久几天，许家终于下着聘礼而确定这项亲事了。当香姑把这不幸的消息告诉给阿良，阿良一时也没有办法可想，他俩的心是片片碎了。

菱花村的农民，都是靠种田过活的；田里的禾苗，又得靠雨水调和方得长成。但是近来，在禾田正需要水分的时候，天天老是不肯下雨！晴空万里，火伞高张，不要说雨，连一片云都没有。穷苦的农夫，整天的拼着命车水，水一到田里，便吸干了。就在这个时候，专以媚上括下为能事的张乡董，乘机来和老大商量发起求雨会。老大自然是赞成的，于是他们挨门沿户的去捐集款项。但他们拿了这些钱去，一半是用在求雨会上，一半却溜进到他们的私囊里去了！

一天，许鸿业又同着风水先生到乡下来看地了。张乡董和老大自然得伴着他们到南高墩上去看地。他们一个个站立在高墩上，看着风水先生用罗盘拨来拨去，息了好一回儿，风水先生郑重的发言了：

"这块地方好极了，我做了几十年的风水，从没有看见过这样好的一块地方。这确是一块真正的长眠吉地。不特形势长得俊秀，而且可收尽南山水。你们看，从南山来的千支万流的水，都要从这里流过；而且流过时，都得在这里面前打个转，这个转打得多么有方！不过，地上的这座原坟，对于整个的风水是很有妨碍的，能够叫人家把这座原坟迁去，那末，这块地方就变得十全十美的了。将来令尊百年归山后，假使把他葬在这里，一定就可以大富大贵，大发特发。"

许鸿业听了风水先生的这翻话，欢喜得像要发狂了，许多黄金色的希望在他眼前摇幌着，好象几百万的大财马上就好滚到他的身边来了。他说，"既然这样好的一块地方，自然我要想法叫人家把这座原坟迁去。但不晓得这座原坟是谁家的？"

"这就是阿良父亲的坟墓。"张乡董这样凑上来说。

"那就托你去和阿良商量一下吧！只要他肯迁让，我情愿多出些钱。""那边不是阿良吗？他正在田里锄着地呢。"老大用手点着田里的一个青年农夫这样说。"那很好，张乡董，就烦你马上去和他讲一讲吧！只能能够成功，什么条件我都可答应。"张乡董一面连声答应着"是"，一面却开步走向墩下去了。

张乡董去和阿良商量着，不料他却说："我阿良的确穷，却不愿出卖我父亲的坟墓！"张乡董碰了这个钉子，只要回身去告诉许鸿业。于是，许地主的这场黄金色的美梦，却不免蒙上一层黯淡的颜色了！

求雨会虽花了许多的钱，但结果是一点子的效验都没有，不特天空没有一些些的雨意，旱灾却反比从前厉害了！菱花村所有的农夫们都陷在一片怨恨恐怖之中。

好容易他们在艰辛、困苦、饥饿、疲劳中，渡过了这个难关！现在已是到了凉风拂拂的秋天了。田里的工作，总算告了一个段落。劳苦的他们，到这时候才能喘过一口气来。然而他们每一回忆到当日拼命工作时的艰难困苦，现在还觉得可怕呢。有一天，在树荫下的一块空场上，聚集好几个闲着的农夫们。年青的阿良和年老的史太公，还有许多壮年的汉子在闲谈着。他们闲谈到种田的辛苦，复闲谈到今年的旱灾和骗人的求雨会。他们都觉到以后要救旱灾，再不能相信什么求雨会了。惟一的法子，只有把离村十里外的菱花湖，开条河引水进来；水流有了来源，也就好永远不怕旱天了！

阿良想到南高墩上的那块坟地，张乡董已经说过：只要他肯迁让，许鸿业就愿出很多的钱，甚至什么条件都能答应。以前他虽曾坚决地拒绝过这件事，但现在只要他肯拿出巨款来开河引水，他为了大众的利益，却情愿牺牲他南高墩上的一块坟地了。

他跑去把这意见告诉了张乡董。张乡董满面欢容地答应着。张乡董为了这件事，到了许鸿业家里，把阿良迁让坟地的条件告诉了许鸿业。

"开这条河，大约要多少钱呢？"许鸿业想了一想这样问起他。"一万块钱差不多了吧?"张乡董说。有钱人在别的地方虽舍不得花钱,但在这种地方,为了妄想好露风水大发其财,对于金钱是满不在乎的。于是许鸿业满口答应了,随即签了一张即期支票交给他。张乡董欢喜得说不出话来。自然,这又是给他和老大从中渔利的一个好机会了。"还有一件,你去通知老大,就是家父的病一天比一天重。我就预备择一个吉日迎娶香姑到家里来冲冲喜。"许鸿业又喜气洋洋地这样对他说。

"很好,很好,我又得有喜酒喝了!"大家又讲了几句闲话,张乡董便告辞着归去了。他回到村上,立刻就去找老大。他把许地主叫他们两人经管濬河的事告诉了他,又把迎娶香姑去冲喜的话也告诉了他。老大觉得双喜临门,得意忘形地笑起来了。

二天后,伟大的开河工程,开始动工了。

老大虽是整天的得意,欢笑;但另一方面,却伤了一个女孩子的心了!那就是她的女儿香姑。在一天的晚上,香姑偷偷地跑到阿良住的房面外,用手指在窗门上轻地敲了几声。"谁啊?"里面阿良的声音。"是我,你出来呀,有要紧话要和你说。"

不一回,阿良已急急地跑出来了。"这么晚跑来,什么事啊?香姑!""许……许家……就要把我迎娶过去冲喜。你看这……这事情怎么是好?"她说着这话,眼泪流下来了。"啊,这事情怎么是好呢?"阿良一时也想不出主意来。

他们俩都觉得有些茫茫然了。

"阿良……"香姑想说什么没有说出来,终于呜咽了。"香姑!"喊了一声,也就凄然无语了。

"我想,事到今日,只有一条路好走……""是不是'逃'这条路?""是呀,除了逃,还有什么法子呢?""那末,我们就准定逃吧!""不,你暂时登[1]在家里好了,我想我一个人逃比较妥当一点。我预备到镇上的妇女补习学校里去读一点书。以前我虽曾读过几年书,但都荒了,趁这个机会去补习一下也好。"

"这个计划很好! 只是,读书的钱呢?""暂时可不要紧,我还有几十块钱的私蓄。""那样很好。我也有一点给你凑凑呢。"阿良说着,跑到屋里拿钱去了。

不一回,他已把钱拿了出来交给香姑了。现在,他俩不再悲哀了,眼前虽是一片黑暗;但想到未来,却是光明的! 不过,别离,总是凄伤的;何况正在热恋着的他俩呢! 于是,到这临别的一刹那,他俩依依不舍了起来! 然而时间不容许他俩久留下去,他俩是终于勇壮地别离了!

第二天的早上,等到香姑的母亲发现了她的爱女逃亡了,禁不住哭得死去活来,并且一再责骂老大贪财不好。"唉,都是这万恶的金钱不好!"老大想了一回,不觉也悲愤地这样说了一句。老大越想越悔恨,为了贪财,弄出这样的结果。但现在一男半女都没有了,还要这些造孽钱有什么用呢?

他下了一个很大的决心,于是他将分赃到的公款,都拿了出来,去交还张乡董,并且还劝张乡董也赶快把账目公布出来。但,张乡董只当他发疯,那里肯听他的话呢?

不久,许鸿业的父亲又已长逝。但他并不感到怎样伤心,草草地把丧事办理了后,

---

[1] 登,疑有误。

接着就是在南高墩的吉地上，日夜赶造坟墓。等到坟墓筑成时，他真是感到满怀欢欣，因为他深信风水的话是可靠的，不久，他就好靠着他父亲安眠的这块吉地的福庇，大发而特发其财了！

于是，他立刻到交易所里去做大批的投机生意。他以为只要做得快，就好发得快。但，这些投机生意做下来的结果，料不到竟一败涂地了！

这真像是一个梦幻似的，不多久，他还做着耀眼的黄金梦；但曾几何时？现在却连全部财产亏折了去都不够，反而还拖下不少的债！这些债，天天来催，来逼；他天天想办法，却天天想不到一个办法。有一天，终于因着这债务而被警察请他去尝铁窗风味了！这时候的张乡董，也因吞吃潴河公款，给人告发而被拘入狱了。他们两个人，狱中相逢，不禁相对着苦笑了起来。

自从张乡董入狱后，菱花村上潴河的款项，大家公举着阿良和史太公两人经管。经他们两人一翻努力的指挥，终于，把这条河道开成功了！从菱花湖直通到菱花村，湖里的水滚滚地流注到河里来；河旁两岸的田亩，以后逢到旱天，水可以不愁没有来源了。

开河的账，结算下来，还余二千块钱。阿良提议将这余款在村上办一所小学校，并请香姑回乡来主持校务。全村的人，都赞同这个主张。于是，阿良和史太公一面积极筹办小学校，一面就到女子补习学校里去迎接香姑回到乡间来。久别重归的香姑，觉得故乡的田园，故乡的山水，都展着笑颜在欢迎她。村上的男女也都跑来和她热情地招呼着；她的父母见到他爱女的安然归来，更是欢喜到流下眼泪来了。

等到小学校开学的那天，一百多个天真烂漫的小学生，和着许许多多的小学生的家属，济济跄跄，欢叙一堂。简单地行了一个开学典礼的仪式后，在一阵热烈的鼓掌声中，我们的香姑，走上讲台，对学生和来宾演讲。滔滔不绝的讲词，从容不迫的态度，使得全堂的人都钦佩起来了。讲演完了时，又是一阵更加热烈的鼓掌声；尤其是阿良的手拍得特别响！

这时，香姑面上现出胜利的笑来！

阿良也跟着她在脸上现出胜利的笑来！

黎 明

出品　未　摄
作者　高　名
时间　1933 年

《黎明》电影剧本署名高名，原载《生存月刊》第 4 卷第 8 期（1933 年 12 月 1 日）。

剧　本

高名

一

农村的黎明。

农家屋上的炊烟。

携农具结队到田里去的农夫。中有岳桂林。

牵牛到牧场去的牧童。

忙着在家里洗碗扫地的小姑娘周小菱。

一早就随着牌甲到团防局去听示的父亲周翁。

周翁对那直等到下午才来的委员抗辩：

"这几年年成不好，捐税又重，再那么一来我们都不要活了。我们辛苦一年都是白费力了。"[1]

差官盛气地说：

"这不是对你一个人这样！大家都承认了，没有多的说，明天就来挑谷子。你去罢。"

他刚出来，另一位乡绅拦住他说：

"老周，你青黄不接的时候借我的那笔钱，还是还钱呢？还谷子呢？"

周抽了一口冷气，哀求地说：

"黄老太爷，你老人家做做好事，等过了今年再还你罢。"

黄太爷很威权地说：

"不要开顽笑，我也是隔几天来挑谷子好哪。"

他说过就与那来员很亲热地叙话去了。

周归途与牌甲同行。

---

[1]　原版字幕均以"T."标识。现一概略去，并加上引号。

周唉声叹气。牌甲慰之：

"周老爹，你怎么这样没有主意呢？老太爷曾经托我说媒婆娶你的令爱做儿媳妇，只要你答应了，还怕他向你要债吗？就是各种捐税，放着他和委员老爷要好还怕不可以免掉吗？"

周老爹听了他的话，想起黄的儿子那个大傻瓜有些难过：

"但是我的女儿嫁给他那傻孩子？"

"咳，没有法子啊。"

牌甲拍着他的肩说。

周无言迎着晚风归。默念着"没有法子"四个字。

小菱工作之暇自学读着。遇不识之字异常苦闷。她携书至牧场边一傍菱塘之柳阴下，叫牧童去叫岳桂林。桂揩着汗雨寻来，很累地躺在草坪里。小菱携书就之。

"桂哥，告诉我这一个字，怎么念？"

"哪一个字？"

桂林爬起来看。

迎着晚风来的周翁。他口里依然念着"没有法子"，牧童失声叫：

"老伯伯来了！"

周翁看见了他们亲密的样子，不觉从别人得来的愤怒都泄在他两人身上。他瞪着眼望了他们好一会。他们很坦白地来叫他，他不理。回去吃饭时他也一言不发，大家非常沉闷。饭后周翁命岳坐。

"你每天同菱儿在那里干什么？"

"菱妹要我教她识字。"

"你知道我是主张女子不必识字的。现在我已经把她许给人家了，你们那样要给人家说话的。……"

"我以后……"

"不，我想把你荐给张大公家里，他正托我找一个好长工……"

尚气的桂林有些不耐。

"好了，姑爹，你干脆不必挂记我得了。我今天就离开这里。"

说完，他真的检了几件行李匆匆地走了。

周翁有些后悔。

小菱急得要哭出来。

周翁羞怒，骂之：

"还不滚进去，不要脸的东西！"

晚上小菱伏在窗头哭。

月光入户。

忽闻口笛声，静听，知是桂林来，急偷出去。

柳阴下相抱而哭。

"桂哥，你去了我的眼前更黑暗了。"

"你能不能同我去?"

小菱踌躇。

"我知道你一定不敢同走的。不要紧,你若是个有希望的女子,我们总有再见的时候。不过你身体弱,好好地保重罢。"

本屋里灯光走动。

"我走了,我设法叫小弟弟转信给你。"

桂林吻了她一下就消失在黑暗里了。

二

农村辛苦的工作依然在进行,打稻之声四处入耳。但打下来的谷子一粒粒地旋给军阀和土豪剥削去。有许多农民鼓噪起来……扬起反抗的烽火。

桂林走后小菱由牧童得了他三封信,但后来就没有消息了。她每逢焦念起来便取出那些信来仔细玩读。

第一封,说他那晚怎样借了一点钱上了船,在船上是怎样的望着她所在的故乡落泪。

第二封,说他怎样到了举目无亲的上海,住在小旅馆中给臭虫咬。好容易第三天才找到了一个在纱厂做工的堂姊姊。这人是她很熟识的……他是怎样在找寻生活。他相信以他的牛一般的体力和铁一样的决心,是决不会饿死的。(F. B.)

第三封,说他现在是怎样进了工厂,做了工人,得了和在乡下种田不同的新的经验,同时又得了许多进步的朋友,甚至看了许多值得看的书。……(F. B.)

这些都一一在小菱的脑子里描画一过。

但在她耽于这样的甜蜜的梦想的时侯,她父亲,周翁从后面走来。

"你怎么敢瞒住我和那家伙通信!"

"这是我的自由。"

她也不由得生气,反抗地说。

"哼,看你不出你学了这满口的自由,好,我不许你有这个自由。"(抢了她手里的信)

"我就不许你侵犯我这个自由。"

她愤然把信抢过去。

周翁给她侵犯了父亲的尊严,自然气得筋脉奋张。但当他要打她时,他的手又放下了。

相持有顷。

周翁改成慈和的态度:

"孩子,不要气我,救救我罢。"

"我怎样救你呢,爸爸?"

"那就是,前些日子说的,嫁到黄家里去。只要你肯去,我借他家的钱今年也不必还了。就是各种捐税也可以托老太爷的情免去一些了。"

"难道除了要我去嫁人以外就没有法子对付这些吸血的东西吗?"

"有是有,你爸爸为人软弱干不来。好孩子,你听信你爸爸的话,让我把今年对付对付罢。"

"到了明年捐税还是捐税,借项还是借项,爸爸你又只有我一个女儿,那时候再安排嫁谁呢?"

她爸爸气得没有话说了。

"不孝的东西,我白养了你一场。……"

他将要下去的时候:

"不过,你好好地准备着罢,过门的日子也定好了。你不肯去也得去的,晓得罢。"

"我说不肯去就不去……"

她虽然这样说了,她父亲刚一去,她就伏在桌上哭了。

一个慈爱的手摸着她的头。

她抬头一看,是她平时最接近的姑母。

"姑母,你告诉我怎么办?爸爸非教我嫁给黄家,我是立志不去的。爸爸强迫我,我只有死。"

"小小年纪怎么就说到死!"

"我不死可也不嫁。"

"那就只有逃了。"

姑母低声的说。

"逃!?"

她捉住姑母的手。

"逃到哪里去好?"

"暂时逃到上海去,到你表姐那里去住一些日子,等你父亲回心转意再回。"

"我是不回的。"

"那么你也可以在纱厂里找一点工做,顺便打听你表哥的消息。"

握着她的手,打量她:

"不过你身体单弱,只怕你吃不了那样的苦呢。"

"能吃,能吃。任什么苦都能吃。"

"那你就自己打定主意吧,孩子,不要回头怪我刁唆你的。"

小菱说哪有的话。很决心地做起准备来。

三

船上的黎明。

她羞怯地问一个阔客人:

"借问这个船哪一天可以到上海?"

那个人很不屑地走过了。

另一个诚笃的工人亲切地告诉她:

"五天可以到上海。"

另一个人问：

"你到上海去住什么地方？"

她掏出纸条给他看，他看了掏出一个小小地图指给她看。

从地图到上海实景。（Desolve）

小菱和许多人一道下船。

表姐接着。

她握着表姊的手，第一句话就问：

"桂哥到哪里去了？"

"我也不晓得，自从五月一日以后就不听见他的消息了。"

她很失望的颜色。但她说：

"我不见到他是不回去的。"

"今天恰好是礼拜日，我有一点工夫，回去歇一歇，陪你去游游上海罢。"

那天晚边她们是徜徉在灯火辉煌的近代都市中，园乐，世界……

很好的是这都市中人有许多在小菱的眼中都有些像她的表哥，她指过几个人对她表姊说：

"那不是表哥？"

一看又不是的。然而那人回头望他们了。

表姊急扯她：

"你口里说好了，手不要乱指。"

但一会儿她又指了。甚至坐电梯时她误指了一人，但那人刚回头她们已经下去了。

表姊问她：

"你是不是真豫备做工呢？"

"我是有了决心的。"

"那么你就顺便同我去照相。"

"做工还照相吗？"

"不但是要照相，还要写愿书，找保人。从前原没有这样麻烦，这都是从东洋厂学来的。"

于是她们去照相。

我们的小菱在这里又不免闹一点小笑话。因为她是有生以来第一次照相，照相师要她不要动，及已拍好了她还是呆然不动。

四

一张填好愿书、打好保戳、贴好相片的单子在××纱厂人事课的桌子翻过了。小菱立在纷纷转动的纺纱机前面。从手工业生产的农村突然站在伟大的灵巧的近代纺织机前面，真是又是欢喜又是害怕。她小心翼翼地在表姊的指导下活动。但她首先接触的一件使她感着威胁的事，是她才赚三毛钱一天，却因弄断了一根纱罚了五毛钱。第一天真白做了。还有一件难堪的是那满含着纱尘的蒸热的空气,这在一个中农家庭出身、体质又单弱的她深觉痛苦;虽然,当表姊问她:

"你吃得住这苦吗?菱妹?"

"吃得住。"

她答,但她背地里已有些咳嗽了。

她在厂里没有一个时候忘记探听她表哥的消息。有的说他不在上海,有的说他入了医院,有的说他发了财。传说纷纷不一。一天出厂时看见一个绸衫少年后影酷肖她的表哥,不觉凝视;及追及其人细视之,才知道不对,不觉自笑。这样,引起那少年的兴味,停住了步笑问她:

"你这位姑娘望着我笑什么?"

"对不起,我当你是我的表哥,及已走近一看又不是,所以好笑。"

"啊呀,荣幸得很,你表哥叫什么名字,干什么的?"

"他叫岳桂林,也是做工的。"

"啊,是不是在××厂细纱间做工的?"

他想起一件新闻纪事了。

"正是的,你怎么晓得?你认识他吗?"

"怎么不认识,他是我的老朋友。"

"他现在什么地方?"

"他的地方只有我晓得,你要见他可同我去。"

"你真晓得吗?"

"难道还骗你?"

说着他们走到汽车傍边了。

"晓得就烦你带一个信给他,要他到××来找我,我叫小菱。"

"啊呀,小菱姑娘!何必客气呢,坐我的车子同去找他得了。"

"可以坐吗?"

"怎么不可以?"

他让她进车,另一人也坐上了。小菱因为他说的对,急于要见表哥也就不疑地上了车了。在车上少年告诉她,他是某厂的经理的儿子,她表哥曾在他厂里作过工,是一个好工人,等等。

进了房,Boy拿进流水簿,少年命一人随意写了几字,小菱瞥见一"妻"字。趁茶房出去倒茶的时候急问:

"你为什么要那样写呢?谁是谁的妻?我的表哥在哪里?不在我就要走了。"

她起身就要走了。

少年微笑拦住她说:

"你忙什么?你瞧瞧这可不是你表哥的名字吗?你和你表哥可不是夫妻关系吗?这房间我是替你表哥开的。我现在打电话托朋友告诉他,要他马上来。"

她一看流水簿,果然。又看见他已经在打电话托人叫她表哥,似乎她表哥真会来似的，反而感激少年了。

少年打完电话就按电铃对她：

"你饿了罢？可以放心吃一点东西，你表哥一会儿就来了。你们他乡遇故知，我还要大大地祝贺祝贺呢。"

茶房进来。

少年不顾小菱推辞，吩咐茶房弄些酒菜来。一会儿来了一个工头似的人，说：好容易找到了老岳，他等放工就来了。小菱正是更加放心。当不住他们多方劝酒，她不由的喝的大醉了。

小菱痛哭之后，戟指竖眉地怒骂那少年。但少年冷冷地说：

"你还那里提起那表哥，我老实告诉你罢，你那表哥早同别的女人跑了。我是经理的儿子，想也不辱没你，干脆做了我的姨太太罢。"

小菱怒极打了他一个耳光。

"做你的姨太太？你以为你有几个臭钱什么事都可以照你的意思办吗！我只要有一口气，总有一天要向你们有钱的复仇的！"

少年哈哈大笑。

"好罢，你来罢。"

五

公司老板与男女工友代表之谈判。

男女代表们都气愤填膺地望着老板。

但老板胸有成竹的答复他们。

"这件事起先不但是你们很愤慨，就是我也很想严办。但是我们也不可以听一面之词。据这几个女人说，是周小菱先向我的儿子调笑的。"

几个女工为有利于经理的陈述。

经理又指一旅馆 Boy 说：

"据他说，她和我的儿子开怀畅饮，并没有什么反抗。而且你们瞧，这是我从旅馆里借来的流水簿，据 Boy 说我的儿子当面写夫妇关系她也没有反对。由这三点可以知道完全是周小菱借故勾引的我儿子，希图取利的勾当。这样的女工我们厂里是用不着的。连介绍人也要负责任。"

他指着那张附有相片的愿书说。

许多听的人都有些动摇。这可气坏了表姊。她愤愤地说：

"谁不知道周小菱是刚从乡下来的女孩子。她哪里会勾引人！她为的想找寻表哥才落了你们少老板的圈套。……"

这争论当然是没有结果的。她回去握着小菱的手哭，小菱也哭。她表姊又接了一封信，是小菱父亲周翁写来的。称他受着种种苛捐杂税高利贷的压迫，把最后的几亩田也卖掉了。但他对于逆女小菱非常痛恨，据说他来到表姊家，要表姊千万不要收留，云云。表姊气愤地说：

"瞧着罢，我偏要收留你。"

小菱接过信看了。一面抬着感谢表姊的眼，一面心有所决。

小菱失业了；而且在这同一老板的各厂里都不能找得工作了。在表姊工作中，她常抱表姊之子踯躅街头。其邻居妇人人家都叫阿嫂的时常和她谈话，谓可以介绍到别厂做工。并邀她同居。她因为不想过累她的表姊，又信徐阿嫂诚笃可靠，便依了她。留了一封信给她表姊，悄悄地搬出来了。

谁知道这阿嫂是一个积年贩卖人口的东西，觑着小菱有些姿色，便想从她身上赚一笔钱。她假称介绍她到无锡纱厂做工，就把她价卖在一个娼家，从此小菱便沦落在人肉市场。几次想逃，几次都被捉获痛打，她只好忍气吞声过着非人的生活，想要找她的表哥更不知何方了。

六

几个商人，几个[1]智识份子在一旅馆打牌，叫了几个妓女。

商人拖过一妓女强吻之。笑说：

"听说你是为找你表哥找来上海的，傻孩子，找什么呢，表哥多着呢。我也算是你的表哥吧。"

又要吻之。小菱顺手推开他。

商人B拍拍商人A。

"得了，别惹人讨厌了。胡子这么长了还要充人家的表哥呢。"

商人A苦笑着说：

"你晓得什么？我们胡子长的良心好。"

那妓女——小菱现在的形态——微哂。

"人有良心狗不吃屎。"

智识份子A：

"看她不出，她倒很懂得唯物论哩。"

智识份子BC等都笑了。

商人C一面抽着烟一面说：

"我主张为人要各安本分。经商的安分经商，念书的安分念书，做她们这样生意的就要安分做生意。我不喜欢这孩子这样时常说些不安分的话。"

智识份子A：

"不过，像我们若堕落在她们这样的境遇，谁也不能安分罢。"

对一个老一点的妓女：

"你说对不对？"

中年妓女含着媚笑对他说：

---

[1] 原为"一个"，从上下文改。

"起先呢，也觉得很委屈，日子久了慢慢地也就惯了。"
商人 A 又在挑这小菱，不知如何她转过头去哭起来了。
商人 A 怒把她一推：
"你这不受抬举的东西！"
大家问："怎么？"
小菱忽转悲为笑说：
"没有什么，我不过想起过去的事情伤心。真是，想什么呢？我还是喝酒罢。李爷，别生气，给一杯我喝好吗？"
"好的。"
小菱喝后咳嗽，发呕。
智识份子 B 非常同情她，替递痰盂。
"你真是一个茶花女。"
商人拍他肩说：
"你倒真是个卖油郎。今晚替你们撮合了罢。"
大家拍手：
"赞成赞成。"
智识份子 B 难为情：
"这算什么呢？我不过同情她……
女很兴奋地悲壮地说：
"谢谢你。先生，不过我要的不是你们的同情……我……实在不能再忍了。"
她握着拳头。

一天晚边她出堂差的时候，终于很决死的从老妈子和流氓的手里逃走了。敌人自然是追的紧。幸而恰遇着一大队工人放工出来，她逃入他们中间。流氓追来给一个工人接住了，掀翻在一边。把追者驱走之后，工人 A 来救护这跑得神死气断的女子。好容易灌了一点水把她救转来，这女子第一句话便是——
"表哥呀！"
工人 A 把她详细一看，认得她就是当年那清纯活泼的小菱！
"——什么，你——你——你就是小菱么？"
小菱睁眼详细地望了望，不顾一切的抱着他。
"啊，桂哥，我找得你好苦呀。"
桂林也抱着她慰之：
"是的，表妹，你找着我了。并且找着广大的兄弟姊妹了，什么也不愁了。"
"你为什么不通一个消息给我呢？"
"我上个月才从医院里出来。"
"医院里？"
他把她抱起慢慢走到他住的工房里去。

那天晚上，是一个很好的月夜。

他们依着室内看月。

"你记得我们别的那晚吗？也正是这样好的月亮。"（他耽于回忆）

"桂哥，啊，自从那晚起直到今晚我就好像是到一个长的黑夜了。"

"本来我们人生就好像在一个黑夜里摸索我们的道路。不过走罢，向前罢，天总会亮的。"

"桂哥，以后就全靠你领导我了。"

她小女孩似的，又是欢喜又是悲哀地躺在他的怀中。夜已深了，他把床铺理好，抱起她去睡，青春的血潮又充满了他们的整个身心。当他抱着她向床上的时候，她又咳嗽了一声。他正要俯下去热烈地吻她，她也正醉着眼期待他的充血的嘴唇，他忽然渐渐停止这个动作了。他扶起她好好地睡了，给她盖上被，他自己随便就在那一头躺下了。

她想起这个意义，恍如电击，在被里激烈地抽噎起来。

他问她哭什么。

她哭着说：

"还用你说吗？桂哥，我也虽然苦苦的找你，但是我知道就找到了你，已经不是可以见你的人了。还是让我回到街上去罢。"

她抓起几件衣服要走。他抱住她。正色对她说：

"小菱妹，你误解我的意思了。我不亲你的嘴，不是因你已经不是清洁的身体，这不是你的责任，我是看到你的嘴上有一缕血丝，我疑心你有肺病。"

她听到这里更心灰意懒了。她幽幽地说：

"我有这个病快一年了。近来吐过好几次血。我知道我是反正不久于人世的。我只道见不着你就死了哩。现在见着你了，我也甘心了。让我快快地死去罢。"

他掩住她的嘴：

"我们不是那样随便死的。好在我在上海也找了工做。明天我带你回上海。你在表姊家里住起来，什么工也不要做，什么事也不要想，好好地养几个月。"

他在她的头上吻了一吻。

她点了点头。

七

车上。

她思首思尾。

他问她：

"你怕什么？"

"怕他们追我。"

"追你？我们正要追那些拐骗人口、卖良为娼的家伙吧。你大着胆子看看江南的风景罢。"

数周后。

她在表姊家,一来因为年纪轻,二来因为心里快活,养得有些好了。每天和表姊及其孩子们有说有笑的。每到散工的时候,她的窗子外面就有人吹着口笛。她急忙跑出去,迎着她的表哥。表哥总是带些一个穷人可以到手的滋养的东西给她吃。同时一定还带一些书报给她看。表哥很忙,谈一些话就跑了。她一面吃着糖,一面躺下来看那些书报,每每至深夜不倦。她的心境中好像黑暗中发见了一线光明了。(象征的摄法)

第二天表哥来问她昨天的书报看过了没有。她辄能娓娓道其大意。

表哥不觉抱而吻其颊:

"你真了不得。许多女孩子对于政治都引不起兴趣,你能懂得这样清楚。"

她也很高兴说:

"过去我受的那许多痛苦告诉我和政治的关系了。但我越有些懂得,越觉得不能这样闲着了。我的身体有些好了,让我去做些事罢。"

"不,你现在闲着是有意义的。你现在休息一天,将来就多做一些事。反正是一样的。"

"但是这样的时候教我们怎么能够等待呢?我真是恨……"

她又不觉哭起来了。

他急抚慰之。

那时广州是中国革命的策源地。

广州实景。——工人群众。

表姊家里。

表哥来告诉她们:

"我有事情要到广州去,德姊请你好好地招扶表妹,千万别让她做事。"

表姊笑着说:

"只要她不再负气搬走,我总是会招扶她的。"

小菱闻之不觉苦笑。

表哥提着行李要走的时候——

"我到广东去,你们有什么托我带的东西没有?"

表姊出示一个小条子,表哥收了下。他转来望着她:

"你呢?"

"我吗?我没有什么托你带的。我久想做一身香云纱的工服,你随便就替我扯几尺香云纱罢。"

他望着她那养得有些好的脸色,禁不住的爱恋和惜别之情,他猛然吻了她了。

八

表哥赴粤后，小菱在表姊监督下过着平静的生活。表哥一路上都有信来报告他的行踪。台湾海峡的风浪，香港的地上是河，广州珠江长堤的繁盛，特别各地新兴势力的膨大，北伐军之节节胜利，小菱读之不觉神往。她觉得她的生活之矛盾。她自语：

"在这样的时候，我能这样闲着吗？并且我能让他们做工养我吗？"

于是她立争要再去做工。她托一个熟识的女工介绍到另一厂。她上了几天工，表姊还不晓得。表姊有一天邀之于途，责备她：

"你的病还没有好，就去做工，回头再弄出病来，可怎么办？"

"你在厂里做工，老板许你有养病的功夫吗？"

"那自然没有，不过你表哥回来了问起来，我可负不起责任。"

"我的事我自己负责任。"

她握着她的手微笑而坚决地对她说。

她表姊没有话说了。

依旧出现在近代纱厂织机前面的小菱，虽是身体单弱，却是做工异常勤慎，说话异常清劲的近代的女工。她很快的得了群众的信任。

如工头虐待一童工，群众就推她出来说话。……

一天在她的归途，又与从前蹂躏过她的那××厂的少主人的车子相遇。少主人见她丰姿犹昔，脸色以肺病而益美，又有相怜之意。又欲赚其上车。女触旧恨戟指大骂，少主人方欲加以羞辱，工人蚁聚群呼："打！打！"少主人头上已吃了几下。因急命手下徒党：

"跟着那女人，看她住在哪里，调查她在哪一个厂。"

他急开车逃去了。

一日，表姐抱着孩子在家焦等小菱归家。

"姑姑怎么还没有回呢？"

至夜，才有许多工人扶小菱归。原来她上之后才发见她已经被开除了。附带还有几个女工被同样的运命。归途为流氓数辈所要击，幸为工友所见救之归。归即吐血，表姊大惊：

"怎么得了，怎么得了！菱妹，我不是老劝你不要去做工吗？"

她在昏迷中听了，很镇静地说：

"表姊，不要紧，不要紧，这些都是必然的事。我虽然受了伤，却证明了我有勇气和他们斗争了。让他们来罢。"

"可怜的菱妹你还这样说。……"

她忙着请医生来诊视她。

医生走出病房对表姊摇摇头。

九

风涛险恶的黑夜的海上。表哥在船上默坐，除阅视信件外不时摩索由广东带来的衣物，特别是那香云纱的衣料。他想到受者的微笑，自己也不觉微笑起来。

在这黑夜中，有一人僵卧在灯光暗淡的工房中。看护她的是她那亲切的表姊。

小菱时时呓语似的问：

"桂哥回来了没有？"

"快回来了。"

"我不知道能不能等到回来。"

"别那么说，菱妹。"

隔了一些时候，她又问：

"表姊，天明了没有？"

"还早呢，现在才三点钟。"

"咳，我什么时候才天明啦？"

表姊才悟到了她的意思。

"你桂哥不常说的吗，我们快天明了哩。"

"是的，快天明了。"

她含着微笑。

又隔了些时，她又问：

"表姊，我刚来时穿的衣服呢？"

表姊从柜子里拿给她。

她挣扎着起来穿上。又指着镜奁请表姊拿来梳了两个小辫子。表姊问：

"菱妹，你这干什么？"

"好白相。"

"你到学了一口上海话了。"

"是啊，我也聪明多了。"

顾影——

"表姊你看我这像不像刚来的时候？"

表姊望着她不觉笑了。

隔壁表姊的孩子哭。

小宝宝哭了。

"你去招扶他一下罢；我想睡一睡了。"

表姊去了。

她慢慢睡下。不觉望着将白的东方叫一声：

"表哥！"

船在海上遇雾。

汽笛连声。

桂林与其他旅客在甲板上焦灼。

在晨曦入窗的时候,有人来叩表姊家的门。门开,桂林携各物入。表姊大惊:

"你回来了吗!"

"回来了。这是送给你的东西。小菱好了一点没有?"

他觑着表姊的颜色以判去离。

"早些日子是好了许多了。……"

表姊没有决定她要不要把这真实告诉他,因为她晓得这给他的悲哀将是不可忍受。

"现在呢?"

"现在不在这里了。"

"她又负气搬走了吗?"

"她……"

她指着里面。

他放下东西和她一道进去了。

(不换镜头)

一会又同出来。

两人是泪痕满面。

"她死的时候说了什么话?"

"叫你努力。不要为她苦,敌人的拳头打得死她,打不死革命。"

"好。我要去替她买棺材去了。"

他木然地起身要走。

表姊指着他留下的东西。

"你忘了东西。"

他回头来,一看见那香云纱衣料,不觉心如刀割。

"这个吗?……"

他抖起衣料来,咬聚牙齿像撕他们敌人的肉似的撕碎了。

窗外街上是广大的工人上工。于胜利后上工。

黎照在他们的头上。

END

版权所有,偷袭必究,特此申明!

恶　　邻

出品　月明影片公司，1933 年
编剧、说明　李法西
导演　任彭年
摄影　任彭寿
美术、布景　郑逸生
演员　邬丽珠　张雨亭　王飞娟　王翰成　王东侠　马凤楼　何非光

《恶邻》电影由李法西编剧。其电影本事无署名，原载以《介绍第一爱国影片〈恶邻〉》为题，刊载于《三民画刊》第 8 期（1934 年 9 月 25 日）。

本　　事

上海月明电影公出品的《恶邻》影片，系描写日寇屡次侵略我国的事件。其中布局，尤像"九一八"事变以后的种种。剧中人黄猷与其子晖士，横行乡曲，强夺黄华仁东北区田亩，和倭寇强占我东北相同。黄华仁沉溺酒色，混账糊涂，与我国的不抵抗军事当局相同。华仁忠仆蔡马夫，痛击恶徒，又与淞沪抗战的蔡廷锴和嫩江苦战的马将军相同。该片处处关照，警人最深。故倭寇在上海租界，禁止放映，我国政府特奖之为第一爱国片。（编者识）

黄猷与其子晖士，横行乡曲，同恶相济，日以敲诈为事。会同族中有黄华仁者，享先人余荫，家产甚丰。黄猷父子久思染指，日以假物骗华仁，相机行事而已。同邑有白金济者，性阴险，人恒以笑面虎目之。其表妹邬质华，美而艳，与之有染。金济觊觎华仁家产，利用质华结交华仁。华仁果为美色所惑，堕其术中而不自觉。

一日，黄猷父子到华仁家，恃蛮索借。华仁之妻大怒，举手拍案，案石为裂。黄猷父子慑其威，逡巡而去。盖华仁之妻姓钟名国芬，乃昆仑名拳师之女。其武艺精深，有来由也。

华仁自结识质华后，神魂颠倒。久之，遂纳质华为妾，宠爱专房。金济术乃大售，气焰日骄。黄猷父子嫉视之，谋所以对付金济者，惟夺取华仁产业以制之耳。弱肉强食，良可慨也。

是晚，华仁与质华赏月于家园之中，唱歌为乐。黄猷遣其子率流氓多人，冲入，以武力逼借廿一万元，要挟签约承认。华仁为武力所迫，不得已签字。幸邻犬狂吠，国芬由梦中惊醒，跳窗出救。奈黑夜无助，借券终为晖士夺去。事后，国芬日促华仁诉于乡议会以理曲直。而华仁毫不措意，日与质华醉生梦死于歌舞场中，国芬劝之弗听。更耗数千金购一玉瓶,以买质华之欢心。国芬忿甚,由是夫妻间大起冲突。华仁执迷不悟,且夺国芬管家之钥。国芬悲愤填胸,遂留书警告其夫,回母家去。

国芬去后,黄猷益无忌惮,使其子晖士率流氓根据借券,强占华仁东北区之田产。华仁有忠仆曰蔡马夫者,为主人抱不平,只身至东北区,集合农夫,击散流氓,且捉获晖士而痛惩之。其时华仁与质华在家,犹酣歌醉舞,乐兴方浓也。

黄猷得流氓回报,知其子为蔡马夫所执,乃率其党羽径至华仁家捣乱。华仁屡思抵抗,奈为金济及质华所阻。卒之由金济强作调人,压迫蔡马夫释晖士回,而大好之东北区田产,遂落在黄猷之手矣。

华仁为黄猷欺凌,忍无可忍,乃到乡会投诉。但会长年老耳聋,无由解决,怅怅回家。旋蔡马夫及农夫农妇齐来哭诉,华仁心如刀刺,忿极晕去。仿佛见国芬归来,且告之曰:"我家被人如此欺负,宁为玉碎,毋为瓦全矣。"说罢即相率众人,杀至黄猷家,击毙晖士,捉住黄猷,戟指以数其罪。方黄猷哀恳饶命之际,华仁喜极而醒,方知是梦。是时耳边仍闻门外农夫农妇之哭声,凄然欲绝;又见质华与金济嬉戏于露台之上;回思梦中国芬"宁为玉碎,毋为瓦全"之语,遂下最后之决心,掷碎玉瓶,斥逐金济、质华,匆匆出门,对众宣誓,报仇雪恨。农夫农妇,皆欢呼随华仁去。

时代的儿女

出品　明星影片公司，1933 年
编剧　夏　衍　郑伯奇　阿　英
导演　李萍倩
摄影　严秉衡
演员　高倩苹　艾　霞　赵　丹　徐莘园　周伯勋　傅忆秋

《时代的儿女》电影由夏衍、郑伯奇、阿英编剧。其电影剧本最早以丁君吾笔名连载于《明星》第 2 卷第 2～3 期（1933 年 12 月 1 日，1934 年 1 月 1 日）。后为《中国新文学大系 1927—1937》，第 17 集，电影集一（上海文艺出版社，1984 年）等收录，但文字颇多改动。为保存史料计，本篇选自初版。

摄影台本

丁君吾

外景

火车
火车站
住房
外滩公园
惊涛骇浪中的小舟
半淞园
酒楼门前
大旅社门前
电车

内景

火车内
旧式办事室
木机织绸厂
仕铭房
父母卧房
院落
女宿舍

会客室外

秀琳家客室

工读学校

酒楼一房间

会场

古式客厅

商店门前

病房

车站附近茶酒楼一房间

秀琳卧房

寄宿舍

穷人之家

机器房里

重要人物

周秀琳（仕铭爱人）	高倩苹
赵淑娟（女）	艾　霞
赵仕铭（子）	赵　丹
赵鸿钧（父）	徐莘园
周安之（秀琳之父）	周伯勋
马西仲（淑娟爱人）	顾友敏
赵朱氏（母）	傅忆秋

（一）火车

（FI）A 迎面扑来的火车；画面上同时现出"1923"字样，由小而大。

B 横断前进的车轮。

C 速速退后的车轨。

D 向山洞扑进去的火车。（DI）

（二）车厢

A 二等车厢内的全景。（镜头移动）

B 几个有风趣的乘客形态的一瞥。（镜头移动）

C 坐在角落里，穿着大学生装的，沉思着的青年。

D 仕铭懒懒的从口袋里拿出一份电报看：

（T）[1]（现出一行）

---

[1] 原文中"T"（字幕）均未加括号，整理时统一加上。

×× 工校，赵仕铭 3637 父 4016 病 6643 速 6604 返

E 折叠起，置诸袋内；复取出挂表，开后壳，看上面像。
F（CU）周秀琳半身像。
G 仕铭看像，微笑凝思。

（二 A）火车站

H 火车开行时，秀琳扬巾送别，不忍别情形。
I（仕铭愉悦，收表，回首看窗外。）
J 迅速前进的轨道或车影。（DO）

（三）旧式办事室

（T）游子的故乡（FO）

（三 A）木机织绸厂

（FI）A 在工作着的木机织绸厂（DI）

（三 B）住房

B 机厂后的住房（DI）

（三 C）同（三）

C 旧式的办事室，立在办公桌旁婉劝的仕铭母；（镜头移动）仕铭的父亲盛怒看信：
（T）（现出两行）
　　对于俞家婚事，男与彼女相互间毫无了解，殊难承认，务乞求大人设法退约耳……
D 盛怒的置信于桌，随手在桌上文件里取出一帧小影看。
E（CU）俞浣青的全身照，半封建装束。
F 稍看即放到横头桌上给其妻看：
（T）俞家的小姐并不错！
G 仕铭母取像看，劝说。仕铭父先俯首，后忽抬头，怒容。
（T）婚姻大事，岂能由他做主！
H 母继续劝解。（CUT）

（四）小火车站

A 进站停下的火车。
B 陆续下车的少数乘客；仕铭下车出站。
C 仕铭立住四望，仆役迎至，取仕铭手提箱代提。

D 并行走出，问：

（T）父亲的病怎样了？

E 仕铭有焦急表情，仆役惊奇摇头。

（T）他没有病……

F 仕铭惊异，俯首沉思。

（五）仕铭房

A 镜头从外推进，（DI）先及壁上新悬仕铭小照，再快移下至地，然后复从刚扫过的地板移转到几张椅，到桌，显示刚抹拭过，很整洁，转到屋角一堆垃圾，旁一扫帚，一盆污水放地上，再转至床，仕铭母正在整理床铺。

B 仕铭母如有所闻，回头看。

C 仕铭很怀疑的进来，仆役随入。

D 母亲很高兴的端详他的全身，招呼他坐下。（FO）

（六）同（三）

（T）这一晚。

A 在争论形势下的父与子。子沉默着（这个人物的性格很坚强，但不会说话；即说也是很少），父亲恼怒，执前信在手。

（T）像我们这样的人家，也能背信吗？

B 子不语，低头。父继续发怒：

（T）这件事做得太荒唐！

C 半晌，仕铭抬头开口：

（T）父亲！这样的婚姻是痛苦的！

D 仕铭说时，态度似哀恳。

E（CU）含着泪水的仕铭的眼。

F 父亲嗤之以鼻：

（T）从小订的婚姻，决没有毁约之理！

G 怒极了的父亲。

H 陷于更痛苦沉默的儿子。

I 从外进来的母亲，看见这种两持不下的形势，解劝似的——

（T）辰光不早了，让他去休息吧，有话明天再讲。

J 父不表示态度，母以手推子起，同出。（FO）

（七）父母之卧室

A 方桌，母子对坐；母委婉的——

（T）孩子！父母也是为你好！

B 仕铭听了，仍不语，进而抱头作苦痛状。

C（CO）鱼尾钟的下半，钟摆的动。

D 仕铭忽抬头向母：

（T）这个不能让步，我自己已和人订了婚。

E 仕铭启表壳给母看。

F 母惊奇惶恐看像。

G（CU）周秀琳半身像。

H 默然不语，无可奈何的母亲，将表退给仕铭。

I 默默无言相对的场面。

J（CU）苦闷的象征的儿子。

K（CU）慈爱怜惜又显出无可奈何流泪着的母亲。

L 镜头转动，父气盛怒的立在房门前，向着仕铭：

（T）要做我家的子孙，就得服从父母；要自由，你替我滚！以后，我没有你这个儿子！

M 子仍默不一语，突起立走出。父怒视之，母无言流泪。（CO）

（八）同（五）

A 仕铭悲哀的走进自己的房，手按写字台看。

B 镜头移转至床边的手提箱。

C 无言的坐下，两手抱头。（渐黑）

（九）院落

（T）明天。

（FI）A 走出院落内一门的仆役一，立门前擦眼伸腰，旋取靠在门旁的长竹帚扫院地。

B 扫至另一面，一办事人李五在漱口，与彼招呼，并指对门仕铭室。

C 此仆役乃拖扫帚前去，自窗内看。

（九 A）仕铭室

D 镜头转动，床上无人，被折叠如故，箱已不在，写字台上留信一封。

E 仆役惊奇表情，忙举手招对面漱口人。

F 办事人匆忙跑来共看。（CUT）

（十）同（二 A）

A 火车到站。

B 气愤的仕铭进站。

C 摇旗的站长。

D 火车开行，渐远。

（十一）旧式办事室

A 流泪旁坐的母亲。

B 愤怒得以手指不断击桌的父亲。

C 重复取仕铭留书看，摇头，复置桌上。

D 目光忽注视到桌上一有框的像片上。

E（CO）赵淑娟的半身像，女学生装。

F 起立，向其妻：

（T）何必伤心，儿子虽则不肖，我们还有一个孝顺的女儿！

G 父亲强颜作笑。

H 母亲欲言又止。（FO）

（十二）女宿舍

A（FI）上海郊外学校区。电柱上警告牌："前有学校，诸车慢行。"女学校的门前。（DI）

B 背影中景的对镜打辫子刚完成的淑娟。

C 把头部向镜面前伸。

（T）他们的孝顺的女儿！

D 秀丽的面庞。

E 另一女学生从镜面现出。

F 淑娟回首，嫣然一笑。

G 另一女学生突然的抱她接吻。

H 淑娟立起，媚笑的敲她一下。两人同向后看。

I（镜头转动）房门口，几个刚下课挟着书的女生鼓掌大笑。

J（镜头转回）淑娟已换上一件很漂亮衣服；另一女生，正帮其扣钮。

K 门前的几个女生走近，向淑娟衣服注视，有的把她帮转正对着自己，作鬼脸的看她。另一个又帮转去，弄得淑娟跳脚，女生们大笑。

L 人丛走开，一女佣来，以皮鞋店送来的新鞋送给赵淑娟，退。

M 淑娟大乐，急解绳开盒，取出平底皮鞋一双，式极美观。人丛有羡慕表情。

N（CO）看皮鞋时的面部表情种种。

O 大家把她推到椅旁坐下，夺她的皮鞋，替她一一换上。

P 一女生跑至镜前看。

Q（CO）手表，自来水笔，项链。

R 取起为淑娟插戴毕，推其立起，环视，鼓掌。淑娟羞傲，群推之出。

S 镜头跟至她们出房门。（DI）

（十三）会客室外

A 许多女生拥在会客室门口及侧面窗上向内窥视。（镜头跟转）

B 人丛突让开，淑娟与一流氓式的大学生出。淑娟嬉皮笑脸向人众，大学生亦向众作笑容。

（T）永远是大学一年生的马西仲。

C 两人正向外行，人众笑着。一女生自内跑出立定，举手招喊淑娟。

D 秀琳向淑娟跑来；淑娟停步回顾。俟秀琳至面前，秀琳发言：

（T）你哥哥回来了，我们一同去看吧。

E 淑娟视西仲面，向秀琳摇头。然后活泼的向秀琳等同学挥手，与西仲出。秀琳爽然若失，怅望着他们的背影。慢慢的望着校门走出。（DI）

（十四）外滩公园

A 秀琳坐在铁栏内的椅上，仕铭背靠着铁栏，面露愤慨的表情：

（T）经济封锁，这是旧家庭压迫我们最后的手段！

B 仕铭作冷笑。

C 秀琳的温柔的安慰的表情——拉他坐在身旁。

D 两人凝视江心。

（十四A）惊涛骇浪中的小舟

E（插入）一巨舰旁，一小舟，在惊涛骇浪中挣扎。

F 仕铭露惊喜色，指小舟：

（T）人也是如此，要为着生存而苦斗！

G 仕铭精神很兴奋，对秀琳指手划脚。

H 秀琳执着仕铭的手，斜睨着他，庄严地：

（T）我愿和你一同奋斗到底！

I 仕铭快乐感激的表情；紧握秀琳的手。

J 两人起立行至门口小儿立像处。（镜头跟）

K 两人含笑看像。

L（CO）小儿立像。

M 仕铭喜笑的向秀琳。

N 秀琳面赧，向仕铭一笑。（CUT）

（十五）百货商店衣服部

A 对镜试着新衣的淑娟各种姿势。

B 淑娟转过身来向立柜旁微笑的她的情人看。

C 情人满意的点头。

D（CU）放在情人身边柜上的他们的大小包裹多件。

E（镜头转）

F（CU）淑娟的嫣然一笑。

G 精神因之一振的她的情人，拿出钱来付账。淑娟走过贴近他，作媚笑。
　　H 店伙开好单，按铃。
　　I（CU）拼命按铃（FI）

（十五A）课室
　　A 淑娟无心读书，惦着星期日。

（十六）同（三）
　　A 赵鸿钧发愁的在室内来往走动，摇头。李五背靠写字台望着他。赵忽立住向李五作问讯状。李五答话：
　　（T）简直抬不起价，来路货的人造丝堆积如山！
　　B 赵点头作无可奈何表情。李五作欲出状，赵乃至桌上，取一信给李五：
　　（T）你替我汇壹佰元给小姐。
　　C 李五接信，忽有所悟，嬉笑的：
　　（T）听说少爷在××的工读学校当了教员……
　　D 赵作厌恶表情：
　　（T）别再提他了！
　　E 赵挥手。李五失意出。（FO）

（十七）秀琳家新式客室
　　A 在新式客室内。秀琳的姨妈，正和秀琳的弟弟追玩笑，她的年龄很轻。
　　B 镜头转至另一角，秀琳坐在椅上颇得意，注意着对坐的仕铭的面。
　　C 仕铭极庄重的在说话。
　　D 转到又对面坐的秀琳父亲（商人）——手中执报纸，在吸雪茄，对仕铭露满意态说：
　　（T）你的眼光很不错，要救中国，一定要在工业方面努力。
　　E 连续点首，理其须，抖其腿。
　　F 看了此态，在窃笑的姨妈。
　　G 秀琳满意。已在走动的父亲对仕铭问：
　　（T）你学的哪一科？
　　H 秀琳很得意的插言：
　　（T）土木工程。
　　I 父亲点头对秀琳看看，再对仕铭看看，走到姨妈前以手抚小孩向仕铭：
　　（T）你好好的努力，将来我们的厂，也许有要借重的地方。
　　J 大家都满意的表情。
　　K 姨妈看壁钟。
　　L（CU）十一点三刻的钟面。

M 仕铭作感谢态，继起立辞行。姨妈笑意葱茏向仕铭说话，父亲继之。最后秀琳说：

（T）爸爸和姨妈留你吃饭，何必走呢！

N 大家重复坐下。

（十八）半淞园

（T）三个月之后

A 柳丛中一空游艇，上有衣物数事。

B（镜头转动）路道旁树丛中一小亭，淑娟和西仲在情话。

C 两人走出亭；人行道树中走。西仲发言：

（T）淑娟今天乐够了么？

D 淑娟做媚笑，点头。

E 两人行至一大树下，停步，西仲一手攀枝轻薄的向淑娟微语。

F 淑娟格格笑，提足就逃，西仲后追。

G 淑娟逃上小舟，正欲支桨，西仲已至，跳入舟中，向淑娟身上扑去。（DI）

H 舟在中流，淑娟被西仲拥在怀内，任舟飘荡。两人仰视天空。西仲发言：

（T）娟！你嫁给了我吧！

I 淑娟木然的看他一眼，低眼下视。西仲再视微波，取出一钻戒。

J（CO）钻戒。

K 拟将钻戒为淑娟戴上，淑娟手微缩，后任其戴上。

L 西仲作拥抱淑娟势。

M（SO）猎狗式的西仲表情。

N（CO）羞涩淫荡的淑娟的表情。

O 拥吻。（渐暗）

（十八 A）会客室

（T）你管不着！

A 仕铭到会客室别秀琳。

B 秀琳送仕铭出，遇淑娟归。

C 秀琳再纳之。

（T）怎么你昨天为什么不回来？

（十九）工读学校

（T）上海附近的一个县城。

A 工读学校的门前。

B（镜头推进）在做藤工的学生们；在指导的藤工教师工作室。

C（镜头移转）教室中仕铭在授课，下堂。

D（镜头移转推进）厨房学生在忙碌弄饭，仕铭也去参加帮忙。

E 一学生取一叠信至，分给各受信人；仕铭也有一封。

F 仕铭停工看信。

（T）（现出三行）

  淑娟不信我的话，已经和马西仲订婚，且常不回校。同时又别有恋人。同学用话刺她，她是满不在乎，这怎么是好？

秀琳 四月二十九日

G 仕铭捏信沉思。

H 学生部分惊，部分仍照例工作。

I 仕铭匆匆走出镜头。（FO）

（二十）火车站

A 到了上海提着手提箱匆匆下车的仕铭。（DI）

B 急遽的在人丛中前进。（DI）

C 仕铭走上电车。（FO）

（二十A）校门口

A 仕铭单独进校。（DO）

B 赵仕铭秀琳淑娟同出。

（二十一）酒楼的一间房

A 对座品茗的仕铭与淑娟。

B 态度诚挚的仕铭；倔强不理解的淑娟。

C 淑娟向仕铭抗辩：

（T）自由恋爱是神圣不过的，谁都不能干涉！

D 盛怒的淑娟。

E 沉默而后很和平解释的仕铭。

F 继续抗辩的淑娟：

（T）我没有误解，西仲的家里很有钱！他也是大学生，他也在学生会做事！

G 淑娟怒不稍释。仕铭欲言又止，止而又言，似很焦急。

H 淑娟听完了话跳了起来：

（T）我知道他有妻子，可是他答应我和她离婚；他有爱人，但他答应我和她断绝。他……

I 淑娟突止，视钻戒，以另一手转动，作冷笑愤极态，继续说：

（T）父亲也替你订有妻子……

J 仕铭急得说不出话，苦恼，又以两手抱头，最后说：

（T）妹妹你不要这样，你应该努力做人！

K（CO）仕铭的哀恳表情。

L 淑娟毫无觉悟，频频看表，表示要走。

M 仕铭最后发言：

（T）一失足成千古恨，你回去细细想想。

N 仕铭立起。

O 淑娟咬唇作不屑态：

（T）我不要想，充其量你写信告诉爸爸！

P 淑娟一怒而去。

Q 仕铭苦闷的坐下直视。

R（CO）他的两眼。

S 伏下头去。（DI）

（二十二）会场

（T）狂风暴雨般的划时代的血！

A（插入）一个工人被下半身埋在画面上的外国军人射击倒地；接着就在画面上现出"1925·5·30"字样，由后推前，至大。

B 摇动的无数的演讲队的旗；就在画面上接着现出"1925·5·30"字样，由后推前，由小而大。

C 无数青年学生的脚，夹着长统皮鞋的脚相互前进后退。皮鞋脚完全不见。水龙的水带将水向群众直射。青年的脚退而又进。就在画面上接着现出"1925·5·30"字样，由后推前，由小而大。

D（第一画面）数十支枪口向外击射。（第二画面）流泪倒地的青年学生。踏着尸身走过去的青年的脚。就在画面上接着现出"1925·5·30"字样，由后推前，由小至大，至满画面四分之三。

（T）临近上海，工读学校所在的那个地方。

（二十二 A）会场

A 一个会议正在进行，环桌而坐者约二十人，有商人代表，工人代表，农民代表。大部分臂缠黑纱。镜头周转一次。

B 镜头最后转至主席座，仕铭正做激昂的演讲，最后——

（T）请上海学联代表报告。

C 伸手作"请"的姿势。

D 秀琳起立至主席座，向众鞠躬讲……（DI）

E 一学生在挥拳演讲。（DI）一工人将手高举：

（T）我们要抵制仇货，实行检查！

F 众鼓掌；群注视两商人代表。

G（CO）（镜头转）不露惊惶的阴险表情。

H 两人中之一起立就原位向观众鞠躬说话。

（T）商人也是国民一份子，爱国之心不敢后人！……

I 镜头移转，众鼓掌。（FO）

（二十三）古式客厅

A 室内多人，出席会议。两代表坐炕上，其一含怒发言。

（T）大商人穆仁信。

B 以拳作势；另一代表插言。

C 其余的人，有踌躇的，有抱旁观态度的，有一样愤激插言的，都是"奸商相"。

D 镜头转至一靠背躺椅上，一军人装束的人在闭目抽雪茄喷烟。

E 镜头再移转至仁信，仁信说：

（T）检查他们有人！我们也有人！……

F 又有人继续发言，最后大家注意点集中于军人装束的人身上。

G 军人装束的人缓缓起立。

（二十四）商店门前

（T）几天之后。

A 混乱的街市，工农学生（有仕铭、秀琳在内）混编的小队执旗来往走动。

B 商店老板惶恐。商店门前围满了人。

C 学生一小队，正和商人在争持。检查队坚持要进柜台内检查；商人不肯：

（T）我们没有仇货。

D 继续争持。工农学生增多，最后竟一拥而入，开始检查。

E 二米商进来探察，回奔。群众搜查。人众中突来大队军警，跳入彪形大汉，入内揪住工农学生就打。秀琳害怕抖索，牵仕铭衣示眼色。仕铭不理，趋前与一大汉扭打，被大汉压倒。一工人见忙去。

F 一大汉来解仕铭围。

G 总的混打场面。工人学生被逼打出店。

H 街道两头跑来的工人、学生甚多，加入作战。

I 仕铭方停手喘气，秀琳又牵拉他作哀求态；仕铭愤怒木然。

J 又有人来揪住仕铭就打，二三农民又来掩护他。

K 战斗场面主要是：一、工农们都英勇；二、学生大部畏缩，有远观，有逃走，参加作战者少。

L 逃跑着的秀琳，惊惶恐怖的表情；迎面跑来警察大队。

M 人众渐散，仕铭等多人受伤，为警察搀去，抬去。仕铭由两未伤工人扶走，在警察包围中前进。一工人回顾一警察：

（T）难道你们不是中国人吗？

N 警察作不得已表情。（FO）

（二十五）古式客厅

A 登场人物与前二十二场同，有得意表情，又有忧虑情态。彪形大汉加入一两个作代表。

B 一商人起立向仁信：

（T）他们这两天还在继续麻烦……

C 仁信听罢挥拳作势：

（T）继续打！

D 零落的同意表情。

E 军官样的人挥其手，特殊注视仁信，大摇其头：

（T）现在只有大事化小。

F 有的同意，有的怀疑，有的反对。军官样的人乃继续说明：

（T）宜软骗，不宜硬来；我好容易把捕来的人哄走……

G 大家默默无言，似首肯。

H 一豪绅似的有胡的人站起来拍军官似的肩：

（T）这一回李雨翁真是煞费苦心……

I 在欢喜形象中。（FO）

（二十六）病房

A 病房内住三人：仕铭居中；余二人为工人。壁上挂有工衣，均受伤者。各人床前有慰问者，画面映出时医生来，即相继去。

B 医生偕看护来诊治。秀琳携水果一篮来看仕铭病。仕铭露笑容，但无以前热烈。

C 秀琳抚仕铭伤处：

（T）中国人良心太坏，中国事没有办法！

D 仕铭诚挚的微微摇首，如有所思。秀琳：

（T）一般人太没有教育！

E 秀琳感慨系之，对仕铭不尽怜惜。仕铭冷刺：

（T）这是谁的责任？

F 视秀琳面。秀琳辩解：

（T）所以我觉悟了，一定要慢慢从教育下手。激烈手段是采取不得的。

G 仕铭惨笑，执秀琳手：

（T）但是人众并不慢慢的等你教育。

H 仕铭复惨笑，秀琳不语。仕铭兴奋坐起，执秀琳手更紧：

（T）我的觉悟和你的正相反：对旧世界是需要更激烈的血斗的，我们必须走向一条新的路！

I 秀琳微微摇头，以目视地：

（T）我明天要回上海去了。

(二十七) 写字间

A 秀琳已回上海。

(二十八) 火车站附近茶楼

A 茶楼上的一室,淑娟及三男性围坐品茶。淑娟滔滔说话,得意之至。

B 三人视线全注视淑娟;其间之一饿狼似的把她从头看到脚。

C 另一个拍拍这人的肩,这人惊觉地挤挤眼。

D 镜头至室角,放置有行李箱笼等件。

E 就在此时,一学生手持车票匆匆入,揩头上汗说话,形容买票人太多。

F 淑娟滑稽的举手为礼,彼男得意笑。

G 得意笑的丑态。

H 淑娟看表向大众说话,如是群起争执箱笼。

I 淑娟旁立静看冷笑。

J 开始下楼。

K 火车站大门。(DI) 火车开行。一男生喊:

(T) 秋季开学早点来。

L 淑娟向大家媚笑扬巾。(FO)

(二十九) 秀琳家新式客厅

A (FI) 坐在沙发上抽雪茄看报的秀琳父亲;苦恼的面孔。

B 愁容满面的秀琳。

C 快乐的什么都不管似的秀琳的姨妈在看小说。

D 弹弹雪茄的灰,父亲向秀琳说:

(T) 警告我有什么用?不用外国原料,我的厂只有关门!

E 秀琳沉思的答:

(T) 他们就是这样的不管事实,不替人家设想。

F 摇头示苦恼。眼光抬起,突改笑容。

G 已站在自己面前的仕铭,向大家招呼入座,向秀琳父:

(T) 老伯有什么苦恼?

H 秀琳父滔滔陈述。仕铭听毕说话,即答:

(T) 老伯这样的意见我不赞成。

I 继续说。秀琳父渐现不快容;秀琳亦有愠意。秀琳开口:

(T) 照你的话,我们只有全家饿死了。

J 秀琳不快意渐增。仕铭挥手作讲态,秀琳父以手近之:

(T) 不要说了,少年人总是一厢情愿。

K 秀琳望着他很难受地站着。父俯首沉思,踱入内室。

（三十）木机织绸厂

（T）这一年的秋天。

A 工作并不紧张了的机织绸厂。

B 在一角已停工的四张机子。

C 来往视察愁恼的赵鸿钧。

D 一工头迎来，鸿钧说：

（T）从明天起再停两张机。

E 工人惊诧；赵鸿钧苦恼。

F 鸿钧匆匆出。（DI）

（三十一）旧式办事室

A 鸿钧愁恼的坐下，看桌上许多的收账条。

B（CO）几张都是五百两以上的账条。

C 起立走到一房门口向内看。

D（插入）堆积如山的丝。

E 摇头叹息，俯首沉思。（DI）

（三十二）同（七）

A 镜头推进，先及墙上并悬的仕铭与淑娟的全身像，下转再及于坐在躺椅上，向儿子像流泪的母亲，再转及于比前更放荡的坐在床沿的赵淑娟——此时正在抽香烟。

B 赵母向淑娟诉说什么，忽回首见鸿钧自外至，急招呼淑娟——烟卷。淑娟急卷入口。

C 鸿钧气愤愤进房向一椅上坐下喘气，以一信掷淑娟前。

D 淑娟惊愕，忙取信视信，抽出后到痰盂吐痰，以背掩父吐出烟卷。

E 淑娟转身立住看信。

（T）（现出三行）

令爱赵淑娟成绩既无长进，行止又多不检，无故旷课，甚至数日不归。经校务会议议决，令其退学，相应函知贵家族。

F 淑娟默默无言，将信放入封筒，置桌上露冷笑。

G 母亲向父亲做讯问状，父怒答数语，似骂其妻：

（T）问什么！学校开除她！都是你教出来的好儿好女！

H 赵母不说话，又流泪伤心；父愈怒。大家沉默许久，父亲说：

（T）我满以为儿子不争气还有女儿，女儿……

I 鸿钧继续骂淑娟。

J（CO）淑娟表情渐转至怒，与其父怒意成正面的发展。

K 淑娟气忿忿的向鸿钧：

（T）你不要骂，走就走，难道我定要留在这里吗？

（三十三）同（三A）
A 工人群围住工头。工头指空机，屈三指，示停两部。
B 工人有愤怒的，有抱怨的，群作对工头质问姿势。
C 工头张两手示无可奈何，又作手势作积缘甚多状。
D 工人仍怒愤，挥拳作势，似群约罢工，表情愤愤而出。

（三十四）同（三）
（T）又一天。
A 赵鸿钧卧在躺椅上，手上拿着一张审判厅的"传票"，发痴苦恼到不可言说，想想又拿起来重看。
B 一仆人上，交赵一信。赵略阅后，怒气甚强，急起向院落后去。（DI）
C 淑娟冷笑摇摆式走出。母牵其衣，以手挥之。母乃大哭；父如呆如痴。

（三十五）花园
A 靠在沙发上微愠看书的秀琳。
B 无聊的坐在书桌旁玩弄文房零件的仕铭。
C 仕铭很友谊的问秀琳：
（T）你想这样下去不是日渐没落吗？
D 放下书的秀琳，庄严地：
（T）我不这样想，做事应该各方面的利益都顾到。
E 仕铭摇头说话，秀琳反辩：
（T）你看我父亲不一样是苦恼着吗？
F 仕铭很和婉的趋前执着她的手。秀琳说：
（T）你的思想有些过激。
G 仕铭听罢，怒捺住变色，但强制了自己。秀琳继续：
（T）而且父亲希望你到自己厂里做工程师，是为着你，也是为着我。
H 有冷笑意凝视仕铭；忽热烈的执着他的手哀恳。
I（CU）哀求的有泪痕的两眼：
（T）铭，不要使我伤心吧！为着你我苦恼得很。
J 仕铭一样热烈的抓住秀琳，几次迟疑，然后说出：
（T）琳，我爱你，但是为着爱，我是更要教导你向正路走。
K 哀求的神情的仕铭；苦恼着的秀琳。
L 彼此都痛苦，而且痛苦很深刻，忽然热烈的拥抱起来。
M（CU）无可奈何的爱的苦恼的两个面庞。（Fl）

(三十六) 秀琳卧室

A 琳的矛盾。

（T）大约在一年之后。

(三十七) 女宿舍

A 舞女化的淑娟的宿舍。

B 睡在床上看各式各样的情书，抽香烟。

C 一个男性气冲冲的跑了进来。

D 以一信掷向淑娟。

E 这人愤愤的问：

（T）你就这样的爱我吗？

F 淑娟冷笑抽烟。

G 吐浓烟出，反唇相讥：

（T）爱人这是我的自由，不需你管。

H 男盛怒发言，最后怒击淑娟颊。淑娟顿足大哭，倒床上哭。

I 男一怒而出。女跑起"砰"的一声阖门，拿起电话打。

(三十八) 外白渡桥公园（同十四）

A 在一第亭中，仕铭和秀琳在谈话。仕铭作工人装；两人面上皆露不快色。仕铭在激烈辩解，秀琳听罢摇首：

（T）我希望你做工程师，没有希望你做机器间里的铜匠。

B 仕铭作解释自己的种种表情，由昂激至愤怒表情。秀琳亦怒：

（T）这样我父亲怎样能承认我们婚姻？

C 秀琳碎手中树叶用力向地捼去。

D（CO）仕铭看着碎叶飞开。

E 秀琳续说：

（T）你这样服装我怎能和你一起走路？

F 仕铭态度很和平地指大江给秀琳看。

(三十九) 骇浪小舟

G（复视）惊涛骇浪中的小舟。

H 秀琳庄严地：

（T）不要回想！以前我了解你；现在我不懂得你！

I 仕铭闻言颔首，沉思有顷，反问秀琳：

（T）你有进一步了解我的可能吗？

J 秀琳摇头，坚毅卓绝的：

（T）回到你以前的思想，否则我们从此分开！

K 仕铭睁大眼睛凝思，悲苦的向着秀琳：

（T）秀琳！残酷的历史使你退步，我现在知道了比恋爱更重大的事情！

L 两人同看江中巨浪，默然无言。

（四十）木机织绸厂

A 在旧式办事室，法警手执封条向鸿钧道说。

（四十一）旧式办事室

A 办事人围绕，鸿钧如痴如醉看封条，嘻嘻笑；突然庄严起来不顾，昂头。

（四十二）卧室

B 妻正在流泪，鸿钧垂首跌踯而入，向椅坐，两手支头。妻惊异，鸿钧抬起头。

C（CO）两眼奕奕有神采，稍顷忽嘻嘻笑，起立向仕铭像进。

D（回忆）像片上人物最后走出此房情形。

E 其妻来扶，彼已如醉的取下相框，击地粉碎，又回坐。

F 坐未定，更起看淑娟像——（回忆）像上人最后离此室情形，又跌踯至前取下击地碎。

G 其妻赶去抱扶他，他口中念念有词，忽盛怒将她推倒在地。

H 鸿钧复取一棍，将屋内陈设捣毁一部分，跌踯的鼓掌大快，向其妻笑，半跑半走的离室。

I 其妻忍痛追。

（四十三）院落

J 鸿钧跑过院落，妻后追。

K 鸿钧跑到木机厂，门已板封，上加条，两冲不得入，嘻嘻笑。其妻追至，不敢近其身。

L 鸿钧转至机厂侧面，自窗外内窥。

M 空的木机织绸厂。

N 鸿钧喜形于色，在外挥手作指挥工人状。

（T）提倡国货啊！加紧工作！加紧工作！

O 狂笑倒地，其妻赶至扶抱住，以袖揩泪眼。

（四十四）穷人之家

（T）故事的结束：

A 病在床上的鸿钧。

B 在煎药的妻。

C 鸿钧咳呛，妻跑来扶抱。

(四十五)酒楼

A 淑娟装饰摩登,与二男鬻饮,放浪形骸,已趋堕落。

(四十六)大旅社门前

A 有结婚典礼在举行的大旅社门前。

B 新郎新娘礼服走出。新娘即秀琳,对镜头看,笑。

C 新娘新郎上车,车开。

(四十七)机器房里

A 转动的机轮。

B 机器旁的仕铭,很愉快的在转轮盘。

C 无限的机轮飞动。

D 仕铭揩汗,不知向谁招手,快乐的笑。

青春之火

出品　天一影片公司，1933 年
制片　邵醉翁
编导　裘芑香
摄影　高延章
布景　许幸之
演员　叶秋心　余　光　张振铎　马东武　陈玉梅　朱天红　王慧娟　萧正中

《青春之火》电影由裘芑香编剧。其电影小说为侯枫撰写，原连载于《申报·电影专刊》(1933 年 12 月 28 日～1934 年 1 月 1 日)。

电影小说

侯枫

爱莲默然望着面前的一只披亚娜发呆，她那疏懒的，迟慢而无力的动作，显得她是被那缕缕的愁丝所缠住了。她因为不满于她的丈夫，而常常的回到母家来住。然而这里，她的母亲早就死了，只留下她和做父亲的刘督办。因此，她在这种家庭的气氛中，感到无限的寂寞；更在这寂寞的心情中，径起了她那可爱的表弟——何孟先的影子来了！这时，她正闭着眼睛，让那美的幻想侵蚀她的心的时候，一个勤务兵进来，说是督办请小姐去。她就茫然地走出去了。在父亲的办公室里面看见了何孟先的军装照片，既挺秀，又英俊；她禁不住拿了起来，问她的父亲："爸爸！孟先到什么地方去呢？"

"他现在在道州军校当教练官。"刘督办说着，现出一付慈爱的脸孔来。他又说："爱莲！我已把大雄擢升为师长了。你明天就该回去了！"

"谢谢爸爸！"爱莲下意识地说了这么一句话，那双愁眉却依然是深锁着。

"你怎么还不快活呢？"这句话，便自然而然地从爸爸的口里流露出来了。爱莲却并不回答什么，就只摇摇头苦笑着表示愿意回去罢了。

这时，在道州南山的芦溪中，有一对年青的伴侣，在随波逐流的欣赏着美丽的景色，那是爱莲所思念着的表弟何孟先和他的爱人徐兰芬啊！

胡大雄接到委任状之后，当即带着妻子移居道州，接任师长职。何孟先因为是姻谊和友谊的关系，特先来致贺。爱莲听见表弟来了，便装扮得如花似玉的出来接见，真是亲昵到万万分。当她知道孟先是住在教练所的宿舍的时候，便对着孟先说道："我们这里很宽畅，空的房间也有，搬到这里来住不好吗？"孟先起首还是推却着，但经过爱莲一番敦促之后，他也就答应了。谁知大雄的醋瓶子，酝酿到晚上，终于爆裂开来了:"我终觉得你的表弟……"

"我的表弟怎样?"爱莲不等他说完便这样反问。

"他很漂亮……"可怜他不但发作不出,反而这样变了温存的调门。可是,爱莲却更进一步的:"什么漂亮不漂亮?何对我说这句话,是什么用意?"

"我说他漂亮,就是说他有面子;他有面子就是你有面子,也就是我有面子,这不好吗!"然而,大雄终于在酸素作用之下,半吞半吐地继续说:"不过,他搬到我们家里来住,你总得要好好儿……"

"什么好好儿!"爱莲问。

"好好儿看待他!"

"这当然,用不着你来关照。"这样的爱莲,在胜利的微笑中睡了。大雄则痛苦的说不出话来……

青春之火在胡师长的公馆里,燃烧着。大雄的秘书张季森,早就对着爱莲垂涎三丈了。可是爱莲的心目中,早已有了何孟先。因此,她对于张季森,只有感到厌恶。

这是一个晚上,孟先已穿上睡衣,预备要睡的时候,爱莲潜至他的房中,看见上面写着"孟先吻存"的一张徐兰芬的半身像,使她感到无限的悲哀。她竟把那照片取下来,把个"吻"字揩掉了。大雄回到家里来,在孟先的房子里面,看见爱莲对孟先那么亲昵的样子,不禁妒火中烧。爱莲却先发制人,拿着兰芬的照片,笑着走过去,对大雄说:

"你看,我们将来的表弟妇多么漂亮啊!"使得大雄又是哑口无言。

大雄离家赴省谢委了。爱莲更百般地钩引孟先。又是一个晚上,爱莲把孟先叫到自己的房里来,说是替她写一封信给师长。这时的孟先,虽然自知使君有妇,然而他不是柳下惠,对于这深重的诱惑,怎能不为所动呢?因此,在这种自然法则的发展下,孟先是渐渐地在爱莲的厚待底下,和兰芬渐形疏远了。一日,兰芬上胡公馆来找孟先,眼见得孟先和爱莲对坐着用早餐,而爱莲却使其丫头瞒着孟先,回绝兰芬,说是"何先生不在家"呢!

这青春之火正在日趋严重。张季森极力地设法离间孟先和爱莲的关系,而使之就兰芬。到〔1〕徐家去看兰芬,被兰芬严词谴责了一番。后来她姐姐蕙芬给他说明,并且要他搬出胡公馆,离开爱莲。于是他在两种情感的冲击间,他是答应了蕙芬的要求——搬出胡公馆,给兰芬一个事实上的解释。但是等到孟先回到胡公馆,要想搬出的时候,爱莲却不答应。她说:"你这样急急地搬走,师长回来,叫我怎么对他说?他一定要怪我得罪了你,或者,他竟会疑心到我同你……这叫我怎么做人呢?"后来孟先决计搬出胡公馆了。他还写了回绝爱莲的一封信。但那封信却被张季森用计取去。在这爱的圈里,造成了变动后的一个旧局面。

孟先决然地离开了胡公馆,搬进新居,兰芬便带着母亲和姐姐来访。一团和气,充满在这小小的房间里面,他们是那么幸福地在享受着这人间的乐趣。以教育为己任

---

〔1〕 到,疑前脱"孟先"二字。

而未配偶的姐姐蕙芬，对于孟先和兰芬的和好，是感到如何的欢慰啊！她一看见安置在桌上的兰芬的照片上面那个加倍大的"吻"字，便高声的喊了起来："妈！你瞧！妹妹的吻字！妹妹！你瞧你自己这个吻字！"于是一阵欢乐的笑声，在空气中波动着。惠芬预备和妈妈先告辞，让兰芬独自个儿留着，兰芬却怕羞似地不肯逗留在孟先的新居，而和妈妈及姐姐一齐回去了。但是，当她临行的时候，却又回头来，约孟先明天下午两点钟，在家等他一同去看她姐姐学校里的成绩展览会去。

正所谓："一边欢乐一边愁！"兰芬固然是带着胜利的微笑回家去了，爱莲却不能不为了孟先的搬走而伤心。但当她正在百无聊赖的当儿，可厌的季森的影子，却突然地在她的面前出现，这种感印，简直是叫她哭笑皆非。她眼不斜视地坐在沙发装着看书，季森却以为这是机会了，便装腔做势地用手杖去钩爱莲的拖鞋调戏她；结果是自讨没趣，给爱莲赏了一个重重的耳光。

是兰芬和孟先约会的一天，还不到下午两点钟的时候，孟先便把个小小的会客室布置得那么地雅致！和瓶子里的鲜花一般地充满着春的气息，静静的等着他的爱人。他一听见敲门的声音，便忙着站起来把门开了，同时，自然而然地说了一声："呵！你来了！"进来的人，并不是他的兰芬，而是爱莲；这不能不使他从失望中感到难安了啊！半响，两下里都没有话讲，爱莲就只把那热情的眼睛钉住她心爱的人。孟先呢？真是急得连话都说不出来了。正在这样的场合中，兰芬来了。她从那傻子的护兵口中得悉爱莲在里面，因此，她的酸素又起了作用了，她偷偷地在门口听，这时里面的对话是：

"你真就这样地决绝我吗？"是女的凄惋的音调。

"这，我看还得问你自己吧！胡太太！"

"胡太太？你为什么要这样叫我，我恨这个'胡'字……自从我爸爸逼着我嫁了他，我便跳入黑暗的深渊里。"女的有点抽咽了，男的也转温和些："不错，对于你不幸的结婚生活，我是很明白的，而且，我也是很同情你……"

"那末，你就应该可怜我，拯救我！孟先！我怀着破碎的心，求你怜惜……我需要你的爱，来医疗我的创痕！"

"这是不可能的，你有你的丈夫，我有我的爱人。我爱兰芬，同时，怎么能爱你？"

"我……我并不想占有整个的你，我只要你一部分的爱！"

"这怎么可以？我不能同时爱两个女人，我说一句最后的话：我不爱你！"孟先是这么强硬的说了。兰芬听到了这里，是再也不能忍耐下去了，她冲进去，把爱莲赶走了。

爱莲回到家里来的时候，胡大雄已从省里谢委归来了。询及孟先搬走的事，那个丫头便为之解围："听太太说，何先生的女朋友很多，常到这里来胡闹，怕太太说话，所以不等老爷回来，就先搬走了。"可是，到了晚上，大雄却无意的从枕底下发现了孟先的一顶压发帽。这不能不使他光火了！他怒冲冲地对着躺在床上的爱莲："奇怪！我的枕头底下，怎么会有孟先的帽子？"爱莲懒懒地随口回答了句："啊！这是孟先送给我的。"

"这是男人的压发帽,你有什么用?"

"啊!我说错了,他是送给你的。"

"什么东西不好送,为什么要送顶压发帽子?"

"这,我怎么知道呢?"

"谁要他的帽子,我不喜欢戴这种帽子!"

"不要就不要好了,发什么脾气?"

这样吵架一场,大雄虽把师长的肩章抛掉一回,可是到了次晨,却又舍不得而重新拾起来挂在制服上。爱莲遂又负气归宁了。

爱莲带着一颗破碎的心回到母家去后的时候,孟先和兰芬的爱情,与日俱增,他们两个从恋爱而订婚,更得兰芬的妈妈的同意。——其实,是由于胡大雄和张季森的拉拢而宣告举行结婚了。

刘督办接到了孟先和兰芬从道州寄来的喜讯之后,便又借题规劝自家的女儿:"夫妻吵嘴本是常事,我想大雄早就忘了,你又何必再生气呢?你瞧,这个请帖,孟先和徐女士要结婚了。孟先的信里说,大雄是他们的证婚人。"爱莲听到爸爸这一番话之后,真是欲哭无泪哟!她的心一阵阵的痛,她感到了她的前途是漆黑一般的。她更深深地觉得,她的生命之灯是早已息灭了!于是,她终于回答她的爸爸说道:"爸爸!那末,我想回去了,向他们贺喜去!"爸爸便喜不自胜地把礼仪交给她,她遂复怀着一颗给青春之火燃烧得焦焦的破碎的心,赶回道州去。

爱莲赶到道州的时候,正是孟先和兰芬举行婚礼之日,在那谲丽堂皇的礼堂里面,悠扬的乐声中,这婚礼在进行着:证婚人宣读证婚书……新郎新娘用印……证婚人用印……这时,突然地一个马弁在这礼堂的主席台上出现,"师长!太太请!"大雄反问一声:"太太回来了吗?"

"太太刚到家!此刻在这儿一百二十号房间,请师长即刻就去。"

"我正在证婚,怎么走得开,等一会再说!"他这样威严的命令着。可是,那马弁却丝毫也不退缩的说:"请师长立刻就去,不然,太太……"这真是晴天的一声霹呀!大雄只好先行退席了。这么一来,礼堂的秩序,便乱起来了。来宾们好奇地在交谈着,司仪的张季森也感到奇窘。兰芬睹此情景,也不顾一切地自行回家了。因此,在证婚人胡师长问明了爱莲的来由之后,回到礼堂来时,新娘已不见了。这使大雄感到了无限的羞愧,于是他急急地追上徐家去道歉。孟先心里明白这是谁弄出来的把戏,也就气冲冲地赶到胡公馆去问罪爱莲。

爱莲刚踏进了自己的房子里面的时候,孟先便跟着来了。劈头第一句,便是:"你好!我的一切全给你毁了!"爱莲一看来势不对,便拿出一支手枪来,对着孟先道:"孟先!你能饶恕我吗?什么都是我错了!但是,我始终是爱你的哟!现在我什么都完了!我愿为你而死!把我整个的生命,灵魂,都献给你!"这么恳切而哀怨的说着,便把枪口对准自己的胸部,一响,倒下了!孟先忙上前来把她扶起,她才又挣扎着从贴心的衬衫里面,拿出孟先那一顶压发丝帽来,"孟先!这是你的帽子,我不知道吻过几千万遍,现在还给你!上面有我的血,为爱而流的血!"这哀怨而凄惋的细诉,深深地弹动了孟先的心弦,两行热泪,不自觉地从孟先的眼眶里淌出来了。"孟先!你不要难过,你的眼泪告诉我,你已经饶恕了我,同情了我,我很够满足了……"这样的,我们的爱莲便死于青春的烈焰中!

后来,在道州南山的芦溪中,虽然还时常地有一对年青而甜蜜的伴侣,在随波逐流地玩赏着美景。可是,那些前尘往事,在这年青的伴侣——孟先和兰芬看来,已宛如水面的光影了!然而,那青春之火,却还永远地,永远地在这人间燃烧着,蔓延着……

为谁牺牲

出品　吉星影片公司，1933年
导演　吴文超
演员　黄曼梨　张雨亭　陈　雁　吴文超

《为谁牺牲》电影本事署名超，原载《电影月刊》第28期（1933年12月）。

本　　事[1]

超

　　形势险要的长春谷里，有一大队义勇军占据着，其中要算吕震统率的一部士卒最为猛勇，冲锋陷阵，不知建立了多少功绩。一日吕震又从谷外打了胜仗，奏着凯歌，回进谷来，在半路里遇见一个被难的女子。她自称叫韩绣华，同家人出来避难的，中途失散了。遇着匪徒，把她的东西都抢掉，而且觊觎她的姿色，正欲强行非礼，幸得队伍经过，始免于难。憨直的吕震为了她无家可归，就把她救了回去。

　　晚间，吕震到一个小酒店中去玩，在那里遇见他的挚友王宗汉和宗汉的爱人金文绮。当时吕震把搭救绣华的事情告诉他们，要求明天把绣华寄托到文绮那里去。

　　吕震回到屋子里，已有些醉意了，见绣华在卧室里裸着上身，缝补内衣。吕震等她补好了，他把榻让给绣华，自己在室外席地而卧。睡没多时，听得绣华在里面呻吟，吕震认道她有病，很仔细的给她取茶取水，忙个不了。那知是绣华故意的做作，终于绣华的媚态打动了吕震的情绪。

　　翌晨，宗汉来看吕震，发现他与绣华同睡一床，不禁痛责他，不该如此轻狂。吕震虽自知其过，但心爱绣华，不忍遽弃。宗汉晓得他已被情丝缚住，也就不再多说，邀了吕震往司令部去商议军事。

　　军事会议完毕之后，二人到文绮那里去谈天。宗汉把吕震和绣华的事情告诉了文绮，文绮要去见见。吕震就同他们回去，介绍绣华同他们相见。

　　吕震奉了领袖的命令，到别地方去接洽一件要公。绣华趁此机会，施展她女间谍的手腕，向各方面去刺探义军军情。在途中遇见文绮，文绮邀她到住所里去。偏偏还有件事情要办，她就请绣华在室里坐候片刻。正巧宗汉来看文绮，一时误会把她当作文绮，伸手拥抱，等到看清楚，已经退避不迭。可是绣华误会了，以为宗汉有意于她，于是借端要求宗汉送她回去。宗汉不便固却，就送她回去。到了屋子里，绣华百般献媚，诱惑，宗汉至此，也禁不住心动起来。

---

[1] 原为句读。

吕震回来了，复命之后，急忙回到自己住的屋子里。不料偏寻绣华，不得其踪。他认道她在文绮那里去了，就追前往。却又不见，问问文绮，文绮只是对他淌着泪，默然无语，弄得吕震茫然不解其故。后来在一个马弁的口里得悉了她和宗汉的事情，在她回来的时候就很严厉的斥骂她。然而聪敏的她，用着花言巧语，说得吕震转怒为喜。

失恋后的金文绮，无意中在一个僻静的地方，发现绣华同一个奸细密谈着，才晓得绣华是敌人派来的女间谍。

绣华回到屋子里，宗汉已在等候了。绣华告诉他，吕震已经回来了，不便再在此地逗遛。宗汉不得已，作别而行。不料吕震从卧室里走出来，拦住了宗汉，肆口斥骂。宗汉恼羞成怒，反唇相抗，终于两个好朋友，变成了恶冤家。吕震并将绣华驱逐出门。

宗汉与吕震决裂之后，回到自己的住所。文绮告诉他绣华是奸细，劝他与绣华断绝。那知宗汉余怒未息，和文绮冲突起来。文绮大愤，立刻会同了吕震，认为宗汉既不愿与敌人奸细断绝，便是大家的公敌，于是到司令部去告发宗汉。

文绮和吕震因一时之气愤，到司令部里去出首告发，后来终于懊悔起来。但是森严的军令之下，一个囚犯被枪毙了。文绮只道是宗汉，不禁大哭。不料有一个人奔到她面前跪着，声声求恕。文绮睁开了泪眼一看，分明是宗汉。原来枪毙的是满腔热情的女间谍韩绣华。

朋友、爱人重归于好之时，忽地消息传来，敌人用重兵猛攻长春谷。于是朋友、爱人互相鼓励，冲向前去，与敌人死拼，为国家民族争光荣。

上海二十四小时

出品　明星影片公司，1933 年

编剧　夏　衍

导演　沈西苓

摄影　周诗穆

演员　顾兰君　顾梅君　赵　丹　朱秋痕　周伯勋　陈凝秋

《上海二十四小时》电影由夏衍编剧。其电影小说刊载于《明星》第 2 卷第 3 期（1934 年 1 月 1 日）。建国后，《"五四"以来电影剧本选集·上》（中国电影出版社，1959 年）、《夏衍电影剧作集》（中国电影出版社，1985 年）等曾收录该作，但皆为修订本，文字时见不同。为保存史料计，本篇选自初版。

电影小说

夏衍

一　一件小事情

下午四时，大都会的动脉跳动得最剧烈的时候。

汽车接连着电车，电车接连着汽车：在马路上。像春风里的小街——雄狗嗅着雌狗的尾巴，跟着去。从摩天大楼的顶上往下望：是两条直线地相对着爬行的蚂蚁的阵。……

这时候一家外资创办的纱厂里正在忙碌。那儿是永远忙碌着的。

原动机的电流通着，大大的轮轴牵引了皮带无休无息地循环着走。

纺车底下坐着一排女工，每一个人的手都在机械地动作。紧张的脸，微笑的脸，带着忧郁性的贫血的脸。

皮带盘底下的拾纱的孩子。——据说孩提是人生的"黄金时代"，而这些童工的"黄金时代"就是在拾纱的工作里消磨的。

突然——

迅速地旋转的皮带上出现了一件衣服，猛剧地抛上空间。接着有一声尖厉惨叫，在沉重的机轮声中发出。

一件无关紧要的小事情：一个童工受伤了。

全场的工作人在这时候像机器煞了车，立刻拥上来，围住了那受伤倒地的孩子。孩子面色惨白；满地的血。

"三十九号轧伤了！"

"三十九号轧伤了!"

大家慌乱地叫着。人丛里又钻进一个年青的女工。她蓦地蹲下去,抱住那受伤的羔羊,悲唤着:

"弟弟!弟弟!"

工场的空气变得惨厉起来。在这骚乱中,管理员带着医生泰然地跑进来了。医生看着那孩子的伤处。

"不要紧吧?"一个流泪的女工的脸,惴惴地看着医生。

可是医生不说话,他的头轻轻地摇着。

二 买办和太太

这是一位华贵漂亮的绅士,纱厂的买办周先生。

他正在听电话。电话筒里传过来工头的小心说话的声音,报告着工场里轧伤了一个童工的事情。这报告使买办的脸上掠过一阵愠怒的神色,他不高兴听这些。

"这也用得着报告吗?自己不小心,有什么好说的!"

这样回答了,便把听筒一搁。顾自己悠然地翻看着报纸上的戏目广告:有什么好看的电影公映没有?

像想着了什么得意的事情似的,买办忽然笑了。——接着就打电话。

这电话是接到买办的公馆里去的。买办太太娇慵地躺在床上,一手轻轻摩抚着驯顺地躺在她旁边的叭儿狗,一手拿起了几上的电话的听筒。

电话机里的买办的声音:"今天总该没有先约了吧,我的太太!我们去看电影怎么样?"

太太想一想,扭动一下身体,娇媚地对着电话机说:

"嗯,不行,今天李太太约我到她家里去打牌。"

轻轻地把电话筒搁下,女仆就替她端上鸡汁来。

三 人与狗的命运

世界原只有一个,生活在这世界上的人却被不可知的运命支配在两个绝对不同的圈子里。——天垂垂晚了,纱厂里放工的信号响过以后,这厂里的人就潮汛似的从门内流了出来:买办周先生是由摩托车载着他,买了许多高价的糖果回公馆看他的太太去了——这时候太太刚好起床;几百几千的男工女工都拖着个倦怠的身体回到他们的茅棚里休息去;那受伤的孩子,也由他的的姊姊和几个工人帮同带着回家了。

所谓"家",是一间小小的阁楼。做小贩的老陈正在预备烧晚饭,门外一阵骚扰,他的受伤的弟弟被抬了进来。意外的不幸在老陈的心里猛击了一拳,人是慌张得失态了。

"怎么一回事?怎么一……?"

张皇的问;妹妹的带哭的告诉,最后一句是:

"医生说……不中用……了。"

悲哀，忧伤，愤怒，这时候集中在两人的心里。就让他这样死吗？好歹得请个医生瞧瞧，当然。可是钱呢？从口袋里摸索出来的钱只够吃大饼！——两个人可怜眼色互相顾望。最后：

"你好好的看护他，我到你嫂嫂那儿去拿几块钱来。"

老陈坚决的说了这几句，就出去了。

老陈的女人是在周公馆做女佣的——老陈的妹妹和弟弟能到那纱厂里去工作，就是他们嫂嫂的介绍——他一直就跑到周公馆去。他从他的女人那里拿了五六块钱；可是他在周公馆里看到一个伤心的景象了——一个兽医院的收帐员向买办太太收帐：一头叭儿狗的医药费就花了三十块大洋。

"瞧！人家的狗子生病都花那么多钱哩！"

老陈和老陈的女人望着那买办太太和收帐员的背影，沉默着，像两个兀立的石像。

四　老鼠的教训

七点钟，黄昏悄悄地爬进了这大都市的怀抱。

有了钱，老陈就请医生给弟弟诊视了一次。医生走后，望望那僵卧在床上的孩子，他凄然自语：

"有的人穿好的，吃好的，玩好的；连狗子生病也花几十块钱去医。我们呢？……"

这样说着，站在旁边的老赵深深地感动了；他上前一步，紧握着老陈的手，两人都簌簌地落下了同情的热泪。老赵和老陈他们是同住在一个屋子里的，只隔着一道板壁。他受过中等以上的教育，他用过功念书；可是到了社会上，他在学校里所得的知识学问完全无用，他失了业，长时间地在穷困里受熬煎。他每天跑出去找工做，每天晚上都是空着双手回来，在门上加上一笔——这是他失望的记号，现在这记号已经要计不清它们的数目了；可是工作还是找不到。老陈的话每一个字都刺在他心上，这好像正是横在他心里吐不出来的牢骚；于是他感动，他的眼泪再也禁不住扑簌簌地落下来了。

他回到自己的房里，老陈的富于刺激性的话老是纠缠着他的脑神经。在一瞥间，他忽然看见啤酒箱上有一只宵行的老鼠正在偷他的吃剩的晚餐——山芋，看见了人，一下里迅速地溜走了。看着这情景，从那为了饥饿而窃食的鼠子上，他忽然如有所悟，独自个哈哈地笑了起来：

"这世界上竟容不下好人吗？这世界上竟容不下好人吗？"

于是像决定了什么计划似的，一横心；可是一种自谴的心绪接着苦恼了他，这精神上的矛盾又叫他歇士底里地哭泣起来了。

经过若干时候以后，老赵终于揣了一把凿子在怀中，关了灯，带着宵行的鼠子似的心情，向夜的街头闯去。

五　大上海之夜

上海是不夜的城！晚上八点钟过后，各种淫靡佚乐的生活就会接着开始。

按摩院里的肉体，妓院里的浪笑牌声，大餐间里调情的绅士淑女，电影院里的偷吻……是淫嚣的梦，是兽性的宣泄的把戏。

在一家高等的西餐室里，坐着许多摩登体面的男女；其中有一对：男的就是我们的买办周先生，女的就是——不，女的可不是买办的太太。太太说过今晚李太太约她去打牌，所以他约了一个美丽的小姐在一块晚餐。

买办愉快地吃着，用那么温文大方的姿势。可是小姐只略略吃了一点。他看着她。

"怎么不吃呀？"男的说。

"刚才有一处应酬。"女的回答。

这么着，男的一手捉住那白嫩的手腕："交际好广阔。"被夸赞的女人就做一个娇媚的姿态：笑了。

从大餐室跑出去以后，他们被汽车送到大上海戏院的门口，两个在人流中跑了进去。

在同一个时候的跑狗场里，买办的太太却正同一个健康漂亮的青年沉醉在赌博的游戏当中。李太太好像本来就没有约过她打牌。

狗在圈子里赛跑出，一回，两回，三回……

仆欧忙碌地来去在他们的旁边，买票，领钱。有一个时候赢了，笑着；有一个时候输了，撕了票，再拿出钱来再买……

时间在这种紧张的空气里仿佛走得特别快：十二点钟过了。

在最后一次赌博胜利的狂欢中，买办太太和青年离开了跑狗场。……经过一段小小时间的间隔，这一对男女的影子出现在舞场里了。

灯光幻成了薄明的轻纱，音乐起奏，一对一对的男女搂着舞了起来；穿着雪亮的皮鞋的脚旋律地移动。

舞完了，舞客暂时回归自己的座位。

买办太太刚和青年坐下，她媚人的目光忽然接触着两道男性的炯炯的目光，立刻电也似的吸住了。她有点不相信自己的眼睛；但一点也没错：那炯炯的目光所属的是买办周先生，他旁边坐着一位摩登的姑娘。——喝！他们也来了？

虽然买办和太太两个的心里都怀着鬼胎般，带几分意外的惊慌；可是神态上大家都勉强镇定了。

很快的，太太拉了那个青年跑到买办的面前，介绍着："这位是上海著名的体育家，短跑健将李先生。这是——"

买办赶快站起来，拉了那摩登的小姐，向太太介绍：

"这位是××大学皇后顾小姐。"

莞尔的微笑，两对人的握手，三十度的鞠躬。

音乐再奏，太太和短跑健将搂抱着旋舞场中去了。大学皇后深意地笑着向买办看看，却拉了邻座的一个朋友用旋律的步子滑向人丛中去。这里剩下了买办一个。

于是，无可奈何的烦闷苦恼着这位文明人的心了。他独自个坐着，眼睛却尽随着那说是"跟李太太打牌"而带了男友在酣适地跳舞的太太的舞步打回旋。像一匹沙漠中的骆驼，买办只觉得眼前是一片无边的空虚，荒漠……

最后，买办终于抱着颗凄酸寂寞的心儿离开了舞场。

六　生活的剪影

在同一个时间的不同的世界里，人们的活动是如此不同的。当买办周先生回到公馆的时候——

受伤的童工在痛苦不堪地呻吟，他的生命已经到了"生"的崖际的尽头，只要在一翻身之间，就可以堕入"死"的谷中去了。

老陈对于垂死的弟弟的情形，自然看得很明白；可是他有力量把弟弟从"生"的崖际拉回来吗？非但这办不到；为了第二天的生活，就是他要在这特殊情形底下暂时留一天在家里看守弟弟也不成功的。这时候，老陈是正冒着夜半寒风，在那灯光惨淡的小菜场里，做他以铜元为单位的小生意了。

看守着受伤的童工的只有老陈的妹妹一个。而她为了日以继夜的连续的疲劳，现在正沉入一个反常的梦境。在她的梦里，世界变得非常美丽，一间小小的房子里，到处开着好看的花朵：屋顶上，地上，一切的家具上。人呢，一家子都是好好的，快乐，开心，用不着流着汗做工，弟弟当然也不受伤。在她处女的心里偶然想到老赵的可爱处，老赵就会衣冠楚楚地从空间飞下来，送给她温柔热情的微笑……

而实在这时候老赵正在买办公馆的墙外徘徊。

偷食的老鼠在诱惑着他的心，饥饿在壮着他的胆；他终于影子似地闪进买办公馆去。——他做生平第一次卫道者所痛恶的"堕落"的行动。

这以后不久，倦游归来的太太已经倚在青年的怀里被汽车送回公馆，预备开始去寻她的好梦。而刚从好梦中醒来的陈大的妹妹，却不能不跟着那些女工开始到厂里去流她们的血汗。——

夜冉冉尽了。

七　贼

买办太太有点儿慵倦，需要安息了；却不见了一件睡衣。找，找不到；她在地下发现了泥泞的脚印：着了贼。

于是，房子里起了小小的骚乱。太太嗔怒着怪买办不好，翻首饰箱看失去了什么；买办睡眼惺忪地起了床，责骂女仆不管事；老陈的老婆站在旁边发愕，满脸是惊慌的表情……

太太打电话到巡捕房；接着巡捕房派到了侦探。

"一共少了多少东西？"

"一件睡衣，一只镶着宝石的别针。是昨晚二点钟以后失窃的。"

这么问着，侦探就去察看地下那哈叭狗儿正在嗅着的脚印。再问着太太：

"除了仆人，近几天可有别的可疑的人到这儿来过？"

太太想着，她的眼睛忽然就发火地盯着陈妈，要用眼光一刻子把她盯死似的。

"对啦，一定和她有关系！"太太对侦探说，指点着陈妈："昨天傍晚，她的男人在门房里和她鬼鬼祟祟地谈话。"

是的，"对啦！"太太的话没有错！于是侦探带着陈妈，"到行里去讲话"了。

到行里去，"讲话"虽然由你，信不信可是他们的主意。你说没偷东西吗？他说混帐，你做了贼，还敢抵赖！反正穷人都不是好东西，要关起来治一治：这是规矩！——老陈昨晚跟老婆在周公馆的门房说话是真的，这就是十分之十的重大嫌疑。于是陈妈被胁迫着带他们到小菜场里，把老陈抓了。"到行里去"，关起来治一治。

陈妈侥倖没坐牢；太太盼咐停生意！

八　太阳底下的秘密

是早晨七八点钟的时候，太阳光又朗朗地照着这热闹的都市了。

据说一切秘密的行动或犯罪的事情，都是在黑暗中进行的。在这里我们却要介绍一点太阳底下大白天里的秘密。

老赵作贼当然是犯罪的事情。说也奇怪，老赵对自己的犯罪虽然不免自己惭愧，可也有点儿高兴。"犯罪"的人原是因为"受罪"受得太多了才去犯的；穷人在走投无路当中，往往只有"犯罪"才可以救自己的性命。老赵穷困到这个样子，犯了一次罪却使他精神也活泼了许多。早上第一件工作自然是上当铺把睡衣和别针换了钱。家里有饿着肚子的人在等着，要钱的信不知来过几多封了；现在得汇个三五块钱回去：这就上邮局。肚子里的恐慌得解决。还有呢？哦！陈大的弟弟太可怜，受了伤没钱请医生；穷人的苦是只有穷人能了解的，他老赵既然有钱还不帮助一下吗？手头还剩有两块钱，他就把这两块钱请了个医生给老陈的弟弟诊治去……

喝！好家伙！偷了东西居然拿钱慷慨做好人，这是"犯罪"的行径！可惜这行径没有被买办或买办太太看见，要不然他还能够这样"逍遥法外"吗？

但自然买办和太太都不会看见老赵的：他们永远不会在一起。这时候太太在公馆里睡得正甜蜜；而买办这时候也正在纱厂里忙碌着办公。——半点钟以前，买办还被召在纱厂的大班的公馆里。那大班鼻子底下留着一撮小胡须，矮矮的，是一种"异国情调"的人。态度庄严，凛凛然的，似乎比买办更神气。而买办在他面前却显得非常谦卑恭顺了。

大班说："北方一带近来已恢复了战前的状态，可是上海和长江流域的营业还是不行，这是你的责任呀！"

这教训的语调买办听着并不生气。"是，是！"嘴巴子里尽"是"着，心里想着替大班推广营业的妙计。现在这妙计是已经得到大班的同意，回到厂里来实行了。

这时候买办正忙碌着：指挥着厂里的职员，把所有的纱包上原来的招纸揭去，再贴上另一张新的招纸——招纸上皇皇地印着道："完全国货。"

由于买办的忠心，这许多标明"完全国货"的外国纱包，不久就会源源不绝地流进国货市场，再流到购买者（当然是中国人）的手里去。可是谁知道这里面会是"妙计"的秘密？

九　受罚的灵魂

时间一秒一分向前爬。受伤的童工的生命越过越短促了。

身子直僵僵地躺着，一动也不动；胸口却猛剧地起落；喉咙像拉风箱似的，困难而迫促的呼吸。眼睛半张半闭，眼珠子不知到哪儿去了，剩下一线灰色的眼白。

被买办公馆歇了生意的病孩的嫂嫂坐在旁边，瞧着这情景，心里像有什么在一针一针用力刺。

老赵的医生是请来了，可是医生只看了看躺着的孩子，半句话也不说，失望地摇了几下头就走了。

孩子的神色越看越不对，似笑非笑地，那么半睁着眼。陈大的女人瞧着急了，只是喊救命似地叫着："弟弟，弟弟！"

叫罢，可是叫破了喉咙也没用；弟弟一翻眼就落了气。

嫂嫂伏在尸首上哭得仰不起头来。站在床边一语不发、陪着流泪的，是刚才请了医生来的老赵。

屋子里的空沉闷到像要炸裂。远远地传来的汽笛声报告着时候已经正午。老陈的女人悲哀地昂起头来，她想着：死者的姊姊还在厂里淌着汗做工哩，这一家子运命……

默默地流着泪的老赵忽然出声了，问陈大的妻：

"他的哥哥怎么不回来？"

"他？"老陈的妻睁大了眼睛，像头上着了个炸弹："天不生眼的！昨夜买办家里失了窃，偏说是他……把他抓进牢里去了。"接着，她又幽灵似的独白着："一个死，一个在牢里……一家都完了……完了，一切都完了……"

这么说着的时候，老赵的面色忽然起了突变：一阵子通红，一阵子又变得铁青，汗涔涔地从头上流下来。他不想偶然做了一次"宵行的老鼠"，竟累着了自己的朋友。他深深地苦闷着，他觉得有一种巨大的暴力在蹂躏着他的灵魂。

老陈的女人惊疑地看着他。他狂暴地叫：

"那东西是我偷的，那东西！"

"我不能连累你们，我去自首！我去自首！"

她蓦然从惊异中领悟到这事情的内幕时，老赵已经像失了人性一般，向门外狂奔去了。

一〇　平凡的一天

两个钟头以后。糊里糊涂地被关在监牢里的老陈正在焦灼着，暴燥着，忽然狱卒押枷了老赵跑进牢里来。他惊奇地望望老赵，老赵却向他微笑着过去了。他正疑惑：老赵怎么也被抓了进来？而另一个狱卒却忽然进来，把自己释放了。

一只逃出樊笼的小鸟似的，老陈飞奔着回家。

老陈的女人看见她的男人忽然回来，她觉得惊疑，也感到了一丝宽慰。可是她想到丈夫被释放的原因,老赵高叫着"我去自首"以后狂奔着出去情景在脑际迅速闪过,她又感动得突然哭泣了来。

老陈的眼睛正死死地钉在那张小床上,他的失去了生命的弟弟的躯壳,僵直地挺在那里。床上燃着两支香。香烟袅袅地向空间升,升,升化到人目看不见。老陈的心却老是跟着往下沉,沉,沉……

时间平凡地过了一天:四点钟了。

大都会的动脉依然剧烈地跳动。买办太太又起了床,喝着鸡汁,心里想着怎么狂欢地消磨这一夜?

汽车,洋楼,女人,消魂的舞……

失业,受伤,坐牢监,死……

每天,每天,昼昼夜夜循环着。上海永远是那么热闹,灿烂,辉煌。可是黄浦江里天天有被抛弃的垃圾,贫民窟里也天天有被榨干的人渣。

一九三三·十二·一七

盐　　潮

出品　明星影片公司，1933年
原著　楼适夷
改编　郑伯奇　阿　英
导演　徐欣夫
摄影　董克毅
置景　董天涯
演员　胡　蝶　顾梅君　王征信　王梦石　顾兰君　吴万祥　柳金玉　孙　敏
王献斋　唐巢父　刘彬文　冯志成

《盐潮》电影由郑伯奇、阿英根据楼适夷原作分场编剧。其电影本事为王乾白撰写，原载《明星》第2卷第3期（1934年1月1日）。

本　　事

乾白

这故事的发生，是在哪一个时代，现在是说不清楚了，总归是在"现在"的以前罢。

在一个风光明媚的海滨，这儿的居民，大概都是依靠烧盐来维持生活。尽管是很苦的生活，但他们或她们却都很愉快地，习以为常地，并不感觉到"苦"了。因为根本上他们或她们，就没有尝过"甜"的生活滋味。

阿凤——是这村上老盐民张德三的独生女儿，也是这盐村中一朵娇艳的小芍药花。

年青身强的陈炳生，跟阿凤本是竹马之交，从小就在一处生长，如今已经像是一对情投意合的情侣。

炳生的妹妹阿巧，天真活泼，跟阿凤也是打得火热。他们时常都在一处工作，和平快乐，充满着在他们三个人之间。

上海的富家子胡心吾，是这盐村中豪绅李大户的外甥。这甥舅二人，阴谋着想夺取东堤一带的公地。所以心吾为了这件事，特为的跟李大户的帐房王先生，一同下乡去进行一切。

在村口，心吾忽然地看见了阿凤。纯朴的伶俐的，不事修饰的天然鲜艳，使这纨绔子生了爱慕的念头。

恰巧这时候，张德三因为犯了烧私的嫌疑，被拘了。炳生又不在村中，阿凤没法子，从了德三的意思，向王先生求救。心吾乘此机会，特为的要表示慷慨仁爱，很出力的将德三营救出狱。阿凤跟德三非常感激心吾的大恩。心吾更不肯放过这大好机会，乃向阿凤百般的诱惑。但是在无邪的阿凤，只知道这是心吾的好意，绝对的不能发现他的欺诈。

炳生看到心吾这样的举动，对阿凤时时加之规劝。但是阿凤不能立时的觉悟，不由的他是有些失望。情感，这东西本来是非常的奇怪，越亲近，越容易浓厚；反过来也就是，越冷淡，越容易破裂。

家贫母病，盐商又勒不加价，炳生受了环境的压迫，遂铤而走险，加入了贩私的团体。

不料炳生的贩私行为，还没有实现，他的计划，却早已败露了。盐警整队去搜捕他们，恰巧心吾强约阿凤游山，盐警向心吾泄漏了秘密，灌进了阿凤的耳中。她想到炳生的危险，马上撇开心吾，不顾一切，穿山越岭，抄小路找到炳生兄妹，报告这凶险的消息。炳生尽管是得救，但是他俩的情感，并没有因此恢复。

心吾的轻薄举动，阿凤也感觉到讨厌，可是老父不谅此心，硬叫她送饭瓜给心吾。风流场中的能手，怎肯放过这千载一时的机会。心吾便用柔情软语去打动她，王先生又在一边似唱似叹地劝诱她。年青的乡村女孩子，怎能跳出这重重罗网。阿凤最后竟答应和心吾同去上海了。

心吾们夺取东堤的计划，实现了。全村的村民，失却一个砍柴的公地。群情愤激。炳生尤感公愤。阿凤也大受感动，立时悔悟。

第二天，阿巧跟村女们到东堤去砍柴，受了意外的欺侮。阿凤和炳生，邀约着大众去理论，因此发生了冲突。村人一齐起来援救。李大户和胡心吾，究竟不能抵当群众的力量，狼狈逃到上海。

于是炳生跟阿凤们又继续地过那和平的生活，一场盐潮遂告平息。

展 览 会

出品　明星影片公司，1933年
编剧　王乾白
导演　陈铿然
摄影　陈　晨
置景　刘晋三
演员　夏佩珍　孙　敏　王征信　高逸安　王梦石　谢云卿　萧　英　徐莘园　王吉亭　严工上

《展览会》电影由王乾白编剧。其电影本事为王乾白所作，原载《明星》第2卷第3期（1934年1月1日）。

本　事

乾白

　　在内地的一些学生，他们或她们，对于抵制劣货的事，真是来得格外的起劲。的确！除了这，他们或她们是不能有其他的表示。
　　赵菱香，她是县立女子中学的学生，因为她的父亲，是开洋广货铺子的，所以她所用的服饰，难免不有一些劣货。也许她在学校里，是受了一些关于劣货的闲气，因此她尽管是会到那情投意合、门当户对的涌盛祥的小老板郭英，也没有平日的那样高兴了。
　　菱香回到家来，一封从学校里寄来的信——警告她不准再用劣货的信，又赫然的呈现在她的眼前。
　　——这怎么办？这也是劣货，那也是劣货，叫她再穿什么衣服出去？
　　这的确是一个难解决的问题。可怜她母亲已经有"打呃"的毛病，现在看到菱香把衣服都脱去，更是"呃"得说不出话来。
　　"……再嫌少，我拼着生意不做，等他们来封！对过涌盛祥的劣货比我多……也就没事了……"协昌源的赵老板，因为要查封他店里的劣货，所以很呕气的说出他的办法。
　　为了要推销货色，所以不得不减价以广招徕。赵老板跟他的得意徒弟叶庆彰是很诚恳的在应酬主顾。不过货色的价钱，尽管便宜，然而乡下人太穷，不能不吃饭而来买便宜货。这叫庆彰和赵老板够着急了。
　　忽然的，徐老太来要她那三百块钱棺材本的三个月的利钱，可怜赵老板只得忍气吞声，将这一天的现款，拼拼凑凑的付了给她。赵老板这才想起要把欠人跟人欠的账目,赶快的结算一下,并且叫庆彰赶快的到四乡去收账。

庆彰对于菱香跟郭英的事,是有些放心不下。在他还没有答应收账的时候,菱香在旁边一催促,庆彰竟"义无返顾"的答应了。

郭英的父亲,他时时都有吞并协昌源的野心,所以他知道了赵老板真蚀本减价的傻主意,他是要利用这机会了。

庆彰下乡去收账以后,菱香也在店里来帮同照料。出乎意外的,商会会长跟华局长,也光顾到协昌源里来。商会长示意赵老板,叫他对于华局长方面,也该点缀一些,免得别人挑拨,又来生事;这在商会长自然是关顾的意思。然而赵老板……至于那华局长,却"醉翁之意不在酒"的跟菱香在作交易。

庆彰尽管是很忠心很努力的在收账,但"不怕要账的狠,就怕欠账的穷",收不齐账来又有什么办法。况且庆彰这时候,他是时时的悬念着菱香,他想倘使自己不穷,一定可以娶她了。

上海的东兴,是协昌源最大的债主。收账的客人来了,赵老板唯一的希望,只有等庆彰回来。可是在庆彰没有回来之前,上海的闸北方面,又有一次变动。上海的收账客人,自然是急着要回去。赵老板只得到有来往的茂源钱庄去重利通融。谁知钱没有借到,茂源并且警告他:所有的前欠,一概要在年内结清。

庆彰回来了,罄其所有的给了上海的东兴客人,还嫌不够,已经是不容易对付了。在这里面,有一张茂源的庄票,要兑一兑现。赵老板心想这是很便当的事,谁知茂源接到庄票,不客气的归账了。这真使赵老板急上加急了,哀求,惭愧,抱歉……好容易才把上海收账客人,打发回去。

涌盛祥又在暗暗的计划该怎样进行了。

茂源的经理来提出扣账的办法,使赵老板不敢不承认。又说到关于郭英和菱香的婚事,赵老板心想这事自己是有主权的,所以一口回绝了。

一个奇迹的发现,在无聊的新年里,赵老板无可奈何的也准备了一桌很菲薄的利市酒。从闲谈中,发现了有许多从上海逃难来的人。庆彰灵机一动,想出"一元货"的办法。果然生意很好,各人脸上都有了笑容;可是茂源不客气的提去现款。

在一个小酒店里,涌盛祥的伙计,拼命的在恭维着庆彰,原来是想庆彰脱离协昌源。庆彰哪里会答应?可是第二天,协昌源的债主徐老太、黄寡妇、周老八,大家都约齐着来讨欠款。赵老板赔尽小心,才敷衍他们出去。但这是什么缘故?难道又是对面涌盛祥在做提调吗?

商会会长对于赵老板所请托疏通债主的事,认为是很容易办的;不过华局长虽已有两个太太,但他很中意菱香。只要赵老板肯答应,协昌源的任何事,都有华局长负责协助了。

这一天,是赵老板回绝了华局长的一天,赵老板竟被捉了,据说是因为赵老板要集中现款,准备逃走,所以要将他看管起来。倘使将钱赎罪,也许可以安然出来。但在这时候的协昌源,哪里拿得出钱来?然而在涌盛祥认为这又是一个好机会,所以郭英的父亲,特为来看庆彰,情愿用现款来购买协昌源全部便宜货色。菱香庆彰救人心切，自然是答应了。

赵老板虽是安然回来，但店里既没有货，又没有钱，债主更多，简直是无法可以维持下去。恰巧菱香又发现了涌盛祥的诡计，哭着回来。于是庆彰决定叫赵老板逃走，店里的事，由他来对付。这时候菱香的母亲，一面拿出她的私蓄，叫赵老板带菱香先走，一面做主将菱香配给庆彰。

协昌源终于倒闭了，可是影响到涌盛祥的所有的放款的人，一时都要提取现款。这一着，在郭英父子是绝对没有想到，一点筹划都没有，于是也步了协昌源的后尘。

庆彰带着妻子，去投奔他的亲戚方少甫。这时少甫正要筹办一个商店，推销自己厂里的国产出品，所以就托付了庆彰。

庆彰和菱香受足了卖劣货的痛苦，现在是很高兴的在出卖国货。但是都市中的一班时髦的顾客，都觉得国货没有外国货好，因此，他们的生意，还是不能发达。亏得庆彰忍痛的想出了一个办法，生意竟会好了起来。

国货商家，联合举行国货展览会，庆彰也是参加的一份子。最后庆彰和菱香，登台表演买客的心理，大家都很感动，一致的起来，提倡国货。

姊 妹 花

出品　明星影片公司，1933 年
原作　郑正秋
编导　郑正秋
助导　沈西苓
摄影　董克毅
演员　胡　蝶　宣景琳　郑小秋　谭志远　顾梅君　徐莘园　赵云卿　袁绍梅　赵　丹

《姊妹花》电影系郑正秋根据其舞台剧《贵人与犯人》改编。其电影小说有多个版本：一署名"记者笔述"，原载《小说》第 1 期（1934 年 5 月）；一为邱涛声所著，作为"电影小说丛刊"单行本出版（上海开华书局，1934 年）；一为陈慕陶撰写的同名单行本（电影小说社，1934 年；启智书局，1935 年 3 月）。新中国成立后，上海文艺出版社《电影选刊》1982 年第 6 期刊载了靳凤兰根据影片记录整理的同名电影剧本。为保存史料计，本篇选录了两种电影小说。其中"电影小说 2"选自上海开华书局版，并以启智书局版补缺。

电影小说 1

郑正秋编著　记者笔述

这天桃哥从市场回来得特别早，手里拿着一大包的东西，嘴里唱着山歌，面上露着笑容，大踏步的向自己家门走来。大宝和她母亲正坐在门口纺纱，她跑来迎着桃哥，把那包东西接过来，笑着问：

"我叫你买的酸梅有买没有？"

"你叫我买的东西都会忘记的吗？"桃哥很得意地答。他望了望他的爱妻，"我问你，你这几天都叫我要酸梅，究竟有什么用？"

"你自己猜猜罢。"她说完笑着跑开了。桃哥见她这样快活，自己也心花怒放，于是发步追她。两人绕着屋前的空地走了两个圈子，他终于把她捉住了，硬要她讲。她娇嗔了一会，在他耳边细声的说：

"傻人，我有小孩子了。"

他们住的是内地一个很幽静的乡村。那时虽说是民国十三年，但革命的势力尚未统治全国，三民主义在他们的省界内是被禁的反动书籍。桃哥的父亲是个教学先生，人很慈祥。大宝很小的时候，父亲不知什么地方去了，剩下她母女两人没人依靠。桃哥的父亲便把她俩养起，直至大宝和桃哥都长大成了婚，十几年来辛勤凄苦才至今日。

在大宝母女眼里，他真是个活命的恩人。

这时桃哥和大宝很欢喜的跑进父亲的房里，大宝的母亲也随着进来。桃哥对父亲说了他们的喜讯，还加了一句：

"爸爸，我也快要做爸爸了。"

老人家听了并没有怎样的表示，默然一会，才慢慢的说：

"桃哥，这当然是欢喜的事。不过，你得知道，以我们这样的人家，多张嘴吃饭是很大的问题。现在我又老了，单靠你出去赚钱……"

大宝和母亲都觉到一阵的心酸，但桃哥依然很高兴，把衫袖抽起，拍了拍手臂，说："爸爸，你别忧心，我有的是力，何愁没有生活啊！"

夜深了。整条村沉寂到像死去一样，大概有两点钟了罢。大宝偶然醒来，朦胧中觉得厅堂的油灯还亮着，她向那里望去，原来母亲还没有睡觉，一个人危坐着，而且，大宝定神再看一下，她在哭着哩。

她起床来走到母亲的侧边，问："妈，你哭了，什么事呀？"

母亲似很坚决的样子，勉强止住了眼泪，半断半续的说：

"大宝，我瞒了你许多年了。你一向都不知道你父亲究竟在什么地方，今晚我得说你知。他在十多年前丢弃了我们，跑到城里去了。那时你年纪很小，你还有一个妹妹叫二宝，生得样子比你好看。你忍心的父亲只带了她走，剩下我们两个挨苦。不是桃哥的爸爸，我们怕已饿死了，还到今日吗？"

大宝听了，咬着牙想不出什么来说，眼望着她可怜的母亲，一会才勉强装出笑容安慰着妈说："妈，这样的人不值我们再去想他，以前的事也过去了。反正我们现在有衣有食，桃哥又这样能干，你少忧心罢。时候不早了，你是有病的人，早点睡养养身体要紧啊！"

几天之后，一切像是很平和的过去了。夜里，他们一家四口依旧的围坐着说说家常琐事，然后各自睡觉去。桃哥因为整天的劳动，睡得特别好。母亲的咳嗽也像好了些了，她也睡得很安静。大宝呢？不知怎的，因晚上觉得桃哥的爸爸举动有些不自然，所以心总在挂着，一连几次睡了又醒来，她有些怕了。难道今晚有事发生吗？她在想，不，也许是自己太过虑了。她便勉强的闭上眼睛不再想什么，准备睡去。

"开门！开门！"外面有人大声的叫，把她吓到跳起，马上推了两推桃哥。母亲也醒来了。桃哥三步两脚跳出把门开了，只见两个邻舍扛着一个人进来。他们一看，不觉魂儿飞到半天去。嗳唷，父亲怎么受伤了，衣服通给鲜血红了，面色惨白，喘着气叫痛。这究竟是什么一回事呢？

他们把父亲放在床上之后，桃哥忙解开他的衣服，想找出受伤的地方。他父亲阻止他，竭尽气力的望他们说："我是不能再活的了，这也是我的命啊！我……我见家里这样的穷苦，想找点好好的钱来。我前几天发觉有人私贩洋枪，今晚准备去报官，谁知走漏了消息，给他们开枪打中了……"他说到这儿已经呼吸很急促了，伸出支颤着的手握着桃哥，再一字一呼吸的说，声音这时已经很微弱了："你……你们再不能停在这里了。反正革命军不久一定会攻过来，乱事是免不了的，你带她们到城里避避罢。"

他说到末尾一句，已经眼睛撑不开，面上一点血也没有了。几分钟后，呼吸也停止了。

他们跟邻居的李大哥到城里不久，桃哥总算在一家水木作里得了一份工。可是城市的生活这样的高，他们怎能弄到个温饱呢？住的地方又是窄小，又是肮脏，但他们总得挨下去，除了这也没有别的方法啊。

他们的孩子出世了，是孪生的，两个都是很壮健的男孩子，但这对于粮无隔宿的他们，只是加增了许多痛苦，还有什么可喜呢？

桃哥这天回来，在门口碰见了二房东，记起今天是交租钱的日子了，摸了摸衣袋，只拿得两块钱，还不够。没法，只好鼓起勇气给了他，恳求着说："还差三块，我明天设法弄来，现在实在没有了。"侥幸那二房东也是很慈心的，知道他们的苦处，也不再追迫他们。

半夜，大宝给小孩哭闹醒了，才知道桃哥还没有睡，独自一人坐在床沿，打开一个小纸包，把里面的东西吞下去。她忙起来抢过那张纸，这可把她吓呆了。

"这是吐血药，你吐过血吗？"

桃哥知道再不能瞒她了，只得安慰她："做工的人受伤了有什么奇怪？我的伤是很微的，你放心罢。"说是这么说，但她怎能不急呢？

第二天桃哥依旧的做工去了。两个孩子这天特别讨人厌，不是这个哭，便是那个哭，弄到大宝忙个不了。母亲躺在床上又不能起来帮她，她老人家的咳嗽又起了，她在床上只是流泪，忍不住说了一句："大宝，你真是命苦啊！"

李大嫂来了，看看大宝手里拿的米瓮没有粒米，知道她们又要挨饿了，不禁摇了摇头。无意中想到一件事来，忙对大宝说："钱督办的七姨太太生个小孩子，想请一个奶妈，可是验过许多人的奶水都不合，你不妨去试试罢。"

大宝在钱公馆里等了半天，才得进去给医生检验奶水。但可喜的，她居然获选了。在钱公馆饲养他们的小宝宝，这在大宝当然是一份很好的位置了。但，在这儿，谁也不会想到那钱督办的七姨太太赵剑英，便是大宝的亲妹妹二宝哩！大宝看见七姨太太时，也觉得她的面貌和自己有些相同，可是，她是钱督办最宠爱的姨太太，是贵人。和自己相差得太远了。

赵剑英怎么会成钱督办的姨太太呢？这却不能不佩服赵大的本领。他领二宝到城里后，东营西钻，居然夤缘认识了钱督办。他知道钱督办好色，二宝又生得这样美丽，不利用她做个升官发财的机会更待何时？

大宝到了钱家，不过才三天，不幸的事发生了。

桃哥本来已是有病的人，加以时时忧虑，在做工的时候往往会觉得头昏眼花的。这一天适值是那家水木作替人家改造房屋，桃哥在屋顶上搬运梁木，一个不慎，竟从屋顶跌到地下来，当场晕了过去。

两个工人把桃哥扛到家里的时候，他已痛到不能说话了。大宝的母亲扶着病走到他的身边，眼望着他惨白的脸，急到泪也流不出来。同居的李大嫂却有些主意，忙向二房东拿了些止痛药替桃哥敷上，这才把他的剧痛暂时止住了。但这种伤不医是不行的，她哪里来的钱呢？

大宝听母亲说桃哥跌伤之后,她更急了。到了才三天,工钱是未能拿到的,怎办呢?她想了一想,决定向太太先借一个月的工钱,好让桃哥去医治,人命要紧。

她打发母亲先回去,然后大胆地跑进内室。这时太太刚刚约好了女朋友去打牌,而且汽车也预备好了。

"太太,我丈夫跌伤了,家里没有钱,求你先借一个月的工钱给我,让我丈夫请个大夫医医……"

她话还没有说完,太太已经怒容满面的截住她骂道:"你这不识抬举的贱东西,来了三天便想借钱吗?"说完还打了大宝一个耳光才悻悻然出去了。"打牌的人最怕人家借钱,这奶妈真是不识相了。"两个女仆在后面细声的说。

大宝回到小宝宝的房间来,正在无计可施的时候,忽然看见小宝宝身上挂着的金锁,这才使她起冒险的心。她幻想现在桃哥一定是痛到要命了,也不顾得许多,便把金锁除下。谁料这时凑巧钱督办的女儿跑进来看见了,大声叫喊起来。她忙用手按住钱小姐的口,求她不要声张。但钱小姐哪里肯听她,两人你扯我拉,无意中捣倒了墙上一个大花瓶,跌在钱小姐的头上,钱小姐登时晕去了。

大宝的母亲听说大宝犯了"革命党化装谋杀钱小姐"的消息之后,马上跑到监牢来,但守狱的兵士怎会准她进去呢?正在嚷着的时候,军法处长来了。她一看,并非别人,正是十几年前丢弃她的丈夫。

赵大知是事情嚷出去会丢面子,但放了大宝更会影响他的官职,于是想出一条和平的方法来,叫剑英来和大宝母亲会面。

剑英听过了从前的一切之后,心里感到无限的伤心,对可怜的母亲和姊姊表示十分的同情。但大宝怎能便肯这样了结呢?

"你是贵人,我是犯人,配不上叫你做妹妹。但你要知倘若我也有你一样的好看,也许你要叫我做太太,向我借钱给我打你的耳光哩!"她说完想起当时的情景,心头的愤恨更难竭止了。

但母亲到底是慈祥的,她也明白剑英是被迫处此,她本身是没有大罪的,于是竭力劝导大宝,好容易才得她姊妹两人和好了。

母女三人坐了剑英的汽车走了,只剩下赵大一个人踌躇着怎样向钱督办解释这事。因为无故释放了一个谋杀钱小姐的革命党嫌疑犯是了不得的事,军法处长的职位怎能保得住啊。

电影小说 2

邱涛声

一

黄昏时候,在一个近海的村庄,有一个破落的人家。零杂的东西挂满了墙壁,凌乱的用具,散漫的堆在地上。一切的品物,望去都是熏黑的。屋内的光线,因为快到夜晚，太阳光薄弱，所以格外昏黄。光景很是冷落，很是凄凉。在静悄悄的空气中，一个上年纪的妇人，捧着堆满碎布的箩簸在织补。一个少妇人轻轻的跑进来，迅捷的走到老妇人跟前，很亲昵的神情说：

"妈！桃哥回来了。"

小妇人说的声调，很融溢，很欢乐。

头发斑白的老妇人，听完了这句话，抬起了她苍黄的刻着好些皱痕的颜面，露出很仁祥的神色望着。

一个衣衫褴褛的渔人，应着老妇人的视线跨进来，脸上笑嘻嘻地，一边放下他的渔具，御下他的雨笠，雨蓑，一边指着搁在凳上的竹笼，热切响亮的声音说：

"大宝！大宝！今儿好运气！碰着洋船走了，没有人拿洋枪来不准我们打鱼。你瞧，你瞧！这么多的鱼，好卖不少钱呐！"

那少妇人很敏捷的持起了鱼笼，顺手从笼中抓出一条不小的鱼，紧紧地捏着，转身向她的妈妈说：

"妈！你瞧！鱼儿真不少！"老妇人撇下了堆满碎布的箩簸，站了起来，眼睛看着鱼和笼说：

"巴望洋船去了不要再来，让你天天做得好买卖！"

老夫人说后，有点喘，脸朝着她的女儿大宝，眼睛看着她的女婿桃哥，在她慈蔼的眼色上，放射着心衷中无限祝望的光。

二

大宝和桃哥帮同收拾了鱼具，搬到外面来。他们俩，是一对很要好的小夫妇。在他们的东西布置停当了后，大宝跳过来问着桃哥说：

"我叫你买的东西呢？"

"阿呀！我忘了！"

桃哥露着一点惊讶。

"哼！好良心！"

大宝说着，回着头，脸儿埋得低低，表示她在嗔怒。

"哼！你瞧！你瞧！"

桃哥从胸怀中掏出一包东西，撑得高高地，拉长嗓子喊着，声调又和蔼，又痛快：

"唔！你给我！"

大宝很天真的说后，立即过来抢，前后几次，都没有夺得到。桃哥由这只手换给那只手，又由那只手再换给这只手来，大宝老是攀不着。

"不给你！"

桃哥说着，拔步便跑，大宝跟着就追。绕着屋中各样的家具旋转，跨过各样细小的东西，最后大宝追不上，喘着气嚷着：

"唔！你给我呀！"

"歇会儿！歇会儿！我累乏了！"

桃哥蹲了下来，背靠在壁上。大宝也同样的坐下去，接着说：

"你给我呀！"

"不！你得告诉我，为什么你天天爱吃这酸的东西？"

"告诉你，你别说！我有了小孩子了。"

大宝一面夺过桃哥手中的东西，一面把嘴贴在桃哥的耳边，用嘎的声音说着。"小孩子"三字更低得只有桃哥一个人听得见。

"吓！你有了小孩子了，哈哈！我告诉爸爸去！"

三

桃哥很高兴，说着跳起来往里便跑。才跨了几步，碰到大宝的母亲，就扬着声说：

"我的亲丈母！我的好丈母！您要抱小外孙儿了！"

大宝的妈听了，仅在她的脸庞上，浮出几纹缄默的笑痕。

桃哥立即又跑到父亲的跟前说：

"爸爸！大宝肚里有了小宝宝了，你要抱孙子了！"

"你自己还是个小孩子呐，想不到你倒也有了小孩子了！"

桃哥的爹，本来正在桌上纳闷，所以听了，只用这很沉郁的声调淡淡地回答。

"我的好爸爸，我也快做爸爸了！"

桃哥又添着说。可是，他那老经世故的爹，想起十多年前教大宝和桃哥读书的时候，他们还是两个要好的小朋友，而今，便快要做了父母了，觉得时日真过的快。又想起家计窘拮的景况，不禁在脸孔上露着人世沧桑的感伤。大宝和他的妈，也从外面踱进来了。桃哥看见父亲面露忧容，一声不响，很惊异地问：

"爸爸！你怎么又生气了？"

"你怎么又惹公公生气了！"

大宝也很悔煞地添着说。

"唉！你不知道你那丈母娘费了多少心血，才挣了人家的工钱来把大宝养大的。你不知道我费了多少心血，才收了人家的修金来把你养大的。想不到年成不好，乡里人念书都念不起了！我又没有入息，现在只靠你一个人种田养家，已经苦的够难过得下去了！再生一个出来，你不是要更苦了吗？"

桃哥的爹，一边说一边叹息。桃哥抓上右袖子，拍着臂上隆耸的肉说：

"爸爸！不要紧！我有的是力气，帮人家耕田不够养家的话，还好带打鱼呐！怕什么！"

桃哥的爹，听了含首不响，额上露着无限的怆蹙，大家就沉闷的散开了。

四

黄昏，大宝的妈，看到日间这个情境，觉得老住在女儿的婆家，终不是办法，所以想起她那已出家门十三年的久无音讯的丈夫，和那被丈夫同时带出去的二女儿二宝，不禁酸泪滑溜溜从眼眶中往下淌。

大宝正在整理家计，看见伏在灯下掉泪的母亲，身挨得近近的劝着说：

"妈！您又在记挂我爸爸了吗？"

"唉！你那贩卖洋枪的爸爸，一去十几年，连一封信都没寄回来，我如今倒也不想他了。不过你的妹妹二宝，现在不知道落在谁家，我倒很挂念着她咧。"

"妈！妹妹要是有良心，为什么连一个信都不给您呢？她想不到您，您也不要再记挂她了。妈，你睡吧！"

大宝说着，声调柔顺得像母亲照料她的孩子一样和蔼温醇。尤其是"妈，您睡吧！"几个字，更是甜蜜得难以穷味。

大宝的妈，猛然想起这是女儿的婆家，即可转了软弱的语调说：

"轻一点！只怕你公公还没有睡着呐！"

"那么，让我去瞧瞧。"

桃哥的爹，听到了大宝母女的伤叹，心中更是烦闷，更是睡不着。大宝来看他时，他装睡得很熟。大宝看公公已经睡着，自己也就去睡了。

一家人都睡熟了，只有操心家计的桃哥的爹，老是惺忪地睡不着。他想起一步一步地衰落的家庭，想起儿、媳们今后的苦境，将来小孩子多起来，儿、媳们困难的惨况该到什么地步！他想到这里，自己觉得很不安，自己觉得太无能，太惭愧，太对不起儿媳，羞怨着自己手里没有什么东西留下给儿媳。他觉得应尽可能的多筹谋点钱来帮忙安家。现刻乡人已穷得口都糊不上，哪里有空顾得到读书，自己的才学又卖不出钱来。他想的没法，爬下床来，看看家人都已睡熟，偷偷地穿配上儿子的雨蓑、雨笠、渔具，轻轻地摸出了门，乘着深秋嘹亮的月色，到海边去捕鱼。他想借此偷卖点钱来弥补家用。

五

暗淡的月色中，桃哥那黝黯的门首，"呵唷！""呵唷！"的哀音在嘈杂的足踏声中喊将出来。

桃哥从朦胧的睡梦中跳起来，嚷着：

"怎么了？怎么了？"

"呵唷！""呵唷唷！"

桃哥听清楚是爸爸的呼声，赶到倒在地上的爸爸跟前，痛切地叫：

"呵呀！爸爸！"

"你爸爸中枪了。"

人群中一个声音这样说。

"我爸爸怎么会中枪的？"

桃哥带着泪声问着。

"你爸爸去打鱼，看见私贩洋枪的小轮船正在卸货，你爸爸说要去报官，走了没几步，冷不防被贼人们一枪打中了。"

扶着桃哥的爹回来的一个渔人这样说。

"贩卖洋枪的强盗害人啦!"

桃哥的爹伏在地上叫喊了这一声后,立即抽搐着死去。

"爸爸!爸爸!"

桃哥跪下去哭喊着。

大宝也已赶出来跪下去哭喊着。

六

虽然得了邻人不少的帮助,可是葬丧等事,弄得桃哥更穷。一家人穿戴了孝服,成天流着泪,哀哀地悲泣着。

死了爸爸的桃哥,觉得什么事都是渺茫厌倦。接连几天,桃哥整个的心,日夕都被伤悼的悲哀占据着。

已是更深的时候,一对小夫妻仍在灯下呆坐着。

"桃哥!桃哥!"

大宝亲切的叫着,声音很深沉,很凄绝。

"……"

桃哥只回她一双疑忘的眼睛。

"桃哥!你已接连两三天没有睡觉了,你去睡吧!"

大宝恳切地说着。

桃哥默认的爬上榻上去,大宝也坐在榻边脱鞋。

"拍拍!噗拍!噼噼!"

野外一阵阵的枪声,从窗口攒进来。

"桃哥!桃哥!"

湮暗的窗口,露着两个人头朝里面喊着。

桃哥和大宝立即跑到窗棂。

"李大哥!李大哥!"

桃哥喊着。

"李大嫂!大嫂!"

大宝也跟着喊。

"大哥,有了什么事呵?"

桃哥惊恐慌忙的问。

"土匪跟官兵打起来了,我们赶快逃命吧!"

"怎么?打起仗了?"

"逃命要紧,逃命要紧!快走,快走!"

窗口的人催促着。

"哎呀,妈妈还没有起来呵!"

大宝嚷着;桃哥接着很匆促的说:

"快去扶她出来呀!我去收拾几件值钱的东西。"

"快！快！快！"

窗口的人喊着。

七

荒野上，一簇行人，零零星星，有如蚂蚁爬行。桃哥停下，沉重的独轮车子在喘息。大宝右肩背着一个隆起的包袱，左手扶着年迈的母亲，大家对这逃灾的行途，都有些难色。

"桃哥！愁什么？你们跟我们到天津，找我的叔叔去吧！"

带桃哥逃走的人说了，大家又踏上了行程。

八

只有气力的桃哥，自从到了这人地生疏的天津，便落为一家营造厂的苦力。

一天，桃哥放工后，经过一个书摊，桃哥对那摆书的人喊着：

"李大哥！"

"大哥！你叔叔要房钱，我因为大宝生下一个孩儿，花了不少钱，现在只有这两块钱，这怎么办呢？"

桃哥走进了书摊，添说着。

"那么我给你垫上了吧！"

"呀！大哥，你照应我好些时日，我真感激你。"

"嗳！你爸爸是我的好先生，我肚子里所有的一点儿货色，现在能够混饭吃，都是你爸爸教出来的！嗳，桃哥你白天做工，晚上也可以摆书摊，卖书，卖卖报呀！"

"那么，就请大哥给我想个法子吧！嗳，你真是我的好哥哥！"

桃哥欢喜的和雀跃一样地说。

"卖报，将来有机会还可以卖革命的书，卖革命的报啊。"

李大哥神色很紧张的说着。

桃哥听了，欢天喜地的捷步跑回家。

九

一个平房的檐下，几条倾斜交叉的绳子，携住一个破烂的摇篮。一个满面愁痕的老婆子在摇曳着，她口中向婴孩唱出一节娴静悠韵的声音：

"宝宝今天满月了，爸爸今儿回来，要买一顶新帽子给你啰。"

"大宝，桃哥快回来了吧？可以做饭了吧！"

老婆子又向那正在彷徨犹豫的大宝说。

其实，天天做饭的大宝，何尝不知道这是该煮饭的时光？她正是愁烦这做饭的时光来的太快。今天是月底，家中已在李大嫂家借过了几天米；李大嫂家的午餐也正等着桃哥今天领工钱，买了米来还她。大宝听了他母亲的唤声，立即转了和顺的语调说：

"妈，我这就做去。"

大宝假捧着米簸，遮遮掩掩老怕她的妈看见，走到了厨灶，假洗弄着厨具，眉眼间嵌着无限的烦躁，无限的愁闷，抑郁地在发愣。

桃哥偷偷的走进小妇人的身边，嘎着声喊：

"大宝！大宝！"

大宝被这叫声惊觉过来，眼瞳子不住打在桃哥的周身上探索寻找。

"快点儿！快点儿！这是米……我得分些还李大嫂去！"

桃哥搁下肩上的半小袋米，一转身就跑到外头去。

坐在摇篮旁边的老婆子，觉察女儿女婿的情况，也私自扁着没有牙齿的嘴，抽搐着胸儿掉泪。她听出桃哥从外面回来的脚步声，马上用袖子抹去眼眶上的泪，怕儿婿看见了难过。

"妈！这顶新帽子，你看好不好？妈！有了这个东西，小孩子可不会哭了。"

桃哥走到老婆子跟前，一边说，一边在胸前掏出一顶新买的小帽。老婆子接过手，向摇篮中的婴儿打开笑脸说：

"宝宝！小宝宝！你爸爸买了新帽子给你啰；你再不要哭了啰。"

"哇呀！哇呀！"

婴孩儿哭将起来，老婆子一边摇一边唱：

"摇，摇，摇，摇到外婆桥，外婆桥上……"

"哇呀，哇哇呀！"

婴孩哭得更厉害。老婆子喊着：

"大宝！大宝！只怕孩子要吃奶了，快些来吧！"

大宝走过来，喂过了婴儿的奶，抱在胸怀摇摇摆摆的荡着，口中呢喃清幽地唱：

"睡睡吧！我的宝贝呀！你妈妈没钱买个摇篮儿，可有一双手儿来抱你呀……睡睡吧！我的小宝宝！你爸爸没钱买个小木马，他会坐着马儿给你骑，也会装着马儿地下爬……睡睡吧！我的宝宝呀！"

十

深夜，窗外透进一些月色，屋中的景物仍隐约可见。桃哥轻轻地掀开了被窝，爬下肮脏的卧榻，摸索到桌旁的椅子上，两手抱着胸脯坐下。看看四周没有什么动静，又看看睡熟的妻儿，才从怀中掏出一包通俗治吐血的药包来，偷偷的酌上一杯水，连药一道咽下去。药味使他的喉胃很苦辣，不禁——

"咳，咳，咳咳"的咳嗽起来。

他的妻被惊醒了，抢过了他的药单，急煞地问：

"你吐过血了吗？"

桃哥低着头，默认不答。

"你为什么不告诉我呢？"

大宝两只手按着桃哥的肩膀，亲恳地追问。

"怕你急……"

桃哥像被屈的小孩子，向了母亲申诉一样地禁不住地掉泪。

"咳，咳咳。"

大宝的妈在咳。两夫妻快捷的又爬上榻，瑟缩地钻入被窝。

过了好一会，大宝背靠着墙壁地半卧着，泪又滔滔地落。

"大宝，你为什么一个人在发楞？你想什么？呵！你为什么哭？"

桃哥抬出半个头，看见大宝在发愕，在落泪，焦蹙地问着。

大宝含着泪腔说：

"我想单单靠着你，养活这许多人，总不是好办法，要是你一病，那不是叫天也不应了吗？……我……我今天听见隔壁李大嫂说……有个钱公馆在找奶妈，我想我……就去试一试看。"

她的话说到末后，呜咽得几乎不能成声。

桃哥沉吟了半晌，勉强的说：

"那么小宝宝呢？"

"就托李大嫂照应，每月给她一些钱，我想总可以的。"

"你就肯去，妈妈不会肯的……"

桃哥在夫妻哭得无可奈何中，把话头转到妈妈身上去。大宝听了哭得更厉害。上年纪，不易入睡的妈妈，早已为他们夫妻的对话，哭得满面尽是眼泪。她听到儿婿们谈到她身上，辗转了半天，才把她的胸和手抽到被窝外，兜起她的孱弱的腰肢，提高着带泪的嗓子说：

"大宝……大宝……你就去试一试吧。你们不用瞒我，今儿米没有了，我已经知道了。桃哥儿也太苦了，若是把他绊倒，那才够苦呢！……大宝……妈是懂事的，你就去试试看吧！"

大宝那满腔包藏隐忍的悲痛，给她母亲这一段话道中，像堤决一样地，"妈"的一声豪啕恸哭起来。

十一

钱公馆就是拥有数省的兵权的钱督办的家。才上四十来岁的钱督办，已有十三个娇珍如玉的姨太太。公馆是前清安成王府改建的，院落非常多，每个太太各占一座。太太中是第七的最得宠，最当权；所以她住的地方最宽阔，用的东西最雅致。太太又美丽，又贤慧，又善于驾驭男人。新近又生了一个小少爷，更俨然成为钱家的主妇。她知道怎利用这个独无仅有的小宝宝；她知道应该把小少爷的喜事，做得特别隆重，以提高她的身价。她就为这奶妈的事，天天登报重金征求：要生得好，又要乳水跟她一样。害得医生手忙脚乱，每天要检验。奶妈们具各争先恐后，像投"山票"一样地如潮水一般一阵一阵的奔来，使得四方都晓得钱公馆七太太生下了一个小少爷。

钱督办呢，固然是欢喜生了小少爷，欢喜有了后嗣，因之而更加敬畏那生了小少爷的七太太。可是，也许是因为七太太新产的关系吧，七太太的地方，钱督办这一个月内是较为来得希疏的了。或许也是督办怕七太太的缘故，所以一月来还是勉强抽几天来应付。

可是，最近两三天，七太太的地方，督办的足迹一点也未曾踏到。七太太这个气，哪里吃得下？终日骂东骂西。她很有心机的预备骂给督办知道，骂得督办来。几个近身的佣人，知道七太太的厉害，都是小心翼翼的伺候着，尽量透露些七太太的脾气给督办晓得。说什么"太太不吃饭啰！""太太没起床啰！"

今天风闻督办要回来，所以一间的空气格外严肃；一切东西格外整洁；佣人们也格外当心；七太太撒娇发脾气的神色，也格外起劲。

七太太面对着镜，在端详自己的风韵，或许正在研究自己应该怎样才是适度的表情。香儿照例在太太修装后，端上一块香喷喷的手巾，站在太太的背后，用轻微的声音叫着说：

"太太，请擦手！"

太太没有看的接了过来，只轻轻的在手心中抹了一下，立即拿到鼻上嗅了一嗅，颈子崎崎的嚷着：

"叫你多倒香水，老不多倒，你两个耳朵聋了吗？"

说着，气愤愤的把巾儿丢在一边，香儿唯唯地快捷的把巾儿取了出去。

太太仍在转转侧侧的对着镜儿端详她的时装，看看两个肩胛，又看看富有肉感的胸部；双手摸着腰儿，又看看臀部；最后再看看那娉婷翻翔的夹蝶裙下的一双腿。她还没有完全坐定，女仆芳儿在她的背后，柔声唤着说：

"太太！请用参汤！"

太太接过来尝了一尝，皱着眉儿，顺着喷出的气，很狂暴的叱着：

"味儿还没有炖出来，就拿上来了吗？混账东西！叫他们重新去炖过！……都是一些死人吗？"

十二

芳儿端着剩余的参汤，蹑蹑地走到门外。碰见了香儿，香儿意会了芳儿的脸色，知道芳儿大约是遇到了和她自己一样的事情，轻声问着芳儿说：

"喂！怎么啦？"

"不知道大帅回来了没有？七太太老在我们身上闹错劲儿，真是吃不起！"

"这有什么办法？连一位像山上的老虎那么凶的大帅，见了她也就像耗子见猫儿一样的软了，我们这算得什么！"

香儿很知足地说着。芳儿看见对面的大帅，向这儿走来，高声喊道：

"大帅回来了！"

大家一溜烟跑开。大帅跟着军官帽上矗直的高绒缨，一荡一荡的走进七太太的房子来。

"大帅回来了！"太太听见了这句话后，慌忙的照照镜，拉拉衣，又添打上些白粉，找好了一个适当的位置，背着身儿站在那里，好像是为一个决斗而预伏的姿势。

督办一进来，口中不住的唤着：

"剑英！剑英！……"

叫了好几声，无论叫的声音是多么地柔和，叫的语气是怎样地一句一句匆急，可是总没有回答。督办四处探索了好一会儿，才寻找到七太太的身旁。轻轻地揽着她的肩膀，脸儿靠得近近的说：

"啊！建英！我的七太太！你为什么站在这儿？"

太太不理会，一股气把他攒开，身儿有点抖动，两个肩膀也耸了两耸。

"怎么着？你生气了？"

督办温存地说着。看看没有回答，想了一下，又很圆滑的解释着说：

"剑英，你不要误会，我两晚没回来，为的是北京总统府里来了人，整天相量对付南方革命党的事，把我累得要命，真是麻烦极了！你说讨厌不讨厌？"

太太听了，转过冷酷的脸，讽嘲轻佻的腔调说：

"哦！你在办公事，辛苦嘞，你呐！好一位为国家，秉忠心，昼夜奔忙的红官儿！"

督办仍勉强扮着笑脸说：

"你这个小东西！给你多听了戏，你倒把戏词的调儿来铳我？"

"岂敢岂敢！小女子是何等样人，敢在大帅跟前放肆吗？……哼哼！你说为公司累得要命，我看是在柳青青、老九那儿，昏得要命吧！"

太太还是敲着傲慢腔调儿，要睬不睬的自个儿躺在沙发上。

督办没法，又陪着笑说：

"算你得胜了，好！咱们讲和吧！喂！你瞧，我把赔款都带来了！"

督办卸下了他的戎装，掏出一个戒指盒，打了半开，拿到太太的跟前，很亲昵的坐下来，身儿贴得紧紧，一只手盘着她的肩，一只手把戒子拿到她的面前。他看太太还是愤愤地没有声息，他更把脸孔凑得近近的说：

"得啦！得啦！这还不够吗？哪，赔款收了吧！"

太太讨厌不过，疯狂的挣脱了跳起来，怒气冲冲地向着他说：

"不要老厚着脸皮来惹我！女人不是个个都会给你们欺骗一辈子的！"

督办忍不住气，露出狞狠的脸，凶凶地掏出他的枪，神色昂扬的威吓着。

太太更加怒涛的噪着。

"打呀！打呀！！"

说着，身儿挨得近近，把袒着的胸脯，抵到枪口。

"打呀！不打我自己打！"

说着，死命的抢着督办手中的枪。督办费了偌大的力气，才把枪从太太的手中抽了出来，带着一点喘说：

"娘儿们动刀动枪的算得什么哟！"

太太抢不过，整个身儿投到沙发上，把头埋得深深地放声恸哭。

督办急了，收了枪，赶紧跑到沙发上急促的说：

"好了，好了！我马上跟老九一刀两断，再去我一定给乱枪打死……"

太太猛然的转身，翻过脸来，敏捷地撑起手儿堵着督办的嘴，关切的说：

"我不准你赌咒!"

"我的心肝儿!你可要了我的命了!"

他们两人,正在缠不开交,督办的妹妹钱小姐抱着一个婴孩,一进门就说:

"七嫂子!好得我这几天到这儿来,听说这回挑选的奶妈,她的奶是出气的奶。"

"啊呀!那不是玩的,快登报多招几十个来挑选挑选才好!"

太太一面说,一面把婴儿接过来摇荡着。

"快打电话给陆医生。叫他马上就来!"

督办围拢来看婴孩,语气很认真的说着。

太太一手抹弄着婴儿的脸说:

"好宝贝!好心肝!再等八天就满月了,让妈替你好好的热闹热闹。"

香儿领着一个客人进来报着说:

"亲家老爷来了。"

督办点了头,招呼着说:

"来得正好,我们叫桌顶好的菜来吃吃,大家欢乐欢乐。"

"别忙,别忙!我今儿是来送礼的。"

赵大,剑英的爹,说着,拿出一个绸面的盒子,又说:

"这点小东西,是给小外孙带的。"

钱小姐接过来,把盒子打开,持出一个金锁子来,很吭亮的声音说:

"漂亮极了!我给小宝宝带上吧!"

"小宝贝,外公公给你打了一个金锁子,好极了!"

太太添着说。

不一会,桌子上摆满了盛着珍肴珍馔的碗盘。大家坐下就开怀的畅饮着。

十三

隔天,钱公馆的客堂和通廊两旁,坐着两排来受试验的乳妈。大宝跟桃哥领得三十二号的排位,桃哥退到门外等候着。

那婴孩的生母,钱七太太,穿着华丽的艳装和钱小姐坐在正厅的沙发上,等着乳妈受验的消息。

"真奇怪,真奇怪!"

那个化验乳妈的医生,一进门开口便这样说,恭恭敬敬的朝着钱七太太的跟前走来。

"卢医生,你快说呀!"

"是,是……太太……有一个乳妈的血液,跟太太一样,奶水又好,真是奇怪的事情。"

"是几号?叫她来看看!"

钱七太太冷淡淡地说。

"三十二号!"

"叫三十二号进来！"

一个女婢引着大宝进来说：

"这是太太！"

"太太！"

大宝也顺着嘴叫。

"你姓什么？"

"我姓林。"

"你的孩子生了多少时候了？"

"才满了一个足月。"

"好！就留在这儿试试看！谁荐来的？叫他过一个礼拜来说工钱。香儿！你先领她去洗个澡，拿件干净衣服给她换，把这儿的规矩都告诉她！"

香儿点了头，把大宝领出去。

"嫂嫂！这个奶妈倒很像你。要是穿了好衣服，简直跟嫂嫂真像姊妹一样。哈哈！"

钱太太听了，很不高兴的说：

"妹妹，你说什么？给佣人听见了，像个什么样儿?！"

十四

大宝跟着香儿到了外边，对桃哥说：

"太太留我在这儿试试看，要过一个礼拜才来讲工钱。"

"还得写字据呐！"

香儿插嘴说。桃哥莫名其妙的问：

"什么字据？"

"最要紧的是写在三年里头，一定要跟家里人断绝往来。"

"怎么？我又不是卖老婆！"

"这就是做奶妈的规矩。"

"怎么我们三年不能见面吗？"

大宝睁着眼睛说。

"大宝回去！我情愿做工累死，不愿意跟你三年不得见一面的。"

大宝怕桃哥惹事，忍着痛，转了语气恳切地说：

"妈在家里面要记挂的，你还是赶快回去吧！"

"去！去！奶妈马上有事情的！"

香儿说着，把桃哥半推的赶了出去。大宝一双晶泪盈盈的眼睛，呆钉住桃哥的背影，直到看不见时，才掉下几滴离情的别泪来。

十五

大宝洗了澡，换上一身干净的衣服，很舒适的坐在摇篮的旁边，摇着桃红色的摇篮，摇着摇篮里桃红色的衣被衬托着的桃红色的婴孩，清幽地唱着：

"宝宝睡觉吧!摇篮儿是多么好呀!宝宝睡觉吧!明儿大了可以骑花花的木马呀!宝宝睡觉吧!宝宝睡觉吧!宝宝睡觉吧!……"

大宝一面唱,一面想起自己的孩儿,想起自己在家里摇小孩儿睡时所唱的歌。现在,她手中所摇的虽是别人家的婴孩,口中所唱的虽是给别人的婴孩所听的歌,可是她母性的心呵,仍是被家中自己养下来的婴孩牢牢地缚住,牢牢地牵挂着,满满地占据着。她唱到中段,想起自己婴孩饿乳啼饥的哭,想起婴孩没人照料的苦,泪立地涌到她的眼眶,歌声混在泪腔中呕将出来,泪腔逐渐把歌喉霸占了。一腔歌怀完全变成了一阵抽搐得很厉害的痛哭,泪流满她的面,浸透了她的袖,滴湿了她的前襟,使她整个母性的心灵昏迷过去。

十六

还不上一礼拜的时候,大宝走进钱家一间小房子来会她的娘。一见面大宝惊异地问:

"妈!你怎么会上这儿来的呀?"

"哦!这儿真不容易进来,我磕了多少头,他们才肯带我到这儿;我又说了许多好话,他们才肯叫你出来呐!"

"妈!桃哥儿前回的病怎么样?为什么不让他来?"

"桃哥儿……"

大宝的妈闭住唇,扁着嘴,泪蒙住她惺忪无措的眼瞳,头胸不住地颤动,想开口说的话又被吞咽下去。大宝急得夺了她妈的手,捏得紧紧地说:

"妈!你别谎我,究竟桃哥怎么啦?"

"桃哥儿打房子上栽下来,跌伤了。"

"哇,桃哥!桃哥!……"

大宝低声凄伤了一回,张开一双泪水盈盈的眼睛,朝着她的妈说:

"妈!我要回去,我要回去瞧瞧桃哥!"

"大宝!你别着急!你去跟太太借一个月工钱,把他医好了,就无事了。"

十七

大宝听从了她妈的话,拭干了泪,走到正厅上来。钱七太太胁下夹着皮篦,急急忙忙地问:

"今天为什么还没有把小少爷抱来?"

"吓,太太!我们当家的在水木作里做工,打房上栽下来,受了伤,现在已经病得半死了。请太太借一个月工钱给我……"

"哼!来不上几天,就要借钱!快给我滚开!"

太太怒气冲冲地叱着,大宝跪了下去恳切地央求着说:

"太太!求您做做好事,救救我们一家四条命呐!"

"我要去打牌,你好来借钱,你这不识相的东西,输了钱再来跟你算账!"

太太连打带骂的给大宝一个耳光,立即转着身儿走了。大宝哭倒在地上,香儿搀着她,一边劝慰她说:

"大宝姊,别哭了!我们是穷人,吃人家的饭,打掉门齿也只好往肚子里咽下去!"

"穷人不是人吗?穷人的皮肉,就不是父母养的!有钱的人打牌要紧,穷人的性命就不要紧吗?"

大宝哭着嚷着,老世故的香儿安慰她说:

"大宝姊!你去忍耐一些吧!"

十八

大宝哭着回到她妈的跟前,还是止不住地哭着。她的妈瞬动着眼珠子,慌忙的问:

"大宝!怎么啦?大宝……"

"人家家里快死人不要紧,倒是她打牌要紧!我求他,不给也就罢了,反打我个嘴巴!……妈,这种太太,还有一点心肝吗?妈,我跟你回去,我不愿意再在这儿做活!"

大宝哭过思定,语气很坚决。她的妈惶惶急急地说:

"大宝!你忍耐一点吧!穷人总是穷人。要是你这儿出了什么差,不要说桃哥儿活不了,连一家几条性命,都活不下去了。"

大宝听了这段话,又嚎啕的哭着说:

"她不肯……把工钱……借……给我,桃哥儿还是不能活呀!"

"我先去,你还得再去求求她。好孩子!你是孝顺我的,你得听从我的话!"

大宝的妈,讲到这里,也忍不住的哭了。

"妈!我还是跟你回去,看看桃哥的好!"

"你还是听妈妈我的话吧!你现在没有钱拿回去,也没有法子请大夫救他的命呀!"

"大宝姊!你快去看小少爷!小少爷在哭哪!让你妈回去吧!不要再犯上太太的骂了!"

香儿说了又对那老婆子说:

"你走吧!别耽误了!"

"好,我这就走!"

老婆子摊开龙钟的步,彳亍地走出去;一双眼睛频频回顾,在转角再最末的眨一眨,忍着心痛走了。大宝的泪,跟着她母亲的足部,一步一滴,益远益滴得快,只看到最后的一眨眼时,竟如狂雨骤倾。

十九

大宝回到奶妈房间,小少爷正在摇篮中哭着。大宝跑进去摇,一面摇,一面对着婴儿骂着:

"你妈这样凶,你将来也不是个好东西!……"

"哇!哇哇呀!"

小少爷的哭声更加响亮！大宝又得照例给他乳吃，勉强的抱在手上摇弄他静。当大宝把婴儿放下摇篮里去时，她发现小少爷颈上带着的金锁。她想偷，偷去救她的桃哥儿的病，可是她心中害怕，脸色变得很惊愕，伸出去的手，马上缩回来。身子挨得近近地老对着婴儿颈上的金锁发愣，脸色时白，时青，时红，时紫，眼睛睁得大大的对着金锁子呆视。最后，为了家，为了桃哥，她才抖抖擞擞的打从小少爷的颈，连锁带练脱出来。她战战兢兢的装入袋里，遍身仍止不住惊恐的抖颤。……

"大宝……你在这儿鬼鬼祟祟地做什么？"

进来关照小少爷的钱小姐看见大宝不自然的神色，惊异的追问。

"姑小姐！我……我没做什么。"

大宝的唇儿和整个的身体，几乎抖得支持不住，吞吞吐吐的答应着。

"哼！你做贼吗？小宝宝的金锁呢？……"

"……"

大宝战栗得如同一颗摇颤的陀螺，面成死白色，一句话也说不出来。

"香儿！叫人哪！捉贼！叫警察……"

一边嚷，一边从大宝的衣袋夺过了金锁。大宝急得没法，伸手掩住她的嘴。钱小姐从桌上拾到一只剪刀，喊着说：

"放手，放手！不放手，我就扎死你！"

大宝在惊慌莫措中顺手一推，钱小姐退了几步撞倒了木屏，屏上一个古瓷掉下来，落在钱小姐的头上，把个脑袋打破了。

"香儿……叫……啊……哟……"

钱小姐喊出了这最后几声，就寂然死去。

"啊哟！……"

大宝惊窘万状的叫着。

"小姐！小姐！"香儿喊着，钱家的人都围拢来。

"打死小姐？打死小姐！"

"那还了得！那还了得！"

二十

大宝从嘈杂的人声中，被两个警察抓到审判厅来。主审的人是剑英的爹，开头便说：

"哼！奶妈胆敢打死小姐，岂有此理！"

"老爷！有钱的太太，不肯借几块钱给穷人去救一家人命，逼得我没法，才偷金锁的。狠心的小姐，拿剪刀要杀我；我急了，推开她想自己逃命，想不到她会撞在木屏上，给古瓷掷破脑袋送命的。老爷你做做好事，放我回去吧！"

大宝说完，便转身欲走。主审的人叱着：

"混账！你打死了小姐，还想活命吗？你的胆子真不小，把她关起来再说。"

"不行，有钱人不肯借个月工钱，不救穷人的命，可就没有罪过；倒是一家子指望我去救命的人，反要坐牢！这是什么道理呀！"

四个小兵看见审判官不睬她的话，拖着她两只手臂胁着走。大宝挣扎着哀喊：

"不行，我家里有个重伤的桃哥！"

审判官照旧不理。大宝又狂嚷着：

"老爷，老爷！我家里还有没得食的老母亲！"

"老爷，老爷！我家里还有无人照顾的婴儿哪！"

"天哪！这是什么道理！"

大宝的呼声渐远渐弱，益弱益哀，愈哀愈促，死命的嚷，拼命的挣扎，终于，大宝在千嚎万喊中被推进牢里去。

二十一

大宝入狱的消息，传到了她的家。她的母亲颠着，拐着，出去探寻她的下落。家中，只剩她那卧在病榻呻吟的桃哥，凄凄戚戚地喊着：

"大宝，大宝！我害了你了！我害了你吃官司，我害得你坐牢了！"

"哇呀！哇哇，哇呀！……"

肮脏的摇篮上的婴孩啼哭着，哭声细长，又弱又哀。桃哥睁着悲痛的眼睛，望望啼声孱弱的婴孩，望望凌乱的品物，爬起身来，又支不住周身的攒痛跌下去！他右手扶着折了骨的左臂，侧身望着悬在榻沿的出了关节的脚，他的心腑不禁痛极的哀呼：

"天呵！天呵！唉唉……"

桃哥在嚎啕狂喊中，李大嫂踱进来叫着说：

"桃哥儿！桃哥儿！"

一边从摇篮中抱出那正在啼饥的婴儿。李大哥也挑着一担白菜踏进来了，喊着说：

"桃哥！桃哥！怎么？怎么了？"

"大……哥呵！"

桃哥压抑的声音叫着，泪渍湿遍了满脸。

"桃哥儿，不用悲伤，革命军已经打到南京来了，大宝不怕没有出来的时候。你忍耐一点，我去给你设法请西医。现在我运来五十本革命的书，存在你这儿，怕革命军就快到了。"

李大哥起劲的说着。桃哥听见这段勉慰，立地兜起了半个腰，很兴奋的说：

"革命书，在哪里？让我看一看！"

李大哥从白菜篮中，把书一叠一叠的搬出来。桃哥拿了一本，在手中急急忙忙的翻，快乐得忘形的说：

"我每天送报，有许多老主顾，我每个儿送他一本，好不好？"

桃哥说着，一手掀开了被，就要爬下来。李大哥立即止住他说：

"别忙！暂且放在这里，等你身子好了再说。"

桃歌听从了李大哥的话，重新又躺下去，捧着书很入神的孜孜地读着看着。

二十二[1]

街上，大宝的母亲赵大妈向人打听军务处的所在，一路探寻着过来。

她好不容易慢慢摸到军务处衙门外面，但看见门口有四个兵士把守，一时竟不知如何是好。

一兵士喝问：

"你这个老太婆，鬼鬼祟祟的在此张望哪个？"

赵大妈见机，上前求道：

"我到这儿来张望我的女儿大宝。求你们各位老爷，可怜我们母女，放我进去看看我的女儿。"

一兵士道：

"嘿！这里是军务重地，怎么好放你进去？你该不是革命党的暗探！快快滚过去！再要在此啰嗦，就把你抓了。"

赵大妈道：

"我不是革命党的暗探，我是来看我的女儿……"

另有一位守兵向先前说话的兵士道：

"老大，你讲这话，真没脑筋。她这样的老太婆，怎么会是革命党的暗探？你和她多讲什么？叫他走就是了。"

他转问赵大妈：

"你找谁呀？"

"我要看我的女儿大宝。"

守兵道：

"你的女儿大宝怎么会到这里来呢？这里是军务处，你一定是弄错了，还是到别的地方去找吧。"

赵大妈说：

"我打听明白了来的，她是在你们军务处这里。"

守兵道：

"我们军务处向来没有女人；你的女儿是什么人？"

赵大妈听这守兵一说，方才明白自家说话太简单：他们与我素不相识，怎么会晓得大宝是谁呢？于是她解释道：

"我真是急昏了，话都不会说了。我方才说得太不明白，所以难怪你们听不懂了。我的女儿大宝，就是钱督办家里的新奶妈。她实在是冤枉的，小姐实不是她打死的。现在她被钱督办押在这里，我是来看她的。老爷们，请放我进去吧。"

守兵道：

---

[1] 邱涛生原作（开华书局版）佚失第二十二、二十三节，此处以陈慕陶著同名电影小说（启智书局版）补缺，且略有改动。

"你就是要看她么？这是办不到的。因为她是个要犯，上官没有命令，我们不能做主放你进去。你在这里求，也是没有用，还是快快去吧！"

赵大妈见不肯放她进去，就跪下来，向几个守兵磕头恳求。

守卫们拖她起来道：

"你磕头也没用，上官没有命令，我们万不能放你进去的。"

赵大妈见守兵不肯放她进去，就自己往内跑；跑不上几步，就被守兵抓了回去。

守兵把她拖到衙门外，刚放开她，她又向里跑。

她如此跑了几次，都被守兵拖出衙门外去。

赵大妈一定要看女儿，所以仍然要往里跑。忽有一个守兵，把她拖在旁边喝道：

"处长来了，不准胡闹！"

赵大妈回头，却见来了一辆汽车，在衙门口停下。从汽车内钻出一个生得面团团、穿马褂长袍的老爷。赵大妈正想着过去求这个老爷，老爷已走到面前了。

老爷向守兵问道：

"这个老太婆是什么人？在这里干什么？"

赵大妈听了他的声音，不觉吃了一惊——好像是赵大的声气。她赶紧抬起头来把他仔细一看：不是赵大是谁呢？！赵大妈悲喜交集，她颤声问道：

"你不是大宝的……"

赵大也认出了她，但因面子要紧，便不等她把"爸爸"两字说出来，就止住她道：

"你这个老太婆，不准多说！有什么冤枉的事情，可以向我面对面说。"

赵大妈心里明白，也就不说了。

赵大转对守兵道：

"看这老太婆，一定有什么冤枉。你们把她带进去，让我仔细询问。"

二十三

赵大叫守兵把赵大妈带至自己办公室，便叫守兵退出。同时，他叫办公室当差的把门关了，退去。

赵大这才向她谈话。他问赵大妈为什么到这里来。赵大妈把经过说了一番，然后责问道：

"为什么你在外多年没有一点信息？"

赵大道：

"出外多年，不知家里的消息，所以也不写信了；还恐怕你们也收不到，倒不如不写的好。"

赵大妈责备赵大无义；赵大巧言辩脱。赵大妈又要赵大放女儿；赵大道：

"这件事闹得太大，只好放着慢慢地再说。"

二人说到这里，又谈了一些过往的事。此时赵大妈才知道二宝就是钱督办的太太；转念想到大宝的苦处，不免又向赵大算旧账。

赵大道：

"那许多事现在都可以不必提了。为今之计,在我的意思,还是叫二宝和我给些钱于你,你带着女婿到乡下去享福的好。至于大宝的事,你也就不必问了。譬如你当初少生一个女儿就算了。如果得救,就更好了。"

赵大说着,在身上取出一卷钞票,递给赵大妈,又说道:

"你如果一定要在这里露面,搭救大宝,不但我这个官职保不住,就是二宝的太太也保不住。二宝也是你的女儿,你就是现在不出面,日后我也要想法,叫你出面,并叫你们母女见面。"

赵大妈闻言,不觉勃然大怒,她一把夺过钞票,将其掷在赵大的脸上,斥道:

"你的官职要紧,穷人的性命就不要紧?你要不依我的话办事,你若不想法把大宝救出来,我与你绝不干休,一定要和你拼老命,还要到外面去替你宣扬。二宝大宝她们是同胞姊妹,总有一点情分的,难道就不帮忙么?"

赵大听到她这般讲,内心吃惊,连连皱眉道:

"你听我的话,别发急!现在我只有一个法子:我打电话把二宝叫来,只说叫她陪我吃饭,让你们母女见面,你们有话自己谈,怎么样?"

赵大妈道:

"这也用得。"

二十四

处长打过了电话后,在正厅中侷侷促促地踱来踱去,走上走下的打转着。

不一回,钱七太太娇媚媚地踏进来,脸上笑嘻嘻,口中带着一点嗔怒的语气说:

"爸爸!什么事一定要我来陪你吃饭。"

"你坐下再说。"

"到底是怎么啦?"

"来人哪!"

老婆子很凄怆的对着这华服艳妆的钱七太太望,她贫困惯了的心眼呀,老是不敢相信这荣贵的太太,就是她的二女儿二宝呵!

"去把二百四十一号那个女犯人带到这儿来!"

处长命令着下人这样说。钱七太太看见厅上衣衫褴褛的老婆子,眼不转瞬地瞧着她的情景,又听到爸爸去喊那杀死她的小姑的女犯人,心中觉得离奇莫解,脸上很惊讶的神色说:

"爸爸!你究竟是做什么?难道要给那杀人的囚犯说情吗?"

杀人的女囚犯进来了,头发蓬乱松散,脸上,手上,涂满了污渍泪渍;眼中心中,充满着迟疑烦虑;神色疲惫,行动非常呆滞,一半步一半步地移,举止站立,没有一点儿是出于她自己内心的意志。

老婆子碎步趋近去,饱含了泪腔的声音喊着:

"大宝!"

沮丧的女囚犯,好像被这深仁厚爱的唤声,燃发了潜伏的生机,回头猛然的将老婆子紧紧抱住。过了半晌,才像火山爆炸"妈"的一声嚎啕大哭起来。老婆子心痛得连嘴儿都闭不拢,鼻子嗽嗽地吸着气,眼珠子的白球一翻一翻的转眨着,泪珠儿滚滚地淌下去。母女深深地拥抱着,头依着头,脸相互地埋在肩上,两个沉痛的哭声融合在一片,四个肩膀,两个身体同节奏的抽搐着。

二十五

钱七太太,看了大宝母女哭成一团的情景,没有半点同情,只是觉得厌恶,神色仍一样镇定,声调儿冷冷地追问她的父亲说:

"爸爸!你怎么叫这个囚犯来跟我见面儿?"

处长的心上,好像略有所动,平调儿说:

"剑英,我的好小姐,这是一件很奇怪的事情,这个老婆子,才是你的亲娘;那个囚犯,还是你的亲姐姐呐!剑英!你过去认认你的亲姐姐吧!"

老婆子也止住了哭,回身指着钱七太太说:

"大宝!她就是你的亲妹妹。"

钱七太太皱着额,蹙着眉,放下眼皮,很不高兴,很庄重的声调说:

"爸爸!你喝醉了酒吗?怎么突然说那个老婆子,是我的妈妈,那个囚犯,是我的姐姐呢?"

老婆子走过来,挨着处长和钱七太太坐的桌沿,很伤悲,很凄切的说:

"二宝!你现在做了官太太了,你不会记得从前疼你的亲娘啦!你是只有爸爸,没有妈妈……可是我想你总会时时看见你肩膀上那个烫伤的疤!你可记得,有一天,你爸爸在灶上熏猪头皮过酒喝,你一个不小心,碰翻了他半碗酒,他就拿火烧红了的火铗来打你。我不让他打,拿身子去挡,可是你那个喝醉了酒的爸爸,还是打下来,把咱们娘儿俩都打伤了。到现在咱们俩的臂膀上,只怕还是一个印子呢!现在你是官太太了,不认识我这个疼你的穷妈妈了……"

老婆子说到疤痕上,右手撩起左臂上的袖子,把疤痕露出来。钱七太太也很惊愕的掠起她右臂上的短袖,靠拢去把她的疤痕和老婆子的一比,两条印儿正正是一模一样。钱七太太才"妈"的一声,伤心破泪的哭将起来。老婆子也落在泪中说:

"好小姐!你救救你的姐姐吧!"

钱七太太抑住了悲伤,朝着女囚犯喊着:

"姐姐!我可怜的姐姐!"

女囚犯在旁瞠着目,老是惊愕地望,被她妹妹这一叫,好像大梦方醒,非哀非乐的狂笑着说:

"哼哼!哈!哈!哈!想不到我会有个做官太太的妹妹!还有个做官老爷的爸爸!"

女囚犯的声调激昂,没有理睬喊着她姐姐的官太太。说完了话,仍哈哈大笑,在狂笑中忽然像疯狂一样放声痛哭起来。老婆子急急惶惶的跑到她的跟前,用着很驯和的声音规劝的说:

"大宝!我好容易求你爸爸,预备了酒席,请你妹妹来想法子,好求你妹妹救你出去，你说话要留神些！"

处长严酷的声调抢着说：

"大宝妈！我只答应她姊妹见面，没有答应放她出去。你要知道，大宝已经犯罪，她的杀死大帅的亲妹妹，大帅一定不答应的。"

又转脸对钱七太太说：

"二宝！我想多给你妈点钱，好让她们回去享福去。"

话说完后，又指着排满了桌子上的酒菜说：

"现在酒菜都预备好了，你们来吃一杯和气酒。一家人仍要和和气气的，来！来！来吃一杯和气酒！"

二十六

处长说后，搬动着椅子坐下去。剑英也即说：

"妈！姐姐在监牢里，一定没有好吃的。叫她来，我们一面吃，一面相量个办法。"

女囚犯总是呆呆的站着，她好像没听见他们在说些什么。其实，她实在没听到什么，她也不愿意去听，无心去听。她的心思尽被这段情境凝结着，她的脑儿失却了思索，她的思路停顿着，她的心眼儿，老是蒙着一幅迷梦一般的幕。只有一层泪水，在她的眼球上汹动着。她的妈，轻轻地牵动她的衣裙，催促盼慰的说：

"大宝！你妹妹叫你过去吃点东西，你就过去吧！什么事还是跟你妹妹相量好。"

大宝仍是迟滞地，被她母亲半推半拉的推到酒席的椅子上面，脸上仍旧是没有一点表情，仍旧是呆呆板板地坐着。

剑英殷殷勤勤的酌上一杯酒，嘻皮笑脸的端到她姊姊的面前，出于心里的敬意说：

"姐姐！你喝杯酒吧！"

大宝也许有听到，但是没有理会。眼睛儿瞧都不加一瞧，仍是呆然向外望。她的妈，把她妹妹手上的杯和酒接过来，拿到她的手上，接着说：

"大宝！你妹妹敬你的酒，你喝吧！"

大宝把嘴唇凑到杯边，使性的苦吞了几口，接着很愤怒，很激昂，很强调的说：

"哈哈！贵人跟犯人拉在一块儿，说是一家人，到底是怎么一回事？"

"大宝！大宝！话留神点说吧！"

她的妈恳切的规劝着。大宝把吻到嘴边的酒和杯重重的掷在桌子上，眼珠子向上鼓，很愤怒的说：

"我不懂她为什么就那样享福，我为什么就这样受罪？哼！"

话的声浪又高又颤，她的妈带了同情的语调答着她说：

"只为她，跟着专靠做贩卖洋枪的害人生意发大财的爸爸，在花花世界里过活，所以享福。想不到你一直跟我这个一向不会做害人事情的苦老妈在一块过活，倒反受罪了。"

"那时候，为什么只带妹妹出门，不带我呢？"

"因为你那时候，时常到田里去做活，要挣几个钱来补贴家用，长了一头的的热疮。他说带你那么难看的姑娘出门要倒霉的。……"

"那么，他在外头，贩卖洋枪，发了财，为什么连一个信都不给我们呢？"

大宝很恼恨的追问着。

"他们贩卖洋枪的，叫带兵的自己打自己，弄得到处闹兵荒，人家东逃西逃，他们就可以受福享乐，还记得乡下的老家吗？"

老婆子一边说，一边伤心，一边掉泪。剑英和她的爹，一边听，一边沉默，一边悔恨。

"好！……哈哈！我明白了。"

大宝顺着心中一腔怨恨之气吐着说：

"我倒要跟这位发大财的爸爸，算算他丢掉我们娘儿俩的这笔账，看看还是我自己犯罪，还是为他犯罪！"

处长听到这里，怒气冲冲，扮着凶狠的脸庞，指着大宝叱着：

"混账！我马上就把你捉去枪毙！"

"好！枪毙！我就拼着这条老命，到外头嚷你去！"

大宝的妈，说着就要起身。在她的敌对的脸色中，她准备牺牲一切来对付。剑英急急地制止，一副埋怨的脸色，朝着她的爹说：

"你别响！"

处长静下来，大宝又倔强地说：

"做了工，长了疮就丢下不管；长得好看的女儿，就带到外面来卖给人家做姨太太！"

处长仍旧静默地，嘴唇含得紧紧没有声，眉眼间盛着捣破了他的胸怀的气。大宝另转过来对剑英愤激的说：

"太太，你感激你的爸爸吗？要是我那时长得比你好看，不做工，我这时候也许做了姨太太，你也许做了我家的奶妈了。你的丈夫重病，来向我借工钱时，我也就给你一巴掌！让你跪在地上哭，我立地就打牌去！"

剑英听了，悲苦得难堪的咬着唇，挤着眼，头埋得低低，呼吸很深沉，眼睛不敢向谁视。过去一切的错误，压得她背弯弯地，头儿老是抬不起。

大宝又掉过脸来，向她的娘，用着悲戚的声调说：

"妈！我自己心痛，我也替妹妹心痛，带好看的女儿出门，替好看的女儿打扮，无非是要靠着女儿升官发财的。妹妹！将来你年纪大起来，那位杀人的大帅，谁保不再买几个女人，丢掉了你！那时候，你要是吃了苦，那个靠着你升官发财的人，是不会来管你的！倒霉的还是穷人，倒霉的还是落到女人自己身上！"

剑英听了，打破了羞耻，扬着头，激情的说：

"姐姐！我全明白了！我现在才知道爸爸当时破坏了我自己定的婚姻，斩断了我那纯洁的爱情，而逼着我嫁给钱大帅，是为了什么了！姐姐，我明白了！过去的一切，我只是供人们玩赏淫乐，我愿摒弃一切来救你，我一定要救你！救你出去！"

剑英益说益激昂，泪眼汪洋，语调如狂流奔放。她的爹，坚决地说：

"不行！那不行！这么一来我的差事，你那太太，都会摇动了。我非禁止不可！"

剑英站起来，挥着手说：

"姐姐！妈！跟我来！我们去见大帅去，有车等着呢。"

处长慌忙惊异的拦着说：

"剑英！你敢……"

"哼！你想想你的差事从哪儿来？我还是大帅的太太呢，你管我不着！"

处长有点感到愧怯的退下来。剑英扶着她的娘紧促地说：

"妈！姐姐！走！"

走到门口，又说：

"爸爸！请原谅我吧！"

她们母女三人走后，处长好像蚂蚁爬上炙热的铜锅一样不分步伐的乱动，他的心好像滚油煎一样炙灼着。最后匆匆地跑出门，钻进了汽车。四个圆滑的车轮，无意识的架着车上的人飞奔的滚向前去。